Indien, 1947. Hiroko, die ihren Verlobten Konrad verloren hat, reist auf der Suche nach einem Neuanfang nach Delhi, wo sie Konrads Familie, vor allem seine Schwester Elizabeth, kennenlernt. Sie verliebt sich in Sajjad, den Diener der Familie, und flieht mit ihm nach Pakistan, wo die beiden ein Zuhause finden. Hiroko und Elizabeth gehen unterschiedliche Wege, verlieren sich aber nicht – ihre Freundschaft hält stand und wird die beiden Frauen an einem anderen Ort in einer anderen Zeit erneut zusammenführen.

*Kamila Shamsie* wurde 1973 in Karatschi, Pakistan, geboren und lebt in London und Karatschi. Im Berlin Verlag erschienen bisher *Kartographie* (2004), *Verbrannte Verse* (2005), *Salz und Safran* (2006) und *Verglühte Schatten* (2009). Für ihr literarisches Werk erhielt Kamila Shamsie zahlreiche Preise, u. a. wurde sie 2013 als »Granta Best of Young British Novelists« ausgezeichnet.

*Ulrike Thiesmeyer*, 1967 in Düsseldorf geboren, übersetzt aus dem Englischen und Französischen und hat u. a. Nicholas Sparks, Jamie Ford und Suzanne Joinson ins Deutsche übertragen.

*Kamila Shamsie* im Berlin Verlag:

*Die Straße der Geschichtenerzähler* (978-3-8270-1228-9)

Kamila Shamsie

# Verglühte Schatten

*Roman*

Aus dem Englischen
von Ulrike Thiesmeyer

Berlin Verlag Taschenbuch

MIX
Papier aus ver-
antwortungsvollen
Quellen
FSC® C083411

September 2015
Die Originalausgabe erschien 2009 unter dem Titel
*Burnt Shadows*
bei Bloomsbury Publishing Plc, London
© 2009 Kamila Shamsie
Für die deutsche Ausgabe
© 2009 Berlin Verlag in der Piper Verlag GmbH,
München/Berlin
Alle Rechte vorbehalten
Umschlaggestaltung: ZERO Werbeagentur, München
unter Verwendung des Designs der
englischen Ausgabe von © Kari Brownlie
Druck und Bindung: CPI books GmbH, Leck
Printed in Germany
ISBN 978-3-8333-0966-3

www.berlinverlag.de

Für Aisha Rahman und Deepak Sathe

... eine Zeit
　　　　sich zu erinnern an
jeden Schatten, alles, was der Erde verloren ging,

eine Zeit, an alles zu denken, was die Erde
und ich verloren hatten, an alles

　　　　was ich noch verlieren würde,
an alles, was mir verloren ging.

– Agha Shahid Ali,
*A Nostalgist's Map of America*


In früheren Kriegen brannten nur Häuser, doch dieses Mal
Wäre es kein Wunder, wenn sich sogar die Einsamkeit entzündet.
In früheren Kriegen brannten nur Körper, doch dieses Mal
Wäre es kein Wunder, wenn sich sogar Schatten entzünden.

– Sahir Ludhianvi, *Parchaiyaan*

# Inhalt

### Prolog
11

### Die noch unwissende Welt
*Nagasaki, 9. August 1945*
13

### Verhüllte Vögel
*Delhi, 1947*
47

### Halb-Engel und Krieger
*Pakistan, 1982/83*
169

### Die Geschwindigkeit, die erforderlich ist,
um Verluste zu ersetzen
*New York, Afghanistan, 2001/02*
323

# Prolog

Als er in der Zelle ist, nehmen sie ihm die Fesseln ab und fordern ihn auf, sich auszuziehen. Er streift seinen grauen Wintermantel mit flinker Routine ab, dann – während sie ihn mit vor der Brust verschränkten Armen beobachten – geraten seine Bewegungen ins Stocken, tun seine vor Furcht zitternden Finger sich schwer mit der Gürtelschnalle, den Hemdknöpfen.

Sie warten, bis er splitternackt ist, sammeln dann seine Kleidungsstücke ein und gehen hinaus. Seine nächste Bekleidung, vermutet er, wird aus einem orangeroten Overall bestehen.

Auf der Bank aus glänzendem Edelstahl zieht sich sein Körper vor Kälte zusammen. Er wird stehen bleiben, solange es geht.

*Wie konnte es so weit kommen*, fragt er sich.

# Die noch unwissende Welt

Nagasaki, 9. August 1945

Dem Überlebenden wird jener Tag später als grau in Erinnerung bleiben, doch als Konrad Weiss, der Mann aus Berlin, und die Lehrerin Hiroko Tanaka am Morgen des 9. August aus ihren Häusern treten, fällt beiden auf, wie strahlend blau der Himmel ist, in den aus den Schornsteinen der Munitionsfabriken dicke weiße Qualmwolken aufsteigen.

Von seinem Haus in Minamiyamate aus kann Konrad die Schornsteine selbst nicht sehen, doch seit Monaten schon schweifen seine Gedanken oft zu der Fabrik, in der Hiroko Tanaka ihre Tage damit verbringt, mit Mikrometern die Dicke von Stahl zu messen, während sich in ihre Gedanken Bilder von Klassenzimmern drängen, ähnlich wie Vögel mit gebrochenen Flügeln sich ans Fliegen erinnern mögen. An jenem Morgen aber unternimmt Konrad, als er die Türen, welche die Vorder- und Rückseite seines kleinen Hausmeisterhäuschens aus Holz bilden, aufschiebt und in die Richtung des Qualms schaut, nicht den Versuch, sich die Szene bildlich vorzustellen, die sich schicksalsergeben in der Fabrik abspielt. Hiroko hat an diesem Tag frei – von einem Urlaubstag hat ihr Vorarbeiter gesprochen, dabei wissen alle in der Fabrik, dass es schlicht keinen Stahl mehr zum Vermessen gibt. Und trotzdem glauben immer noch so viele Menschen in Nagasaki unbeirrt daran, dass Japan den Krieg gewinnen wird. Konrad stellt sich vor, wie Wehrpflichtige des Nachts ausgesandt werden, um die Wolken mit Netzen vom Himmel zu holen und sie morgens dann durch Fabrikschlote zu schleusen, um den Eindruck von Tätigkeit zu erwecken.

Er tritt auf die hintere Veranda des Häuschens. Auf dem Rasen des weitläufigen Grundstücks liegen grüne und braune Blätter verstreut, als wäre das Gelände ein Schlachtfeld, auf dem sich die Soldaten feindlicher Armeen niedergelegt haben, denen es im Tod nur noch auf gegenseitige Nähe ankommt. Er blickt den Hang hinauf zum herrschaftlichen Haus Azalee; in den Wochen, seit die Kagawas es samt ihrem Hauspersonal verlassen haben, hat alles ein heruntergekommenes Aussehen angenommen. Einer der Fensterläden hat sich halb gelöst; wenn Wind aufkommt, schlägt er gegen das Fensterbrett. Er weiß, er sollte den Laden befestigen, aber es tröstet ihn, wenn vom Haus her ein Geräusch herüberdringt.

Haus Azalee. Als er 1938 zum ersten Mal durch die Schiebetüren in einen prächtigen Raum mit Marmorfußboden und venezianischem Kamin trat, fielen ihm vor allem die Fotografien an der Wand ins Auge, mehr noch als das verrückte Mischmasch japanischer und europäischer Architekturstile: alle bei irgendeinem Fest auf dem Anwesen von Haus Azalee aufgenommen, Europäer und Japaner in zwanglosem Miteinander. Er hatte an die Verheißung dieser Fotos geglaubt und eine ungewohnte Dankbarkeit seinem englischen Schwager James Burton gegenüber verspürt, der ihm Wochen zuvor zu verstehen gegeben hatte, dass er im Haus der Burtons in Delhi nicht mehr willkommen war, mit den Worten: »Es gibt da ein Anwesen in Nagasaki. Hat George gehört – einem exzentrischen, unverheirateten Onkel von mir, der dort vor ein paar Monaten gestorben ist. Ein Japs schickt mir laufend Telegramme, was damit geschehen soll. Wie wär's, wenn du dich eine Weile dort niederlässt? So lange du willst.« Konrad wusste nichts über Nagasaki – nur dass es, ein großer Pluspunkt, nicht Europa war und James und Ilse nicht dort lebten –, und als sein Schiff in den Hafen der Stadt mit den purpurroten Dächern einfuhr, die wie ein Amphitheater vor ihm ausgebreitet dalag, hatte er das Gefühl, in eine Zauberwelt zu kommen. Sieben Jahre später hat sich viel von dem Zauber erhalten – die gläserne Schönheit von Frostblumen im Winter, Meere blauer Azaleen im Sommer, die anmutige Eleganz der europäisch-japanischen Gebäude an der Küstenpromenade –, aber durch den Krieg werden alle Aussichten gebrochen. Oder sogar ganz versperrt. Zu Beginn des Krieges hatte man die Bürger der Stadt ermahnt, bei Wanderungen durch die Hügel nicht nach unten zu der Schiffswerft zu schauen, in der das Schlachtschiff *Musashi* unter so strenger Geheimhaltung erbaut wurde, dass sogar schwere Vorhänge konstruiert worden waren, damit Passanten nichts davon mitbekamen.

Nützlich, denkt Hiroko Tanaka, während sie in der Morgenstille, die nur vom Sirren der Zikaden gestört wird, von der Veranda ihres Hauses in Urakami die terrassierten Hänge betrachtet. Falls es ein Adjektiv gab, das die kriegsbedingten Veränderungen in Nagasaki am besten auf den Punkt brachte, entscheidet sie, dann dieses. Alles war zu seiner nützlichsten Form gesteigert oder entstellt worden. Vor ein paar Tagen ist sie an den Gemüsebeeten auf den Hängen vorbeigegangen und hat gesehen, wie die Erde selbst sich vor Staunen runzelte: Warum jetzt Kartoffeln, wo einst Azaleen blühten? Was hat diesen Liebesentzug ausgelöst? Wie sollte man der Erde erklären, dass sie als Gemüsebeet nützlicher war als als Blumengarten, ganz wie Fabriken nützlicher waren als Schulen und Jungen als Waffen nützlicher als als Menschen.

Ein alter Mann geht vorbei, bei dessen runzliger, dünner Greisenhaut Hiroko an einen Papierlampion denken muss, auf den ein Mann getuscht ist. Sie fragt sich, wie sie ihm wohl äußerlich erscheint, oder jedem anderen. Konrad. Bloß als magere Gestalt in denkbar schlichter Kleidung, wie alle anderen, vermutet sie und erinnert sich mit einem Lächeln, wie Konrad ihr eingestand, dass er, als er sie zum ersten Mal sah – in der gleichen Kleidung wie heute, weiße Hemdbluse und graue *monpe*, eine Bauernhose –, spontan an Farbe dachte. Nicht, um sie zu malen, fügte er rasch hinzu. Aber bei dem auffallenden Kontrast, den sie zu dem saftigen Grün ringsum bildete, als sie vor zehn Monaten durch den gepflegten Garten der Kagawas auf ihn zugekommen war, wünschte er sich spontan sofort Eimer voll zähflüssiger bunter Farbe, um sie über ihr auszukippen, sah Wasserfälle aus Farben vor sich, die ihr von den Schultern rannen (Flüsse von Blau über ihr Hemd, Teiche von Orange zu ihren Füßen, smaragdgrüne und rubinrote Rinnsale, die sich auf ihren Armen überkreuzten).

»Hättest du das mal gemacht«, sagte sie und nahm seine Hand. »Dann wäre deine Verrücktheit viel schneller zum Vorschein gekommen.« Er entzog ihr seine Hand mit halb entschuldigendem, halb tadelndem Blick. Ihnen konnte jeden Moment ein Militärpolizist begegnen.

Der Greis mit der runzligen Haut dreht sich zu ihr um und berührt dabei sein Gesicht, als wollte er den jungen Mann unter all den Falten ausfindig machen. In den letzten Monaten hat er dieses Mädchen aus dem Viertel – die Tochter des Verräters – schon einige Male gesehen, und jedes Mal scheint der Hunger, dem sie alle ausgesetzt sind, sie noch schöner zu machen: Die Rundheit ihres Kindergesichts ist vollkommen verschwunden und hat zarte, vornehm geschwungene Wangenknochen zum Vorschein gebracht; auf einem befindet sich ganz oben ein kleiner Leberfleck. Irgendwie aber hat der Hunger ihre Züge nicht hart gemacht, besonders wenn sich, wie jetzt gerade, ihr einer Mundwinkel hebt und ein winziges Grübchen wenige Millimeter neben dem Rand des Lächelns erscheint, wie um eine Grenze zu markieren, die nur sichtbar wird, wenn man sie zu überschreiten versucht. Der alte Mann schüttelt den Kopf, weil er weiß, wie töricht es von ihm ist, eine junge Frau anzustarren, die ihn überhaupt nicht wahrnimmt, doch er ist zugleich froh, dass es noch etwas auf der Welt gibt, das ihn zu Torheiten verleiten kann.

Über das metallische Zirpen der Zikaden legt sich das Heulen der Luftschutzsirenen, inzwischen so vertraut wie der Ruf von Insekten. Die neue Bombe!, denkt der alte Mann, vergisst alle Dummheiten und macht kehrt, um zum nächstgelegenen Luftschutzbunker zu eilen. Hiroko dagegen stößt ungeduldig die Luft aus. Der Tag ist jetzt bereits heiß. In den überfüllten Luftschutzräumen Urakamis wird es unerträglich sein – zumal unter den dick gepolsterten Luftschutzhauben, die sie mit Skepsis betrachtet, aber wohl oder übel wird anlegen müssen, um sich einen Vortrag vom Vorsitzenden der Nachbarschaftsvereinigung darüber, dass sie ein schlechtes Beispiel für die Kinder abgibt, zu ersparen. Es ist ein blinder Alarm – es ist fast immer blinder Alarm. Die anderen Städte Japans mögen schlimm unter Luftangriffen gelitten haben, aber nicht Nagasaki. Vor einigen Wochen hat sie Konrad gegenüber die weit verbreitete Binsenweisheit wiederholt, dass Nagasaki von schlimmeren Zerstörungen sicher verschont bleiben würde, weil es die christlichste Stadt Japans sei, worauf Konrad zu bedenken gab, dass in Dresden weit mehr Christen gelebt hätten als in Nagasaki. Seither nimmt sie die Luftschutzsirenen etwas ernster. Aber trotzdem, im Luftschutzraum wird es so heiß sein. Warum sollte sie nicht einfach zu Hause bleiben? Es wird fast sicherlich ein blinder Alarm sein.

Warum es darauf ankommen lassen, denkt Konrad. Er holt seine Luftschutzhaube aus dem Haus und läuft zügig los zu dem Schutzraum, den die Kagawas im rückwärtigen Garten haben errichten lassen. Auf halbem Weg bleibt er auf dem Rasen stehen und schaut zu der Mauer, die das Anwesen von dem verlassenen Nachbargrundstück trennt. Seit dem letzten Regenguss hat er nicht mehr nach seinen Vögeln auf der anderen Seite der Mauer gesehen. Er lässt die Luftschutzhaube ins Gras fallen, läuft zur Mauer und hievt sich darüber hinweg, so geduckt wie möglich, um nicht von vorbeikommenden Passanten oder der Militärpolizei gesehen zu werden.

Sollte ihn zufällig jemand sehen, würde er wohl einen lächerlichen Eindruck machen – ein schlaksiger Europäer, der sich über eine Mauer bugsiert, mit langen Armen und Beinen und verhangenen Augen, dessen Haare und kurzgestutzter Bart eine in Nagasaki so ungewöhnliche Farbe haben, dass Hiroko Tanaka bei ihrer ersten Begegnung dachte, die Haare von Europäern würden im Alter rosten, statt zu ergrauen. Später fand sie heraus, dass er erst neunundzwanzig war – acht Jahre älter als sie.

Das trockene Gras raschelt unter seinen Füßen – es kommt ihm vor, als würde er winzigen Lebewesen das Rückgrat brechen –, als er hinüberläuft zu dem mächtigen Kampferbaum, an dem die Vögel befestigt sind und sich gemächlich im leisen Wind drehen. Hiroko war es, die seine violetten Notizbücher zuerst als Vögel bezeichnete – am Tag, als sie sich kennenlernten; das einzige Mal, dass sie bei ihm in seinem Haus war. Sie nahm ein Notizbuch von seinem Schreibtisch, schlug es auf und ließ es in der Luft durch das Zimmer gleiten. Bei der Lebendigkeit ihrer Geste wurde ihm erst bewusst, wie leblos seine Worte waren: Sätze, die ein Jahr nach dem anderen aufs Papier geworfen wurden, einfach nur, damit er so tun konnte, als hätte seine Anwesenheit hier einen Sinn, eine Ausrede dafür, warum er sich in eine Welt duckte, von der er sich so abgetrennt fühlte, dass nichts in ihr ihn jemals einbeziehen könnte.

Doch seit sich nach Deutschlands Kapitulation sein Status in Nagasaki von dem eines Verbündeten zu einem eher zwiespältigen Zustand verschoben hat, der es erforderlich macht, dass die Militärpolizei ihn aufmerksam im Auge behält, haben die leblosen Worte das Potenzial, ihn ins Gefängnis zu bringen. So weit also ging die Paranoia des kaiserlichen Japan schon: Notizbücher voller Recherchen und Betrachtungen über die kosmopolitische Welt, die kurze Zeit in der Umgebung existierte, in der er nun lebt, sind ein Beleg für Verrat. Das hat Yoshi Watanabe ihm nachdrücklich klargemacht, als sich Deutschlands Niederlage abzuzeichnen begann. *Du schreibst über ein von Ausländern bevölkertes Nagasaki. Du schreibst voller Sehnsucht darüber. Das läuft schon beinahe darauf hinaus, eine amerikanische Besatzung zu bejubeln.* Deswegen hat Konrad an dem Abend, als Deutschland kapitulierte, ein Mobile aus stabilem Draht gebastelt und seine acht in violettes Leder gebundenen Notizbücher daran aufgehängt. Er kletterte über die Mauer auf das verlassene Nachbargrundstück und hängte das Mobile dort in einen Baum. Der Wind wirbelte die Vögel mit den violetten Flügeln im Mondschein umher.

Er ist sich nach wie vor sicher, dass es niemandem einfallen wird, sich in dem verlassenen Garten auf die Suche nach Beweisen von Verrat zu machen. Die Leute, die bereitwillig jedes Staubkörnchen in einem Haus auf Anzeichen für staatsfeindliche Umtriebe durchsieben würden, können immer durch einen einfachen Akt der Phantasie getäuscht werden.

Er duckt sich unter einen tief hängenden Ast, streckt die Hand aus und stellt fest, dass die Lederbücher weiter trocken und unversehrt sind, wenn auch etwas ausgebleicht. Dankbar schaut er hinauf in das schützende Laubdach und bemerkt dann den weißen Streifen auf einem der Ledereinbände: der Kommentar eines echten Vogels zu diesen violetten Hochstaplern. Auf seinem Gesicht breitet sich das Lächeln aus, das andere Leute bisweilen dazu verleitet, ihn als gutaussehend zu betrachten. Als er von dem Baum zurücktritt, verlagert sich seine Aufmerksamkeit auf den leicht irren Ton, der sich in den klagenden Ruf der Luftschutzsirene geschlichen hat. Nicht sonderlich sinnig, hier eine Bombe abzuwerfen, denkt Konrad, während er ohne Hast wieder den Weg zum Luftschutzraum von Haus Azalee antritt. Die ehemalige Ausländersiedlung, in der er lebt, ist heute durch Verlassenheit gekennzeichnet, und seit jeher von Vergeudung. In Urakami könnten in diesem Palast zehn Familien wohnen!, sagte Hiroko bei ihrer ersten Begegnung und zeigte auf Haus Azalee. Und fügte hinzu: Die Reichen! Lächerlich!, um sich ihm dann mit der Frage zuzuwenden, was er ihr für die Übersetzungsarbeit zahlen wolle, um die er sie gebeten hatte.

Wochen später warf er ihr lachend vor, ihren Preis durch Ausnutzung seines schlechten Gewissens in die Höhe getrieben zu haben. Ja, natürlich, bestätigte sie mit der ihr eigenen Aufrichtigkeit; Hunger und Skrupel passen nicht sehr gut zusammen. Dann breitete sie die Arme aus und drückte fest die Augen zu, als konzentriere sie sich ganz darauf, eine andere Welt heraufzubeschwören: Wenn der Krieg vorbei ist, werde ich gut sein. Sie schlug die Augen auf und fügte leise hinzu: Wie meine Mutter. Spontan kam ihm der Gedanke, dass ihre Mutter es nie gutgeheißen hätte, dass sie eine Romanze mit einem Deutschen anfing oder auch nur allein mit ihm durch die Hügel um Nagasaki wanderte. Ihm war nicht wohl bei dem Gedanken, dass sein Glück mit dem Tod ihrer Mutter zusammenhing, doch dann nahm sie seine Hand, und ihm kamen Zweifel, ob Hiroko Tanaka sich jemals von irgendjemandem, selbst einer verehrten Mutter, hätte Vorschriften machen lassen. Warum, fragte sie ihn einmal, sollten die Benimmregeln als Einziges vom Krieg unberührt bleiben? Alles, was früher einmal war, ist überholt und vorbei.

Die Luftschutzhaube mit dem Fuß vor sich herschiebend, betritt er den geräumigen Schutzraum, der im Hang des Gartens von Haus Azalee angelegt worden ist. Ein Hauch von Bitternis liegt in der modrigen Luft. Hier das Kartenspiel, mit dem er und Yoshi Watanabe und Keiko Kagawa sich ablenkten, besonders nützlich in den Anfangszeiten, als sich mit den Warnungen der Luftalarmsirenen mehr Schrecken als Langeweile verband; hier der Eichensessel, von dem aus Kagawa-san das Verhalten seiner Nachbarn und Familie und Bediensteten beobachtete, bei den seltenen Gelegenheiten, wenn er morgens beim Heulen der Sirenen noch zu Hause war; hier die Umrisse des Himmel-und-Hölle-Spiels, das Konrad für die jüngeren Kagawa-Kinder in den Staub gefurcht hatte; hier die versteckte Flasche Sake, von der der Koch glaubte, sie sei sein Geheimnis; hier die andere versteckte Flasche Sake, wegen der die halbwüchsigen Kagawa-Kinder sich spätabends hinüber in den verlassenen Schutzraum schlichen. Sie wussten, dass Konrad sie von seinem

Hausmeisterhäuschen aus sehen konnte, doch während ihre Eltern nach sieben Jahren immer noch unsicher im Umgang mit ihrem Hausherrn waren, der seinen schlaksigen Körper irgendwie in dem winzigen Haus am hinteren Ende des Gartens unterbrachte, wussten die jüngeren Kagawas, dass er ihr Verbündeter war, und hätten ihn mit Freuden an ihren Trinkgelagen teilnehmen lassen, wenn er einen Wunsch in dieser Richtung geäußert hätte.

Inzwischen wechseln alle Kagawas die Straßenseite, wenn sie ihn von fern herankommen sehen. Eine einzige Befragung durch die Militärpolizei, die fragwürdige nationale Loyalität ihres Hausherrn betreffend, hatte ausgereicht, sie zum Auszug aus Haus Azalee zu bewegen.

Konrad nimmt Platz auf Kagawa-sans Eichensessel und legt sich seine kapuzenartige Luftschutzhaube auf die Knie. Vor lauter Versunkenheit in das, was einmal war, wird ihm erst verzögert bewusst, dass die Gestalt, die mit einer Schutzhaube in der Hand im Eingang auftaucht, im Hier und Jetzt existiert. Es ist Yoshi Watanabe.

Als würde er um Erlaubnis bitten, zu einer Privatparty zugelassen zu werden, sagt Yoshi auf Englisch: »Darf ich reinkommen? Ich hätte Verständnis, wenn du nein sagst.«

Konrad gibt keine Antwort, doch als Yoshi sich mit einer gemurmelten Entschuldigung zum Gehen wendet, ruft er ihm zu: »Sei kein Idiot, Joshua. Was glaubst du, wie ich mich fühlen würde, wenn du von einer Bombe getroffen wirst?«

Yoshi kommt herein, klemmt sich die Bügel seiner Brille hinter die Ohren und blinzelt heftig.

»Da bin ich mir nicht sicher.«

Er nimmt das Kartenspiel, kniet sich auf den Boden vor das Tischchen, mischt die Karten und teilt dann zehn an sich und an den leeren Raum gegenüber aus.

Yoshi Watanabe ist der »Japs«, von dessen Telegrammen James Burton gesprochen hatte, als er Konrad nach Nagasaki abschob.

Sein Großvater, Peter Fuller aus Shropshire, war George Burtons engster Freund und Nachbar gewesen. Bei Konrads Ankunft in Nagasaki war es Yoshi, der ihn am Hafen abholte, Yoshi, der ihn im Haus Azalee herumführte, Yoshi, der ihm einen Japanischlehrer besorgte, Yoshi, der innerhalb weniger Stunden nach Konrads Äußerung, dass er eigentlich viel lieber in dem gemütlichen kleinen Hausmeisterhaus wohnen würde, die Kagawas förmlich aus dem Ärmel schüttelte wie einen Blumenstrauß, den er dort verborgen hatte, Yoshi, der ihm Geschichten von der kosmopolitischen Welt im Nagasaki der Jahrhundertwende, einzigartig in Japan, erzählte – von den englischsprachigen Tageszeitungen, dem Internationalen Club, den Verbindungen und Hochzeiten zwischen europäischen Männern und japanischen Frauen. Und als Konrad sagte, dass er jemanden brauchte, der ihm für das Buch, das er über diese kosmopolitische Welt schreiben wollte, japanische Briefe übersetzte, war es Yoshi, der ihn mit der Deutschlehrerin seines Neffen bekanntmachte, Hiroko Tanaka.

Es war eine jener Freundschaften, die nach kurzer Zeit gleichsam unvermeidlich und unauflöslich schienen. Und dann endete sie mit einem Gespräch, das kaum eine Minute dauerte.

*Sie kommen jetzt immer öfter, um mich zu kontrollieren, Konrad. Der Mädchenname meiner Mutter war Fuller. Du weißt, was das bedeutet. Ich darf ihnen nicht noch mehr Anlass zu der Vermutung geben, dass meine Loyalität zwiegespalten ist. Bis der Krieg vorbei ist, halte ich mich von allen westlichen Ausländern in Nagasaki fern. Aber nur, bis der Krieg vorbei ist. Danach, Konrad, danach wird alles wieder so sein wie früher.*

*Wenn du in Deutschland gelebt hättest, Joshua, hättest du das auch deinen jüdischen Freunden erzählt. Tut mir leid, dass ich dich nicht auf meinem Dachboden verstecken kann, aber komm doch mal zum Abendessen, wenn die Nazis nicht mehr an der Macht sind.*

»Warum bist du hier?«

Yoshi blickt von dem Blatt Karten in seiner Hand auf.

»Ich war zu Haus, als die Sirenen losheulten. Das hier ist der nächstgelegene Schutzraum.« Da Konrad die Augenbrauen hochzieht, fügt er hinzu: »Ich weiß. Die letzten Wochen über bin ich immer in den Schutzraum der Schule gegangen. Aber mit dieser neuen Bombe jetzt ... da wollte ich keine Minute zu lange im Freien riskieren.«

»Dann gibt es also größere Risiken auf der Welt, als mit einem Deutschen in Verbindung gebracht zu werden? Das ist ja beruhigend. Was für eine neue Bombe?«

Yoshi legt seine Spielkarten hin.

»Hast du nichts davon gehört? Von Hiroshima? Vor drei Tagen?«

»Vor drei Tagen? Mit mir hat seit drei Tagen kein Mensch mehr gesprochen.«

In dem Schutzraum in Urakami ist Hiroko so eng zwischen ihren Nachbarn eingezwängt, dass sie nicht einmal die Hand heben kann, um sich den Schweiß vom Haaransatz zu wischen. So voll ist es hier drinnen seit den Tagen der ersten Fliegeralarme nicht mehr gewesen. Was könnte den Vorsitzenden der Nachbarschaftsvereinigung dazu veranlasst haben, so hektisch alle Bewohner einzusammeln und ihnen zu befehlen, sich in den Schutzraum zu begeben? Sie atmet durch den Mund aus und dreht den Kopf leicht zur Frau des Vorsitzenden, die sich sofort brüsk von Hiroko abwendet. Ob aus schlechtem Gewissen oder aus Verachtung, ist unmöglich zu sagen.

Die Frau des Vorsitzenden war eine enge Freundin von Hirokos Mutter gewesen – sie erinnert sich noch, wie die beiden gemeinsam kichernd die neueste Ausgabe von *Sutairu* durchblätterten, in den Zeiten, ehe der Krieg der Zeitschrift das Aus brachte: In Kriegszeiten war in Japan kein Platz für eine Publikation, die Frauen darüber aufklärte, was für Unterwäsche man zu westlichen Kleidern trug. Auf ihrem Sterbebett hatte Hirokos Mutter die Frau des Vorsitzenden um einen einzigen Gefallen gebeten: Beschütze meinen Mann vor sich selbst. Für einen eigensinnigen Künstler war in Japan in Kriegszeiten noch weniger Platz als für Zeitschriften über moderne junge Frauen. Lange Zeit hatte die Frau des Vorsitzenden ihr Versprechen gehalten und ihren Mann dazu überredet, Nachsicht mit Matsui Tanaka zu üben, seine Schimpftiraden gegen das Militär und den Kaiser als Ausdruck der Trauer eines Witwers aufzufassen, der vor Kummer nicht mehr bei Sinnen war. Im Frühjahr aber war Matsui Tanaka an einem Haus in der Nachbarschaft vorbeigekommen, das zum Andenken an den fünfzehnjährigen Sohn, der bei einem Kamikazeangriff sein Leben geopfert hatte, mit Kirschblüten geschmückt war. Ohne ein Wort zu Hiroko zu sagen, die schweigend neben ihm ging, sprang Matsui Tanaka mit einem Satz nach vorn, zog eine Schachtel Streichhölzer aus seiner Hosentasche und zündete die Kirschblüten an.

Kurz darauf lag er blutend am Boden, während der Vater des toten Jungen sich heftig gegen die Männer aus der Nachbarschaft zur Wehr setzte, die endlich beschlossen hatten, den Rasenden zur Räson zu bringen. Hiroko, die sich über ihren Vater beugte, wurde von der Frau des Vorsitzenden in die Höhe gezogen.

»Melde ihn selbst«, sagte die Frau, die zu ihr immer wie eine Tante gewesen war. »Dieser Rat ist der einzige Schutz, den ich dir jetzt bieten kann.«

Selbstverständlich hatte sie auf diesen Rat nicht gehört – die Entbehrungen des Krieges hatten vielleicht ihre Skrupel vermindert, aber nicht ihre Loyalität –, und am Tag darauf geschah dreierlei: Die Militärpolizei holte ihren Vater ab und brachte ihn ins Gefängnis, wo er über zwei Wochen blieb; der Direktor der Schule, an der sie Deutsch unterrichtete, teilte ihr mit, sie sei entlassen, an seiner Schule sei kein Platz für die Tochter eines Verräters und außerdem sei es auch gar nicht nötig, dass die Schüler eine Fremdsprache lernten (bei diesen Worten krümmte sich der

Direktor sichtlich zusammen, wie um dem Abscheu, den er erregte, so wenig Angriffsfläche wie nur möglich zu bieten); und als sie nach Hause zurückkam, erwartete sie dort schon der Vorsitzende und eröffnete ihr, dass sie zur Arbeit in einer der Munitionsfabriken dienstverpflichtet sei.

Jetzt möchte sie der Frau des Vorsitzenden zu verstehen geben, dass sie weiß, dass diese so lange wie möglich ihr Bestes getan hat; teils aber hat sie auch den Wunsch, sie genau damit zu beschämen.

Als ein Neuankömmling den Schutzraum betritt, werden alle Anwesenden noch weiter nach hinten gedrängt; doch von allen Seiten werden nur höfliche Entschuldigungen gemurmelt, weil man so unwürdig dicht an die Achselhöhlen und Unterleiber fremder Menschen gedrückt wird. Hiroko rückt nach hinten in eine Lücke, die sich irgendwie, gegen alle physikalische Wahrscheinlichkeit, aufgetan hat, und findet sich neben zwei Jungen wieder. Dreizehn, vielleicht vierzehn Jahre alt. Sie kennt sie, diese Jungen aus Nagasaki. Nicht diese beiden direkt, aber ihr allgemeines Gebaren. Dem größeren der beiden, mit dem hochmütig hochgereckten Kopf, traut sie zu, dass er bei Mädchen oder jungen Lehrerinnen gerne darüber schwadroniert, welche Gedanken ihm wohl durch den Kopf gehen werden, wenn er sich erst im tödlichen Anflug auf die Brücke eines amerikanischen Flugzeugträgers befindet (bald, sehr bald, die jüngsten Piloten sind nur wenig älter als er), wobei er unmissverständlich andeutet, dass die weibliche Person, zu der er sich gerade vorneigt, eine zentrale Rolle in diesen letzten, heldenmütigen Gedanken spielen wird.

»Du lügst«, flüstert der kleinere Junge.

Der größere schüttelt den Kopf.

»Denen in der Nähe wurde das Fleisch bis auf die Knochen abgeschält, so dass sie nur noch Skelette waren. Bei denen, die weiter weg waren, wurde nur die Haut abgelöst, wie bei Trauben. Und jetzt, wo sie diese neue Bombe haben, werden die

Amerikaner nicht aufhören, bis wir alle Skelette oder Trauben sind.«

»Hör auf«, sagt Hiroko mit ihrer Lehrerinnenstimme. »Hör auf damit, solche Lügen zu erzählen.«

»Das sind keine …«, fängt der Junge an, bis ihn ihre hochgezogene Augenbraue zum Schweigen bringt.

Einer ihrer ehemaligen Schüler – Joseph – hat seine Ohka tatsächlich in einen amerikanischen Flugzeugträger gelenkt. Einmal vertraute er ihr an, dass er bei seinem letzten Flug zwei Fotos mitnehmen würde – eins von seinen Eltern, unter einem Kirschbaum stehend, und eins von Myrna Loy. Ein Foto von Myrna Loy, fragte sie, während du ein amerikanisches Kriegsschiff zerstörst? Aber ihm fiel die Ironie dabei nicht auf. Er war der Junge aus der Nachbarschaft, dessen Tod ihren Vater veranlasst hat, den Kirschblütenzweig zu verbrennen – vielleicht tat er das für sie. Weil er ihr nur auf diese Weise zeigen konnte, dass er den Zorn und den Kummer verstand, den sie unausgesprochen in sich trug. Sie weiß nicht, was sie mehr verwundert – die Möglichkeit, dass das die Wahrheit sein könnte, oder der Umstand, dass sie darauf noch nicht früher gekommen ist. Das Verstummen ihres Vaters seit dem Tod ihrer Mutter deutet sie eher dahingehend, dass ihm nichts mehr mitteilenswert erscheint, nicht so sehr als Unfähigkeit, eine neue Einheit mit seiner Tochter zu bilden, jetzt, da seine geliebte Frau nicht mehr da ist, um seinen Gedanken eine Stimme zu verleihen.

»Skelett oder Traube?«, flüstert der große Junge. Sie nimmt unangenehme Ausdünstungen wahr.

Draußen gibt es Luft und Bäume und Berge. Das wiegt jedes Risiko auf.

Sie drängt sich seitwärts, mit der Schulter voran, in Richtung Ausgang, und alle, die auf Neuzugänge im Schutzraum so höflich reagiert haben, sind jetzt empört darüber, dass sie ins Freie will.

»Was machen Sie denn … hier ist kein Platz … bleiben Sie

zurück, bleiben Sie zurück …« Ein Ellbogen trifft sie in die Rippen.

»Mein Vater«, ruft sie. »Ich muss meinen Vater suchen.«

Einige der Frauen im Schutzraum machen ihr jetzt Platz, heben ihre Kinder auf den Arm.

Eine Stimme sagt: »Ihr Vater ist Matsui Tanaka, der Verräter«, worauf die Stimmung im Raum spürbar feindselig wird, ihr zwar mehr Leute Platz machen, aber auf eine Weise, die deutlich macht, dass man sie hier nicht will.

Es ist ihr egal. Sie befindet sich jetzt im Freien, atmet gierig die frische Luft ein, die im Vergleich beinahe kühl wirkt.

Sie geht sehr hastig, um den Schutzraum hinter sich zu lassen, und verlangsamt dann ihre Schritte, als ihr die Verlassenheit ringsum bewusst wird. Unter einem Baum mit hellen Blättern reckt sie ihre Arme empor, um sie mit Sonnenlicht und Schatten tüpfeln zu lassen, während sich die Zweige in einem Windzug wiegen, der auf der Erde nicht zu spüren ist. Sie mustert ihre Hände vor sich in der Höhe – voller Schwielen von der Fabrikarbeit und von den Übungen mit dem Bambusspeer. So hat sie es sich nicht vorgestellt, einundzwanzig zu sein. Stattdessen schwebte ihr Tokio vor – Hiroko Tanaka in der Großstadt, in schicken Kleidern, die Haare knapp unter den Ohrläppchen abgeschnitten, in Jazzclubs Lippenstiftspuren an Weingläsern hinterlassend –, wo sie auf eigene Faust den Lebensstil der »modernen Mädchen« der Zwanziger wiederbeleben würde, deren Geist in den Dreißigern in *Sutairu* überlebt hatte.

Aber das waren kindische Träume. Oder geborgte Träume vielmehr. Sie bekam oft mit, wie ihre Mutter über Geschichten von modernen Mädchen seufzte oder lachte, und malte sich aus, dass die Welt dieser Mädchen die einzige Fluchtmöglichkeit aus einem Leben bot, das nur aus Pflichterfüllung bestand. Obwohl sie mit den Jahren zunehmend zu der Überzeugung kam, dass ihre Mutter – die sich so selbstlos um Mann und Tochter und Haushalt kümmerte – sich nie ernsthaft nach einer Flucht sehnte, sondern nur Gefallen an der Vorstellung fand, dass es diese Möglichkeit gab. Genau das machte den Unterschied zwischen ihr und ihrer Tochter aus. Für Hiroko liefen Kenntnis und Begierde auf dasselbe hinaus. Aber jene Welt, die in Zeitschriften zu bestaunen war, war wesentlich weniger bekannt als die Welt, die sie mit ausgestreckter Hand an den Wurzeln ihrer rostfarbenen Haare packen konnte.

Heute sind die Kindheitsträume ausgeträumt. Heute gibt es Konrad. Sobald der Krieg endet, wird es sie und Konrad geben. Sobald der Krieg endet, wird es Essen und Seide geben. Dann wird sie nie wieder Grau tragen, nie wieder Teeblätter zweimal aufgießen, nie wieder einen Bambusspeer in die Höhe recken oder je wieder eine Fabrik oder einen Luftschutzbunker betreten. Sobald der Krieg endet, wird ein Schiff ablegen und sie und Konrad weit weg bringen in eine Welt ohne Pflichten.

Wann wird der Krieg enden? Es kann nicht schnell genug passieren.


Er entfernt sich vom Haus Azalee, beinahe im Laufschritt.

Er hört, wie Yoshi ihm hinterherruft, zurückzukommen und die Entwarnung abzuwarten, doch ihn beherrscht einzig der Gedanke, dass, sollte es eine weitere neue Bombe geben, diese mit Sicherheit auf Urakami abgeworfen wird: auf die Fabriken, auf die dicht zusammengedrängten Menschen. Dagegen bieten die Schutzräume keinen Schutz, nicht gegen diese Bombe, die Yoshi ihm geschildert hat. Und falls sie auf Hiroko fällt, dann soll sie auch auf ihn fallen.

Er läuft schneller, während ihm Erinnerungen durch den Kopf jagen: wie sie durch das Tor kam, um ihn aufzusuchen, nachdem Yoshis Neffe ihr den Brief übergeben hatte, in dem er anfragte, ob sie Lust hätte, ihm für ein noch auszuhandelndes Honorar Briefe und Tagebücher ins Deutsche zu übersetzen; an den Schulhof, auf dem sie sich in den ersten Monaten jede Woche trafen, wie der Austausch von Übersetzungen und Geld bei ihren Treffen immer nebensächlicher wurde; an die Straße, die zur Straßenbahn führte, wo sie auf seine düsteren Klagen wegen der Rationierungen hin die Liedzeile »Yes, we have no bananas« trällerte und er entdeckte, dass sie Englisch ebenso fließend beherrschte wie Deutsch; an das Chinesenviertel, wo er sie das erste Mal zum Lachen brachte, indem er ihr die Namen beichtete, die er all den Gemüsesorten gegeben hatte, die er nicht kannte: windverwehter Kohl, Erdknubbel, Blumenfossilien, schlaksige Kartoffel; an die Megane-Bashi, zu Deutsch Brillenbrücke, auf der sie gestanden und aufs Wasser geblickt hatten, als ein kleiner silberner Fisch aus Konrads widergespiegelter Brust geschnellt und hinüber in ihr Spiegelbild gesprungen war und sie »Oh« sagte, einen Schritt zurücktrat und beinahe das Gleichgewicht verlor, so dass er ihr den Arm um die Taille legen musste, um sie zu stützen. Und hier – er verlangsamt seinen Schritt; es wird Entwarnung gegeben; die Gefahr ist vorüber – die Ufer des Oura, an denen er ihr erzählte, dass er in seinem ersten Winter in Nagasaki an dem zugefrorenen Fluss vorbeigegangen war und unter der Eisoberfläche Farbkleckse bemerkt hatte.

»Ich ging näher heran. Und was, glaubst du, habe ich entdeckt? Einen Frauennamen. Hana. Er war mit roter Tusche geschrieben worden, von jemandem – entweder ein geübter Künstler oder ein vernarrter Liebender –, der sich auf die Kunst verstand, genau in dem Augenblick auf das Wasser zu schreiben, bevor das Eis die Lettern erstarren ließ.«

Statt darauf den Kopf zu schütteln und ihm irgendeine ganz praktische Erklärung für einen in Eis versiegelten Namen zu geben, wie er es befürchtet hatte, runzelte sie die Stirn.

»Dein erster Winter hier war '38. Warum sind wir uns noch nicht früher begegnet? Was für eine Verschwendung.«

Es war für ihn der erste greifbare Hinweis darauf, dass sie – absurder-, wunderbarerweise – seine Gefühle zumindest ansatzweise erwiderte.

Er geht weiter, nicht mehr panisch jetzt, sondern zielstrebig. Seit Deutschland kapituliert hat, schärft er ihr ein, dass es für sie – die Tochter eines Verräters – gefährlich ist, zu viel Zeit mit ihm zu verbringen. Deshalb treffen sie sich jetzt nur noch zweimal die Woche, jeweils eine Stunde lang, immer an öffentlichen Orten, manchmal verfolgt von der Militärpolizei – bei diesen Gelegenheiten führen sie laut Gespräche auf Japanisch über die glorreiche Geschichte Japans, die sie ihm vorgeblich näherbringt. Er hat aufgehört, ihr allwöchentlich Bücher in Deutsch und Englisch aus seiner Bibliothek zu leihen, obwohl es bislang eine seiner größten Freuden war, die verschiedenen Mienen des Entzückens auf ihrem Gesicht zu sehen, mit denen sie Yeats, Waugh, Mann in Empfang nimmt; wie umfangreich oder schwierig ein Buch auch sein mag, sie hat es durch – hat es mitunter sogar zweimal gelesen –, wenn die Woche herum ist. Inzwischen aber sind auch »Bücher« auf der Liste der vorerst ausgesetzten Vertraulichkeiten zwischen ihnen gelandet. Bei jedem Treffen klagt sie darüber, dass es auch so schon genug Rationierungen auf der Welt gäbe, aber er hat sich nicht erweichen lassen. Nach dem Krieg, sagt er immer. Nach dem Krieg. Jetzt wird ihm klar, wie sehr er sich schon von Yoshis Denkweise hat anstecken lassen.

Auf dem Weg hinüber ins Tal hebt er den Blick zur Urakami-Kathedrale mit ihren Steinskulpturen, die sich vor dem Himmel abheben – an bedeckten Tagen kommt man leicht auf den Gedanken, dass jede graue Wolke eine unfertige Statue ist, die nur darauf wartet, von einem Bildhauer hinabgezogen und in feste steinerne Form gehauen zu werden. Und auch er ist in solide Form gehauen worden – sie sind längst vorbei, jene Tage der Unwirklichkeit, als er nicht wusste, was er in Japan eigentlich verloren hatte, ein Flüchtling aus einem einst geliebten Vaterland, für oder gegen das er schon lange nicht mehr zu kämpfen versucht. Heute weiß er genau, warum er hier ist, warum dies für ihn der einzig denkbare Ort ist.

Mit dem Fluss und der Kathedrale im Rücken lenkt er seine Schritte jetzt dem Hügel zu, den sie ihm beschrieben hat – mit dem laublosen Baum mit der silbernen Rinde, den man mit schwarzer Farbe bemalt hat, damit er im Mondlicht nicht aussieht wie ein Turm aus Stahl und feindlichen Beschuss auf sich zieht (und auf die obersten Äste hat jemand Sterne gemalt). Dort die violetten Dächer ihrer Nachbarschaft, die sie an seine Notizbücher erinnern, so dass sie jeden Tag, wenn sie aus der Fabrik kommt, seine Vögel sieht, jede Nacht unter ihren ausgebreiteten Flügeln einschläft.

»Konrad-san?« Sie steht auf der Veranda ihres Hauses, sieht ihn mit besorgter Miene an. Aus welchem Grund könnte er nach Urakami gekommen sein, wo ihn all ihre Nachbarn sehen können?

Er lächelt und hebt in gespielter Verzweiflung die Hände. Schon vor Monaten hat er sie gebeten, ihn »Konrad« zu nennen, und sie sagte: »Das ist ein schöner Name, aber allein klingt er so nackt.« Dann schenkte sie ihm ein hinreißend verruchtes Lächeln. »Eines Tages ist das vielleicht kein Problem mehr.«

»Ist dein Vater da?«

»Nein, er geht in den Hügeln spazieren. Komm.«

Sie öffnet die Schiebetür, und er zieht hastig seine Schuhe aus, bevor er ihr ins Hausinnere folgt. Sie geht die Treppe hoch, bevor er eingetreten ist, deshalb nimmt er sich kaum die Zeit, sich in dem kleinen Empfangsraum umzusehen, dessen zentraler Blickfang eine Pinsel-und-Tusche-Zeichnung ist, ein Seepanorama von Nagasaki – ein Werk ihres Vaters, vermutet er zutreffend und fühlt sich beim Gedanken an ihren Vater merkwürdig verunsichert. Die Regeln der Welt in Frage zu stellen, hat Hiroko einmal gesagt, hätte sie eher durch sein Beispiel gelernt als durch seine direkte Unterweisung, und Konrad kann sich der Befürchtung nicht erwehren, dass Matsui Tanaka seine Zurückhaltung als Vater in genau dem Augenblick aufgeben wird, wenn seine Tochter ihm den Deutschen vorstellt, den sie … ja, was? … liebt?

Im oberen Stock kommt er in ein Zimmer, in dem ein Futon aufgerollt ist, aber noch nicht fortgeräumt wurde. Er gibt sich Mühe, ihre Bettwäsche nicht anzustarren.

Hiroko geht auf den Balkon hinaus und lehnt sich auf die Brüstung. Dieses Haus steht hoch oben am Hang, und obwohl es auf drei Seiten von anderen Häusern umgeben ist, erblickt man vom Balkon aus nichts als Bäume und Hügel. Und nichts als Bäume und Hügel blicken auf das Haus.

»Du hast mir nie erzählt, dass du einen einzigen Sprung von einem Meer aus flüssigen Blättern entfernt wohnst«, sagt er.

Sie berührt ihn am Ärmel.

»Geht es dir gut? Du siehst seltsam aus. Und du bist hier. Warum?«

Wie üblich wechselt ihr Gespräch zwischen Deutsch, Englisch und Japanisch hin und her. Es kommt ihnen vor wie eine Geheimsprache, die niemand außer ihnen vollkommen zu verstehen vermag.

»Ich muss dich etwas fragen. Ich will nicht warten, bis der Krieg vorbei ist, um die Antwort zu hören.« Während er das sagt, begreift er, warum er hergekommen ist. »Willst du mich heiraten?«

Ihre Reaktion erfolgt umgehend. Sie richtet sich zu ihrer vollen Größe auf, stemmt die Hände in die Hüften.

»Was fällt dir ein?«

Er weicht zurück. Wie konnte er sich bloß so sehr täuschen?

»Was fällt dir ein, anzudeuten, dass es dazu noch einer Frage bedarf? Als wir uns letzte Woche darüber unterhalten haben, nach dem Krieg zusammen um die Welt zu reisen – was glaubst du denn, in welcher Eigenschaft ich dich da begleiten wollte, wenn nicht als deine Ehefrau?« Das Satzende verliert sich dumpf in seinem Hemd, als er sie an sich zieht.

Frieden, denkt sie. So fühlt sich der Frieden an.

»Nicht Delhi«, sagt er.

Sie sitzen aneinandergeschmiegt auf dem Balkon, die Finger ineinandergeschlungen.

»Aber ich möchte Ilse kennenlernen. Sie ist deine Schwester; ich muss sie kennenlernen.«

»Halbschwester«, berichtigt er. »Und es ist lange her, dass sie Ilse Weiss war. Heute heißt sie Elizabeth Burton. Und du wirst sie ja kennenlernen – bloß nicht in unseren Flitterwochen. Der einzige Mensch, dessen Bekanntschaft sich im Bungle Oh! lohnen würde, ist ehrlich gesagt Sajjad – falls er noch dort ist. Ein reizender junger Moslem, der für James arbeitet. Er war es, der mir diese Geschichte über die Spinne im Islam erzählt hat, weißt du noch?«

Sie hebt ihren Kopf von seiner Schulter.

»Bungalow?«

»Bungle Oh! Das ist ein Wortspiel. Bungle Oh!, Civil Lines, Delhi. Vielleicht hast du recht – wir sollten hinfahren. Wer kann so einer Adresse schon widerstehen?«

»Du machst doch nur Witze«, knurrt sie.

»Die Beschwerde ist neu.« Er drückt ihr einen Kuss aufs Haar. »Ilse wird uns nicht dahaben wollen. Ich habe dir doch erzählt, wie sehr sie sich ihrer, wie sie es nennt, ›deutschen Verbindungen‹ schämt. Darauf sind mein Vater und ich herabgestuft. Auf Verbindungen. Und das war noch vor dem Krieg. Wer weiß, ob sie jetzt auch nur zugeben wird, mich zu kennen? Wahrscheinlich erzählt sie aller Welt, sie sei vollständig ausgebildet der angelsächsischen Stirn ihrer Mutter entsprungen.«

»Na gut«, sagt sie. »Delhi also nicht. Wie sieht es mit New York aus?«

Er fragt sich, ob sie schon von dieser neuen Bombe gehört hat. Bei dem Gedanken zieht er sie noch enger an sich.

Sie beschließt, sich die Bemerkung zu verkneifen, dass es trotz der Bewölkung viel zu warm für so viel Körperkontakt ist. Ihre Gedanken eilen voraus zu den anderen Arten Körperkontakt, die durch die Ehe erforderlich werden. Sie fragt sich, ob sein Wissen über das, was sich in Hochzeitsnächten abspielt, wohl weniger unklar ist als ihres. Ihre Neugier deswegen ist vollkommen abstrakter Art.

»Dein Vater wird bald von seinem Spaziergang zurück sein«, sagt Konrad. Bekümmert steht er auf und zieht sie mit in die Höhe. »Ich möchte nicht, dass er seinen künftigen Schwiegersohn so zum ersten Mal sieht.«

»Dann komm später zum Abendessen. Ich werde dir so viele Schalen mit Urakamis bestem Heißwasser mit Misogeschmack vorsetzen, wie du essen kannst.«

»Klingt ausgezeichnet.«

Er sieht sie jetzt auf eine Art an, dass sie die Hand an ihren Mund hebt und daran herumwischt, denn scheinbar haftet ihr irgendetwas an der Lippe. Er lacht sanft, legt ihr die Arme um die Taille und küsst sie.

Natürlich hat er sie vorher schon mal geküsst. Sehr oft sogar. Aber immer nur hastig, husch, husch, bevor es jemand sieht. Jetzt ist es anders. Sie spürt etwas Feuchtes. Seine Zunge. Das müsste sich eigentlich eklig anfühlen, tut es aber nicht. Ganz und gar nicht. Sie staunt darüber, dass ihr Körper offenbar weiß, wie er darauf zu reagieren hat, wie fremd und zugleich vertraut sich das anfühlen kann.

Als er sich von ihr löst, sagt sie »Bleib« und schmiegt sich wieder an ihn.

Er schüttelt den Kopf, so, dass es nicht Nein bedeutet, sondern bloß Noch nicht.

»Bleib.«

Aber er weicht zurück. Weil er vermutet, dass sie nicht ganz versteht, welche Verheißung in diesem Wunsch enthalten ist, was jetzt nur noch einen einzigen Atemzug davon entfernt ist, unausweichlich zu sein.

»Zum Abendessen bin ich wieder da.« Er geht rückwärts davon, ohne den Blick von ihrem Gesicht zu lösen.

Auf diese Weise geht er die Treppe hinunter, und sie muss spontan lachen. Er sieht aus wie eine Figur in einem Film, der versehentlich rückwärtsläuft.

»Wo gehst du hin?«

»Keine Ahnung ... zur Urakami-Kathedrale?«

»Oh. Wird dort unsere Hochzeit stattfinden?« Ihre Stimme klingt missmutig.

»Natürlich nicht. Du bist ja nicht mal katholisch.«

»Das ist nicht das Problem. Ich möchte gerne oben auf einem Berg heiraten, mit Blick hinab aufs Meer.«

»Ich werde nur Augen für dich haben.« Dabei grinst er so frech, dass seine Aussage fast schon anzüglich wirkt.

Diese Seite an ihm ist wirklich vollkommen neu, und sie ist verblüfft über ihre eigene gespannte Vorfreude, während sie gleichzeitig abwinkt, wie um seine unsinnige Bemerkung beiseitezuwischen.

Inzwischen ist er rückwärts bis auf die Veranda hinabgestiegen.

»Warum also willst du zur Kathedrale?«

»Pater Asano hat gesagt, er würde mir einige Bücher leihen. Auf die Bücher kommt es mir gar nicht an, aber da er einer der wenigen Menschen ist, die noch gewillt sind, sich mit mir abzugeben, möchte ich ihn nicht beleidigen.«

»Die lassen wir alle zurück, Konrad. Wir suchen uns eine Insel, auf der nur wir beide leben, ganz allein.«

Es ist das erste Mal, dass sie seinen Namen ohne die Höflichkeitsanrede ausspricht. Er tritt vor, drückt seine Lippen noch einmal auf ihre – ohne sich um neugierige Nachbarn zu scheren.

Als er fort ist, huscht Hiroko in Windeseile die Treppe hinauf, um zu sehen, ob sie ihn vom Fenster aus beobachten kann, während er den Hang hinabgeht, aber das lässt die Ausrichtung ihres Hauses nicht zu. Auf einmal wird sie sich auf erschreckende Weise ihres Körpers bewusst. Eine solche Mischung aus

Schwere und Leichtigkeit – ihre Gliedmaßen erfüllt und ermattet von Wohlgefühl, und dennoch fühlt es sich an, als wären ihr Flügel gewachsen, die sie jeden Moment völlig vom Erdboden emporheben können.

In der Zimmerecke steht eine Truhe, in der ihr Vater die kostbarsten Andenken an seine Frau aufbewahrt. Sie öffnet die Truhe und greift nach dem zusammengefalteten Seidenkimono, auf dem eine Muschel und ein Umschlag voller Briefe liegen.

Hiroko nimmt den Kimono aus der Truhe und wirft ihn hoch in die Luft. Die Seide entfaltet sich raschelnd, was als Quadrat emporgeflogen ist, kommt als Rechteck zurück; ein weiteres Mal wirft sie das Gewand empor, und es prallt gegen die Lampe an der Decke, verfängt sich an ihrem Schirm und rieselt dann hinab in ihre aufgehaltenen Arme. Sie schließt die Arme um das Gewebe, das sich anfühlt, wie in einen Wasserfall eingehüllt zu werden, und malt sich aus, Konrad nackt im Arm zu halten.

Sie entkleidet sich eilig, streift die verhasste graue *monpe* und die Hemdbluse ab, die früher einmal blütenweiß war, inzwischen aber nur noch traurig verwaschen aussieht. Dann macht sie weiter, bis sie splitternackt ist. Etwas Seltsames geschieht in ihrem Körper, das sie nicht versteht, doch sie weiß, dass sie gerne hätte, dass es weitergeht. Ohne sich lange um Unterwäsche zu scheren, steckt sie einen Arm in den Ärmel des Kimonos, dessen Seide ihr elektrisch über die Haut knistert.

Konrad marschiert durch das Urakami-Tal, und dabei faltet sich sein Herz immer und immer wieder zusammen.

Hiroko tritt auf die Veranda hinaus. Ihr Körper ist vom Hals abwärts eine Säule aus Seide, weiß mit drei schwarzen Kranichen, die ihr über den Rücken fliegen. Sie lässt den Blick zu den Bergen hinüberschweifen, und alles kommt ihr viel schöner vor als noch heute am frühen Morgen. Nagasaki erscheint ihr schöner denn je. Sie dreht den Kopf herum und sieht die Türme der Urakami-Kathedrale, zu denen Konrad gerade aufblickt, als ihm

auffällt, wie zwischen den Wolken eine Lücke aufreißt. Sonnenlicht kommt hindurchgeströmt, schiebt die Wolken noch weiter
auseinander.

Hiroko.

Und dann wird die Welt auf einmal weiß.

Das Licht ist körperlich. Es schleudert Hiroko nach vorn, wirft sie um. Staub dringt ihr in Mund und Nase, als sie am Boden landet, und es brennt. Ihr erster Gedanke gilt dem Kimono ihrer Mutter, sie hat Angst, er könnte bei dem Sturz zerrissen sein. Sie stemmt sich vom Boden hoch, schaut an sich herunter. Der Kimono ist zwar beschmutzt, aber nicht zerrissen. Und doch stimmt irgendetwas nicht. Sie steht auf. Die Luft ist auf einmal heiß, und sie kann sie auf der Haut spüren. Sie kann sie auf dem Rücken spüren. Sie fährt sich mit der Hand über die Schulter, ertastet Fleisch, wo sich eigentlich Seide befinden sollte. Bewegt die Hand weiter am Rücken hinab, ertastet etwas, das weder Fleisch noch Seide ist, sondern beides. Sie fragt sich, ob das etwas mit dem Brennen zu tun hat, das sie bei ihrem Sturz verspürt hat. Jetzt ist dort kein Gefühl. Sie klopft gegen die Stelle, die weder Fleisch noch Seide ist. Dort ist überhaupt kein Gefühl.

Ihre Nachbarin kommt auf die Veranda gleich nebenan.

»Was war das?«, fragt sie.

Hirokos einziger Gedanke ist, dass ihre Kleidung zerfetzt ist und sie ins Haus gehen muss, um sich umzuziehen. Sie hört den Schrei der Nachbarin, als sie der Frau den Rücken zuwendet, um ins Haus zu gehen. Hiroko fährt sich mit den Fingern über den Rücken, während sie die Treppe hochsteigt, auf der sie nur wenige Minuten zuvor Konrad nach unten gefolgt ist. Da ist Gefühl, dann kein Gefühl, Haut und etwas anderes. Wo sich Haut befindet, ist auch Gefühl. Wo sich das andere befindet, ist kein Gefühl. Ihre Finger zupfen an Gewebefetzen, die in dem anderen eingebettet sind. Was für Gewebefetzen – Haut oder Seide? Sie streift sich den Kimono ab. Er fällt ihr von den Schultern, landet aber nicht am Boden. Irgendetwas sorgt dafür, dass er an ihr festhaftet.

Wie merkwürdig, denkt sie, während sie zerstreut die Ärmel des Kimonos um ihren Körper knotet, direkt unter ihren Brüsten.

Sie geht hinüber zum Fenster, von dem aus sie einen Blick auf Konrad erhaschen wollte, als er davonging, und schaut den Hang hinunter, um eine Erklärung zu finden. Häuser, Bäume, Menschen, die sich im Freien versammeln, sich gegenseitig Fragen stellen, Menschen, die den Kopf schütteln und die Luft schnuppern.

Dann.

Hiroko beugt sich aus dem Fenster, ohne daran zu denken, dass sie fast völlig nackt ist. Etwas stimmt nicht mit ihren Augen. Bis zum Fuß des Hügels sehen sie einwandfrei, und dann können sie nicht mehr sehen. Stattdessen erfinden sie Bilder. Feuer und Rauch und, durch den Rauch hindurch, nichts. Durch den Rauch Land, das so aussieht, wie ihr Rücken sich an den Stellen anfühlt, wo kein Gefühl ist. Sie berührt das andere an ihrem Rücken. Ihre Finger können ihren Rücken spüren, aber ihr Rücken kann nicht ihre Finger spüren. Verbrannte Seide, versengtes Fleisch. Wie ist das möglich? Das Urakami-Tal ist zu ihrem Fleisch geworden. Ihr Fleisch ist zum Urakami-Tal geworden. Sie fährt mit dem Daumen über das, was einmal Haut war. Die Stelle ist zerfurcht und wund, leblos.

So viel zu lernen. Das Gefühl von totem Fleisch. Der Geruch – sie hat soeben geortet, wo der beißende Geruch herstammt – von totem Fleisch. Das Geräusch von Feuer – wer hätte geahnt, dass Feuer so wütend brüllen, so blitzschnell vorwärtsrasen konnte? Es rast jetzt die Hänge empor; bald wird es sie erwischen. Nicht nur ihr Rücken, ihr ganzer Körper wird zum Urakami-Tal werden. Diamant aus Kohle – kurz stellt sie sich selbst als Diamanten vor, ganz Nagasaki als einen Diamanten, der die Erde aufschlitzt und hinabstürzt bis in die Hölle. Sie beugt sich weiter hinaus, sucht in dem Qualm nach den Türmen der Urakami-Kathedrale, als sie den Schrei ihrer Nachbarin hört.

Hiroko schaut nach unten, sieht ein Reptil, das den Weg zu ihrem Haus hinaufkriecht. Jetzt versteht sie. Die Erde hat sich bereits aufgetan, die Hölle entlässt ihre Kreaturen. Die Tochter ihrer Nachbarin läuft mit einem Bambusspeer in der Hand – sie hält ihn nicht richtig – auf das Reptil zu. Das Reptil hebt den Kopf, und das Mädchen lässt den Speer fallen, ruft den Namen von Hirokos Vater. Wieso erwartet sie gerade von ihm Hilfe?, fragt sich Hiroko, während das Mädchen pausenlos »Tanaka-san, Tanaka-san« wiederholt, die Hände um ihr Gesicht gelegt, den Blick starr auf das Reptil gerichtet.

Das einzige Licht stammt von den Bränden. Ihre Nachbarin ruft ihren Namen, irgendwo ganz in der Nähe. Die Nachbarin befindet sich im Haus, ihre Schritte kommen die Treppe hoch. Wo ist bloß die Urakami-Kathedrale? Hiroko wedelt wild mit den Händen in der Luft, um das unbekannte Hindernis zu beseitigen, das die Türme ihrem Blick entzieht. Wo ist die Kathedrale? Wo ist Konrad?

Warum stürzt sie?

Dort. Siehst du? Dort.«

»Woher willst du so genau wissen, dass er es ist?«

»Niemand sonst in Nagasaki könnte einen so langen Schatten werfen.«

# Verhüllte Vögel

Delhi, 1947

# I

Sajjad Ali Ashraf hielt den Blick zum Himmel gerichtet, während er am Yamuna-Fluss entlangradelte, um zu bestimmen, an welchem himmlischen Punkt genau Dilli zu Delhi wurde. Dilli: seine Stadt, ein Gewirr von »Seitenstraßen und Gässchen, so tückisch wie eine Partie Schach«, das rhythmisch schlagende kulturelle Herz Indiens (anders lautende Ansichten wies er nicht nur zurück, sondern hielt sie für einen schlechten Scherz), der Ort, an den seine Vorfahren über sieben Jahrhunderte zuvor aus der Türkei gekommen waren, um sich den Armeen des Mamluken-Königs Qutb-ud-din Aibak anzuschließen.

Und dann – Sajjad wäre fast umgekippt, weil seine Füße sich auf den Pedalen verhedderten, wie so oft, wenn er mit seinen Gedanken woanders war – gab es noch Delhi: Stadt des Raj, in der zum Haus eines jeden Engländers ein üppiger Garten gehörte, ringsum gesäumt von roten Blumentöpfen. Dies war der Endpunkt von Sajjads Überlegungen zum britischen Indien. Blumentöpfe: Damit war bereits alles gesagt. Bei Engländern gab es keine Bäume, die in Innenhöfen wuchsen, keine Räumlichkeiten, die sich um diese Höfe gruppierten; stattdessen saubere Trennungen, klare Abgrenzungen. Sajjad lächelte. Heureka. Das würde das Thema der heutigen Unterhaltung mit James Burton sein. Nicht Blumentöpfe, sondern Trennungen. Natürlich würden die Weisheiten, die er auf seinem morgendlichen Weg nach Delhi im Geiste aufpolierte und schärfte, größtenteils unausgesprochen bleiben. Aber sei's drum, bereit sein war alles, wie James Burton gern zu sagen pflegte.

Und apropos Trennungen … Sajjad hob erneut den Blick,

bremste aber diesmal und stieg vom Fahrrad ab. Ja, dort, genau dort war die Grenze zwischen Dilli und Delhi. Dort, wo sich der Himmel leerte – keine Drachen mehr, die einander in den Lüften umtanzten, an mit Glas geschmückten Leinen; und nur noch hie und da eine vereinzelte Taube aus den Schwärmen, die in die Freiheit entlassen wurden, um in der Luft über den Dächern der Altstadt umherzuflattern, wo Sajjads Familie seit Generationen ansässig war.

Ich bin wie eine dieser vereinzelten Tauben, dachte Sajjad. Ich bin in Dilli zu Hause, löse mich aber von meinem Schwarm, um die Luft in Delhi zu erkunden. Er stieg wieder aufs Fahrrad und überlegte, ob er ein paar Verse über Tauben und all jene Inder dichten sollte, die für die Engländer arbeiteten, verwarf den Gedanken aber umgehend. Er hatte kein Talent fürs Dichten, und nur wenn er in Delhi war, sprach er mit Begeisterung über die von Poesie gesättigte Kultur, mit der er aufgewachsen war; in Dilli selbst dagegen, wo seine Brüder und Schwägerinnen und Tanten und Cousins und seine Mutter laufend Verse miteinander wechselten, war er im Geist vor allem mit den Schachpartien beschäftigt, die er und James Burton von einem Tag zum anderen fortsetzten, als wären es Geschichten über Sultane und Dschinne. Um ehrlich zu sein, sehnte er sich nach den Tagen zurück, als er morgens über juristische Dokumente nachdachte statt über Schachzüge, doch dahin würden sie eines Tages zurückkehren – gewiss, ganz gewiss. James Burton hatte es ihm versprochen.

Wenige Minuten später hatte er das Anwesen der Burtons in Civil Lines erreicht und ging die mit Blumentöpfen gesäumte Auffahrt hinauf. Am Bentley blieb er stehen, um sein Aussehen im Seitenfenster zu überprüfen, und als er nur das Wageninnere erblickte, wechselte er unverzagt zur Motorhaube, die ihm sein Abbild glänzend widerspiegelte. Sein Augenmerk galt dabei weniger jenen Aspekten seines Äußeren, die seine Mutter bewogen, über ihm Gebete zu sprechen, die den bösen Blick fernhalten sollten – das feine und doch volle Haar, die vollkommen ebenmäßigen Gesichtszüge (bis auf, aus gewissen Blickwinkeln, die Nase), das penibel getrimmte Bärtchen, die helle Haut seiner türkischen Vorfahren, die selbstsichere Ausstrahlung eines jungen Mannes von vierundzwanzig Jahren, für den Scheitern bisher ein Fremdwort war –, und richtete sich stattdessen auf das beigebraune Kaschmirjackett von der Savile Row, das ihm ein sinnliches Vergnügen bereitete, als er mit beiden Händen darüberstrich.

»Der Pfau ist da«, sagte Elizabeth Burton, die ihn von ihrem Schlafzimmerfenster aus beobachtete und davon ausging, dass er gerade seine schlanke Gestalt bewunderte statt der Weichheit des Kaschmirgewebes. Sie sah, wie Sajjad den Ärmel seines Jacketts an die Lippen führte – die so peinlich rosa und fleischig waren –, und wandte ungeduldig den Blick von ihm ab.

»Hast du was gesagt?«, fragte James von der Tür aus.

»Ich wollte, du würdest ihm nicht deine Sachen schenken«, sagte Elizabeth, ohne sich zu James umzudrehen. »In letzter Zeit scheint er alles, was du anhast, schon als sein Eigentum zu betrachten; hast du seinen aufgebrachten Blick mitbekommen, als du gestern Tinte auf dein Hemd gekleckst hast?«

»Abgelegte Kleidung als Metapher für das Ende des Empire. Das ist ja mal eine interessante Idee. Von mir aus kann er mein Hemd anschauen, wie er will, solange er mir die Wahl des Zeitpunkts überlässt, ab wann es ihm gehört.«

Elizabeth lehnte sich mit der Wange an den offenen Fensterladen, und James betrachtete sie kurz – das glatte, kupferrote, knapp schulterlange Haar, die statuenhafte Figur, die sinnliche Schläfrigkeit ihrer leicht abfallenden Augenlider. Mit siebenunddreißig Jahren hatte sie nichts von ihrer Schönheit eingebüßt, schärfte lediglich ihre Konturen. Als er sich daran zu erinnern versuchte, wann sie das letzte Mal miteinander geschlafen hatten, fiel ihm stattdessen die wütende Leidenschaft ein, die ihre Nächte in der Zeit nach Konrads Tod bestimmt hatte, und wie erleichtert sie beide waren, als dieser Taumel abebbte. (»So also fühlt es sich an, wenn Tiere es miteinander treiben«, hatte sie eines Nachts in jener verrückten Zeit gesagt, als James noch in ihr war. Das ganze übrige Wochenende hatte er es nicht fertiggebracht, ihr tagsüber in die Augen zu sehen.)

Elizabeth griff nach ihrer Teetasse auf dem Fensterbrett und kam sich vor, als würde sie für ein Porträt posieren, *Die Kolonialgattin blickt auf ihren Garten*. Sie musste einräumen, dass er einen sehenswerten Anblick bot. Die Februarsonne, die noch nicht so erbarmungslos brannte wie in späteren Monaten, hatte im Garten zu einer wahren Explosion von Farben geführt. Elizabeth zählte die Namen im Geist auf, während sie den Blick von einem Ende des Vorgartens zum anderen schweifen ließ: Verbenen, Hundsblumen, Rittersporn, Rosen, Gartenwicke, Phlox. Und das waren bloß die Blumen am hinteren Ende, an der Gartenmauer. Im kolonialen Delhi spielten Gärten für die Ehefrauen die gleiche Rolle wie Cricket für die Ehemänner – peinliche, angespannte oder gereizte Gesprächspausen ließen sich mühelos überbrücken, indem man auf Donald Bradman auswich oder auf Gladiolen. Und der Februar, wenn die Chrysanthemen von den Rosen abgelöst wurden, bildete den Höhepunkt des Gartenjahres. All diese schier endlosen Mittagessen im Damenkreis!

Vielleicht würde sie dieses Jahr erstmalig bekennen, dass sie sich das ganze Jahr über nicht auf die Winterblumen freute, sondern auf den Flammenbaum – oder *gulmohar*, wie er von den Indern viel romantischer genannt wurde. Sie malte sich die Entrüstung der übrigen Ehefrauen aus, wenn sie die Winterblumen von Delhi – die zugleich die Sommerblumen in England waren – derart zugunsten des grellsten aller indischen Bäume verschmähte, dessen rotgoldene Blüten im Sommer überall in der Stadt loderten und dem Gleißen der Sonne Trotz boten – wodurch die Winterblumen zugleich als Feiglinge entlarvt wurden.

»Meine imaginären Rebellionen werden von Tag zu Tag armseliger«, sagte sie.

Sie rechnete nicht damit, dass James noch in der Nähe war; schon seit längerem hatten sie es sich abgewöhnt, die jeweilige Antwort des anderen abzuwarten. Dennoch hoffte sie einen Moment lang, ihn fragen zu hören, was sie genau meinte. Aber James stieg bereits langsam die Treppe hinunter – er laborierte noch immer an einer Beinverletzung von einem zwei Monate zurückliegenden Sturz vom Pferd.

Sajjad erwartete ihn schon am Fuß der Treppe, und James lächelte beim Anblick des jungen Mannes in seinem tadellos sitzenden Sakko.

»Welche deiner armen Schwägerinnen hat sich die ganze Nacht um die Ohren geschlagen, um das auf deine Größe umzunähen?«, fragte er und sprang die letzten beiden Stufen mit einem Satz hinunter, wobei er bestrebt war, auf seinem heilen Bein zu landen.

»Qudsia.« Sajjad hob eine Hand, um James abzustützen, der bei der Landung kurz ins Taumeln geraten war.

»Die Frau deines jüngeren Bruders?«

Sajjad gab einen Laut von sich, der wie eine Bestätigung klang. Tatsächlich war er der jüngste der Brüder, sah aber keinen Sinn in James Burtons gelegentlichen Versuchen, das Gespinst von Konsonanten und Beziehungen zu entwirren, aus dem seine Familie bestand.

Die beiden Männer begaben sich über den schwarz-weißen Fliesenboden hinaus auf die Veranda, auf der zwei Tische standen – der eine mit einem Schachbrett mit einem bereits angefangenen Spiel, der andere ungenutzt.

Auf diesen zweiten Tisch legte Sajjad die Akten, die er mitgebracht hatte, während er gleichzeitig im Garten nach gefiederten Geschöpfen Ausschau hielt.

»Da ist ein Nektarvogel in Ihrem Malvenstrauch, Mr. Burton.«

»Klingt ja wie eine anzügliche Pointe. Nur zu, tummle dich« – er wedelte mit der Hand in Richtung Garten –, »ich werfe inzwischen einen Blick auf die Pseudoarbeit, die man mir diese Woche geschickt hat.«

Sajjad sprang von der Veranda direkt hinunter auf den Rasen, ohne die Treppe zu benutzen. Elizabeth, das wusste James, würde dahinter irgendeine Spitze wittern. Würde argwöhnen, dass der jüngere Mann seine elegante Landung in bewusstem Kontrast zu James' etwas missglücktem Sprung von der Treppe vorgeführt hatte. James indes freute sich einfach darüber, wie unbefangen sich der Inder mittlerweile in seiner Gegenwart benahm; ein himmelweiter Unterschied zu der steifen Förmlichkeit, die seine ersten Kontakte mit James acht Jahre zuvor geprägt hatte.

Konrad war es, der Sajjad seinerzeit entdeckt hatte (»Du drückst dich ja aus, als wäre er ein Kontinent«, lautete Elizabeths Kommentar, als sie einmal diese Formulierung von ihm hörte). Während seines kurzen Aufenthalts in Delhi war er eines Mittags nach einem Streifzug durch die Stadt mit einem auffallend gutaussehenden jungen Inder im Schlepptau zu James und Elizabeth zurückgekehrt.

»Könnt ihr ihm nicht irgendeine Arbeit besorgen?« Mit diesen Worten war Konrad ins Wohnzimmer spaziert, wo Henry, der gerade Laufen lernte, sich an James' Knien festhielt. »Er spricht gut Englisch – wenn man sich erst mal an den Akzent gewöhnt hat – und hat kein Interesse am Kalligraphen-Handwerk seiner Familie.«

»Konrad, du kannst nicht einfach irgendwelche Straßenjungen aufgabeln und sie mit nach Hause bringen«, sagte James ungeduldig und sah zu dem Jungen hinüber, der mit gesenktem Blick direkt an der Tür stehengeblieben war.

James bekam mit, wie der Junge kurz den Kopf hob, und sein Gesichtsausdruck verriet ihm, dass der Inder gut genug Englisch verstand, um sich von dem Ausdruck »Straßenjunge« beleidigt zu fühlen. James betrachtete ihn genauer. Nein, ein Straßenkind war das nicht – seine weiße Musselinkleidung war

zwar beschmutzt, aber eher so, als hätte er sich bei einem Ringkampf im Straßenstaub gewälzt, nicht in der Art, als wäre es
seine einzige Bekleidung, und auch der Umstand, dass Lala
Buksh, James' Diener, keinen Versuch unternahm, den Jungen hinaus auf den Flur oder vors Haus zu bringen, während
die »Sahibs« sein Schicksal besprachen, war vielsagend. In dem
Jahr, seitdem James jetzt in Delhi lebte, hatte er die Erfahrung
gemacht, dass auf Lala Buksh Verlass war, wenn es um die Bestimmung der sozialen Stellung von Indern unter ihren Lands-
leuten ging.

Er winkte den Jungen mit dem Zeigefinger zu sich heran.

»Was kannst du?«

Sajjad Ali Ashraf hob den Blick und sah James direkt an.

»Ich kann unbezahlbar sein«, sagte er. Auf Elizabeths leise be-
lustigtes Prusten hin lief er rot an. »Unschätzbar«, berichtigte er
sich. »Ich kann eine unschätzbare Hilfe sein.«

Wer hätte damals gedacht, dass er diese Feststellung eines Tages als Untertreibung empfinden würde, dachte James, während
er zusah, wie der Junge – ein Mann inzwischen – leise über den
Rasen auf den Nektarvogel zupirschte.

Sajjad kauerte sich unweit des roten Malvenstrauchs hin, an
dem sich der Vogel gerade gütlich tat; sein Halsgefieder schillerte
von Dunkelrot über Schwarz bis hin zu Smaragdgrün, während
sein Kopf in die Blüten eintauchte und wieder zum Vorschein
kam. Wenn er erst heiratete, malte er sich manchmal aus, würde
er aus dem Haus der Familie ausziehen und selbst ein Haus kaufen, nur für sich und seine Braut, und der Garten im Innenhof
würde voller farbenprächtiger, nektarreicher Blumen sein, um
die Vögel von Delhi anzulocken.

Der Nektarvogel schwebte noch einen Augenblick zwischen
Sajjad und dem Malvenstrauch in der Luft und huschte dann
davon, außer Sichtweite. Sajjad überlegte kurz, wen seine Mutter und seine Tanten wohl für ihn als Braut auswählen würden.
Für zwei seiner Brüder hatten sie eine gute Wahl getroffen, aber

beim dritten – Sajjad schüttelte den Kopf beim Gedanken an das mürrische, begriffsstutzige Geschöpf, das sein Bruder Iqbal geheiratet hatte. Er rückte ein wenig herum, damit James Burton ihn nicht beobachten konnte, neigte den Kopf vor und ließ seine Zunge in eine Malvenblüte gleiten, um ihren Nektar zu kosten, ohne Erfolg allerdings. Nun, wen auch immer er heiraten mochte, überlegte Sajjad, während er zur Veranda zurückschlenderte, die Hochzeit würde nun bald stattfinden. Die Krankheit und der Tod seines Vaters zwei Jahre zuvor hatten der ersten Suche seiner Mutter ein Ende gesetzt, und die zweite Suche hatte sich als kolossale Zeitverschwendung entpuppt – wenn die Cousine seiner Schwägerin schon von zu Hause durchbrennen musste, warum dann nicht zu Beginn der Heiratsverhandlungen statt zu einem Zeitpunkt, als schon die letzten Vorbereitungen im Gange waren? Die Angelegenheit hatte allen einen schweren Dämpfer versetzt, doch in den letzten Wochen hatten die Frauen seiner Familie wieder begonnen, sich erneut um die Frage von Sajjads Zukunft zu kümmern.

Ab und zu dachte Sajjad darüber nach, sich selbst eine Frau zu suchen, aber dann hielt er sich immer die Burtons vor Augen.

»Spielen wir Schach«, sagte James, während er den Inhalt der Akte mit einer lässigen Handbewegung abtat.

»Die Gassen von Delhi sind ›so tückisch wie eine Partie Schach‹.« Sajjad nahm gegenüber von James am Tisch Platz und wischte sich diskret über die untere Gesichtshälfte, um etwaigen Pollenstaub von seiner Haut zu entfernen. »Finden Sie nicht auch?«

»Unsinn.« James reichte Sajjad sein Taschentuch hinüber und deutete auf seinen Nasenrücken, an dem noch Pollenstaub haftete. »Schach ist nicht tückisch. Ich war am Zug, nicht wahr?« Diese Frage hatte scherzhaften Charakter und war eine Anspielung auf frühere Zeiten, als Sajjad sich so sehr ihrer unterschiedlichen sozialen Stellung bewusst war, dass er sich niemals traute, seinem englischen Gegenüber zu widersprechen. Wenn sie heute miteinander spielten und der erste Zug Sajjad gebührte, nahm James dieses Recht aus Spaß stets für sich in Anspruch.

»Jawohl, Sie sind am Zug.« Sajjad fuhr sich mit den Fingern über die Nase und gab James sein Taschentuch zurück. Er wusste, wie viel Wert James auf diese kameradschaftlichen Späße legte, die die Starrheit der Grenzen zwischen ihnen unterliefen. Dass es allein in James' Macht lag, wann er die Grenzen unterlaufen und wann er sie betonen wollte, nahm Sajjad als unabänderlich hin, während James daran nie auch nur einen Gedanken verschwendete.

James sah Sajjad mit hochgezogenen Augenbrauen an.

»Nein, stimmt gar nicht. Du bist am Zug.«

»Jawohl, Mr Burton.« Nach einem nur flüchtigen Blick aufs Spielbrett rückte Sajjad seinen Springer vor James' Bauern.

»Warum bist du denn so verstimmt? Rück diesen Springer zurück, Sajjad, was soll denn der Unsinn.«

»Warum ist Schach nicht tückisch?«

»Es geht wieder um dieses verdammte Buch, nicht wahr? Du kommst mir mit Zitaten aus diesem verdammten Buch.«

Bei dem »verdammten« Buch handelte es sich um *Twilight in Delhi* von Ahmed Ali, das im Krieg bei der Hogarth Press erschienen war. James' Mutter hatte ihm zu Weihnachten ein Exemplar geschickt, und nach vielleicht zwei Seiten Lektüre war er zu dem Urteil »schwülstiger, überzogener Bombast« gelangt und hatte es Sajjad in die Hand gedrückt, um ihm ein Beispiel für den Unsinn zu geben, der derzeit als indisches Meisterwerk gelobt wurde. »Virginia Woolf und E. M. Forster übertreffen sich mal wieder an Gönnerhaftigkeit. Du könntest ein besseres Buch schreiben als dieses hier.« Sajjad aber liebte den Roman, und er hatte sich angewöhnt, in Gesprächen ab und zu Zitate daraus einzuflechten, um James vielleicht doch noch von der Schönheit der Sätze zu überzeugen.

Sajjad rückte seinen Springer wieder an seinen vorherigen Platz und schob stattdessen seinen Bauern vor.

»Glauben Sie, dass je ein Engländer ein Meisterwerk in Urdu verfassen wird?«

»Nein.« James schüttelte den Kopf. »Falls es je eine Zeit gab, als wir darauf aus waren, uns eurer Welt auf diese Weise zu nähern, ist die jetzt längst vorbei. Und sollten wir das tatsächlich einmal versuchen, wüsstet ihr doch nichts damit anzufangen.«

Für Sajjad war dies eine jener Vermutungen, die allein durch unermüdliche Wiederholung den Rang einer unumstößlichen Tatsache erlangt hatte. Er jedenfalls wüsste, was er mit einem von einem Engländer in Urdu verfassten Meisterwerk anfangen würde. Er würde es lesen. Wozu die Sachlage unnötig komplizieren?

»Wie auch immer, wäre das vorbestimmt gewesen, hätte es längst passieren müssen. Der neue Vizekönig wird bald hier eintreffen. Um über den geordneten Abzug des Raj aus diesem Land zu wachen.« Er lehnte sich zurück, ließ den Blick über Sajjad und den Garten hinter ihm hinweggleiten, als sei er für beide gleichermaßen verantwortlich. »Selbst die beste Schlagballserie muss wohl irgendwann einmal zu Ende gehen, nehme ich an.« Sajjad überlegte, wie James Burton das Ende des Empire wohl empfunden hätte, wenn er sich nicht in diesen Vergleich aus der Welt des Cricket hätte retten können. James wandte seine Aufmerksamkeit wieder dem Spielbrett zu und lächelte, als er die Falle erkannte, die Sajjad ihm gerade stellte. »Leute, die sich mit diesen Dingen auskennen, halten es offenbar für wahrscheinlich, dass dieses Pakistan jetzt tatsächlich geschaffen wird. Ein Witz im Grunde.«

Sajjad wedelte leichthin mit den Fingern in der Luft, in Indien eine Geste des Desinteresses, wie James inzwischen wusste.

»Ob so oder so, das spielt für mich keine Rolle. Ich werde eines Tages in Dilli sterben. Davor werde ich in Dilli leben. Ob es sich nun im britischen Indien befindet, in Hindustan, Pakistan – das macht für mich keinen Unterschied.«

»Das sagst du immer. Ich halte das für Unsinn.«

»Wieso Unsinn? Auf das Leben in meiner *moholla* haben die Briten wenig Einfluss genommen.« Da James ihn ratlos ansah, lieferte er die Übersetzung »Nachbarschaft« nach, ein wenig ungeduldig, weil der Engländer diesen zentralen Urdu-Begriff nach so langer Zeit immer noch nicht verstand. »Da geht alles seinen alten, gewohnten Gang. Ja, es hat Unterbrechungen gegeben – 1857 war eine, der Abzug der Briten wird vielleicht eine weitere sein –, aber glauben Sie mir, in den nächsten hundert Jahren wird Dilli denselben Weg beschreiten wie in den letzten zweihundert Jahren – den eines sehr gemächlichen Niedergangs voll Schwermut und Poesie.«

James schnaubte ungläubig über die Behauptung, dass der Abzug der Briten nicht mehr darstellen würde als eine Unterbrechung, äußerte dann aber nur: »Sollte das wirklich der Fall sein, irrst du dich aber mit der Annahme, dass du hier leben und sterben wirst. Für eine Welt im Niedergang bist du nicht geschaffen.«

Hätte Sajjad tatsächlich die Art Beziehung zu James Burton gehabt, wie er es sich manchmal einredete, wenn er auf dem Weg von Dilli nach Delhi im Kopf mögliche Gespräche und Themen durchging, hätte er jetzt gelacht und gesagt: »Nennen Sie das hier etwa ein erfülltes Leben? Dass ich meine Tage mit Ihnen beim Schachspiel verbringe? Wäre es nicht an der Zeit, uns wieder mit rechtlichen Problemen zu beschäftigen, James Burton?« Stattdessen aber hielt er den Blick auf das Schachbrett gesenkt und nickte bedächtig mit dem Kopf, als würde er gerade sein Verhältnis zu seiner *moholla* gründlich durchdenken.

»Glaubst du mir nicht?«, fragte James. Als Sajjad bloß lächelnd die Achseln zuckte, legte James ihm die Hand auf den Arm. »Ich kenne niemanden, der so tüchtig ist wie du.«

In solchen Momenten liebte Sajjad James Burton. Weniger des Kompliments wegen – auf derlei Bestätigung von außen, egal von wem, war Sajjad nicht angewiesen – als für seine Fähigkeit, ein komplexes Geflecht von Gefühlen, die das Verhältnis

Herrscher–Beherrschter, Arbeitgeber–Angestellter, Vater–Sohn, Schachspieler–Schachspieler umfasste, in den Begriff »tüchtig« zu bündeln.

Ein Geräusch zeigte an, dass die Haustür geöffnet wurde. Zwei Paar Schritte kamen herein, und dann sagte Lala Bukshs Stimme: »Warten Sie bitte hier. Ich werde Mrs Burton Bescheid geben.« James und Sajjad hörten, wie er mit schweren Schritten die Treppe hochstapfte.

»Wer das wohl sein mag?«, sagte James. Er erhob sich von seinem Sessel und ging hinein ins Haus, gefolgt von Sajjad.

Im Flur stand eine Frau und betrachtete das Porträt von James, Elizabeth und ihrem Sohn Henry, das dort an der Wand hing. Sie hatte die Hände in die Taschen ihrer blauen Hose im modischen Matrosenschnitt geschoben, trug einen cremeweißen Pulli mit hochgeschobenen Ärmeln, und ihr dunkles Haar war knapp unter den Ohrläppchen abgeschnitten. Selbst von hinten ähnelte sie niemandem, den James aus der Gesellschaft in Delhi kannte.

»Wollen Sie zu meiner Frau?«, fragte er.

Sie drehte sich um, und James sagte unwillkürlich »Lieber Gott«, als er sich einer Japanerin gegenübersah.

»Ich heiße Hiroko Tanaka. Sie dürften wohl James Burton sein.«

## 2

Es gab nur drei Dinge, die Hiroko Tanaka über James Burton bekannt waren, als sie sein Haus betrat. Er war Konrads Schwager. Sein Onkel George hatte Haus Azalee erbauen lassen. Er beschäftigte einen muslimischen Angestellten. Als Lala Buksh ihr also die Haustür öffnete und sie inmitten dem Schwarz-Weiß der Wände und Bodenfliesen das Ölgemälde in den leuchtenden Farben sah, das Besuchern einen ersten Eindruck der Familie Burton vermitteln sollte, war es eher James als Ilse, der sie zu genauerer Betrachtung reizte. Wer war dieser Mann, über den Konrad nichts zu sagen wusste? Als sie jedoch das Porträt eingehender studierte – der Mann in seinem teuren Anzug, eine Hand auf die Schulter seiner Frau gelegt, während die andere auf einer Kommode ruhte, auf der Sporttrophäen aufgereiht waren –, fiel ihr ein Zug sofort ins Auge, den der Maler meisterlich erfasst hatte: James Burtons Selbstgefälligkeit. Und dann verstand sie, warum Konrad mit ihm wenig anzufangen wusste und so gut wie nichts über ihn erzählt hatte.

Als sie ihm nun leibhaftig gegenüberstand und ihm die Hand entgegenstreckte, aber nur einen verwirrten Blick erntete, kam James ihr vor wie eine beiseitegelegte Vorstudie zu dem Porträt. Das auf dem Bild kastanienbraune Haar war in Wirklichkeit hellbraun, die leicht gebräunte Haut blass und sommersprossig, und die grünen Augen standen dichter zusammen als vom Maler dargestellt. Dennoch war er auf dem Bild gut getroffen, wie sie feststellen konnte, als seine Überraschung schließlich der guten Erziehung wich und er Hirokos Hand ergriff, als hätte er sie im Grunde erwartet – dies war ein Mann, der souverän und stets Herr der Lage war.

»Woher kennen Sie meinen Namen?«, fragte er. Um dann mit triumphierend erhobenem Zeigefinger auszurufen, als würde er eine Preisfrage beantworten, die ihm eine Flasche Champagner eintrug: »Konrad!«

Sajjad, der unbemerkt hinter ihm stand, zuckte leicht zusammen.

Genau das bekam Elizabeth mit: Nachdem Lala Buksh ihr mitgeteilt hatte, dass Besuch aus Japan da sei, war sie hinaus auf die Treppe geeilt und hörte dort von unten James' entzückten Ausruf: *Konrad!* Ihr Herz, wenn nicht gar ihr Verstand, war bereits zu einem eigentlich unmöglichen Schluss gelangt, als sie die gewundene Treppe hinabkam und an ihrem Fuß die vollkommen unbekannte Gestalt stehen sah, die ihr den Rücken zuwandte.

Als James den Blick von ihr zur Treppe hinaufgleiten ließ, wandte Hiroko den Kopf herum. Und lernte einen ganz neuen Aspekt des Schmerzes kennen. Es war Konrad in weiblicher, bezaubernd schöner Gestalt. Das rotblonde Haar zu einem Kupferton veredelt, die schwerlidrigen Augen eher sinnlich als schläfrig, die Figur weniger schlaksig als schlank. James neben ihr sagte: »Meine Frau, Elizabeth. Liebling, das hier ist Miss … Tanker?«, und eine männliche Stimme hinter ihm berichtigte, »Tanaka«, aber Hiroko stand einfach nur reglos da und konnte nicht den Blick von der Frau abwenden, die da gerade die Treppe hinunterkam.

In den vergangenen achtzehn Monaten war kaum ein Tag vergangen, an dem Hiroko nicht daran gedacht hatte, wie Konrad sich trotz ihrer Bitte, noch zu bleiben, rückwärts von ihr entfernte. Irgendwann war diese Erinnerung nicht mehr nur von überwältigenden Gefühlen begleitet worden, sondern mit ihnen verschmolzen. Vor wenigen Monaten erst hatte sie in Tokio mit einem amerikanischen GI getanzt, als dieser sie mit einer gewissen schlenkernden Bewegung an Konrads Abschied erinnerte, und sie war nicht einmal aus dem Takt geraten und hatte den Tanz noch zu Ende gebracht, um sich erst dann zu entschuldigen und auf der Toilette die Augen über die eigene Gefühllosigkeit auszuweinen. Danach war sie zurückgekehrt, um weiterzutanzen. Nein, es gab wenig, was Hiroko Tanaka noch nicht über die schändliche Widerstandsfähigkeit des menschlichen Herzens gelernt hatte. Der Anblick Elizabeths aber, die die Treppe hinunterkam, ließ es ihr wie gestern erscheinen, dass Konrad von ihr fortging, seinem Tod entgegen.

»Miss Tanaka«, sagte Elizabeth und streckte der Frau, die sie so beunruhigend starr anschaute, die Hand entgegen. Intuitiv erriet sie, dass diese Fremde Konrad gut genug gekannt hatte, um über die Ähnlichkeit seiner Halbschwester mit ihm erschüttert zu sein. Als Hiroko keinerlei Reaktion zeigte, ergriff sie kurz entschlossen die reglos herabhängende Hand der anderen Frau, und so standen sie einen Moment lang Hand in Hand da, bis durch Elizabeths unvertraut kühle Berührung Konrads Geist, der zwischen ihnen hing, verscheucht wurde, woraufhin Hiroko sich besann und die Hand kräftig schüttelte.

»Ilse«, sagte sie. Eigentlich hätte sie »Mrs Burton« sagen sollen, fiel ihr ein, doch in Gesprächen mit Konrad war immer von »Ilse« die Rede gewesen.

»Elizabeth«, stellte die andere mit verlegenem Lächeln richtig, als wäre sie im Unrecht, weil sie den Rufnamen aus ihrer Kindheit abgelegt hatte. »Und wie darf ich Sie nennen?«

»Hiroko.«

»Können wir Ihnen eine Tasse Tee anbieten, Miss Tanker?«, sagte James. »Es ist herrlich draußen auf der Veranda.« Warum konnte Elizabeth bloß zu den Frauen seiner Mandanten nicht ebenso freundlich sein? »Lala Buksh, *chai*!«, rief er dem Mann mit dem hennarot gefärbten Haar oben auf dem Treppenabsatz zu. Dann deutete er mit dem Arm zur Veranda, um den beiden Frauen den Vortritt dorthin zu lassen.

Hiroko wartete zunächst Elizabeths Reaktion ab – sie hat ihre Sympathien in diesem Haushalt bereits vergeben, dachte Sajjad –, und erst als diese ihr lächelnd zunickte, setzte sie sich durch den Flur in Bewegung, dicht gefolgt von Elizabeth. Unterwegs zur Veranda richtete sie ihren Blick auf den Inder, der beiseitegetreten war, um die drei Ausländer vorbeizulassen.

»Sajjad, beschäftige du dich in der Zwischenzeit mit etwas anderem. Diese Akten nehmen wir uns später wieder vor.«

»Sajjad?« Hiroko blieb vor dem Inder stehen.

»Ja?« Er hätte zu gern die Hand ausgestreckt und den dunklen, erhabenen Fleck auf ihrem Wangenknochen berührt, um zu prüfen, ob er zu ihr gehörte oder bloß ein kleiner Käfer war, der auf ihrer Haut gelandet war, seine Flügel fest geschlossen, und den Entschluss gefasst hatte, nie wieder fortzufliegen. Seiner Einschätzung nach war sie eine Frau, die anderen – ob Käfern oder neugierigen Männern – gewisse Freiheiten erlaubte, solange damit keine unlauteren Absichten verbunden waren.

Sie wollte gerade sagen, dass Konrad von ihm erzählt hatte, als Sajjad sie mit einem warnenden Blick und einem leichten Kopfschütteln zum Schweigen brachte. Welche Regeln gelten hier genau, überlegte sie, lächelte ihm unsicher zu und ging dann weiter, vorbei an James und Elizabeth, die sie neugierig ansahen. Hatte Konrad sich anfangs, nach seiner Ankunft in Nagasaki, ähnlich verloren gefühlt? Wenn ihr doch wenigstens seine Bücher mit dem violetten Einband geblieben wären; wenn doch wenigstens so viel von Konrad Weiss in der Welt übrig geblieben wäre. Aber der Baum, in dem er sein Buch-Mobile aufgehängt hatte, war am 9. August zu einem schwarzen Stumpf verbrannt, obwohl Konrads Nachbarschaft von der Bombe ansonsten verschont geblieben war. Die Bombe, hatte Yoshi Watanabe gesagt, konnte damit unmöglich etwas zu tun gehabt haben – womöglich hatte sich jemand, der an dem verlassenen Grundstück vorbeiging, gerade eine Zigarette angezündet, als er vor Schreck über den Lichtblitz ein Streichholz oder die Zigarette selbst über die niedrige Mauer fallen ließ. »Selbst wenn es so war, ist immer noch die Bombe schuld daran«, hatte Hiroko erwidert.

Der Wunsch, sich einfach auf den Boden zu setzen und zu weinen, war stark, aber Hiroko widerstand ihm und ging hinaus auf die Veranda. Und befand sich auf einmal in einer anderen Welt, die nur aus Farben und Vogelgezwitscher bestand. Es war, als würde man die Phantasie eines Menschen betreten, der keine andere Möglichkeit zur Flucht hat. So wunderschön, und doch so eng umgrenzt. Sie setzte sich auf den Sessel, den James ihr zuvorkommend herausgezogen hatte, und nahm das Angebot einer Tasse Tee dankend an.

»Was führt Sie nach Delhi? Sind Sie schon lange hier?« James schlug die Beine übereinander und lehnte sich zurück, die Ellbogen leicht angewinkelt auf die Armlehnen seines Sessels gelegt.

Elizabeth behielt ihn interessiert im Auge, nachdem sie ebenfalls Platz genommen hatte. Nach elf Jahren Ehe fand sie es immer noch faszinierend, wie James es verstand, sich vor anderen Leuten in Szene zu setzen. Wie beiläufig er vorhin das Wörtchen »Liebling« in ihre Richtung geschlenzt hatte. Das kam oft genug vor, wenn sie sich in der Öffentlichkeit befanden oder Partys veranstalteten, es aber am helllichten Vormittag zu hören, im Beisein Sajjads, der verdutzt den Blick gehoben hatte, hatte den Widersinn dieses Koseworts besonders deutlich gemacht.

»Ich bin gerade erst angekommen. Ich wollte nicht länger in Japan bleiben«, sagte Hiroko.

James nickte aufmunternd, so als würde der Beginn eines Theaterstücks seinen Beifall finden und er damit andeuten wollen, dass er gerne den weiteren Verlauf der Geschehnisse verfolgen würde. Elizabeth jedoch erriet, dass Hiroko ihrer Antwort nichts mehr hinzuzufügen hatte.

»Und Sie kannten Konrad?«, sagte sie. Hiroko nickte. »Er hat Ihnen erzählt, dass er Verwandte in Delhi hat?« Beim Sprechen fuhr sie mit beiden Händen über ihr Kleid, strich etwas glatt, das gar nicht verknittert war. Als dächte sie, dass die auf den Baumwollstoff gedruckten Blumen ihr von den Zweigen der Sträucher, die auf die Veranda ragten, in den Schoß gefallen waren, dachte Hiroko. Das war ein echter Konrad-Gedanke.

»Bungle Oh!, Civil Lines, Delhi«, sagte sie leise, sprach die Erinnerung damit laut aus. »Er hat gesagt, wer könnte so einer Adresse schon widerstehen?«

James beugte sich leicht vor.

»Kommen Sie direkt aus Nagasaki?« Sie wirkte viel zu … unversehrt, um auf eine jener Fotografien zu gehören, deren Abdruck in Zeitschriften, die aus Versehen Kindern in die Hände geraten konnten, er nach wie vor für unangebracht hielt. Der achtjährige Henry hatte sie zufällig gesehen. *Papa, hat Onkel Konrad auch so ausgesehen, als er gestorben ist?*, hatte der Junge gefragt und dabei auf etwas kaum noch Menschenähnliches in einer Zeitschrift gedeutet, die Elizabeth törichterweise mit nach Hause gebracht hatte.

»Aus Tokio. Ich habe seit kurz nach Kriegsende in Tokio gearbeitet. Als Übersetzerin. Eine Bekannte dort erzählte mir von einem Freund von ihr, der nach Indien reisen wollte, nach Bombay. Wir lernten uns kennen, und ich konnte ihn überreden, mich mitzunehmen. Und von Bombay aus habe ich dann den Zug nach Delhi genommen.«

»Wie, ganz allein?« James schaute zu Elizabeth hinüber. Das erfindet sie alles nur, gab er ihr mit seinem Blick zu verstehen.

Hiroko entging die wortlose Kommunikation nicht – seit der Bombe hatte sie angefangen, verheiratete Paare mit dem eifrigen Interesse zu beobachten, das aus dem Bewusstsein rührte, auf Beobachtung angewiesen zu sein, was den Umgang Liebender miteinander anging.

»Ja. Warum? Dürfen Frauen in Indien nicht allein reisen?«

Elizabeth hätte um ein Haar gelacht. So viel also zu den Geschichten über die angeblich so unterwürfigen Japanerinnen, die sie gehört hatte. Hier saß eine, die die Sonne in ihrer Hand zerquetschen würde, falls sie je Gelegenheit dazu bekäme; ja, und dabei den Kopf zurücklegen würde, um ihr flüssiges Licht zu trinken. Wann genau, überlegte Elizabeth, hatte sie sich der Auffassung gebeugt, es sei tugendhaft, ein Leben voller Selbstbeschränkung zu führen? Unwillig klapperte sie mit ihren Absätzen auf dem Boden herum. Mit Tugend hatte das wirklich nichts zu tun.

»Nun, ein diesbezügliches Gesetz gibt es nicht, falls Sie das meinen.« James fühlte sich merkwürdig aus dem Tritt gebracht von dieser Frau, die er nicht einzuordnen wusste. Inder, Deutsche, Engländer, selbst Amerikaner … gemeinhin wusste er mit Menschen umzugehen, wenn er ihre Herkunft entsprechend berücksichtigte. Aber was um alles in der Welt hatte es mit dieser hosentragenden Japanerin auf sich? »Aber es gibt Spielregeln, und es gibt den gesunden Menschenverstand. Ich jedenfalls würde Elizabeth nie erlauben …« Er hielt verunsichert inne, als Hiroko zu Elizabeth hinübersah, um ihre Reaktion auf das von ihm gewählte Verb zu beobachten.

»Sie sind Übersetzerin, sagten Sie? Hatten Sie beruflich mit Konrad zu tun, oder …?« Elizabeth wedelte unbestimmt mit der Hand, womit ihre völlige Unkenntnis über Konrads Leben in Japan bündig auf den Punkt gebracht wurde.

»So haben wir uns kennengelernt. Durch Übersetzungen für sein Buch. Er war …« Hiroko hielt inne. Yoshi Watanabe war der einzige Mensch, mit dem sie je über Konrad gesprochen hatte, und bei Yoshi konnte so manches ungesagt bleiben. Deshalb brauchte sie ein paar Sekunden, um passende Worte für die Zukunft zu finden, die sie verloren hatte. »Wenn unsere Welt nicht untergegangen wäre, wäre er mein Ehemann geworden.«

Dank Lala Buksh, der gleich darauf mit dem Tee auf der Veranda auftauchte, wurde den Burtons ein hochwillkommener Aufschub zuteil. James lehnte sich mit ungläubig gerunzelter Stirn in seinem Sessel zurück. Und Elizabeth dachte, ich habe ihn überhaupt nicht gekannt! Gemessen an dem Bild, das sie von ihrem Halbbruder hatte – ein in seiner eigenen Gedankenwelt

versponnener Mann, für den andere Menschen höchstens Stör-
faktoren waren, die ihn von der Schönheit eines Blattes oder einer Idee ablenkten –, konnte sie sich beim besten Willen nicht
vorstellen, wie er die Aufmerksamkeit einer so quicklebendigen
Frau fesseln konnte. Sie überlegte, welchen Stellenwert die Ehe
wohl bei den Japanern hatte. Spielte dabei auch die Liebe eine
Rolle? Sie konnte es sich wirklich nicht vorstellen. Konnte sich
Konrad und Hiroko Tanaka nicht als Liebespaar vorstellen –
schon gar nicht in der Zeit erster Verliebtheit, wenn alles, worauf es in der Welt ankommt, in zwei Körper gegossen ist. Unvermittelt kam ihr James' körperliche Gegenwart in einer Weise
zu Bewusstsein wie schon lange nicht mehr.

*Wer könnte so einer Adresse schon widerstehen?* Während
James über diesen seltsamen Satz nachgrübelte, nickte er der
Japanerin – wie hieß sie noch? – zu, als würde er gerade über
die Neuigkeit ihrer Beziehung zu Konrad nachdenken. War sie
etwa mit der Erwartung gekommen, hierbleiben zu können?
Stellte sie sich etwa vor, sie würde von ihnen bloß deswegen zum
Bleiben aufgefordert, weil sie behauptete, sie wäre Konrads Ver-
lobte gewesen? Obwohl, ganz so hatte sie es nicht ausgedrückt.
Er musterte verstohlen ihre Hände. Kein Ring.

»Schreckliche Sache, das mit Konrad«, sagte er, als er merkte,
dass Elizabeth das Wort nicht als Erste ergreifen würde. »Einfach nur fürchterlich, die ganze Geschichte. Wir hatten eigentlich schon länger keinen richtigen Kontakt mehr zu ihm, Miss
Tan…« Er führte seine Teetasse an die Lippen, um seine Ge-
dächtnislücke, den Rest ihres Namens betreffend, zu kaschieren. »Aber natürlich würden wir gerne mehr über sein Leben in
Japan erfahren. Sie müssen unbedingt einmal zum Abendessen
vorbeikommen, während Sie in der Stadt sind. Bleiben Sie länger
in Delhi?«

James, du gemeiner Kerl. Elizabeth empfand sich plötzlich
als Beschützerin der Japanerin, die ja eindeutig zu ihnen gekommen war, weil sie nirgendwo sonst hinkonnte. Was natür-

lich eher eine Schnapsidee war, aber James noch lange nicht das Recht gab, ihr so unverblümt die Tür zu weisen, wie er es gerade getan hatte.

Bis auf eine jähe Röte auf ihren Wangen jedoch ließ sich Hiroko nicht die geringste Verunsicherung anmerken.

»Ich habe ein bisschen Geld und bin ungebunden. Das heißt, ich muss keine festen Pläne machen.« In Wirklichkeit hatte sie kaum Geld – die Reise von Tokio aus hatte ein ziemliches Loch in ihre Ersparnisse gerissen –, war jedoch zuversichtlich, dass ihre drei Fremdsprachen sowie die glänzenden Referenzen der Amerikaner ausreichten, um überall auf der Welt eine Beschäftigung zu finden. »Wie lange ich bleibe, hängt davon ab, wie gut Delhi und ich uns verstehen.« Sie wandte sich Elizabeth zu, wies James durch die leichte Verlagerung ihrer Schultern ebenso nachdrücklich zurück, wie er es gerade mit ihr getan hatte. »Könnten Sie mir sagen, wo ich eine seriöse Pension finde? Ich habe Referenzen von den Amerikanern in Tokio und von Yoshi Watanabe, dem Enkel von Peter Fuller aus Shropshire.«

Ohne sich über ihre Beweggründe im Klaren zu sein, schlichte Neugier, ein Gefühl der Sympathie oder der Wunsch, James vor den Kopf zu stoßen, schlug Elizabeth vor: »Wie wär's, wenn Sie erst mal ein paar Tage hierbleiben, während wir uns um eine Unterkunft kümmern. Ihr Gepäck?«

»Das habe ich bei dem Mann draußen vorm Haus gelassen.« Hiroko versuchte, Konrads abfällige Bemerkungen über Ilse, die Schwester, die ihn in Delhi so kühl empfangen hatte, mit dieser herzlichen, gastfreundlichen Frau in Einklang zu bringen. »Aber, bitte, ich möchte mich nicht aufdrängen.«

»Elizabeth, auf ein Wort.« James stand auf und ging ins Hausinnere. Nach einem beruhigenden Blick in Richtung Hiroko stand Elizabeth auf und folgte ihm.

Hirokos Hand fuhr zu ihrer Schulter hoch und dann ihren Rücken hinunter, wo sie mit den Fingerspitzen auf die Stelle direkt unter ihrem Schulterblatt drückte. Auf der Reise von Tokio hierher hatte sie Energie aus der Bewegung geschöpft. Die Abreise an sich war ihr wichtiger als das Reiseziel, als sie mit der beängstigenden Freiheit eines Menschen, der niemandem auf der Welt mehr verpflichtet ist, über den Erdball reiste. Im Grunde war sie zu einer Art mythischen Gestalt geworden. Die Figur, die alles verliert und im Blut neugeboren wird. In den Sagen verdichteten sich diese Figuren fortan nur noch zu einem Impuls: Rache oder Gerechtigkeit. Alle anderen Bestandteile ihrer Persönlichkeit und Vergangenheit waren abgestreift, ohne Bedeutung.

Einmal hatte Hiroko einen ganzen Nachmittag lang ein Foto von Harry Truman angeschaut. Wie sie diesem Biedermann mit Brille genau wehtun wollte, wusste sie nicht, obwohl sie vermutlich eine gewisse Befriedigung empfunden hätte, wenn jemand eine Bombe auf ihn abgeworfen hätte; was die Frage von Gerechtigkeit betraf, so schien es nahezu eine Beleidigung der Toten, auch nur daran zu denken, dass es so etwas geben könnte. Ihr dringender Wunsch, Japan zu verlassen, hatte weniger mit irgendeiner Mission zu tun als mit der Furcht, zum Opfer reduziert zu werden. Sie hatte bereits zu spüren bekommen, wie das Wort »Hibakusha« allmählich ihr gesamtes Leben überlagerte. Für die Japaner war sie nicht mehr als eine Bombengeschädigte; mit diesem Merkmal war über sie alles gesagt. Und für die Amerikaner … nun, sie hatte kein Interesse mehr daran, für die Amerikaner was oder wer auch immer zu sein. Sie stieß sich vom Sessel hoch, schlang die Arme um den Oberkörper und ging hinab in den Garten. An manchen Tagen konnte sie die Toten auf ihrem Rücken spüren, spürte den Druck unter ihren Schulterblättern, durch den sie Forderungen stellten, auf die sie sich keinen Reim zu machen wusste, die sie jedoch, das war ihr klar, nicht erfüllte.

Sie fuhr mit den Fingerknöcheln über die Rinde eines Baums. Das leise Geräusch von Haut auf Rinde hatte etwas seltsam Beruhigendes. Es erinnerte sie an irgendetwas … etwas aus Nagasaki, aber sie wusste nicht mehr genau, was.

Sajjad ging aus James' Arbeitszimmer in den Garten hinaus und begab sich auf die Rückseite des Hauses. Die Burtons waren vor der Tür des Arbeitszimmers in Streit geraten – sie wussten doch gar nichts von dieser Frau (sagte James), sie konnten Konrads Zukünftige nicht einfach so vor die Tür setzen (sagte Elizabeth), dass sie eine Beziehung mit Konrad hatte, war eindeutig gelogen (James), man könnte doch ohne weiteres diesem Freund von Konrad – Yoshi Soundso – telegrafieren und ihn nach ihr fragen, warum also nicht diesen Weg gehen, statt so unfreundlich zu sein (Elizabeth), ach, unfreundlich bin ich also, ja (James). Sajjad hasste diese Streitereien – weniger den Umstand, dass sie sich stritten, als vielmehr den von beiden Burtons vermittelten Eindruck, dass sie sich auch in den hitzigsten Momenten zurückhielten, die schmerzhaftesten Wahrheiten wohlweislich ungesagt ließen, bis die Luft vor unausgesprochenen Worten zum Schneiden dick war und Sajjad nur noch davonlaufen wollte nach Hause, wo selbst Allah all Seine Unzulänglichkeiten rückhaltlos und mit gellender Stimme vorgehalten wurden.

Erstaunlicherweise drangen die Stimmen der Burtons nicht bis in den Garten zu der Besucherin hinaus. Anscheinend hatte sie die gesamte Welt um sich herum vergessen, während sie ihren Handrücken entschlossen über die Baumrinde mitsamt ihren Knoten und Unebenheiten rieb.

»Nicht«, sagte er, auf einmal erschrocken darüber, wie zerbrechlich sie im Sonnenlicht wirkte. Sie schien ihn nicht zu hören, deshalb spurtete er quer übers Gras, kam bei ihr an, als soeben das Blut aus ihrer aufgerissenen Haut zu quellen begann, und zog ihre Hand vom Baum fort.

Als Lala Buksh ins Freie trat, bekam er gerade noch mit, wie Sajjad Hirokos Handgelenk umfasst hielt.

Das gibt Ärger, dachte er.

# 3

»Aus der Sache mit dem Mädchen, das wir als Braut für dich in Betracht gezogen haben, wird wohl nichts, fürchte ich«, sagte Khadija Ashraf und ließ sich auf dem Diwan im Innenhof nieder, auf dem Sajjad gerade mit untergeschlagenen Beinen in der schwebenden Dämmerstunde kurz vor Sonnenaufgang seine morgendliche Tasse Tee schlürfte.

Sajjad legte einen Arm um seine Mutter und flüsterte, »Solange die anderen noch schlafen, kannst du es ruhig zugeben. Für deinen Lieblingssohn ist dir kein Mädchen in Dilli gut genug.«

Vom Mandelbaum waren Blätter auf das Polsterkissen hinabgesegelt, die Khadija Ashraf zunächst entfernte, bevor sie sich dagegenlehnte. Sie schüttelte den Kopf über Sajjads scheinbar so unbekümmerte Einstellung.

»Dieser Unsinn über ein neues Land, den die Muslimliga in die Welt gesetzt hat, bringt alles durcheinander.«

»Dieses Thema mal wieder? Wenn das so weitergeht, wird Mohammed Ali Jinnah Allah noch den Rang als Hauptschuldiger an allen Schwierigkeiten in deinem Leben ablaufen. Das grenzt schon an Besessenheit, die selbst die glühendsten Anhänger der Muslimliga in den Schatten stellt.«

Seine Mutter ordnete die Falten ihrer *gharara* und ließ sich kein Lächeln entlocken. Sie hatte viel Zeit und Mühe darauf verwandt, die förmlichen Heiratsverhandlungen zwischen Sajjad und Mir Yousufs Tochter Sheherbano einzufädeln, und alles schien gut zu laufen, bis Sheherbanos Vater auf einmal erklärte, dass diese neue Nation selbstverständlich eine Realität würde, dass er selbstredend dorthin übersiedeln würde und von seinem

Schwiegersohn natürlich dasselbe erwartete. Wieso der Mann die Anbahnung der Ehe nicht einfach den Frauen überließ, war Khadija Ashraf unverständlich, doch der Schaden war schon nicht mehr rückgängig zu machen. Die Erörterungen hatten eine neue Richtung genommen, und dabei kam heraus, dass das Mädchen selbst verkündet hatte, falls es in Delhi zu ähnlichen Kundgebungen und Umzügen für ein unabhängiges Pakistan kam wie in Lahore, würde sie sich voll Stolz ein Beispiel an der dreizehnjährigen Fatima Sughra nehmen, die den Union Jack vom Dach des Regierungsgebäudes entfernt und durch eine grüne Flagge der Muslimliga ersetzt hatte, die aus ihrem eigenen *dupatta* genäht war. Ob das Mädchen bei diesem schändlichen Akt einen anderen *dupatta* trug, war Khadija Ashraf nicht bekannt, und sie traute sich auch nicht nachzufragen.

»Ammi Jaan –«, fing Sajjad an und suchte nach den richtigen Worten, um seinen Standpunkt darzulegen, ohne seine Mutter zu verletzen. »Wenn ich das Mädchen erst heirate, zieht sie mit in unser Haus; ich werde nicht Teil ihres Haushalts sein. Ob ihr Vater wünscht, dass ich anderswohin ziehe oder nicht, ist ganz unwichtig. Und was den anderen Punkt betrifft ... du sagst doch immer schon, dass ich eine willensstarke Frau brauche, um mich nicht zu langweilen.«

»Ich bin auch willensstark. Deswegen fällt mir aber nicht der *dupatta* vom Kopf.«

»Ich wünsche mir eine moderne Frau.« Es entfuhr ihm spontan und unerwartet, angeregt von seiner Phantasie, die sich bereits in das Mädchen verliebte, das davon träumte, ihr Kopftuch anstelle des Union Jack zu hissen. Sajjad hatte keine festen politischen Überzeugungen, aber viele erzählerische Vorlieben: Zwei seiner Lieblingsgestalten aus der Geschichte waren die Rani von Jhansi und Razia aus der Sklavendynastie, mächtige Frauen, die Truppen anführten und mit Männern zu Rate saßen. Und es war seine Mutter, die ihm von diesen Frauen erzählt und dafür gesorgt hatte, dass er sich in diese Ausprägung von Weiblichkeit verliebte.

»Modern?« Seine Mutter klang angewidert, als sie das englische Wort wiederholte, und Sajjad versuchte nicht daran zu denken, welche Heiterkeit ihre gedehnt-näselnde Aussprache bei den Burtons ausgelöst hätte. »Machen dir deine Engländer weis, dass sie das sind, modern? Das sind nur Wörter, die dazu erfunden wurden, um dich von deinem Volk und deiner Vergangenheit abzuschneiden.«

Sajjad rückte etwas von seiner Mutter ab und bückte sich, um seine Schuhe überzustreifen. Die Unterstellung, dass irgendetwas ihn je von Dilli zu trennen vermöchte, war nicht nur widersinnig, sondern beleidigend, wie seine Mutter, davon war er überzeugt, sehr wohl wusste.

»Das moderne Indien wird entstehen, sobald die Engländer von hier abgezogen sind. Oder vielleicht ist es schon an dem Tag entstanden, als wir sie in ihrer Sprache aufforderten, nach Hause zu gehen.« Kurz fragte er sich, ob er das wirklich glaubte. »Nein, Modernität ist nicht die Domäne der Engländer. Ganz im Gegenteil sogar. Sie sind am Ende ihrer Geschichte angelangt. Sie werden auf ihre kalte Insel zurückkehren und die nächsten zehn Generationen lang von all dem träumen, was sie verloren haben.«

»Ganz ähnlich wie die Muslime Indiens also.«

Sajjad erhob sich lachend vom Diwan.

»Auch wenn ich verheiratet bin, Ammi Jaan, werde ich weiter morgens meine erste Tasse Tee mit dir trinken wollen.« Er küsste sie auf die Stirn, griff nach seiner Kladde und wischte etwas verschütteten Tee von ihrem Einband, während er zum Vestibül hinüberging.

Als er gerade die schwere Holztür öffnete, kam sein Bruder Altamash gähnend aus einem der Zimmer rings um den Hof und sagte: »Wieso ist denn der kleine Engländer so früh schon auf den Beinen? Ein Morgenspaziergang mit dem Vizekönig?«

Sajjad überhörte die Bemerkung und schob sein Fahrrad auf die Straße hinaus. Wie auf das leise Zufallen der Haustür hin stimmte der Muezzin der Jama Masjid im selben Moment den Gebetsruf an. Sajjad drehte sich nach der Moschee um, die nur wenige Minuten Fußweg entfernt war und deren Marmorkuppeln und Minarette beinahe zweidimensional wirkten. Er dachte daran zurück, wie er eines späten Abends am Fuße der Sandsteintreppe, die zum Eingang der Moschee hinaufführte, auf den Schultern seines Vaters gesessen hatte, den Blick wie gebannt auf die Moschee und die Finsternis des Himmels dahinter gerichtet. Sein Vater hatte ihm erzählt, wie der Großmogul Shah Jahan eines Nachts mit der Schere, die einst dem Propheten gehört hatte, hierhergekommen war und ein Loch in den Himmel geschnitten hatte; als die Einwohner Dillis am nächsten Morgen aufwachten, stand die Jama Masjid inmitten ihrer Stadt und gewährte einen Eindruck von der Baukunst des Himmels.

Es lag Wochen zurück, dass Sajjad das letzte Mal diese Sandsteinstufen erklommen und den von Tauben bevölkerten Innenhof durchquert hatte, um am Freitagsgebet teilzunehmen. Pakistan war derzeit das alles beherrschende Thema, wobei der Imam und die konservativsten Gemeindemitglieder die Ansicht vertraten, man könne die Umma nicht aufteilen, in der Bruderschaft der Muslime sei kein Platz für Nationen; worauf die Anhänger der Muslimliga entgegneten, das Verhalten der Hindus mache doch jetzt schon deutlich, dass sie nie und nimmer bereit wären, sich die Macht in Indien nach dem Ende des Raj mit den Muslimen zu teilen, und ob die Nachfahren der Mogule, der Lodhis und der Tughluqs denn noch nicht tief genug gesunken seien; während die Anhänger der Kongresspartei immer wieder beteuerten, ihre Partei sei keine Hindupartei, sondern stehe allen Indern offen, und was denn die Einwohner Dillis mit den Feudalherren im Punjab verbände, die in diesem Pakistan das Sagen haben würden? Und so ging es weiter und immer weiter, und in jeder Gruppe stieß Sajjad auf Leute, die sehr vernünftig argumentierten, wie auch auf andere, bei deren Ansichten er Lust bekam, diese Dummköpfe mit Saatkörnern zu bestreuen, damit die

Tauben herabgeflattert kämen und ihrem Gerede in einem Wust von Federn ein Ende setzten.

Aus der Ferne rief jemand seinen Namen – es war der pensionierte Professor von der Aligarh-Universität, der seiner Schwester und ihm im Kindesalter Englisch beigebracht hatte, während seine Brüder lieber von ihrem Vater die Kunst der Kalligraphie erlernten –, doch obwohl er den alten Herrn sonst stets gewissenhaft grüßte, tat er diesmal so, als hörte er ihn nicht, schwang sich auf sein Rad und fuhr los durch das Gewirr der Gässchen, die soeben beim morgendlichen Gebetsruf zum Leben erwachten. Es war der kürzeste Weg nach Civil Lines, durch das Kashmiri Gate, dem er heute den Vorzug vor der längeren Route am Fluss entlang gab.

Sie hatte gesagt, »Kommen Sie, so früh Sie wollen, ich werde schon wach sein«. Er rechnete eigentlich nicht damit, dass sie zu dieser frühen Morgenstunde schon auf den Beinen und fix und fertig angezogen war, doch die Einladung – oder handelte es sich eher um eine Herausforderung? – schien ein guter Vorwand, sich einen langgehegten Wunsch zu erfüllen, nämlich den Garten der Burtons einmal im Morgengrauen zu sehen. Er malte sich aus, wie er auf der Veranda saß und dabei zusah, wie die Blumen sich nach und nach aus dem Dunkel der Nacht lösten, während im Haus noch alles schlief.

Aber Hiroko Tanaka saß bereits auf der Veranda, als Sajjad gerade die Grenze zu Delhi passierte, zog sich ein Umschlagtuch um die schmalen Schultern und trank eine Tasse Jasmintee, froh darüber, die Welt in aufrechter Haltung zu betrachten. Die letzten zwei Wochen über war das selten der Fall gewesen. Die erste Nacht im Haus der Burtons hatte sie im Gästezimmer im oberen Stock verbracht, weil sie zu müde war, um sich allein auf den Weg zu machen und sich eine Unterkunft zu suchen. Gleichwohl war sie entschlossen, dieses Haus am nächsten Tag zu verlassen, in dem von Konrad keine Spur zu entdecken war; nach einem Tag in Gesellschaft Elizabeth Burtons hatte sie lediglich einen Eindruck davon bekommen, wie er wohl ausgesehen hätte, wenn er ein unglückliches Leben geführt hätte.

Als sie aber am nächsten Morgen aufstand, fühlte sie sich, als befände sie sich auf einem heftig schaukelnden Schiff, und schaffte es nur mit knapper Mühe die Treppe hinunter, wo sie schließlich am Boden zusammenbrach. Als sie wieder zu sich kam, lag sie im Schlafzimmer im Erdgeschoss, in dem es intensiv nach James' Rasierwasser roch.

Der Hausarzt der Burtons, Dr. Agarkar, traf innerhalb weniger Minuten ein und diagnostizierte einen Infekt, den sie sich vermutlich auf der Reise nach Delhi zugezogen hatte; mit Bettruhe und der entsprechenden Arznei leicht zu kurieren.

»In, na ja, einer Woche oder zehn Tagen wird es Ihnen wieder besser gehen«, hatte er gesagt, und Hiroko hatte trotz ihres geschwächten Zustands geflüstert: »Wissen Sie, wo ich eine Unterkunft finde?«

»So ein Unsinn.« Elizabeths Stimme klang ebenso streng wie gütig. »Sie bleiben hier. Und damit ist die Diskussion beendet.«

Als Dr. Agarkar sich später verabschiedete, bekam Hiroko mit, wie James sich mit ihm im Flur unterhielt.

»Ja, es ist ein Telegramm von diesem Watanabe-Burschen gekommen – Julian Fullers Cousin in Nagasaki. Kannten Sie Julian – er war, äh, '34 oder '35 hier. Geschäftsmann. Sein Onkel hat eine Japse geheiratet. Jedenfalls, es stellt sich heraus, dass da wirklich etwas zwischen ihr und Konrad lief. Und sie hat alle ihre Angehörigen verloren, stand in dem Telegramm. Alle. Armes Mädchen. Ich komme mir vor wie der letzte Rohling.«

»Dann wohnt sie also bei Ihnen, solange sie in Delhi ist?«

»Ich nehme es an, ja. Zumindest, bis es ihr besser geht. Danach, na ja, ich weiß noch nicht. Mal sehen, wie wir uns verstehen. Könnte Elizabeth ganz gut tun, wieder jemanden zum Bemuttern zu haben. Hat Ihre Gattin auch so eigenartig reagiert, als Ravi nach Eton gegangen ist?«

Noch ehe der Arzt antwortete, war Hiroko eingedöst. Als

sie aufwachte, saß Elizabeth neben ihr am Bett, und zwar, ihren hängenden Schultern nach zu urteilen, schon länger. Hiroko lächelte, Elizabeth lächelte zurück, und dann war Hiroko auch schon wieder eingeschlafen.

Zwei Tage später hatte Hirokos Schlafbedürfnis so weit nachgelassen, dass sie sich zu langweilen begann.

»Ich werden Ihnen etwas vorlesen«, sagte Elizabeth. »Irgendwelche Vorlieben?«

»Evelyn Waugh.«

»Ach ja? Wie seltsam.«

»Das hat Konrad auch gesagt. Er meinte, Waugh sei nur etwas für Leser, die die Engländer kennen und verstehen, welche Eigenarten hier satirisch auf die Schippe genommen werden. Worauf ich ihm geantwortet habe, dass die Bücher vielleicht noch besser sind, wenn man nicht weiß, dass es sich um Satire handelt, und sie einfach nur komisch finden darf.«

Elizabeth dachte kurz darüber nach.

»Vermutlich haben Sie recht. Ich finde ihn viel zu herzlos. Und fast unerträglich traurig.«

Hirokos Finger bewegten sich ganz leicht, bis sie beinahe Elizabeths Hand auf der Bettdecke berührten. Es war eine so delikat zwischen Diskretion und Mitgefühl abgewogene Geste, dass Elizabeth sich unwillkürlich vorstellte, wie es gewesen wäre, wenn Konrad mit Hiroko als ihrer Schwägerin zusammen in dieses Haus zurückgekehrt wäre.

»Vielleicht verstehen Sie ja die Satire, wenn Sie erst einige Zeit mit uns verbracht haben.«

»Oh, das tue ich jetzt schon«, sagte Hiroko mit einem Nicken und schlug sich dann erschrocken die Hand vor den Mund.

Aber Elizabeth Burton lachte, lachte, wie sie schon seit sehr langer Zeit nicht mehr gelacht hatte. Sie nahm Hirokos Hand und hielt sie ganz fest.

»Schlagen Sie sich das mit der Pension aus dem Kopf. Sie bleiben hier. Schließlich sind wir beide ja so gut wie verschwägert.«

James Burton, der von der Tür aus das vergnügte Gesicht seiner Frau beobachtete, nickte. Hiroko war alles andere als überzeugt davon, dass es wirklich ideal war, bei den Burtons zu wohnen, war aber zu geschwächt, um etwas anderes als Dankbarkeit darüber zu empfinden, dass sie weiterhin ein Bett hatte, in dem sie schlafen konnte.

Vor einigen Tagen hatte sie sich morgens beim Aufwachen schon viel kräftiger gefühlt – worüber ihr ein größerer Stein vom Herzen fiel, als sie durchblicken ließ; sie hatte nämlich befürchtet, dass die Strahlenkrankheit, an der sie 1945 so schlimm gelitten hatte, zurückgekehrt oder einfach aus einer Art Schlaf wiedererwacht war, was, wie die Ärzte seinerzeit gewarnt hatten, durchaus passieren konnte. Sobald sie sich aber zunehmend bei Kräften fühlte, verscheuchte sie derlei Gedanken mit derselben Forschheit, mit der sie einst Konrads wiederholte Warnungen davor, sich weiter mit einem Deutschen in Nagasaki zu treffen, in den Wind geschlagen hatte, und entschied, dass es an der Zeit war, sich eine sinnvolle Beschäftigung zu suchen. Zu den Burtons hatte sie in der Zeit ihrer Bettlägerigkeit eine größere Zuneigung entwickelt, als sie es an ihrem ersten Tag in Delhi für möglich gehalten hatte. Trotzdem wollte sie nicht nur bei ihnen zu Gast sein, sondern irgendetwas tun.

Sie glaubte, die perfekte Lösung zu kennen, aber ihre Vermutung, dass doch gewiss jemand in Delhi Bedarf an einer Übersetzerin haben müsste, die Englisch, Deutsch und Japanisch beherrschte, stieß bei den Burtons auf wenig Gegenliebe. Dr. Agarkar wurde gerufen, der ihr mitteilte, dass sie noch nicht gesund genug war, um »durch die Gegend zu schwirren«, obwohl Hiroko den leisen Verdacht hatte, dass er das nur aus Gefälligkeit den Burtons gegenüber sagte. Ihr Vorhaben, sich eine Arbeit zu suchen, empfanden sie offenbar als Kränkung ihrer Gastgeberehre.

Deshalb versuchte Hiroko es mit der nächsten Möglichkeit, die ihr offenstand.

»Ich würde gern die Sprache lernen, die hier gesprochen wird«, hatte sie gesagt.

»Das ist nicht nötig. Mit Englisch kommen Sie hier gut zurecht. Die Einheimischen, mit denen Sie in Kontakt kommen werden, gehören entweder der Elite an, die in Oxford oder Cambridge studiert hat, samt ihren Ehefrauen, oder es sind Hausangestellte, wie Lala Buksh, die einfaches Englisch verstehen, wenn man nur hin und wieder ein paar Ausdrücke auf Hindustani einflicht. Die kann Elizabeth Ihnen beibringen«, hatte James gesagt.

Hiroko hatte selten etwas so Merkwürdiges gehört.

»Trotzdem würde ich gerne die Schrift lesen und schreiben lernen«, sagte sie. »Gibt es irgendwen, der …?«

»Sajjad«, sagte Elizabeth. »Er hat früher auch Henry unterrichtet – meinen Sohn.« Sie riss sich zwar nicht direkt zusammen, aber Hiroko meinte ein leises Zucken um ihren Mund herum wahrzunehmen, das auf unterdrückten Schmerz bei der Erwähnung ihres Sohnes hindeutete, der vor einem Jahr ins Internat nach England geschickt worden war. In den Briefen, die er seinen Eltern von dort aus schrieb, beteuerte er oft, wie gerne er wieder »zu Hause, in Indien« wäre.

»Dazu hat er keine Zeit«, sagte James. »Du weißt, dass ich ihn nicht mehr nur halbtags beschäftige. Ich habe doch kein Büro voller Mitarbeiter mehr.«

»Ein Büro hast du schon nach wie vor, James. Du tust nur lieber so, als wäre dein Bein noch nicht ausreichend ausgeheilt, um es wieder täglich aufzusuchen. Und außerdem verbringt ihr, du und Sajjad, den ganzen Tag doch nur mit Schachspielen.« Lass den Jungen für sein Geld mal wieder richtig arbeiten, dachte Elizabeth im Stillen. Es hatte sie ziemlich empört, dass Sajjad die Lohnerhöhung, die James ihm zu Monatsanfang gewährte, angenommen hatte; das schien nicht bloß unredlich, sondern unverschämt.

Hiroko stand vom Sofa auf und ging zum Bücherregal hinüber, um die Burtons so an ihre Gegenwart im Zimmer zu erinnern, ehe ihre Meinungsverschiedenheit zu einem unschönen Streit ausartete, und fragte sich, ob Sajjad wohl etwas dagegen hätte, bei ihr die Lehrerrolle zu übernehmen. Sie hätte ihn besser zuerst selbst ansprechen sollen, dachte sie. Wenn die Sache von den Burtons ausging, würde es eher nach einem Befehl als einer Bitte klingen. Doch als James das Thema später am Tag bei Sajjad eher widerstrebend anschnitt, schien dieser, zu ihrer Erleichterung, sogar hellauf erfreut.

»Ich werde Ihnen das literarische Urdu von Ghalib und Mir beibringen, damit Sie die Dichter von Delhi lesen können.« Als er James' verstimmte Miene bemerkte, setzte er hinzu: »Und da Sie, Miss Tanaka, nach eigener Aussage ja Frühaufsteherin sind, könnten wir unsere Stunden abhalten, bevor Mr Burton und ich mit unserer Arbeit beginnen.«

James hatte zufrieden gelächelt, und Elizabeth wusste nicht, wen sie vor Unmut darüber, wie leicht der Inder es ihrem Ehemann recht machen konnte, lieber geohrfeigt hätte, Sajjad, James oder sich selbst.

Hiroko neigte das Gesicht über den Dampf, der aus der Teetasse aufstieg, so wohltuend warm im Vergleich zu der empfindlich kühlen Luft eines Wintermorgens in Delhi, und hoffte, dass Sajjad noch nicht so bald auftauchte. Sie genoss das seltene Gefühl, im Haus der Burtons allein zu sein und nicht befürchten zu müssen, durch irgendeinen Gesichtsausdruck Anstoß oder Besorgnis zu erregen. Wenn James oder Elizabeth in der Nähe waren, musste sie immer so tun, als sei sie mit irgendetwas beschäftigt, um nicht sogleich in gutgemeinte Gespräche oder sonstige Aktivitäten verwickelt zu werden; die beiden benahmen sich, als hätte sie Nagasaki erst gestern verloren und als sei es ihre gemeinsame Aufgabe, Hiroko vom Trauern abzulenken. Es war liebenswürdig, aber anstrengend.

Sie fuhr mit dem Daumen über das Geflecht des grünen Korbsessels. Und auch diese Welt hier war im Untergehen begriffen. Noch ein oder zwei Jahre, hatte James ihr erzählt, dann würden die Briten sich aus Indien zurückziehen. Es schien ein ungeheures Privileg – derart über eine Wendung der Geschichte vorgewarnt zu sein, sich in Ruhe auf das Leben nach diesem Umbruch vorbereiten zu können. Sie hatte noch keine Ahnung, was sie nach Delhi tun würde. Oder auch nur über die nächste Woche hinaus. Und wozu auch Pläne schmieden? Solche Anmaßung hatte sie hinter sich gelassen. Vorläufig war es genug, hier zu sein, im Garten der Burtons, sich an der wohltuenden Stille zu erfreuen, in der nur hin und wieder Vögel tschilpten, und zu wissen, dass es hier nichts gab, das sie nicht ohne Bedauern hinter sich lassen könnte.

Sie hatte ihren Jasmintee halb ausgetrunken, als sie Sajjad erspähte, der um die Hausseite herum in den Garten kam. Er schien überrascht – beinahe enttäuscht –, sie auf der Veranda vorzufinden, doch das war nur ein kurzes Flackern in seinen Augen, dann setzte er sein gewohnt höfliches Lächeln auf, das jede Gefühlsregung überdeckte. Sie fragte sich, ob sich auf ihrem Gesicht dasselbe Mienenspiel zwischen Offenheit und Camouflage abgespielt hatte.

»Heute Morgen liegt viel Tau«, sagte sie, während sie beobachtete, wie er im silbernen Gras grüne Fußspuren hinterließ.

»Ja.« Um noch etwas Intelligentes hinzuzufügen, sagte er: »Den Spinnen gefällt das. Wenn morgens viel Tau liegt, spinnen sie besonders feine Netze. Vielleicht werden aber die Netze auch nur sichtbar, weil sich der Tau auf die Fäden legt.«

»Bei den Muslimen erfreut sich die Spinne großer Wertschätzung.«

»Ja.« Er lächelte, maßlos erfreut darüber, dass sie über diesen Umstand im Bilde war, während er neben dem Bridgetisch stand und wartete, dass sie sich aus dem Sessel erhob und zu ihm herüberkam.

»Das hat Konrad mir erzählt.« An dem Tag, als sie auf der Megane-Bashi standen und sein Herz silbrig schillernd zu ihrem

herübergeschnellt war. Immer wenn sie an diesen Moment zurückdachte, musste sie zugleich daran denken, wie sie im Kran-
kenhausbett lag und den Erinnerungen an diesen Tag nachhing,
nachdem Yoshi ihr mitgeteilt hatte, dass niemand in der Umgebung der Urakami-Kathedrale den Bombenabwurf überlebt
hatte.

»Mr Konrad war –« Sajjad zupfte an seinem Ohrläppchen
herum, während er nach den richtigen Worten suchte. »Ich habe
ihn sehr gemocht.«

Hiroko lächelte, als sie sich an den Bridgetisch setzte. Es war
so leicht nachzuvollziehen, warum Konrad gesagt hatte, dass
dieser junge Mann der einzige Mensch war, den in Delhi zu sehen sich lohnte.

»Er hat Sie erwähnt. Sie seien reizend, sagte er.«

»Reizend?«

»Ja.« Sie konnte sehen, wie sehr er sich über dieses Kompliment freute. »Warum wollten Sie am Tag meiner Ankunft nicht,
dass ich vor den Burtons darüber sprach?«

Sajjad legte die linierte Schreibkladde, die er von seinem eigenen Geld für den Unterricht besorgt hatte, auf den Tisch und
rieb mit dem Ärmel an einem letzten Teefleck herum.

»Ich wusste ja nicht, was Sie sagen wollten. Aber es schien
nicht recht.«

»Was schien nicht recht?«

»Ich arbeite für Mr Burton.« Hastig fügte er hinzu, »Nicht
wie Lala Buksh. Ich bin kein Dienstbote. Ich will später einmal
Rechtsanwalt werden. Ich weiß jetzt schon alles, was man über
Rechtsfragen wissen …« Er verstummte, als ihm auffiel, wie an-
geberisch er daherredete. »Ich bin kein Dienstbote«, wiederholte
er fest. »Aber ich bin … Sie sind …«

»Ja?«

»Sie waren gerade erst ins Haus gekommen. Ein Bindeglied
zu ihrem toten Bruder. Es war nicht der passende Zeitpunkt, mit
mir zu sprechen.« Was er eigentlich meinte, war: »Ich konnte se-

hen, dass Sie mit mir von Gleich zu Gleich reden wollten. Das hätten sie uns beiden zur Last gelegt. Sie wären nicht zum Bleiben aufgefordert worden.« »Ich finde, wir sollten jetzt mit dem Unterricht anfangen.« Er schlug die Schreibkladde auf. »Zunächst einmal müssen Sie sich von der Vorstellung verabschieden, dass man immer von links nach rechts schreibt.«

Hiroko fing an zu lachen, in leiser Sorge, ob ihn dies womöglich kränkte, aber Sajjad sah sie nur neugierig an, den Kopf leicht schräg gelegt, als warte er lediglich darauf, dass sie den Grund ihrer Heiterkeit erklärte, nicht so, als fühlte er sich verspottet. Sie zog die Kladde zu sich herüber und schrieb etwas von oben nach unten aufs Papier.

»Das ist Japanisch«, erklärte sie.

Sajjad machte große Augen.

»Dann müssen Sie nach Urdu noch eine diagonale Schrift lernen.«

Sie lachte wieder, und sie schauten einander an und schlugen dann die Augen nieder. Beide waren unabhängig voneinander zu dem Schluss gelangt, dass einzig die Fremdheit der Gesichtszüge des anderen der Grund dafür war, warum sie sich seit ihrer ersten Begegnung kaum aneinander sattsehen konnten.

»Der erste Buchstabe ist *alif*«, sagte Sajjad, und damit begann die eigentliche Stunde.

Schon nach wenigen Minuten war Sajjad über dasselbe Phänomen verblüfft wie seinerzeit ihr Deutschlehrer an der Schule und der Priester, der ihr Englisch beibrachte: dass das Erlernen einer Fremdsprache ihr so leicht fiel, als würde sie auf geheimnisvolle Weise bloß vergessenes Wissen reaktivieren. In kürzester Zeit waren sie bereits beim dreizehnten Buchstaben des Alphabets angelangt.

»Das ist *zal*, der erste von vier Buchstaben in Urdu, der den Klang des englischen Zett wiedergibt«, sagte Sajjad und malte einen geschwungenen Bogen mit einem Punkt darüber aufs Papier. »*Zal, zay, zwad, zoy.*«

84

»Warum vier Buchstaben für einen einzigen Klang?«

»Gehören Sie etwa zu den Menschen, die nicht begreifen, welche Schönheit in der Verschwendung liegt?«, rief er mit gespieltem Erstaunen. Von dieser heiteren Seite erlebte sie ihn zum ersten Mal.

»Mit anderen Worten, Sie wissen es nicht, *sensei*.«

»Was bedeutet dieses Wort?«

»Lehrer.«

Sie war verblüfft darüber, wie tiefrot sich seine Haut verfärben konnte. Er griff nach seinem Füller, rollte ihn zwischen den Fingern umher, drückte mit dem Daumen gegen die Spitze und betrachtete dann eingehend die Tinte, die sich auf seiner Haut ausbreitete.

»Sie nennen die beiden Elizabeth und James. Sie dürfen mich nicht anders als Sajjad nennen, Miss Tanaka.«

»Und Sie dürfen mich nicht anders als Hiroko nennen, Sajjad.« Was ihr an den Amerikanern am besten gefallen hatte, war ihr zwangloser Umgang miteinander. Keine förmlichen Ehrentitel, durch die jede Beziehung genau eingegrenzt wurde. In ihrer Gesellschaft begriff sie, wie lächerlich es gewesen war, dass sie den Mann, den sie liebte, als »Konrad-san« anredete. Und sie war sogar zu der Überzeugung gelangt, dass er ihr, hätte sie ihn mit »Konrad« angeredet, schon früher einen Heiratsantrag gemacht hätte und dass dann alles anders gewesen wäre. Alles, bis auf die Bombe.

Sajjad entging nicht, dass ihre Gedanken offenbar in ganz andere Gefilde schweiften. Er wusste, was die Burtons in einer solchen Situation getan hätten – sie durch irgendeine Bemerkung ins Hier und Jetzt zurückholen. Seines Wissens hatte Elizabeth sie bisher nur einmal nach ihrem Leben vor Delhi gefragt – Sajjad war an der offenen Tür ihres Zimmers vorbeigekommen, als Elizabeth das Thema gerade anschnitt, und da musste er einfach stehenbleiben und lauschen. Es hatte ihn stark beeindruckt, wie sachlich ihre Antwort ausfiel.

»Nach der Bombe war ich krank«, hatte sie gesagt. »Ich litt an Strahlenvergiftung, obwohl wir damals noch keinen Namen dafür hatten. Konrads Freund, Yoshi Watanabe, hatte einen Verwandten in Tokio, der Arzt war. Die Krankenhäuser in Nagasaki waren alle überfüllt. Also ist Yoshi-san mit mir nach Tokio gefahren. Er fühlte sich verantwortlich, verstehst du, weil er das Gefühl hatte, Konrad verraten zu haben. Wenn er sich um mich kümmerte, konnte er das zumindest ein wenig wiedergutmachen. Er sorgte dafür, dass ich in dem Krankenhaus unterkam, in dem sein Cousin arbeitete, und fuhr dann nach Nagasaki zurück. Einige amerikanische Militärärzte kamen vorbei, um mich in Augenschein zu nehmen. Ich erregte so viel allgemeine Neugier. Ich redete mit ihnen auf Englisch, und einer von ihnen fragte, ob ich nicht Lust hätte, für sie als Übersetzerin zu arbeiten. Ich, für die Amerikaner arbeiten! Du wirst dich vielleicht fragen, wie ich mich nach der Bombe auf so etwas einlassen konnte. Aber der Mann, der mich gefragt hat – er hatte so ein freundliches Gesicht. Es war unmöglich, ihn für das, was geschehen war, verantwortlich zu machen. Im Grunde war es unmöglich, irgendjemanden dafür verantwortlich zu machen – die Bombe war so … sie sprengte alle menschlichen Maßstäbe. Jedenfalls habe ich eingewilligt.

Über ein Jahr habe ich als Übersetzerin gearbeitet. Mit einer amerikanischen Sanitätsschwester habe ich mich besonders angefreundet. Sie ist mit mir zum Friseur gegangen, um mir die Haare genauso kurz schneiden zu lassen wie ihre, und hat mir Kleider von sich geliehen, wenn wir abends zusammen in Nachtclubs ausgingen. Ich war im Krieg aufgewachsen; diese Annehmlichkeiten zu Friedenszeiten waren mir vollkommen neu. Nach Nagasaki wollte ich nie wieder zurück, aber in Tokio bei den Amerikanern fühlte ich mich ganz wohl. Und eines Tages dann – Ende 1946 herum – sagte der Amerikaner mit dem freundlichen Gesicht, dass die Bombe zwar eine schreckliche Sache war, ihr Abwurf aber unumgänglich, um amerikanische Leben zu retten.

Da wusste ich, dass ich nicht länger für sie arbeiten konnte. Als sie hörte, dass ich wegwollte, ist die Sanitätsschwester zu mir gekommen und hat gefragt, Was hast du denn vor. Ich musste gar nicht lange überlegen und sagte, Ich will einfach nur weit weg von hier. Nicht du auch noch, sagte sie. Mein kanadischer Freund, von dem ich dir immer erzähle, will sich nach Indien einschiffen.

Indien! Als sie das sagte, wusste ich sofort, wo ich hinwollte. Ich sagte es ihr also, und sie meinte, das ist doch verrückt. Aber na gut, dann schauen wir doch mal, ob wir einen Begleiter für dich finden. Das gefällt mir an den Amerikanern – dass sie manche Formen von Verrücktheit als Zeichen von Charakter auffassen. An dem Abend gingen sie und ich mit dem Kanadier essen und füllten ihn tüchtig mit Sake ab, und am Ende des Abends stießen wir auf unsere gemeinsame Reise an. Falls du dich jetzt fragst, ob er irgendwelche Hintergedanken hatte, Elizabeth, er war – wie war noch die Redewendung, die du für deinen Cousin Willie benutzt hast? ... vom anderen Ufer.«

Als Elizabeth dies alles später James erzählte, in Sajjads Hörweite, schüttelte er den Kopf und sagte: »Ich hoffe, damit ist deine Neugier gestillt. Aber findest du nicht, dass wir all das jetzt ruhen lassen sollten, damit sie das langsam vergessen kann?« Und seither hatten die Burtons sie nie wieder auf Japan angesprochen und sich nach Kräften bemüht, sie vom Grübeln abzuhalten, damit sie sich nicht in Erinnerungen verlor.

All dies ging Sajjad durch den Kopf, während Hirokos Blick etwas in sich Gekehrtes bekam. Er lehnte sich auf seinem Stuhl zurück, betrachtete still den Garten und überließ sie ihren Gedanken.

# 4

Hiroko beobachtete das Spiel der Schatten auf den Ruinen, die auf dem Picknickgelände von Hauz Khas umherstanden. Die Ruinen waren bloß Ruinen, die Schatten lediglich verzerrte Abbilder, erschaffen aus Licht und Dunkel. Sogar dies also hatte sie überwunden: ein verfallendes Bauwerk, auf dem sich der Schatten eines Mannes abzeichnete, beeinträchtigte nicht ihre Fähigkeit, sich mit einem höflichen Lächeln der Frau neben ihr zuzuwenden, die sie gerade angesprochen hatte.

»Wie geht es mit Ihrem Urdu-Unterricht voran?«

Hiroko konnte sich nicht an den Namen der Engländerin erinnern, die ihr diese Frage stellte, wusste aber noch, dass ihr Ehemann dem Stab des Vizekönigs angehörte und sie selbst die schönsten Jakarandabäume von Neu-Delhi ihr Eigen nannte.

»Sehr gut, danke sehr. Nach drei Wochen sind wir uns nun endlich einig, dass ich k-Laute nur oben am Gaumen bilden kann, nicht hinten im Rachen. Sajjad ist zwar tief bekümmert darüber, aber Kummer ist bei Urdu unausweichlich, deshalb macht er mir keine Vorwürfe.«

»Sajjad? Ach, James' Faktotum. Hat er das tatsächlich gesagt, ›Kummer ist bei Urdu unausweichlich‹? Diese Leute stellen doch die wunderlichsten Behauptungen auf, nicht wahr?«

*Faktotum?* Hiroko biss in ein Stück Brathühnchen, um so um eine Antwort herumzukommen. Der Umgang mit diesen Menschen fiel ihr nicht leicht – die Reichen und Mächtigen, von denen einige sie nach der Lebensphilosophie der Samurai gefragt hatten und es für einen Ausdruck charmanter Bescheidenheit hielten, als sie erwiderte, ihre Erfahrung mit der Welt der Krieger beschränke sich auf ihre Zeit als Arbeiterin in der Munitionsfabrik. Zwei Jahre nach Kriegsende, überlegte sie, konnten diese Leute eher eine Verbündete Hitlers akzeptieren als jemanden, der nicht ihrer gesellschaftlichen Klasse angehörte. Im Stillen bedauerte sie es, dass es ihr verwehrt blieb, in Delhi Umgang mit Menschen zu haben, die in einem Viertel ähnlich wie Urakami wohnten. Und doch war dies ungerecht den Burtons gegenüber und nicht die volle Wahrheit. Die weiche Bettwäsche, die reichlichen Mahlzeiten, die wunderhübschen bunten Kleider, die Elizabeth ihr überlassen hatte, die wohlsortierte Bibliothek der Burtons, die Freundlichkeit der Burtons selbst ... für all das war sie mehr als dankbar und wusste nur zu gut, dass es ihr nur aus Großzügigkeit gewährt wurde und nicht, weil sie ein Anrecht darauf hatte.

»Warum vergeuden Sie Ihre Zeit mit Urdu?« Kamran Ali, ein beleibter Inder aus besseren Kreisen, der in England studiert hatte, ließ sich schwerfällig neben Hiroko auf der Picknickdecke nieder. »Eine Sprache von Söldnern und Marodeuren. Wussten Sie, dass das Wort ›Urdu‹ auf dieselbe Wurzel zurückgeht wie ›Horde‹? Latein dagegen. Das ist eine Sprache, die zu lernen sich lohnt.« Er hielt sein leeres Glas in die Höhe, worauf ein livrierter Diener herbeieilte, um es zu füllen. »Vini, vidi, vino«, scherzte Kamran Ali, und die Engländerin neben Hiroko lachte und verwickelte ihn in ein Gespräch über die wunderlichen Äußerungen indischer Dienstboten.

Hiroko spürte, wie jemand sie am Ellbogen berührte, und hob den Blick. Es war Elizabeth.

»Elizabeth, setzen Sie sich zu uns?«, fragte die Herrin der Jakarandabäume, machte allerdings keine Anstalten, etwas beiseitezurücken, um Platz zu schaffen.

»Vielen Dank, nein, Violet. Hier ist mir die Luft zu stickig.« Nach kurzem Schweigen fügte sie hinzu, »Wegen denen da, meine ich –«. Sie deutete mit der Hand auf die mannshohen, lodernden Gartenfackeln, die das Picknickgelände hell erleuchteten.

Hiroko erhob sich mit einer gemurmelten Entschuldigung, halb belustigt, halb bekümmert darüber, wie schroff Elizabeth mit diesen dümmlichen, aber harmlosen Geschöpfen umging. Als die beiden Frauen sich von der Menge entfernten, sah James, der sie aus einiger Entfernung beobachtete, wie das Licht auf Elizabeths smaragdbesetzter Halskette funkelte – als er sie ihr das erste Mal um den Hals legte, war die Welt vor Liebe von einem solchen Glanz erfüllt, dass die grünen Edelsteine sich im Vergleich fast stumpf ausnahmen. In einer seltenen Anwandlung von Phantasie verglich er Hiroko und Elizabeth mit den beiden schmalen, nebeneinander verlaufenden Goldsträngen der Kette, die sich nur bei einer glänzenden Unterbrechung (der Vizekönig, die Frau eines von James' Mandanten, der Nawab von woher auch immer) kurz trennten, danach aber wieder zielsicher zusammentrafen. James ging davon aus, dass Elizabeth sich nur besonders fürsorglich um ihre fremdländische Besucherin kümmerte; wie viel es seiner Frau bedeutete, endlich eine Freundin und Verbündete gefunden zu haben, kam ihm nicht in den Sinn.

In den letzten Wochen war es sogar vorgekommen, dass sie sich aufrichtig auf den Abend freute, wenn Hiroko sie zu dem jeweiligen geselligen Beisammensein begleitete (es verging nie ein Abend ohne irgendein geselliges Beisammensein).

»Entschuldige, dass ich dich so lange allein gelassen habe. James hätte mir endlos in den Ohren gelegen, wenn ich nicht anstandshalber ein Weilchen mit dem alten Drachen über die Gestaltung des Osterballs geplaudert hätte. Ihr Gatte scheint durchaus geneigt, James weiterhin zu erlauben, sein Leben mit Schachspielen zu verbringen.«

Hiroko hatte bereits gelernt, dass es klüger war, den Mund zu halten, wenn die Eheleute übereinander sprachen. Aber im Stillen nahm sie sich vor, Sajjad, der sonst über alles, was James Burton betraf, loyales Stillschweigen bewahrte, irgendwie zu entlocken, wie es möglich war, dass ein Rechtsanwalt den Tag auf seiner Veranda mit Teetrinken und Schachspielen verbringen konnte und niemand auch nur den geringsten Einwand dagegen erhob. Diese Reichen! Einfach unglaublich!, dachte sie unwillkürlich und schüttelte den Kopf. Manches blieb eben immer gleich, egal, wo man sich gerade auf der Welt befand.

Für das Rätsel gab es eine einfache Erklärung. Seit Beginn seiner juristischen Laufbahn hatte James vor allem mit Charme, gesellschaftlichen Beziehungen und einer souveränen Ausstrahlung punkten können, eine Kombination, die Mandanten und – wichtiger noch – potenzielle Mandanten davon überzeugte, dass James Burton ein Mann war, auf den man sich verlassen konnte. Er sorgte dafür, dass Leute sich mit ihren rechtlichen Problemen an die Kanzlei Burton, Hopkins und Price wandten, und die besonders schwierigen Fälle überließ er dann seinen Kollegen, lauter beschlagene Juristen, die dafür sorgten, dass die Mandanten ihre Entscheidung nicht bereuten. Seit er sich das Bein gebrochen hatte, konnte er die Treppen zur Kanzlei, die ihre Räumlichkeiten im vierten Stock hatte, nicht mehr bewältigen, hatte aber seine gesellschaftlichen Verpflichtungen nicht vernachlässigt und sich das Mitgefühl, das ihm sein Unfall eintrug, geschickt zunutze gemacht, um neue Mandanten zu werben.

Einmal in der Woche suchte Sajjad die Kanzlei auf und brachte Arbeit mit, mit der James sich beschäftigen konnte, aber es war allen Beteiligten klar, dass damit nur der Schein gewahrt wurde; obwohl sein Bein so gut wie ausgeheilt war, hatte sich niemand die Mühe gemacht, ihn zu fragen, wann er wieder zur Arbeit erscheinen wollte. Deshalb kam es James töricht vor, das Thema selbst anzuschneiden. Ganz so, wie es auch töricht erschienen war, die Frage seiner Rückkehr ins obere Schlafzimmer anzuschneiden, als er die Treppe wieder erklimmen konnte. Der entscheidende Unterschied bestand darin, dass er keine sonderliche Lust verspürte, in die Kanzlei zurückzukehren.

Erst Hirokos Schwächeanfall an ihrem zweiten Tag in Delhi hatte James endlich zur Rückkehr ins Ehebett verholfen; man hatte sie im Erdgeschosszimmer unterbringen müssen, und Elizabeth hatte Lala Buksh angewiesen, James' Sachen »nach oben« zu räumen. Ihre etwas unbestimmte Wortwahl löste in James kurz die Sorge aus, ob sie damit etwa »nach oben ins Gästezimmer« meinte, aber gottlob hatte Lala Buksh es nicht so aufgefasst. In der ersten gemeinsamen Nacht im selben Bett nach über zwei Monaten schien es eine Selbstverständlichkeit, miteinander zu schlafen, aber der Akt war seltsam unbeholfen und unbefriedigend verlaufen. Verschlimmert wurde das Ganze dadurch, dass James hinterher Elizabeth über den Kopf streichelte und sich dann in sein Kissen kuschelte, so, wie er sich früher immer an seine Frau gekuschelt hatte. Mitten in der Nacht war er aufgewacht, weil er ein dringliches körperliches Verlangen empfand; so leise wie möglich hatte er sich selbst darum gekümmert, wobei er an Elizabeth dachte. Sie jedoch, die neben ihm wach lag, ohne sich zu rühren, war davon überzeugt, dass dem nicht so war.

Elizabeth hakte sich bei Hiroko unter, während sie die Laternen und Fackeln hinter sich ließen. Als James' Bentley sich früher am Abend dem Ruinenkomplex von Hauz Khas näherte, kam es Elizabeth auf einmal furchtbar taktlos vor, Hiroko an einen solchen Ort zu bringen, der sie daran erinnern musste, dass einzig Alter und Vernachlässigung die Ursache solcher Verwüstung sein sollten. Heute sind wir so modern, dass wir alles beschleunigen wollen, hatte sie überlegt, sogar die Zerstörung. Aber Hiroko hatte die Ruinen im Mondschein voll Staunen betrachtet und war aus dem Bentley ausgestiegen, als beträte sie ein wahres Märchenreich.

»Manchmal vergesse ich ganz, wie zauberhaft schön Delhi ist«, sagte Elizabeth und setzte sich auf den erhöhten Fußboden eines kleinen Bauwerks aus Stein, dessen Säulen von einer Kuppel gekrönt waren. »Und an Abenden wie heute glaube ich fast, dass mir der Ort fehlen wird, wenn all das vorüber ist.«

Hiroko setzte sich neben sie.

»Es macht dir also nichts aus? Dass die Briten von hier fortmüssen?«

Elizabeth lachte leise.

»Ich verrate dir mal etwas, das ich noch nie jemandem verraten habe, nicht mal James. Wenn ich an das britische Empire denke, fühle ich mich unheimlich ...« Sie sah Hiroko forschend an, als überlegte sie, wie sehr sie ihr vertrauen konnte, und sagte dann: »deutsch«. Sie griff in das silberne Abendtäschchen, das ihr am Handgelenk baumelte, und holte eine Zigarette heraus.

Hiroko nahm die Zigarette mit spitzbübischem Lächeln an. Obwohl selbst Nichtraucherin, freute sich Elizabeth jedes Mal, wenn Hiroko im Beisein von James' spießigen Mandanten rauchte, ganz so, wie sie sich auch köstlich über die befremdeten Blicke der maßgeblichen Kreise amüsierte, wenn Hiroko die modisch geschnittenen Hosen trug, die sie aus Tokio mitgebracht hatte.

Hiroko lehnte sich auf einen Ellbogen gestützt auf dem Steinboden zurück und schlug die Füße übereinander. In Tokio hatte sie kurzzeitig das Leben geführt, das sie sich zu wünschen glaubte – die Vierziger-Jahre-Version eines »modernen Mädchens«. Jazzclubs und Zigaretten, völlige Freiheit und Ungebundenheit, während sie sich ihren Lebensunterhalt mit Übersetzungen verdiente. Eine Zeitlang hatte ihr das sogar Spaß gemacht. Jetzt erklärte sie sich nur Elizabeth zuliebe hin und wieder dazu bereit, an diesen Abendgesellschaften mit ihren komplexen Verhaltensregeln teilzunehmen, die sie, das wusste sie wohl, nur bis zu einem gewissen Grade verletzen durfte, um James Burton nicht zu blamieren. Viel lieber machte sie es sich auf einem Sofa daheim gemütlich, um die Urdu-Übungen zu bearbeiten, die Sajjad ihr aufgab, oder in einem Buch aus der Burton'schen Bibliothek zu schmökern.

»Ich dachte immer, ich wüsste, warum Konrad so davon besessen war, so viel wie möglich über das Leben der Europäer und Japaner in Nagasaki herauszufinden.« Mit seiner Schwester konnte sie inzwischen ganz unbefangen über Konrad reden, während James scheinbar immer noch befürchtete, es könnte in seinem Wohnzimmer zu orientalischen Melodramen kommen, sobald sie seinen Schwager erwähnte. »So wild entschlossen, ein Muster zu entdecken, nach dem sich Menschen aufeinander zubewegten – deswegen hat er auch nie damit begonnen, das Buch zu schreiben, weißt du? Erst sollte der Krieg enden, dann nämlich würden die Ausländer zurückkehren und seine Überlegungen glänzend bestätigen. Er hielt den Krieg nur für eine Unterbrechung, nicht für das Ende der Geschichte.« Sie blickte ein weiteres Mal zu den Schatten hinüber, die über die Trümmer huschten, und stieß eine Wolke Zigarettenrauch aus. »Ich habe seine Besessenheit immer auf das Bedürfnis zurückgeführt, an eine Welt glauben zu können, die einem Deutschland der Rassengesetze ›zum Schutz des deutschen Blutes und der deutschen Ehre‹ so weit wie möglich entgegengesetzt war.« Sie lachte, aber es klang freudlos. »Was für eine Vorstellung, diese Welt ausgerechnet in Japan finden zu wollen.«

»Und heute? Glaubst du, es hat noch einen anderen Grund gegeben?«

»Ja, Ilse. Dich.«

»Oh.« Elizabeth schüttelte den Kopf, winkte verlegen ab. »Ich habe in Konrads Leben keine Rolle gespielt. Seine Mutter – meine Stiefmutter – ließ mich schon vor seiner Geburt ins Internat nach England abschieben. Und die Ferien habe ich großteils bei der Familie meiner Mutter in London verbracht. Konrad und ich waren uns ziemlich fremd.«

Hiroko nickte kurz. Es wäre zu grausam gewesen, jetzt zu sagen, dass Konrad in Nagasaki nach einer Welt gesucht hatte, in der sie einander nicht fremd zu sein brauchten. Eine Welt, in der er seine Schwester in Delhi hätte besuchen können, als er endlich alt genug war, sie nicht nur als erheblich ältere Schwester, sondern als Ebenbürtige kennenzulernen, und nicht hätte erleben müssen, dass letzten Endes alles an dem Umstand scheiterte, dass er Deutscher und sie Engländerin war.

»Er fehlt mir kein bisschen«, sagte Elizabeth bedächtig.

»Aber als du damals bei uns zu Hause aufgetaucht bist, habe ich trotzdem, bevor ich dich sah, ganz kurz gedacht, es wäre Konrad. Und das war …« Sie presste die Finger an eine Stelle direkt über ihrem Herzen. »Eine so tiefe Freude, dass ich nicht weiß, wo sie genau herkam.« So, wie sie sich auch nicht hatte erklären können, wo die verzweifelte Leidenschaft nach Konrads Tod herstammte, als sie Nacht für Nacht die Arme nach James ausstreckte, weniger aus Trauer um ihren Bruder als aus dem Bedürfnis, sich der Existenz ihres Körpers zu versichern – sie bestand aus Fleisch und Blut, war kein bloßer Schatten. Und doch suchte sie Zuflucht im Orgasmus, der sich ein wenig anfühlte wie eine Auslöschung. War dies nun Ironie oder bloß eine weitere Grausamkeit des Lebens?

Hiroko blickte an Elizabeth vorbei zu den Männern und Frauen, die auf Picknickdecken lagerten, während Motten und indische Kellner dunkel zwischen ihnen umherhuschten; der Wink einer manikürten Hand scheuchte den einen davon, um den anderen heranzuwinken. Und dort war Kamran Ali, der gerade in seinem miserablen Urdu mit englischem Akzent mit einem Kellner radebrechte. Alles hier war schrecklich und – sie warf einen Blick auf Elizabeth – traurig. Und trotzdem war sie hier und wollte nirgendwo anders sein. War sie deswegen auch schrecklich oder nur traurig? Wie auch immer, sie müsste irgendetwas unternehmen, egal was, um diesem Gefühl von Vorläufigkeit zu entrinnen, das sie auf Schritt und Tritt begleitete, bis auf jene Stunden, wenn sie mit Sajjad auf der Veranda der Burtons saß und eine neue Sprache ihr ihre Geheimnisse offenbarte.

Der Diener näherte sich ihnen, um auszurichten, dass Mr Burton seine Frau ersuchte, zu ihm zurückzukommen. Elizabeth verdrehte die Augen und erhob sich.

»Du hättest Konrad gemocht«, sagte Hiroko. »Wenn ich ihn geheiratet hätte, hätte ich dafür gesorgt, dass ihr beide euch gemocht hättet.«

Elizabeth fuhr Hiroko sanft übers Haar.

»Daran habe ich keinen Zweifel. Und jetzt hole ich etwas nach, was ich schon längst hätte sagen sollen. Es tut mir unendlich leid um alles, was du verloren hast.«

Zusammen kehrten sie zu der Gesellschaft im hellen Schein der Fackeln zurück. Beide verloren kein Wort darüber, dass sie sich auf Deutsch unterhalten hatten, sobald Hiroko über Konrad zu sprechen begann, und dass sich das angefühlt hatte, als würden sie ein besonders kostbares Geheimnis miteinander teilen.

# 5

Und dann hat die Tochter meines Bruders Sikandar gesagt –«
»Welche denn? Rabia Bano oder Shireen?«
»Shireen. Sie hat gesagt –«

Elizabeth schloss die Lamellentüren aus Holz, die vom Wohnzimmer auf die Terrasse führten, um nicht weiter mit anhören zu
müssen, wie Hiroko und Sajjad sich angeregt auf Urdu unterhielten. Nach sechs Wochen täglichem Unterricht hätte Hiroko
die fremde Sprache eigentlich noch nicht so fließend beherrschen
dürfen, dachte sie und verwünschte im Stillen den Eifer, mit dem
Hiroko sich tagtäglich mit den Vokabellisten und Kinderbü-
chern mit der schnörkeligen Schrift beschäftigte, die Henry seinerzeit bei seinem Unterricht mit Sajjad benutzt hatte.

Sie setzte sich wieder an ihren Sekretär und lüpfte sich mit un-
williger Gebärde das schwere Haar aus dem Nacken, denn leider
hatte sie nun auch die leise Brise vom Garten her ausgesperrt, die
die Hitze ein wenig erträglicher machte. Auf der Schreibplatte
vor ihr lagen zwei Blatt Briefpapier, beide schon mit der Anrede
beschriftet.

*Liebster Henry –*
*Willie, Liebling –*

Mit dem flüchtigen Gedanken, sich vielleicht den gleichen
Haarschnitt zuzulegen wie Hiroko, ließ sie ihr Haar zurückfal-
len, griff nach ihrem Füller und wandte sich dem zweiten Brief
zu. Willie – Cousin Wilhelm – war der einzige ihrer deutschen
Verwandten, dem sie sich je wirklich nahe gefühlt hatte. Teils
vielleicht, weil er – mit seinem Hang zu jüngeren, schick gekleideten Männern – verstand, wie es sich anfühlte, ein Außenseiter

im Weiss-Clan zu sein. Sie hatte geglaubt, er sei schon zu Beginn des Krieges umgekommen, abgeholt worden wie manch anderer »vom anderen Ufer« – der Begriff stammte nicht von ihr, sondern von ihm selbst. Erst 1945 hatte sie erfahren, dass er in Deutschland im Untergrund aktiv gewesen war, um Juden und Homosexuellen zur Flucht zu verhelfen, und nach Kriegsende nach New York übergesiedelt war. Und nun schrieb er von dort, es sei die beste Stadt der Welt, das Einzige, was noch fehle, sei sie.

Der Füller näherte sich dem Blatt, scheinbar zu einem mutigen Wurf entschlossen, doch kurz bevor die Feder das Papier berührte, schwenkte er zu dem anderen Brief hinüber.

*Liebster Henry …*

Sie drückte die Feder aufs Papier und schrieb in einem Zug:

*Natürlich kommst Du diesen Sommer nach Hause. Ja, im Punjab herrschen Unruhen, aber Delhi ist vollkommen sicher und Mussoorie so friedlich wie immer. Deine Großmutter sollte sich wirklich nicht so viele Sorgen machen.*

*Dein Vater erzählt allen ganz stolz von Deinen Großtaten beim Cricket. Wir sind beide hocherfreut, dass Du weiterhin solche Erfolge verzeichnen kannst.*

Sie hielt inne und ließ den Füller sinken. Woran lag es, dass Henrys Briefe an sie, je mehr er sich im Internat einlebte, immer förmlicher wurden, und ihre Briefe an ihn umgekehrt ebenfalls? Und warum hatte sie James je ihre Einwilligung gegeben, ihn nach England zu schicken? Sie verscheuchte eine Fliege mit der Hand, in der sie den Füller hielt, worauf ein Spritzer Tinte auf der Wand gegenüber landete. Die Stigmata der Blaublüter, dachte sie und rückte das gerahmte Bild von Henry so herum, dass es den Tintenfleck verdeckte.

Das gehört sich eben so. Mit dieser Floskel hatte James seinerzeit alle Debatten über das Thema Internat beendet. Letztlich aber hatte sie ihre eigenen Gründe gehabt, warum sie einwilligte, Henry nach England zu schicken. Das Ende des Empire zeichnete sich ab, sie würden Indien ohnehin alle über kurz oder lang verlassen müssen; da erschien es besser, Henry nach und nach zu entwöhnen – Sommerferien in Indien, das restliche Jahr über in England –, als das Band mit einer jähen Bewegung zu kappen. Sie sah zu der Lamellentür hinüber. Dass ihr Junge am Tag seiner Abreise weinend die Arme um Sajjad geworfen und geschluchzt hatte: »Du wirst mir am meisten fehlen«, schmerzte sie immer noch. Obwohl James' Behauptung, sie sei bloß eifersüchtig auf Sajjad, weil ihr Sohn ihn so heiß und innig liebte, und könne ihn deshalb nicht leiden, lächerlich war – sie hatte ihn von Anfang an unsympathisch gefunden. Rein instinktiv, mehr nicht.

»Ist der Unterricht noch im Gange?«

James' Rasierwasser kam ins Zimmer geflutet, gefolgt von ihm selbst.

»Nun, sie sitzen da draußen und unterhalten sich auf Urdu. Keine Ahnung, ob das Unterricht ist oder bloß Blabla. Du hast dich beim Rasieren geschnitten.«

»Hmmmm …« James befühlte mit dem Finger den Schnitt seitlich an seinem Kinn. »Sie scheinen jeden Tag früher anzufangen und später aufzuhören.«

Sein missvergnügter Gesichtsausdruck, zusammen mit dem Blut, das aus der Wunde sickerte, ließ ihn verletzlicher als sonst wirken. Elizabeth stand von ihrem Stuhl auf und ging zu ihm hinüber, spürte, wie sich das Wort »Ehefrau« federleicht um ihre Schultern legte.

»Du bist doch sein Arbeitgeber. Wenn du nicht damit einverstanden bist, wie er seine Zeit nutzt, kannst du ihm das jederzeit sagen.« Sie fuhr ihm mit dem Finger am Kinn entlang, um das Blut abzuwischen, und steckte sich den Finger dann geistesabwesend in den Mund.

»Vampirin«, sagte James lächelnd. Die Stimmung zwischen ihnen war so gelöst wie seit langer Zeit nicht mehr.

Elizabeth musterte ihn. Er hatte noch immer etwas Blut am Kinn. Flüchtig spürte sie den Impuls, sich einfach vorzuneigen und ihren Mund auf seine Haut zu legen, das Kribbeln des Rasierwassers an ihren Lippen zu spüren und ihn vor Behagen und Erleichterung seufzen zu hören wie früher immer, als sie jung verheiratet waren und Elizabeth durch derlei Signale körperlichen Verlangens zum Ausdruck brachte, dass die kleine Unstimmigkeit, die gerade zwischen ihnen aufgeflammt sein mochte, jetzt vorüber war. Doch er wischte sich das restliche Blut bereits selbst ab und trat an ihr vorbei, um einen Blick auf die Briefe auf ihrem Sekretär zu werfen.

*Willie, Liebling –*

James fuhr mit den Fingern unter der Anrede entlang und hinterließ eine dunkle Spur auf dem Papier, weil er sich die Hände nach dem Rasieren nicht gründlich genug abgetrocknet hatte. »Liebling« wirkte dadurch wie unterstrichen und kam ihnen beiden wie ein Vorwurf vor. Früher hatte sie auch ihn mit diesem Kosewort bedacht – als Deutsch noch ihre Sprache für vertrauliche Augenblicke war. Womit war es zuerst vorbei, fragte er sich: mit Deutsch oder mit der Vertraulichkeit? Wie konnte es sein, dass er das nicht mehr wusste?

»Soll Hiroko jetzt für immer bei uns wohnen?«, fragte er unvermittelt.

»Schrei doch nicht so, James!«

»Das soll nicht heißen, dass ich sie loswerden will.« Er nahm einen Füller nach dem anderen aus dem Stifthalter und stellte sie wieder zurück. Er sollte wirklich mal an Henry schreiben, aber Elizabeth schrieb wöchentlich so detaillierte Briefe an ihren Sohn, dass James nichts hinzuzufügen blieb. »Man merkt ja, wie gern du sie um dich hast.«

»Du denn nicht?«

»Doch, ich auch. Das Haus kommt einem nicht mehr ganz so leer vor.«

James berührte den blauen Fleck an der Wand, direkt neben

Henrys Foto, und rief spontan: »Pfui!«, als die Tinte auf seinen Finger abfärbte. Also wirklich, Elizabeth. Die Wand war erst kürzlich frisch gestrichen worden. Ihrer Körperhaltung konnte er ansehen, dass sie sich auf einen weiteren Streit einstellte, und allein der Gedanke daran ermüdete ihn.

»Ich frage mich bloß, was ich … was wir für Hiroko tun können. Sollen wir sie mit jungen Männern bekanntmachen? Mit Briten oder Indern? Dass sie Japanerin ist, macht die Sache ein bisschen verzwickt. Ob wir uns mal umhören sollen, ob es in Delhi irgendwo auch Japse gibt?«

»An so etwas scheint sie weniger Interesse zu haben. Ich habe das Thema mal angesprochen – die Bombe hätte sie zu einem Leben als alte Jungfer verurteilt, hat sie gesagt.«

»Was soll das heißen?«

»Oh, James. Stell dich nicht so dumm. Sie wird immer noch Konrad im Kopf haben. Dagegen kann kein Mann bestehen.«

»Konrad hatte wohl doch noch andere Seiten, als wir gedacht haben, was?«

»Ja. Ich glaube, Konrad hatte weitaus mehr Seiten, als wir dachten.« Sie setzte sich wieder an ihren Sekretär, und James machte es sich auf dem Sofa bequem, von wo aus er ihr Profil betrachten konnte, während sie schrieb. Gleichzeitig rief er laut nach Lala Buksh.

Seine Stimme drang bis nach draußen zu Sajjad und Hiroko.

»Zeit fürs Schachspielen?«, fragte Hiroko. Sajjad legte einen Finger vor die Lippen und schüttelte verschwörerisch den Kopf.

»Wir haben gestern eine Partie angefangen, von der er weiß, dass er sie verlieren wird. Da hat er es, glaube ich, nicht besonders eilig, sie fortzusetzen«, sagte er mit einem Lächeln. Hiroko wollte zurücklächeln, ohne Erfolg jedoch, so dass Sajjad nur ein leises Zittern ihrer Lippen bemerkte. Er sah sie besorgt an. Irgendetwas stimmte heute nicht. Den ganzen Morgen versuchte er schon, sie mit seinen Geschichten aufzuheitern, aber sie reagierte merkwürdig reserviert.

Hiroko schaute zu den geschlossenen Türen hinüber, die ins Haus führten.

»Heute wäre Konrads Geburtstag gewesen, Sajjad, und sie weiß es noch nicht einmal.«

Sajjad hatte es immer Kopfzerbrechen bereitet, wie er das Thema Nagasaki und Konrad bei ihr ansprechen sollte. Je mehr Zeit er jedoch mit ihr verbrachte, desto mehr sehnte er sich schlicht danach, ihr irgendwie zu versichern, dass niemand auf der Welt ein solches Unglück verdient hatte, schon gar nicht eine Frau wie sie, die es stattdessen so sehr verdient hatte, glücklich zu sein.

»Darf ich Ihnen erzählen, wie ich ihn kennengelernt habe?«, fragte Sajjad. »Ja? Es war in Dilli, im Jahr 1939. Und es war so heiß. Im Sommer beansprucht die Sonne diese Stadt ganz für sich allein – sie will ihre Schönheit mit niemandem teilen und jagt alle anderen davon. Die Reichen in ihre Ferienorte in den Bergen, uns Übrige in abgedunkelte Häuser oder unter Bäume, wo der Schatten die Herrschaft der Sonne begrenzt. Ich war gerade unterwegs zur Kalligraphie-Werkstatt, wo mich meine Brüder erwarteten. Und da sah ich einen Engländer. In Dilli, in meiner *moholla*. Nicht in Chandni Chowk oder in der Umgebung des Roten Forts, sondern mitten in unseren Straßen, zwischen den Hauseingängen dahinspazierend.«

»Es war kein Engländer. Es war Konrad!« Hiroko neigte sich vor, die Wange in die Hand gestützt. Wie deutlich sie es vor sich sehen konnte.

»Ja. Ich hatte noch nie mit einem Engländer gesprochen, niemals auch nur daran gedacht, aber etwas im Gesicht dieses Fremden hat mich veranlasst, zu ihm zu gehen. Er stand am Straßenrand und schnupperte. Es war Sommer, und die Luft war gesättigt vom Duft der Mangos. ›Sahib, haben Sie sich verlaufen?‹, fragte ich. Er begriff erst nicht, dass ich Englisch sprach. Also wiederholte ich meine Frage. Und er antwortete, ganz langsam, als dächte er, dass ich mit seinem Akzent ähnliche Mühe hätte wie er mit meinem: ›Können Sie mir diesen Geruch erklären?‹ Ich verstand nicht, was er meinte. Dass er den Duft von Mangos nicht kannte, wäre mir nie eingefallen. Vielleicht wollte er ja irgendeine Geschichte hören, dachte ich mir, wie meine Nichten und Neffen immer. Also sagte ich: ›Einer der Götter ist gerade hier entlanggelaufen, und er hat geschwitzt.‹ Er gab mir die Hand und sagte: ›Das ist das Schönste, was ich seit meiner Ankunft in Delhi gehört habe. Ich heiße Konrad.‹ Einfach so. ›Ich heiße Konrad.‹ Danach bin ich nicht mehr in die Kalligraphie-Werkstatt gegangen. Den übrigen Vormittag sind wir im prallen Sonnenschein durch Dilli spaziert, und hinterher nahm er mich mit hierher und hat Mr Burton gebeten, mir eine Arbeit zu beschaffen. Und so sieht nun mein Leben aus. Ich sitze jetzt hier, in diesem Haus, und rede mit Ihnen, weil es Konrad Weiss gefallen hat, wie ich den Duft von Mangos erklärt habe.« Er verstummte und sorgte sich im Stillen, dass die Geschichte mehr von ihm als von Konrad gehandelt hatte. Aber Hiroko lächelte endlich, und das fühlte sich an wie ein Sieg.

»In den wenigen Tagen, die wir hier zusammen verbracht haben, hat er mich gelehrt, die Dinge mit anderen Augen anzusehen. Die Welt ganz bewusst wahrzunehmen. Er war so empfänglich für Schönheit«, sagte Sajjad behutsam, um größtmöglichen Takt bemüht. »Das wollte ich immer schon mal sagen, seit er gestorben ist. Aber den Burtons gegenüber hat sich dazu nie eine Gelegenheit ergeben.« Mit gesenktem Blick sagte er: »Ich bin froh, dass Sie hier sind.« Und fügte rasch hinzu, »Weil ich Ihnen das endlich sagen konnte. Über Mr Konrad.«

Hiroko spürte, wie sie Herzklopfen bekam. Wie lange war es her, dass sie ihr Herz zum letzten Mal gespürt hatte? Sie stand auf und ging an den Rand der Veranda, zog den Zweig eines blühenden Strauchs zu sich heran und atmete den intensiven Duft der unreifen Beeren ein. Sajjad vermochte nicht den Blick von ihr loszureißen, obwohl er wusste, dass dieser Moment nicht ihm galt.

»Manchmal werde ich nachts immer noch wach und rechne«, sagte sie, so leise, dass ihm war, als würden die Worte aus weiter Ferne vom Wind herangetragen. »Um welche Uhrzeit er von mir fortgegangen ist, wie schnell er gegangen ist, die Entfernung zur Kathedrale. Das Ergebnis ist immer dasselbe. Er dürfte sich an der Kathedrale oder ganz in ihrer Nähe befunden haben, als die Bombe fiel. Von den Menschen in der Kathedrale blieben nur verschmorte Rosenkränze übrig, wissen Sie. Sie lag weniger als fünfhundert Meter vom Epizentrum. Aber dass Konrad sich in ihrem Inneren aufhielt, glaube ich nicht. Eher, dass er noch ein oder zwei Minuten entfernt war. Ich habe einen großen Stein gefunden, mit einem Schatten darauf. Haben Sie von den Schatten schon mal gehört, Sajjad?« Sie wandte sich nicht um, sah nicht, wie er schweigend nickte, während die Wörter auf dem Papier vor ihm undeutlich zu verschwimmen begannen.

Er dachte gerade daran zurück, wie Konrad Weiss mit ihm durch diesen Garten gestreift war und ihm die Namen von Blumen genannt hatte, ihm erklärte, welche davon Vögel mit ihrem Duft anlockten und welche mit ihrer Farbe.

»Die Menschen, die dem Epizentrum der Bombenexplosion am nächsten waren, wurden vollständig ausgelöscht. Höchstens ein Umriss blieb von ihnen erhalten, ihr Körperfett, das wie ein Schatten auf Mauern oder Steinen haften blieb. Eines Nachts kurz nach der Bombe habe ich geträumt, ich würde mit anderen Trauernden durch das Urakami-Tal ziehen und wir alle versuchten, die Schatten unserer Lieben zu identifizieren. Am nächsten Morgen ging ich ins Tal hinunter; es entsprach genau dem, wovon der Priester in Urakami erzählt hatte, als er mir aus der Bibel vorlas – dem Tal des Todes. Aber von einem Gott war dort keine Spur, es duftete auch nicht nach Mangos, Sajjad, sondern roch bloß verbrannt. Tage – nein, Wochen – nach der Bombe, und alles roch immer noch verbrannt. Dort bin ich umhergeirrt – was sich mir irgendwie am stärksten einprägte, waren diese merkwürdig verkrümmten Bäume über den geschmolzenen Steinen –

und habe nach Konrads Schatten gesucht. Ich habe ihn gefunden. Oder zumindest etwas, das ich dafür hielt. Auf einem großen Stein. Einen auffallend langen, schmalen Schatten. Ich ließ Yoshi Watanabe eine Nachricht zukommen, und gemeinsam haben wir diesen Stein zum Internationalen Friedhof gerollt ...« Bei der Erinnerung drückte sie sich eine Hand an die Wirbelsäule. »Und haben ihn beerdigt.«

Sie pflückte eine grüne Beere von dem Strauch und zwirbelte sie zwischen den Fingern herum. Wie Yoshi sie mit dem Stein einige Minuten allein gelassen hatte, als er sich auf die Suche nach Werkzeugen zum Graben begab, konnte sie niemandem erzählen, nicht einmal diesem Mann mit den sanften Augen und einem Gespür für den Duft der Götter. Wie sie sich auf oder vielmehr in Konrads Schatten ausgestreckt hatte, den Mund an die dunkle Fläche seiner Brust gedrückt. »Warum bist du nicht geblieben?«, hatte sie dem harten Stein zugeflüstert.

*Warum bist du nicht geblieben?* Sie drückte sich die Beere an die Lippen. *Warum habe ich dich bloß kein weiteres Mal gebeten zu bleiben?*

Sajjad stand leise auf und ging zu ihr hinüber.

»Es gibt eine englische Redewendung, die ich gehört habe: jemanden mit seiner Trauer allein lassen. In Urdu gibt es keine vergleichbare Redewendung. Es versteht nur die Vorstellung des Sichversammelns, um ›ghum-khaur‹ zu werden – Trauer-Verzehrer –, die den Kummer des Trauernden in sich aufnehmen. Soll ich mich eher auf Englisch oder auf Urdu verhalten, was ist Ihnen lieber?«

Nach kurzem Zögern sagte sie: »Das ist eine Urdu-Stunde, *sensei.*« Dann setzte sie sich wieder an den Bridgetisch und griff nach dem Füller, um das Wort »ghum-khaur« aufzuschreiben.

# 6

Elizabeth blickte quer über das staubige Gelände zu dem schwindelerregend hohen Qutb Minar hinüber, den James und Hiroko soeben umrundeten, um sich die kunstvoll gestaltete Sandsteinfassade des Turms genauer anzusehen. Inzwischen bereute sie es, das Bauwerk als »grobschlächtig« abgetan und darauf bestanden zu haben, unter einem Säulengang inmitten der Ruinen des Qutb-Komplexes zu warten, während die beiden die kegelförmige Säule besichtigten. Noch mehr verdross es sie, dass Sajjad sich sofort erboten hatte, »mit Mrs Burton zu warten«. Wie typisch für ihn, mal wieder mit vollendeter Höflichkeit zu bemerken, dass es für sie ebenso unklug wie ungehörig wäre, sich hier ganz alleine aufzuhalten, während sich in den Ruinen wilde Hunde tummelten und Fremde vorüberkamen. Bloß, wer mochte bei all der Gewalt gleich nebenan im Punjab, die sporadisch auch nach Delhi herüberschwappte, schon ausschließen, dass die Gegenwart eines muslimischen Mannes nicht vielleicht gefährliche Situationen erst heraufbeschwor? Nervös hielt sie nach Möglichkeiten Ausschau, sich zu verstecken, weil sie auf einmal mit dem Auftauchen ganzer Horden bewaffneter Hindus oder Sikhs rechnete, die auf Sajjad zugestürmt kamen. Aber es war weit und breit kein Mensch zu sehen, nicht mal ein wilder Hund. Nur diese allgegenwärtigen Tauben.

Ihr Hals war schweißnass, als sie mit der Hand darüberfuhr. Bald wäre es an der Zeit, sich über den Sommer nach Mussoorie zurückzuziehen. Mussoorie ohne Henry, das war eine Vorstellung, die ihr schwerfiel – letzten Endes hatten sie entschieden, dass er in Anbetracht der unsicheren Lage die Ferien doch besser in England verbrachte. Ihre Laune verschlechterte sich weiter. Warum waren sie überhaupt hier? Am Morgen hatte James sie geweckt und mit den Worten überrumpelt: »Wir unternehmen eine Expedition. Mach dich fertig; Sajjad wird bald hier sein.« Es ärgerte sie, dass sie nicht in die Planung einbezogen worden war. Noch ärgerlicher war es, ins Erdgeschoss hinunterzukommen und zu sehen, dass Hiroko auf der obersten Stufe der Treppe saß, die in den Garten hinabführte, an einen Blumentiegel gelehnt, der einen roten Fleck auf ihrem Kleid hinterließ, das eigentlich Elizabeths Kleid war; wie oft hatte sie Hiroko darum gebeten, genau das zu unterlassen?

Auf einmal spürte sie, wie Flüssigkeit um ihre Knöchel herumsprühte. Sie senkte den Blick und sah, dass Sajjad den Arm vor ihr hin- und herschwenkte, eine Flasche in der Hand, den Daumen über die Flaschenöffnung gelegt, so dass nur ein kleiner Spalt offenblieb.

»Was in Gottes Namen machen Sie denn da?«

»Das wird die Luft um Sie herum abkühlen.«

»Oh.« Allein der Geruch des Wassers, das auf die Erde plätscherte, war eine Wohltat. »Danke.«

»Gern geschehen.« Er besprengte weiter den Boden.

»Warum sind wir hier, Sajjad? Den Qutb Minar besucht man im Winter, nicht im April. Und falls Hiroko Lust auf eine Besichtigungstour hatte, gibt es doch sicher Gebäude mit kühlen Innenräumen, die sich da eher angeboten hätten.«

Sajjad wusste, dass er ihr nicht die Wahrheit sagen durfte, zumal ihr Mann das offensichtlich auch unterlassen hatte. Am Vortag hatte Hiroko gegen Ende ihrer Stunde gesagt: »Ich würde gerne Ihr Delhi kennenlernen, Sajjad. Würden Sie mich eines Tages mal dahin mitnehmen?«

Wie er reagiert hätte, wenn sie das auf Urdu gefragt hätte, wusste er nicht. Aber sie sprach englisch, und James Burton war gerade rechtzeitig auf die Veranda hinausgekommen, um es zu hören, deshalb hatte er nur verlegen gemurmelt, er müsse jetzt leider Schach spielen, und gehofft, damit sei das Thema erledigt.

Später aber sagte James, »Qutb Minar. Hast du nicht mal gesagt, du hättest irgendeine alte familiäre Bindung an den Ort? Tja, das ist doch wohl dann dein Delhi, oder? Dorthin machen wir einen Ausflug mit ihr.«

Zu Elizabeth sagte Sajjad nur: »Ich fürchte, das ist meine Schuld, Mrs Burton. Ich dachte mir, sie würde vielleicht gern mal sehen, was von meinen Vorfahren in Delhi übrig geblieben ist.«

Jene Ilse Weiss, die mit den Gespenstergeschichten ihrer Großmutter aufgewachsen war, erwachte zum Leben und hielt – ebenso erschrocken wie aufgeregt – in den Ruinen Ausschau nach den Geistern von Sajjads Ahnen, die hier spuken mochten.

»Damit meine ich natürlich keine Überreste im wörtlichen Sinn«, sagte Sajjad ohne jeden Spott. »Meine Vorfahren waren Soldaten in den Armeen der Mamluken – Ihre englischen Historiker nennen sie, glaube ich, die Sklavenkönige. Der Qutb Minar ist das größte Monument dieser Könige, das bis heute erhalten geblieben ist.«

»Sklavenkönige?« Das weckte nun doch ihr Interesse. »Es waren doch aber keine richtigen Sklaven, nehme ich an.«

»O doch. Sie bildeten die erste Dynastie des Sultanats von Delhi. Im dreizehnten Jahrhundert christlicher Zeitrechnung. Qutb-ud-din Aibak, dem der Qutb Minar seinen Namen verdankt, war der erste Herrscher – er war ein Sklave, der bis zum General aufstieg. Sein Schwiegersohn, Altamash, ebenfalls ein ehemaliger Sklave, war der zweite Herrscher. Sein Grab befindet sich dort.« Er deutete mit der Hand irgendwo hinter die Ruinen der großen Moschee. Dabei kam ihm in den Sinn, wie richtig und angemessen es im Grunde war, dass er, ein Inder, die Engländer über die Geschichte Indiens aufklärte, die schließlich seine Geschichte war und nicht ihre. Ganz wohl war ihm nicht bei dem Gedanken, der ihn selbst überraschte. Er hatte geglaubt, die Welt um ihn herum würde sich zwar verändern, aber so, dass sein Leben davon nicht betroffen würde.

»Indien und seine vielen Eroberer«, sagte Elizabeth. Ihr Blick folgte einem hellen Schmetterling, der aus dem Säulengang hinaus ins Freie flatterte und wegen der Hitze dort sofort zurückkehrte. »Wie sollen wir alle wieder auf diese kleine Insel passen, jetzt, wo ihr uns vertreibt? Es ist klein, England, so winzig klein. In so vieler Hinsicht.«

Sajjad sah Elizabeth an, die an einer Säule lehnte, den Körper den beiden Figuren beim Qutb Minar zugewandt. Wem galt ihr tieftrauriger Blick, James oder Hiroko? Oder dachte sie gerade an ihren Sohn? Beim Gedanken an Henry Burton seufzte er leise. Wie sehr er sich auf die Rückkehr des Jungen gefreut hatte, war ihm erst bewusst geworden, als James neulich – ganz beiläufig, als ginge es Sajjad im Grunde genommen nichts an – erwähnte, dass Henry diesen Sommer in England bleiben würde. Das war sicher ein schwerer Schlag für sie, dachte er, den Blick weiter auf Elizabeth Burton geheftet – und nach ihrer Äußerung »jetzt, wo ihr uns vertreibt« empfand er so viel Verantwortung für sie, dass er sich ausnahmsweise befugt und berechtigt fühlte, sie in einem Moment anzusprechen, in dem sie mit ihren Gedanken eindeutig woanders war.

»Die Geschichte aus der Sklavendynastie, die ich aber am liebsten mag, ist die von Altamashs Tochter, Razia Sultana.«

»Irgendeine traurige Liebesgeschichte?« Elizabeth schien dankbar, aus ihren düsteren Betrachtungen gerissen zu werden. Soeben hatte sie überlegt, wie symbolträchtig doch das Ödland war, das sich momentan zwischen ihr und James erstreckte.

»Frauen spielen schon auch in anderen Geschichten eine Rolle«, sagte er mit einem Lächeln, das ein Gespinst zarter Fältchen neben seinen Augen aufspringen ließ. Sie gab ihm mit einem Wink zu verstehen, er möge aus der Sonne zu ihr in den schattigen Säulengang treten, was er mit dankbarem Nicken annahm. Diese plötzliche Herzlichkeit war unerwartet, aber will-

kommen. »Nein, Razia Sultana war das begabteste von Altamashs Kindern, weitaus tüchtiger als all seine Söhne. Deswegen
hat er sie zu seiner Erbin ernannt. Nach Altamashs Tod hat natürlich einer der Söhne den Thron gewaltsam an sich gerissen,
aber Razia hat ihn bald besiegt. Sie war eine unglaubliche Frau –
eine glänzende Herrscherin, eine glorreiche Kämpferin.« Beinahe verlegen setzte er hinzu: »Sollte ich je eine Tochter haben,
werde ich sie Razia nennen.«

Es war ein Moment von bemerkenswerter Vertraulichkeit.
Elizabeth ließ ihn einen Herzschlag lang zwischen ihnen in der
Luft schweben und deutete dann zu James und Hiroko.

»Gehen wir zu den beiden hinüber. Dann können Sie uns alle
über die Geschichte des Turms aufklären.«

»Es ist ein Minarett.«

»Das ist Lektion Nummer eins. Stellen Sie sich vor, ich war
hier mindestens schon ein Dutzend Mal, weiß aber überhaupt
nicht, von wem es erbaut wurde oder warum.«

»Meine Geschichte ist Ihr Picknickgelände«, sagte er, ohne jeden Vorwurf, aber mit einer gewissen Ironie, die sie mit einem
Lächeln quittierte.

James atmete insgeheim auf, als er Elizabeth und Sajjad auf
sich zukommen sah. Hiroko benahm sich ausgesprochen sonderbar – fast befürchtete er, sie irgendwie gekränkt zu haben,
weil er diesen Überraschungsausflug organisiert hatte und darauf Wert legte, ihr die Glanzpunkte des Qutb-Komplexes persönlich zu zeigen. Ihr Gang hatte etwas beunruhigend Schlei-
chendes, während sie um den hohen Turm herumgingen. In der
ersten Zeit ihres Besuchs war sie ihm vorgekommen wie ein ver-
letzter Vogel, aber jetzt nahm er ganz andere Züge an ihr wahr,
eine Art Wildheit fast.

Ich muss hier weg, ich muss hier weg, dachte Hiroko unentwegt, während sie das Minarett umrundete. In dieser Welt war
sie ein Nichts. Das war jetzt klar. Dann schon lieber ein Hibakusha sein als nichts. Als James Burton ihr am Vorabend zuraunte:

»Morgen früh sehen wir uns alle zusammen Sajjads Delhi an«, hatte sie gespürt, wie sich ein geradezu seliges Lächeln auf ihrem Gesicht ausbreitete. Seine Welt war Außenstehenden also nicht verschlossen! Die Burtons waren der Begegnung mit einem Indien außerhalb der britischen Enklaven doch nicht völlig abgeneigt! Und sie, Hiroko Tanaka, durfte beiden Seiten, Sajjad und den Burtons, vor Augen führen, wie unnötig die Vorstellung war, dass ihre Welten durch hohe Mauern voneinander getrennt wurden. Konrad hatte so recht mit seiner Äußerung, dass Grenzen aus Metall bestanden, das sich verflüssigen konnte, wenn Menschen es gleichzeitig von beiden Seiten berührten.

Doch als Sajjad am Morgen auf seinem Fahrrad eintraf und ihrem Blick spürbar auswich, wusste sie, dass er sie nicht in seine *moholla* führen würde. Und James Burton schien völlig verdrängt zu haben, dass dieser Ausflug eigentlich etwas mit Sajjad zu tun hatte, während er sie durch den verfallenen Gebäudekomplex führte, sie auf das Freigelände hinwies, das gern zum Polospielen genutzt wurde, und ihr erklärte, welche metallurgische Bedeutung ein alter Pfeiler aus Eisen hatte.

Noch sträubte sie sich zwar dagegen, doch es war klar, dass sie bald einen unausweichlichen Entschluss fassen musste: nämlich nach Japan zurückzukehren.

»James!«, sagte Elizabeth, als sie bei ihrem Mann ankam. »Wusstest du, dass Sajjads Familie vor siebenhundert Jahren aus der Türkei hierhergekommen ist?«

»Dann bist du also ein rebellischer Jungtürke?« James lächelte Sajjad zu.

»Nein, Mr Burton«, sagte Sajjad, der die Anspielung nicht verstand. »Ich bin Inder.« Er spähte zu Hiroko hinüber, die ihnen den Rücken zukehrte und die arabischen Inschriften auf dem Minarett betrachtete. Sie war gekränkt, das war ihm klar, aber was konnte er daran ändern? Dann sah er James an, als ginge ihm gerade ein völlig neuer Gedanke durch den Kopf. »Warum sind die Engländer so englisch geblieben? Indien ist in seiner Geschichte immer wieder von fremden Kriegern erobert worden, und sie alle – die Türken, Araber, Hunnen, Mongolen, Perser – sind zu Indern geworden. Falls – wenn – dieses Pakistan Wirklichkeit wird, werden die Moslems, die aus Delhi und Lucknow und Hyderabad dorthin übersiedeln, ihre Heimat verlassen, ihr Zuhause. Doch wenn die Engländer fortgehen, kehren sie nach Hause zurück, in ihre Heimat.«

Hiroko wandte sich, überrascht und seltsam berührt, zu Sajjad um. Sie hatte ihm von Konrads Interesse an den Ausländern erzählt, die sich in Nagasaki niederließen, und jetzt merkte sie, welche Wirkung ihre Worte auf sein Denken und seine Sicht der Welt hatten.

»Henry empfindet Indien als sein Zuhause.« Elizabeth war bemüht, die Wogen ein wenig zu glätten, weil sie sah, wie sehr Sajjads unvermutete Attacke James verletzt hatte.

»Ja.« Sajjads Stimme klang seltsam gepresst. »So hat er es immer empfunden.« Und deswegen habt ihr ihn fortgeschickt, hätte er am liebsten noch hinzugefügt, weil seine anfangs nur Hiroko zuliebe vorgetäuschte Kränkung inzwischen höchst real war. Der Tag, an dem sie ihren Widerstand gegen das Internat aufgegeben hatte, stand ihm noch klar vor Augen. Er hatte mit Henry im Garten Cricket gespielt, als Elizabeth auf die Veranda kam und ihrem Sohn zurief, er sei solch »ein echter junger Engländer«. Henry hatte ein böses Gesicht gemacht und sich neben Sajjad gestellt. »Ich bin Inder«, hatte er betont. Tags darauf hatte James Burton Sajjad erzählt, wie froh er über den plötzlichen Sinneswandel seiner Frau sei, die ihre »sentimentalen« Vorbehalte aufgegeben habe und es nunmehr befürworte, Henry nach England ins Internat zu schicken.

»Wollen Sie noch etwas sagen, Sajjad?«

»Nein, Mrs Burton. Höchstens, dass er diese Sicht auf Indien wohl nicht mehr sehr lange haben wird.«

»Das ist auch besser so«, sagte Elizabeth, während sie den Blick umherschweifen ließ. Fast war sie ein wenig traurig bei

dem Gedanken, dass die Nachkommen der Engländer in siebenhundert Jahren nicht zu den Kirchen und Monumenten Britisch
Indiens pilgern und sagen würden, das hier stammt aus der Zeit,
als die Geschichte meiner Familie und die Geschichte Indiens
unwiderruflich und für immer zu einem Strom zusammenflos-
sen.

»Warum ist es besser so?« So aufgebracht, fast schon wütend, hatten die Burtons Sajjad noch nie erlebt. Nach acht Jahren, in denen er gegen Elizabeth immer nur die Waffe seiner stets
gleichbleibenden Höflichkeit eingesetzt hatte, war Sajjad über
seinen Tonfall mindestens ebenso überrascht wie sie. Beiden jedoch war klar, dass es ohne die Anwesenheit Hirokos, durch die
alle Hierarchien in Frage gestellt schienen, nie zu einem solchen
Ausbruch gekommen wäre.

»Immer schön sachte«, sagte James mit warnendem Unterton, worauf Sajjad hochrot anlief und sich mit einer gemurmelten Entschuldigung abwandte.

Elizabeth hätte Sajjad am liebsten am Kragen gepackt und geschüttelt. Ich bin aus Berlin fortgeschickt worden, als ich nur
wenig jünger war als er – ich weiß, wie weh das tut. Was weißt du
schon vom Abschiednehmen, du, dessen Familie seit Jahrhunderten in Delhi lebt? Unter ihrem Zorn aber verbarg sich noch
etwas anderes, eine Art Schmerz. Weil sich zwischen ihr und Sajjad gerade erst eine zaghafte Annäherung angebahnt hatte.

»Sajjad.« Hiroko zupfte ihn am Ärmel. Ihre eigene Missstim-
mung war vergessen, jetzt wollte sie nur noch den fürchterlichen
Zorn eindämmen, der zwischen diesen beiden Menschen, die ihr
inzwischen so viel bedeuteten, aufgeflammt war. »Kommen Sie,
sehen Sie. Ich habe ein Wort gefunden, das ich wiedererkannt
habe.« Sie deutete auf einen Abschnitt der arabischen Inschrift
auf dem Minarett. Um besser sehen zu können, worauf sie ihn
aufmerksam machen wollte, trat Sajjad so dicht neben sie, dass
ihre dunklen Haarschöpfe sich fast berührten.

Elizabeth entging nicht, wie schon Lala Buksh am Tage von

Hirokos Ankunft, wie zwanglos die beiden miteinander umgingen. Sie sah den raschen Blick, den Sajjad Hiroko zuwarf, und verstand besser als Sajjad selbst, was er zu bedeuten hatte. Wie es um Hirokos Empfindungen bestellt war oder wie lange sich da schon etwas anbahnen mochte, darüber dachte sie erst gar nicht nach – sie wusste nur, dass sie endlich etwas in der Hand hatte, um den Panzer aus Charme und Gleichgültigkeit zu durchdringen, der Sajjad Ali Ashraf dabei geholfen hatte, alle übrigen Angehörigen ihres Haushalts für sich zu gewinnen und zugleich gegen alles, was sie sagte oder tat, völlig unempfindlich zu sein.

»Sajjad und ich haben vorhin nett geplaudert«, sagte sie laut und schlang James, zu seiner maßlosen Verblüffung, betont beiläufig den Arm um die Taille. »Er hat mir verraten, welcher Name ihm für seine erste Tochter vorschwebt.«

James gab ihr einen Kuss auf die Schläfe, verharrte mit seinen Lippen kurz dicht an ihrer Haut, während er ihren Duft einsog. Er umfasste ihre Hand, die an seiner Taille lag. Fast hätte sie darüber ihr eigentliches Vorhaben vergessen, war kurz davor, sich zu James umzuwenden und ihm zuzuflüstern, dass sie doch wieder einmal die verschwiegenen Bogengänge aufsuchen könnten, die hinter dem Säulengang abzweigten. In glücklicheren Zeiten hatten sie sich manchmal dorthin zurückgezogen, während auf den angrenzenden Feldern Polo gespielt wurde, um Schutz vor der Sonne und anderen Zuschauern zu suchen. Aber dann hörte sie, wie Sajjad etwas auf Urdu zu Hiroko sagte, das sie zum Erröten brachte. Seine Worte waren denkbar harmlos: »Es dauert nicht mehr lange, dann muss ich mir von Ihnen Unterricht in meiner Sprache erteilen lassen.« Elizabeth jedoch sah nur, wie Hiroko sich von ihr entfernte und zunehmend Sajjad zuwandte, wie vor ihr schon James und Henry.

»Also, Sajjad«, sagte sie beiläufig. »Wie lassen sich denn Ihre Hochzeitsplanungen an? James hat mir erzählt, Sie hätten angekündigt, vor Jahresende ein paar Tage für Ihre Hochzeit frei nehmen zu wollen.«

Nach einem kurzen Moment angespannter Stille drehte sich Hiroko abrupt auf dem Absatz herum und marschierte davon in Richtung Auto.

»Was …?«, sagte James, ganz verdattert darüber, mit welcher Entschlossenheit sie sich entfernte.

»Die Hitze. Die verträgt sie nicht.« Elizabeths kindliches Ich spürte, wie die Geister all jener, die ein schlechtes Gewissen an diese Welt kettete, ihr einen heißen Willkommenskuss auf die Haut drückten. »Wir sollten wohl aufbrechen.«

»Ach, na gut.« James warf einen letzten sehnsüchtigen Blick in Richtung Säulengang. »Dann komm, Sajjad.«

»Ich komme gut allein nach Hause, vielen Dank, Mr Burton.«

»Nun komm schon, James!«

James schaute unsicher zu Sajjad, der ihn freundlich auf den Wagen zuscheuchte.

»Ich gehe noch ein wenig in den Trümmern spazieren und verfasse großartige Gedichte über meine Vorfahren, Mr Burton. Bitte machen Sie sich um mich keine Sorgen.«

Sajjad beobachtete die Abfahrt des Bentley, der dicke Staubwolken aufwirbelte. Tauben stoben aufgeschreckt in die Lüfte. Erst als der Wagen außer Sichtweite war, lehnte er sich an das imposante Minarett und hob den Blick zum gleißend hellen Himmel, um eine Erklärung dafür zu finden, warum sein Herz wie wild schlug.

# 7

Civil Lines sah aus, als würde es in Flammen stehen, als Saj-jad am nächsten Morgen zur Arbeit radelte, so grell war das Leuchten der blühenden Gulmohar-Bäume. Jede feurigrote Blütentraube erinnerte ihn daran, wie Hiroko am Vortag über ein staubiges Stück Ödland zwischen verfallenen Prachtbauten davongestürmt war, mit einem leuchtend roten Fleck hinten auf ihrem Kleid, als hätte ihr Herz hindurchgeblutet.

Anfangs hatte er überlegt, dass ihre Reaktion auf die Erwäh-nung seiner bevorstehenden Hochzeit eigentlich nur einen ein-zigen Schluss zuließ – sah aber schon bald ein, wie eitel und ab-wegig dieser Gedanke war. Natürlich war sie ihm böse; wie auch anders? Sie hatte mit ihm über Konrad Weiss' Tod gesprochen, und was hatte er ihr im Gegenzug von seinem Leben erzählt? Nur oberflächliches Zeug. Und so fiel es Elizabeth Burton zu, ganz beiläufig eine Angelegenheit zu erwähnen, die man einem Freund eigentlich nicht verheimlichen sollte.

Einer Freundin, besser gesagt. Dass so etwas in seinem Leben Einzug gehalten hatte, erschien Sajjad immer noch unglaublich. Eine japanische Freundin. Die Räder des Fahrrads surrten, und der Sattel knarrte, als er erst fester in die Pedalen trat, dann lang-samer, viel langsamer, dann wieder fester. Könnte er sie zu seiner Hochzeit einladen? Was würde seine Zukünftige – wer sie am Ende auch sein mochte – dazu sagen, dass es eine Frau gab, die nicht zur Familie gehörte und die er zu seinen Freunden zählte – eine Frau, die Hosen und dekolletierte Kleider trug und Ziga-retten rauchte und für die es nie in Frage käme, die Wahl eines Ehemanns anderen zu überlassen. Die außerdem ausnehmend hübsch war. Nein, vielleicht sollte er doch besser davon absehen, sie zu seiner Hochzeit einzuladen.

Und doch konnte er sie sich dort lebhaft vorstellen. Sah es geradezu vor sich, wie sie etwas abseits der Frauen aus seiner Familie dastand und ihn spöttisch ansah, in jenem Moment, bevor er den Blick auf den Spiegel senkte, der ihm zum ersten Mal das Gesicht der Frau offenbaren würde, die neben ihm saß und die er soeben geheiratet hatte.

Nein, nein. Ausgeschlossen. Sie durfte auf keinen Fall zu seiner Hochzeit kommen.

Als er sich in der Auffahrt der Burtons vom Sattel schwang, erwartete ihn bereits Lala Buksh. Sajjad nickte ihm zu, als er sein Rad an die Mauer lehnte. In all den Jahren, seit er jetzt hierherkam, hatte sich der Kontakt zwischen ihm und Lala Buksh auf das Nötigste beschränkt, wenn Sajjad dem Diener etwa einen Auftrag von James ausrichtete oder ihm eher der Form halber *Eid Mubarak* wünschte. In den letzten Wochen aber hatte sich die politische Lage mit anhaltenden Unruhen und der sich immer deutlicher abzeichnenden Schaffung eines neuen Staates so zugespitzt, dass die beiden Männer dazu übergegangen waren, morgens bei einer Tasse Tee die neuesten Nachrichten über Tod, Politik und Freiheit zu erörtern.

Lala Buksh reichte Sajjad eine dampfende Tasse, und sie gingen zum Eingang der Küche, wo Sajjad sich auf die Treppe vor der Tür setzte, während Lala Buksh sich vor ihm auf den Boden hockte, wie er es in Gegenwart von Engländern nie getan hätte.

»Ich gehe weg«, sagte Lala Buksh ohne Umschweife. Sajjad sah ihn fragend an, abgelenkt von dem Gedanken, dass er Hiroko in wenigen Minuten sehen würde und noch keine Ahnung hatte, was er zu ihr sagen sollte. »In dieses neue Land für Moslems. Ich ziehe hin.«

Sajjad lehnte den Kopf an die Fliegengittertür.

»Die Engländer werden noch ein Jahr hier sein. Warum warten Sie nicht erst ab, wie die Lage '48 aussieht? Verglichen mit letztem Monat haben die Unruhen doch schon stark nachgelassen.«

Lala Buksh betrachtete seine Hände, während er sie zu Fäusten ballte, wie ein Forscher, der eine fürchterliche neue Waffe vor seinen Augen Gestalt annehmen sieht, die er selbst entwickelt hat.

»Ich weiß nicht, was bis '48 aus mir geworden sein wird.«

Im Gegensatz zu Sajjad wohnte Lala Buksh in einem Viertel, das nicht überwiegend muslimisch war. Er war nur freitags dort, am einzigen Tag der Woche, an dem er bei den Burtons frei hatte, doch an diesen Freitagen, gestand er Sajjad – wenn seine Familie ihm geschildert hatte, was sich in der Vorwoche im Punjab wieder alles abgespielt hatte, wie viele muslimische Männer ermordet, muslimische Geschäfte niedergebrannt, muslimische Frauen entführt worden waren –, musste er sich dazu zwingen, zu Hause zu bleiben, aus Sorge, in Lebensgefahr zu geraten, wenn sein Blick einem Hindu auf der Straße verriet, welche Gefühle er in seinem Herzen trug. Oder umgekehrt, dass der Blick eines Hindus ihm verriet, was *jener* in seinem Herzen trug, und dann …

Sajjad schlürfte seinen Tee und wusste nicht recht, was er darauf erwidern sollte. Jahrelang hatte er mitbekommen, wie Lala Buksh mit Vijay, dem Koch der Burtons, Späße machte und harmlos mit Rani, Henrys Kinderfrau, schäkerte, und so manches Mal fand er sie zu dritt in der Küche vor, wo sie einträchtig über die Burtons grummelten. Damit war Schluss. Heute hielt Lala Buksh sich ausschließlich an Sajjad, der Moslem war wie er.

Als Sajjad seinen Tee ausgetrunken hatte und aufstand, sagte Lala Buksh, »Sie sind gestern nicht mit ihnen vom Qutb Minar zurückgekommen«. Sajjad machte eine unbestimmte Handbewegung. »Sie war sehr außer sich wegen irgendetwas.« Er griff nach Sajjads Tasse und ging damit in die Küche.

Auf der Veranda hörte Hiroko von der Küche her das Quietschen der Fliegengittertür und wusste, dass Sajjad nun gleich ums Haus herum in den Garten kommen würde. Sie hatte etwas Angst, dass er ihr sofort ansehen würde, wie sie ihn beneidete.

Am Vorabend hatte sie verzweifelt versucht, sich Konrads Gesicht vor Augen zu rufen, aber er schien unendlich weit weg. Als würde er zu einem anderen Leben gehören. In diesem Leben aber verlangte es sie einfach nach mehr als der bloßen Erinnerung daran, wie seine Finger über die Adern in ihrem Handgelenk gefahren waren, wie er sie mit seiner Zunge überrascht hatte. Doch obwohl Konrad in immer weitere Ferne rückte, je angestrengter sie ihn heraufzubeschwören versuchte, war die Empfindung, die in ihrem Körper aufgekeimt war, als sie den Kimono ihrer Mutter überstreifte, von neuem erwacht. Als sie am Abend in der Badewanne lag, war sie mit der Hand über ihren nackten Körper gefahren (bloß dass es nicht ihre Hand und auch nicht ihr Körper war, sondern Sajjads Hand und der Körper seiner Frau – dass ihr Körper von einem Mann jemals auf diese Art liebkost werden könnte, erschien ihr sogar in der Phantasie unvorstellbar), und als die Hand sich weiter abwärts bewegte, hatte ihr Körper so heftig gezuckt, dass sie mit der Hüfte gegen das Porzellan geprallt war. Erschrocken hatte sie das Wasser aus der Wanne abgelassen und war zu Bett gegangen, wo sie die Hände zu Fäusten ballte und jede weitere Berührung tunlich unterließ.

»Guten Morgen«, sagte Sajjad, als er auf die Veranda zukam. »Ich hoffe, es geht Ihnen heute besser.«

»Ja, danke.« Sie sah ihn an und überlegte, wie es sich anfühlen mochte, Sajjad Ali Ashraf näher kommen zu sehen und zu wissen, dass man seinen Körper ungeniert berühren durfte. Ein wenig vorwurfsvoll sah sie ihn an. »Warum haben Sie mir nichts von ihr erzählt?«

»Von wem?«

»Von Ihrer Verlobten.«

»Oh.« Sajjad verzog das Gesicht. »Nein, nein. Es steht noch gar nichts fest. Meine Mutter und meine Schwägerinnen haben jemanden im Auge, aber ich weiß nicht mal ihren Namen.

Es könnte auch alles im Sande verlaufen.« Er legte die Hand auf den Tisch, berührte den Rücken des Buches, auf dem ihre Finger ruhten.

Sie nickte, verdrängte nach Kräften das seltsame Gefühl aufkeimender Hoffnung, in die sich Verzweiflung mischte.

»Sie dürften doch ein sehr begehrter Heiratskandidat sein. Obwohl … darf ich Sie etwas fragen?«

»Selbstverständlich. Alles.«

»Sie haben mir mal erzählt, Sie wollten Rechtsanwalt werden. Aber Sie spielen den ganzen Tag nur Schach mit James Burton. Ich weiß, dass Sie sich mehr vom Leben wünschen.«

In all der Zeit war sie der erste Mensch überhaupt, der das zu ihm sagte.

»Ohne James Burton würde ich im Betrieb meiner Familie mitarbeiten und es hassen. Solange er mit mir Schach spielen will, soll es mir recht sein. Aber er hat gesagt, er hat versprochen, dass ich jederzeit in seiner Kanzlei unterkommen kann. Erst neulich hat er gesagt, wenn die Briten erst fort sind, wird es so viele freie Stellen geben. Ich kann warten. Ich darf mir juristische Fachbücher aus seiner Bibliothek ausleihen, die ich zu Hause lese. Ich nutze meine Zeit zum Lernen, um dann fertig und bereit zu sein.«

»Ich wollte nicht andeuten, dass Sie Ihre Zeit nicht nutzen. Ich bin mir sicher, dass Sie ein wunderbarer Anwalt wären.« Dieses Kompliment, das konnte sie sehen, bedeutete ihm sehr viel. Trotzdem erschien es ihr fraglich, ob man ohne richtiges Studium überhaupt Anwalt werden konnte.

»Darf ich jetzt Sie etwas fragen? Kommt Ihnen das sehr seltsam vor? Dass ich eine Frau heiraten werde, die ich noch nie gesehen habe? Die Burtons, das weiß ich, halten das für sehr … rückständig.«

»Ich bin nicht die Burtons, Sajjad. Ich denke, dass ich in Ihrer Welt mehr finden könnte, was japanischen Traditionen ähnelt, als in dieser Welt der Engländer.« Sie sagte es fast vorwurfsvoll, lächelte aber dann, zum Zeichen, wie wenig sie sich um Traditionen scherte. »Arrangierte Ehen waren früher in Japan keine Seltenheit. Meiner Ansicht nach erfordern solche Ehen mehr Mut, als ich aufbringen könnte.«

Sajjad kam sich selbst nicht sonderlich mutig vor.

»Das ist bei uns eben so.« Er fuhr mit dem Finger über die Buchstaben auf dem Buchrücken und vermied es, sie anzusehen. »Dann haben Sie also vor, auf englische Art zu heiraten?«

»Ich werde niemals heiraten.«

Sajjad hätte sich für seine Taktlosigkeit ohrfeigen können.

»Entschuldigung. Mr Konrad, ich weiß ... es tut mir leid. Das geht mich ja auch gar nichts an.«

»Ich werde niemals heiraten«, wiederholte sie. »Aber das hat nichts mit Konrad zu tun.«

Sajjad nickte. Und schüttelte dann den Kopf.

»Weswegen dann nicht?«

Hiroko überlegte gar nicht lange, ob sie sich von ihm die Wahrheit bestätigen oder abstreiten lassen wollte, die ihr in einem Tokioter Krankenhaus klargeworden war, als sie, bäuchlings auf dem Bett liegend, hörte, wie entsetzt selbst der hartgesottene Militärarzt beim Anblick ihres Rückens nach Luft schnappte. Stattdessen stand sie einfach auf und kehrte ihm ihren Rücken zu.

»Deswegen.« Sie fing an, die Knöpfe hinten an ihrer Bluse zu öffnen, um ihre Haut zum Vorschein zu bringen.

Sajjad schrie erschrocken auf und wandte das Gesicht ab.

»Bitte. Was tun Sie denn?«

Hiroko zerrte an dem Stoff, der ihren Rücken bedeckte, teilte die Bluse wie einen Bühnenvorhang.

»Das ist bloß noch etwas, das mir die Bombe für immer genommen hat. Sehen Sie mich an.«

»Nein. Knöpfen Sie Ihre Bluse wieder zu.«

»Sajjad.«

Ihre Stimme klang so tonlos, dass er sich zu ihr umdrehte.

Was ihm auch auf der Zunge gelegen haben mochte, es blieb für immer ungesagt. Sie war aus dem Schatten des überhängenden Dachs mitten ins helle Sonnenlicht getreten, damit die drei pechschwarzen, vogelförmigen Brandwunden auf ihrem Rücken deutlich zu erkennen waren, die erste unter ihrem Schulterblatt, die zweite, überschnitten von ihrem BH, in der Mitte ihrer Wirbelsäule, die dritte direkt über ihrer Taille.

Sie konnte nicht sehen, wie Sajjad die Tränen kamen, als er ihre verkohlte, verschrumpelte Haut betrachtete, deshalb musste sie sich auf sein Schweigen selbst einen Reim machen.

»Diese diagonale Schrift können Sie lesen, nicht wahr? Das könnte jeder Mann. Sie besagt: ›Finger weg. Das ist nicht das, was du willst.‹«

Ihr Schmerz riss den Schutzwall nieder, den er unbewusst errichtet hatte, seit er damals beim Anblick des Muttermals unter ihrem Auge den spontanen Wunsch verspürt hatte, es zu berühren. Er eilte zu ihr hinüber, legte beide Hände auf die Stelle zwischen den beiden unteren Brandwunden und zog sie rasch wieder fort, als sie zusammenschauerte.

»Tut es weh?«, fragte er leise.

»Nein.« Ihre Stimme war noch leiser als seine.

Er berührte die groteske dunkle Stelle unter ihrem Schulterblatt – zaghaft, ängstlich –, als handle es sich um ein Relikt aus der Hölle, zwang sich mit zusammengebissenen Zähnen, nicht zurückzuzucken, trotz der widernatürlichen Wülste und Knoten, die er mit den Fingern ertastete. Sie konnte seine Hand nicht spüren, doch sein warmer Atemhauch in ihrem Nacken reichte aus, um ihr einen weiteren Schauer zu bescheren, der sich bis tief in ihr Inneres fortsetzte.

Er schloss die Augen und fuhr mit der Hand dorthin, wo sich ihre Haut anfühlte, wie es sich für Haut gehörte. Als ihr Körper daraufhin abermals erzitterte, ganz ohne Furcht offenbar, reagierte auch sein Körper; es war ein so intimer Augenblick, dass er sich dessen nicht genierte. Sanft strich er ihr mit dem Handrücken über die Schultern und den Rücken hinunter bis an ihre Taille, um sie daran zu erinnern, dass es auch dies noch gab, dass auch dies zu ihrem Körper gehörte.

Eine kurze Weile gab sie sich ganz dem Wohlgefühl seiner Berührung hin, in dem Bewusstsein, dass die Erinnerung daran sich einmal zusammen mit Konrads Küssen zur Gesamtheit ihrer Erfahrung mit körperlichen Intimitäten fügen würde.

»Sie müssen nicht so freundlich sein«, sagte sie schließlich, die Hände in den Blusenstoff gekrampft, den sie noch immer festhielt. »Ich weiß, wie hässlich das aussieht.«

»Hässlich? Nein.« Wäre seine Stimme nicht so sanft gewesen, hätte sie ihm vielleicht geglaubt. »Vogelrücken«, sagte er und legte behutsam die eine Hand auf die mittlere Brandwunde, während er sich mit der anderen verstohlen die Tränen wegwischte. »Wissen Sie denn nicht, dass alles an Ihnen schön ist?«

Sie drehte sich heftig zu ihm um und sah so zornig aus, dass er sie kaum wiedererkannte. Im selbem Moment wurde ihm klar, wie tief er sich ihr normales, alltägliches Mienenspiel eingeprägt hatte, um sich die Stunden zu versüßen, wenn er nicht mit ihr zusammen war.

»Die Bombe hat nichts Schönes bewirkt.« Beim Sprechen hieb sie ihm mit der Faust gegen die Brust. »Verstehen Sie mich? Sie hat kein bisschen Schönes bewirkt.«

Elizabeth Burton, die schon im Morgengrauen aufgewacht war und vor Selbsthass nicht mehr einschlafen konnte, hörte das Geschrei, als sie sich gerade an ihren Sekretär setzen wollte. Sie hastete durchs Zimmer und riss die Lamellentüren zur Veranda auf, wo sie die halbnackte Hiroko erblickte, die schreiend mit den Fäusten auf Sajjad einschlug, in dessen Hose sich überdeutlich eine Erektion abzeichnete.

# 8

Es gibt auf der Welt keinen schöneren Ort als Mussoorie, befand Elizabeth Burton, als sie von ihrem abschüssigen Garten aus die noch in Dunstschleier oder Wolken gehüllten weißen Gipfel des Himalaya in der Ferne betrachtete und den würzig frischen Duft der Kiefernwälder weiter oben auf dem Berg einatmete, an dessen Hang sich das Ferienhaus der Burtons schmiegte. Schade nur, dass Schönheit so ohne jede Bedeutung sein konnte.

Doch so unerfreulich die Dinge hier auch stehen mochten, überlegte sie, während sie auf die alte Eiche zuging, in Delhi wäre es in der drückenden Junihitze jetzt wesentlich schlimmer gewesen – dieses Jahr war es sogar noch heißer als sonst, hatte sie am Morgen in der Zeitung gelesen. Und abgesehen von dieser Hitze, ja, abgesehen von dieser Hitze war da noch die Sache mit Sajjad. So sehr sie James' Bestürzung über die gerade verkündete Entscheidung der Briten, statt erst im nächsten Jahr schon bis Mitte August aus Indien abzuziehen, teilte – durch diese Entscheidung schien es so gut wie ausgeschlossen, dass die Teilung des Landes halbwegs geordnet vonstattenging –, im Stillen hoffte sie, dass Sajjad sich durch irgendein Wunder für Pakistan entscheiden und aus ihrer aller Leben verschwunden sein würde, wenn sie im Oktober nach Delhi zurückkehrten. Auch wenn sie dort nur noch packen und ihre Abreise aus Indien organisieren würden, konnte doch noch so viel geschehen – ach, wieso nicht der Wahrheit ins Auge blicken: Die Aussicht, Sajjad noch einmal wiederzusehen, war ihr einfach unangenehm.

Bis heute wurde ihr flau bei der Erinnerung an jenen Morgen im April, als sie unfreiwillig Zeugin der scheußlichen Szene zwischen Hiroko und Sajjad geworden war. Sie hatte die denkbar schlimmste Schlussfolgerung gezogen – das räumte sie freimütig ein – und Sajjad unter übelsten Beschimpfungen aufgefordert, sofort ihr Haus zu verlassen. An Hirokos Reaktion konnte sie sich noch immer nicht erinnern, hatte nur nebenher wahrgenommen, wie das Mädchen hektisch seine Bluse zuknöpfte, während Sajjad bei seinem überstürzten Rückzug fast über seine eigenen Füße gestolpert wäre.

Als er fort war, wollte Elizabeth Hiroko durch gutes Zureden beruhigen, doch die jüngere Frau war in Tränen ausgebrochen und schloss sich in ihr Badezimmer ein. Erst freundlich, dann immer drängender hatte Elizabeth sie aufgefordert, die Tür zu öffnen, aber vergeblich.

Am Ende war Elizabeth nach oben gegangen, um James zu wecken, der während des ganzen Aufruhrs seelenruhig geschlafen hatte.

»Falls er versucht hat, was ich vermute, wirst du mich nicht daran hindern, ihm die Polizei auf den Hals zu hetzen«, sagte sie, als sie James wachgerüttelt hatte. Ihr Mann sah sie so verdattert an, dass sie unter anderen Umständen wohl darüber gelacht hätte. »Sajjad. Dein ach so blitzsauberer Junge. Ich habe ihn gerade unten mit Hiroko erwischt.«

»Auf der Veranda ist es für ihren Unterricht langsam zu heiß«, brummte James, noch ganz verschlafen, und richtete sich im Bett auf. »Ich sollte ihnen sagen, dass sie mein Arbeitszimmer benutzen sollen.«

»Sie war so gut wie nackt und hat um sich geschlagen, um ihn sich vom Leib zu halten. Hör auf, mich so anzublinzeln, James. Er war erregt, das war nicht zu übersehen. Soll ich dir ein Diagramm zeichnen?«

Mit einem Fluch, den sie von ihm noch nie gehört hatte, sprang James aus dem Bett, angelte nach seinem Morgenrock und brüllte: »Sajjad!«

»Er ist fort. Ich habe ihn rausgeworfen.«

»Ich werde ihn mit dem Auto einholen.« Er schlug mit der flachen Hand gegen die Tür, um sie aufzustoßen. Das Klatschen von Fleisch auf Holz klang so brutal und schmerzhaft, dass Elizabeth schützend die Hände vors Gesicht hob.

Sajjad. Er hatte praktisch mit in diesem Haus gewohnt. Und in all der Zeit hatte sie nie das Gefühl, dass von ihm irgendeine Gefahr ausging, nicht in dem Sinne. Noch ehe sie den Gedanken zu Ende gedacht hatte, wusste sie, dass ihr ein schrecklicher Irrtum unterlaufen war.

»James!«, rief sie.

Im selben Moment kam James ins Zimmer zurück.

»Bist du ganz sicher?«, sagte er. »Elizabeth, wie ist das möglich?«

Sie ging zu ihm und nahm seine Hand, fühlte sich an den Tag erinnert, als man ihnen mitteilte, Henry hätte ein einheimisches Mädchen mit einem Stein beworfen, mit der Folge, dass es jetzt auf einem Auge blind war. Später stellte sich heraus, dass es ein anderer Henry war – Henry Williams, bereits mit fünf ein ungewöhnlich aggressives Kind –, und James und Elizabeth hatten das Gefühl, eine Art Elterntest bestanden zu haben, weil sie beide entschieden abgestritten hatten, dass ihr Sohn so etwas getan haben könnte.

Hand in Hand gingen sie nach unten ins Erdgeschoss, wo Hiroko ihnen aus ihrem Zimmer entgegenkam.

»Es tut mir leid. Es war meine Schuld. Ich habe mir die Bluse selbst aufgeknöpft. Ich wollte, dass er mich ansieht. Er wollte doch nur freundlich sein. Bitte. Ich habe versucht, ihm Dinge zu erklären, die ich bisher noch keinem anvertraut habe. Es tut mir leid. Ich werde euer Haus verlassen. Bitte bestraft ihn nicht. Es tut mir schrecklich leid.«

Ganz schlau wurde Elizabeth nicht aus ihrem Wortschwall, aber sie verstand genug, um zu wissen, was jetzt getan werden musste.

»Wir werden alle zusammen abreisen. Es ist höchste Zeit, sich über den Sommer nach Mussoorie zurückzuziehen. Pack schnell deine Sachen, Hiroko. Wir nehmen den nächsten Zug. James, du schickst am besten Lala Buksh mit einer Abfindung bei Sajjad vorbei. Er soll Sajjad auf jeden Fall ausrichten, dass du ihm ein gutes Zeugnis ausstellen wirst, damit er sich eine andere Beschäftigung suchen kann.«

Und so waren sie nun also hier – in Mussoorie, dem schönsten und romantischsten der britischen Hochlandrefugien in Indien. Sie blieb erneut stehen, um die atemberaubende Aussicht zu bewundern – mit dem einsetzenden Monsun würde die Sicht durch Regen und Nebel bald erheblich eingeschränkt, deshalb war sie entschlossen, sich an den Schönheiten dieser paradiesischen Gegend zu weiden, so lange es ging. Ohne Mussoorie hätte sie es in Indien wohl nicht ausgehalten. Hier wurde die steife Förmlichkeit Delhis abgestreift (oder vielmehr nach Simla verfrachtet, in die Sommerhauptstadt des Raj), und die Ausflüge nach Gun Hill, die Picknicks im Schatten rauschender Wasserfälle, die glanzvollen Bälle im Savoy, all das verwandelte die Welt in eine Art schönen Traum, selbst in den Kriegsjahren. Sie hatte damit gerechnet – oder vielleicht nur gehofft –, dass Mussoorie auf Hiroko dieselbe belebende Wirkung haben würde wie auf sie immer, doch die feine Lebensart und Romantik des Ortes schien sie nur noch tiefer in die verschlossene Innerlichkeit zu treiben, in die sie sich an jenem Tag in Delhi zurückgezogen hatte.

Elizabeth war am Fuß der Eiche angelangt und schaute hoch zu Hiroko, die oben auf einem Ast saß, den Rücken an den Baumstamm gelehnt. Von einer früheren Kletterpartie hinauf zu diesem Lieblingsplatz war ihre weiße Leinenhose an den Schienbeinen eingerissen. Elizabeth wusste noch immer nicht, welcher ihrer Nachbarn daraufhin diese Strickleiter an dem Ast befestigt hatte, auf den Hiroko sich so gerne zurückzog, aber sie hatte Kamran Ali, dem das Haus nebenan gehörte, im Verdacht.

»Ich komme hoch«, sagte Elizabeth und machte sich daran, die Strickleiter zu erklimmen.

Hiroko spürte, wie der Ast unter ihr leicht nachgab, als Elizabeth sich von der letzten Leitersprosse hinaufschwang und seitlich darauf niederließ, sagte aber nichts, blickte bloß weiter auf die bewaldeten Höhenzüge ringsherum, die mit blühenden Bergwiesen und Ferienhäusern gesprenkelt waren. Einmal, als sie ausnahmsweise Elizabeths Bitten nachgegeben und das Anwesen der Burtons verlassen hatte, hatte sie auf der Mall einen englischen General a.D. kennengelernt, der meinte, ihr müsse doch viel von der hiesigen Flora vertraut sein – weil Mussoorie sich nicht allzu weit südlich von der sino-japanischen phytogeographischen (»das heißt auf Pflanzen bezogen«) Region befand. Am selben Abend hatte er seinen Fahrer mit einer Fülle Blumen von den Bergen der Umgebung bei den Burtons vorbeigeschickt, und sie war zu Tränen gerührt, nicht bloß, weil sie ihr so vertraut vorkamen, sondern weil sie ihre japanischen Namen nicht kannte und niemanden hatte, den sie danach fragen konnte.

Jeden Tag, wenn sie hier oben auf ihrem Ast saß und den Blick über die Bäume und Blumen von Mussoorie schweifen ließ, von denen ihr manche so vertraut waren wie das Gefühl von Tatami unter ihren Füßen, reihte sie einzelne Erinnerungen an Nagasaki aneinander, als wären es Perlen an einem Rosenkranz: das leise Geräusch, wenn ihr Vater die Farbe auf seinem Tintenstein vorbereitete, das sich vertiefende Violett eines mit Sternen und Sternbildern übersäten Himmels am Abend, während die vertrauten Stimmen ihrer Nachbarn herüberdrangen, ihre Schüler, die jedes Mal aufstanden, wenn sie die Klasse betrat, die Spaziergänge mit Konrad entlang des Oura, bei denen sie davon träumten, was nach dem Krieg alles möglich sein würde …

In Indien redeten alle von der Zukunft – die Engländer planten ihre Rückkehr nach England, Kamran Ali erhielt von seinen Cousins, die bereits in Karatschi waren, täglich Telegramme, in denen es um Immobilien und Aussichten und Familienzwistigkeiten ging, und Lala Buksh hatte gerade erst aus Delhi brieflich mitgeteilt, dass er noch vor der Rückkehr der Burtons nach Pakistan übersiedeln würde. In all diesen Gesprächen über die Zukunft fand Hiroko keinen Platz für sich – deshalb flüchtete sie, zum ersten Mal in ihrem Leben überhaupt, immer tiefer in die Erinnerung. Der Bekanntenkreis der Burtons schien bemüht, ihrer Phantasie auf die Sprünge zu helfen, und unterbreitete ihr manches Angebot für die Zukunft: als Reisegefährtin … Gouvernante … Sekretärin … junge Frau eines vereinsamten Witwers. Und Elizabeth sagte bloß, du kommst natürlich mit uns mit, aber in einem Tonfall, als sei ihr klar, dass das weniger wie eine Verheißung als wie eine Drohung klang. Und im Hintergrund war da noch die Stimme, die sagte: Japan. Letzten Endes wirst du dorthin zurückkehren.

»Ja, ich glaube, es war wohl doch Kamran Ali, dem du diese Leiter zu verdanken hast«, sagte Elizabeth.

Hiroko vermied es, Elizabeth anzusehen. Sie verdankte den Burtons so viel. Wie hatte sie es zulassen können, dass sie so tief in der Schuld der beiden stand?

Elizabeths dünnes Baumwollkleid bot wenig Schutz vor der rauen Baumrinde, auf der sie saß. Außerdem war da noch ein lästiger Zweig, der sie oben am Kopf kitzelte, egal, wie sie das Gesicht drehte.

»Es reicht«, sagte sie. »Ich bin dein ewiges Trübsalblasen leid.«

»Entschuldigung«, sagte Hiroko dumpf.

»Sag es. Sag es einfach«, verlangte Elizabeth.

»Was soll ich sagen?«

»Sajjad. Du bist mir böse wegen Sajjad.«

»Bin ich das?« Sie dachte kurz nach. »Ja, kann schon sein. Aber mehr noch werfe ich mir vor, dir den ersehnten Vorwand geliefert zu haben, um ihn endlich loszuwerden.« Die Vergeblichkeit ihrer Bitten zugunsten des unschuldigen Sajjad hatte ihr anschaulich vor Augen geführt, welchen Stellenwert sie im Haushalt der Burtons einnahm.

»Es wäre nichts Gutes dabei herausgekommen. Das wirst du eines Tages einsehen.«

»Wobei herausgekommen?«

»Bei dir und Sajjad. Aus euren Gefühlen füreinander. Es war unmöglich. Seine Welt ist dir vollkommen fremd.«

Endlich wandte Hiroko ihr Gesicht Elizabeth zu, während sie den Sinn ihrer Worte zu begreifen versuchte. Gedämpftes Licht fiel durchs Laub, alles war so schön, dass ihr einfiel, was Konrad einmal über den Garten Eden gesagt hatte: dass er nur deshalb Stoff für eine Geschichte geliefert hatte, weil es dort eine Schlange gab. Und da verstand sie.

»Du meinst … du hast ihn fortgeschickt, weil du glaubst, dass er … dass unsere Freundschaft nicht ganz unschuldig ist.«

»Ja«, sagte Elizabeth und hob das Kinn. »Eines Tages wirst du einsehen, dass ich dir einen Gefallen getan habe.« Sie griff nach Hirokos Hand. »In seine Welt wird man entweder hineingeboren oder bleibt dort sein Leben lang ein Außenseiter. Und vielleicht würde er diese Welt dir zuliebe aufgeben – falls dieser Preis nötig wäre, um sein Leben mit dir zu teilen –, doch nach dem Abflauen der ersten heißen Leidenschaft würde er das bereuen und dir die Schuld geben. Frauen werden Teil des Lebens ihrer Ehemänner, Hiroko – das ist überall auf der Welt so. Es geschieht nicht andersherum. Wir sind diejenigen, die sich anpassen. Nicht sie. Sie wissen gar nicht, wie das ginge. Sie sehen nicht ein, warum sie das tun sollten.«

Hiroko starrte Elizabeth fassungslos an. »Heiße Leidenschaft«? Diese Engländerin war doch verrückt.

Aber wenn sie nun nicht verrückt war?

Hiroko fasste sich an die Stelle am Rücken, an der er sie berührt hatte, zwischen den Brandwunden. Er hatte sie begehrt. Trotz der Vögel. Das Blut schoss ihr ins Gesicht, als ihr endlich klar wurde, was es mit der seltsamen Wölbung im Schritt seiner

Hose auf sich hatte. Er hatte sie begehrt, und sie … sie hatte sich gewünscht, dass er sie weiter berührte. Überall an ihrem Körper. Sie verbarg das Gesicht in den Händen, und da begriff Elizabeth, dass die Frau neben ihr im Grunde noch ein Kind war.

»Hiroko, es ist unmöglich.«

Hiroko funkelte Elizabeth durch ihre Finger aufgebracht an.

»Du bist doch bloß verbittert wegen deiner Ehe. Und neidisch.«

Wie gut es tat, endlich einmal ohne Umschweife zur Rede gestellt zu werden.

»Möglich. Jedenfalls stimmt es, dass ich eifersüchtig auf Sajjad bin. Ich bin eifersüchtig darauf, dass alle, die ich liebe, ihn mehr lieben als mich, und es wurmt mich zutiefst, dass ich der einzige Mensch auf der Welt bin, an dessen Zuneigung ihm nie etwas gelegen war. So, nun habe ich es ausgesprochen.«

Hiroko zog verdutzt die Augenbrauen hoch, fühlte sich ein wenig überrumpelt.

»Geht es dir jetzt besser?«

»Gott, und wie.« Elizabeth wölbte die Hände über ihren Mund und stieß tief die Luft aus. »Gott im Himmel, und wie. Oje.« Sie verschränkte die Arme vor der Brust. »Meine Güte. Was sind wir Menschen doch für seltsame Wesen.«

Hiroko musste unwillkürlich lachen.

»Sprich bitte nicht für uns alle. Deine Seltsamkeit gehört dir ganz allein.«

Damit waren die Dinge zwischen ihnen wieder bereinigt. Elizabeth rückte auf dem Ast dichter zu Hiroko heran.

»Was ich gesagt habe, ändert aber nichts daran, dass du einfach nicht in seine Welt gehörst.«

Hiroko blieb länger stumm.

»In eure Welt gehöre ich aber auch nicht.« Sie legte nachdenklich den Kopf schräg und hörte auf, ein Mädchen zu sein. »Du hast mir gerade etwas sehr Kostbares geschenkt. Den Glauben daran, dass es noch Dinge gibt, die es wert sind, entdeckt zu werden. Die ganze letzte Zeit habe ich nur über Verluste nachgedacht. So viel ist verloren gegangen. Ich muss dauernd an Nagasaki denken. Delhi, hast du mal gesagt, müsste mir doch furchtbar fremd und unvertraut vorkommen, aber nichts könnte jemals so fremd sein wie meine Heimatstadt an jenem Tag. Jenem unaussprechlichen Tag. Buchstäblich unaussprechlich. Ich weiß dafür keine Worte, egal in welcher Sprache … Mein Vater, Ilse. Ich habe ihn in den letzten Momenten seines Lebens gesehen, und ich erkannte ihn nicht als menschliches Wesen. Er war ganz mit Schuppen bedeckt. Hatte keine Haut, keine Haare, keine Kleidung mehr am Leib, nur noch Schuppen. Kein Mensch, niemand auf der Welt sollte je seinen Vater so sehen müssen, bedeckt mit Schuppen.«

Elizabeth nahm Hirokos Hand und drückte sie sich an die Lippen.

»Und das Schlimmste ist, ich verstehe es immer noch nicht. Warum war das nötig? Warum noch eine zweite Bombe? Schon die erste übersteigt alles, was ich mir … aber dann noch eine zweite. Man wirft eine Bombe ab, sieht, was man damit angerichtet hat, und dann tut man es noch mal. Wie ist das …? Wusstest du, dass sie an dem Tag eigentlich Kokura bombardieren wollten? Aber wegen der Bewölkung dort mussten sie auf ihr zweites Ziel ausweichen – Nagasaki. Und dort war es ebenfalls bewölkt. Ich erinnere mich so gut an die Wolken an jenem Tag. Beinahe hätten sie aufgegeben. Sie waren so kurz vorm Aufgeben, und dann tat sich eine Lücke in der Wolkendecke auf. Und dann, bum.« Das »bum« hauchte sie ganz leise, es klang mehr wie ein Ausatmen.

»Ich hatte immer vor, irgendwann aus Nagasaki wegzugehen, weißt du. Da war ich ganz unsentimental. Aber wie sehr man sich nach vertrauten Dingen sehnt, wird einem erst bewusst, wenn man eine Stadt, die man sein Leben lang kennt, als einen Haufen Schutt und Asche vor sich sieht. Siehst du die Blumen da drüben auf dem Berghang, Ilse? Ich möchte ihre japanischen

Namen wissen. Ich möchte die japanische Sprache hören. Ich möchte Tee, der so schmeckt, wie Tee meiner Vorstellung von Tee nach schmecken sollte. Ich möchte unter Menschen sein, die aussehen wie ich. Ich möchte, dass andere Leute es missbilligen, wenn ich gegen Regeln verstoße, und nicht bloß denken, dass ich es eben nicht besser weiß. Ich wünsche mir Schiebetüren statt Türen, die aufschwingen. Ich wünsche mir all diese Dinge, die nie eine tiefere Bedeutung hatten und auch heute noch nicht hätten, wenn ich sie nicht verloren hätte. Das weiß ich, verstehst du. Ich weiß es, aber das hält mich nicht davon ab, mich nach alldem zu sehnen. Ich möchte gern die Urakami-Kathedrale sehen. Früher fand ich immer, dass sie die Aussicht verschandelt, ich konnte sie nie besonders leiden. Aber heute möchte ich die Urakami-Kathedrale sehen, möchte das Läuten ihrer Glocken hören. Ich möchte den Geruch brennender Kirschblüten riechen. Ich möchte spüren, wie mein Körper beim Straßenbahnfahren durchgerüttelt wird. Ich möchte zwischen den Bergen und dem Meer leben. Ich möchte *kasutera* essen.«

Ich möchte. Als sie diese Formel so oft hintereinander hörte, begriff Elizabeth auf einmal, wie sich ein religiöses Erweckungserlebnis anfühlen musste. *Ich möchte.* Dunkel erinnerte sie sich daran. Da war einmal etwas. *Ich möchte.* Wann genau war aus ihrem Leben eine Anhäufung von Dingen geworden, die sie nicht wollte? Sie wollte nicht, dass Henry fort war. Sie wollte nicht mit einem Mann verheiratet sein, dem sie im Grunde nichts mehr zu sagen hatte. Sie wollte nicht länger verbergen müssen, dass sie sich im Krieg – vor allem, als die Bomben Berlin verwüsteten – zeitweilig ganz und gar als Deutsche gefühlt hatte. Sie wollte nicht in das dumme Gerede einstimmen, dass die Briten am Ende einer guten Schlagballserie angelangt waren. Sie wollte nicht nach London zurückkehren und unter dem Schatten einer Schwiegermutter leben, die sich in alles einmischte. Sie wollte nicht James dadurch unglücklich machen, dass sie sich außer Stande sah, sich in die Frau zu verwandeln, auf die er, nach ausreichend Zeit und Anleitung, immer gehofft hatte. Sie wollte nicht das Gefühl haben, nicht begehrt zu werden. Sie wollte nicht, dass ihre Zukunft so aussah wie ihre Gegenwart. Sie legte, von plötzlichem Schwindel erfasst, beide Hände an den Ast und versuchte sich auf Hirokos Worte zu konzentrieren.

»Aber soll ich dir mal sagen, was ich nicht möchte? Ich will nicht nach Nagasaki zurück. Oder nach Japan. Ich möchte diese Brandwunden auf meinem Rücken nicht verbergen, aber ich möchte auch nicht, dass andere mich nur danach beurteilen. *Hibakusha*. Wie ich diesen Begriff hasse. Er reduziert einen auf die Bombe. Bis zum letzten Atom. Deshalb muss ich jetzt etwas anderes finden, das ich will, Elizabeth. Und es tut mir leid – ihr wart so lieb, so unendlich großzügig –, aber ein Umzug mit dir und James nach London ist nicht das, was ich will.«

»Was willst du denn?«

»Keine Ahnung. Vielleicht … Sajjad.« Es klang so, als würde sie die Aussage vorläufig nur ausprobieren.

So sanft es irgend ging, und trotz allem, was ihr gerade über ihr eigenes Leben durch den Kopf gegangen war, sagte Elizabeth: »Du musst irgendwie versuchen, davon loszukommen. Seine Familie …«

Bei den letzten beiden Worten wurde Hiroko entsetzlich flau zumute.

»Ich weiß. Du hast recht. Ich weiß.« Sie schloss die Augen und ließ den Kopf nach vorn auf die Knie sinken. Als sie spürte, wie eine Hand ihr übers Haar streichelte, konnte sie die Tränen nicht länger zurückhalten – und sie weinte nicht um das, was sie verloren hatte, sondern um das, was niemals je gewesen war.

## 9

Am Morgen, nachdem sie Khadija Ashraf beerdigt hatten, schritten ihre vier Söhne und ihr Schwiegersohn einer hinter dem anderen durch den Innenhof der Jama Masjid, während vor ihnen ein alter Mann den Boden aus einem Eimer mit Wasser besprengte, um die glühend heißen Steinfliesen zu kühlen. Bei dem alten Mann handelte es sich um einen Sufi-Asketen, der nun schon seit Jahren den Sandstein für alle Gläubigen mit Wasser kühlte, die nach einem Todesfall in ihrer Familie den Hof durchquerten. Allabendlich schabte er sich geduldig die Hornhaut von den Fußsohlen, damit seine eigenen Füße nicht unempfindlich gegen die schmerzhafte Hitze des Bodens wurden – es war seine Bestimmung, zu leiden und das Leiden dann auf rein spirituelle Weise zu überwinden. Khadija Ashraf hatte eine solche Denkweise immer abgelehnt. »Es ist doch der Glaube der Christen, dass wir nur auf Erden sind, um zu leiden. Muslime aber wissen, dass Allah – der Gnädige, der Barmherzige – Adam und Eva dafür vergeben hat, dass sie der Versuchung erlagen.« Und dann hob sie vorwurfsvoll den Finger gen Himmel. »Und daran hast du auch sehr recht getan – du warst es schließlich, der sie in Versuchung geführt hat, nicht die Schlange, indem du eine Frucht verboten hast.«

Wer ist dieser Gott der Asketen, der darauf besteht, auf dem Wege der Selbstkasteiung verehrt zu werden? Sajjad bewegte lautlos die Lippen, während er in Gedanken die Worte seiner Mutter wiederholte.

Mit ihrem letzten Atemzug hatte Khadija Ashraf ihm die rituelle Abschiedsformel von Alt zu Jung ins Ohr gehaucht –

»Lebe weiter« –, und jetzt wurde ihm ihr Verlust einzig durch die Vorstellung erträglich, dass ein Teil ihrer Seele mit diesem Atemhauch in ihn übergegangen war und sich nun an sein Herz schmiegte. Dass er an solche Dinge im Grunde gar nicht glaubte, hinderte ihn nicht daran, Trost aus dem Gedanken zu schöpfen. Auf irgendeine Weise, das wusste er, war sie in ihm – äußerte ihre Ansichten, schimpfte mit ihm, brachte ihn zum Lachen.

Wortlos wich er von dem wasserbesprenkelten Pfad ab und ging, seine Füße fest auf den Boden drückend, auf den Säulengang zu, der rings um den Innenhof verlief. Der kühle Schatten in dem steinernen Gang war eine Wohltat, als er hineintrat. Er hörte, wie Altamash nach ihm rief, gab ihm aber nur mit einer Handbewegung zu verstehen, dass sie ohne ihn weitergehen sollten. Dann legte er den Arm um eine Säule und fuhr mit den Fingern über die Rillen im Stein, während er zum Roten Fort hinübersah. Dilli. Mein Dilli. Doch das Echo, das von der Altstadt zu ihm zurückhallte, sprach heute nicht von Zugehörigkeit, sondern von Abwesenheit.

»Sajjad, komm mit uns nach Hause.« Es war die Stimme seines Schwagers. »Deine Schwester und ich reisen am Nachmittag ab, und davor müssen wir uns noch über einiges unterhalten.«

»Ich komme bald nach«, erwiderte er, ohne sich zu den Männern seiner Familie umzuwenden, die hinter ihm aufgereiht standen wie eine Phalanx von Wächtern.

»Wenn es etwas zu besprechen gibt, dann lass uns das jetzt erledigen«, sagte sein Bruder Iqbal. »Ich werde mich nämlich verabschieden, wenn wir hier fertig sind. Ich habe den übrigen Tag über noch Verpflichtungen.«

»Ich habe deiner Schwester gesagt, wir würden das besprechen, wenn die ganze Familie versammelt ist. Kannst du deine Angelegenheit nicht verschieben, Iqbal?«

»Nein.«

Altamash, der älteste Bruder, schnaubte angewidert. In der *moholla* war es schon seit Jahren ein offenes Geheimnis, dass Iqbal sich eine der Kurtisanen aus der Altstadt als Geliebte genommen hatte.

»Meinst du, wir alle wüssten nicht, wo du gleich hinwillst? Du bist schamlos. Du hast unserer Mutter das eine Versprechen gegeben, immer vor Mitternacht zu deiner Frau heimzukehren, und gleich am ersten Abend, an dem sie nicht mehr da ist, kommst du erst bei Morgengrauen wieder zurück.«

»Sie droht damit, nach Pakistan zu gehen«, sagte Iqbal. Alle wussten, von welcher »sie« die Rede war. »Ich habe ihr gestern Abend gesagt, dass ich alles daransetzen werde, um sie hierzubehalten.«

Sajjad drehte sich um.

»Du hast dieser Frau, die du zu lieben behauptest, gedroht?«

»Ich habe ihr nicht gedroht. Ich habe ihr versprochen, sie zu heiraten.«

Mit einem Fluch packte Altamash seinen Bruder am Arm.

»Hast du vergessen, dass du schon eine Frau hast?«

»Ich darf mir eine zweite Frau nehmen.«

»Ja, wenn du sie beide gleichwertig behandelst und deine erste Frau darin einwilligt«, schaltete sich Sikandar, der stillste und gläubigste der Brüder, ein. »Und beides wird nie passieren, das wissen wir alle.«

»Sogar der Prophet hatte eine Lieblingsfrau«, sagte Iqbal und machte sich von Altamash los. »Und falls meine Frau mir nicht erlauben will, mich ein zweites Mal zu verheiraten, lasse ich mich mit Freuden von ihr scheiden.«

Altamash packte Iqbal wieder am Arm.

»Du hast eine Frau, und sie wird all deinen Brüdern immer eine Schwester bleiben, egal, wie schlecht du dich benimmst. Wir werden diese andere Frau nie akzeptieren. Wir werden nie irgendwelche Kinder akzeptieren, die du mit ihr in die Welt setzt. Du wirst mit ihr in unserem Haus nicht willkommen sein. Und wir werden nicht länger die Schulden abstottern, die du ihretwegen angehäuft hast. Wie schnell wird sie wohl zu dem einzigen Leben zurückkehren, das sie kennt, sobald sie feststellt, dass ihr Ehemann ein mittelloser Wurm ist, der außer Geld verschwenden eigentlich nichts kann?«

Iqbal wandte sich seinem Schwager zu.

»Du wirst mich nicht so unfreundlich behandeln, oder, Bruder? Dürfen wir zu euch nach Lucknow kommen, lässt du uns bei euch wohnen?«

»Nein, das geht nicht. Schau mich nicht mit diesem Blick an, Iqbal. Was du da vorhast, kann ich nicht gutheißen. Und außerdem –« Er sah verlegen zur Seite.

»Was außerdem? Hast du etwa auch vor, nach Pakistan überzusiedeln?« Altamash sah seinen Schwager bei diesen Worten nicht einmal an, weil er weiter Iqbal abschätzig und voll Verachtung musterte.

»Ja.«

Sajjad stieß einen tiefen Seufzer aus und setzte sich auf die niedrige Balustrade, die zwischen den Säulen verlief. Er beugte sich nach vorn und hielt sich die Ohren zu, um nichts von der lautstarken Auseinandersetzung mitzubekommen. Jetzt brach alles zusammen.

Vor weniger als drei Monaten hatte er Hirokos Haut berührt – ein, wie ihm nun klar war, Augenblick reinster Verzückung. Verzückung aber war stets der Trompetenstoß, auf den bitterer Jammer folgte – hätte er das als fleißiger Leser von Gedichten nicht wissen müssen? Dass die Berührung seiner Hand an ihrem Rücken der Gipfel körperlicher Intimität zwischen ihnen bleiben würde, hätte er klaglos hinnehmen können; obwohl er sich weitaus mehr wünschte, sah er ein, dass das sowohl nötig als auch unumgänglich war. Bis heute konnte er sich beim besten Willen nicht vorstellen, unter welchen Umständen die Situation anders hätte ausgehen sollen. Nein, Hiroko war unschuldig. Was ihm bis heute wehtat und tiefen Groll in ihm auslöste, war seine Entlassung durch die Burtons. Als Lala Buksh mit Geld und dem Angebot, ihm ein Zeugnis auszustellen, zu ihm kam, erfuhr

Sajjad, dass Hiroko ihnen versichert hatte, dass er kein »wildes Tier« war, kein »Vergewaltiger«. Vor Erleichterung darüber wäre er am liebsten auf die Knie gefallen, doch andererseits begriff er in Anbetracht der viel zu großzügigen Abfindung, dass er darüber hinaus nie irgendeine Art von Entschuldigung zu erwarten hätte. Dass Elizabeth ihm diese Geste schuldig war und nicht James, zog er gar nicht lange in Betracht – trotz ihrer Differenzen bildeten die Burtons in vieler Hinsicht immer noch eine Einheit, und wenn eine Hälfte dieser Einheit sich nicht zu dem Eingeständnis durchringen konnte, dass ihm Unrecht getan worden war, war es die Pflicht der anderen Hälfte, das zu übernehmen.

»Mit den Engländern bin ich fertig«, hatte er gesagt und angefangen, sich Gedanken über seine weitere Lebensplanung zu machen. Immerhin war er jetzt frei, nachdem ihn viel zu lange eine Art Pflichtgefühl an James Burton gekettet und in eine berufliche Sackgasse geführt hatte. Altamash bat ihn, vorübergehend in der Kalligraphie-Werkstatt auszuhelfen, nur so lange, bis er Ersatz für die Nazir-Brüder gefunden hatte, die sich nach langjähriger Arbeit für die Familie jetzt auf dem Weg nach Karatschi befanden und von einem Neuanfang als beste Schreibkünstler jener britischen Garnisonsstadt träumten, die ihrerseits von ihrer Zukunft in dem noch nicht offiziell gegründeten Staat Pakistan träumte. Da auch seine Mutter ihn drängte, sich um die finanzielle Seite des Geschäfts zu kümmern, willigte Sajjad ein, »für einen Zeitraum von sechs Wochen, von heute an gerechnet«. Gegen Ende der sechs Wochen aber gaben die Briten den 15. August – bis dahin verblieben noch gut zwei Monate – als Stichtag für ihren Abzug und die Schaffung der unabhängigen Staaten Indien und Pakistan bekannt. Es war kaum die geeignete Zeit, sich Gedanken über eine künftige Karriere zu machen; alles war in Aufruhr, jeden Tag wurden neue grausame Ausschreitungen gemeldet, und selbst gute Freundschaften zerbrachen an der Schicksalsfrage: Bist du für Indien oder Pakistan? Auch Sajjad konnte nicht länger so tun, als bliebe sein Leben von alldem unberührt, wenn er bei Schilderungen der jüngsten Gräueltaten in hilflosem Zorn die Fäuste ballte und hörte, wie sein Herz ein Abschiedsstakkato für all jene *dilliwallas* pochte, die es nach eigener Aussage nicht mehr in der Stadt aushielten.

Und dann erkrankte seine Mutter, und alles andere auf der Welt verblasste zur bloßen Kulisse.

Ohne die Hände von den Ohren zu nehmen, hob er den Blick zu den anderen Männern, die inzwischen erregt aufeinander einschrien. Sosehr er sie alle liebte, es hätte ihm – das wurde ihm jetzt erst klar – wenig ausgemacht, sie, egal, wen von ihnen, zu enttäuschen. Er ließ den Blick von einem Bruder zum anderen wandern, rief sich ihren jeweiligen Charakter vor Augen und leitete daraus ihre mutmaßliche Zukunft ab: Iqbal würde seine Mätresse nie heiraten, wenn Altamash ihm den Geldhahn zudrehte – aber er würde sich zunehmend vom Rest der Familie entfernen, rastlos von einer Geliebten zur anderen wechseln und sich seinen eigenen Kindern entfremden. Ali Zaman – sein Schwager, der alles im Leben gründlich und mit größter Hingabe anging – würde nach Pakistan übersiedeln und zu einem glühenden Patrioten werden, was bei seinen seltenen Besuchen in Dilli natürlich recht lästig werden könnte. Sikandar, dessen Frömmigkeit eine in sich gekehrte, meditative Form angenommen hatte, würde sich noch weiter in seine eigene Welt zurückziehen und am glücklichsten sein, wenn er mit flüssigem Federstrich Koranverse zu aufblühenden Rosen verwandelte, um die Harmonie zum Ausdruck zu bringen, die er in der heiligen Schrift fand. Und Altamash, schon jetzt zu gleichen Teilen Patriarch und Poet, würde weiter in beiden Rollen erstarren, Sinnsprüche in Versform an alle Mitglieder seines Haushalts verteilen und alles von seiner Familie hinnehmen, nur keinen Ungehorsam.

Sich selbst konnte er in dem Haushalt nicht sehen. Nicht ohne seine Mutter. Sie hatte dafür gesorgt, dass Iqbal nicht gar zu sehr über die Stränge schlug, Sikandar hinausgelockt in die

Welt des Lebens und des Lachens, den Hauptgrund dafür gebildet, warum ihre liebende Tochter zweimal im Jahr aus Lucknow auf Besuch kam, und hatte es vermocht, Altamash mit einem einzigen Blick jederzeit vom Potentaten zum kleinen Jungen zurechtzustutzen. Und Sajjad hatte sie die Gewissheit vermittelt, dass er von all seinen Exkursionen durch Delhi stets in die Welt von Dilli zurückkehren konnte.

Aber diese Welt selbst war in Auflösung begriffen. Vielleicht hätte es nicht einmal seine Mutter vermocht, ihre Überreste zusammenzuhalten. Wie sollte er es inmitten der Scherben länger aushalten? Doch wie sollte er andererseits diesem Ort den Rücken kehren, allein, wo doch Alleinsein für ihn immer nur etwas Vorübergehendes war, weil ihn jederzeit eine Welt voller Geselligkeit erwartete?

Sajjad stand auf, und zwar so unvermittelt, dass seine Brüder auf der Stelle verstummten.

»Ich werde eine Japanerin fragen, ob sie meine Frau werden will. Falls sie ja sagt, werden wir uns in Neu-Delhi niederlassen, und ihr alle werdet in unserem Haus willkommen sein. Aber ich werde nie in irgendein Haus kommen, in dem sie nicht akzeptiert wird.« Er schob seine Brüder mit einer schwimmzugartigen Bewegung seiner Arme auseinander und trat in den Hof hinaus, einen Schritt nach dem anderen, und dann tat sein Herz einen Sprung, und er rannte so schnell los, dass ein Kaufmann, der gerade am Tor seinen Schuh auszog, daraus den Schluss zog, dass es im Innenhof wohl noch heißer war als sonst. Deshalb schob er seinen Fuß wieder in den Schuh zurück und wandte sich zum Gehen.

Der Kaufmann befand sich noch nicht auf der Mitte der Treppe, als er von dem Läufer überholt wurde, der nur kurz Halt gemacht hatte, um seine eigenen Schuhe überzustreifen, und jetzt an Verkaufsständen und Kindern und ehrwürdigen Greisen vorüberstürmte, überall auf seinem Weg Tauben aufschreckte, die sich bei seinem Herankommen flatternd in die Lüfte erhoben und eine graufiedrige Spur legten, der man von der Jama Masjid bis zum Hause der Ashrafs mühelos hätte folgen können.

Und dort blieb der Läufer stehen.

Was er sich da vorgenommen hatte, liefe auf einen Verrat an seiner Mutter hinaus, dessen war er sich bewusst. Aber sie hatte ihn doch aufgefordert weiterzuleben, und falls der Tod sie von den Zwängen der Konvention befreit hatte, würde sie vielleicht verstehen, dass er genau das vorhatte. Dieser Ort, diese *moholla*, gehörte bereits der Vergangenheit an. Bald schon würde es hier mehr Gespenster als wirkliche, lebendige Einwohner geben. Und hinzu kam noch etwas anderes. Es gab da ein Mädchen, das ihm genug vertraut hatte, um sich vor ihm zu entkleiden und ihm die Wundmale des schlimmsten Schmerzes zu zeigen, dem er je begegnet war.

Er hatte die Hand schon an die Tür gelegt, bereit, sie aufzustoßen und den Frauen dieselbe Mitteilung zu machen wie schon ihren Männern. Eine Bewegung aber in seinem Augenwinkel – eine rotgetigerte Katze, die vorüberstrich und ihn an die Farbe von Elizabeth Burtons Kleid bei ihrer letzten Begegnung erinnerte – ließ ihn innehalten.

Was, wenn Hiroko ja sagte und sie in ein Haus zogen, bei dessen Erbauung nicht an Brüder und Schwägerinnen und Nichten und Neffen gedacht worden war, und wenn ihnen dort dasselbe Schicksal blühte wie den Burtons?

Als er damals in ihr Leben trat, waren sie noch nicht unglücklich gewesen. Ja, sie hatten schon damals ihre Meinungsverschiedenheiten, strahlten aber dennoch eine Art Heiterkeit aus. Henry war ihnen eine gemeinsame Freude, kein Territorium, um das erbittert gestritten wurde. Und hin und wieder gab es beiläufige Gesten – seine Hand auf ihrem Handgelenk, ihre Finger, die seine Krawatte richteten –, in denen eine solche Intimität zum Ausdruck kam, dass Sajjad am liebsten fluchtartig das Zimmer verlassen hätte, um dem komplexen Wirrwarr von Gefühlen zu entkommen, die sie in ihm auslösten. Und dann hatte er miterleben müssen, wie ihre Beziehung nach und nach, so stückchenweise, dass es eine Qual war, in Scherben ging.

Es gab keinen bestimmten Moment, der das Scheitern markierte, bloß eine stetige Anhäufung von Missverständnissen und Verletzungen. Es gab Streit über Henrys Erziehung, über James' Berufstätigkeit, darüber, wie Elizabeth ihre gesellschaftliche Rolle als »Mrs Burton« ausfüllte, über die Speisen, die sie bei Partys reichte, über den Termin der Abreise nach Mussoorie, über die Frage, ob Henry ins Internat geschickt werden sollte oder nicht, sogar darüber, in welcher Entfernung von der Gartenmauer genau ein bestimmter Baum angepflanzt werden sollte – lauter kleine Streitfragen, die sich aber zu handfesten Zwistigkeiten auswuchsen. Im Lauf der Zeit hatten sie sich einfach auseinandergelebt; eine bessere Erklärung konnte Sajjad nicht finden.

Warum also sollte ihm und Hiroko mit der Zeit nicht dasselbe passieren, wenn sie in einem Haus zusammenlebten, in dem es sonst keine Verbündeten gab, an die man sich wenden konnte, keine Verwandten, die mit ihrem Gelächter die Stille füllten?

Als seine Brüder einige Minuten später eintrafen, fanden sie Sajjad gedankenversunken vor der Haustür vor, wo er mit den Fingern die Umrisse von Vögeln auf das Holz malte.

»Du hast unsere Mutter von uns allen am meisten geliebt«, sagte Altamash und legte ihm einen Arm um die Schulter. »Kein Wunder, dass du dich nach ihrem Tod so verloren fühlst. Komm. Finde Halt bei deiner Familie.« Er pochte kräftig an die Tür, und als sie aufging, führte er Sajjad, der keine Widerrede erhob, ins Haus. Die Krise, davon war Altamash überzeugt, war vorüber und brauchte nie wieder erwähnt zu werden.

# 10

Ilse! Du darfst diese Spinne nicht umbringen. Sie erfreut sich hoher Wertschätzung bei den Moslems. Konrad hat mir die Geschichte eines Tages auf der Megane-Bashi erzählt, der Brillenbrücke. Sie heißt so, weil die beiden Brückenbögen sich bei Flut im Wasser spiegeln und so das Bild einer Brille hervorrufen.«

»Das ist der Ort, an dem der silberne Fisch von seinem Herzen in deins gesprungen ist.«

»Ja. Ach, dann habe ich dir das schon erzählt. Habe ich dir auch von der Spinne erzählt? Wie sie blitzschnell ihr Netz vor dem Eingang der Höhle gesponnen hat, in der Mohammed und seine Gefährten sich auf ihrer Flucht aus Mekka verborgen hielten, und damit ihren Verfolgern vorgaukelte, dass die Höhle schon lange niemand mehr betreten hatte.«

»Was für ein zauberhafte kleine Geschichte. Woher kannte Konrad die denn?«

Nach kurzem Schweigen sagte Hiroko mit seltsam belegter Stimme: »Von Sajjad.«

James wollte gerade ins Wohnzimmer des Ferienhauses treten – hatte vor der Tür nur innegehalten, weil die beiden Frauen sich auf Deutsch unterhielten und es ihn manchmal fast genierte, allein durch seine Gegenwart eine Fortsetzung des Gesprächs auf Englisch zu erzwingen –, doch als er den Namen »Sajjad« hörte, wandte er sich um, streifte hastig seinen Regenmantel über und verließ das Haus.

Draußen machte der Monsunregen erstmals seit Tagen eine Pause, was aber die Sicht nicht wesentlich verbesserte. Dicker Nebel hüllte Mussoorie ein, es ließ sich kaum sagen, ob die

Masse am Ende des Gartens ein Baum war oder bloß eine besonders dichte Zusammenballung kondensierter Flüssigkeit. So dick, dass man darauf herumkauen kann, dachte James, so hatte seine schottische Großmutter einst den Hochlandnebel beschrieben, den sie als Kind in ihrer Heimat erlebt hatte. Er stellte sich vor, wie er als alter Mann in den Highlands lebte, um so vergeblich die Sommer in Mussoorie wieder heraufzubeschwören.

Jetzt waren es nur noch wenige Wochen, bis sie Indien verließen. Hiroko würde sie wohl nach England begleiten, nahm er an. Er stocherte mit dem Schuh im nassen Gras. Das schien bisher die stillschweigende Übereinkunft. Nun, warum nicht? Sie schaffte es, Elizabeth zum Lachen zu bringen, eine Gabe, die er einst auch besessen hatte, ohne sich darüber im Klaren zu sein, dass es eine Gabe war.

James stapfte ums Haus herum, hinterließ deutliche Schuhabdrücke im tropfnassen Rasen, bis er beim Fenster des Wohnzimmers angekommen war. Was würde Elizabeth wohl sehen, wenn sie jetzt hinausschaute? Den Mann, den sie geheiratet hatte, oder bloß eine dichte Zusammenballung kondensierter Flüssigkeit? Derlei trübe Betrachtungen über sich selbst hätte ihm wohl niemand zugetraut, das wusste er, nicht mal Elizabeth. Nun, diese Gedanken waren auch tatsächlich eher selten. Doch seit Sajjad fort war – fortgeschickt worden war, aus eigener Schuld natürlich, aber trotzdem –, empfand er, nun ja, einfach ein leises Missbehagen an der Welt.

Er würde Sajjad nie wiedersehen. Dieser Gedanke spukte ihm immer wieder mit ärgerlicher Hartnäckigkeit durch den Kopf. Dass er dabei Bedauern empfand, sogar Reue, führte er auf die unschönen Umstände zurück, unter denen der Bruch erfolgt war. Manchmal aber, wenn er hörte, wie seine Frau und Hiroko zusammen lachten und ihn mehr von ihnen trennte als bloß die Sprachbarriere, musste er sich ehrlich eingestehen, dass ihm Sajjads Gesellschaft fehlte. Und das war lächerlich, gar keine Frage, absurd geradezu.

»James Burton.«

Und jetzt höre ich schon Stimmen, dachte James.

»James Burton!«

James drehte sich um. Durch den Nebel kam gerade Sajjad auf ihn zu, in der gleichen Kleidung, die er seinerzeit bei ihrer ersten Begegnung getragen hatte, einem Kurta-Pyjama aus weißem Musselin. Er hatte einen großen Schirm unter den Arm geklemmt, der einen feuchten Abdruck seitlich an seiner Kleidung hinterließ.

»Mein lieber Junge.« James ging ihm mit ausgestreckter Hand entgegen. Sajjad sah ihn verwirrt an, und James lachte und fasste sein Gegenüber freundlich an der Schulter. »Ein Schachbrett hast du wohl nicht mitgebracht, oder?«

Sajjad wich zurück.

»Ich bin nicht hergekommen, um meine Pflichten wiederaufzunehmen.«

»Nein, selbstverständlich nicht.« James musterte verlegen seine Hand, die weiter in Höhe von Sajjads Schulter in der Luft hing, als wüsste er nicht recht, was er damit anstellen sollte. Sajjad sah ihn mitleidig an. Er brachte es nicht fertig, die aggressive Haltung beizubehalten, zu der er sich selbst überredet hatte, und drückte die Hand des Engländers behutsam nach unten.

»Ich habe gerade *Reise nach Indien* gelesen«, sagte James. »Lächerliches Buch. Was für ein armseliges Ende. Der Engländer und der Inder wollen sich umarmen, aber die Erde und der Himmel und die Pferde sind dagegen, deshalb bleiben sie weiter getrennt.«

»Ja. Ich kenne das Buch.«

»Mit der Erde und dem Himmel und den Pferden hat das gar nichts zu tun, nicht wahr, Sajjad?«

»Nein, Mr Burton.«

»Du kannst ruhig ›James‹ sagen, weißt du.« Sajjad rollte seine Schultern nach vorn, eine stumme Geste, die besagte, dass er eine Bemerkung zur Kenntnis genommen hatte. »Es tut mir leid wegen der Vorwürfe, die Elizabeth gegen dich erhoben hat. Und ihr tut es auch leid. Uns war beiden klar, dass ihr ein Irrtum unterlaufen war, schon bevor Hiroko uns aufklärte, das weißt du hoffentlich.«

»Nein, Sir, das wusste ich nicht. Und Sie haben in den letzten Monaten keinen Kontakt zu mir aufgenommen, um mich darüber aufzuklären.«

»Ich dachte, das hättest du aus der Mitteilung geschlossen, die wir dir von Lala Buksh haben überbringen lassen.«

»Ich habe daraus nur geschlossen, dass die Engländer zwar ihre Fehler einräumen, um weiter den Schein von Fairness und Gerechtigkeit zu wahren, sich aber nicht für diese Fehler entschuldigen, wenn dadurch einem Inder Unrecht getan wird.«

James wich zurück.

»Seit wann sind wir denn nicht mehr einfach James und Sajjad, sondern der Engländer und der Inder?«

»Sie haben recht. Es geht nicht um Nationalitäten. Es geht um Klassenzugehörigkeit. Wenn ich in Oxford studiert hätte, hätten Sie sich entschuldigt.«

»Es war mir peinlich, Sajjad, begreifst du das denn nicht? Und ihr ging es genauso. Und verdammt noch mal, Mensch, du hättest schon deinen Kopf gebrauchen können, statt einfach zuzusehen, wie sich eine Frau vor dir auszieht. Du bist in dieser Sache nicht ganz unschuldig, egal, was Hiroko sagen mag. Wie hätte ich dich wieder in unser Haus bitten sollen, solange sie noch dort wohnt? Und wie hätte ich mich gebührend bei dir entschuldigen können, ohne dir anzubieten, weiter für mich zu arbeiten? Gottverdammt noch mal.« Er hieb zornig mit der Hand gegen eine Kletterpflanze und stieß sich dabei schmerzhaft die Finger an der Backsteinmauer dahinter.

Sajjad zuckte zusammen, als sei er verwundet worden, eine Reaktion, die beiden Männern nicht entging.

»Was führt dich her, wenn du nicht Schach spielen willst?«, fragte James ruhig, während er das Pochen in seinen Fingerspitzen nicht zu beachten versuchte.

»Meine Mutter ist gestorben.«

»Das tut mir sehr leid. Unendlich leid, Sajjad.«

»Das verändert alles.«

»Damit kannst du nicht Hiroko meinen.«

»Werden Sie mich daran hindern, sie zu sehen?«

»Nein, selbstverständlich nicht.«

»Dann würde ich sie gerne sehen.«

»Ich bin hier.« Die Worte wurden in Urdu gesprochen. James schaute über Sajjads Schulter hinweg und sah, dass Elizabeth und Hiroko ganz in der Nähe standen.

»Wir sind seit E. M. Forster hier«, sagte Elizabeth und ging auf James zu. »Du bist wirklich nicht sehr aufmerksam. Na komm, kümmern wir uns um deine Hand.« Sie zog ihn am Ärmel und führte ihn aufs Haus zu, blieb nur kurz stehen, um Sajjad einen aufrichtig um Verzeihung heischenden Blick zuzuwerfen. Er quittierte es mit einem Nicken, um anzudeuten, dass die Angelegenheit zwischen ihnen erledigt war, wenn auch nicht vergessen.

Als sich die Haustür hinter dem Paar schloss, setzte sich Hiroko in Bewegung und ging auf Sajjad zu, der sie ebenso gebannt ansah wie sie ihn. Sie umfasste sein Handgelenk mit Daumen und Zeigefinger, ganz so, wie er ihr Handgelenk am Tag ihrer Ankunft in Delhi umfasst hatte.

»Wie ist sie gestorben?«

»Eine Krankheit hat der nächsten den Weg gebahnt. Am Ende ist sie an Lungenentzündung gestorben.« Seine Hand ruhte auf ihrer, während sie weiter sein Handgelenk festhielt. »Bei unserer letzten Begegnung … da wollte ich auf keinen Fall andeuten, dass die Bombe keine schreckliche Sache war.«

»Nein, natürlich wolltest du das nicht.« Sie ließ sein Handgelenk los, ging ein paar Schritte fort und wandte sich dann wieder zu ihm um. »Dann bist du also wegen mir hergekommen. Weil deine Mutter tot ist.«

»Ich bin wegen dir hergekommen. Meine Mutter … ja, es stimmt. Wenn sie noch lebte, wäre ich nicht hier.«

In den letzten Wochen hatte sie sich unzählige Male vorgestellt, wie er ihretwegen herkam, obwohl sie das selbst für ausgeschlossen hielt. Doch so hatte sie es sich nie ausgemalt.

»Was ist los? Hat ihr Tod deine Heiratspläne über den Haufen geworfen? Bist du hergekommen, um die erste verfügbare Frau zu finden, die dir morgens deinen Tee zubereitet und dir abends den Kopf mit Öl massiert?«

»Wenn es mir um die erste verfügbare Frau ginge, hätte ich wohl kaum die weite Reise von Dilli nach Mussoorie auf mich genommen.«

»Unglaublich, wie eingebildet du bist«, sagte sie, wandte sich schroff von ihm ab und marschierte auf die Eiche am Ende des Gartens zu.

»Geh nicht, bitte. Bitte. Bleib.«

Sie blieb stehen, ohne sich umzudrehen, und wartete, bis er zu ihr aufgeschlossen hatte.

»Ich bin mit dem Glauben aufgewachsen, dass Traditionen gewahrt werden müssen, Hiroko.« So ernst hatte sie ihn noch nie erlebt. »Dass sie etwas Ehrenwertes sind.«

»So ein Unsinn. Dann hättest du Kalligraph werden müssen, damit hättest du die Tradition gewahrt. Nicht indem du den ganzen Tag mit einem Engländer Schach spielst.«

»Ich habe Onkels und Cousins, die für die Engländer arbeiten. Das tun wir tagsüber, damit verdienen wir unseren Lebensunterhalt. Und dann kommen wir nach Hause, ziehen uns um, legen unsere *kurta* an und werden wieder zu Einwohnern unserer *moholla*. Das ist unsere wahre Welt.«

»Verstehe. Dann habe ich dich also noch nie in deiner wahren Welt erlebt?«

»Nein, ganz richtig.« Er hob beschwörend die Hand. »Und ich habe dich noch nie in deiner erlebt.«

»Meine Welt gibt es nicht mehr.«

»Meine auch nicht. Nicht nur wegen meiner Mutter, meine ich. Dieses Pakistan, es nimmt mir die Freunde, sogar meine

Schwester, es raubt den Straßen von Dilli ihre vertrauten Gesichter. Tausende gehen fort, und etliche Tausend werden ihnen noch folgen. Woran halte ich mich noch fest? Bloß an Drachenschnüren, die an beiden Enden an Luft befestigt sind.«

»Und daraus folgt?«

»Ich muss lernen, in einer neuen Welt zu leben. Mit neuen Spielregeln. So wie du es getan hast. Nein, immer noch tust. Vielleicht wäre es für uns beide weniger einsam, wenn wir einen Gefährten hätten. In Zeiten des Wandels ist ein wenig Beständigkeit sehr tröstlich.«

Die Nässe im Gras war durch ihre Schuhsohlen gesickert. Ihr war kalt, sie war verärgert, und es gab bei ihm zu viel, das sie nicht verstand.

»Ich könnte niemals so leben, wie es deine Schwägerinnen hinnehmen.«

Es war ihre Art, Lebewohl zu sagen. Er jedoch erkannte darin ein Angebot.

»Ja«, sagte er mit einem freudigen Lächeln, das ihr Rätsel aufgab. »Es gibt natürlich noch andere Möglichkeiten. Etwa Neu-Delhi. Eine völlig andere Welt als die Altstadt und doch in wenigen Minuten per Fahrrad zu erreichen. Eine großartige Stadt muss einem immer verschiedene Möglichkeiten bieten, und Dilli-Delhi ist eine mehr als großartige Stadt. Ich habe mir schon überlegt, dorthin zu ziehen, weißt du.«

»Ach ja?« Jetzt war sie vollkommen verwirrt.

»Ja, ich werde ein Haus kaufen, ein kleines bloß. Eins dieser modernen Häuser. Und ich werde in einer Anwaltskanzlei arbeiten. Ich war erst vor ein paar Tagen dort, um mit einem Rechtsanwalt zu sprechen, den ich kenne. Ich kann anfangen, wann ich will, jederzeit.« Der Anwalt, ein Inder, hatte früher in James' Kanzlei gearbeitet. Als er in eine andere Kanzlei wechselte, hatte er Sajjad ermuntert, ihn aufzusuchen, falls er je Arbeit bräuchte. Höchste Zeit, dass wir die Engländer nicht länger die Lorbeeren für all die Arbeit ernten lassen, die wir leisten, hatte er betont, als

Sajjad ihn Anfang der Woche in seinem Büro aufsuchte. Sie sind zwar im eigentlichen Sinne nicht qualifiziert, aber da finden wir schon irgendeine Lösung. Sie kennen sich mit Rechtsfragen besser aus als all die Grünschnäbel mit ihren Juradiplomen frisch von der Universität. Es ist eine Schande, wie James Burton Ihre Talente vergeudet hat.

»Herzlichen Glückwunsch, Sajjad.« Ihre Freude war nicht gespielt. »Das freut mich wirklich sehr für dich.«

»Es gibt nur ein Problem.« Er sah sie tiefernst an. »Vielleicht kannst du mir da ja behilflich sein. Wer wird mir morgens meinen Tee zubereiten?«

»Oh.« Sie blinzelte ihn an. »Ich finde den Tee in Indien scheußlich.«

»Aha.« Er hatte getan, was er konnte. Dass sie ja sagen könnte, daran hatte er im Grunde seines Herzens nie wirklich geglaubt. »Na ja. Dann wünsche ich dir alles Gute.« Er hielt ihr die Hand zum Abschied hin. Sie ergriff sie, und dann ließen sie beide nicht mehr los.

Eine, wie es schien, sehr lange Zeit standen sie reglos da, die Finger ineinander verschlungen. Dann atmete sie einmal tief durch, als wollte sie gleich in eine Welt unter Wasser hinabtauchen.

»Komm mit. Ich möchte dir etwas erzählen.« Ohne seine Hand loszulassen, führte sie ihn zu einem Aussichtspavillon mit einer Sitzbank darin, der auf einem Berghang nicht weit vom Grundstück der Burtons stand. Von hier aus bot sich an den meisten Tagen eine klare Sicht auf den Himalaya, heute aber mutete der Pavillon eher an wie der letzte Außenposten vor dem Ende der Welt.

Und dort, zum ersten Mal, seit es geschehen war, redete Hiroko darüber, was ihr widerfahren war, als die Bombe fiel.

Der Nebel ging in Regen über, während sie sprach – kein sachtes Rieseln, das leise von Ernte und Überfluss flüsterte, sondern ein prasselnder Sturzregen, der vom Himmel stürzte wie Platten aus flüssigem Stahl und den winzigen Lebewesen, die ihm in die Quere kamen, das Leben aus dem Leib prügelte. Monströse Gestalten aus Wasser erstanden vor Sajjads Augen und lösten sich wieder auf, während seine Tränen den Regen zersplitterten. Wenn er Hiroko jetzt losließ, würde sie in flüssiger Form davongleiten. So gefährdet schien alles an ihr.

Am Ende ihrer Erzählung lag sie auf der Bank, den Kopf auf Sajjads Schoß gebettet, während er ihr mit den Händen durchs Haar fuhr, ganz sanft, als hätte er Angst, es könnte ausfallen, wenn er zu grob war.

»Jetzt verstehst du wohl, warum ich nie guten Gewissens heiraten kann«, sagte sie und richtete sich auf. »Niemand weiß, was für gesundheitliche Folgen diese Sache langfristig hat. Man weiß nicht, ob meine Fähigkeit, Kinder zu bekommen, davon beeinträchtigt ist. Man weiß nicht, ob ich nicht in fünf Jahren an den Folgen sterbe.«

Er neigte sich vor, bis seine Stirn fast die ihre berührte.

»Ich bin gerne mit dir zusammen. Ich würde gern weiter mit dir zusammen sein. Das hätte ich um ein Haar selbst verdrängt, aus Sorge vor dem ungewissen Morgen, doch wenn uns diese Tage eines lehren, dann, dass wir uns auf die Zukunft im Grunde nicht vorbereiten können. Deshalb lass uns über das Heute reden.«

Sie lächelte. Optimismus. Das war Sajjads Gabe. Sie öffnete den Mund und atmete sie gierig ein.

»Darf ich fragen, ob du schon mal eine Frau geküsst hast?«

»Ein Gentleman beantwortet solche Fragen nicht.«

»Ich will mich bloß vergewissern, dass du weißt, wie das geht. Meine Entscheidung könnte davon abhängen.«

»Verstehe. Dann muss ich es dir wohl demonstrieren.«

# 11

Wo stecken sie wohl, was glaubst du?«, fragte James zum siebzehnten Mal an jenem Tag (Elizabeth zählte nämlich im Stillen mit und vermerkte auch, dass ihr Mann die Frage in immer kürzeren Intervallen wiederholte). Er spähte aus dem Wohnzimmerfenster, doch bis auf die hereinbrechende Abend- dämmerung war dort nichts zu sehen.

»In Wirklichkeit willst du doch wissen: Was treiben die bei- den gerade?«, erwiderte Elizabeth, machte es sich auf dem Sofa gemütlich und griff nach dem Buch, in dem sie zu lesen vorgab, seitdem sie und James ins Haus zurückgekehrt waren und Hi- roko und Sajjad im Garten zurückgelassen hatten. »Wenn ich danach gehe, wozu wir ungestörte Momente immer genutzt ha- ben, damals in der Zeit, als wir uns noch auf diese Art angesehen haben …«

»Um Himmels willen, Elizabeth.«

»Die Erinnerung daran ist dir also peinlich«, sagte sie mit ton- loser Stimme.

»Nein, gar nicht.« Er setzte sich auf einen Sessel neben ihr. »Ich finde bloß nicht, dass die Situation vergleichbar ist. Er kann doch nicht ernsthaft daran denken, sie zu heiraten.«

»Warum nicht? Weil es uns gesellschaftlich in eine missliche Lage bringen könnte, wenn wir ihn zusammen mit den ›besse- ren Kreisen‹ Delhis zu unserer Abschiedsparty einladen? Oder weil Hiroko etwa glauben könnte, das Angebot ›Unser Zuhause ist dein Zuhause‹ gilt weiterhin, und deshalb mit ihm in London auftaucht und erwartet, dass wir sie beide in unser Haus aufneh- men? Was wird deine Mutter dazu sagen? Was werden die Nachbarn sagen?« Auf James' ungehaltenen Blick hin (früher einmal hätte er gelacht und sie für ihre hellsichtige Antwort mit einem Kissen beworfen) fügte sie hinzu, »Seine Mutter lebt nicht mehr. Das ändert alles. Er wäre kaum hergekommen, wenn er ihr keinen Heiratsantrag machen wollte. Dadurch bieten sich ihr zwei Möglichkeiten – er oder wir. Für welche würdest du dich entscheiden?«

»Du könntest zumindest versuchen, mit ihr zu sprechen.«

»Sie wird nicht auf mich hören«, sagte sie.

»Dann bist du also auch dagegen?« Er beugte sich vor, aber nur leicht.

»Es macht mich nervös, dass ich mir einfach nicht vorstellen kann, was für ein Leben sie als Sajjads Ehefrau führen wird. Von unserem überschaubaren Umkreis abgesehen wissen wir wirklich nicht das Geringste über Delhi.«

»Er ist ein guter Kerl.«

»Gute Kerle sind nicht unbedingt ein Garant für gute Ehen.«

Sie sahen sich an, und James wechselte hinüber zu ihr aufs Sofa.

»Ein Neuanfang, wenn wir wieder in London sind?«

Gegenüber im Zimmer lag ein zugeklebter Umschlag, in dem sich der Brief befand, den Elizabeth nun endlich doch an ihren Cousin Willie geschrieben hatte. Sein Inhalt lautete:

*Lieber Willie,*
*so wie Du New York beschreibst, klingt es einfach unwider-*
*stehlich. Ja! Ich werde hinkommen. Aber ohne James. Ich*
*verlasse ihn. Behalte das bitte unbedingt für Dich. Sogar er*
*selbst ahnt noch nichts davon. Ich werde mit ihm nach Eng-*
*land zurückkehren und die erste Zeit noch dort bleiben,*
*bis er sich wieder eingelebt hat. Und dann komme ich nach*
*New York und will zusehen, ob sich aus der einsamen, ver-*
*bitterten (aber, da kann ich Dich beruhigen, nach wie vor*
*tadellos gepflegten) Mrs Burton noch etwas von Deiner*

*Cousine Ilse wird retten lassen. Liebster, warum habe ich damals nicht auf Dich gehört, als Du mir prophezeit hast, dass mir ein Leben als braves Eheweib schlicht nicht liegt? Ich schreibe Dir noch aus London, wenn ich konkretere Pläne geschmiedet habe.*

*In Liebe, I.*

Elizabeth berührte ihn sanft an der Wange.

»Ein Neuanfang, James.«

James tätschelte ihr die Hand und stand eilig auf, damit sie nicht sah, wie ihm spontan die Tränen kamen. Hatte sie bis dahin noch mit dem Gedanken gespielt, den Brief zu zerreißen, war diese Gelegenheit nun endgültig vertan.

»Zum Thema London, ich finde, wir sollten unsere Abreise lieber vorziehen. Ich glaube, wir sollten so bald abreisen wie möglich.«

»Ich dachte, wir wollten eine letzte Saison in Mussoorie auskosten.«

»Ich weiß nicht, was in diesem Land alles passieren wird, sobald die britische Herrschaft endet.« Er ging unruhig im Zimmer auf und ab. »Noch nicht einmal auf die endgültigen Grenzen hat man sich bisher geeinigt. Millionen von Menschen, die noch nicht wissen, in welchem Land sie sich in knapp einem Monat befinden werden. Das ist Irrsinn, das wird ein Chaos auslösen. Und Delhi ... so viele Moslems, so viele Hindus. Falls die Gewalt auf Delhi übergreift, wird es zu einem Blutbad kommen.«

»Aber James. Wie können wir Hiroko unter den Umständen zurücklassen? Nach allem, was sie schon durchgemacht hat?«

»Nun, dann sag ihr, dass sie ihn nicht heiraten soll.«

Aber dafür war es schon zu spät. Wäre Kamran Ali, der Nachbar, zu seiner Garage hinausgegangen, hätte er festgestellt, dass der MG, in dem er Hiroko Fahrunterricht erteilt hatte, fort war.

»Wo fahren wir hin?«, hatte Sajjad früher am Tag gesagt, als er auf dem Beifahrersitz Platz nahm. Zuvor hatte er den Wagen ein ganzes Stück die Straße entlanggeschoben, bis sie außer Hörweite der Häuser waren und Hiroko den Motor gefahrlos starten konnte. »Und um meine Frage nochmals zu wiederholen, wenn er nichts dagegen hat, dass du seinen Wagen benutzt, warum konntest du ihn dann nicht schon in der Garage anlassen?«

»Wir heiraten jetzt.« Hirokos Antwort sorgte dafür, dass Sajjad seine andere Frage ganz schnell vergaß. »Was brauchen wir dafür? Eine Moschee?«

»Für uns kommt wohl nur eine standesamtliche Trauung in Frage«, sagte er. Lieber hätte er sie spontan umarmt, aber das schien wenig ratsam, weil sie gerade eifrig an Knöpfchen und Schaltern am Armaturenbrett hantierte. »Nach muslimischem Gesetz darf ich keine Andersgläubige heiraten, es sei denn, du wärst Jüdin oder Christin. Das bist du aber nicht, oder?«

»Nein.« Endlich hatte sie den gesuchten Schalter gefunden und ließ die Scheinwerfer aufflammen. Die kräftiger gefärbten Blumen am Wegrand tauchten langsam als Farbtupfer aus dem Nebel auf, aber gute Sicht herrschte auf der Straße noch lange nicht. »Wie wird man Moslem?«

»Man wiederholt dreimal das Glaubensbekenntnis – *la ilaha ilallah Muhammadur rasul Allah*.«

»Sag das noch mal langsamer.« Immer rasanter fuhren sie den Berg hinab, und die Blumen, die sich mühten, das alles verhüllende Nebelgrau zu durchbrechen, wirkten zunehmend verwischt.

»Warum?«

»Damit ich es dreimal wiederholen kann.«

Sajjad schwieg eine Weile. »Willst du nicht wenigstens wissen, was es bedeutet?«, fragte er schließlich.

»Nein. Ich sage es ja nicht, weil ich daran glaube. Ich sage es, weil ich keinen Grund sehe, dir mit deiner Familie mehr Schereien einzubringen als unbedingt nötig.«

Es beunruhigte sie ein wenig, dass er wieder länger stumm blieb.

»Habe ich dich in deinem Glauben gekränkt?«

»Ich bin bloß verblüfft darüber, wie praktisch du veranlagt bist.« Er berührte sie am Arm. »Und dankbar dafür.«

Als sie schließlich eine Moschee fanden, war sie bereits Muslimin.

Und als James zum siebten Mal fragte, »Wo stecken sie wohl, was glaubst du?«, führte Hiroko ihren frischgebackenen Ehemann gerade an der Hand in ein verschwiegenes Wäldchen. Der mit Nässe gesättigte Boden quietschte leise unter ihren nackten Füßen, und Sajjad hatte eine Decke über der Schulter (die bemerkenswert praktische Hiroko hatte auf dem Rückweg von der Moschee bei einem Laden Halt gemacht, um sie zu besorgen, obwohl der Grund dafür Sajjad erst jetzt einleuchtete).

Als James zum achten Mal seine Frage stellte, hingen Sajjads und Hirokos Kleider am Ast eines Baumes, während der leise Wind sie mit kleinen gelben Blüten bestreute.

Beim neunten Mal versuchte Sajjad seine Stimme wiederzufinden, um Hiroko zu erklären, dass gewisse Teile der männlichen Anatomie besser nicht zu fest gedrückt werden sollten.

Beim zehnten Mal schmiegte Hiroko ihr Gesicht an Sajjads Brust und atmete heftig in die Härchen dort, während er mit den Händen dem Umriss ihrer Brandwunden folgte.

Beim elften Mal lagen sie nebeneinander auf der Decke, und Hiroko suchte nur noch halbherzig in vier Sprachen nach einem Wort, um das Vergnügen zu beschreiben, das es ihr bereitete, Sajjad von einem Blatt Regenwasser in den Nabel tropfen zu lassen und dann ihre Zunge in die Vertiefung zu stecken. (»Das Vergnügen ist nektarhaft«, sagte Sajjad, und obwohl sie es nicht spüren konnte, wusste sie, dass er dabei einen ihrer Vögel berührte, und vor Freude über seine Worte und seine Geste küsste sie ihn mitten auf den Mund.)

Beim zwölften Mal argwöhnte sie langsam, dass es deshalb so weh tat, weil er nicht wusste, was er tat, und war kurz davor, ihm das zu sagen.

Beim dreizehnten Mal tauchte ein Silberfuchs auf, um den seltsamen Geräuschen auf den Grund zu gehen, und huschte dann wieder davon. Dabei streifte ihn ein Sonnenstrahl, so dass Sajjad, der gerade am Höhepunkt der Lust angelangt war, glaubte, er hätte einen Stern aufblitzen sehen.

Beim vierzehnten Mal ließ Hiroko, die den Fuchs als das erkannt hatte, was er wirklich war, ihren Kopf auf Sajjads Arm ruhen und erklärte, dass das japanische Wort für Fuchs »kitsune« lautete – eine Figur, um die sich viele Mythen rankten. Die ältesten und klügsten der kitsune sind die kyubi – sie haben neun Schwänze –, und ihr Fell hat die Farbe von Silber oder Gold. Wenn sie mit nur einem einzigen Schwanz schlagen, können sie damit einen Monsunschauer auslösen, sagte sie. Lass uns also annehmen, die Regenpause ist ein Zeichen dafür, dass unser kyubi uns günstig gesinnt ist. Unser kyubi?, fragte er. Ja, ich glaube, wir haben hier einen Führer und Wächter für uns gefunden.

Beim fünfzehnten Mal verlangte sie zu wissen, warum er seine Lage verändert und den Kopf auf ihren Oberschenkel gelegt hatte, wodurch ihr sein Arm nicht mehr als Kissen zur Verfügung stand. Also zeigte er es ihr, und sie fand keinen Grund mehr zur Klage.

Beim sechzehnten Mal stellten sie fest, dass der Ast, über den sie ihre Kleidung gehängt hatten, nass war, und darüber mussten sie heftig lachen.

Beim siebzehnten Mal befanden sie sich auf dem Rückweg zum Haus der Burtons, wo, wie sie entschieden hatten, Hiroko vorerst wohnen bleiben sollte, während Sajjad nach Delhi zurückkehrte und ihnen dort eine Bleibe suchte. Der Nebel hatte sich vollständig verzogen, und Sajjad, der noch nie zuvor die Berge gesehen hatte, war davon überzeugt, dass die Gipfel des Himalaya von rasch dahinströmenden Flüssen aus Schnee umgeben waren, bis Hiroko sagte: »Rede keinen Unsinn, Ehemann, das sind Wolken.«

Es wird kein bitterer Jammer folgen, dachte Sajjad, während er Hiroko den Arm um die Schultern legte. Die Verzückung ist zu groß. Kein Kummer könnte dieser Freude je gleichkommen.

12

Sajjad stand am Ufer des Bosporus und seufzte missmutig. Wie hatte er die Moscheen von Istanbul je als schön empfinden können? Jetzt trat es glasklar zutage: Die Gebäude waren zu gedrungen, die Minarette viel zu dünn. Der Bosporus selbst war kein Fluss, sondern eine Meerenge; er hätte aber ein Fluss sein sollen. Und die geschriebene Sprache – in römischen Lettern! Wie konnte sich eine Nation bloß freiwillig von der Anmut der arabischen Schrift verabschieden (ganze Generationen von Kalligraphen aus der Familie Ashraf weinten bei dem Gedanken in ihren Gräbern bittere Tränen). Nein, hier entsprach nichts seinem Sinn für Ästhetik; sogar der bröckelnde Verfall dieser einst prächtigen Metropole hatte nicht das richtige Tempo, die richtige Textur, die richtige seufzende Wehmut.

James Burton. Nur er war schuld daran, dass sie jetzt hier waren.

Er war so überzeugend gewesen an jenem Abend, als Sajjad und Hiroko ins Ferienhaus der Burtons zurückkehrten, Sajjad in extremer Verlegenheit wegen der feuchten Stellen auf seiner Kleidung, und verkündeten, dass sie geheiratet hatten. Die Burtons schienen über diese Neuigkeit wenig überrascht, höchstens über den Zeitpunkt. Elizabeth hatte zumindest so getan, als freue sie sich mit ihnen, aber James hatte Sajjad am Arm genommen und sich mit ihm nach draußen verzogen.

»Du kannst unmöglich mit ihr nach Delhi zurückkehren«, hatte er gesagt und Sajjad dann im sachlichen Tonfall des Juristen, den er lange nicht mehr angeschlagen hatte, die Gründe dafür dargelegt. Er sprach von der Zunahme der Gewalt, mit der im Zuge der Teilung des Landes zu rechnen war. Ging sehr sachkundig auf die Bevölkerungsstruktur in Delhi ein. Philosophierte über die Natur von Gewalt und ihre Auswirkungen auf scheinbar noch so vernünftige Menschen. Zu was für Untaten Menschen aus Verzweiflung, Zorn oder zur Selbstverteidigung im Stande waren. Er stellte Sajjad Fragen, die jeweils mit »Was würdest du tun, wenn …« anfingen, forderte den jüngeren Mann auf, sich zu überlegen, wie er auf die unterschiedlichsten Angriffe – persönlicher, religiöser, nachbarschaftlicher, familiärer Natur – reagieren würde. Und als Sajjad am Ende hilflos am Boden kauerte, den Kopf in die Hände gelegt, hatte er sich hinabgebeugt, Sajjad die Hand auf die Schulter gelegt und den letzten Trumpf ausgespielt: »Und nach allem, was Hiroko durchgemacht hat, willst du sie da wirklich zusätzlichem Leid aussetzen?«

Sajjad hob den Blick, ein Ratsuchender vor einem weisen Gelehrten.

»Aber was habe ich denn sonst für Möglichkeiten?«

James reichte Sajjad die Hand und zog ihn vom Boden hoch. Dies würde seine letzte Handlung sein, bevor er dieses Land, dieses Volk verließ. Ein letzter Akt wohlwollender kolonialer Herrschaft, bevor mit dem Abzug des Empire aus Indien das Blutvergießen begann.

»Es gibt einen alten General in Mussoorie, der euch ein Hochzeitsgeschenk machen möchte.«

Der Einfall stammte von Elizabeth. Hiroko von einer Heirat mit Sajjad abbringen zu wollen war sinnlos, hatte sie James erklärt; stattdessen mussten die beiden irgendwie von Delhi ferngehalten werden, »bis dieser ganze Unsinn mit der Teilung sich geklärt hat«. Nachdem sie eine Weile mit ihm im Zimmer auf und ab gegangen war, hatte sie ausgerufen: »Istanbul!« Dann griff sie zum Telefon und rief bei dem General an, der Hiroko auf der Mall in ein Gespräch über Blumen verwickelt hatte. Seine erste, schon vor vielen Jahren verstorbene Frau war Japanerin gewesen, und Elizabeth hatte keine Bedenken, die sentimentalen Gefühle des alten Herrn in Bezug auf seine verlorene Liebe ungeniert auszunutzen.

»Er hat ein Haus in Istanbul. Seine zweite Frau war Türkin. Seit ihrem Tod '43 ist er nicht mehr dort gewesen, aber ein Hausmeister kümmert sich darum, und wenn er etwas getrunken hat, lädt der General seine Zuhörer gerne ein, doch eine Weile in seinem Yali am Bosporus abzusteigen. Und jetzt hat er ganz stocknüchtern dich und Hiroko eingeladen, dort ein paar längere Flitterwochen zu verbringen.«

Flitterwochen waren eine englische Sitte. Selbst wenn Sajjad so etwas in Erwägung gezogen hätte, hätte er sich das nicht leisten können. Hiroko würde dafür Verständnis haben. Seine Ersparnisse müsste er komplett für ihr neues Haus in Neu-Delhi aufwenden. Doch er hatte mitbekommen, wie in der Altstadt über Selbstverteidigung und Rache und Ungläubige und Gerechtigkeit geredet wurde, und er wusste, dass James Burton mit seiner Ansicht, dass Hiroko auf keinen Fall weiterer Brutalität ausgesetzt werden durfte, recht hatte. Er würde schon irgendwie ein Darlehen für das Haus auftreiben, wenn sie nach Delhi zurückkehrten.

Es hatte alles so unumgänglich gewirkt, so vernünftig.

Sajjad wandte sich von der unbestreitbaren Schönheit der Blauen Moschee ab und machte sich auf den Weg zur Fähre, die ihn zum Yali des Generals und zu Hiroko zurückbringen würde. Er konnte sich gut vorstellen, dass sie dort gerade am Fenster saß und das Funkeln des Lichts auf den Fluten des Bosporus betrachtete, ein angenehm beruhigendes Schauspiel.

Tatsächlich stand sie aber gerade auf einem Tisch und drückte eine Hand gegen die feuchte, durchhängende Decke, um zu bestimmen, ob die unmittelbare Gefahr bestand, dass das Dach einstürzte. Das Yali, das noch Spuren einstiger Herrlichkeit trug, befand sich in einem traurigen Zustand. Das Holz, aus dem es erbaut war, vermoderte langsam, der dunkelrote Anstrich der

Fassade blätterte ab, und die Scheiben der meisten Fenster waren zerbrochen oder fehlten ganz. Trotzdem war ihr das Haus in den Monaten, die sie mit Sajjad jetzt schon hier wohnte, ans Herz gewachsen. Sie benutzten nur ein Zimmer – den rückwärtigen Raum, der über den Bosporus hinwegragte und von dem Sajjad behauptete, er hätte sich, seit sie ihn bewohnten, mehrere Grad weiter nach unten geneigt –, aber das genügte ihnen beiden vollauf.

Hiroko trat von dem Tisch erst auf einen Stuhl und dann auf den Boden hinab und kehrte in das hintere Zimmer zurück, in dem sie noch ein schwaches Aroma ihres Liebesspiels vom Morgen wahrzunehmen meinte. Im Vorbeigehen berührte sie reflexhaft die oberste Schublade der Kommode aus Rosenholz, als wäre sie ein Talisman. In der Schublade befand sich das Geschenk, das Elizabeth ihr zur Hochzeit gemacht hatte.

»Das hat Konrad gehört«, hatte Elizabeth erklärt, kurz nachdem James sich mit Sajjad aus dem Haus ins Freie verzogen hatte. Sie schloss einen Schrank auf und holte eine mit Samt bezogene Schatulle heraus. »Unsere Großmutter hat ihm das vermacht, für seine künftige Braut. Er würde wollen, dass du es bekommst.«

Hiroko öffnete die Schatulle und gab sie Elizabeth umgehend zurück, als sie den Diamantschmuck darin erblickte.

»Überlassen wir die großen Gesten den Männern«, sagte Elizabeth. »Du bist die einzige Person auf der Welt, die einen Anspruch darauf hat. Ich mache dir keinen Vorwurf, weil du jemand anderen heiratest. Ich habe ihn zwar kaum gekannt, aber ich weiß trotzdem genug, um sicher zu sein, dass Konrad dir nur alles Glück der Welt wünschen würde. Nimm den Schmuck.«

»Bewahre ihn für die Braut deines Sohnes auf«, wehrte Hiroko ab. Sie empfand Konrad gegenüber keine Schuldgefühle – konnte sogar fast ein anmutiges Muster darin erkennen, wie er sie und Sajjad beide ins Haus der Burtons und schließlich zusammengeführt hatte –, doch sie würde keinen Anspruch auf

163

Dinge erheben, die ihr nicht zustanden. »Zu welchem Anlass sollte ich ihn denn schon tragen?«

»Manchmal kannst du ganz schön schwer von Begriff sein. Ich schenke ihn dir. Er ist dein Eigentum. Was du damit machen willst, bleibt dir überlassen. Falls du ihn nicht tragen willst, tja, dann ...« Sie zuckte die Achseln, und Hiroko begriff sofort, was diese Geste besagte: Mach ihn zu Geld!

Hiroko streckte die Hand aus, um die Schatulle in Empfang zu nehmen. Elizabeth zögerte einen winzigen Moment lang – diese Juwelen hatte ihr James in der Hochzeitsnacht geschenkt, hatte ihr die Halskette, das Armband und die Ohrringe eigenhändig angelegt, während sie nackt auf dem Bett ausgestreckt lag –, aber dann gab sie sich einen Ruck und drückte Hiroko die Schatulle in die Hand.

Hiroko ging von der Kommode zum Fenster hinüber und machte es sich inmitten der vielen Kissen auf der breiten Fensterbank bequem. Bald würden sie nach Delhi zurückkehren, wo Sajjad Elizabeths Geschenk an einen vertrauenswürdigen Juwelier verkaufen und von dem Erlös ein Haus für sie anschaffen würde. Zunächst hatte er sich heftig gegen die Vorstellung gewehrt, so tief in Elizabeth Burtons Schuld zu stehen – fast den ganzen August hatten sie darüber gestritten –, doch je mehr seine Ersparnisse dahinschmolzen und je deutlicher sich mit jedem Tag zeigte, dass Hiroko für ein traditionelles Leben in der Großfamilie völlig ungeeignet war, desto mehr war sein Widerstand dahingeschmolzen. Als sie die Sache endlich abschließend geklärt hatten, waren sie darüber beide so froh, dass nichts mehr die Harmonie ihres Zusammenlebens in den letzten Wochen hatte trüben können; beide achteten darauf, großzügig miteinander umzugehen, und waren stets gewillt, fast schon dankbar, bei kleineren Meinungsverschiedenheiten nachzugeben. Genau das war die Essenz von Flitterwochen, hatte Hiroko am Vorabend gedacht, als Sajjad ihr das Haar bürstete und beteuerte, er wünsche sich auf gar keinen Fall, dass sie es länger trug, mochte auch keine der Frauen in seiner *moholla* ihr Haar so kurz tragen wie ein Junge. Sie fragte sich, wie es wohl weitergehen würde, wenn die Flitterwochen vorbei waren.

Sie lehnte sich aus dem Fenster und genoss die kühle Brise, die vom Bosporus herüberwehte. Delhi im Oktober! Sie könnten mit der Abreise ruhig noch etwas warten, hatte Sajjad gesagt, damit sie zu Beginn des Winters zurückkehrten, doch weil sie spürte, dass er gerne früher zurückwollte, lehnte sie dankend ab. Sie hatte gesehen, wie es ihn gequält hatte, im September fern seiner Heimat zu sein, als die Unruhen im Zuge der Landesteilung auf Delhi übergriffen und die Altstadt sich praktisch in einem Belagerungszustand befand.

»Es geht nicht darum, dass ich unbedingt zurückwill«, hatte er eines Nachts gesagt, auf dem Bauch liegend, während ihr Gewicht beruhigend auf seinem Rücken ruhte und sie sich zärtlich an den Händen hielten. »Was soll ich denn tun, wenn ich wieder dort bin? Mich den Männern anschließen, die mit Maschinenpistolen sämtliche Zugänge zu meinem alten Viertel bewachen? Mich weigern und mich stattdessen im Haus meiner Familie verkriechen? Da müssten wir nämlich hin, weißt du – in Neu-Delhi werden die Häuser von Muslimen zerstört. Frauen werden mitten in der Nacht aus ihren Betten gerissen ...« Er wandte sein Gesicht herum, und im Mondlicht konnte Hiroko sehen, wie nachdenklich er war. »Was James Burton über Gewalt gesagt hat, stimmt. Sie ist ein Irrsinn, der ansteckender ist als jeder andere. Ich will nicht wissen, wie viele meiner Freunde aus Kindertagen in den Monaten, seit wir hier sind, zu Mördern geworden sind. Ich will nicht wissen, was Iqbal aus enttäuschter Leidenschaft alles getan haben könnte. Nein, ich will eigentlich gar nicht dort sein. Aber trotzdem fühlt es sich an wie Verrat.« Weder bei dieser Gelegenheit noch irgendwann sonst hatte er zur Sprache gebracht, dass er nur ihr zuliebe fortgegangen war.

Aber das war im September. Inzwischen hatte die Gewalt aufgehört. Sajjad räumte zwar ein, dass er bei seiner Rückkehr wohl ein sehr verändertes Delhi vorfinden würde, blieb aber zuversichtlich, dass sich am grundsätzlichen Wesen Dillis nichts verändert hatte. Dabei legte er die Betonung auf die Silbe »dil« (»dil«, hatte er ihr während ihrer ersten Urdu-Stunde erklärt, bedeutet Herz. Sie hatte gesehen, wie er dabei errötete, und war ihrerseits errötet. Wenn sie jetzt an das viele Erröten in jener ersten Stunde zurückdachte, musste sie lächeln. Wie fremd sie einander doch gewesen waren, aber auch sich selbst).

Sie hörte, wie die Haustür geöffnet wurde. Endlich war er wieder da. Wie albern, dass er eigens beim indischen Konsulat vorstellig werden musste, um Papierkram erledigen zu lassen, bevor sie nach Delhi zurückkehren konnten.

Er kam ins Zimmer, und als sie seinen Gesichtsausdruck sah, stockte ihr der Atem.

Wortlos kam er zu ihr herüber, mit schweren, schleppenden Schritten, ein Bild des Jammers.

»Was ist los? Was ist passiert?«, fragte sie, als er sich neben sie setzte, ganz vorsichtig, als hätte er brüchige Knochen.

»Man hat gesagt, ich wäre freiwillig ausgereist.« Er sprach sehr langsam, bedächtig, als hätte er es mit einer Fremdsprache zu tun, deren Bedeutung er zu erfassen suchte. »Sie haben gesagt, ich sei einer der Moslems, die sich für eine Ausreise aus Indien entschieden haben. Die Entscheidung kann nicht rückgängig gemacht werden. Sie haben gesagt, Hiroko, sie haben gesagt, dass ich nicht nach Dilli zurückkehren kann. Ich darf nicht nach Hause zurück.«

Hiroko musste hilflos zusehen, wie ihr Mann die Beine hochzog und sich zusammengekauert auf die Matratze sinken ließ. Sie sagte seinen Namen, wiederholte Kosenamen auf Englisch, Urdu, Japanisch – aber er hörte sie nicht, hörte nur das Flattern der Tauben und den Ruf des Muezzin, von der Jama Masjid, die lautstarken Streitgespräche seiner Brüder und das Stimmengewirr der Händler und Käufer in Chandni Chowk, das Rascheln der Palmwedel im Monsunregen und das Gelächter seiner Neffen und Nichten, das Geschrei der Kinder mit ihren Drachen und das Plätschern von Springbrunnen in Innenhöfen, die heisere Stimme der nie gesehenen Nachbarin, die vor Sonnenaufgang ihre Lieder sang, und seinen Herzschlag, seinen wild pochenden Herzschlag ...

# Halb-Engel und Krieger

Pakistan, 1982/83

# 13

Hiroko Ashraf beobachtete, wie der Fleck aus Licht über den Esstisch auf ihren Sohn Raza zuwanderte, der völlig in das Kreuzworträtsel vertieft war, das seine Mutter für ihn erstellt hatte. Der Sonnenstrahl fiel auf Razas Arm, den er nach Art des Klassenbesten, der es gewohnt ist, dass alle in seiner Nähe von ihm abschreiben wollen, schützend um das Kreuzworträtsel gelegt hatte. Als es ihm nicht gelang, Raza dazu zu bewegen, die Lage seines Arms zu verändern, glitt der Sonnenstrahl etwas höher hinauf zu seiner Schulter, von wo aus er auf das Buchstabengitter mit den Umschreibungen auf Japanisch und Urdu und den englischen und deutschen Lösungswörtern hinabspähen konnte.

Hiroko blinzelte einmal, zweimal, und dann war das Bild fort. Statt des kleinen Jungen, dessen Hauptvergnügen darin bestand, vielsprachige Kreuzworträtsel zu lösen und von seiner Mutter Geschichten erzählt zu bekommen, in denen alles Vertraute – Vögel, Möbelstücke, Sonnenlicht, Brotkrümel, einfach alles – ein fremdes Wesen und eine fremde Rolle annahm, saß dort ein Sechzehnjähriger und fuhr sehnsüchtig mit dem Finger über die aus Illustrierten herausgetrennten Werbeanzeigen der diversen elektronischen Spielzeuge, die sein Cousin am Golf zu besitzen behauptete. (»Hat er nicht auch einen Fotoapparat?«, hatte Sajjad gefragt. »Warum kann er dir keine Fotos von seinem teuren Videorekorder, seinem teuren Anrufbeantworter und seinem teuren Auto schicken statt dieser Seiten aus Zeitschriften, die man im Urdu Bazaar kaufen kann? Weiß der Himmel, ob er überhaupt das Land verlassen hat – schließlich ist und bleibt er Iqbals Sohn.«)

Merkwürdig, dachte Hiroko. Über fünfzig Jahre ihres Lebens war ihr jeder Hang zur Wehmut fremd gewesen, trotz all der schönen Erinnerungen, auf die sie zurückblicken konnte – die Spaziergänge mit Konrad durch Nagasaki, das sorglose Leben im Haus der Burtons, die Tage in Istanbul, als sie mit Sajjad die Liebe entdeckte –, doch seit Raza ein Jugendlicher war und kein kleiner Junge mehr, ertappte sie sich immer öfter bei dem Wunsch, die Zeit zurückdrehen zu können. Dann bin ich also doch eine typische Japanerin, zurückhaltend und duldsam, dachte sie und musste dann, eine Spur selbstgefällig, über diese alberne Vorstellung lächeln.

Raza hob den Blick und stellte fest, dass seine Mutter ihn beobachtete. Die bunten Werbeanzeigen, die er in sein Lehrbuch geklebt hatte, als sein Vater kategorisch festlegte, dass er mindestens sechs Stunden am Tag für seine Prüfungen lernen musste, entgingen offenbar nicht ihrer Aufmerksamkeit. Er schnaubte missmutig, um seine Verlegenheit zu überspielen, stand auf und ging hinaus in den Innenhof.

Heutzutage wusste sie nie, woran sie bei ihrem Sohn war: Seine Stimmungen wechselten ständig, mal war er ein lieber, süßer Junge, dann wieder verstockt, trotzig und aufbrausend. Sie konnte sich genau daran erinnern, wann diese Seite seines Charakters erstmals zum Vorschein kam – vor drei Jahren, als sie ihren dreizehnjährigen Sohn einmal fragte, warum in den letzten Wochen keiner seiner Freunde zu Besuch gekommen war. »Ich kann meine Freunde nicht nach Hause einladen«, hatte er geschrien, so unbeherrscht, dass Sajjad ins Zimmer gestürzt kam. »Wenn du hier immer mit unbedeckten Beinen herumläufst. Warum kannst du nicht pakistanischer sein?« Hinterher wussten sie und Sajjad nicht, ob sie darüber lachen oder weinen sollten, dass sich das pubertäre Aufbegehren ihres Sohnes in nationalistischen Parolen äußerte. Eine Weile allerdings war sie dazu übergegangen, zu Hause statt ihrer Kleider sittsame *salwar kamiz* zu tragen, eine Tracht, die sie sonst nur zu Beerdigungen und anderen Anlässen mit religiöser Prägung anlegte; Sajjad sagte nichts dazu, sah sie nur mit dem leicht verwundeten Blick eines Mannes an, der zur Kenntnis nehmen muss, dass seine Frau ihrem Sohn zuliebe zu Zugeständnissen bereit ist, die sie ihm zuliebe nie gemacht hätte. Ein paar Monate später jedoch, als Raza bemäkelte, ihre *kamiz* wären zu figurbetont, kehrte sie wieder zu ihren Kleidern zurück.

Hiroko legte ihre Zeitung beiseite und wollte Raza gerade zurufen, dass Chota doch heute ihren freien Tag hatte und er deshalb seinen Kram selbst wegräumen musste, als sie vom plötzlichen Zwitschern der Spatzen abgelenkt wurde, die sich aus der Tonschale mit Vogelfutter gütlich getan hatten, die an dem Niembaum im Innenhof aufgehängt war. Sie schaute aus dem Fenster und sah Raza unter dem Baum stehen, den Blick zum Himmel gerichtet, während er sich bedächtig die Zähne mit einem Zweig reinigte, den er sich gerade vom Baum abgeknickt hatte. Hiroko lächelte. Es war April, die Morgenluft war angenehm frisch, ihr Sohn hatte seine Abschlussprüfungen fast hinter sich und konnte bald in die Welt des Cricket und der Träume zurückkehren, die ihm so viel Freude bereitete, und morgen würde sie sich mit einer Freundin vom japanischen Kulturzentrum zum Mittagessen treffen und vielleicht einen Übersetzungsauftrag ergattern, der ihr ermöglichen würde, dieses Ölbild von Alt-Delhi zu kaufen, das sie Sajjad zum sechzigsten Geburtstag schenken wollte.

Sie wandte ihren Blick vom Innenhof ab und der Wand ihr gegenüber zu, direkt über dem Esstisch. Die Wohnzimmerwände in den meisten Häusern der Nachbarschaft waren mit gerahmten Fotos, Gemälden, großen Ansichten malerischer Landschaften oder (bei den frömmeren Nachbarn) Fotos von Pilgern an der Kaaba in Mekka geschmückt. Hiroko aber hatte immer darauf beharrt, dass es in einem Zimmer nur ein Kunstwerk als zentralen Blickfang geben sollte. Den Blickfang in diesem Zimmer bildete seit fünfundzwanzig Jahren eine Tuschmalerei von zwei sich aneinanderkuschelnden Silberfüchsen, die Sajjad zum Preis eines Eisbechers und einer bunten Haarbürste bei der fünfzehnjährigen Tochter von einer von Hirokos Freundinnen aus dem Kulturzentrum in Auftrag gegeben hatte; es war sein Geschenk an sie zum zehnten Hochzeitstag gewesen. Sie musterte die Füchse mit zärtlichem Blick – sie würde sie ins Schlafzimmer hängen, wenn das Gemälde von Delhi eintraf.

Seit fünfunddreißig Jahren verheiratet! Und der sechzigste Geburtstag ihres Mannes stand vor der Tür. Sehr viel jünger war sie selbst nicht. Sie ließ das Wort »alt« in ihren verschiedenen Sprachen Revue passieren, doch es brachte sie bloß zum Kichern. Nein, alt fühlte sie sich noch lange nicht – und auch Sajjad kam ihr nicht alt vor. Und doch waren sie beide unendlich weit entfernt von dem jungen Ehepaar, das Ende 1947 mit so ungewissen Zukunftsaussichten nach Karatschi gekommen war. Die Zeit hat uns nicht altern lassen, sondern Zufriedenheit beschert, überlegte sie und nickte versonnen. Zufriedenheit – mit zwanzig hätte sie über das Wort die Nase gerümpft. Wovon träumte sie damals? Von einer Welt voll seidener Kleider und ohne Pflichten. Sie sann über die Lücke zwischen den Wörtern »Pflicht« und »pflichtbewusst« nach – annähernd vierzig Jahre nach Nagasaki hatte sie für letzteren Begriff noch immer nichts übrig, doch der erste hatte sich inzwischen mit dem Wort »Familie« verflochten, mit dem Wort »Liebe«.

Die Tür zum Nebenzimmer wurde ratternd aufgeschoben. Sajjad kam gähnend ins Wohnzimmer geschlurft und bückte sich nach der Zeitung, die seine Frau beiseitegelegt hatte, wobei er wie nebenbei mit dem Daumen über den Leberfleck an ihrer Wange streifte. Diese Geste war eine Art Ritual, das sich an dem ersten Morgen eingebürgert hatte, an dem sie gemeinsam aufgewacht waren – auf einem Schiff, das sie von Bombay nach Istanbul brachte, fünf Tage nach ihrer Hochzeit. »Ich prüfe nur, ob der Käfer noch nicht weggeflogen ist«, hatte er gesagt, als sie wissen wollte, was er da machte.

»Ist Raza noch nicht auf?«, fragte er und ging zum Esstisch hinüber, wo er sich aus einer Thermoskanne eine Tasse Tee mit Milch eingoss. Ein paar Tropfen landeten auf der Plastiktischdecke, und er tupfte sie mit dem Ärmel seiner *kurta* auf. Hiroko quittierte es mit einem ergebenen Seufzen. Dieses Seufzen war, ebenso wie das Kopfschütteln, mit dem Sajjad die Thermoskanne aufschraubte, ein letztes Überbleibsel einst heftiger Auseinandersetzungen. Für Hiroko war penible Sauberkeit gleichbedeutend mit guten Manieren. Für Sajjad bildete eine dampfend heiße Tasse Tee, die einem Mann morgens von einer Frau der Familie gebracht wurde, einen Grundpfeiler des vertrackten Systems höflicher Gesten, die das Leben in einem Haushalt ausmachten.

Manchmal, wenn Hiroko an die ersten Jahre ihrer Ehe zurückdachte, hatte sie vor allem den Eindruck einer Abfolge von Verhandlungen, um einen Ausgleich zwischen ihren gegensätzlichen Standpunkten zu finden – während er ein Haus als sozialen Raum auffasste, stellte es für sie eher einen Rückzugsort dar; seiner Ansicht, sie würde von den Menschen, unter denen sie lebten, eher willkommen geheißen, wenn sie ihre Kleidung übernahm und ihre religiösen Feiertage beging, hielt sie entgegen, dass die anderen das als aufgesetzt durchschauen würden und lernen müssten, sie in ihrer eigenen Art zu akzeptieren; für ihn stand fest, dass ein Mann der alleinige Ernährer seiner Frau zu sein hatte, während sie fest entschlossen war, als Lehrerin zu arbeiten; er sehnte sich nach Ruhe, sie dagegen war die geborene Rebellin. Das Gelingen ihrer Ehe, das sah sie ganz deutlich, beruhte auf ihrer beider Fähigkeit, sich an die Ergebnisse dieser Verhandlungen zu halten, ohne sich darüber zu grämen, wer nun bei einzelnen Punkten mehr Zugeständnisse hatte machen müssen. Hilfreich war außerdem, fügte Sajjad hinzu und nahm ihre Hand, als sie ihm das einmal alles darlegte, dass sie lieber miteinander zusammen waren als mit sonst jemandem auf der Welt. Andere Dinge, flüsterte Hiroko im nächtlichen Dunkel zurück, waren auch hilfreich.

»Doch, er ist auf.« Sie setzte sich neben Sajjad an den Tisch und berührte ihn am Arm. »Aber halte ihm bloß keinen Vortrag darüber, dass er nicht kurz vor der Ziellinie schlappmachen soll. Das regt ihn nur auf, das weißt du doch.«

»Das habe ich dir doch schon versprochen, oder? Und was ich dir verspreche, halte ich auch.« Er tunkte eine Serviette in sein Wasserglas und fuhr damit über ihren Haaransatz. Seit Hirokos Haare langsam weiß wurden, konnte man dort ablesen, ob sie die Morgenzeitung schon gelesen hatte oder nicht. Flecken von Druckerschwärze legten unübersehbar Zeugnis von ihrer Angewohnheit ab, beim Lesen mit den Fingern an ihrem Haaransatz entlangzufahren.

»Das solltest du nicht mir zuliebe tun. Sondern ihm zuliebe«, sagte sie leise.

Sajjad lehnte sich zurück und schlürfte seinen Tee. Er fragte sich manchmal, ob er wohl ein anderes Verhältnis zu seinem Sohn hätte, wenn der Junge früher auf die Welt gekommen wäre. Mittlerweile hätte er schon erwachsen sein, einen Beruf und ein gutes Einkommen haben können, und Sajjad müsste nicht jedes Mal in Panik über Razas und Hirokos finanzielle Zukunft geraten, wenn er das leiseste Zwicken in der Brust verspürte oder von einem Schmerz aufwachte, der in der Nacht zuvor noch nicht da gewesen war. Nach ihrer Fehlgeburt im Jahr 1948 aber hatte Hiroko schlimme Ängste bei der Vorstellung entwickelt, wie sich die Strahlung, der ihr Körper ausgesetzt worden war, auf etwaige Kinder auswirken könnte, und diese Ängste hatte Sajjad, sosehr er sich auch bemühte, ihr nicht ausreden können. Mit einundvierzig jedoch stellte sie fest, dass sie schwanger war. Woraufhin Sajjad mit wachsender Panik die Jahre bis zu seinem Ruhestand zählte. Bis dahin hatte er seine Finanzlage mit der Gemütsruhe eines Eigenheimbesitzers überblickt (das Haus, in dem sie wohnten, hatten sie mit dem Erlös aus dem Verkauf von Elizabeth Burtons Diamanten gekauft), der kinderlos war, eine vernünftige Altersvorsorge hatte und eine Frau, die als Lehrerin ein willkommenes Zubrot verdiente.

Seltsam, durch welche gewundenen Gassen das Schicksal einen Menschen auf seiner Lebensreise führen kann, dachte Sajjad, stippte ein Stück Brot in seinen Tee und kaute nachdenklich auf der durchweichten Masse herum. Anfang 1947 hatte er noch geglaubt, er würde Ende des Jahres mit einer Frau verheiratet sein, die er nach Unterzeichnung eines Ehevertrages, der sein Leben an ihres band, zu schätzen lernen würde; diese Frau, das wusste er, würde für ihn nicht zuletzt nach dem Gesichtspunkt ausgewählt, wie gut sie sich in die Welt einfügen konnte, in der er aufgewachsen war. Und diese Welt, die Welt seiner *moholla*, würde bis ans Ende seines Lebens seine Welt bleiben, und auch die Welt seiner Kinder und Kindeskinder.

Hätte er damals schon geahnt, dass er und Dilli im Herbst für immer voneinander getrennt würden – einer Frau wegen, für die er sich entgegen den Wünschen seiner Familie entschieden hatte –, hätte er geweint, die Verse Ghalibs rezitiert, in denen der große Dichter seinen Abschied von Delhi beklagte, Verwünschungen über die Ungerechtigkeit und Dummheit der Leidenschaft ausgestoßen und Listen all der Sehenswürdigkeiten und Klänge und Facetten des Alltags in Dilli erstellt, die ihm ohne Frage für immer unvergesslich bleiben würden und mit denen verglichen jeder andere Ort der Welt nur ein Mahnmal des Verlusts war. Niemals hätte er damals für möglich gehalten, dass er Karatschi einmal als Heimatstadt empfinden und die Trennung von Dilli hauptsächlich deshalb bedauern würde, weil sie ihn der Sicherheitsnetze beraubte, die das System der Großfamilie einst geboten hatte.

Doch inzwischen ließ selbst dieses Bedauern nach. Raza war sechzehn und absolvierte bereits sein Inter-Examen, mit dem er die Hochschulreife erlangte, ein Jahr früher als alle anderen Jungen in der Nachbarschaft – Sajjad warf seiner Frau, der er immer das Hauptverdienst an Razas Intelligenz zugeschrieben hatte, einen anerkennenden Blick zu – und würde nun bald ein Jura-studium beginnen. Er war also nicht mehr weit von einem gesi-cherten Einkommen und einer glänzenden Zukunft entfernt, auf die jeder Vater stolz sein konnte. Und dann, das gelobte Sajjad sich, würde Schluss sein mit den hohen Erwartungen, die er an seinen Sohn stellte – stets pochte er auf Ergebnisse und Leistun-gen und brachte wenig Verständnis für seine verspieltere Seite auf –, und er würde sich den Luxus gönnen, einfach nur Freude an Razas Gesellschaft zu haben.

»Da ist er ja«, sagte Sajjad und stand auf, als Raza ins Wohn-zimmer zurückkehrte. Seine graue Hose und sein weißes Hemd waren tadellos gebügelt, und er hatte sein Haar adrett zurück-gekämmt, denn heute war der letzte Tag, an dem er seine Schul-uniform tragen würde. Normalerweise fiel ihm das Haar in einer Tolle über die Augen und verbarg sein Gesicht vor dem Rest der Welt. Jetzt war die verblüffende Kombination der Augen und Wangenknochen seiner Mutter mit der Nase und dem Mund sei-nes Vaters klar zu sehen, ein schönes Bild. »Ich hatte ganz ver-gessen, wie nett du aussiehst, wenn du dir mal Mühe gibst.« Als Hiroko tadelnd die Luft ausstieß, sagte er: »Was denn? Das war ein Kompliment.«

»Ich sollte besser los«, sagte Raza. »Ich möchte nicht zu spät zur Prüfung kommen.«

»Moment, Moment. Ziehst du heute Abend mit deinen Freun-den los, um zu feiern?«

Raza schüttelte den Kopf.

»Die meisten haben noch eine oder zwei Klausuren vor sich. Wir wollen am Freitag ausgehen.«

»Dann gehen wir drei heute Abend chinesisch essen«, sagte Sajjad überschwänglich und sah Hiroko an, die vor Freude lä-chelte. »Und dabei kannst du das hier tragen – was soll's, ich will nicht bis heute Abend warten, um es dir zu schenken.« Er winkte seinen Sohn zu der eisernen Truhe hinüber, die auch als Beistelltisch diente, entfernte sorgsam erst die geblümte Decke, die darübergebreitet war, und klappte dann den Deckel hoch, worauf sich ein Geruch nach Mottenkugeln im Zimmer ausbreitete. »Ich hätte es wohl erst lüften sollen«, murmelte Sajjad, während er ein in dünnes Seidenpapier gewickeltes Bündel herausholte und seinen Sohn heranwinkte. »Da.« Er richtete sich auf und hielt Raza ein beigebraunes Kaschmirjackett entgegen. »Das ist von der Savile Row.«

»Ist die in Delhi?«, fragte Raza, während er den Ärmel des Jacketts berührte.

»In London.«

Hiroko sah, wie Raza seine Hände von der Jacke wegzog. Er hielt seine Handteller ins Sonnenlicht, um zu sehen, ob sie auch sauber waren, und strich erst dann wieder mit den Fingern langsam und andächtig über den feinen Stoff.

Hiroko sah lächelnd zu, wie Sajjad seinem Sohn in das Jackett half, das er getragen hatte, als sie ihn zum ersten Mal sah.

»Meine Herren«, sagte sie fröhlich, »ich sage es ja wirklich ungern, aber der Winter ist vorbei.«

»Ha, das habe ich doch schon bedacht! In dem Restaurant gibt es eine Klimaanlage. Raza kann es also beim Essen tragen.« Sajjad wischte Raza einen imaginären Fussel vom Revers, weil er auf einmal das Bedürfnis hatte, seinen Sohn zu berühren. In Hirokos Beisein kam ihm seine Liebe zu Raza am stärksten zu Bewusstsein – weil sie untrennbar mit der Liebe zu seiner Frau verbunden war. Jene ersten Ehejahre, die Hiroko als Zeit von »Verhandlungen« bezeichnete – über ihre nüchterne Sicht der Dinge auch in privaten Belangen erschrak er mitunter noch heute –, hatte er ganz anders in Erinnerung. Anfangs war da immer die Furcht, sie zu verlieren. Sie war eine Frau, die gelernt hatte, dass sie alles hinter sich lassen und überleben konnte. Und manchmal, wenn er nachts aufwachte und feststellte, dass sie ihn ganz ruhig betrachtete, fürchtete er, dass sie sich ein Leben ohne ihn ausmalte. Auf ihn wirkte sich der Verlust der Heimat ganz anders aus – er kam zu der Überzeugung, dass er diese Erfahrung nur überlebte, weil er sie hatte. Dass er alles überleben könnte, solange er sie hatte; und alles verlieren würde, wenn er sie verlor. All diese »Verhandlungen« – er hätte ihr mit Freuden in allen Fragen nachgegeben, wenn er nicht gewusst hätte, dass sie ihn dafür verachtet hätte. Bei jeder Verhandlung tarierte er also sorgsam aus, wo er nachgeben und wo er sich besser behaupten sollte, um sich ihre Liebe und Achtung zu erhalten.

Seine Angst, dass sie ihn verlassen könnte, nahm im Lauf der Jahre ab, verschwand endgültig aber erst an dem Tag, als Raza geboren wurde. Als Sajjad das Krankenhauszimmer betrat, hielt seine Frau ihr gemeinsames Kind im Arm und betrachtete es mit einem Blick, als sei ihr etwas unendlich Kostbares geschenkt worden, dessen Verlust sie nie und nimmer verschmerzen könnte. Und dann sah sie Sajjad an, anders als jemals zuvor, und da wusste er, dass sie durch das winzige quäkende Geschöpf für immer an ihre Ehe gebunden war.

Als er ihr all das Jahre später beichtete, zog sie ihn lachend dafür auf. »Wenn wir also gleich zu Anfang ein Kind bekommen hätten, wärst du ein tyrannischer Ehemann geworden und nicht der großzügige, rücksichtsvolle Mann, mit dem ich all die Jahre zusammengelebt habe?« Doch dass sie sich ein Leben ohne ihn ausgemalt hatte, stritt sie nie ab, und auch nicht – als er seine Befürchtungen präzisierte –, dass dieses neue Leben in Gesellschaft von Elizabeth Burton, jetzt wieder Ilse Weiss, geführt worden wäre, die Hiroko in jedem ihrer Briefe in den ersten Jahren beschworen hatte, zu ihr nach New York zu kommen, ohne Sajjad je zu erwähnen.

»Das darf ich heute Abend anziehen?« Raza strich sanft über die Ärmel des Jacketts und fragte sich, ob sein Cousin in Dubai so etwas Schönes wohl auch besaß.

Sajjad gab seinem Sohn einen Kuss auf die Stirn.

»Es gehört dir. Ein Geschenk für meinen jungen Rechtsanwalt. Ich bin stolz auf dich.«

Raza zog das Jackett aus und faltete es sorgfältig zusammen.

»Noch bin ich nicht Rechtsanwalt«, sagte er.

»Das ist nur noch eine Frage der Zeit.« Sajjad sah ungewöhnlich nachdenklich drein. »Du bist auf dem richtigen Weg. Du gehst zur Schule, du studierst an der Universität, du bestehst jede Prüfung, du erbringst den Beweis, wozu du im Stande bist und was du alles gelernt hast. Dann kann dir das nie wieder jemand wegnehmen.«

»Ja, Aba«, sagte Raza reflexhaft. Jeder Vater in diesem Viertel, das ausschließlich von Einwanderern bewohnt wurde, alle mit ihren eigenen Geschichten darüber, was sie bei der Teilung alles verloren und sich danach wieder neu aufgebaut hatten, hielt seinem Sohn einen ähnlichen Vortrag. Vielleicht sollte er dankbar sein, dass von ihm erwartet wurde, eine Laufbahn als Jurist und nicht etwa als Arzt oder Ingenieur einzuschlagen, doch es fiel schwer, dafür dankbar zu sein, wenn es noch eine andere Welt gab, weit weg, eine Welt voller Sanddünen, in der Jungen wie sein Cousin Altamash, der nicht einmal einen einfachen Schulabschluss hatte, in Hotels mit Rolltreppen und Aufzügen und Marmorfußböden als Angestellte arbeiten konnten und so gut bezahlt wurden, dass sie sich die neuesten Elektronikgeräte kaufen konnten und trotzdem noch genug übrig hatten, um ihrer Familie daheim Geld schicken zu können.

All die Jahre hatte er beteuert, mit seiner Tätigkeit als Geschäftsführer einer Seifenfabrik vollauf zufrieden zu sein, dachte Hiroko, während sie ihren Mann ansah, und kaum war Raza auf der Welt, konnte er gar nicht mehr aufhören, ständig das Wort »Rechtsanwalt« im Munde zu führen. Damals nach ihrer Ankunft in Karatschi hatte er nur einen Versuch unternommen, in einer Kanzlei als Jurist unterzukommen, ein Beruf, in dem er es, daran hatte er immer geglaubt, eines Tages weit bringen würde. Der Anwalt, in dessen Kanzlei er vorgesprochen hatte, sagte, er könne gleich am nächsten Tag anfangen – gegen ein Gehalt als einfacher Kanzleischreiber, das lachhaft gering war. Als Sajjad all seine Fertigkeiten und juristischen Fachkenntnisse aufzählte, sagte der Mann: »Sie haben keinerlei Qualifikationen.« Darauf versuchte Sajjad, den Anwalt in Delhi, der ihm damals eine Stelle angeboten hatte, telefonisch zu erreichen, erhielt aber die Auskunft, dass er verstorben sei – nein, er war nicht bei Ausschreitungen während der Teilung ums Leben gekommen, sondern bei einem Jagdunfall. Einen Abend lang raufte sich Sajjad verzweifelt die Haare. Tags darauf suchte er den frisch eingewanderten und bestens vernetzten Kamran Ali auf, dessen Auto er und Hiroko an jenem nebligen Tag in Mussoorie stibitzt hatten, um zu heiraten. Bei seiner Rückkehr nach Hause strahlte er über das ganze Gesicht und verkündete stolz: »Geschäftsführer! In einer Fabrik mit über hundert Arbeitern!«, als hätte er sich nie im Leben etwas anderes gewünscht.

Und es stellte ihn auch durchaus zufrieden, das wusste Hiroko, einen verantwortungsvollen Posten zu bekleiden, geachtet und beliebt bei jedermann, mit dem er den Lebensunterhalt von Frau und Sohn bestreiten und sogar noch die Familie seines nichtsnutzigen Bruders Iqbal in Lahore unterstützen konnte. All seine anderen Träume jedoch – von einer Karriere, die einen mehr als nur zufriedenstellte – ruhten jetzt auf Razas Schultern. Und wenn Raza bloß offen zugegeben hätte, dass er andere Wünsche hegte, hätte sie Sajjad schon irgendwie begreiflich gemacht, welchen Schaden er anrichtete. Doch Raza lachte immer nur, wenn sie ihn direkt darauf ansprach, und sagte: »Habeas Corpus! A priori! So fügen wir der Liste meiner Sprachen noch Latein hinzu, Ami.«

»Warum musst du nur so angebetet werden«, brummte Hiroko ihrem Mann zu, als sie das durchdringend nach Mottenkugeln riechende Jackett an sich nahm, um es im Innenhof zum Lüften aufzuhängen.

»Ich bete doch viel mehr an, als dass ich angebetet werde!«, rief er ihr nach. Dann legte er Raza die Hand an den Rücken und gab ihm einen leichten Stoß. »Nun geh, mein Prinz. Geh und sei siegreich.«

Raza hängte sich seine Schultasche über die Schulter – darin befand sich das Lehrbuch, in das er in der Mittagspause, nach der Prüfung in Geschichte und vor der Prüfung in Islamkunde, noch einen allerletzten Blick werfen wollte –, gab seiner Mutter zum Abschied einen Kuss auf die Wange und legte dann den kurzen Fußweg aus ihrer stillen Wohngegend zu der Geschäftsstraße zurück, in der bereits drei andere Jungen aus der Nachbarschaft auf den Bus warteten. Zu dieser frühen Morgenstunde hatten die meisten Geschäfte noch geschlossen, aber dank der auf die Rollläden aus Metall gepinselten Werbungen und Angebote blieb der kommerzielle Betrieb auf der Straße rund um die Uhr bestehen. Auf der anderen Straßenseite luden Männer gerade Kisten voll wild gackernder Hühner aus einem Lieferwagen aus und trugen sie in eine Metzgerei, die sich direkt neben einem Blumenhändler befand, der trotz des stechenden Blutgeruchs von nebenan nicht über mangelnde Nachfrage klagen konnte. Wenn man seine Geschäfte mit Hochzeiten und Beerdigungen macht, sagte der Blumenhändler gern, steht dem Erfolg nichts mehr im Wege – höchstens ein anderer Blumenhändler.

»Junior!« Mit diesem Ausruf hob einer der Jungen, Bilal, seinen Arm, um blitzschnell einen Apfelgrotzen zwischen Razas Beinen hindurchzuschleudern, als wäre er ein Cricketball.

Raza, der dieses Spielchen schon kannte, hatte längst sein Lehrbuch aus der Schultasche geholt und benutzte es, um den Grotzen gewandt auf das staubige Straßenpflaster zu schlenzen, wo sich gleich eine Krähe darüber hermachte.

»Unser Junior ist ein richtiger Held geworden«, sagte Bilal und nahm Raza spielerisch in den Schwitzkasten. »Seht ihn euch bloß an, adrett gekämmt und frisch gebügelt.« Der Spitzname »Junior« verfolgte Raza seit seinem zehnten Lebensjahr, als die Lehrer beschlossen hatten, dass er eine Klasse überspringen und mit den Elfjährigen zusammen lernen konnte.

»Bilal, das Hemd habe ich gebügelt. Wenn du es jetzt zerknitterst, werde ich sehr böse.«

Beim Klang von Hirokos Stimme unterbrachen die Jungen ihr Gekabbel, drehten sich um und lächelten, so dass die nach wie vor bubenhaften Züge ihrer siebzehnjährigen Gesichter auf einmal klar zutage traten. Während alle übrigen Mütter im Viertel mit »Tante« angeredet wurden, hieß Hiroko bei allen respektvoll Mrs Ashraf – ihre frühere geliebte Lehrerin, die bloß die Stirn zu runzeln brauchte, um ihre Schüler zur Räson zu bringen. Als sie und Sajjad Anfang der Fünfziger in dieses Neubauviertel zogen und sie eine Stelle als Lehrerin in der Schule unweit ihres Hauses antrat, waren ihre Schüler ihre ersten Verbündeten – weil sie in ihr eine Frau erkannten, die sich weder hinters Licht führen ließ noch anfällig für Schmeichelei war, was aber einem Lächeln der Anerkennung oder Ermunterung von ihr umso mehr Gewicht verlieh. Über die Kinder gewann sie die Sympathie der Mütter, die auf die Japanerin in den taillierten Kleidern anfangs mit Misstrauen reagiert hatten. Und sobald erst einmal die Mütter auf ihrer Seite waren, war damit auch das ganze Viertel auf ihrer Seite.

»Du hast kein Geld fürs Mittagessen mitgenommen«, sagte sie zu Raza und reichte ihm einen Fünf-Rupien-Schein. »Und gib deinen Freunden etwas ab. Jetzt aber schnell, da kommt der Bus.«

Durch die morgendlich stille Straße kam der leuchtend bunte Bus auf sie zugerumpelt, blieb nicht stehen, sondern wurde nur etwas langsamer, als er an den Jungen vorbeikam, die mit übermütigem Johlen aufsprangen.

»Sayonara«, riefen sie Hiroko im Chor zu, während der Bus wieder beschleunigte. Das heißt, alle riefen es, bis auf Raza. Japanisch sprach er ausschließlich zu Hause, wich davon nicht einmal ab, wenn seine Freunde vor seiner Mutter stolz mit japanischen Ausdrücken prahlten, die sie aus Filmen oder Büchern aufgeschnappt hatten. Warum der Welt verraten, dass er die Sprache eines Landes beherrschte, in dem er noch nie gewesen war? War er mit seinen Augen und Wangenknochen und seiner

Röcke tragenden Mutter nicht schon Außenseiter genug? Als er damals eine Klasse übersprang, in einem Alter, wo ein Jahr Unterschied eine Menge ausmacht, hatte seine Lehrerin sich darüber erstaunt gezeigt, wie mühelos er sich in kürzester Zeit unter die älteren Jungen einfügte. Er sah keinen Grund, ihr zu verraten, dass er sich schon von früh auf angewöhnt hatte, seine Andersartigkeit bewusst herunterzuspielen, um nicht aufzufallen, und wohl deshalb besonders anpassungsfähig war.

# 14

Aus der stillen Buchhandlung mit den dicken Mauern und träge rotierenden Ventilatoren trat Hiroko hinaus in das Chaos und die brütende Hitze von Saddar. Ganz früher war dies ihr Lieblingsviertel von Karatschi, als sich noch in fast jedem der aus gelben Ziegeln erbauten Gebäude im Kolonialstil ein Café oder eine Buchhandlung befand, bevor es zu einer bloßen Durchgangsstation für stinkende Abgaswolken ausstoßende Busse herunterkam und die lebhaften jungen Studenten auf den Campus der weit außerhalb neu errichteten Universität verschwanden, während die einst in überfüllten Flüchtlingslagern in der Nähe untergebrachten Einwanderer in Trabantenstädte vor den Toren der Stadt umgesiedelt wurden. Heute musste sie bei jedem ihrer Abstecher hierher feststellen, dass weitere Buchläden oder Cafés verschwunden waren, nicht selten ersetzt durch die Sorte Elektronikgeschäfte, in denen ihr Sohn so gerne umherstreifte.

Am meisten fehlte ihr Jimmy's Coffee Shop, in dem eine Jugendstiltreppe hinaufführte in den Gastraum »für Familien« mit den knallgrünen Wänden, wo sie sich jahrelang immer am ersten Samstag des Monats um fünf Uhr nachmittags mit einer Gruppe anderer Japanerinnen getroffen hatte. Begonnen hatten diese monatlichen Zusammenkünfte Anfang 1948, als sie und Sajjad noch in einem der Flüchtlingslager nicht weit von hier lebten und er eines Abends völlig aus der Puste angelaufen kam und sagte, er hätte eine Japanerin kennengelernt, ihr Ehemann sei an der Botschaft beschäftigt, sie sitze in einem der Cafés und warte dort, um Hiroko von Sajjad vorgestellt zu bekommen. Über ihre

Vermittlung lernte Hiroko die übrigen japanischen Ehefrauen in Karatschi kennen und nahm fortan an ihren wöchentlichen Treffen bei Jimmy's teil – sich jede Woche auf einen Abend freuen zu können, an dem man gemeinsam auf Japanisch plaudern und lachen konnte, hatte ihr mehr bedeutet, als sie vermutet hätte. Von den Vögeln auf ihrem Rücken erzählte sie den Frauen allerdings nie. Im Grunde, das wurde ihr jetzt klar, hatte sie sich von dem Tag an in Karatschi »zu Hause« gefühlt, als sie es fertigbrachte, ihren Freundinnen aus der Nachbarschaft zu erzählen, dass sie den Atombombenabwurf in Nagasaki erlebt hatte, während sie den Japanerinnen gegenüber weiter behauptete, zwar in Nagasaki aufgewachsen, an jenem schwarzen 9. August aber in Tokio gewesen zu sein.

Vor allem die verstrudelte Eiscreme in diesem Café – sie schloss die Augen, um sich besser erinnern zu können – war einfach wundervoll. Aber diese Treffen büßten viel von ihrer Substanz ein, als die Hauptstadt 1960 nach Islamabad verlegt wurde und auch die japanische Botschaft umzog. Das Café reservierte ihnen nicht mehr den kompletten Familienbereich, obwohl die Treffen weitergingen – an denen Hiroko nach Razas Geburt nur noch unregelmäßig teilnahm –, bis der Abriss des gesamten Gebäudes vor ein paar Jahren den wöchentlichen Zusammenkünften endgültig ein Ende setzte. Es war ein Verlust, den sie betrauerte, obwohl sie in den letzten Jahren vor Schließung des Cafés fast nur noch aus Pflichtgefühl an den Treffen teilgenommen hatte – weil ihr in der Gruppe die Rolle der nie um eine Auskunft verlegenen Expertin in Sachen Karatschi zugefallen war.

Gegen Ende fragte sie sich manchmal, ob sie wohl den neueren Mitgliedern der Gruppe ebenso fremd erschien wie diese ihr erschienen – »Wie typisch japanisch!«, musste sie oft unwillkürlich denken. Offen darüber sprechen konnte sie eigentlich nur mit Rehana, der einzigen Pakistanerin in der Runde, die zwanzig Jahre lang in Tokio gelebt hatte und dann mit ihrem japanischen Ehemann, der die Errichtung einer Autofabrik in Karatschi leitete, hergekommen war. Rehana, die aus dem Hochland von Abbottabad stammte, sagte gern, dass Karatschi, obschon im selben Land gelegen wie ihr Heimatort, ihr ebenso fremd vorkomme wie Tokio. »Aber ich fühle mich in der Vorstellung von Fremdheit zu Hause.« Als Hiroko diese Worte von ihr hörte, wusste sie, dass sie eine Freundin gefunden hatte. Doch seit sie vor zwei Jahren Witwe geworden war, lebte Rehana wieder in Abbottabad, und Hiroko traf sich nur noch alle paar Monate mit früheren Mitgliedern der Gruppe im japanischen Kulturzentrum, obwohl sie einige der Frauen immer noch sehr gernhatte.

Wie sie auch Saddar immer noch gernhatte, trotz der Elektronikgeschäfte und obwohl es Jimmy's nicht mehr gab, dachte sie, während sie sich umsah. Hier gab es zwei Welten, eine auf Höhe der Straße – hektisch, wimmelnd, ganz und gar heutig: Straßenhändler, große Schaufenster, Leuchtreklamen, klaffende Gullylöcher, lautstarkes Feilschen, quietschende Bremsen und Hupen und Motorknattern, der typische Lärm und Trubel der Großstadt – und dann noch, wenn man im Gewühl der Passanten stehenblieb und hinaufsah zu den Bogenfenstern, den Kuppeln, dem aufwändigen Fassadenschmuck, eine andere, bestehend aus Gebäuden aus einer Zeit, als das Leben noch einem anderen Taktschlag folgte, eleganter und prunkvoller.

Sie weinte dem Prunk keine Träne hinterher, aber in letzter Zeit sickerte noch etwas anderes in die Atmosphäre ein, schlimmer noch als die Elektronikläden, das ihr Unbehagen einflößte. Vor ein paar Minuten hatte sie eine neue Ausgabe von *Krieg und Frieden* aus dem Regal genommen, um ihr altes, zerfleddertes Exemplar zu ersetzen, und beim Gedanken daran, wie ihr Sohn ihr andauernd versicherte, er würde irgendwann Russisch lernen und das Buch dann lesen, seufzend den Kopf geschüttelt, als ein Mann neben ihr, der nicht weiter auffällig wirkte, sagte: »Sie dürfen ihre Bücher nicht lesen. Das sind die Feinde des Islam.«

Als der Mann den Laden verlassen hatte, entschuldigte sich der Buchhändler bei ihr.

»Wir leben in seltsamen Zeiten«, sagte er. »Neulich ist eine Gruppe bärtiger junger Männer hier aufgetaucht und hat angefangen, systematisch alle Bücher aus den Regalen zu reißen, um zu prüfen, ob ihre Einbände unislamisch waren.«

»Wann ist denn ein Einband unislamisch?«, fragte Hiroko.

»Wenn Menschen darauf abgebildet sind«, antwortete der Mann. »Vor allem Frauen. Zum Glück kam draußen gerade ein Polizist vorbei; er hat dafür gesorgt, dass sie wieder abzogen. Aber ich verstehe nicht mehr, was in diesem Land vor sich geht.«

»Das wird vorübergehen«, versicherte Hiroko ihm. Wenn Kolleginnen im Lehrerzimmer über die neue Welle aggressiver Religiosität klagten, die bei manchen ihrer Schüler zu beobachten war, hielt sie ihnen immer entgegen, dass diese Jungen aus Karatschi mit ihrem sonderbaren Eifer für eine Welt strenger Gläubigkeit verglichen mit ihren Schülern damals in Nagasaki, die davon träumten, Kamikazeflieger zu werden, bloß jugendliche Maulhelden waren. Und war nicht im Grunde Cricket ihre wahre und einzige Religion?

Ohne den verkrüppelten Bettler weiter zu beachten, der in seiner armseligen Holzkiste auf Rädern hektisch quer über die Straße gerudert war, weil er bei ihr, der Ausländerin, ein Mitgefühl zu finden hoffte, das bei den Einheimischen längst versiegt war, hielt sie nach ihrem Sohn Ausschau. Er war, völlig untypisch für ihn, spät dran, aber in den letzten Wochen seit Abschluss seiner Prüfungen verhielt sich Raza insgesamt ein wenig sonderbar. Sie konnte Sajjad nicht genau erklären, was sie beunruhigte, bloß dass es ihr irgendwie aufgesetzt vorkam, wie ihr Junge die freie Zeit vor Beginn seines Studiums auskostete, große Reden über Jura schwang und damit prahlte, dass sein Name ganz oben auf der Liste stehen würde, wenn die Prüfungsergebnisse veröffentlicht wurden – er, der bei all seinen Erfolgen immer so bescheiden geblieben war. Sie überlegte, ob es vielleicht ein Fehler gewesen war zuzustimmen, als die Lehrer damals vorschlugen, dass er eine Klasse überspringen sollte – vom Verstand her war das für ihn kein Problem, aber gerade zwischen dem sechzehnten und siebzehnten Lebensjahr fanden wichtige Reifeprozesse statt, und sie fragte sich, ob er für die nächste Phase seines Lebens wirklich schon bereit war.

»Ma!« Raza machte in Sajjads Auto neben ihr Halt und reckte sich aus dem Fenster, um ihr die schwere Tüte mit Büchern abzunehmen, ohne sich um das Hupkonzert zu kümmern, das hinter ihm losbrach.

»Moment«, sagte sie. »Ich habe noch etwas im Geschäft vergessen. Dreh eine Runde um den Block und komm dann wieder her.« Ohne seine Antwort abzuwarten, hastete sie zurück in die Buchhandlung.

Raza rührte sich nicht vom Fleck und empfand eine Art masochistisches Vergnügen an der drückenden Schwüle, die auf seinem Hemd Schweißflecken aufblühen ließ. Als das Hupen der Fahrer hinter ihm immer wütender wurde, gab er ihnen gestisch Zeichen, doch um ihn herumzufahren, obwohl der Platz dazu nicht ausreichte. Der verkrüppelte Bettler hob eine Hand zum offenen Autofenster, aber Razas gleichgültiges »Verzeih mir« – eine eher rituelle als tatsächlich ernst gemeinte Formel – überzeugte ihn, dass hier nichts zu holen war. Während der Mann davonrollte, legte Raza kurz die Hand auf die Zeitung auf dem Armaturenbrett. In der Windschutzscheibe spiegelten sich lange Namenslisten – die Prüfungsergebnisse. Er verzog unwillig das Gesicht, nahm die Zeitung und schob sie unter die Fußmatte vor dem Fahrersitz. Gleich darauf überlegte er es sich anders und legte sie wieder aufs Armaturenbrett.

Zumindest war es nun endlich heraus. Kein Grund, länger zu lügen und den Schein zu wahren. Wenn er nach Hause kam, rechnete er sich aus, würden alle Jungen in der Nachbarschaft die Zeitung gesehen haben. Wer von ihnen, fragte er sich, würde wohl als Erster den Blick von der Liste der Schüler, die bestanden hatten, heben und erkennen, dass es zwecklos war weiterzusuchen, weil Razas Name tatsächlich nicht auf der Liste stand?

Und wenn sie ihn fragten, was geschehen war, ihn drängten, sich an den Prüfungsausschuss zu wenden, weil es sich ja nur um einen Irrtum handeln konnte, was denn sonst, nicht wahr, Junior, nicht wahr, weil doch sogar der größte Dummkopf die zum Bestehen erforderlichen dreiunddreißig Prozent erreichte – was sollte er dann sagen? Wie sollte er irgendwem erklären – wo es ihm doch selbst unbegreiflich war –, was am letzten Prüfungstag geschehen war, als er vor der Klausur in Islamkunde saß?

Das anfängliche Gefühl von Panik beim Überfliegen der Fragen war ihm nicht neu, damit war er seit Jahren vertraut. Dieses flaue Gefühl, sich im freien Fall zu befinden, während seine Augen von einer Frage zur nächsten flitzten, unfähig, die eine erst zu Ende zu lesen, bevor sie weiterhuschten zur nächsten, so dass sich einzelne Wörter und Formulierungen aus verschiedenen Fragen in seinem Kopf zu einem unverständlichen Wirrwarr verknäulten. Dann aber atmete er in der Regel tief durch, konzentrierte sich und las die Fragen erneut durch, mit mehr Ruhe diesmal – und schon wurde die Bedeutung der Worte klar, und die Antworten flossen ihm nur so von der Feder aufs Papier. Bei den Klausuren dieses entscheidenden Inter-Examens war es ihm mehrfach passiert, dass die Panik länger als sonst angehalten hatte und er drei oder vier Anläufe brauchte, bis sich der Nebel lichtete, er den Sinn der Fragen erfasste und loslegen konnte. An jenem Nachmittag aber, bei dieser allerletzten Prüfung seiner Schullaufbahn, lichtete sich der Nebel nicht. Der Wirrwarr der Wörter wurde immer schlimmer, helle Lichtflecken tanzten ihm vor den Augen, während er zu lesen versuchte, und laufend gingen ihm auf Japanisch unsinnige Antworten auf Fragen, die er nicht einmal verstand, durch den Kopf. Ihm war bewusst, dass er sich beruhigen musste, dass Panik nur weitere Panik erzeugte, aber dann drängte sich der Gedanke in den Vordergrund, dass es bei dieser Klausur in einem Pflichtfach um alles oder nichts ging, wer hier durchfiel, hatte die Abschlussprüfung insgesamt nicht bestanden, und wie sollte er dann seinem Vater je wieder in die Augen sehen? Beim Gedanken an Sajjad Ashraf, an sein vertrauensvolles, gespanntes Gesicht, machte sich in seinem Kopf völlige Leere breit. Und dann sammelte der Lehrer die Klausuren ein. Einfach so. Und sein Bogen war leer. Er nahm seinen Füller, schrieb entschlossen die Worte »Im Islam gibt es keine Vermittler. Allah weiß, was in meinem Herzen ist« aufs Papier und gab dann ab.

Als er aus dem Prüfungssaal trat, erwarteten ihn schon einige Freunde und klopften ihm auf die Schulter. »Alles überstanden, du Held! Junior können wir dich jetzt wirklich nicht mehr nennen, Collegeboy.« Einer von ihnen, Ali, legte Raza den Arm um die Schulter und rief einer Gruppe Mädchen, die gerade vorbeikamen, zu: »Wer will mit meinem Freund, dem Studenten, eine Runde auf dem Roller drehen? Er wird nur Bestnoten einheimsen.« Er drückte Raza den Schlüssel seiner Vespa in die Hand und schob ihn auf die Mädchen zu, von denen zwei Raza direkt anlächelten, ohne Scheu, ohne Verlegenheit, so wie Studentinnen Studenten anlächelten. In dem Augenblick wusste Raza, dass er niemandem erzählen würde, was passiert war. So könnte er noch einige Wochen Raza der Überflieger bleiben, Raza mit der glänzenden Zukunft, Raza der Sohn, der die Träume seines Vaters erfüllen würde.

Als seine Mutter sich auf den Beifahrersitz neben ihn setzte, reichte er ihr die Zeitung und fädelte sich wieder in den fließenden Verkehr ein. Mit seltsam ruhiger Stimme sagte er: »Ich habe nicht bestanden. Bei der letzten Klausur habe ich ein leeres Blatt abgegeben.«

Vor Schreck und Enttäuschung schnappte sie nach Luft, fing sich dann und fragte: »Was war denn los?«

»Keine Ahnung.« Es wäre ihm lieber gewesen, wenn sie ihn angeschrien hätte, dann hätte er wenigstens trotzig oder aufgebracht reagieren können. »Ich habe die Wörter auf dem Prüfungsbogen nicht verstanden. Und dann war die Zeit herum.«

Sie war lange genug Lehrerin, um zu wissen, dass so etwas auch den besten Schülern passierte.

»Das war deine Klausur in Islamkunde?« Auf sein Nicken hin erlaubte sie sich eine lange, zornige Schimpftirade, die aber nicht gegen ihn gerichtet war. Religion als öffentliches Ereignis, als nationale Pflicht. Es erinnerte sie an Japan und den Kaiser zu Kriegszeiten. »Und warum brauchst du das, um Jura zu studieren? Lächerlich!« Sie streichelte ihm über den Hinterkopf. »Warum hast du mir das noch nicht früher erzählt, Raza-chan?«

Bei dem Kosenamen aus Kindertagen kamen ihm spontan die Tränen.

»Ich will nicht der neue Esel im Viertel sein.« Dieser Spitzname war Abbas, der ein paar Häuser weiter auf derselben Straße wohnte, verpasst worden, als er mit acht Jahren in der Schule sitzenblieb. Drei Jahre lang hatte er sich mit Mühe und Not durchgequält, immer als schlechtester Schüler der Klasse, bis er schließlich ein Jahr wiederholen musste. Von da an hänselten ihn alle nur noch als Esel. Schulischer Misserfolg galt im Viertel als schlimmstmögliche Blamage, war eine Schande für die ganze Familie, eine Haltung, die die Kinder von früh auf verinnerlichten. Für Schulversager hatten sie folglich nur Hohn und Spott übrig.

»Raza! So wird kein Mensch von dir denken. Es war doch nur eine einzige Klausur. Du wiederholst sie in ein paar Monaten. Dann ist alles wieder in Ordnung.«

»Aber wie soll ich es Aba beibringen?«

»Das übernehme ich«, sagte sie fest. »Und wenn er nur ein Mal die Stimme gegen dich erhebt, wird er mir dafür büßen.« Auf sein erleichtertes Lächeln hin fügte sie hinzu, »Im Gegenzug musst du mir aber einen Gefallen tun. Sag mir, was du dir wirklich vom Leben wünschst. Jura ist es nicht, das weiß ich.«

Raza zuckte mit den Schultern und deutete auf die Elektronikgeschäfte. »Ich wünsche mir alles, was es dort zu kaufen gibt«, erklärte er großspurig.

»Ich will nicht wissen, was du besitzen möchtest. Ich frage dich, was du gern tun würdest.«

Sie mussten an einer Ampel halten, hinter einer Rikscha, auf die ein verführerisches Augenpaar gemalt war, unter dem in Urdu die Botschaft stand: SCHAU – ABER MIT LIEBE. Im Geist übersetzte Raza die Worte spontan ins Japanische, Deutsche, Englische, Paschtu – eine Art Reflex bei ihm bei Aufschriften aller Art, wenn er in der Stadt unterwegs war.

»Ich wünsche mir Wörter in allen Sprachen«, sagte er und hob kurz in einer hoffnungslosen Gebärde die Hände vom Lenkrad. »Ich glaube, es würde mir nichts ausmachen, in einem kalten, kargen Zimmer zu leben, wenn ich nur meine Zeit damit verbringen dürfte, mich in immer neue Sprachen zu vergraben.«

Hiroko tätschelte Raza die Hand und wusste nicht, was sie auf dieses unvermutete Eingeständnis erwidern sollte. Für sie war das Erlernen von Fremdsprachen ein Talent, für ihren Sohn eine Leidenschaft. Aber diese Leidenschaft musste wohl unerfüllt bleiben, zumindest hier. Irgendwo auf der Welt gab es vielleicht Einrichtungen, in denen man von Wortschatz zu Wortschatz springen und das zum Inhalt seines Lebens machen konnte. Aber nicht hier. Hier kam »Mehrsprachigkeit« als Berufsziel nicht in Frage. Sie empfand tiefes Bedauern für ihren Sohn, dessen Blick ihr verriet, dass er sich vollauf darüber im Klaren war, dass er seine Ausnahmebegabung nicht nutzen konnte, sondern hintanstellen musste. Sie konnte sich ausmalen, wie Sajjad reagieren würde, falls sie das Thema bei ihm anzuschneiden versuchte: »Wenn der größte Verlust in seinem Leben der Verlust eines Traums ist, von dem er immer wusste, dass er unerfüllbar ist, kann er sich noch glücklich schätzen.« Womit er selbstverständlich recht hätte. Aber trotz dieser Einsicht war ihr schwer ums Herz. Nach Nagasaki und den Wirren der Landesteilung hatte sie gelernt, zwischen zwei Menschentypen zu unterscheiden: Die einen konnten einen Verlust überwinden, die anderen erholten sich nicht mehr davon. Raza gehörte eher der letzteren

Gruppe an, trotz des Beispiels, das er sich an seinen Eltern hätte nehmen können, die beide trotz schlimmer Schicksalsschläge ihr Leben mutig gemeistert hatten.

Zu Hause angekommen, ließ sie Raza erst einmal draußen am Wagen zurück, um zunächst selbst mit Sajjad zu sprechen.

Erst wollte er es nicht glauben, argwöhnte, dass sie sich einen schlechten Scherz mit ihm erlaubte. Dann geriet er außer sich und brüllte, der Junge hätte sich nicht genug vorbereitet. Als sie ihm jedoch erklärte, welche Prüfung er nicht bestanden hatte und was genau passiert war, schüttelte Sajjad bloß fassungslos den Kopf und setzte sich hin. Sein Zorn war, wie üblich, in kürzester Zeit verpufft.

»Dann wiederholt er die Prüfung eben im Herbst«, sagte Hiroko, setzte sich neben ihn und nahm seine Hand. »Die Ergebnisse werden noch vor Semesterbeginn bekanntgegeben, und solange das Ergebnis noch aussteht, wird man ihm an der Uni einen Studienplatz freihalten. Das hat es schon bei anderen Studenten gegeben.«

Sajjad saß ein Weilchen schweigend da, nickte dann aber schließlich und drückte ihre Hand an seine Lippen.

»Also gut, ich werde ihm nicht böse sein. Vielleicht schadet es ihm gar nicht mal, eine Sprosse auf der Leiter verfehlt zu haben. Beim nächsten Mal springt er mühelos hinüber.«

Hirokos Vorschlag, zu seinem Sohn hinauszugehen und ihn mit den Worten »So etwas kommt vor« zu trösten, fand seine Zustimmung. Auf dem Weg zur Haustür schimpfte er leise auf die Regierung und ihre ständigen Versuche, zwangsweise die Religion in alle öffentlichen Belange einfließen zu lassen. Seine Mutter mit ihrem so vertraulichen Verhältnis zu Allah hätte wohl persönlich an die Tür des Regierungssitzes geklopft und den Präsidenten aufgefordert, sich dafür zu schämen, dass er allen Bürgern vorschreiben wollte, ihre Liebesbeziehung zum Allmächtigen in aller Öffentlichkeit zu führen.

Als Sajjad vor die Tür trat, bot sich ihm folgendes Bild: Bilal und Ali, die besten Freunde seines Sohnes, kamen auf einer Vespa die Straße entlanggeknattert, wobei Bilal die Prüfungsergebnisse mit hochgerecktem Arm in der Luft flattern ließ wie eine Siegesflagge, während Raza sich hinter Sajjads Auto duckte, um nicht von ihnen gesehen zu werden.

# 15

Beim nächtlichen Anflug auf Karatschi hatte der Amerikaner, Harry – vormals Henry – Burton, hinabgeschaut auf das funkelnde Lichtermeer einer der am schnellsten wachsenden Großstädte der Welt und dabei jene Euphorie des Nachhausekommens gespürt, die alle urbanen Weltenbummler ergreift, wenn sie in unbekannte Gegenden voll Chaos und Verheißung reisen. Schon viel besser, dachte er, als er aus dem Flughafengebäude trat und auf der Straße vor sich ein dichtes Geschiebe von Autos erblickte, deren Hupen zu einem komplizierten, unaufhörlichen Austausch von Botschaften über Macht, Absichten und Misstrauen benutzt wurden. Selbst über den Bettler, der ihm mit verächtlicher Miene seine Fünfundzwanzig-Paisa-Münze zurück vor die Füße warf, musste Harry lächeln.

Herrgott, tat das gut, Islamabad entronnen zu sein – dieser kaum zwanzig Jahre alten Retortenstadt in den Bergen, einem reinen Verwaltungssitz ohne jede Geschichte, wo alles das antiseptische Gepräge von Diplomatie hatte, unter deren Oberfläche es von Bakterien nur so wimmelte. »Langweilig, aber ganz hübsch«, so hatte man ihm die Stadt im Vorfeld beschrieben. »Ganz hübsch« aber war nicht genug für jemanden, der seine Sommer als Kind in Mussoorie verlebt hatte. Harry wünschte sich Chaos von seinen Großstädten und von Orten im Hochland nichts weniger als paradiesische Schönheit. Nur einmal, bei einem Ausflug von Islamabad nach Murree, einem aus Kolonialzeiten stammenden Ferienort in den Bergen, hatte er beim Blick auf die fernen, schneebedeckten Gipfel von Kaschmir, umgeben vom Duft von Kiefernnadeln, gespürt, wie sich die Barrieren von Raum und Zeit, die ihn von seiner Kindheit trennten, kurzzeitig verflüchtigten.

Karatschi, Karatschi, hätte er am liebsten laut vor sich hin gesungen, während die Limousine mit dem Diplomatenkennzeichen durch die Stadt rollte. Ein Lastwagen, der auf der falschen Straßenseite fuhr, wich Harrys Wagen erst in letzter Sekunde aus, was er mit übermütigem Juchzen quittierte. Sechs Monate in Islamabad, ohne Unterbrechung. Wie hatte er das bloß ausgehalten? Was für Opfer ein Mann doch für sein Land bringt, dachte Harry und salutierte seinem Spiegelbild in der dunkel getönten Scheibe.

Am Nachmittag des nächsten Tages war seine Stimmung nicht mehr ganz so übermütig. Körperlich aber hielt seine Euphorie an, er wippte aufgeregt auf der ungepolsterten Sitzbank der keilförmigen Auto-Rikscha herum, während ihm von allen Seiten Abgase aus Auspuffrohren in die Poren drangen. Es herrschte so dichter Verkehr, dass er jedes einzelne Schnurrbarthärchen auf dem Porträt des uniformierten Staatspräsidenten erkennen konnte, welches die Rückseite eines Lastwagens zierte, hinter dem die Rikscha in der Fahrzeugkolonne feststeckte, die sich im Schneckentempo durch das geschäftliche Herz von Karatschi wälzte. Selbst jetzt noch, im Dezember, war die Nachmittagssonne heiß, und die Meeresbrise, die noch einige Kilometer zuvor so erfrischend geweht hatte, schien außer Stande, die dichten Abgaswolken zu durchdringen. Harry lenkte sich ab, indem er die Architektur betrachtete, und bewunderte einen wunderhübschen, ringsum abgeschlossenen Balkon an einem gelben Prachtbau aus der Kolonialzeit; die untere Hälfte bestand aus filigraner Holzschnitzerei, die obere aus buntem Glas.

Schließlich aber ließ die Rikscha alle kolonialen Überbleibsel hinter sich, auch die geräumigen Villen der Oberschicht, in denen er sich bei seinem letzten Besuch in Karatschi ausschließlich aufgehalten hatte, und schlängelte sich durch die Straßen einer Stadt, mit deren rasantem Wachstum die Stadtplanung nicht hatte Schritt halten können: Beton und Zement, so weit das Auge reichte, dafür kaum Grün, dornige Akazien, die unbebaute Brachflächen überwucherten, wenn sie nicht gerade abgeholzt worden waren, um Platz für die aus Jutesäcken improvisierten Unterkünfte der Armen zu schaffen; und je weiter die Rikscha in unvertrautes Gebiet vordrang, desto mulmiger wurde Harry. Unter welchen Umständen mochte er den Mann vorfinden, den er hier aufsuchen wollte?

»Wie ist es so in Nazimabad?«, hatte er zwei Abende zuvor bei einer Party einen Geschäftsmann gefragt, den er dabei antraf, wie er gerade mit bloßen Händen Fische aus dem Gartenteich der Gastgeber zu fangen versuchte, während die bewaffneten Wächter, deren Aufgabe es war, Raubvögel durch Schüsse zu vertreiben, unsicher dabei zusahen.

Der Mann hatte ihn kaum angeschaut.

»Ein *muhadschir*-Depot«, antwortete er. »Bin selbst noch nie da gewesen. Sehr mittelständisch.«

Was Harry in Pakistan besonders verwirrend fand, war die Neigung der Elite, das Wort »Mittelstand« so abschätzig zu gebrauchen, als sei es die schlimmste aller Beleidigungen. Auch mit der Aussage »*muhadschir*-Depot« konnte er nichts Rechtes anfangen. *Muhadschir*, das wusste er, war Urdu und bedeutete »Einwanderer« – insofern konnte sich Harry mit dem Wort identifizieren. Doch er wusste auch, dass es in Pakistan speziell für jene benutzt wurde, die bei der Landesteilung aus dem heutigen Indien nach Pakistan gekommen waren. Obwohl er also das Wort kannte, wusste er nicht genau, welche Konnotationen es für diesen Geschäftsmann hätte, über dessen ethnische Herkunft Harry völlig im Dunkeln war. Der Punkt war, dass Harry zwar eingehend mit den verschiedenen Bevölkerungsgruppen in Afghanistan vertraut gemacht worden war und sich kenntnisreich über die Spannungen, Feindschaften und Bündnisse zwischen Paschtunen, Usbeken, Tadschiken und Hazaras äußern konnte, vom Geheimdienst ISI abgesehen jedoch kaum etwas über irgendwelche Gruppen in Pakistan wusste.

Karatschi, so viel wusste er allerdings, war vollkommen anders als Islamabad. Inwiefern das jedoch eine positive Aussage über die Hafenstadt war, darüber gingen die Meinungen der Einwohner Islamabads merklich auseinander.

Das Urteil des Geschäftsmannes am Gartenteich jedenfalls war vernichtend ausgefallen.

»Nichts als eine Stadt gescheiterter Hoffnungen«, sagte er.

Aber eine Frau ganz in der Nähe, deren schimmerndes Haar an schwarzes Wasser erinnerte, hatte widersprochen.

»Es ist lebendig«, sagte sie schlicht. »Es würden wohl kaum Menschen aus allen Teilen des Landes dorthin ziehen, wenn alle Hoffnungen scheiterten, sobald sie sich dem Meer nähern.«

Wegen dieser Bemerkung, ebenso sehr wie wegen ihrer Haare, war Harry mit ihr ins Bett gegangen; geplaudert hatten sie hinterher nicht miteinander, und auch von Telefonnummern oder Nachnamen war nicht die Rede. Tatsächlich hatte es so gut wie kein Hinterher gegeben. Innerhalb von Minuten, nachdem er sich aus ihr herausgezogen hatte, war sie angekleidet und verließ das Haus. Harry hatte noch nie erlebt, dass Sex so sehr seine Einsamkeit verstärkte.

Es war die Einsamkeit, das wusste er, die ihn hergeführt hatte, auf der Suche nach einer Vergangenheit, die ebenso unwiederbringlich dahin war wie die Ehe seiner Eltern oder seine eigene Kindheit. Seit Monaten hatte er nun schon den Wunsch verdrängt, nach Karatschi zu fliegen und an die Tür eines bestimmten Hauses in Nazimabad zu klopfen, und jetzt war es eher das Verlangen, diesen Wunsch loszuwerden, als irgendeine Art von Hoffnung, das ihn endlich dazu veranlasst hatte, den ersten Menschen aufzusuchen, den er je wissentlich geliebt hatte.

Die Rikscha bog in eine ruhige Straße in einer Wohngegend ein: Sie mutete nachbarschaftlicher an als die Viertel Karatschis, die Harry kannte – nirgends trennende Mauern, keine Gärten und Auffahrten, die für Abstand zwischen den einzelnen Häusern sorgten; stattdessen ein Reihenhaus direkt neben dem anderen, mit Haustüren, von denen eine einzelne Stufe auf die Straße hinunterführte. Harry, der sich seiner Anspannung gar nicht bewusst gewesen war, stieß erleichtert die Luft aus – luxuriös konnte man die Gegend zwar nicht nennen, doch nach Misserfolg oder gescheiterten Hoffnungen sah die Straße jedenfalls nicht aus.

Auf sein lautes Ausatmen hin drehte sich der Rikschafahrer zu ihm um, und Harry gab ihm mit einem Kopfschütteln zu verstehen, dass es nichts mit ihm zu tun hatte. Als Harry auf den genannten Fahrpreis hin die Augenbrauen hochzog, erklärte der Fahrer: »Bei Amerikanern muss ich tüchtig abkassieren, sonst merken doch alle, dass ich für die CIA arbeite.« Obwohl kein Mensch in der Nähe war, der die Höhe des Fahrpreises hätte mitbekommen können, fand Harry die Frechheit dieser Aussage so amüsant, dass er die volle Summe zahlte.

»Es könnte ein bisschen dauern.« Er zeigte zu einem Baum hinüber, der vor einem Haus stand und mit seinen Wurzeln den Asphalt aufgesprengt hatte. »Sie sollten vielleicht besser im Schatten parken.«

Der Mann nickte.

»Sie sprechen sehr gut Urdu.«

Harry stieg aus der Rikscha aus – es schmatzte unschön, als sich seine schweißnasse Halbglatze von dem Vinyldach löste – und deutete mit dem Kopf auf das Haus mit der Nummer 17.

»Mein erster Lehrer wohnt da drüben. Ich werde ihm Ihr Lob ausrichten.«

Die Jungen, die etwas weiter weg auf der Straße Cricket spielten, hielten inne, um zu beobachten, wie Harry auf die Haustür zuschritt und auf den Klingelknopf drückte. Auch er sah zu ihnen hinüber und lächelte über die weißen Pullis mit V-Ausschnitt, die manche von ihnen trotz der Wärme trugen.

Hinter der Haustür war das Geräusch von Schritten zu hören, und dann wurde sie geöffnet. Harry trat zurück, als er vor sich einen jungen Mann – eher noch einen Jungen – in Jeans und verwaschenem roten T-Shirt erblickte, mit Gesichtszügen, bei denen er umgehend auf einen Nachkommen mongolischer Stämme tippte – ein Hazara vermutlich. Vielleicht auch ein Tadschike. Oder sogar Usbeke. Er erschrak regelrecht darüber, wie enttäuscht er war. Hatte er wirklich erwartet, den Mann, den er suchte, unter einer Adresse anzutreffen, die über zwanzig Jahre alt war? Aber vielleicht – jawohl, Burton, klammere dich an diesen Strohhalm – wussten ja die heutigen Hausbewohner, wo er zu finden war.

»Hallo«, sagte er. »Ich suche nach Sajjad Ashraf. Er hat früher mal hier gewohnt.«

Raza starrte wortlos den hochgewachsenen rothaarigen Fremden mit den grünen Augen an, dessen eindrucksvoller *Starsky-und-Hutch*-Akzent auch durch seine glänzende Halbglatze und den leichten Bauchansatz nichts von seiner Wirkung einbüßte.

Harry wiederholte die Frage in Urdu, während er sich im Stillen fragte, welche Sprache der Junge wohl sprach und warum er hier leben mochte.

»Ich spreche Englisch«, stellte der Junge eine Spur zu ungeduldig klar. »Und Japanisch und Deutsch.« Zum ersten Mal seit Monaten hatte er Gelegenheit, sich seiner Kenntnisse zu rühmen, und das würde er ausnutzen. »Und natürlich Urdu. Und Paschtu auch. Was sprechen Sie?«

Harry Burton war über die Frage so verblüfft, dass er erst nach einer Schrecksekunde antwortete.

»Englisch und Deutsch und Urdu. Und ein wenig Farsi.«

»Gewonnen«, sagte Raza auf Deutsch. Es sprach keine Arroganz aus der Feststellung, nur ein leiser Stolz, der unsicher schien, ob er überhaupt existieren durfte.

»Eindeutig«, antwortete Harry auf Englisch, während er den überwältigenden Wunsch verspürte, den Jungen zu umarmen.

Dann fuhr er auf Deutsch fort: »Ich bin Harry. Und du bist wohl Sajjads und Hirokos Sohn.«

»Ja.« Der Junge lächelte. »Ich bin Raza. Guten Tag.« Er streckte die Hand aus, seltsam zaghaft, als hätte er diese Geste bislang nur vor dem Spiegel geübt, und Harry schüttelte sie herzhaft. »Kommen Sie.« Der Junge nahm ihn mit der unter pakistanischen Männern üblichen körperlichen Unbefangenheit am Arm, die den Amerikaner immer noch ein wenig befremdete, und zog ihn ins Haus. »Ich sage Aba Bescheid.«

Harry durchquerte die Diele und kam in eine kleinere Version des Hauses der Ashrafs, wie er es aus seiner Kindheit in Erinnerung hatte: Zimmer mit niedrigen Decken, angeordnet um einen luftigen Innenhof, der von einem stattlichen Baum in der Mitte beherrscht wurde. Die Blumentöpfe mit Ringelblumen, Löwenmäulchen und Phlox allerdings, die dicht neben dem Baum standen, riefen noch eine andere Welt vor Augen, die es einst in Delhi gegeben hatte.

Ein grauhaariger Mann in weißem *kurta*-Pyjama war gerade dabei, die Topfpflanzen zu gießen, und vor Freude bei diesem Anblick hätte Harry beinahe laut aufgelacht. Natürlich, wie hätte es anders kommen sollen. In dieser Stadt, in der überall Bäume mit ihren Wurzeln den Asphalt durchbrachen, dicke Baumstämme als natürliche Litfaßsäulen dienten und Äste zu einem Teil der städtischen Architektur wurden, weil Straßenhändler Stoffbahnen als improvisierte Sonnendächer über sie spannten, da musste er Sajjad Ashraf ja einfach in einem lauschigen, sonnenbeschienenen Innenhof voller Blumen antreffen, beschirmt vom Schatten einer Baumkrone.

»Aba, Onkel Harry ist hier, um dich zu besuchen«, sagte Raza, der aus dem Gesichtsausdruck, mit dem der Fremde seinen Vater anstarrte, nicht recht schlau wurde.

Der grauhaarige Mann richtete sich auf – es war unverkennbar Sajjad, nur mit dem Unterschied, dass das Lachen, das früher stets unter der Oberfläche mitschwang, ihm mittlerweile zarte

Falten in die Haut rings um Augen und Mund gefurcht hatte – und blickte den Besucher, den er offenbar nicht einzuordnen wusste, fragend an. Hiroko aber, die eben aus dem Schlafzimmer trat, kamen sein rotes Haar und die leicht hängenden Augenlider irgendwie bekannt vor – doch noch ehe sie sich Konrads Bild vor Augen rufen konnte, erklärte der Mann: »Ich bin Harry Burton. Der Sohn von James und Ilse.«

Sajjad ging einen Schritt auf ihn zu, dann noch einen.

»Aber du warst noch ein Kind«, sagte er. »Wahrhaftig? Henry ... Henry Baba!«

»Heute nur noch Harry. Ich bin seit einem halben Jahr in Islamabad tätig, an der amerikanischen Botschaft, als Konsularbeamter – Visa und solche Sachen, du weißt schon. Und wenn ich schon in Pakistan bin, konnte ich mir natürlich nicht die Gelegenheit entgehen lassen, dich zu besuchen.«

Der Amerikaner trat mit ausgestreckter Hand auf Sajjad zu, der auflachte und sagte: »Früher habe ich dich auf meinen Schultern spazieren getragen. Komm, lass dich umarmen.« Er legte Harry eine Hand ans Kreuz und neigte den Kopf über seine Schulter, so dass ihre Ohren sich fast berührten, und wiederholte diese Bewegung dann an Harrys anderer Schulter. Noch ehe Harry reagieren konnte, war es vorüber, und Sajjad trat mit einem Lächeln zurück. »Weißt du nicht mehr? Du hast dir von mir beibringen lassen, wie *gala-milao* geht, bevor du uns nach dem Tod meines Vaters einen Beileidsbesuch abgestattet hast. Du bist in den Hof gekommen, hast deine Schuhe ausgezogen, bist auf einen Diwan gestiegen und hast dann meine Brüder der Reihe nach auf diese Art umarmt. Alle waren sich einig, du warst der netteste Engländer in ganz Indien. Du musst so ungefähr neun gewesen sein.«

»Sieben. Ich war sieben. Das gehört zu den deutlichsten Erinnerungen aus meiner Kindheit. Mein erster Besuch in einem nichtenglischen Haus. Warum waren eigentlich meine Eltern nicht dabei? Daran kann ich mich leider nicht erinnern.«

Sajjad war über alle Maßen entzückt, das flüssige Urdu seines früheren Schülers zu hören. Da ihm auf Anhieb keine Antwort einfallen wollte, die bei diesem Fremden, der im Grunde kein Fremder war, kein Unbehagen erregte, nahm er seine Brille ab und reinigte die Gläser am Ärmel seiner *kurta*. Als er sie wieder aufsetzte, nickte er, als ständen ihm die Ereignisse des Jahres 1944 jetzt deutlicher vor Augen.

»Du wolltest allein kommen. Du hast gesagt, ich möchte deiner Familie gern im Namen meiner Familie mein Beileid aussprechen.« Sajjad lächelte und nickte Raza zu, als ginge es um eine lehrreiche Begebenheit. »An dem Tag war ich so stolz auf meinen Henry Baba.«

Vor Freude über dieses gute Zeugnis, das ihm nach all den Jahren ausgestellt wurde, bekam Harry rote Ohren. Sajjad ersparte ihm die Verlegenheit, sich eine Antwort überlegen zu müssen, indem er auf die Frau deutete, die nun auf sie zukam.

»Meine Frau, Hiroko.«

»Hiroko-san.« Harry verbeugte sich. Er hatte selten Gelegenheit, sich zu verbeugen, und hoffte, dass er keine zu ungelenke Figur abgab.

Hiroko umfasste Harrys Hände.

»Hiroko genügt. Es freut mich sehr, Sie kennenzulernen, Harry.« Ein Vorname, wie Harry jäh bewusst wurde, mit dem sie schlimme Assoziationen verbinden musste, was sie jedoch mit einem freundlichen Lächeln überspielte. »In meinem Herzen wird immer Platz für Angehörige der Familie Weiss sein.« Sie wandte sich an ihren Sohn. »Raza, das ist Konrads Neffe.«

»Oh.« Der Junge betrachtete Harry mit neu erwachtem Interesse. »Ich heiße mit zweitem Vornamen Konrad.«

Harry nickte lächelnd, obwohl es ihn überraschte, das zu hören. In den Monaten vor der Geburt ihrer Tochter, als sie noch nicht wussten, ob es ein Junge oder ein Mädchen würde, hatten Harry und seine Exfrau sich den Kopf über mögliche Namen zerbrochen, an die sie sich beide für den Rest ihres Lebens binden konnten (ihre Bindung aneinander, das war ihnen damals bereits klar, würde nicht von Dauer sein, aber das verstärkte nur den Wunsch, einen Namen zu finden, der ihnen beiden gefiel und an dem sie auch nach ihrer absehbaren Trennung gemeinsam festhalten konnten). Nach einem Wochenendbesuch bei Ilse in New York hatte seine Ex für einen Jungen den Namen »Konrad« ins Spiel gebracht, aber Harry hatte heftig abgewunken und ihr das Urdu-Wort *manhoos* beigebracht, welches »schlechtes Omen« bedeutete. Und dennoch stand hier Sajjad, der ihn dieses Wort einst gelehrt hatte, und lächelte nur, während sein Sohn unbefangen den Namen des Mannes für sich beanspruchte, der Hirokos erste Liebe gewesen war und mit kaum dreißig Jahren vom Antlitz der Erde ausgelöscht wurde.

»Und, gehst du noch zur Schule, oder studierst du schon, Raza Konrad?« Harry wandte sich wieder dem Jungen zu – sein zweiter Vorname hatte in ihm seltsam onkelhafte Empfindungen geweckt.

Raza senkte den Kopf, so dass ihm das Haar über die Augen fiel.

»Mein Vater hat auch nicht studiert. Warum also sollte ich das unbedingt tun?« Er sprach Deutsch, und Harry meinte eine merkwürdige Anspannung in der Luft wahrzunehmen, während Sajjad Hiroko fragend ansah. Doch sie übersetzte ihm Razas Worte nicht.

»Du hast recht«, erwiderte Harry auf Deutsch und warf Sajjad einen Blick zu, um anzudeuten, dass hier nicht gegen ihn konspiriert wurde. »Wenn du die Welt in fünf Sprachen lesen kannst, kannst du vermutlich darauf verzichten, dein Denken in irgendwelchen Hörsälen in die Schablone der neuesten Modetheorie pressen zu lassen.«

Sajjad sah, wie sein Sohn sich aufrichtete, lächelte und eine fast schon großspurige Haltung annahm. Das Leben steckte doch voller ironischer Wendungen: Einst hatte er sich mit dem kleinen Henry bestens verstanden, während das Verhältnis zwischen Vater und Sohn Burton eher schwierig war.

»Wie geht es deinem Vater, Henry?«

»Vater? Er ist ... unverwüstlich – bietet selbst dem Tod die Stirn. Vor einigen Monaten hatte er einen Herzanfall, der in seinem Alter eigentlich tödlich ist. Aber er lebt noch – geht ständig auf Partys. Nachdem meine Mutter ihn verlassen hat, war er so vernünftig, eine Frau zu heiraten, die Sinn für solche Dinge hat. Ob sie Vater sonderlich liebt, bezweifle ich, aber seinen Lebensstil liebt sie über alles. Und das genügt ihm. Wenn er Sehnsucht nach Gesellschaft hat, geht er in seinen Club.«

Harry konnte spüren, wie sich im Hof leise Verstimmung ausbreitete. Natürlich. Kritische Äußerungen über seinen Vater waren verpönt, selbst unter Menschen, die James Burtons Unzulänglichkeiten sehr wohl kannten – so gebot es nun einmal die indische Höflichkeit (dass Sajjad für ihn nach wie vor ein Inder war, ließ er, so viel hatte er in Pakistan bereits gelernt, wohlweislich ungesagt). »Meiner Mutter geht es gut«, sagte er und nickte Hiroko zu. Die beiden Frauen hatten ihre Freundschaft nach der Landesteilung noch über zehn Jahre brieflich aufrechterhalten, bis Schwierigkeiten im internationalen Postverkehr dem ein Ende setzten. »Sie wird überglücklich sein, wenn sie erfährt, dass ich euch ausfindig gemacht habe. Sie hat bis heute ein Foto auf ihrem Kaminsims stehen, auf dem Sie mit ihr zu sehen sind.«

Raza geriet in schreckliche Verlegenheit, als Harry es sich im angebotenen Sessel bequem machte, das Angebot von Tee dankend annahm und keinen Zweifel daran ließ, dass er den Abend liebend gerne bei den Ashrafs verbringen wollte. Fast noch erstaunlicher als die Gegenwart des Amerikaners war das Benehmen seiner Eltern, die wie selbstverständlich mit ihm in ihrem Innenhof zusammensaßen und über »die guten alten Zeiten in Delhi« plauderten. Raza fand einfach alles an Harry Burton faszinierend – seine ausholenden Gebärden, sein aufrichtiges Interesse daran, was Sajjad und Hiroko über ihr Leben zu erzählen hatten, während er selbst sich im Gespräch höflich zurückhielt, seine guten Urdu-Kenntnisse und nicht zuletzt seinen amerikanischen Akzent (im Stillen wiederholte Raza die Wörter, die er auffällig anders aussprach, wie ein Mantra).

Als Harry um ein Glas Wasser bat, sprang Raza sofort auf und eilte in die Küche, wo er zu seiner großen Freude mitbekam, wie der Amerikaner draußen im Hof sagte: »Er ist ein toller Junge. Habt ihr ein Erziehungshandbuch, das ich mir ausleihen könnte?«

Doch sein Hochgefühl verpuffte im Nu. Als Nächstes würde er sicher fragen, »In der wievielten Klasse ist er jetzt? Was sind seine Lieblingsfächer?«, und dann würden seine Eltern ihm reinen Wein einschenken oder, schlimmer noch, es für nötig befinden, ihm eine Lüge aufzutischen.

Raza legte die Hände vors Gesicht und lehnte sich an die Küchenwand. Scheinbar aus dem Nichts überkam ihn ein Gefühl tiefer Hoffnungslosigkeit und Verzweiflung.

Er hatte die Prüfung wieder nicht bestanden. Beim zweiten Mal war es sogar noch schlimmer als beim ersten Mal. Schon vor Betreten des Prüfungssaales war ihm die Fähigkeit, Wörter zu verstehen, abhandengekommen – auf der Busfahrt zur Schule hatte er beim Blick auf Werbetafeln und Graffiti gemerkt, wie ihm die Wörter vor den Augen verschwammen und unverständlich blieben. Als der Lehrer den Beginn der Prüfung verkündete, hatte er solches Herzklopfen, dass ihm war, als wollte es ihm schier die Brust zerreißen. Und keine der Fragen ergab irgendeinen Sinn. Vor Zittern konnte er kaum den Füller in der Hand halten. Nach fünf Minuten verließ er den Saal und kehrte direkt nach Hause zurück, wo er es nicht fertigbrachte, seine Eltern anzusehen, die ihn hereinkommen sahen und wussten, dass er viel zu früh zurück war, um seine Prüfung ordnungsgemäß abgelegt zu haben.

An jenem Tag wirkte sein Vater zum ersten Mal alt, während er seinen Sohn mit Tränen in den Augen beschwor: »Warum? Warum bringst du diese Kleinigkeit nicht fertig? Bitte, mein Sohn. Tu es doch für mich.«

Alle Jungen aus der Nachbarschaft, die seinen ersten Misserfolg noch lachend als Ausrutscher abgetan hatten – so etwas gehöre bei einem wahren Helden dazu, beim nächsten Mal würde er die Klausur mit links schreiben, und dann sei alles wieder in Ordnung –, wussten bei dieser zweiten Schlappe nicht, wie sie reagieren sollten. Betretenes Schweigen senkte sich herab, sobald er in ein Zimmer trat. Momentan hatten sie nur ein Gesprächsthema, nämlich das Studium, das sie alle in wenigen Tagen beginnen würden. Weil er es kaum ertragen konnte, wie rücksichtsvoll sie sich bemühten, ihm zuliebe das Thema zu wechseln, wobei dann doch oft ein verlegenes Schweigen zwischen ihnen entstand, blieb er meist zu Hause, und obwohl sie ihn hin und wieder herauslockten, blieb ihm nicht verborgen, was für eine Erleichterung es jedes Mal für alle bedeutete, ihn eingeschlossen, wenn er sich wieder verabschiedete.

Er goss ein großes Glas Wasser ein und spähte dabei aus dem Küchenfenster, bemüht, aus der Haltung von Harry Burtons Schultern zu erraten, ob er gerade erfahren hatte, dass der »tolle Junge« in Wirklichkeit der neue Esel der Nachbarschaft war.

In einigen Monaten fand eine weitere Nachprüfung statt, an der er nach dem Willen seines Vaters unbedingt teilnehmen sollte. Er aber wusste, dass er bloß wieder scheitern würde, und lehnte beharrlich ab. Irgendetwas in ihm funktionierte nicht mehr, so einfach war das. Er stellte das Glas behutsam auf ein Tablett und wischte den Abdruck ab, den sein Daumen darauf hinterlassen hatte. Genauso leicht, ging es ihm durch den Kopf, kann alles Wertvolle aus einem Leben ausgelöscht werden.

# 16

Nicht zum Frachthafen. Zum Fischereihafen!«
Vor Schreck über die barsche Anweisung, die Harry ihm
vom Rücksitz aus zurief, unterlief dem Rikschafahrer, Sher Mohammed, ein kurzer Schlenker.

»Entschuldigung, Entschuldigung. Vergessen. Es ist zu früh.
Mein Gehirn schläft noch.«

Nicht gerade beruhigend, solche Worte vom Lenker des Fahrzeugs zu hören, doch andererseits hatte Harry bereits entschieden, dass Sher Mohammed beim Fahren halb auf seine Intuition
und halb auf die Vorsehung vertraute. Im dichten Mittagsver-
kehr befolgte er zumindest gewisse Verkehrsregeln, frühmorgens jedoch fuhr er mit der Unbekümmertheit eines Mannes,
der sich nicht vorzustellen vermag, dass andere Fahrzeuge sein
Fortkommen behindern könnten, und für den die Vorfahrt eine
Art persönliches Privileg darstellt, das er an jeder Kreuzung und
jeder Ampel ganz selbstverständlich für sich in Anspruch nahm.

Harry wickelte sich fester in sein Umschlagtuch, denn der
Fahrtwind in der Rikscha war empfindlich kühl. Dann kann es
in Karatschi also auch mal kalt werden, dachte er, während er
seine Atemwölkchen in der Morgenluft betrachtete.

Als sie am Eingang des Fischereihafens eintrafen, stand dort
bereits Sajjads Wagen, in dem Raza mit dem Kopf an der Schulter seines Vaters lehnte und schlief.

»Aufwachen, mein Prinz.« Sajjad ribbelte mit den Fingerknöcheln über Razas Kopf, worauf sein Sohn kurz die Augen öffnete, wieder schloss und mit dem gemurmelten Wort »Fisch«
wieder einschlief. Behutsam – so, wie er einst in Harrys Bei-

sein ein Ei geborgen hatte, das aus einem Nest auf die Erde gefallen und wie durch ein Wunder heil geblieben war – bugsierte Sajjad seinen schlafenden Sohn von seiner Schulter und lehnte ihn halbwegs bequem an die Beifahrertür. »Wir wecken ihn zum Frühstück«, sagte er, als er aus dem Auto stieg, bekleidet mit einer merkwürdigen Kombination aus dickem Wollpullover und offenen Sandalen. »So haben wir beide Gelegenheit, uns richtig zu unterhalten, Henry Baba.« Er senkte den Blick auf Harrys Schuhe, schüttelte den Kopf, stieg noch einmal ins Auto und kam mit Razas Sandalen, die Sohlen aus Gummi hatten, wieder zum Vorschein. »Zieh besser die an«, sagte er.

Harrys Zehen ragten vorne ein Stück aus den Sandalen hervor, was ihn auf merkwürdige Weise an seine Katze Billy erinnerte, aus seiner ersten Zeit in Amerika, die ihn immer am äußersten Rand der Treppe kauernd erwartete, wenn er von der Schule nach Hause kam. Er bewegte seine Zehen, und die Katze schlug mit der Pfote in die Luft.

»Glaub mir, du wirst froh sein, die zu tragen«, sagte Sajjad, hakte sich bei Harry unter und ging mit ihm auf den Hafen zu.

Vielleicht lag es an der Erinnerung an die Katze, die damals auch Insekten nicht verschmähte – als Harry durch das rostige Tor trat und der Hafen in Sichtweite kam, fühlte er sich beim Anblick der Segelboote, deren Takelage chaotisch gen Himmel aufragte, an auf dem Rücken liegende Grashüpfer erinnert, die mit ihren Insektenbeinen im Wind strampelten. Am Kai waren Hunderte von ihnen vertäut, vier, fünf, sechs Reihen tief, bemalt mit abblätternder Farbe in Blau, Weiß und Grün.

»Atme durch den Mund, bis wir am Markt sind«, empfahl Sajjad, während er zügig auf die Boote zustrebte.

»Wieso?« Harry hatte die Frage kaum ausgesprochen, als er einen Gestank wahrnahm, der so überwältigend war, dass er spontan ein riesiges Fischungetüm, groß wie ein Haus, vor sich sah, das jahrelang aufgeschlitzt in der brütenden Sonne vor sich hin gegammelt hatte.

»Komm, komm.« Sajjad fasste ihn am Arm und zog ihn mit sich, durch ein weiteres Tor. »Jetzt kannst du wieder durch die Nase atmen.«

Er hatte recht: Die Ware auf dem Fischmarkt, auf dem sie sich jetzt befanden, war so frisch, dass von ihr keinerlei üble Gerüche ausgingen. Überall auf dem Zementboden wurden Fische aller Art feilgeboten, gebettet auf Lagen aus Eis. Männer mit Schubkarren voll zerkleinertem Eis sorgten laufend für Nachschub, während sich andere Männer mit Körben, die sich unter der Last der Fische bogen, vorbeischoben. Und überall Wasser, wohin man trat – kein Meerwasser, wie Harry erst vermutet hatte, sondern geschmolzenes Eis. Trotz der frühen Morgenstunde herrschte bereits lebhaftes Treiben, deshalb hielt sich Harry vorsichtshalber an Sajjads Arm fest, während sie zwischen den ausgelegten Fischen entlanggingen. Schnapper und Lachs und Kessel voller Flundern. Haie. Aale. Riesige backenbärtige Kreaturen mit Kiefern wie aus der Dinosaurierzeit.

Sajjad blieb stehen, um mit einem Händler zu feilschen, der ihm zum Spaß statt des Thunfischs einen mannsgroßen Fisch anpries.

»Was soll ich damit anfangen? Damit ins Bett gehen?« Sajjad lachte.

Ein Mann mit einem kleinen Hai in der Hand trat auf Harry zu und bewegte mit den Fingern die Rückenflosse.

»Zum Sex«, sagte er auf Englisch.

»Nicht nötig«, erwiderte Harry in Urdu, unter dem zustimmenden Gelächter der Umstehenden.

»Wo kommen Sie her?«, fragte der Mann mit dem Hai.

»Aus Amerika. Und Sie? Aus Karatschi?«

»Nein, Mianwali.« Der Mann deutete rings um sich herum. »Die Leute hier stammen aus allen Nationen innerhalb Pakistans. Belutschen, Pathanen, Sindhis. Hindus, sogar Sikhs. Alles ist hier vertreten. Sogar ein Amerikaner könnte hier Fisch verkaufen, wenn er wollte.«

»Danke«, sagte Harry grinsend. Es gefiel ihm, wie jeder Pakistani sich beim Anblick eines Ausländers im Nu in einen Fremdenführer verwandelte. »Ich werd's mir merken.«

Sajjad, der das Gespräch mit angehört hatte, übernahm die Regie der Führung, indem er einen Fischerjungen am Arm herüberzog und Harrys Aufmerksamkeit auf ihn lenkte.

»Aber das hier sind die ursprünglichen Einwohner Karatschis. Die Makranis. Sie stammen von afrikanischen Sklaven ab. Siehst du?« Die Art und Weise, wie er auf das Haar und die Gesichtszüge des Jungen zeigte, war dem Amerikaner zutiefst unangenehm, störte den Jungen selbst aber offenbar kein bisschen. »Diese Küste lag an der Sklavenhandelsroute – nicht an eurer Sklavenhandelsroute natürlich. An der östlichen Route.«

»*Meine* Sklavenhandelsroute würde ich sie nicht gerade nennen.«

»Natürlich nicht«, sagte Sajjad ungeduldig, strich dem Jungen über den Kopf und entließ ihn wieder. »Damit will ich ja nur sagen, dass in dieser Stadt zu allen Zeiten ein Kommen und Gehen geherrscht hat – schon vor der Teilung. Heute sind es die Afghanen. Warum in einem Flüchtlingslager herumhocken, wenn man auch nach Karatschi kommen kann?« Er beugte sich über eine Anzahl rosafarbener Fische, die kunstvoll zu einem Kreis angeordnet waren, und befühlte einen davon prüfend. »Worüber lachst du, Henry Burton?«

»Über dich, Sajjad. Früher hast du dich immer angehört, als gäbe es auf der Welt für dich keine andere Stadt als Delhi – und heute redest du mit hörbarem Stolz über eine Stadt, die du einst für ihren Mangel an Geschichte und Ästhetik und poetischer Überlieferung verspottet hättest.«

Sajjads Lächeln erstarb. Er nahm ein Stückchen Eis und wischte sich die Finger daran ab.

»Dilli bleibt Dilli«, sagte er und trat etwas beiseite, zwischen eine Auslage mit Pfeilhechten und eine Kiste voller Krebse, um dem Gewühl von Käufern und Händlern zu entkommen. »Meine erste Liebe. Freiwillig wäre ich nie von dort fortgegangen. Aber diese Schweine haben mich nicht mehr zurück nach Hause gelassen.«

»Es tut mir leid«, beteuerte Harry eilig, obwohl ihm nicht ganz klar war, wieso er sich so schuldig fühlte. »Was ist aus deinen Brüdern geworden? Sind sie dort geblieben?«

»Altamash, mein ältester Bruder, ist bei den Teilungsunruhen umgebracht worden«, sagte Sajjad und nickte, als müsste er sich noch all die Jahre später bestätigen, dass so etwas tatsächlich möglich war. »Ich war zu der Zeit in Istanbul; niemand hat mich benachrichtigt. Sie wollten damit warten, bis ich wieder zu Hause war. Und mein Bruder Iqbal ist nach Lahore gegangen. Er könne nicht länger in der Stadt leben, die Altamash ermordet hatte, hat er gesagt. Er hat seine Frau und seine Kinder zurückgelassen – sie wollten ihm folgen, aber sie saßen in einem jener Züge. Einem von der Sorte, die an ihrem Zielort nur noch Leichen an Bord hatten.«

»Mein Gott, Sajjad. Ich hatte ja keine Ahnung. Du hattest aber noch einen Bruder, nicht wahr?«

»Ja, Sikandar. Er ist geblieben. Aber weil zwei von uns nun in Pakistan waren, wurde unser Haus zu Umsiedlerbesitz erklärt und beschlagnahmt. Vielleicht hätte Sikandar kämpfen sollen, um wenigstens einen Teil des Hauses zu behalten, aber er war noch nie sehr praktisch veranlagt. Also ist er ausgezogen – mit seiner Familie und Altamashs Familie, und sie leben bis heute unter so ärmlichen Bedingungen, dass ich es kaum ertragen kann, sie zu besuchen. Also fahre ich so gut wie nie hin.« Das erklärte er in so munterem Tonfall, dass es fast herzlos klang, aber Harry kannte genügend Migranten, um eine Überlebensstrategie als solche zu erkennen. »Weißt du, lange Zeit habe ich deinem Vater die Schuld gegeben.«

»Woran?«

»An allem.« Sajjad lächelte.

»Ja. Mir geht es genauso. Irgendwie bietet er sich förmlich dafür an. Heute gibst du ihm keine Schuld mehr?«

»Heute sage ich, das ist mein Leben, ich muss es leben.«

»Muslimischer Fatalismus?«

»Nein, nein. Pakistanische Schicksalsergebenheit. Das ist etwas ganz anderes.« Er warf dem Händler, dessen Fang er gerade begutachtete, einen fragenden Blick zu, und wieder ging es mit dem Feilschen los. Harrys Blick traf sich mit dem eines Fischers, der gerade eine Zigarette rauchte, und der Mann nickte Harry seltsam vielsagend zu. Harry wusste nicht, ob damit mehr als ein bloßer Gruß angedeutet werden sollte. Wie viele der Männer in diesem Hafen, überlegte er, mochten in den Schmuggel von durch die CIA finanzierten Waffen verwickelt sein, die im Hafen von Karatschi ankamen und dann unter Aufsicht des ISI in die Ausbildungslager an der Grenze transportiert wurden?

Es hatte etwas Befreiendes, sich in Karatschi aufzuhalten und, von Sher Mohammed abgesehen, ohne lokale Zuträger auszukommen. Befreiend war es auch, dass ihn hier kein Mensch kannte – obwohl die Ironie natürlich darin bestand, dass die Pakistani jeden Amerikaner in ihrem Land automatisch für einen CIA-Mitarbeiter hielten. Harry sah Sajjad an, dem jetzt zwei blaue Plastiktüten von den Handgelenken baumelten, beide prall mit Fisch gefüllt. Ein Auge, das glasig durch die dünne blaue Folie stierte, erinnerte Harry an einen im frühwinterlichen Frost zugefrorenen Gartenteich, unter dessen Eisdecke erfrorene Fische trieben. Er rätselte, ob die Ashrafs ihm wohl deshalb keine Fragen zu seiner Stellung als Konsularbeamter an der Botschaft gestellt hatten, weil sie das für eine CIA-Tarnung hielten. Der Gedanke, womöglich von der Familie der Lüge verdächtigt zu werden, mit der er an den zurückliegenden drei Wochenenden viel Zeit verbracht hatte, machte ihm merkwürdig zu schaffen. Schon jetzt dachte er mit Bedauern an das bevorstehende Frühjahr, wenn mit der Schneeschmelze in Afghanistan wieder Bewegung in Amerikas Stellvertreterkrieg kommen und sich zu einem Urlaub wie diesem keine Gelegenheit mehr ergeben würde.

»Und jetzt noch die Krabben«, sagte Sajjad und reichte Harry eine der Tüten. »Damit es heute Abend auch etwas gibt, das ich essen kann. Hast du schon jemals rohen Fisch gegessen, Harry Baba?«

»Sushi? Ich liebe Sushi.«

»Wirklich? Nach fünfunddreißig Jahren Ehe hat sie mir das immer noch nicht schmackhaft machen können. An ihre übrigen japanischen Gerichte habe ich mich gewöhnt. Ich sage immer, koch, was du willst, ich esse alles. Aber gekocht muss es sein.«

Harry ging um einen Jungen herum, der gerade einen Fisch aufzuheben versuchte, der ihm auf den Boden gefallen war; bei jedem Anlauf aber glitschte er ihm neu aus der Hand.

»Ihr beide – weißt du, damals als Heranwachsender, als ich zum ersten Mal verliebt war und mir Musik anhörte, die einen unendlich traurig stimmt, obwohl einem im Leben eigentlich nichts fehlt, wart ihr beide für mich immer der Inbegriff einer romantischen Liebe.«

»Oh, nein, nein. Wir waren bloß jung und töricht. Was wussten wir denn voneinander? So gut wie nichts. Es war Glück, reines Glück, dass wir nach der Hochzeit feststellten, wie gut wir uns vom Naturell her verstanden. Und außerdem …« Er blieb stehen, wirbelte die Plastiktüte ein Stück höher an seinem Handgelenk hoch, »… haben wir beide zu früh im Leben zu große Verluste erlitten. Deswegen konnten wir die Teile des anderen verstehen, die aus Leere bestanden.« Er zog die Nase kraus – eine Eigenart, die er von seiner Frau übernommen hatte. »Wenn sie das jetzt hörte, würde sie sagen, da kommt der melodramatische Dichter aus Dilli in mir zum Vorschein. Sieh mal, Austern. Ich glaube, davon nehmen wir welche mit. Bei Austern kann man nichts falsch machen. Man öffnet sie und findet entweder eine Perle oder ein Aphrodisiakum. Du lächelst, Henry Baba. Ich hätte nicht gedacht, dass dir das Urdu-Wort für ›Aphrodisiakum‹ bekannt ist. Rasch, verrate mir, warum du es kennst. Dahinter verbirgt sich doch sicher eine interessante Geschichte.«

Wie war es möglich, dachte Henry, einen solchen Mann als

Vater zu haben und dennoch so unsicher über seinen Platz in der Welt zu sein, wie Raza es anscheinend war? Wie konnte man, wenn man Sajjad Ashrafs Sohn war, die Welt nicht als seine Auster betrachten, ob man sich nun als Perle empfand oder als Weichtier?

In diesem Moment jedoch empfand Raza sich weder als das eine noch als das andere, sondern bloß als jemand, dem man im Schlaf die Sandalen von den Füßen gestohlen hatte. Harrys vor dem Fahrersitz stehenden Schuhe mit den hineingestopften Socken bemerkte er nicht, während er sich die Augen rieb, um erst einmal richtig wach zu werden. Dann krempelte er sich die Hosenbeine seines *salwar* bis zu den Knien auf, stieg zaghaft aus dem Auto aus und fluchte laut auf Deutsch, als seine Füße auf den kalten Boden trafen. Kein Dieb weit und breit zu sehen, bloß ein Lastwagen, der ganz in der Nähe parkte. Auf der Fahrerkabine, gut viereinhalb Meter über dem Boden, kauerte ein Pathane wie ein Wasserspeier auf einer Kathedrale und beobachtete den frühmorgendlichen Schiffsverkehr auf dem Ozean.

»Tut sich da draußen irgendwas Aufregendes?«, rief Raza auf Paschtu in die Höhe – die einzige seiner Fremdsprachen, die ihm nicht von Hiroko beigebracht worden war; vielmehr hatte er sie über Jahre im Schulbus gelernt, vom Fahrer, einem herzensguten Pathanen, der Raza immer vorne bei sich sitzen ließ, seit er als Knirps von sechs Jahren erstmals den Wunsch geäußert hatte, die Sprache des Fahrers zu lernen. Fast zehn Jahre lang blieb der Busfahrer der beste aller Lehrer in Razas Leben.

Der Mann legte sich die Hände über die Augen, beinahe so, als würde er salutieren.

»Bist du Afghane?«

Raza hob reflexhaft die Hand an seine Wangenknochen. Bis zum Einmarsch der Sowjets in Afghanistan hatte er diese Frage nie zu hören bekommen; in den letzten vier Jahren aber, seit immer mehr Flüchtlinge aus dem Nachbarland in Pakistan Schutz suchten, kam es häufig vor, dass Raza für einen Afghanen mongolischer Herkunft gehalten wurde.

»Ja«, sagte er und spürte, wie die Glaubwürdigkeit seiner Lüge ihm so fest gegen die Wirbelsäule drückte, dass sich seine Haltung straffte.

Der Mann sprang auf die leere Ladefläche hinunter, um sich Raza genauer anzusehen.

»Welchem Volk gehörst du an?«

»Den Hazara«, erwiderte Raza selbstbewusst. Harry Burton hatte ihn anfangs für einen Hazara gehalten, das hatte er ihm erzählt.

»Komm, ich will dir jemanden vorstellen«, sagte der Mann, sprang von der Ladefläche herunter und legte Raza den Arm um die Schulter. »Abdullah! Los, aufwachen!«

Die mit Holzschnitzereien geschmückte Fahrertür wurde von einem hellhäutigen Fuß aufgestoßen, und gleich darauf kam ein Junge – nicht älter als vierzehn – aus der Fahrerkabine gesprungen. Sein breiter, freundlich wirkender Mund und die noch kindlichen Pausbacken konnten nicht darüber hinwegtäuschen, wie frühreif der Blick der haselnussbraunen Augen war, den er auf Raza richtete.

»Hier ist ein Bruder von dir aus Afghanistan«, sagte der Mann. »Ein Hazara.«

Der Junge machte ein böses Gesicht und fuhr den Mann heftig an, ohne Raza weiter zu beachten.

»Sag mal, schlägt Pakistan einem aufs Hirn? Hat das was mit der Luft zu tun? Werde ich etwa auch verblöden, wenn ich länger hier lebe? Seit wann bitte schön sind Hazaras und Paschtunen Brüder?«

Paschtune, nicht Pathane, wie Raza zur Kenntnis nahm.

Der Mann lächelte, als empfände er die Beschimpfung eher als eine Art Liebesbeweis, und Raza ergriff das Wort, allein um sich zu beweisen, dass er sich von einem Jungen, der ihm gerade einmal bis ans Kinn reichte, nicht einschüchtern ließ.

»Seit die Sowjets in unser Haus eingedrungen sind und wir beide durchs Fenster fliehen mussten, seitdem sind Hazaras und Paschtunen Brüder.«

Der Junge runzelte die Stirn.

»Wie lange bist du schon aus Afghanistan fort? Du sprichst ja Paschtu wie dieser Pakistani hier.« Er zeigte auf den Mann, der jetzt beleidigt dreinblickte. »Sprichst du sonst Dari?«

»Raza!« Es war sein Vater, der Fischtüten schwenkend auf ihr Auto zukam, begleitet von Harry, der auf Razas Füße deutete, bestürzt die Arme ausbreitete und dann auf seine eigenen Füße zeigte.

»Ich muss gehen«, sagte Raza.

»Ist der Mann da Amerikaner?«, fragte Abdullah.

Raza lächelte.

»Ich muss gehen«, wiederholte er.

Der Junge nickte, ohne Harry aus den Augen zu lassen.

»Wo wohnst du? In Sohrab Goth habe ich dich noch nie gesehen.«

Raza hatte sich schon zum Gehen gewandt, doch bei der Erwähnung von Sohrab Goth hielt er inne und überlegte. Was wog schwerer, das Risiko, sich bei Entlarvung seiner Lügen furchtbar zu blamieren, oder die Nützlichkeit, jemanden aus Sohrab Goth zu kennen, wo man, so behauptete jedenfalls ein Junge aus der Nachbarschaft, Kassettenrekorder und Fernsehgeräte und Telefone mit eingebautem Lautsprecher zu einem Bruchteil des günstigsten Preises, den man in der Stadt zahlen musste, kaufen konnte. Dieser Junge, das war eindeutig, könnte einen afghanischen Händler auf einen Preis herunterhandeln, den Raza niemals hätte nennen können, ohne schamrot anzulaufen.

»Kann sein, dass ich bald mal da vorbeikomme«, sagte er. »Wie kann ich dich finden?« Abdullahs Frage danach, wo er wohnte, überging er kurzerhand. Seinem Eindruck nach stellte der Junge seine Fragen weniger, um eine Antwort zu bekommen, sondern veranstaltete dieses Verhör bloß, um Überlegenheit zu demonstrieren.

»Neben dem Bara-Markt befindet sich ein LKW-Parkplatz. Da brauchst du bloß nach Abdullah zu fragen – dem, der den Laster mit dem toten Sowjet fährt.«

Raza wich erschrocken einen Schritt zurück und sah dann, dass der Junge auf die Seite seines Fahrzeugs zeigte. Die Holzverschalung war mit bunten Vögeln, Bergen, Blumen und – Raza folgte mit dem Blick Abdullahs Finger – der kleinen Darstellung eines Mannes in sowjetischer Uniform bemalt, der auf dem Boden lag, während ihm unzählige Blutfontänen aus dem Körper spritzten.

Der Junge lachte.

»Jeder kennt mich und meinen Lastwagen.« Der Mann neben ihm grummelte unzufrieden, und der Junge verbesserte sich: »Das heißt, eigentlich gehört er diesem Afridi. Aber ich habe dafür gesorgt, dass der Sowjet draufgemalt wurde.«

Raza nickte.

»Wenn ich das nächste Mal vorbeikomme, frage ich nach dir«, sagte er.

»Falls ich da bin«, sagte der Junge. »Kann man nie wissen. Heute Karatschi, morgen Sargodha, übermorgen Peschawar. Ich kenne dieses Land wie meine Westentasche.« Er spähte zu Harry hinüber, der die Sandalen jetzt ausgezogen hatte und barfuß, die Fußbekleidung wie eine Opfergabe vor sich hertragend, auf Raza zukam. »Aber dass ich mal so etwas zu sehen bekomme, hätte ich nie gedacht.«

Bei Raza angekommen, entschuldigte sich Harry vielmals und kauerte sich auf ein Knie nieder, um ihm die Sandalen direkt vor die Füße zu stellen. Normalerweise hätte Raza aus tiefer Verlegenheit, von einem Älteren mit so viel Achtung behandelt zu werden, sofort abgewehrt und darauf bestanden, dass Harry die Sandalen anbehielt. Doch als er Abdullahs ehrfürchtigen Blick bemerkte – ganz ähnlich den Blicken, die er immer von seinen

Klassenkameraden einheimste, wenn er bei noch so schwierigen Klausuren mal wieder die höchste Punktzahl erreicht hatte –, zwinkerte er dem Jüngeren bloß zu und schlüpfte in die Sandalen, mit einer Hand über dem Kopf des Amerikaners balancierend, als wollte er ihn segnen.

# 17

Die junge fünfzehnjährige Amerikanerin reichte dem Mann hinter dem Tresen die raubkopierte Videokassette. Der Mann wollte sie schon in eine braune Papiertüte stecken, als sein Blick auf den Titel fiel und er stirnrunzelnd innehielt.

»Nicht geeignet«, sagte er und ließ die Kassette in einem Fach unter dem Tresen verschwinden. »Wie wäre es denn hiermit?« Das Mädchen überflog den von Hand geschriebenen Filmtitel und stieß abfällig die Luft durch die Lücke zwischen ihren Schneidezähnen aus, während sie ihn mit ihren grünen, mandelförmigen Augen auf eine Art fixierte, die er ungewohnt und auf beunruhigende Weise aufregend fand.

»Falls ich diesen anderen Film wegen irgendwelcher gesetzlicher Bestimmungen nicht ausleihen kann, in Ordnung. Aber darüber, ob er für mich ›geeignet‹ ist, haben Sie eigentlich nicht zu entscheiden.«

Über diese seltsame Hierarchie, die dem Gesetz einen höheren Rang zubilligte als der Empfehlung eines Erwachsenen, hätte er fast lachen müssen, doch angesichts dieser klaren grünen Augen schien es ihm irgendwie ratsam, sich das zu verkneifen.

»Wenn dein Vater seine Einwilligung gibt, leihe ich ihn dir aus.« Ein fairer Kompromissvorschlag, wie er fand, der es durchaus verdiente, honoriert zu werden.

Das Mädchen gab einen sonderbaren Laut von sich, ein Ausdruck von Unmut offenbar, und stürmte wortlos zur Tür hinaus, während er verwundert in seinem Laden zurückblieb. Was für ein seltsames Geschöpf: Es trug eine nietenübersäte Lederjacke, hatte schwarz bemalte Lippen und kupferrotes Haar, kurz bis auf eine einzelne lange Strähne, die sich wie ein Rattenschwanz am Hals entlang bis unter ihre Schultern schlängelte.

»Papa!«, rief Kim Burton ihrem Vater zu, als sie aus der Videothek kam. »Der will mir ernsthaft *Annie* empfehlen. Was ist denn das für ein Laden?«

Harry gab seiner Tochter mit der Hand Zeichen, zurück in die Videothek zu gehen und dort auf ihn zu warten, während er sich weiter mit dem Mann unterhielt, der auf einem Holzkarren auf Rädern Nüsse und Trockenfrüchte feilbot. Ohne sich um seine Anweisung zu kümmern, ging sie auf ihn zu, tapfer die neugierigen Blicke ignorierend, die ihr von Passanten auf dem belebten Platz zugeworfen wurden – die Frauen, hatte sie in ihren vier Tagen in Islamabad festgestellt, zeigten weniger Scheu, sie anzugaffen, und ein paar waren sogar auf sie zugekommen, um ihre lange, gegelte Haarsträhne anzufassen und dabei das Wort *chooha* zu äußern, das ihr Vater ihr hellauf entzückt mit »Maus« übersetzt hatte.

Als sie bei ihm ankam, legte er ihr, ohne sein Gespräch in Urdu mit dem Händler zu unterbrechen, den Arm um die Schulter, zum Zeichen, dass er sich ihrer Gegenwart bewusst war. Seine körperliche Nähe vermittelte ihr ein solches Gefühl von Wärme und Sicherheit, dass sie sich mit ärgerlicher Miene von ihm losmachte. Hier in Pakistan war er anders. Lockerer irgendwie. Weil er sich in dieser Gegend der Welt wohler fühlte. Genau das hatte Oma vorausgesagt.

Später, als sie mit ihm im Auto auf einer breiten, baumbestandenen Prachtstraße unterwegs war zu der gigantischen Moschee, die am Ende dieser Straße gerade gebaut wurde, das Video von *Tootsie* auf ihrem Schoß (im letzten Augenblick hatte sie doch nicht den Mut aufgebracht, ihm zu sagen, dass sie eigentlich *Porky's* wollte), sagte sie: »Warum sagst du ständig, du findest Islamabad furchtbar? Offenbar fühlst du dich hier doch viel wohler als sogar in New York, von Washington oder Berlin ganz zu schweigen?«

Harry Burton sah seine Tochter verblüfft an. Wie ihre geliebte Großmutter hatte sie die Fähigkeit, Züge an ihm zu erkennen, die er für wohlverborgen hielt. Das machte ihn nervös. Bei Ilse Weiss war das nicht weiter verwunderlich, sie kannte ihn schließlich schon seit seiner Geburt, aber im Leben dieses Mädchens war er seit ihrem vierten Lebensjahr nur flüchtig präsent gewesen. Damals hatte die Scheidung ihrem Familienleben in Washington ein Ende gesetzt, ihre Eltern voneinander und von der Stadt, in der sie sich beide nicht wohlfühlten, befreit; wobei diese Stadt dennoch einen Kompromiss zwischen ihnen ermöglicht hatte, denn sie bestand darauf, ihr Kind in Amerika großzuziehen, während er nicht gewillt war, seinen Beruf aufzugeben. Als Vater hatte er versagt, das war ihm bewusst, und deshalb nahm er es klaglos hin, dass Kim, wenn sie ihn besuchte – früher in Berlin, heute hier – oder er für ein paar Tage nach New York kam, um sie zu sehen, ihm mit ihrer Launenhaftigkeit zusetzte, immer zwischen Trotz und Wutausbrüchen schwankend; doch wenn sie, wie jetzt, einen Vorgeschmack darauf gab, zu was für einer Frau sie einmal heranwachsen könnte, wurde ihm unbehaglich zumute. Weil es zu viel gab, das sie, wenn es nach ihm ging, nie über ihn erfahren durfte.

»Ich finde aber Islamabad wirklich furchtbar«, sagte er bestimmt.

Als er an einer Ampel anhielt, neigte sich der Mann auf dem Fahrrad, der neben ihm angehalten hatte, leicht zu Harrys offenem Fenster hinüber und nickte beifällig zu der Musik, die aus der Autostereoanlage drang. Harry ließ die Kassette herausspringen und reichte sie dem Radfahrer – worauf Kim empört nach Luft schnappte, obwohl sie die Originalkassette noch zu Hause hatte und dies nur eine Kopie war, die sie eigens für diese Autoanlage aufgenommen hatte, weil sie dauernd Bandsalat produzierte. Der Mann nahm die Kassette nur zögerlich entgegen, als könnte er kaum glauben, dass sie wirklich für ihn bestimmt war, und fragte Harry: »*Amrikan?*« Auf Harrys Nicken hin steckte der Mann seinen kleinen Finger in eines der beiden Kassettenlöcher und hielt sein Geschenk ungläubig staunend vor sich in die Höhe, um es von allen Seiten zu bewundern wie einen Verlobungsring. An seinem Lenker hatte er eine Tüte Äpfel hängen, die er Harry hastig hinüberreichte, bevor er klingelnd weiterfuhr, die Kassette immer noch am Finger baumelnd.

»Ich finde die Stadt furchtbar«, sagte Harry. »Aber ich liebe die Menschen hier. Nicht die Beamten und Bürokraten – die wirklichen Menschen.«

»Hm«, sagte Kim, während sie darüber nachdachte. »Das ist lustig. Früher fand ich es immer total blödsinnig, dass man nicht Präsident der Vereinigten Staaten werden kann, wenn man im Ausland geboren ist. Weil Einwanderer doch immer viel loyalere Staatsbürger abgeben als Einheimische, die ihre Staatsangehörigkeit als selbstverständlich empfinden. Darauf bin ich wegen dir gekommen – weil England dir so gar nichts bedeutet. Aber England ist eigentlich auch gar nicht die Heimat, die du verlassen hast, stimmt's?«

»England war nur eine Durchgangsstation«, erwiderte Harry und malte sich mit einer gewissen Vorfreude aus, wie Kim das bei ihrer Großmutter wiederholte. James Burton wäre über diese Aussage entsetzt. Ilse Weiss dagegen würde wohl erfreut sein, das zu hören.

Über Harrys Kindheit wusste Kim gut Bescheid – es war eine der wenigen Geschichten aus seinem Leben, die Harry problemlos und ohne Ausflüchte erzählen konnte, da sie zu einer Zeit gehörte, bevor Heimlichtuerei und Lügen für ihn unumgänglich wurden.

Schlimmer als der Abschied von Indien war nur noch die Ankunft in England. Das war der Satz, mit dem Harry die Geschichte jedes Mal einleitete. Der Krieg war noch überall zu spüren, die Sonne ließ sich nie blicken, und alle Jungen an der Schule lachten über seine »indischen Eigenarten« (sowohl sprachlicher als auch gestischer Art) und wollten wissen, was sein Vater im Krieg gemacht hatte. Und dann der finale Schlag: Der einzige andere Junge, der ebenfalls aus Indien an die Schule gekommen war und den Harry für einen Verbündeten gehalten hatte, verkündete: »Seine Mutter ist Deutsche.« Fast das ganze erste Schuljahr war also eine einzige Qual für ihn. Erst kurz vor Ostern, als einer der Jungen ihm mit den Worten »He, Maharadscha Fritz. Kannst du Cricket spielen?« einen Cricketball zuwarf, besserte sich die Lage. Danach wurde er dank der Fertigkeiten, die Sajjad ihm beigebracht hatte – bei Erwähnung dieses Namens sah er immer recht wehmütig drein –, zu einer Art Held an der Schule.

Zwei Jahre später, als sein Vater ihm in den Osterferien eröffnete, dass seine Mutter von ihrer »kurzen Reise nach New York«, die sie drei Monate zuvor angetreten hatte, nicht zurückzukehren gedachte und Harry künftig bei ihr leben sollte, war der Elfjährige hin- und hergerissen. Er wollte gerne in der Nähe seiner Mutter sein, wusste aber, dass ihm seine Fähigkeiten als Cricketspieler in New York nicht viel nutzen würden. Und was hatte er sonst schon aufzuweisen? Bloß einen englischen Akzent, der inzwischen alle Spuren Indiens in seiner Aussprache restlos verdrängt hatte.

Es gab nur eine einzige Lösung, entschied Harry. Er würde schon im Frühsommer nach New York reisen, nicht erst, wie geplant, im Spätsommer, und sich vorbereiten. »Bringen Sie mir Amerikanisch bei«, sagte er gleich an seinem ersten Tag in New York zu dem auffallend schick gekleideten jungen Mann, der ihn in Onkel Willies Wohnung an der Upper East Side an der Tür empfing. (»Statt Wohnung sagen wir Apartment. Das ist die erste Lektion.«) Er wehrte hartnäckig alle Versuche seiner Mutter ab, ihn schon mal mit Jungen bekanntzumachen, die ab Herbst seine Klassenkameraden sein würden. Er machte sich gründlich mit Baseball vertraut, mit den Spielregeln ebenso wie mit den Leistungen sämtlicher Spieler der New York Yankees der vergangenen zwanzig Jahre, und als er vor dem erst kürzlich

enthüllten Denkmal für den legendären Babe Ruth stand, kamen
ihm sogar spontan die Tränen.

Trotz alledem fühlte er sich an seinem ersten Schultag so
fremd, dass er kaum ein Wort herausbrachte. Er nuschelte sich
durch die ersten Stunden, war um Unauffälligkeit bemüht und
konzentrierte sich ganz auf die Lehrer. Als er in der Pause allein auf einer Treppenstufe saß und den Jungen um sich herum
zuhörte, merkte er, dass er in eine Gruppe von Einwanderern
geraten war. Deutsche, Polen, Russen. Was sie an dieser exklu-
siven Privatschule alle gemeinsam hatten, war ihre gesellschaftliche Herkunft und der Umstand, dass ihre Eltern, aus welchem
Grund auch immer, nach dem Krieg nicht länger in Europa leben wollten.

Harry musterte die Gruppe und sah dann zu den Jungen hinüber, die lässig unter einem Baum zusammenstanden und ganz
und gar amerikanisch wirkten.

Er stand auf und hielt inne, in dem Bewusstsein, zum ersten
Mal in seinem Leben wirklich etwas zu riskieren, gab sich dann
einen Ruck und ging zu den Jungen unter dem Baum hinüber.
»Hi, ich bin Harry«, stellte er sich vor.

In jenem Winter belehrte James Burton seinen Sohn in London, dass Selbstsicherheit im Leben das A und O war – und
dass Harry, wäre er damals nicht so unsicher gewesen, auch in
dem englischen Internat freundlich aufgenommen worden wäre.
Doch Harry beobachtete im Lauf des Schuljahrs nicht nur sich
selbst, sondern auch die anderen Einwanderersöhne, und kam zu
der Einsicht, dass Einwanderer in Amerika wie in keinem Land
jemals zuvor, als Teil des nationalen Selbstverständnisses geradezu, mit offenen Armen empfangen wurden. Man brauchte bloß
seine Bereitschaft zu zeigen, Amerikaner werden zu wollen –
und was gab es im Jahr 1949 Erstrebenswerteres auf der Welt?
(»Wie sehen das denn all die Negerschüler an deiner Schule,
Henry?« – »Ich habe nicht behauptet, dass das Land perfekt ist,
Papa, aber ein besseres gibt es trotzdem nicht auf der Welt.«)

»Oh, du bringst ein großes Opfer«, sagte Kim und schloss die Augen, um den Duft von Jasmin zu genießen, der gerade durchs Autofenster geweht kam. »Lebst außerhalb des besten Landes der Welt, um diesem Land zu dienen.«

Harry warf ihr einen Blick von der Seite zu und seufzte.

»Du fehlst mir sehr, hörst du. Und wenn in New York Bedarf an Konsularbeamten bestünde, würde ich eher jetzt als gleich hinziehen, glaub's mir.«

»Lass doch den Scheiß von wegen Konsularbeamter, Papa«, sagte Kim, ohne die Augen zu öffnen.

Harry lenkte den Wagen rasant an den Straßenrand hinüber und hielt mit quietschenden Bremsen an.

»Entschuldige dich«, sagte er.

Kim öffnete den Mund, nicht, um sich zu entschuldigen allerdings, aber dann kam ihr der Gedanke, dass sein Auto womöglich verwanzt war; es könnte ihm schaden, wenn irgendjemand Unbefugtes aus ihrem Mund die Wahrheit erfuhr.

Zu Harrys großer Überraschung lehnte sie sich zu ihm hinüber und umarmte ihn.

»Entschuldige, Papa. Tut mir leid. Ist mir nur so rausgerutscht.«

Harry drückte ihr einen innigen Kuss aufs Haar. Zum ersten Mal, seit sie nach Islamabad gekommen war, um bei ihm ihre Weihnachtsferien zu verbringen, kam an Stelle des ewig gereizten, patzigen Teenagers sein Kind zum Vorschein. Er hätte gerne beteuert, wie sehr er es bereute, sich für seinen Beruf entschieden zu haben, doch das hätte sie sicher als Lüge durchschaut. Derzeit war er über diese Entscheidung glücklicher denn je, denn nun führte er das aufregende Leben, das er wollte. Wann genau war dieser Aspekt in den Vordergrund getreten, überlegte er, als Kim ihn wieder losließ und sich, sichtlich beschämt über ihre Entgleisung, mit verschränkten Armen auf ihrem Sitz zurücklehnte. Wie lange schon ging es ihm weniger um Idealismus als um Nervenkitzel? Er stellte an sich nur noch wenig Ähnlichkeit mit dem jungen Mann fest, der 1964 der akademischen Laufbahn Lebewohl gesagt und sich in einem völlig anderen Tätigkeitsfeld beworben hatte. Der den Männern, die ihn beim Vorstellungsgespräch fragten, warum er für sie arbeiten wollte, seine feste Überzeugung darlegte, dass der Kommunismus restlos besiegt werden musste, um den USA den Aufstieg zur einzig verbleibenden Supermacht der Welt zu ermöglichen. Harry ging es dabei weniger um den Aspekt der Macht als solcher als um den Gedanken, dass sich diese Macht in einer Nation von Einwanderern konzentrierte. Es war ein weltpolitisches Modell, wie es sich Träumer und Dichter nicht klüger hätten ausdenken können: eine einzige demokratische Nation als Hegemonialmacht, deren Bürger mit jedem einzelnen Land der Welt verbunden waren. War dies nicht ein Garant dafür, dass diese Nation im Umgang mit dem Rest der Welt vor allem der Gerechtigkeit verpflichtet sein würde? So sah die Zukunft aus, die Harry Burton vorschwebte, eine Zukunft, die er unbedingt mit herbeiführen wollte. Und er wollte keiner jener Maulhelden sein, die vor der Beteiligung an einem Krieg zurückschrecken, an dessen Ausgang sie angeblich brennend interessiert sind.

Nun, sein Interesse hatte nicht nachgelassen, doch es war lange her, seit er es das letzte Mal mit dem Begriff Gerechtigkeit, geschweige denn mit Träumern und Dichtern, in Zusammenhang gebracht hatte.

Er parkte den Wagen neben der gigantischen unfertigen Moschee, die seit nunmehr zwölf Jahren vor der grünen Silhouette der Margalla Hills errichtet wurde. Beim Anblick der Baustelle lächelte seine Tochter, wie sie sonst nirgendwo in Islamabad lächelte.

»Was ist das Riesending da, das aussieht wie der Panzer eines Gürteltiers mit vier Speeren ringsherum?«, hatte sie am ersten Abend gefragt, als er mit ihr eine Autofahrt durch Islamabad unternahm. Es war der erste Satz, den sie äußerte, in dem nicht das Wort »langweilig« vorkam.

Jetzt sah er dabei zu, wie sie ihre Lederjacke auszog, ihre auffällige Haarsträhne in den Ausschnitt ihres T-Shirts steckte und sich mit einem Papiertaschentuch energisch die Lippen abwischte – und aus der aufsässigen Göre wurde auf einmal ein ganz normales junges Mädchen, das mit leuchtenden Augen auf den Bauingenieur zueilte, den einzigen Einwohner Islamabads, an dem sie irgendein Interesse zeigte. Harry fragte sich, welche Version – aufsässig oder nicht – sich wohl bei den Ashrafs manifestiert hätte, wenn er mit Kim nach Karatschi gereist wäre. Hiroko und Sajjad hatten beide den Wunsch geäußert, sie kennenzulernen, aber Harry brauchte sich bloß den Kontrast zwischen dem höflichen, rücksichtsvollen Jungen, den die Ashrafs großgezogen hatten, und seinem Teufelsbraten von einer Tochter vor Augen zu rufen, um zu wissen, dass so ein Treffen katastrophal danebengehen konnte. Jetzt im Moment aber bereute er seine Entscheidung – nicht zuletzt, weil ihm die Ashrafs fehlten und es sicher schön gewesen wäre, mit ihnen zusammen Weihnachten zu feiern. Na, egal – in wenigen Wochen, nach Kims Abreise, würde er sie ja wiedersehen. Ein Kollege am Konsulat in Karatschi hatte ihm den Schlüssel seines dortigen Strandhäuschens überlassen. Lächelnd stellte er sich vor, wie Raza sich freuen würde, wenn er einen Ausflug ans Meer organisierte. Dann sah er Kim an und seufzte. Ein Jammer, dass nicht alle Jugendlichen so pflegeleicht waren wie Raza.

»Kannst du ihm sagen, dass mir gerade aufgefallen ist, dass das Dach eher einem Zelt als einem Gürteltierpanzer ähnelt?«, sagte sie, während der Bauingenieur lächelnd auf sie zukam. »Obwohl die vier Minarette mich immer noch an Speere erinnern.«

Um Ärger zu vermeiden, ließ Harry bei der Übersetzung das Gürteltier ebenso aus wie die Speere; obwohl er vermutete, dass der Bauingenieur genug Englisch konnte, um Kims Worte im Großen und Ganzen zu verstehen. Der Ingenieur nickte, lächelte und lud sie dann, zum ersten Mal überhaupt, ein, ihm in die gewaltige Moschee zu folgen; da sie keine Helme hatten, hielt

Harry Kim schützend die Hand über den Kopf, und vor lauter Aufregung ließ sich das seine sonst so empfindliche Tochter sogar widerstandslos gefallen.

»Wow«, sagte Kim immer wieder, während der Ingenieur sie im Innenraum herumführte und ihnen die eindrucksvolle Stützkonstruktion zeigte, auf der das ungewöhnlich geformte Dach ruhte.

Die Geschichte dreier Generationen, dachte Harry. James Burton musste hilflos den Zusammenbruch des Empire mit ansehen; Harry Burton arbeitete auf den Zusammenbruch des Kommunismus hin; und Kim Burton wollte lernen, etwas aufzubauen, der Konstruktionsprozess an sich faszinierte sie, ganz egal, ob dabei am Ende eine Moschee entstand, eine Kunstgalerie oder ein Gefängnis. Von ihnen allen, ging es Harry in einer jähen Anwandlung von Sentimentalität durch den Kopf, war sie wohl die Einzige, die mit ihrem künftigen Wirken auf der Welt keinen Schaden anrichten würde.

# 18

Von weitem sah es aus, als würden sie beten.

Harry Burton und Hiroko Ashraf knieten einander am Rande eines Gezeitentümpels gegenüber, die Hände an die Knie gelegt, ohne die dicht über den Wellen kreisenden Seemöwen zu ihrer Linken oder das bunte Treiben am Strand zu ihrer Rechten zu beachten: Familien, die auf Decken saßen und sich in der salzigen Luft süße Apfelsinen schmecken ließen; eine Gruppe Jungen, die einer Gruppe Mädchen quer über den Sand einen Tennisball zurollte, an den ein Zettel mit einer Botschaft geklebt war, die die Mädchen kichernd und mit zusammengesteckten Köpfen lasen; Kamele mit bunten, reich mit Spiegelstickerei verzierten Sitzen, die sich, unter dem aufgeregten Kreischen ihrer kleinen Reiter, gemächlich schaukelnd in aufrechte Haltung erhoben; Raza, der gerade eine kunstvolle Sandburg errichtete, weil Harry gesagt hatte, dass er in seiner Jugend ein begeisterter Sandburgenbauer gewesen war, während Sajjad mit einer spitzen Muschelscherbe Urdu-Verse in die Außenwände der Burg einkerbte.

»Manchmal bemerkt man die Salamander nur, weil sie den Schlick aufwirbeln. Ihre Tarnung ist schon etwas besser als deine.« Hiroko deutete auf Harrys Haarpracht, die mit Henna gefärbt und dadurch um einiges aufgehellt war.

Harry lachte.

»Mach dich nicht lustig. Sogar die Pathanen halten mich für einen der Ihren, wenn ich einen *salwar kamiz* trage. Mein Name sei Lala Buksh, erzähle ich ihnen, und dann fliegt mein Schwindel auf, weil ich nur ein paar Brocken Paschtu spreche. Weißt du, was aus ihm geworden ist? Dem echten Lala Buksh?«

Hiroko schüttelte den Kopf. Dann wandte sie ihr Gesicht dem Meer zu, schloss die Augen und lächelte.

»Es ist so herrlich, hier zu sein. Wir leben so weit im Landesinneren, dass ich manchmal ganz vergesse, dass Karatschi ebenfalls eine Küstenstadt ist.«

»Ebenfalls?«

»Wie Nagasaki.«

Sie beobachtete die drei hölzernen Fischerboote, die nebeneinander dem Horizont zustrebten. Da sie weder Segel gesetzt hatten noch aus dieser Entfernung ein Motorgeräusch zu hören war, schien es, als würden sie einzig vom Willen des Meeres vorangetragen. Von Nagasaki nach Bombay. Von Bombay nach Istanbul. Von Istanbul nach Karatschi. So viele Seereisen innerhalb eines einzigen Jahres, was umso bemerkenswerter war, weil sie davor Japan noch nie verlassen hatte und in den Jahren seither nie aus Pakistan herausgekommen war. Kaum je aus Karatschi herausgekommen war, im Grunde – Sajjad fuhr hin und wieder mit Raza auf Besuch zu seinem Bruder Iqbal nach Lahore oder nach Peschawar zu seiner Schwester, und etwa einmal alle zehn Jahre überquerten sie die Grenze, um die in Delhi verbliebene Familie zu besuchen, obwohl das jedes Mal ein deprimierendes Erlebnis war. Hiroko aber begleitete sie nie auf diesen Reisen, und da Sajjad sich schon vor langer Zeit der Einsicht gefügt hatte, dass seine japanische Frau in seiner Familie wohl für immer eine Außenseiterin bleiben würde, deren Gegenwart bloß für Befangenheit auf allen Seiten sorgte, versuchte er längst nicht mehr, sie zum Mitkommen zu bewegen. Immer mal wieder kam es also vor, dass sie allein in Karatschi zurückblieb, und dann malte sie sich mit heimlicher Aufregung aus, wie es wäre, ihr Sparkonto anzuzapfen, einen Flug an irgendeinen Ort der Welt zu buchen – Ägypten, Hongkong, New York – und dann rechtzeitig zurück zu sein, um Mann und Sohn wieder daheim in Empfang zu nehmen.

»Denkst du noch viel darüber nach? Über Nagasaki?« Eine

Frage, die er jemand anderem nach nur wenigen Monaten Bekanntschaft wohl kaum je zu stellen gewagt hätte, doch bei Hiroko hatte er bereits das Gefühl, sie schon ewig zu kennen.

Sie fasste sich an den Rücken, direkt über der Taille.

»Es ist immer gegenwärtig.«

Harry nickte und senkte den Blick auf das klare Wasser in dem Gezeitentümpel, wo er sein Gesicht widergespiegelt sah, durchsetzt mit Wasserpflanzen.

»Wie hast du es Raza erklärt? Als Kim damals zum ersten Mal nach Konrad gefragt hat, habe ich mich entschuldigt und bin aus dem Zimmer gegangen. Meine Mutter hat ihr irgendwas erzählt – ich weiß bis heute nicht, was, bloß dass sie entsetzlich erwachsen aussah, als sie aus dem Zimmer kam. Sie war acht.«

Hiroko schaute zu Raza hinüber, der vollkommen mit seiner Sandburg beschäftigt war. Ganz kindlich, im Grunde.

»Mit Märchen«, sagte sie. »Ich habe mir Märchen ausgedacht.«

Harry schüttelte den Kopf, sah sie fragend an.

Sie atmete tief durch.

»Ich erkläre es dir.« Ihr Tonfall machte deutlich, dass sie ihm nun etwas anvertrauen würde, worüber sie sonst mit kaum jemandem sprach. »Da gab es das eine Märchen von dem Mädchen, dessen sterbender Vater in Gestalt einer Eidechse auf sie zukriecht; vor Entsetzen über diesen Anblick begreift sie erst Jahre später, dass er in seinen letzten Momenten auf Erden ihre Nähe gesucht hat, nachdem er ihr sein Leben lang ausgewichen war. Dann eins über den Jungen, der aus seinem Leben wachgerüttelt wird und gesagt bekommt, es sei nur ein Traum, und alle, die er lieb hat, ebenfalls – dieser Schmutz, dieses Gefängnis, dieses Alleinsein sei die Wirklichkeit. Eins über die violett eingebundenen Buchgeschöpfe mit den zerbrochenen Rücken, die lieber in Flammen aufgehen, als weiter in einer Welt zu existieren, die alles, was in ihnen geschrieben steht, als Wunschtraum entlarvt. Die Frau, die vollkommen abstumpft, als Feuer durch ihren Rücken dringt und ihr das Herz versengt, so dass sie beim Anblick eines toten Babys bloß denken kann, Da liegt wieder eins. Die Männer und Frauen, die durch eine Welt voller Schatten irren, auf der Suche nach denen, die sie geliebt haben. Ungeheuer, die ihre Schwingen ausbreiten und auf menschlicher Haut landen, dort hocken bleiben, geduldig ausharren. Die Armee von Feuerdämonen, die vom Himmel stürzen und deren Umarmung tödlich ist. Die Lehrerin in einer Welt, in der Lehrbücher zum Leben erwachen; sie kann dem Anatomietext nicht entkommen, die Abbildungen verfolgen sie überallhin – Körper ohne Haut, Körper, deren innere Organe zu sehen sind, Körper, die vor Augen führen, welche Auswirkungen es hat, wenn nichts mehr in ihnen funktioniert.«

»Mein Gott. Hiroko.«

Als er sich damals als Mitarbeiter bei der Direktion der CIA bewarb, hatte er befürchtet, es könnte Schwierigkeiten geben, weil er von Geburt her Brite war und seine nationale Loyalität damit womöglich in Frage stand; die Jahre in Indien und England wurden bei dem Vorstellungsgespräch jedoch kaum thematisiert, und der einzige heikle Moment ergab sich, als man ihn fragte, wie er die Atombombenabwürfe auf Hiroshima und Nagasaki bewertete. Er riss sich zusammen, immerhin war er an einen Lügendetektor angeschlossen, und antwortete: »Ich teile Präsident Eisenhowers Auffassung, dass wir das nicht hätten tun dürfen.«

Heute trieb Pakistan ein eigenes Atomprogramm voran. Die CIA war darüber im Bilde. Und soweit Harry wusste, unternahm man nichts dagegen, sammelte lediglich Informationen darüber und leitete ansonsten unvermindert Gelder ins Land, die die Finanzierung eines so enorm kostspieligen Programms überhaupt erst ermöglichten. Obwohl er sich an Konrad selbst nicht erinnern konnte, träumte Harry regelmäßig von Atompilzen, seit er damals an jenem Tag im Jahr 1945 auf die Zeitschrift mit den Fotos von Atombombenopfern gestoßen war, die seine

Mutter mit nach Hause gebracht hatte – während er die Bilder grausig verkohlter Menschen betrachtete, hatte er immer wieder das Foto von Onkel Konrad als kleinem Jungen angeschaut, nur wenig älter als er selbst, auf dem er mit demselben Lächeln wie Harry in die Kamera schaute.

Ilse Weiss, nicht etwa irgendwelche Psychologen der CIA, hatte die Theorie geäußert, dass Harrys Entschluss, sich auf dem Höhepunkt des Kalten Krieges der CIA anzuschließen, im Grunde auf die Furcht vor einem drohenden Atomkrieg zurückging, der nur dadurch zu bannen war, dass der Konflikt zwischen Amerika und Russland endgültig entschieden wurde. Harry hatte bloß abweisend gelacht – seiner Mutter gegenüber gab er nie zu, dass er für die CIA arbeitete, obwohl sie irgendwie dahintergekommen war, als er sich noch in der Ausbildung auf der Farm befand; doch seitdem er den für die Zentrale in Langley bestimmten Bericht eines Kollegen über das pakistanische Atomprojekt gelesen hatte, empfand Harry bei Zusammenkünften mit Vertretern des ISI mitunter einen Zorn, der über das Misstrauen, den Ärger und die unterdrückte Wut weit hinausging, die die Zusammenarbeit zwischen ISI und CIA ohnehin immer begleiteten, und dann stellte er sich unwillkürlich die Frage, ob seine Mutter nicht vielleicht doch recht hatte.

»Aber ich habe Raza diese Märchen nie erzählt«, sagte Hiroko. »Kein einziges davon. Ich dachte ständig, Eines Tages wird er alt genug dafür sein. Aber wieso sollte ich mein Kind je mit alldem belasten.« Sie schöpfte eine Hand voll Wasser aus dem Tümpel und beträufelte Harry damit die von der Sonne gerötete Kopfhaut. »Er weiß, dass eine Bombe abgeworfen wurde. Er weiß, dass es schrecklich war und dass mein Vater dabei umgekommen ist, und auch der Mann, mit dem ich verlobt war. Einmal hat er zum Geburtstag ein Geschichtsbuch bekommen, in dem Hiroshima eine ganze Seite gewidmet war, mit einem kurzen Anhang über Nagasaki. Auf der Seite befand sich ein Foto von einem älteren Japaner mit traurigem Gesicht, der sich einen Verband gegen den blutigen Kopf drückte. Es sah aus, als hätte er sich bloß bei einem harmlosen Sturz von einem Baum verletzt. Raza hat mir das Bild gezeigt, wortlos genickt und das Thema danach nie wieder erwähnt.«

»Und die Brandwunden auf deinem Rücken?«

Ihre Reaktion fiel unerwartet aus. Sie funkelte ihn zornig an und sagte heftig: »Davon hätte dir deine Mutter nicht erzählen dürfen.«

»Es tut mir leid, wirklich.« Es jagte ihm beinahe Angst ein, wie aufgebracht sie war, wie fremd ihr Gesicht wirkte, wenn es nicht die gewohnte heitere Gelassenheit zur Schau trug.

Sie fuhr sich mit einer Hand übers Gesicht, wie um die Verstimmung fortzuwischen, die ihre Züge kurzzeitig verzerrt hatte, und tätschelte Harry beruhigend übers Handgelenk.

»Verzeih mir meine Eitelkeit. Sajjad ist der einzige Mensch auf der Welt, dem ich erlaube …« Sie verstummte mit einem Lächeln, aus dem Harry schloss, dass alles Weitere eine Privatangelegenheit zwischen Frau und Mann bleiben sollte, und fügte dann hinzu, »Tatsächlich hat Raza sie nie zu sehen bekommen.«

»Er hat sie nie gesehen?« Es gelang ihm nicht, seinen Schock zu kaschieren.

»Oh, er weiß natürlich, dass es sie gibt. Er weiß, dass manche Stellen ohne Gefühl sind. Als er noch klein war, hat er sich mit Vorliebe von hinten an mich angeschlichen und mir mit einer Gabel oder einem Bleistift gegen den Rücken geklopft und dann gelacht, wenn ich mich bei meinem Tun nicht stören ließ, weil ich nichts merkte. Sajjad war darüber immer sehr böse, aber ich war froh, dass er damit so unbefangen umgehen konnte.« Sie lächelte belustigt, weil Harry sie immer noch so fassungslos ansah. »Hierzulande ist es nicht üblich, dass kleine Jungen den nackten Rücken ihrer Mutter zu sehen bekommen, weißt du. Ich habe nie bewusst entschieden, meine Wunden vor ihm zu verbergen – ich hielt es bloß für unnötig, ihm unbedingt zu zeigen, was mir angetan worden ist. Und ja, Harry Burton, es sieht hässlich aus. Und ich bin eitel.«

Er hätte sich liebend gern bei ihr entschuldigt, sie um Verzeihung gebeten. Aber er hielt lieber den Mund, um sie nicht mit ohnehin unzulänglichen Beteuerungen in Verlegenheit zu bringen.

»Denke aber bitte nicht, dass mein Leben von der Vergangenheit überschattet wird«, fuhr Hiroko fort. »Viele Hibakusha, habe ich gehört, leiden an Schuldgefühlen, weil sie überlebt haben. Ich nicht, das kannst du mir glauben. Ich genieße es aufrichtig, hier zu sein, die frische Seeluft zu atmen und zusammen mit einem Weiss nach Salamandern und Einsiedlerkrebsen Ausschau zu halten, während mein Mann und mein Sohn Sandburgen bauen. Gestern bin ich ans klingelnde Telefon gegangen und habe zum ersten Mal seit fünfunddreißig Jahren die Stimme meiner alten Freundin Ilse gehört.« Sie lächelte versonnen. Unglaublich, wie wenig sich nach all den Jahren zwischen ihnen geändert hatte. Über eine Stunde hatten sie sich angeregt unterhalten, und Ilse klang so glücklich, wie sie damals während ihrer Ehe mit James nie geklungen hatte. »Und wenn ich morgen früh mit meiner Nachbarin und Freundin Bilqees, die außerdem meine Kollegin ist, auf den Schulhof komme, werden sich meine Schüler um mich herumdrängen, mir von ihrem Ausflug in den Zoo erzählen und alle so aufgeregt durcheinanderschnattern, dass ich kaum ein Wort verstehen werde. Ja, ich weiß, das alles kann mit einem Lichtblitz vorüber sein. Dadurch wird es aber nicht weniger wertvoll.«

Sie lehnte sich zurück und steckte die Füße in den Gezeitentümpel. Sie wusste nicht recht, wie sie ihm erklären sollte – ohne ihn in Verlegenheit zu bringen –, dass auch er inzwischen ein wertvoller Teil ihres Lebens war. Wie er eines Tages einfach so bei ihnen in Nazimabad aufgetaucht war, zu einem Teil ihres Alltags geworden war – das war einfach phänomenal. Etwas früher, als sie zusah, wie Harry mit Raza und ein paar anderen Jungen am Strand Cricket spielte, kam ihr der Gedanke, dass Konrad, während er wild entschlossen all die Stadtviertel erkundete, um die seine Schwester einen weiten Bogen machte, sich dabei seiner Regelverletzung wohl stets bewusst und entsprechend befangen gewesen sein dürfte. Und trotz all ihrer Jahre in New York, wo sie Kontakt zu »Leuten aller Art« hatte, wie sie es ausdrückte, könnte Ilse bei Sajjads Anblick wohl bis heute nicht vergessen, dass er damals im Grunde nur ein besserer Dienstbote gewesen war – was auch bei ihrem Telefonat deutlich wurde, als Ilse seltsam förmlich fragte: »Und wie geht es deinem Mann?« Harry dagegen schien einfach nur dankbar für die freundliche Aufnahme, die er bei ihnen fand.

Amerikaner!, dachte sie, während sie zusah, wie Harry eine Tube Sonnencreme aus der Tasche seiner kurzen Hose zog und sich den Kopf dort eincremte, wo sein Haar sich bereits merklich lichtete. Vor fünfunddreißig Jahren in Tokio war sie zu dem Schluss gelangt, dass diese Menschen weniger einen Standes- als vielmehr einen Nationaldünkel pflegten (»Die Bombe hat amerikanische Leben gerettet!« Bis heute spürte sie, wie ihr bei diesem Satz das Blut ins Gesicht schoss). Harry Burton aber stimmte sie milde. Er war Konsularbeamter – Konrads Neffe – ein Konsularbeamter. Das schien vollkommen folgerichtig. Er hütete das Tor zwischen seiner Nation und anderen, und nach allem, was sie in den letzten Wochen mit ihm erlebt hatte, vermutete sie stark, dass er das Tor in der Regel weit öffnete.

»Die Teilung Indiens und die Bombe«, riss Harry sie aus ihren Gedanken. »Ihr beide seid der lebende Beweis, dass Menschen alles überwinden können.«

Überwinden. So ein amerikanisches Wort. Was sollte es eigentlich bedeuten? Doch er meinte es großzügig, das wusste sie, deshalb schien es unhöflich, ihm das Wort um die Ohren zu hauen, indem sie von dem »geschädigten« Fötus erzählte, den ihr Körper abgestoßen hatte, oder davon, wie bitterlich Sajjad nach seinem ersten Besuch in seiner untergegangenen Welt in Delhi geweint hatte.

Stattdessen sagte sie: »Wenn ich meinen Sohn anschaue, denke ich manchmal, je weniger wir zu ›überwinden‹ haben, desto anfälliger sind wir für Trübsinn.«

Die ziellose Hoffnungslosigkeit, von der Razas Leben überschattet wurde, seit er an seiner Prüfung zum zweiten Mal gescheitert war, hatte sich in den letzten Wochen zu Selbstmitleid gesteigert. Sajjad nahm ihn nämlich jetzt jeden Morgen zum Arbeiten in die Seifenfabrik mit, die er als Geschäftsführer leitete, während Razas Freunde alle per Bus zu ihren verschiedenen Universitäten fuhren.

»Lass ihn wenigstens in der Verwaltung arbeiten«, hatte Hiroko nach dem ersten Tag gesagt, als Raza beschmiert mit Maschinenöl nach Hause kam und sich weigerte, sich die Hände zu waschen, weil ihm von Seifengeruch übel wurde.

»Ich habe ihm gesagt, dass er so lange in der Fabrik arbeitet, bis er sich entschließt, die Prüfung noch mal zu wiederholen. Begreifst du nicht, dass ich ihm absichtlich unangenehme Arbeit aufbrumme, damit er sich für den einzigen Ausweg entscheidet? Du hast ihn doch nur den ganzen Tag zu Hause Trübsal blasen lassen. Lass ihm Zeit, hast du gesagt. Nun, er hat genug Zeit gehabt. Jetzt lass es mich auf meine Art versuchen. Die Prüfung findet doch schon in einigen Wochen statt.«

Hiroko war über die Lethargie ihres Sohnes ebenfalls beunruhigt, deshalb gab sie nach und ließ sich auch von Razas Bitten, ein gutes Wort für ihn bei Sajjad einzulegen, nicht erweichen. Immerhin sorgte sie dafür, dass Raza bei der Heimkehr aus der Fabrik immer ein Häuflein Asche und frische Zitronenstücke am Waschbecken vorfand, damit er sich damit die Hände säubern konnte. Sie erinnerte sich noch gut an den strengen Geruch in der Munitionsfabrik, den sie auch den ganzen Tag nicht mehr losgeworden war.

»Ich verstehe das nicht«, sagte Harry. »Er ist doch so intelligent. Wo liegt das Problem?«

Sie legte ihm die Schwierigkeiten dar, die Raza ihr nur mit

stockender Stimme geschildert hatte: von Wörtern, die plötzlich in grellem Licht verschwanden, Fingern, die keinen Füller mehr halten konnten, und – am allerschlimmsten – den kurzen lichten Momenten, in denen ihm die Antworten klar und deutlich vor Augen standen, eine Lösung logisch zur nächsten führte, so dass er im Grunde nur die erste erhaschen musste, damit alle übrigen wie eine Reihe untergehakter Tänzer folgten –, und irgendwo auf dem Weg von seinem Kopf hinab zum Füller gerieten die Fakten wieder in heillose Unordnung und wirbelten ohne erkennbares Muster auseinander.

»Ist das alles?«, sagte Harry. Er stand auf und rieb sich das Knie, in das sich das Muster der Steine eingeprägt hatte. »Dann werde ich, wenn du erlaubst, mich mal kurz mit deinem Sohn unterhalten.«

Hiroko blickte Harry nach, während er zu Raza und Sajjad hinüberging, Raza die Hand an die Schulter legte und mit ihm ein Stück beiseite ging. Vielleicht gab es ja doch so etwas wie einen Himmel, von dem aus Konrad jetzt über ihnen wachte? Ihr Blick schweifte hinüber zu den anderen Karatschiwallas, die sich am Strand vergnügten. Dort waren die frechen Rotznasen, die vorhin um Raza herumgetanzt waren, während sie sich die Augen langzogen und im Chor johlten: »Schlitzauge, Chinamann, oder bist du aus Ja-pan«, bis Harry sie mit einem Machtwort in die Flucht geschlagen hatte. Wobei die Kinder ihr weniger Kopfzerbrechen bereiteten als Razas Unfähigkeit, ihren Spott als Ausdruck kindlicher Unwissenheit zu begreifen, der nicht weiter böse gemeint war. Manchmal fragte sie sich, ob er wohl deshalb so überempfindlich war, weil ihre eigenen Ängste während der Schwangerschaft sich irgendwie auf ihn übertragen hatten.

Von den Kindern blickte sie zu den Frauen, die am Strand saßen. Viele von ihnen trugen lange Ärmel, die nicht mal ein Stückchen hochgekrempelt waren, einige sogar Kopftuch. Es war ihr unbegreiflich. »Islamisierung« war ein Schlagwort, das alle als politisches Werkzeug eines Diktators durchschauten, und trotzdem ließen sie zu, dass ihr Leben dadurch verändert wurde. Um sich selbst war ihr nicht bange, aber Raza war in allem noch so unfertig, dass es ihr Sorge bereitete, wie sich die Verwirrung einer Nation, die noch im Werden begriffen war, auf ihn auswirken mochte.

»Unternimmst du mit deinem Mann einen Spaziergang im Abendrot?«, fragte Sajjad, der zu ihr herübergekommen war, und reichte ihr die Hand. Dankbar ließ sie sich von ihm in die Höhe ziehen und stieg von den Felsen herunter, während Harry und Raza sich gerade in die entgegengesetzte Richtung entfernten, aufs Wasser zu.

»Ich habe hier noch etwas für dich«, sagte Harry und öffnete seine Umhängetasche. »Obwohl ich immer noch nicht weiß, warum du so dahinter her bist.« Er brachte eine durchsichtige Kunststofftüte zum Vorschein, die er Raza aushändigte. Raza musterte die wattebällchenartigen Objekte, die dicht an dicht darin zusammengepresst waren, und pikste versuchshalber mit dem Finger gegen die Tüte.

»Das sind Marshmallows?« Wenige Meter neben ihm brach sich eine Welle am Strand, und kaltes Wasser sprühte herüber, aber er ließ sich nicht davon stören, hielt bloß schützend die Hand über die Tüte.

»Allerdings. Verrätst du mir jetzt, warum ich meine Tochter bitten musste, die Dinger extra aus New York mitzubringen – in ihrem Handgepäck übrigens, damit sie nicht völlig zerdrückt wurden.« Kim hatte er weisgemacht, sie seien für die kleine Tochter eines Kollegen an der Botschaft bestimmt, denn wie sie darauf reagiert hätte, dass ein sechzehnjähriger Pakistani sich aus Amerika einzig und allein Marshmallows wünschte, konnte er sich lebhaft ausmalen.

»Ich habe immer gerätselt, was das genau ist.« Er wendete die Tüte in den Händen umher. »Weil die so oft in amerikanischen Comics vorkommen. Danke schön, Onkel Harry.«

Harry behielt das Gesicht des Jungen im Auge, das vor Heldenverehrung derart strahlte, dass es fast komisch war. Niemand hatte ihn je »Onkel Harry« genannt, ein Mangel im Grunde, der ihm erst bewusst geworden war, seit er Raza kannte.

»Willst du die mit deiner Freundin teilen?«

Raza antwortete mit einem Grinsen, das vor Charme nur so sprühte und seinen gewohnten Trübsinn völlig vergessen ließ. Der einzige Lichtstrahl der letzten Wochen – mal abgesehen von Onkel Harry und dem ehrfürchtig bewundernden Blick des jungen Abdullah – war die Telefonliebelei, die er mit Bilals Schwester Salma begonnen hatte. Onkel Harry war der Erste, der überhaupt davon erfuhr, er hatte es ihm früher am Tag verstohlen ins Ohr geflüstert.

»Weißt du, wer von mir wissen wollte, ob du eine Freundin hast?«, sagte Harry beiläufig, während er einen flachen Kieselstein aufhob und übers Wasser flitschen ließ. »Kim, meine Tochter.« Er sah, wie Raza rot anlief, und versuchte sich vorzustellen, wie Kim mit ihrem schwarzen Lippenstift und den zerrissenen T-Shirts wohl mit diesem Jungen umgehen würde, der für diesen Tag am Strand eigens seine gute weiße Cricketkluft angezogen hatte. Es stimmte, sie hatte tatsächlich gefragt, ob er eine Freundin hätte, aber nur, weil sie schon mit einem Nein rechnete und damit Harrys Lobeshymnen auf Raza, seine Intelligenz, seine guten Umgangsformen, einen Dämpfer verpassen wollte.

»Wie geht es ihr? Geht es ihr gut?«, fragte Raza mit der artigen Wohlerzogenheit, die bei Kim vermutlich Lachkrämpfe ausgelöst hätte. Wäre sie jetzt hier, würde sie wohl in den Wellen herumtollen und nur mitleidig den Kopf über all diese Leute schütteln, die bloß an den Strand kamen, um den Sand und die Luft zu genießen, mit dem Meer aber nichts anzufangen wussten. Sie fehlte ihm schrecklich, obwohl sie ihn bei ihrem zurückliegenden Besuch eigentlich permanent nur angekeift hatte, wenn sie nicht gerade schmollte.

Die Selbstgefälligkeit, die seine Exfrau bei einem Anruf aus Paris, wo sie sich mit ihrem Verlobten ein paar schöne Tage machte, zur Schau trug, vertiefte die Misere eher noch. »Einer von uns beiden muss sich tagtäglich mit echten Konflikten herumschlagen, Harry, während der andere in exotischen Gegenden der Welt seinen jungenhaften Spieltrieb auslebt«, sagte sie. »Da habe ich mir eine Auszeit wahrlich mal verdient.« Als ob er nicht wüsste, dass für Kims Betreuung und Erziehung vor allem seine Mutter zuständig war, während seine Ex neben ihrer Arbeit ein überaus geselliges Sozialleben pflegte. Ab und zu fragte er sich schon, ob sie nach der Scheidung nur deshalb nach New York gezogen war, weil dort Ilse als verlässliches Kindermädchen zur Verfügung stand, mit Onkel Willie als Verstärkung.

»Ja, Kim geht's prima«, sagte er zu Raza. »Eine Weile allerdings habe ich mir wirklich Sorgen um sie gemacht. Als sie in die Pubertät kam, weißt du. Manche Mädchen bekommen dann Pickel, andere einen Busen.« Amüsiert stellte er fest, dass Raza wieder rot anlief. »Kim bekam Prüfungsangst.« Raza sah ihn fragend an. »Es war zum Verzweifeln. Sie hat es mir mal erklärt. Sie kannte die Antworten auf alle Fragen, aber wenn sie dann vor der Klassenarbeit saß, herrschte in ihrem Kopf auf einmal völlige Leere. Zum Glück hatte sie eine Lehrerin, die sich mit so etwas auskannte. Mrs O'Neill. Kims persönlicher Schutzengel. Sie hat Kim eine Reihe von Strategien beigebracht, um das zu überwinden.« Das war nur zum Teil geschwindelt – Kim litt gar nicht unter Prüfungsangst, aber Harrys Kollege Steve hatte einmal an einem feuchtfröhlichen Abend in Islamabad immer wieder das Glas auf seine Lehrerin Mrs O'Neill gehoben und in epischer, ermüdender Breite geschildert, wie sie ihm in der neunten Klasse geholfen hatte, sein ständiges Versagen zu überwinden – indem sie in ihm die Überzeugung nährte, dass jedes Problem zu bewältigen war, wenn man nur die richtige Strategie anwandte.

Prüfungsangst. So etwas gab es also tatsächlich, und es hatte sogar einen Namen. Und Onkel Harrys Tochter litt auch darunter. Raza legte Harry aufgeregt die Hand an den Arm.

»Kannst du mir welche verraten? Von diesen Strategien, meine ich?«

Harry nickte.

»Ich bringe dir das bei«, sagte er. Dann müsste er später noch bei Steve anrufen. »Morgen. Wir bitten deine Mutter, dir auch zu helfen. Und wenn du diese Hürde erst mal genommen hast, steht dir die ganze Welt offen, Raza Konrad Ashraf. In Amerika gibt es haufenweise Universitäten, die einen intelligenten, wissbegierigen Pakistani mit Kusshand in ihre Studentenschaft aufnehmen würden. Wenn du dich bei der Aufnahmeprüfung gut schlägst, werden sie dich sogar mit einem Stipendium ködern, damit du bei ihnen studierst. Ich helfe dir gerne bei der Bewerbung und so weiter. Was sagst du dazu?« Kurz kam ihm der Gedanke, ob er das nicht vorher erst mit Hiroko und Sajjad hätte besprechen sollen, aber dass sie gegen diese Idee etwas einzuwenden hätten, schien eigentlich unvorstellbar, schließlich galt ein Hochschulstudium in den USA in Pakistan als Nonplusultra.

Raza nickte, darum bemüht, sich seine Aufregung nicht anmerken zu lassen.

»Cool«, sagte er.

»Cool.« Harry hob die Hand, um mit Raza abzuklatschen. »Und dann könnt ihr beide, Kim und du, euch kennenlernen.«

»Kim.« Bevor die Prüfungsangst so unvermutet eine Verbindung zwischen ihnen herstellte, hatte Raza ihren Namen noch nie laut ausgesprochen. »Das ist ein guter Name.«

»Ja«, sagte Harry. Lange vor der CIA hatte es Kipling gegeben und einen Jungen, der rittlings auf einer Kanone saß. »Ich weiß zwar nicht, wie du und Kim miteinander auskommen werdet, aber dass du und Amerika euch gut gefallen werdet, da bin ich mir ziemlich sicher. Viel zu schwach! Das wird Liebe auf den ersten Blick – so war es jedenfalls bei mir. Ich war zwölf, als ich nach Amerika kam, und ich wusste sofort, dass ich mein Zuhause gefunden hatte.«

»Aba sagt, du hättest auch Delhi geliebt.«

»Das stimmt auch. Absolut. Aber in Indien wäre ich immer ein Engländer geblieben. Als Junge habe ich das noch nicht begriffen, aber es ist leider so. In Amerika dagegen kann jeder Mensch Amerikaner werden. Das ist das Tolle an diesem Land.«

»Ich bestimmt nicht«, sagte Raza. »Du siehst aus wie Clint Eastwood und John Fitzgerald Kennedy. Also kannst du natürlich Amerikaner werden. Ich sehe weder wie der eine noch wie der andere aus.«

»Jeder«, wiederholte Harry mit Nachdruck und musste über Razas phantasievolle Vergleichsgrößen lächeln. »Jeder kann Amerikaner werden. Du auch. Mein Ehrenwort.«

»Amerika.« Raza ließ das Wort genießerisch über seine Zunge rollen.

Harry sah hinüber zu dem verträumten jungen Mann, der eine solche Begabung für Sprachen hatte, sich nach etwas sehnte, woran er glauben konnte und mit seinen Gesichtszügen in Zentralasien und Teilen Afghanistans gar nicht weiter auffallen würde – und dabei kam ihm ein Gedanke.

Nur einen Augenblick lang, dann verscheuchte er ihn wieder.

# 19

Er musste dreimal ihre Nummer wählen, bis endlich sie statt ihrer Mutter sich am Telefon meldete.

»Hallo, Fatima?«, sagte sie in den Hörer. »Ich habe jetzt diese Mitschrift für dich herausgesucht. Moment, lass mich kurz an den Apparat im anderen Zimmer gehen.« Er wartete einige Sekunden und grinste vor sich hin, während er über die noch ungeöffnete Marshmallowtüte strich. Als sie sich wieder meldete, war ihr kleines Täuschungsmanöver vorüber, und ihre dunkle Stimme triefte vor Spott. »Wie nett von dir, dich mal bei mir zu melden, Raza. Wo du doch ein so vielbeschäftigter Mann bist.«

»Salma«, sagte er in dem schmachtenden Tonfall, den sie, wie er wusste, besonders gerne hörte. »Bitte sei nicht so. Ich war mit Onkel Harry am Strand – ich bin eben erst zurückgekommen.«

»Ach so, wenn du lieber mit deinem Amerikaner zusammen bist«, sagte sie, aber er merkte, dass sie beeindruckt war.

»Ich habe dir von ihm ein Geschenk aus New York mitbringen lassen.« Er drückte gegen einen der nachgiebigen Marshmallows in der Tüte und überlegte, ob Salmas Brüste sich wohl ähnlich anfühlen mochten.

»Das ist nicht dein Ernst!«, hauchte sie hingerissen. Dann fragte sie in verändertem Tonfall: »Hast du ihm etwa von mir erzählt?«

»Natürlich nicht. Ich habe gesagt, es wäre für mich. Möchtest du es gern haben? Falls ja, musst du dich mit mir treffen. Richtig.«

»Was soll das heißen, ›richtig‹?«

Er zögerte kurz. Das war heikel. Aber – sämtliche Universitäten in Amerika würden sich um ihn reißen! Kim Burton litt ebenfalls an Prüfungsangst! Sein neu gefundenes Selbstwertgefühl gab ihm unerwartet Auftrieb.

»Das heißt … du weißt, was das heißt. Ich bin es leid, dass du mich jedes Mal wie Luft behandelst, wenn ich bei euch vorbeikomme.« Was heutzutage eher selten vorkam, aber davon mochte er sich seine Hochstimmung nicht trüben lassen.

»Und was würde wohl mein Bruder unternehmen, wenn er davon erfährt, dass sein Freund sich mit mir trifft, um … du weißt schon!«

»An so etwas denke ich überhaupt nicht, Salma. Seit über einem Monat telefonieren wir jetzt jeden Tag miteinander. Wie kannst du daran zweifeln, dass ich dich respektiere?«

Wie schon so oft zuvor stieß diese Beteuerung bei ihr auf taube Ohren. Er musste wohl eine andere Taktik anwenden.

»Weißt du, du wirst diese Haltung noch bereuen, wenn ich fort bin.«

»Wohin fort? In der Seifenfabrik?«

Womit sie zum ersten Mal durchblicken ließ, dass sie wusste, wo er jeden Morgen mit seinem Vater hinfuhr. An jedem anderen Tag hätte ihn das am Boden zerstört. Jetzt aber lächelte er nur.

»Ich werde da drüben studieren. In Amerika. Onkel Harry sagt, er hilft mir bei der Bewerbung und wird dafür sorgen, dass sie mir sogar Geld zahlen, damit ich bei ihnen studiere. So etwas ist da ganz normal.«

»Das glaube ich dir nicht.«

»Es stimmt aber. Triff dich mit mir, dann erzähle ich dir alles darüber.«

»Warum fängst du immer wieder davon an? Ich werde mich nicht mit dir treffen. Was glaubst du, welche Folgen das für meinen Ruf hat, wenn jemand dahinterkommt?«

»Was willst du denn, soll ich meine Mutter mit einem Antrag vorbeischicken? Kein Problem, das mache ich sofort, das weißt du. Na komm, Salma, heirate mich, und dann gehen wir zusammen nach Amerika.« Das sagte er bloß, um zu betonen, dass er sich ihr gegenüber nie ehrlos benehmen würde, sie nicht für ein Flittchen hielt. Doch als es am anderen Ende länger still blieb, wurde ihm mit Schrecken klar, dass sie ihn offenbar beim Wort nahm, ganz anders als von ihm beabsichtigt.

»Raza, meine Eltern werden nie zulassen, dass ich dich heirate«, sagte sie schließlich, während er noch fieberhaft überlegte, wie er am besten einen Rückzieher machen konnte.

Er lächelte erleichtert und streckte lässig den Arm auf der Sofalehne aus, mit einem ähnlichen Wohlbehagen wie einst James Burton in seinem Haus in Delhi.

»Ich verstehe nicht, warum der Altersunterschied eine so große Rolle spielt. Du bist doch nur zwei Jahre älter als ich. Aber wie können wir gegen die Tradition ankämpfen?«

»Es liegt nicht am Altersunterschied. Es ist wegen deiner Mutter. Alle wissen Bescheid über deine Mutter.«

»Was ist mit meiner Mutter?«

»Nagasaki. Die Bombe. Niemand wird je freiwillig seine Tochter mit dir verheiraten, Raza. Du könntest irgendwelche Missbildungen haben. Wie sollen wir sicher sein, dass das nicht der Fall ist?«

Raza lehnte sich erschrocken vor, die Hand um den Hörer gekrampft.

»Missbildungen? So ein Unsinn, Salma, dein Vater ist unser Hausarzt. Ich habe keine Missbildungen.«

»Äußerlich vielleicht nicht. Aber wer weiß, was sonst nicht mit dir stimmt. Möglicherweise hast du irgendetwas, das du an deine Kinder vererbst. Ich habe die Bilder gesehen. Von Kindern, die nach der Bombe in Nagasaki geboren wurden.«

»Ich war doch selbst noch nie in Nagasaki. Ich bin zwanzig Jahre nach der Bombe zur Welt gekommen. Bitte. Wenn du keine Lust mehr hast, mit mir zu sprechen, dann sage es, in Ordnung. Aber bitte unterstelle mir nicht, ich hätte Missbildungen.«

»So denken die Leute nun mal über dich, das solltest du wissen. Geh nach Amerika, Darling.« Das englische Kosewort klang seltsam unbeholfen. »Und erzähle dort niemandem die Wahrheit. Auf Wiedersehen, Raza. Bitte ruf mich nicht mehr an.«

Nachdem sie aufgelegt hatte, hallte Raza nur noch das monotone Tuten des Freizeichens durchs Ohr. Im Dämmerlicht zeichneten sich am Fenster die Schatten von Ästen ab und störten die Symmetrie des kunsteisernen Gitters, dessen Schnörkel Violinschlüsseln nachempfunden waren.

Als er den Telefonhörer behutsam auflegte, nachdem er zuvor die Tränen abgewischt hatte, die auf die Sprechmuschel getropft waren, wurde ihm klar, dass er schon lange mit so einer Bestätigung gerechnet hatte: Er war ein … nein, nicht direkt Außenseiter, das Wort war zu stark. Immerhin wohnte er schon sein Leben lang in dieser *moholla*, hatte sich die Knie in jeder einzelnen Straße in einem Radius von einer Meile aufgeschlagen und aufgeschürft. Kein Außenseiter, eher eine Tangente. Zwar in Berührung mit der Welt seiner *moholla*, aber nie wahrhaft mit ihr verflochten. Verflechtungen entstanden schließlich aus gemeinsamen Erlebnissen und Geschichten, aus Ehen und der Möglichkeit von Ehen zwischen benachbarten Familien – aus dieser in sich verflochtenen Welt war Raza Konrad Ashraf ausgeschlossen.

Er ging in den Innenhof hinaus, atmete tief die kühle Abendluft ein und schüttelte bloß den Kopf, als sein Vater ihn einlud, sich zu ihm zu setzen und sich Sikandars letzten Brief aus Delhi anzuhören. Stattdessen ging er hinaus auf die Straße, die völlig menschenleer war. Bloß ein rotgetigerter Kater saß vor ihm und fauchte ihn so lange an, bis er sich umdrehte und mit einem Nicken in die entgegengesetzte Richtung davonging, als wäre der Kater weniger eine Bedrohung als ein Wegweiser.

Sikandars Sohn würde sie heiraten, wenn er ihr einen Antrag machte.

Ein völlig abwegiger Gedanke, der sich in seinem Kopf aber

rasch zur fixen Idee entwickelte. Ja, gegen eine Heirat mit seinem Cousin Altamash, benannt nach dem ältesten der Gebrüder Ashraf, hätten Salmas Eltern nichts einzuwenden. Er wäre ihnen als Ehemann recht, obwohl er Inder und bettelarm war und sie nicht mehr von ihm wussten, als dass er Sajjad Ashrafs Neffe war, Razas Cousin. Raza krümmte sich zusammen, die Arme um den Körper gelegt, so dass eine Frau, die ihn von ihrem Balkon aus zufällig sah, sich fragte, ob der irgendwie exotisch aussehende junge Mann wohl Magenschmerzen hatte.

In der Nachbarschaft wurde immer noch nach Altamash gefragt, obwohl es schon fünf Jahre her war, dass er mit seiner Mutter in Karatschi gewesen war. Sie war in der Hoffnung hergekommen, in Sajjads gutbürgerlichem Wohnviertel eine Braut mit ansehnlicher Mitgift für Altamashs ältesten, noch unverheirateten Bruder zu finden. Altamash war der einzige Cousin aus Delhi in seinem Alter, und sie hatten sich auf Anhieb glänzend verstanden. Doch wenn sie zusammen ausgingen, war es immer Altamash, nicht Raza, den alle für Sajjads Sohn hielten.

Und dann war da noch jener Freitagnachmittag, als sie mit einigen anderen Jungen von der Moschee aus unterwegs zum Cricketplatz waren. Bilal hielt eine Riksha an, zeigte auf die beiden Cousins und forderte den Fahrer auf, zu erraten, »welcher von den beiden kein Pakistani ist«, ein Spielchen, mit dem er sich schon seit Tagen einen Spaß gemacht hatte. Diesmal fuhr Altamash Bilal wütend an, das sei nicht lustig. Wenn sie uns Muslime in Indien beleidigen wollen, sagte er, nennen sie uns Pakistanis. Bilal lachte nur und erwiderte: Ja, und wenn sie uns *muhadschirs* in Pakistan beleidigen wollen, nennen sie uns Inder. Die beiden Jungen schlugen sich lachend auf die Schulter, während Raza verlegen dabeistand, sich das Gebetskäppchen vom Kopf zog und nicht ganz verstand, was an einer solchen Ungerechtigkeit so lustig war.

Bis jetzt war ihm nie ganz klar gewesen, was genau ihn an Bilals Spielchen so sehr gestört hatte, ganz wie er sich bislang nie gefragt hatte, warum er so sehr darauf achtete, in der Öffentlichkeit nie Japanisch zu sprechen. In diesem Augenblick aber, wo er schmerzlich erkennen musste, dass Salma sich wohl nur aus Mitleid mit ihm abgegeben hatte, wurde ihm eines klar: Er passte nicht in diese Nachbarschaft. Er war ein Versager, der in der Seifenfabrik arbeitete, ein bombengeschädigter Mischling. Raza Konrad Ashraf, Raza Konrad Ashraf, knirschte er unentwegt halblaut vor sich hin. Beim Namen Konrad fletschte er jedes Mal verächtlich die Zähne. Es war der Name eines Toten, ein Fremdkörper, der förmlich einen Keil zwischen seine beiden pakistanischen Namen trieb. Am liebsten hätte er ihn einfach herausgerissen.

Mit zornig geballten Fäusten bog er in eine von Geschäften gesäumte Straße ein und traf auf den vertrauten Anblick einiger Jungen, die mitten auf der Straße Cricket mit einem aus Stoff gebastelten Ball spielten und mit dem Ruf »O-ho, Khalifa!« ihren frischgebackenen Kapitän anfeuerten. Ein Auto kam die Straße entlang und fuhr in einem Bogen um die Jungen und ihre Törchen herum; aus den heruntergekurbelten Fenstern drang die Stimme eines hübschen jungen Mädchens, das aus voller Kehle den neuen Hit »Boom! Boom!« zum Besten gab. Vor wenigen Monaten noch hätten er und seine Klassenkameraden bei diesem Cricketspiel mitgemacht oder irgendwo anders gespielt ... genau im selben Moment sah er zwei dieser ehemaligen Schulkameraden auf sich zukommen, mit frischen Kebabs auf der Hand, die sie gerade auswickelten. Beide studierten Ingenieurwissenschaften, und an der Art, wie sie gestikulierten, konnte er sehen, dass sie etwas besprachen, das sie tagsüber gelernt hatten, wobei die Kebabs zur Veranschaulichung dienten – wofür? Flugzeuge? Fließenden Strom? Eisenbahnschienen? Von der Sprache, die jetzt ihre Tage bestimmte, hatte er keine Ahnung. Einer der Jungen sah in seine Richtung, und Raza verbarg sich hastig im Schatten. Ein bombengeschädigter Mischling konnte man sein oder ein Versager. Aber nicht beides auf einmal. Auf gar keinen Fall.

Und dann dachte er ein einziges Wort. Amerika.

Er atmete langsam aus und hörte auf, die Hände zu Fäusten zu ballen. Ja, er würde nach Amerika gehen. Onkel Harry würde es ihm ermöglichen. Alles andere war ganz unwichtig, solange er die Verheißung Amerikas hatte.

## 20

Raza stand in der Tür zum Schlafzimmer seiner Eltern und war halb beunruhigt, halb schuldbewusst, während er seinen Vater vor Qualen ächzen und stöhnen hörte.

»O Allah – du Gnädiger, du Barmherziger –, vor genau so etwas hast du uns bewahren wollen!«

Raza hatte keine Ahnung, was Allah damit zu tun hatte, dass Harry Burton am Vorabend aus dem Haus geworfen worden war. Doch dass er der Grund war, warum sein Vater so sehr gegen sein sonst so gastfreundliches Naturell gehandelt hatte, dass er deswegen jetzt körperliche Schmerzen litt, wusste er nur zu gut.

Er war noch immer fassungslos darüber, dass die Dinge so aus dem Ruder gelaufen waren. Dabei hatte der Abend wunderbar begonnen – mit einem Festessen im Innenhof, zur Feier von Razas Entschluss, seine Prüfung, gerüstet mit Onkel Harrys Strategien, ein weiteres Mal zu wiederholen. Die im Februar recht kühle Abendluft hatte Raza Gelegenheit geboten, sein Kaschmirsakko zu tragen; während des Essens bot er Harry an, es ihm »zurückzugeben«, ein Angebot, das dieser natürlich ausschlug – um mit einem Augenzwinkern hinzuzufügen: »Ich habe dir zwar einmal die Sandalen gestohlen, aber das heißt noch lange nicht, dass ich mir jetzt deine gesamte Garderobe aneignen will.«

Alle waren fröhlich, es wurde viel gelacht – als gute Gastgeber schreckten seine Eltern nicht davor zurück, fleißig aus der Flasche zu trinken, die Harry Hiroko mitgebracht hatte, obwohl Raza bei einem kurzen Schnuppern den Eindruck hatte, dass der Inhalt schon stark vergoren war. Jedenfalls war es ein Abend, an dem jeder Gedanke ans Scheitern oder gar an Bomben weit, weit weg schien.

Nach dem Essen aber fragte Raza in aller Unschuld, ob es stimmte, dass in New York wegen der hellen Straßenbeleuchtung die Sterne nachts nicht zu sehen waren, denn in dem Fall würde er ein Foto vom Sternenhimmel über Karatschi an die Universität mitnehmen und sich dort an die Decke heften.

Dann hatte er sich beiläufig seinen Eltern zugewandt, die ihn befremdet ansahen, und gesagt: »Ach ja, das habe ich euch ja noch gar nicht erzählt. Onkel Harry besorgt mir ein Stipendium an einer amerikanischen Universität.«

Und von da an ging alles schief. Onkel Harry sagte, nein, ganz so hätte er das nicht ausgedrückt – obwohl Raza gewiss ohne weiteres an einer Universität aufgenommen würde, wenn er bei seiner Prüfung gut abschnitt. Die Finanzierung könnte natürlich problematisch werden – aber er würde Raza ein Buch besorgen, in dem alle amerikanischen Universitäten aufgeführt waren, ihre Gebühren, Stipendienprogramme und sonstige Formalitäten.

Raza war die Kinnlade heruntergefallen.

»Aber du hast doch gesagt …?« Er wandte sich seinem Vater zu. »Er hat es mir versprochen!«

»Also bitte, Raza.« Harry neigte sich stirnrunzelnd zu ihm vor. »Ich habe gesagt, ich würde dir Strategien zur Bekämpfung von Prüfungsangst beibringen. Das war das Einzige, was ich dir versprochen habe, und das habe ich doch auch gehalten, oder? Oder etwa nicht?«

»Diese dämlichen Übungen bringen doch überhaupt nichts«, schmollte Raza.

»Einfach ist nicht gleichbedeutend mit dämlich, merk dir das. Werde erwachsen, Raza. Herrgott, wieso glauben hier im Land bloß alle, man bräuchte bloß die richtigen Beziehungen, und schon läuft alles wie geschmiert. Glaubst du wirklich, ich könnte dir mit einem Fingerschnipsen mal eben so einen Studienplatz besorgen?«

»Du hast gesagt, ›Ich helfe dir gerne bei der Bewerbung und so weiter.‹ Das waren deine exakten Worte.« Daran hatte er sich in den letzten Wochen aufgerichtet.

»Also, natürlich helfe ich dir gerne, Unterlagen und Fomulare auszufüllen. Das versteht sich doch von selbst. Und ich besorge dir in der Botschaft alles, was wir an Material über Aufnahmetests dahaben.« Er breitete mit großzügiger Gebärde die Hände aus. »Ich werfe auch gerne einen Blick auf deine persönliche Bewerbung. Mehr kann ich aber nicht für dich tun. Hätte ich dir irgendwelche festen Zusagen machen wollen, hätte ich doch gesagt, spar dir deine Nachprüfung in Islamkunde. Weil an amerikanischen Unis daran kein Bedarf besteht. Aber du musst die Prüfung unbedingt wiederholen, für den Fall, dass du doch hier in Pakistan studierst. Dass du dich auf einen Studienplatz in Amerika verlassen kannst, habe ich nie gesagt.«

Zu Razas Entsetzen quollen ihm spontan die Tränen aus den Augen. Und es kam noch schlimmer. Sajjad knallte heftig sein Glas auf den Tisch und sah Harry erbost an.

»Ihr Burtons! Du bist genau wie dein Vater, Henry. Ihr mit euren indirekten Versprechen, die nur den Sinn haben, uns an euch zu binden. Dein Vater hat immer gesagt, er kenne keinen, der so tüchtig sei wie ich – mir war bloß nicht klar, was er damit meinte, nämlich dass ihm noch nie ein so fleißiger und duldsamer Dienstbote wie ich begegnet war.« Aus irgendeinem alten Zorn heraus, der beim Anblick seines bodenlos enttäuschten Sohnes plötzlich wieder in ihm aufflackerte, stand er auf und zeigte zur Tür. »Wir Ashrafs brauchen keine weiteren Burtons in unserem Leben. Bitte lass meine Familie in Ruhe.«

Nun bot sein Vater, der vor ihm im Bett lag und sich die Hände links und rechts gegen den Kopf drückte, als wollte er so die Erinnerung an den Abend irgendwie herauspressen, ein Bild des Jammers. Raza fragte sich bedrückt, warum er bloß so ein Talent dafür hatte, immer alles zu verderben. Aus einer plötzlichen Eingebung heraus huschte er ins Wohnzimmer hinüber, stöpselte Sajjads geliebten Kassettenrekorder aus der Steckdose aus und brachte ihn ins Schlafzimmer seiner Eltern, zusammen mit einer Kassette mit Sarangi-Musik, die er am Vortag von seinem Lohn in der Seifenfabrik gekauft hatte. Er hatte sie seinem Vater eigentlich nach dem Essen als Geschenk überreichen wollen, doch in der verhunzten Stimmung nach Harry Burtons Aufbruch sah er lieber davon ab.

Nachdem er den Stecker in die Steckdose gestöpselt hatte, legte Raza die Kassette ein und drückte lächelnd die Play-Taste, in der Gewissheit, seinem Vater eine Freude zu machen. Doch schon beim ersten Klang des Saiteninstruments schrie Sajjad: »Stell das aus!«, und Raza drückte vor Schreck so heftig auf die Stop-Taste, dass er dabei das Gerät von der Nachttischkante riss, das mit einem grässlichen Poltern zu Boden krachte.

Sajjad wandte den Kopf herum, warf einen Blick auf die am Boden verstreuten Einzelteile seines Kassettenrekorders, sah seinen Sohn an und stöhnte nur verzweifelt: »Raza …« Dann drehte er sich auf die Seite und kehrte dem Jungen den Rücken zu.

Hiroko, die gerade mit frischem Toast ins Zimmer kam, sah die Bescherung und stieß einen leisen Entsetzenslaut aus.

»Der ist hinüber«, sagte sie. »Ach, Raza. Der Kassettenrekorder deines Vaters.«

Raza entfernte sich rückwärts aus dem Zimmer.

»Tut mir leid«, sagte er noch, aber Hiroko beugte sich bereits über ihren Mann und bot ihm den Toast an.

»Ich sterbe«, jammerte Sajjad. »Ich bin schon tot. Ich schmore in der Hölle.«

»Wenn das die Hölle ist, wie erklärst du dir dann, dass ich hier bin?«, wollte Hiroko wissen, eine Hand in die Hüfte gestemmt.

Sajjad schlug ein Auge auf.

»Du bist hergekommen, um mich zu retten?«, sagte er hoffnungsvoll.

»Genau«, sagte sie. »Mit Toast. Den isst du jetzt, und dann hörst du auf zu jammern, du dummer Trunkenbold.«

Von diesem Gespräch aber bekam Raza nichts mit. Er war in seinem Zimmer und steckte sich mit entschlossener Miene das gesamte Geld, das er in der Seifenfabrik verdient hatte, in die Tasche seiner *kurta*.

Eine Stunde später stieg er aus einem Linienbus aus und strebte dem LKW-Parkplatz neben dem Bara-Markt in Sohrab Goth zu.

Vor dem Einmarsch der Sowjets in Afghanistan, das wusste Raza von dem pathanischen Schulbusfahrer, war Sohrab Goth nur ein Dorf aus zusammengeschusterten Hütten vor den Toren Karatschis, in dem afghanische Nomaden den Winter verbrachten, da viele in der unwirtlichen Jahreszeit in ihrer Heimat kein Auskommen fanden und, angelockt von Karatschis nie versiegendem Bedarf an Arbeitskräften und Waren, aus ihren angestammten Bergen und Ebenen hinunter ans Meer kamen. Inzwischen aber hatte sich Sohrab Goth bis nach Karatschi hinein ausgedehnt, bildete einen rasch wachsenden Teil des »informellen Sektors« der Stadt, in dem nicht nur Polizisten fündig wurden, die ihr miserables Einkommen aufbesserten, indem sie gegen Bezahlung billige Arbeitskräfte für Fabrikanten rekrutierten, sondern auch Schmuggler, die Absatzmöglichkeiten und Zwischenhändler für nagelneue Elektrogeräte suchten. Geräte, in deren Glanz sich die Augen halbwüchsiger Jungen spiegelten, die bei ihren Vätern etwas gutzumachen hatten.

Raza behielt vorsichtshalber die Hand in der Tasche, in der sich sein Geld befand, während er durch die Gassen von Sohrab Goth marschierte und sich überlegte, ob er in der kommenden Woche einfach in die Fabrik zurückkehren sollte, statt seine Zeit mit einem weiteren Anlauf bei der Prüfung zu vergeuden. Die Hoffnung, seine Schwierigkeiten mit Harrys Strategien tatsächlich in den Griff zu bekommen, kam ihm mittlerweile ebenso naiv vor wie die Vorstellung, von einer amerikanischen Universität Geld fürs Studium zu bekommen. Vielleicht sollte er sich einfach in sein Schicksal fügen. Versager. Bombengeschädigter

Mischling. Ohne jede Hoffnung auf einen Ersatz für den magischen Talisman »Amerika«, der ihm entrissen und unter Onkel Harrys Fuß zertrampelt worden war.

Der LKW-Parkplatz neben dem Markt war menschenleer, doch ein Junge, der die Müllhalde auf dem angrenzenden Gelände durchstöberte und Verwertbares in einen Sack stopfte, den er auf dem Rücken trug, nickte, als Raza ihn nach »Abdullah mit dem toten Sowjet auf dem Laster« fragte, und schickte ihn zu einer Ansammlung armseliger Unterkünfte auf der anderen Seite des Marktes.

Raza war zum ersten Mal in seinem Leben in einem Elendsviertel. Als er das stinkende Abwasser bemerkte, das in einem dünnen Rinnsal an den schmalen, ungepflasterten Gässchen entlangsickerte, hätte er fast kehrtgemacht, denn auf Reinlichkeit legte er ebenso großen Wert wie seine Mutter. Doch er beschränkte sich darauf, durch den Mund zu atmen, während er unbeirrt weiterstapfte und im Stillen rätselte, wie er Abdullah in diesem dichten Gewirr von Flüchtlingsunterkünften ausfindig machen sollte. Nackte Stromdrähte, die mit Haken an den Oberleitungen befestigt waren, neben denen diese Siedlung errichtet worden war, baumelten gefährlich tief herab. Von weitem hatten sie ausgesehen wie Risse im Firmament, die das Dunkel dahinter zum Vorschein brachten. Als ein Mann mit zwei Eimern voll brackigem Wasser an ihm vorüberging, bemühte sich Raza, nicht an die sanitären Verhältnisse zu denken.

»Abdullah ... der Laster mit dem toten Sowjet«, fragte er jeden Mann, der ihm begegnete (die tief verschleierten Frauen sprach er vorsichtshalber lieber nicht an). Manche zuckten die Achseln, andere reagierten überhaupt nicht, aber es fanden sich genug Männer, die wussten, wen er meinte, und ihn durch das Labyrinth von Behausungen, teils aus Lehm, teils nur aus Jute und Sackleinwand, lotsten, bis er schließlich bei einer Lehmhütte ankam. Auf einem Flechtbett davor saß Abdullah mit einem kleinen Mädchen zusammen, dem er anscheinend gerade mit einem

Bilderbuch das Lesen beibrachte: Er fuhr mit dem Finger geduldig an den Textzeilen entlang und ermunterte sie leise, während sie stockend die Silben vorlas und zu Wörtern zusammenfügte.

»Abdullah?«

Der Junge hob den Blick und lächelte.

»Raza Hazara!«, antwortete er prompt, als hätte er sich Razas Erscheinung seit ihrer Begegnung vor einigen Wochen jeden Tag neu vor Augen gerufen. Aus seinem Blick sprach dieselbe ehrfürchtige Bewunderung wie seinerzeit, als Harry Burton vor Raza niederkniete, deshalb richtete sich Raza unmerklich auf und tat so, als würde er sich großmütig zu einem Besuch bei einem jungen Bekannten herablassen, obwohl er in Wirklichkeit dessen Hilfe beim Feilschen benötigte.

Abdullah berührte die Kleine am Arm und flüsterte ihr etwas zu, worauf sie vom Bett herunterglitt und in der Lehmhütte verschwand.

»Deine Schwester?«, fragte Raza.

»Ja. Ich wohne hier mit ihr und ihrer Familie. Wir stammen aus demselben Dorf.«

Raza nickte und fragte sich, wo wohl Abdullahs richtige Familie steckte.

»Ich war mir nicht sicher, ob ich dich hier finden würde. Ich bin froh, dich zu sehen.«

Der Junge strahlte, offenbar aufrichtig erfreut.

»Ich freue mich auch. Afridi ist mit dem Laster nach Peschawar gefahren, aber ich musste hierbleiben, um auf die Frauen achtzugeben. Mein Bruder, dem das Haus gehört, ist nämlich für ein paar Tage verreist. Setz dich.«

Raza setzte sich und griff kurz nach dem Bilderbuch. Ihm war aufgefallen, wie sehr die Kleine vor Konzentration das Gesicht verzogen hatte, während sie die Buchstaben in Laute übertrug; da er ohne Mühe lesen und schreiben gelernt hatte, verstand er nicht, was daran so schwierig war.

»Warst du in der Schule?«, fragte Abdullah.

»Was? Meinst du heute?«

»Lass die Witze.« Abdullah nahm Raza das Buch aus der Hand und legte es behutsam beiseite. »Ich meine überhaupt. Bevor das alles losging.«

Dass seine Bildung in Zweifel gezogen wurde, war Raza noch nie passiert. War Bildung vielleicht etwas, das in der Welt dieses Jungen schlicht die Ausnahme war? Oder lag es an dem Paschtu, das der vermutlich eher ungebildete Busfahrer ihm beigebracht hatte?

»Ja«, sagte er, weil er in dieser Frage auf keinen Fall lügen wollte. »Bevor das alles losging.«

»Ich war früher immer Klassenbester«, sagte Abdullah und lehnte sich zurück an die Lehmwand. »Hast du im Norden gelebt?«

Das kleine Mädchen schlug die Stoffbahn beiseite, die als Tür diente, und Raza erhaschte einen kurzen Blick ins Hausinnere – wo sich offenbar einige Frauen aufhielten –, bevor er rasch den Blick abwandte. Das Mädchen reichte ihm eine Schale grünen Tee, lächelte scheu, als er sich bedankte, und huschte wieder ins Haus zurück.

Raza schluckte schwer.

»Nimm's mir nicht übel, aber über mein Leben, bevor ich hierherkam, kann ich dir nichts erzählen. Weil ich einen Schwur abgelegt habe. Als mein Vater von den Sowjets umgebracht wurde.« Abdullah sagte nichts, legte bloß Raza die Hand auf die Schulter. Seine Anteilnahme war beschämend, aber nun war es zu spät, es gab kein Zurück mehr. »Sogar meine eigene Sprache benutze ich nicht mehr, nur noch diese mir eigentlich fremde Sprache. Solange nicht der letzte Sowjet aus Afghanistan verschwunden ist, weigere ich mich, meine Muttersprache zu sprechen, den Namen meines Vaters oder meines Heimatdorfs zu nennen oder Kontakt zu anderen Hazaras zu suchen. Und ich habe mir geschworen, diesen letzten Sowjet persönlich zu vertreiben.«

Danach blieb es länger still. Raza fragte sich, ob Abdullah wohl auch den packenden Bericht über die Lage in Kaschmir gesehen hatte, der vor einigen Monaten im Fernsehen lief und in dem Kaschmiris und Inder im selben Verhältnis zueinander standen wie Hazaras und Sowjets; und falls ja, mit welchen Folgen war dann an diesem Ort zu rechnen, in dem lauter ungeschriebene Gesetze galten, wenn man beim Lügen ertappt wurde?

Abdullah drückte ihm sachte die Schulter.

»Könnte sein, dass wir noch darüber Streit bekommen, wer von uns den letzten Sowjet vertreiben darf. Aber bis dahin sind wir Brüder.«

Raza grinste.

»Bruder Abdullah, würdest du mir helfen, etwas zu kaufen? Ich habe den Eindruck, die Händler hier wissen, dass sie dich nicht übers Ohr hauen können.«

Abdullah verschränkte die Arme vor der Brust.

»Kommt dieses ›Etwas‹ vielleicht von den Mohnfeldern?«

»Was? Nein. Nein!«

Abdullah lächelte darüber, wie heftig sich Raza gegen seine Vermutung verwahrte.

»Ach. Dann bleibt ja nur noch eine Möglichkeit. Warte hier.« Er rief: »Ich komme jetzt rein« und trat dann ins Innere der Hütte.

Raza befühlte die zusammengerollten Zehn-Rupien-Scheine in seiner Tasche, während er sich umsah. Seit er aus dem Bus gestiegen war, hatte ihm kaum jemand besondere Beachtung geschenkt. Es war ein seltsames Gefühl, fast enttäuschend. Ein Junge war ihm begegnet, dessen Gesichtszüge den seinen zum Verwechseln ähnelten, und er hätte ihm am liebsten laut »Betrüger!« zugerufen. Er fuhr sich mit der Hand übers Gesicht. Raza Hazara. Er wiederholte den Namen im Geiste immer wieder, vorwärts und rückwärts. Razahazara. Arazahazar. Ein irgendwie ausgewogener Name. Ausgewogener jedenfalls als Raza Konrad Ashraf. Er trank noch einen Schluck Tee und war froh darüber, einen seiner ältesten, abgetragensten *salwar kamiz* angezogen zu haben.

»Hier.« Abdullah kam mit einem länglichen, in Stoff eingeschlagenen Bündel im Arm zurück ins Freie. »Streck die Arme aus.« Raza gehorchte, obwohl er Angst hatte, unter dem Stoff könnte sich irgendetwas Lebendiges verbergen.

Es war kaltes Metall und glattes Holz, schwerer zumal, als es in Abdullahs Armen gewirkt hatte. Er fuhr mit den Fingern an den geraden Linien entlang, beugte sich vor und spürte, wie sich das gebogene Magazin gegen seinen Bauch drückte. Abdullah entfernte den Stoff und brachte wie ein Zauberkünstler die schimmernde AK-47 zum Vorschein – aus glänzendem Stahl und lackiertem Holz.

»Du hast so eins noch nie in der Hand gehalten«, sagte Abdullah.

Raza schüttelte den Kopf, während er gut darauf achtete, mit seinen Händen dem Abzug nicht zu nahe zu kommen.

»Wenn du nicht weißt, wie man damit umgeht, kannst du den letzten Sowjet niemals vertreiben.« Abdullah nahm Raza das halbautomatische Gewehr aus den Händen und drückte es sich an die Schulter, wie ein richtiger Held. Lächelnd hielt er es danach Raza wieder hin.

Raza Konrad Ashraf wischte sich die Hände an der Hose ab und stand auf. Doch es war Raza Hazara, der die AK-47 in Empfang nahm, in beide Arme schloss und merkte, wie sich bei diesem schlichten Akt eine tiefe Wandlung in ihm vollzog. Er hob das Sturmgewehr in die Höhe und drückte es sich, Abdullahs Beispiel folgend, an die Schulter. Abdullah applaudierte, und Raza wusste auf einmal, ganz intuitiv, wie es sich anfühlte, Amitabh Bachchan oder Clint Eastwood zu sein. Ein paar Kinder kamen herbeigerannt, als hätte Raza sie mit der AK-47 herbeigelockt, und er schwang herum, richtete das Gewehr auf sie und lachte, als sie kreischend und kichernd Reißaus nahmen.

Abdullah ließ ihn ein Weilchen posieren und imaginäre Ziele

anvisieren, dann nahm er ihm die Waffe wieder ab und zerlegte sie blitzschnell in ihre Einzelteile.

»Ich zeige dir, wie man sie wieder zusammensetzt, wenn du mir verrätst, was du mit dem Amerikaner zu tun hattest.«

Raza nahm sich das Magazin des Gewehrs und wollte es lässig herumwirbeln, aber es fiel ihm aus der Hand und landete am Boden. Abdullah gab ihm einen Klaps aufs Bein, hob das Magazin wieder auf und wischte es, sorgsam und bedächtig, mit dem Tuch sauber.

»Über meine Kontakte zu dem Amerikaner darf ich nicht sprechen«, behauptete Raza, um verlorenen Boden gutzumachen. »Aber die Sowjets kann man auch vertreiben, ohne jemals eine Kalaschnikow anzufassen. Wenn du verstehst, was ich meine.« Er setzte sich wieder auf das Flechtbett, lehnte sich lässig auf den Ellbogen zurück und nahm mit Genugtuung Abdullahs ehrfürchtigen Blick zur Kenntnis.

»Spricht der Paschtu? Dein Amerikaner?«

»Ein bisschen. Meistens sprechen wir Englisch miteinander.«

»Du kannst Englisch?«

Raza zuckte die Achseln, als wäre das nichts Besonderes.

»Bringst du es mir bei?«

Raza hatte sich mit dem Erlernen von Fremdsprachen immer leichtgetan, wusste aber durchaus um die gewichtigen Folgen, die Sprachunterricht mitunter haben konnte. Seine Mutter hätte Konrad Weiss (den Deutschen, den sie heiraten wollte! Ein Gedanke, der über die Jahre nichts von seiner Seltsamkeit verlor) nie kennengelernt, wenn Yoshi Watanabes Neffe nicht bei ihr Deutschunterricht genommen hätte. Und ohne Konrad Weiss wäre sie nie nach Indien gekommen, um die Burtons aufzusuchen. In Indien führte der Sprachunterricht Sajjad und Hiroko an einem Tisch zusammen, überbrückte die Fremdheit, die ihre Beziehung ansonsten gekennzeichnet hätte. Und seine liebsten Kindheitserinnerungen hingen mit der Gabe der Mehrsprachigkeit zusammen, die seine Mutter ihm zum Geschenk machte –

die Kreuzworträtsel, die sie sich jeden Abend für ihn einfallen ließ, als er noch klein war, wie sie sich über Geheimnisse austauschen konnten, ohne die Stimme zu senken, Ideen miteinander teilten, die sich nur in einer bestimmten Sprache ausdrücken ließen (»nicht *wabi-sabi*«, waren sie sich bisweilen einig, wenn es einem Gedicht oder Bild, das Sajjad in den höchsten Tönen lobte, ihrer Ansicht nach an Harmonie fehlte; Raza staunte bis heute, dass sein Vater das Konzept von *wabi* und *sabi* noch immer nicht ganz begriffen hatte, das ihm so selbstverständlich einleuchtete wie der feine, aber entscheidende Unterschied zwischen dem Urdu-Wort »*udaas*« und dem englischen Ausdruck für Schwermut).

»Walnuss«, sagte er auf Englisch zu Abdullah.

Abdullah wiederholte das Wort andächtig.

»Was heißt das?«

Raza erklärte es ihm, und Abdullah brach in wildes Gelächter aus.

»Ich habe nie verstanden, warum die uns so nennen.«

»Weil eine Walnuss aussieht wie ein kleines Gehirn, du begriffsstutziger Paschtune.«

Abdullah lächelte breit.

»Wenn du nicht mein Bruder wärst, würde ich dich dafür jetzt umbringen.«

»Ich bin aber dein Bruder. Und dein Lehrer. Hol mir einen Bleistift und Papier. Wir fangen mit dem Alphabet an.«

Abdullah stand auf und sammelte dabei die Einzelteile der AK-47 vom Boden auf.

»Du bringst mir Englisch bei, und dafür schenke ich dir so eine Knarre. Das fällt keinem auf, wenn mal eine oder zwei fehlen. Wenn die nächste Ladung kommt, besorge ich dir eine.«

Raza verzichtete lieber auf eine Antwort. Wie sollte man einem Jungen, der einem gerade eine AK-47 versprochen hatte, erklären, dass er einem lediglich seine Feilschkünste zur Verfügung stellen sollte, um möglichst günstig an einen hochwer-

tigen Kassettenrekorder zu kommen? Damit Sajjad Ali Ashraf bald dem wehmütigen Klang der Sarangi lauschen konnte,
der so vollendet dem Prinzip *wabi-sabi* entsprach und zugleich
*udaas* hervorrief?

21

Harry Burton hob sein Whiskyglas an die Lippen und rätselte, nicht zum ersten Mal seit seiner Ankunft in Pakistan, über Sinn und Zweck der Papierservietten, mit denen die Gläser hier in der Regel so säuberlich umwickelt waren: Sollten sie Beschlagen der Gläser und damit klamme Finger verhindern oder einfach nur den Inhalt der Gläser kaschieren, hier in der Hauptstadt der Islamischen Republik Pakistan? Er wickelte die Serviette vom Glas und wischte sich damit den Schweiß ab, der ihm in Zeitlupe an den Schläfen hinabbrann, wie gelähmt von der drückenden Hitze.

Er blickte kurz zu den Glastüren hinüber, hinter denen sich die übrigen Partygäste im klimatisierten Wohnzimmer drängten. Welchem einflussreichen Geschäftsmann genau dieses Haus gehörte, wusste er nicht – irgendwann im Lauf des Abends hatte er jemandem die Hand geschüttelt, der sich als »Ihr Gastgeber« vorstellte, aber, von seiner weichen, unangenehm fleischigen Patschhand abgesehen, keinerlei bleibenden Eindruck bei ihm hinterlassen hatte. Die klimatisierte Luft im Haus war zwar verlockend, aber nicht das Gewühl von Menschen. Alles in allem fühlte er sich hier draußen im Garten wohler, mit dem Geruch von Kebab und Rauch in der Nase, der von der Auffahrt herüberdrang, wo lange Büfetts aufgebaut waren und schwitzende Männer Fleisch an Spießen grillten. Er konnte die Augen schließen, sich ganz auf den Geruch konzentrieren und daran erinnern, wie er als Junge mit Sajjad in der Altstadt von Delhi umhergestreift war.

Sajjad. Harry seufzte schwer. Vier Monate war es nun her,

dass Sajjad ihn nach jenem Abendessen im Innenhof aufgefordert hatte, sein Haus zu verlassen. Hiroko hatte ihn zur Tür begleitet und ganz fest seine Hände gedrückt.

»Raza ist in vieler Hinsicht noch ein Kind – er spinnt sich Geschichten über sein Leben zurecht und glaubt sie am Ende selbst. Und Sajjad – nimm das nicht ernst, sein Zorn ist nie von Dauer, verpufft schon nach wenigen Minuten. Ruf an, wenn du das nächste Mal nach Karatschi kommst. Und bring bloß nie wieder Sake mit.« Sie gab ihm einen Kuss auf die Wange, und dann trat er hinaus auf die menschenleere Straße.

Dass sich daraus eine so lange Trennung entwickelte, ergab sich eher unfreiwillig, aber in letzter Zeit war sein Privatleben insgesamt zu kurz gekommen. Apropos – soeben kam eine sehr attraktive Frau in den Garten hinaus, die ihm mit ihrem Blick eindeutig Interesse signalisierte.

»Finger weg, Burton«, sagte eine Stimme ganz in seiner Nähe. »Die steht auf der Gehaltsliste des Ich-Stifte-Intrigen.«

Während die Frau ihn weiter über die Schulter hinweg musterte, kehrte Harry ihr sofort den Rücken zu, wenn auch mit einem wütenden Fluch, der eher beruflicher als privater Natur war.

»Mir gefällt ja Irgendwie-Schon-Islamisch besser«, sagte er zu dem untersetzten Blondschopf, der neben ihm stand.

Sein Kollege Steve hob lächelnd sein Glas. Es gehörte zu Steves Lieblingsbeschäftigungen, sich andere Bedeutungen für das Kürzel des einheimischen Geheimdienstes Inter-Services Intelligence, ISI, einfallen zu lassen.

»Was meinst du?«, sagte Steve. »Spionieren uns die Leute vom ISI besser aus als wir sie? Meinst du, die wissen schon, dass sie sich demnächst bei Israel für Waffenlieferungen an ihre heiligen Krieger bedanken dürfen?«

Harry hatte eine Weltkarte im Kopf, auf der Länder als bloße Umrisse erschienen, die nur darauf warteten, mit roten, weißen und blauen Streifen ausgefüllt zu werden: nämlich sobald sie sich indirekt in den regionalen Konflikt zwischen Afghanen und Sowjets einmischten, an dem offiziell keine dritte Macht beteiligt war. Bei seiner Ankunft in Islamabad waren drei Länder beteiligt: Ägypten lieferte die Waffen sowjetischer Bauart, Amerika war für Finanzierung, Ausbildung und technische Hilfe zuständig, und Pakistan stellte sein Territorium für Ausbildungslager zur Verfügung. Mittlerweile aber hatte sich der Krieg weiter internationalisiert. Waffen aus Ägypten, China und – demnächst – Israel. Freiwillige aus der gesamten muslimischen Welt. Ausbildungslager in Schottland! Sogar die Inder, wurde gemunkelt, könnten bereit sein, einige der Waffen weiterzuverkaufen, die sie von ihren russischen Freunden bezogen hatten – was sich immer noch als haltloses Gerücht entpuppen konnte. Trotzdem gefiel Harry die Vorstellung, wie Pakistan, Indien und Israel in Amerikas Krieg zusammenarbeiteten.

Das war Internationalismus, angetrieben vom Kapitalismus. Verschiedene Welten, die aus ihren getrennten Sphären in eine neue Art von Geometrie rückten. Mit einer Mischung aus Genugtuung, Ironie und Verzweiflung prostete er dem Geist von Konrad Weiss zu.

Am anderen Ende des Landes, in Karatschi, dachte auch Hiroko Ashraf gerade an Konrad, während sie im Bett einen Brief von Yoshi Watanabe las, in dem er von seiner bevorstehenden Pensionierung vom Posten des Direktors der Schule berichtete, die im einstigen Haus Azalee untergebracht war. Nach dem Krieg hatte Konrads früherer Mieter, Kagawa-san, das Haus als sein Eigentum beansprucht – hatte er nicht jahrelang darin gewohnt, bis kurz vorm Abwurf der Bombe? Wer sonst, wenn nicht er, durfte Ansprüche auf das Haus erheben? Und obwohl Yoshi Ilse brieflich über diese Geschehnisse unterrichtete, unternahm kein Angehöriger der Familien Weiss oder Burton den Versuch, Kagawa-sans Ansprüche anzufechten. Die Kagawa-Kinder aber, die das Haus 1955 erbten, hatten Yoshi, der nach dem Krieg Lehrer geworden war, gebeten, die Leitung der Internationalen Schule zu übernehmen, die sie zum Andenken an Konrad Weiss in dem Anwesen einrichten wollten. Offenbar hatten sie also doch Schuldgefühle, weil sie Konrad in den letzten Monaten seines Lebens in der Öffentlichkeit geschnitten hatten.

*Ich hoffe, dass der neue Schulleiter weiter an dem Brauch festhält, mit den Schülern den Internationalen Friedhof zu besuchen, auf dem Konrads Stein beerdigt ist.*

Hiroko legte den Brief beiseite und drückte sich die Hand gegen den Rücken. Eines Tages vielleicht würde sie mit Raza einmal nach Nagasaki reisen. Und Sajjad müsste auch mitkommen. Sie warf einen Blick auf ihren Mann, der neben ihr schlief, während sie nach dem Foto griff, das Yoshi beigelegt hatte; es zeigte ihn auf dem Grundstück von Haus Azalee, mit einer Gruppe Schulkinder, die vor ihm knieten. Genau diese Gruppe würde bald zu einem Besuch an einer Partnerschule in der Nähe von Los Angeles aufbrechen. Wie Raza wohl mit japanischen Jugendlichen in seinem Alter zurechtkäme? Ihr selbst machte es nichts aus, dass sie in Pakistan immer eine Fremde bleiben würde – Nationen insgesamt erschienen ihr als widersprüchliche, sogar schädliche Konstrukte, deshalb legte sie keinen Wert auf eine bestimmte nationale Zugehörigkeit –, aber wie Raza jedes Mal zusammenzuckte, wenn ihn ein Pakistani fragte, wo er herkomme, bemerkte sie sehr wohl.

Manchmal, wenn sie an Konrad dachte, grübelte sie, wie ihr Leben wohl verlaufen wäre, wenn er am Leben geblieben wäre. Hätten sie dann zusammen auch James und Ilse in Delhi besucht, und hätten sie und Sajjad bei ihrem Kennenlernen eine Art Ahnung von dem Leben verspürt, das für sie beide möglich gewesen wäre …? Nein, natürlich nicht. Unsinn. Nichts auf der Welt war auf diese Art unvermeidlich, keine Beziehung, keine Abfolge von Geschehnissen – so wirkte es bloß rückblickend manchmal. Sie legte Sajjad sanft die Finger auf den Mund, strich leicht über seinen weichen silbergrauen Schnurrbart.

Nein, nichts war unvermeidlich, alles hätte auch ganz anders kommen können. Ihre Tochter hätte überleben können. Jenes Kind, das sie im fünften Monat bei einer Fehlgeburt verlor, das ein Opfer der Bombe war (die Ärztin verriet ihr nie, was genau mit dem Fötus nicht stimmte, sagte bloß, dass Fehlgeburten manchmal ein Segen waren). Fünfunddreißig wäre sie inzwischen. Über Konrads Tod und den Tod ihres Vaters war sie im Lauf der Jahre hinweggekommen, aber das Kind, das sie nie gesehen, dessen Regungen sie lediglich in ihrem Körper gespürt hatte, hin und wieder mal ein Hicksen, ein Trittchen – dieser Verlust machte ihr bis heute zu schaffen, löste in ihr manchmal eine ungeheure ziellose Wut aus, mit der Hiroko kaum umzugehen wusste; erst wenn ihr Sohn bei ihr war, konnte sie sich wieder beruhigen. Wäre ihre Tochter geboren worden – Hiroko nannte sie in Gedanken Hana, nach dem Namen, den Konrad in roten Lettern unter dem Eis gesehen hatte –, hätte es keinen Raza gegeben. Das war die Wahrheit, das wusste sie irgendwie.

Ein Windhauch fuhr raschelnd in die Blätter im Innenhof, weil gerade die Haustür aufging, und Hiroko lächelte über das perfekte Timing.

»Wo kommst du her, mein Prinz?«, fragte sie, während sie ihm im Hof entgegeneilte.

Raza berührte sie sanft an der Wange.

»Ich habe doch gesagt, es könnte spät werden. Du hast dir doch keine Sorgen gemacht, oder?«

Irgendetwas hatte sich in den letzten Wochen in ihm geöffnet, er war wieder so liebenswürdig und ausgeglichen wie als Kind. Sajjad meinte, das sei bloß die Erleichterung, weil er bei der Wiederholung seiner Prüfung festgestellt hatte, dass Harrys Strategien gegen Prüfungsangst tatsächlich halfen und seinen Füller nur so übers Papier fliegen ließen, aber Hiroko hatte diese Öffnung schon lange vor der Prüfung im Vormonat bemerkt und führte das Selbstvertrauen, mit dem Raza die Prüfung geradezu spielend gemeistert hatte, eher auf sie als auf Harry Burtons Ratschläge zurück.

»Ich habe mir mal dieses Buch über amerikanische Universitäten angesehen«, sagte sie. Sher Mohammed, der Rikschafahrer, hatte es wenige Tage nach Harrys Rauswurf durch Sajjad bei ihnen vorbeigebracht. Hiroko hatte darauf bestanden, dass Raza sich schriftlich bei Harry bedankte – was er auch getan hatte, wobei ihn dieser Brief mehr Zeit kostete als irgendeiner der Liebesbriefe, die er Salma während ihrer kurzen Romanze geschrieben hatte. Zu seiner grenzenlosen Erleichterung rief Onkel Harry daraufhin aus Islamabad an, verlieh der Hoffnung Ausdruck, dass ihm das Buch weiterhelfe, und versprach, das Thema Universität mit ihm zu vertiefen, wenn er das nächste Mal nach Karatschi kam.

Raza winkte ab.

»Das ist alles so kompliziert, wie man sich bewirbt, diese ganzen Tests und Empfehlungen.« Er würde nie wieder so naiv sein, sich vorzumachen, dass ein Studium in Amerika für ihn ernsthaft in Betracht kam – schon gar nicht, nachdem er sich die Antragsformulare für finanzielle Unterstützung angesehen und erkannt hatte, um wie viel Geld er sich im Grunde bemühen müsste.

»Verstehe.« Bei der Aussicht, dass er nun doch nicht das Land verlassen wollte, fiel Hiroko ein größerer Stein vom Herzen, als sie sich eingestehen mochte. »Dann studierst du also hier. Gut. Wenn du später noch ein Aufbaustudium im Ausland dranhängen möchtest, finden wir eine Lösung.«

Raza zögerte kurz und umarmte sie dann.

»Ich werde dir alle Ehre machen«, sagte er, eine Hand aus Gewohnheit auf eine Stelle ihres Rückens gelegt, die sich seines Wissens zwischen ihren Brandwunden befand.

»Und was heißt das?«, sagte sie und wich ein wenig zurück.
»In letzter Zeit lächelst und lachst du ständig, Raza Konrad Ashraf, und wirst nie wütend, und langsam macht mir das wirklich

Sorgen. Wo gehst du jeden Tag hin? Ich habe Bilal heute Morgen getroffen. Er sagt, er hätte dich seit Wochen nicht mehr gesehen.«

Raza ließ abrupt die Arme sinken.

»Wenn du mich wütend machen willst, bist du auf dem richtigen Weg. Bilal und die anderen haben genug mit ihrem Studium zu tun, und ich habe neue Freunde gefunden. Ich bin glücklich. Bitte verdirb das nicht.« Er trat ein paar Schritte zurück, verbeugte sich – was sie immer zum Lächeln brachte, auch dieses Mal – und ging in Richtung seines Zimmers. Allerdings nicht ohne einen übermütigen Luftsprung, bei dem er die Arme nach oben warf, als wollte er mit den Fingern bis an den sternenfunkelnden Himmel reichen.

## 22

Seit Monaten führte Raza jetzt ein Doppelleben. Einerseits war er weiterhin Raza Ashraf, der Schulversager, der sich in der Fabrik hatte verdingen müssen, während seine Freunde frohgemut ihr Studium begannen; der Junge, an dem der Makel der Bombe haftete. Zum anderen aber war er Raza Hazara, der Mann, der so lange seine eigene Sprache nicht sprechen und kein Wort über seine Familie und Vergangenheit äußern wollte, nicht einmal anderen Hazaras gegenüber, bis er den letzten Sowjet aus Afghanistan vertrieben hatte. Der Mann, für den ein Amerikaner seine Schuhe auszog, was nur bedeuten konnte, dass er irgendwie, auf irgendeine Weise – obwohl Raza sich nur in vielsagendes Schweigen hüllte, wenn man ihn dazu befragte – von Bedeutung für die CIA war (jeder Amerikaner in Pakistan war selbstredend Agent der CIA).

Während Raza Ashraf vor allem stolz darauf war, welche Freude sein Vater an dem neuen Kassettenrekorder aus Sohrab Goth hatte, den er jeden Abend anschaltete, sobald er von der Arbeit nach Hause kam, lernte Raza Hazara, seinen Stolz danach zu bemessen, dass er eine AK-47 in immer kürzerer Zeit auseinandernehmen und wieder zusammensetzen konnte. Raza Ashraf verbrachte immer mehr Zeit allein, zurückgezogen in eine Welt aus Büchern und Träumen, während Raza Hazara mit Freudenjubel empfangen wurde, sobald er in den Slums von Sohrab Goth auftauchte, um einer immer größeren Schar von Schülern Englisch beizubringen. Raza Hazara hatte keinen Grund, sich das Haar ins Gesicht fallen zu lassen, um seine Züge zu verbergen.

Es war berauschend, es war aufregend – und anstrengend.

Je mehr Zeit er mit den Afghanen in Sohrab Goth verbrachte, desto mehr sehnte sich Raza zu seiner Verblüffung nach seinem eigenen Leben. Nach einer Welt, in der es keine Waffen gab, keinen Krieg, kein besetztes Heimatland. Danach, Fragen zu seinem Leben beantworten zu können, ohne sich erst hastig irgendeine Lüge ausdenken zu müssen. Nach einer Welt, in der Ehre und Familie keine so zentrale Rolle spielten wie in dieser Welt von Männern, die Verse über ihre heimischen Berge rezitierten. Auch nach Frauen sehnte er sich, obwohl sie in seinem Leben bislang gar keine nennenswerte Rolle gespielt hatten.

Deshalb kam es vor, dass er ganze Tage, sogar Wochen in Nazimabad blieb, Cricket mit den Jungen aus der Nachbarschaft spielte und sich auf sein Examen vorbereitete. Und sobald ihn beim Gedanken an den Tag der Prüfung leise Unruhe befiel, brauchte er sich bloß vorzustellen, wie alle Teile mit einem zufriedenstellenden Klicken einrasteten, wenn er eine AK-47 zusammensetzte, und schon lösten sich seine Ängste in nichts auf. In solchen Momenten bekam er wieder Lust auf sein Leben als Hazara und fuhr bei nächster Gelegenheit mit dem Bus nach Sohrab Goth, zu Abdullah – oder auch, in seiner Abwesenheit, zu den übrigen Afghanen, die ihn inzwischen als angesehenen Lehrer begrüßten –, und wenn er gefragt wurde, wo er so lange gesteckt habe, setzte er nur das vielsagende Lächeln auf, mit dem er auch alle Fragen nach dem Amerikaner beantwortete, der sich für ihn die Schuhe ausgezogen hatte.

Doch es war unmöglich, auf Dauer in zwei Welten zu leben, das wusste er. Und als er am Tag der Prüfung aus dem Saal trat und wusste, dass er hervorragend abgeschnitten hatte, stand außer Frage, welcher Welt er Lebewohl sagen würde. Hatten nicht die eigenen Träume Vorrang vor Träumen, die man sich bloß von anderen ausborgte? Der Traum, den Raza schon beinahe aufgegeben hatte – ein guter Student zu werden, sich Wissen anzueignen, das ihm ein Fortkommen in der Welt ermöglichte –, war wieder in greifbare Nähe gerückt. Bei den Abschlussprüfungen war im Grunde nur auswendig gelerntes Wissen abgefragt worden – aber jenseits davon gab es noch eine andere Welt, wo Anhaltspunkte verfolgt und Verbindungen hergestellt wurden, wo es auf Analysen und Argumente ankam. Er brauchte Amerika gar nicht! Er würde Rechtsanwalt werden, so wie es sich sein Vater immer gewünscht hatte. Nachdem er monatelang befürchtet hatte, niemals Jura studieren zu können, schien ihm die Aussicht auf ein Jurastudium jetzt auf einmal aufregend wie noch nie.

Ihm war nicht wirklich bewusst, dass sein neues Selbstvertrauen und die wiedererwachte Liebe zum Lernen nicht zuletzt auf die Stunden zurückgingen, in denen er in einer schattigen Ecke von Sohrab Goth afghanischen Jungen aller Altersstufen Englischunterricht erteilte: Jungen, die mit untergeschlagenen Beinen vor ihm auf dem Boden saßen und gebannt jedem seiner Worte folgten, als enthielte es die Verheißung einer bislang nie erträumten Zukunft; aber trotzdem dachte er beim Verlassen des Prüfungssaals voll Dankbarkeit an Abdullah, der ihm seine Existenz als Raza Hazara erst ermöglicht hatte. Und deswegen erschien es ihm auf einmal vollkommen undenkbar, einfach so, ohne Erklärung, ohne ein Wort des Abschieds, aus dem Leben des jungen Afghanen zu verschwinden, wie er es sich im Stillen zurechtgelegt hatte.

All das ging ihm durch den Kopf, weshalb er – für Raza Hazaras Verhältnisse zumindest – ungewöhnlich nachdenklich war, während er mit Abdullah vor einem bei Fernfahrern beliebten Imbisslokal saß und Chapli-Kebab aß. Er erinnerte sich daran, wie Onkel Harry einmal auf ein ähnliches »Restaurant«, wie er es nannte, gezeigt hatte (und obwohl das kaum die richtige Bezeichnung für einen derartigen Imbiss war, hatte Raza Harrys Wortwahl klaglos hingenommen, ohne auch nur in Betracht zu ziehen, dass er sich mit den Begriffen in Karatschi besser auskannte) und sagte, er fände es toll, dass die Tische und Plastikstühle direkt an dem schmalen, belebten Gehweg standen; als Passant brauchte man im Grunde nur zu stolpern, um auf einem der Stühle zu landen, und konnte einfach sitzen bleiben, um einen Happen zu essen. Heute aber saß Raza Abdullah gegenüber und hätte das lebhafte Treiben ringsum am liebsten ausgeblendet, weil er wusste, dass seine Gegenwart in dieser Welt auf einer Lüge beruhte. Am Morgen waren die Prüfungsergebnisse bekanntgegeben worden. Raza hatte, wie erwartet, sehr gut abgeschnitten. Und damit schien unwiderruflich der Zeitpunkt gekommen, sich von seinem Leben hier zu verabschieden.

Afridi kam auf ihren Tisch zu – er hatte sich in der Nähe länger mit einigen Männern unterhalten –, packte Razas Stuhl an der Rückenlehne und kippte ihn unvermittelt ein Stück nach hinten. Raza schrie auf vor Schreck, und Afridi kippte den Stuhl lachend wieder nach vorn.

»Jetzt streitet nicht länger. Redet miteinander«, sagte er, gab Abdullah einen Klaps auf den Hinterkopf und entfernte sich wieder.

Abdullah und Raza sahen sich verblüfft an. Beide waren zu sehr mit sich selbst beschäftigt gewesen, um zu bemerken, wie schweigsam ihr Gegenüber war.

»Was ist los?«, sagten sie gleichzeitig und streckten beide die Hand über den wackligen Holztisch aus, um den anderen besorgt am Arm zu berühren.

»Nichts«, sagte Raza. »Du bist so still, da habe ich gedacht, ich hätte dich irgendwie beleidigt.«

Abdullah riss die haselnussbraunen Augen auf.

»Wie könntest du mich je beleidigen, Raza Hazara?« Auf Englisch fügte er bedächtig hinzu, »Nur du darfst zu mir ›Walnuss‹ sagen.«

Raza senkte beschämt den Blick auf seinen Teller. Ihm war noch nie ein Mensch begegnet, der ihn so großzügig und rückhaltlos in seinem Leben willkommen hieß wie Abdullah, so als tue Raza ihm damit im Grunde einen Gefallen. Als Raza ein paar Wochen zuvor nach achttägiger Abwesenheit wieder nach Sohrab Goth gekommen war, empfing Abdullah ihn mit gewohnt fröhlichem Lächeln, ohne den leisesten Vorwurf. Erst Afridi hatte ihm mit anklagendem Unterton anvertraut, dass Abdullah an den Tagen, an denen Raza ausblieb, förmlich mit Gewalt aus Sohrab Goth hinausgezerrt werden musste: »Sonst hockt er den ganzen Tag nur herum und wartet auf seinen Lehrer.« Seither war Raza jeden Tag zur Stelle gewesen.

»Warum bist du dann so schweigsam?«, fragte Raza.

»Ich bin jetzt vierzehn«, sagte Abdullah und lehnte sich halsbrecherisch weit in seinem Plastikstuhl zurück. »Und mit vierzehn, haben mir meine Brüder versprochen, darf ich in eins der Ausbildungslager.« Abdullahs noch lebende Brüder waren alle Mudschaheddin, genau wie der Bruder, der schon zu Beginn des Krieges umgekommen war – seine übrigen Angehörigen lebten in einem Flüchtlingslager bei Peschawar. Abdullah aber hatte das Lager mit zwölf verlassen und sich von einem LKW nach Karatschi mitnehmen lassen, wo er bei einer Familie aus seinem Heimatdorf untergekommen war. Der LKW-Fahrer hatte gesagt: »Komm und arbeite für mich«, und auf die Weise war Abdullah Waffenschmuggler auf der Route zwischen Karatschi und Peschawar geworden.

»Ach wirklich? Wann hattest du denn Geburtstag?« Seit er Abdullah kannte, klang Razas Paschtu zunehmend nach Kandahar statt nach Peschawar.

Abdullah zuckte mit den Schultern.

»Weiß ich nicht so genau. Irgendwann im Frühsommer.« Er riss ein Stückchen von seinem *naan*-Brot ab und vollführte eine komplizierte Geste, die Raza nicht zu deuten wusste. »Afridi fährt nächste Woche nach Peschawar. Ich soll mitfahren, hat mein Bruder Ismail gesagt, dann will er mich unterwegs an einem Treffpunkt abholen und ins Lager bringen. Aber ich weiß nicht recht. Die Sowjets, hast du mal gesagt, könnte man auch auf andere Weise bekämpfen. Vielleicht wäre ich hier nützlicher, mit Afridi zusammen. Schließlich sollte man die Bedeutung der Nachschublinie aus Karatschi nicht unterschätzen.« Er sah Raza flehentlich an. »Das stimmt doch, oder?«

Raza kaute gemächlich auf einem großen Bissen Kebab mit *naan* herum. Nach allem, was Abdullah ihm von seinen Reisen erzählt hatte, verspürte er selbst große Lust, einmal so eine Tour zu unternehmen: ganz Pakistan in einem Lastwagen von Süden nach Norden zu durchqueren, nachts auf der offenen Ladefläche zu liegen und die Sterne zu betrachten, unterwegs Rast zu machen, um sich mit *chai* und *parathas* und Kebabs zu stärken, weit und breit keine Eltern, die einem vorschrieben, was erlaubt und was verboten war, bloß die endlose Straße, die immer wechselnden Landschaften, das aufregende Gefühl, Waffen zu schmuggeln.

Peschawar. Dort wohnten Sajjads Schwester und Schwager – es war Jahre her, seit Raza sie das letzte Mal mit seinem Vater besucht hatte. Sein Onkel – Ali Zaman – hatte damals versprochen, mit ihm am letzten Tag ihres Besuchs das Fort zu besichtigen, was aber wegen Regens buchstäblich ins Wasser gefallen war. »Bei eurem nächsten Besuch holen wir das nach, Ehrenwort«, hatte sein Onkel gesagt – wozu es aber seither nicht mehr gekommen war, weil sich die in Pakistan ansässigen Ashrafs stattdessen einmal im Jahr in Lahore zusammenfanden. Von einem Besuch in Peschawar war zwar immer mal die Rede, doch geworden war bisher nichts daraus.

»Raza?«, sagte Abdullah. »Findest du nicht auch, ich sollte meinem Bruder sagen, dass ich beim Nachschub gebraucht werde?«

Raza frohlockte im Stillen. War dies nicht die ideale Gelegenheit, die Freundschaft zwischen Raza Hazara und Abdullah zu einem würdigen Abschluss zu bringen? Mit einem aufregenden gemeinsamen Abenteuer?

Er grinste.

»Was ist los, Kleiner? Hast du etwa Angst?«

Abdullah sprang auf und schlug Raza den Kebab aus der Hand.

»Wann hast du denn das letzte Mal einem Sowjet die Kehle durchgeschnitten?« An den Nebentischen drehten sich Männer neugierig nach ihnen um, und Raza hörte, wie einer Afridis Namen rief.

»Setz dich«, sagte Raza, griff über den Tisch und klaubte ersatzweise Abdullahs Kebab vom Teller. Auf genau so eine Reaktion hatte er bei dem Jungen spekuliert. Er gab Afridi mit der Hand Zeichen, dass alles in Ordnung war. »Nächste Woche fahren wir beide, du und ich, nach Peschawar.«

Abdullah starrte ihn an.

»Du willst mitkommen? In die Ausbildungslager?«

»Warum nicht?«, sagte Raza. »Ein wahrer Afghane verplempert nicht seine Zeit mit der CIA. Er greift die Sowjets direkt an. Das habe ich von dir gelernt.«

Abdullah setzte sein breites, fröhliches Lächeln auf.

»Du und ich, zusammen? Da können die Sowjets einpacken!« Ohne Vorwarnung nahm er Raza in den Schwitzkasten, und nach kurzem Gerangel kugelten sie lachend aufs Pflaster hinab, während ringsum Männer hilfsbereit die Arme ausstreckten, um ihren Sturz zu mildern.

»Walnuss«, sagte Raza, während er sich aufrichtete und sich den Staub von der Kleidung klopfte. »Ich hätte an dem Kebab ersticken können.«

Abdullah stützte sich auf die Ellbogen, ohne sich um den Straßenschmutz zu kümmern, und lächelte Raza unverwandt an.

»Aber der Unterricht geht weiter, oder? Wenn wir im Lager sind. Bringst du mir dort weiter Englisch bei?«

»Wenn du mir beibringst, wie man Leute im Ringkampf besiegt, die doppelt so groß sind wie man selbst.«

Abdullah sprang auf und zog Raza vom Boden hoch.

»Super. Wir werden so viel Spaß zusammen haben.«

Und so saß Raza knapp eine Woche später in einem LKW, der von Karatschi nach Peschawar fuhr. Er lernte viel Neues auf dieser dreitägigen Tour: etwa dass der hektische Straßenverkehr in Karatschi einen nicht im Geringsten darauf vorbereitete, wie ein Fernfahrer über schmale Gebirgspässe raste; dass man in einem Lastwagen voller Waffen das ganze Land durchqueren konnte, ohne an Kontrollposten vom Militär behelligt zu werden; er lernte, was es mit den runden Brandnarben auf Handflächen und Handrücken von Fernfahrern auf sich hatte – auf Nachtfahrten, wenn sie sich und ihrem Fahrzeug das Äußerste abverlangten, verbrannten sie sich selbst mit der Glut ihrer Zigarette, sobald ihnen die Augen zuzufallen drohten; lernte, Abdullah, Afridi oder Leuten, die sie unterwegs trafen, keine Fragen zu den uralten Bildern zu stellen, die in Felsnischen längs der Straße gehauen waren, weil er dann nur zu hören bekam, diese seien das Werk von Ungläubigen; lernte in der erdrückenden Allgegenwart der Berge, den Reiz zu erkennen, der auch in der trostlosen Kargheit zu finden war; stellte fest, dass er mit seinem Aussehen bei Menschen umso weniger Aufsehen erregte, je mehr sie sich der afghanischen Grenze näherten; lernte durch Mangel, die Annehmlichkeiten des Lebens zu schätzen, die er immer als selbstverständlich empfunden hatte; entdeckte die Existenz von Muskeln, an die er nie auch nur gedacht hatte, wenn diese sich nach langen Stunden auf dem harten Sitz eines dahinrumpelnden LKW durch heftige Schmerzen bemerkbar machten; vor allem aber lernte er, wie sehr ihm Abdullahs Freundschaft fehlen würde.

Der junge Afghane hatte seine anfänglichen Bedenken, sich den Mudschaheddin anzuschließen, inzwischen scheinbar ganz vergessen – er sprach jetzt mit solcher Begeisterung über die Ausbildung, die Kameradschaft, die Abenteuer auf dem riesigen, aufregenden Spielplatz im Norden, wo das Gelände wie dazu geschaffen schien, jungen Männern die Gelegenheit zu wahren Heldentaten zu bieten, dass Raza unwillkürlich davon ange-

steckt wurde. Aber dann rief er sich jedes Mal den Plan in Erinnerung, den er an jenem Abend in dem Fernfahrerimbiss gefasst
hatte: Abdullah bis Peschawar zu begleiten und dann zu verschwinden.

Im Grunde würde er sich bloß fortstehlen und dann seine
Tante aufsuchen. Abdullah jedoch würde es vorkommen, als
wäre er spurlos verschwunden. Wie würde der Afghane wohl
darauf reagieren – würde er glauben, dass Raza im letzten Moment der Mut verlassen hatte? Oder eher vermuten, dass Razas
mysteriöse CIA-Kontakte ihn in Peschawar, dieser von Agenten
wimmelnden Drehscheibe des Dschihad, eingeholt hatten? Raza
hoffte auf Letzteres. Insgesamt aber dachte er nicht zu oft darüber nach, wie es weitergehen würde, wenn er Abdullah und Afridi erst verlassen hatte – es stimmte ihn zu traurig. Er wusste
nicht, wer ihm mehr fehlen würde – Abdullah oder Raza Hazara. Fest stand jedenfalls, dass sein Leben noch nie so reich gewesen war wie in den letzten Monaten.

Wenn er diese schöne Zeit Revue passieren ließ, hatte er sogar
mit dem Gedanken gespielt, Abdullah eine Zeitlang in die Lager
zu begleiten. Aber davon kam er meist schnell wieder ab. Wahrscheinlich, weil er nun wirklich lange genug dieses Doppelleben
geführt hatte. Drei Tage noch im LKW mit Abdullah, seinem
afghanischen Bruder, und dann war endgültig Schluss. Bei der
Erinnerung an den Abschied, den seine Schüler ihm an seinem
letzten Tag in Sohrab Goth bereitet hatten, kurz bevor er und
Abdullah in den Laster kletterten, bekam er noch immer feuchte
Augen. Von jedem hatte er ein Andenken erhalten – ein Brief-
chen auf Englisch, einen winzig kleinen Koran, ein Paar Woll-
socken, einige Brocken afghanischer Erde, einen Zierschuh aus
Porzellan. Die Gewissensbisse darüber, sie jetzt im Stich zu lassen, beruhigte er mit dem Gedanken, dass sie immerhin monatelang Englisch gelernt hatten, und das nur dank seiner Schauspie-
lerei. Diese Monate waren sein Geschenk an sie, ohne weitere
Verpflichtung.

»Aufwachen.« Abdullah schüttelte ihn.

Raza richtete sich auf und rieb sich die Wange, die an der LKW-Tür gelehnt hatte, während er schlief.

»Sind wir schon in Peschawar?« Er spähte blinzelnd durch die Windschutzscheibe, sah aber nichts außer Lehm und Geröll – eine lehmige Geröllpiste, die zwischen Bergen aus Lehm und Geröll verlief und von der aus ein Abhang aus Lehm und Geröll hinabführte in das Tal aus Lehm und Geröll weiter unten in der Tiefe. Irgendwie ein beinahe majestätisches Bild. Wenn etwas nur groß genug ist, dachte Raza, während er den Blick auf die Berge ringsum richtete, spielt es keine Rolle mehr, woraus es genau besteht.

Abdullah lachte und stieß Raza förmlich zur Tür hinaus, auf die Straße hinunter. Der von den Reifen des Lasters aufgewirbelte Staub senkte sich langsam, fast bedauernd in der Windstille des frühen Morgens herab. Raza schwenkte einen Arm hin und her und spürte, wie sich Gebirgspartikel auf seine Haut legten. Das war eindeutig nicht Peschawar. Bloß eine kurze Pinkelpause.

Er ging an den Straßenrand und knüpfte seine Hose auf. Ringsherum dehnte sich das reine Nichts. Jenseits von hier gab es schneebedeckte Gipfel und dahinter fruchtbare Ebenen, das wusste er, kam sich aber trotzdem vor wie auf einem öden, womöglich von Fabelwesen bevölkerten Wüstenplaneten – ein japanischer *tengu* hätte hier weniger fehl am Platze gewirkt als ein Junge aus Karatschi.

Als er zum Lastwagen zurückkehrte, sah er, wie Afridi sich aus dem Seitenfenster lehnte und Abdullahs Hand umfasst hielt.

Dann hob der ältere Mann eine Hand in Razas Richtung.

»Passt gut aufeinander auf, ihr beiden. Und bekommt euch nicht in die Haare wegen dem letzten Sowjet.«

»Was? Nein, warte.«

Aber seine Stimme ging unter im Dröhnen des Motors, und

dann setzte sich der Laster auch schon in Bewegung und ließ Raza und Abdullah zurück, mitten in der trostlosen Einöde.

»Wo fährt er denn hin?«

Abdullah sah ihn verwundert an.

»Nach Peschawar natürlich. Mein Bruder wird uns hier in der Nähe abholen. Komm, wir müssen ein Stück laufen.«

Seine Stimme hallte seltsam von den Bergen wider. Raza sah auf seine Füße hinab, die sich auf einmal anfühlten wie mit Blei beschwert. Er könnte sich nicht vom Fleck rühren, so viel war klar.

»Na komm, Raza.«

Raza atmete tief durch. Es war in Ordnung. Als er mit dem Gedanken spielte, Abdullah in die Lager zu begleiten, hatte er sich auch überlegt, wie er seinen Abgang bewerkstelligen könnte. Wenn er fortwollte, würde er Abdullah mit geknickter Miene erzählen, er hätte gerade einen Anruf von zu Hause bekommen, sein Großvater läge im Sterben. Dieser Großvater war eine frühe und, wie sich jetzt erwies, geniale Erfindung gewesen: Razas einziger überlebender Angehöriger, mit dem zusammen er in einer kleinen Hütte am Rande der Bahngleise lebte, weit weg von den anderen afghanischen Flüchtlingen, denn bei ihrem Anblick musste der Großvater immer weinen, weil ihm dann die verlorenen Berge seiner Vorfahren in den Sinn kamen.

Selbstverständlich müsste er daraufhin sofort das Lager verlassen und heimeilen zu seinem Großvater, wobei er versprechen würde, gleich nach der Beisetzung des alten Mannes zurückzukehren. Schließlich war es seine Pflicht, den Leichnam seines Großvaters in die Erde zu betten und ihm die Augen zu schließen, während der *maulwi* am Grab für seine Seele betete.

Ja, überlegte Raza, während er darüber nachdachte. Ja, das würde hinhauen. Und vorher – vorher würde er vielleicht ein oder zwei Tage in den Lagern verbringen. Um den Erzählungen der Mudschaheddin zu lauschen und zu lernen, wie man einen Raketenwerfer bedient. Er bewegte seine Füße auf Abdullah zu.

Scheinbar stundenlang marschierten sie über die immer schmaler werdende Schotterpiste durchs Nirgendwo. Schatten gab es keinen, sie waren der grellen Sonne schutzlos ausgesetzt (obwohl er wusste, dass es auf der anderen Seite der Berge Schatten geben musste, hatte Raza den Eindruck, sich auf einem Planeten zu befinden, auf dem nur Lebewesen, die es von der Erde hierher verschlagen hatte, Schatten warfen); dann, als sie um eine Ecke bogen, zeigte Abdullah auf etwas, das sich in der Ferne auf der Ebene erhob – eine sich scheinbar endlos hinziehende Kette niedriger Hügel. Nein – Raza schaute genauer hin. Zelte. Eine Stadt aus Zelten, in denen Flüchtlinge hausten.

»Jedes Mal, wenn ich herkomme, ist es doppelt so groß wie beim letzten Mal«, sagte Abdullah leise und so ernst, wie Raza ihn noch nie erlebt hatte.

Sie marschierten weiter, auf die Zeltstadt zu. Kurze Zeit später, als Raza annahm, dass sie jetzt den Abstieg in die Ebene antreten würden, ließ Abdullah sich, den Zelten den Rücken zukehrend, am Rand der Straße nieder, die sich wieder verbreitert hatte, und sagte: »Hier warten wir jetzt.«

»Ich würde mir das gerne mal ansehen«, sagte Raza und nickte mit dem Kopf zum Flüchtlingslager hinüber. Aus dieser Entfernung ließ sich nur erkennen, dass es riesengroß war.

»Was willst du denn da sehen?«, fragte Abdullah gereizt. »Menschen, die wie Tiere leben? Solche Orte sind der Feind aller Würde. Das ist gut. Es ist gut, dass wir so leben müssen, unter solchen Bedingungen.«

»Warum ist das gut?«

Abdullah sah sich über die Schulter nach dem Lager um.

»Ich habe das fast vergessen, Raza.« Es klang, als würde er ein schlimmes Verbrechen beichten. »Ich bin nach Karatschi gekommen, habe all die Lichter dort gesehen, die Verheißung, sogar da draußen in Sohrab Goth – und da habe ich das langsam vergessen. Seit einem Jahr bin ich nicht mehr in den Flüchtlingslagern gewesen. Afridi bietet mir immer an Halt zu machen, wenn wir unterwegs nach Peschawar sind, aber ich lehne immer ab, sage, ich will mir das nicht ansehen. So habe ich langsam vergessen, dass es für mich gar keine andere Möglichkeit gibt, als mich den Mudschaheddin anzuschließen. Die Jungen, die in den Lagern aufwachsen, werden das nicht vergessen. Wenn sie sich umschauen, werden sie wissen, wenn das hier die bessere Alternative ist, dann muss unsere Heimat jetzt das Tor zur Hölle sein. Und wir müssen alles tun, damit sie wieder zu einem Paradies wird.« Er wandte sich zu Raza um und sah ihn mit einem Gesichtsausdruck an, der ebenso erwachsen war wie sein Tonfall. »Vielen Dank, Bruder.«

Raza riss seinen Blick von dem Lager los und schaute Abdullah an. Zum ersten Mal wurde ihm bewusst, wie eigensinnig er war, wie ganz und gar auf sich fixiert.

»Du hattest recht«, sagte er. »In Karatschi. Als du gesagt hast, dass du dich anderweitig nützlich machen kannst. Bei der Nachschublinie. Die ist lebenswichtig, Abdullah. Die Jungen da unten« – er deutete auf die Zelte – »werden sich alle zu Kämpfern ausbilden lassen. Wer soll sich dann um den Nachschub kümmern? Wie soll Afridi das ohne dich schaffen? Ohne Waffen zum Kämpfen sind auch die Lager nutzlos.«

Abdullah sah Raza argwöhnisch an.

»Warum sagst du das alles jetzt?«

»Weil mir das bisher nicht so klar war.« Raza trat auf Abdullah zu und legte ihm eine Hand auf den Arm. »Du hast doch die Nummer von diesem Freund, bei dem Afridi in Peschawar unterkommt. Du solltest ihn anrufen, sobald wir im Ausbildungslager sind. Afridi bitten, dass er zurückkommt und uns wieder abholt.«

Abdullah sah Raza an, als hätte er einen Fremden vor sich, doch bevor er noch etwas sagen konnte, kam ein Jeep um die Ecke gebogen. Die beiden Jungen hielten sich schützend die

Hände vor die Augen, denn während er auf sie zuholperte, stoben unter den Reifen Kiesel empor.

»Da sind sie, jetzt bringen sie uns ins Ausbildungslager. Und im Übrigen, Raza, wir sind hier nicht in der Stadt. Im Lager gibt es keine Telefone.«

# 23

An dem Morgen, als Raza aus Karatschi abfuhr, wachte Hiroko, wie jeden Tag, beim ersten Gebetsruf vor Sonnenaufgang auf. Es bezauberte sie immer wieder, wie die arabischen Worte halblaut in den Innenhof hinunterhallten, wie ein Liebhaber, der sich auf leisen Sohlen in ein Haus stiehlt, obwohl er weiß, dass seine Angebetete ihn auch heute wieder abweisen wird – doch weil sie ihn jedes Mal mit so viel Sanftheit abweist, fasst er das als Ausdruck einer Beständigkeit auf, die der seinen gleichkommt. An diesem Morgen jedoch meinte sie, während sie Sajjads leisem Schnarchen an ihrer Schulter lauschte, eine eigentümliche Stille im Haus wahrzunehmen, deshalb befreite sie sich behutsam vom Arm ihres Mannes, der auf ihrer Taille ruhte, und schlüpfte aus dem Bett.

Razas Zimmertür stand offen. Was an sich noch nicht ungewöhnlich war, denn inzwischen waren die Nächte so warm, dass auch ein siebzehnjähriger Junge mehr Wert auf kühlenden Durchzug als auf Ungestörtheit legte. Trotzdem hastete sie eilig durch den Innenhof.

Als sie den auf Japanisch verfassten Brief sah, der auf seinem Kopfkissen lag, wusste sie, dass etwas nicht stimmte. Aus welchem Grund musste er schon vor Sonnenaufgang das Haus verlassen? Was stellte er Verbotenes an, bei dem er sich der Missbilligung seines Vaters so sicher war, dass er es Hiroko überließ, ihm die Kunde schonend beizubringen?

Nachdem sie den Brief gelesen hatte, rüttelte sie Sajjad umgehend wach und übersetzte ihm den japanischen Wortlaut, ohne irgendetwas auszulassen oder zu beschönigen.

*Bitte macht Euch keine Sorgen. Ich bin für ein paar Tage mit meinem Freund Abdullah verreist. Wir fahren einmal quer durch Pakistan. Es gibt so viele Gegenden im Land, die ich noch nie gesehen habe, und Abdullah hat überall Freunde, die sich um uns kümmern werden. Ich bringe Euch beiden Geschenke mit. Bald fange ich mit dem Studium an, dann ist für solche Ferien keine Zeit mehr, also seid mir bitte nicht böse. Raza.*

Zu ihrem Erstaunen schien Sajjad kein bisschen beunruhigt. Im Gegenteil, er lächelte sogar ein wenig.

»Du weißt nicht, wie es ist, ein siebzehnjähriger Junge zu sein«, sagte er gähnend und streckte wie gewohnt die Hand nach dem Leberfleck an ihrer Wange aus, schnalzte dann aber missvergnügt mit der Zunge, weil sie vor seiner Berührung zurückwich. »Wenn er uns vorher davon erzählt hätte, hättest du ihn doch endlos mit Fragen gelöchert, gib's zu. Wo fahrt ihr hin, bei wem kommt ihr unter, wer ist Abdullah, was treibt der so, warum lädst du ihn nicht erst mal zu uns ein, wie lautet die Telefonnummer seiner Familie, wie lauten die Nummern der Freunde, bei denen ihr absteigt, welche Kleidung nimmst du mit –« Er setzte sich aufrecht hin und zog seine Frau neben sich aufs Bett. »Und daneben fällt dir gar nicht auf, dass wir beide zum ersten Mal seit vielen Jahren das Haus für uns allein haben.« Er hauchte ihr ein Küsschen auf den Leberfleck. »Das wird wieder wie damals in unseren Flitterwochen.«

»Du bist genauso albern und leichtfertig wie dein Sohn«, sagte sie und versuchte halbherzig, seine Arme von ihrer Taille abzustreifen. »Wer ist Abdullah?«

»Hatte er nicht einen Klassenkameraden namens Abdullah? Würde mich wundern, wenn nicht. Abdullah – jeder kennt doch einen Abdullah.«

»Jeder kennt doch einen Abdullah«, äffte sie ihn unter Kopfschütteln nach. »Wer weiß, mit was für Leuten sich dein Sohn herumtreibt, wo er hin ist, und dir fällt dazu nur ein, dass doch jeder einen Abdullah kennt.«

»Vertraust du deinem Sohn etwa nicht?«

»Meinem Sohn vertraue ich. Aber Abdullah vertraue ich nicht.«

»Aber du kennst Abdullah doch gar nicht.«

»Ganz recht. Warum also sollte ich ihm vertrauen?«

Sajjad hielt sich die Ohren zu.

»Nagasaki, Dilli, Karatschi. Egal, wo ihr Frauen herkommt, sobald ihr Mütter werdet, verfallt ihr alle in dieselbe Logik. Frag doch mal seine alten Schulfreunde, wenn es dich glücklich macht. Frag Bilal.« Als sie daraufhin aufstand, hielt er sie am Arm fest. »Aber doch jetzt noch nicht. Die Sonne geht eben erst auf. So früh darfst du niemanden aus dem Bett reißen.« Aber sie machte sich mit einem Blick von ihm los, gegen den, wie er aus Erfahrung wusste, jeder Einwand zwecklos war.

Schon wenige Minuten später hatte sie sich über ein Seitentor Zutritt zu Bilals Haus verschafft und klopfte ans Fenster der Küche, weil sie wusste, dass Bilals Mutter Qaisra sich dort nach dem Morgengebet immer ihre erste Tasse Tee bereitete. Da ihre Söhne befreundet waren, hatten sich auch die Mütter über die Jahre miteinander angefreundet.

»Bilal ist nicht da«, sagte Qaisra, nachdem Hiroko den Grund für ihren frühmorgendlichen Besuch erklärt hatte. »Er hat im Wohnheim übernachtet, weil er mit zwei Kommilitonen länger an einem Projekt zu tun hatte. So hat er es mir jedenfalls erzählt. Weiß der Himmel, was sie jetzt so treiben, wo sie nicht mehr zur Schule gehen und meinen, sie wären schon erwachsene Männer.« Sie reichte Hiroko eine Tasse Tee. »Aber von einem Abdullah hat er nie etwas erzählt. Und wie du weißt, sehen unsere Söhne sich ja nicht mehr so oft.«

»Er wusste, dass wir etwas dagegen hätten, deshalb hat er uns vorher nichts von seinen Reiseplänen erzählt«, sagte Hiroko, stellte ihre Teetasse ab und fing an, geschäftig die ver-

trockneten Blätter von der Topfpflanze im Küchenfenster ab-
zuzupfen.

»Sie wollen eben schon erwachsen sein, während wir sie weiter als unsere kleinen Jungen sehen, aber im Grunde sind sie weder das eine noch das andere. Klingt das nicht weise? Das hast
du letztes Jahr zu mir gesagt, als Bilal einfach unser Auto genommen hat, ohne um Erlaubnis zu fragen. Hör zu, mach dich
nicht verrückt. Und hör auf, meine Pflanze so zu misshandeln.
Er wird bald zurück sein, und er wird schon keine Dummheiten
anstellen, egal, wo er gerade ist. Du hast einen guten Sohn großgezogen.« Sie senkte die Stimme. »Was man nicht von allen Leuten behaupten kann. Hast du gehört? Von Iffats Sohn, der sich
scheiden lassen will? Schrecklich, oder?«

»Für seine Frau eher nicht, nein«, sagte Hiroko, und Qaisra
lachte schallend.

»So eine Bemerkung kann auch nur von dir kommen.«

Seit Jahren hatten Hiroko und Qaisra sich gegenseitig beige-
standen, wenn ihre Söhne ihnen Sorgen machten, und auch heute
wieder fühlte sich Hiroko erheblich ruhiger, als sie sich von ihrer Freundin verabschiedete, die ihr noch mit auf den Weg gab,
dass Raza sicherlich nie etwas tun würde, das ernsthaft gegen
den Willen seiner Eltern verstieß.

Als Hiroko aber gerade das Haus verließ, hörte sie jemanden
»Mrs Ashraf!« sagen, und Qaisras Tochter Salma, eine ihrer früheren Schülerinnen, kam zu ihr auf die Straße hinaus.

»Er wollte hoch in die Gegend um Peschawar«, raunte sie mit
gesenkter Stimme. »Dieser Abdullah ist ein junger Afghane mit
einem Lastwagen. Raza hat ihn vor ein paar Monaten am Fischereihafen kennengelernt. Er will mit ihm in eins dieser Ausbildungslager. Für Mudschaheddin.«

»Rede keinen Unsinn«, sagte Hiroko. »Warum sollte Raza in
so ein Lager wollen?«

»Ich habe ihn gestern zufällig getroffen, an der Bushaltestelle. Wir haben uns unterhalten. Er hat es mir erzählt. In die-

sen Lagern, hat er gesagt, bekommt man in zwei Wochen genauso viel beigebracht wie in zwei Jahren als Kadett an der Militärakademie. Er hat fast geschwärmt davon, als ginge es um Ferien oder so.«

All das hatte er ihr tatsächlich erzählt, aber nicht an der Bushaltestelle. Nach Monaten der Funkstille hatte er sie am Vorabend mit einem Anruf überrascht. »Vielen Dank für deinen Rat«, sagte er merkwürdig gut gelaunt. »Du hattest recht. Ich komme besser mit anderen Menschen zurecht, wenn ich verberge, wer ich wirklich bin.« Es drängte ihn offenbar, ein Geheimnis loszuwerden, und als er zu reden begann, merkte sie, dass sie dazu ausersehen war, als einzige in Raza Ashrafs Leben von Abdullah, dem Afghanen zu erfahren, der mit Raza Hazara eines Tages darum wetteifern würde, den letzten Sowjet aus Afghanistan zu vertreiben.

»Es fällt dir also leicht, dumme Pathanen zu belügen. Soll ich deswegen beeindruckt sein?«, hatte sie eingeworfen, als er gerade schilderte, wie er Abdullah dazu gebracht hatte, sich für das Ausbildungslager zu entscheiden. Was er zum Anlass nahm, die Wirklichkeit etwas auszuschmücken und zu behaupten, er würde sich mit Abdullah zusammen »ein paar Wochen oder so« in dem Lager ausbilden lassen. Es verfehlte nicht seine Wirkung auf sie. Sie beschwor ihn, vorsichtig zu sein und sie von dort aus mal anzurufen, worauf er nur sagte »Mal sehen« und auflegte. Ihr war schon der Gedanke gekommen, dass sie irgendwem davon erzählen sollte – Bilal, ihren Eltern, Razas Eltern –, aber dann müsste sie mit der Frage rechnen, warum er das gerade ihr anvertraute. Und wie sollte sie das beantworten? Also beruhigte sie sich damit, dass er bloß Märchen erzählte – so wie das Märchen von dem Mann aus New York, der eine amerikanische Universität dazu überreden würde, ihm sein Studium zu finanzieren.

Nachdem Salma alles berichtet hatte, was Raza ihr erzählt hatte, fragte Hiroko nicht lange, warum er ihr seine Pläne anvertraute. Stattdessen wandte sie sich ab, um so schnell wie möglich nach Hause zurückzulaufen, doch sosehr sie auch mit den Armen ruderte, ihre Beine brachten nicht mehr als einen raschen Gehschritt zustande – und Sajjad, der gerade im Auto zur Arbeit fahren wollte, trat heftig auf die Bremse, als er sah, wie seine Frau in Zeitlupe auf ihn zugerannt kam, wie in der Parodie einer Filmszene, in der eine Frau nach Hause gerannt kommt, um ihrem Mann zu sagen, dass ihrem Sohn etwas Schreckliches zugestoßen ist.

Als sie ihm Salmas Worte wiedergab, hätte er im ersten Moment fast gelacht. Was erzählte ein Junge nicht für Geschichten, um Eindruck auf ein Mädchen zu machen! Und Salma war ohne Frage ein Mädchen, das einem Jungen ziemlich den Kopf verdrehen konnte. Älter zwar als Raza, aber trotzdem. Natürlich müsste er dem Jungen gehörig die Leviten lesen, wenn er wieder zurück war, wo immer er auch stecken mochte – was fiel ihm ein, seine Mutter so zu beunruhigen! Insgeheim aber fühlte er sich auch bestätigt – vor Jahren hatte er Hiroko darauf hingewiesen, dass Raza durchaus gewisse Züge seines Bruders Iqbal besaß, und jetzt zeigte sich, wie recht er damit hatte. Hiroko hatte heftig widersprochen, ihn einen ungerechten Vater geschimpft und einfach nicht begreifen wollen, dass Iqbal, obwohl er um seine Schwächen nur zu gut wusste, trotz allem sein Lieblingsbruder war.

Dann aber – Hiroko legte ihm gerade beide Hände um den Kopf, ganz so, als wollte sie ihn hier, vor aller Augen, mitten auf der Straße küssen – ging ihm unvermittelt ein Licht auf. Deswegen also die Merkwürdigkeiten, die er in den letzten Wochen bei Raza beobachtet hatte, sein auffälliges Interesse an Afghanistan! Er hatte sich eine Karte des Landes besorgt, Sajjad Fragen zu dem Krieg dort gestellt, alle Nachrichten darüber aufmerksam verfolgt, und das, wo er sich sonst höchstens für Meldungen über Cricket interessierte. Die einzige Erklärung dafür lag so klar auf der Hand, dass Sajjad sich nur wundern konnte, warum er seinem Sohn noch nicht eher auf die Schliche gekommen war. Offenbar hatte sein Sohn Pläne geschmiedet, überaus törichte Pläne, die einen jungen Mann von Razas Temperament durchaus begeistern konnten.

Ganz behutsam löste er die Hände seiner Frau von seinem Kopf.

»Ich finde ihn«, sagte er.

»Wie denn? Er könnte sonst wo sein.«

Sajjad berührte den Leberfleck an ihrer Wange, als wortloses Versprechen, und stieg wieder ins Auto.

»Ich fahre runter zum Fischereihafen. Irgendwer dort muss diesen Jungen kennen. Ich rufe dich dann von dort aus an. Sieh du zu, ob Salma noch irgendetwas weiß.«

Hiroko sah ihm nach, als er davonfuhr, und spürte dann eine Hand an ihrem Arm.

»Mehr weiß ich nicht«, sagte Salma. »Tut mir leid. Ich fürchte, dass ich an allem schuld bin.«

Es war unmöglich, Salma böse zu sein, als sie offenbarte, was sie alles zu Raza gesagt hatte, als sie das Thema Ehe besprachen. Nicht mal Qaisra konnte sie böse sein, ihrer lieben Freundin, von der Salma wohl diese Bemerkungen darüber, dass Raza »missgebildet« war, aufgeschnappt hatte. Hiroko hämmerte nur ein Gedanke durch den Kopf: die Bombe. In den ersten Jahren nach Nagasaki träumte sie oft, sie würde eines Morgens feststellen, dass die Brandmale von ihrer Haut verschwunden waren, und zugleich wissen, dass die Vögel jetzt in ihrem Inneren waren, aus ihren Schnäbeln Gift in ihr Blut träufelten und mit ihren verkohlten Schwingen ihre Organe umfingen. Nach ihrer Hochzeit tauchte Sajjad in diesen Träumen auf, küsste ihre heile Haut – sie konnte es spüren – und sagte, ein Wunder sei geschehen.

Nach dem Verlust ihrer Tochter aber hörten die Träume vorübergehend auf. Die Vögel hatten ein Opfer erbeutet.

Als sie mit Raza schwanger war, setzten sie allerdings wieder ein – beklemmender und quälender als je zuvor, und wenn sie aus einem solchen Traum hochschreckte, spürte sie ein Flattern in der Gebärmutter. Dann aber kam Raza zur Welt, mit fünf Fingern und fünf Zehen, gesund und wohlgebildet in jeder Hinsicht, und sie hatte das Gefühl, verschont worden zu sein, dass die Vögel endlich von ihr abgelassen hatten.

Dass die Vögel davonfliegen, sich im Kopf dieses Mädchens einnisten und von dort in Razas Herz eindringen könnten, hätte sie nie für möglich gehalten. Sie hatte nie recht verstanden, warum ihr Sohn so um Anpassung bemüht war, warum er so erbost reagierte, wenn jemand sein fremdartiges Aussehen ansprach – bei einem Jungen, der so begierig war, die Sprachen verschiedener Stämme, verschiedener Nationen zu lernen, kam ihr das immer reichlich aufgesetzt vor –, aber sie wusste genau, welches Stigma es bedeutete, von der Bombe gezeichnet zu sein. *Hibakusha*. Kein Wort hasste sie mehr, bis heute. Und keines war mächtiger. Um ihm zu entkommen, war sie auf einem Schiff nach Indien gereist. Indien! Um dort ein Ehepaar aufzusuchen, das sie nicht kannte, eine Welt zu betreten, über die sie nichts wusste.

Hiroko winkte wortlos ab, während Salmas Redeschwall kein Ende fand – warum hörte das dumme Mädchen nicht endlich mit seinem Geplapper auf –, und ging die Straße hinab auf ihr Haus zu. Er war ihr Sohn. Ihr Sohn. Mit demselben Drang zu flüchten wie sie, dem nichts unmöglich schien, außer reglos zu verharren. Sie stieß die Haustür auf, trat in den Flur und blieb am Durchgang zum Innenhof stehen. Die Schatten des Niembaums fielen genau dorthin, wo sie um diese Morgenstunde immer hinfielen; das umgegrabene Blumenbeet rings um den Baum verriet ihr, dass Sajjad die Überreste der Frühlingsblumen entfernt hatte und nun Zinnien setzen würde – damit fing der Sommer endgültig an. Und mit den Zinnien würden sich auch Schmetterlinge einstellen. Irgendwann im Lauf der Jahrzehnte war sie an diesem Ort heimisch geworden, hatte gelernt, sich intuitiv auf seine länger werdenden Tage einzustellen, auf seine wandernden Schatten.

Sie hastete durch den brütend heißen Innenhof, ging in Razas Zimmer und legte sich auf sein Bett, den Kopf an sein Kissen geschmiegt. Wie oft hatte Raza die Geschichte vom großen Abenteuer seiner Mutter zu hören bekommen – von Tokio nach Bombay! Von Bombay nach Delhi! Welche Verzweiflung sie im Grunde zu dieser Reise getrieben hatte, verriet sie ihm nie, weil er vor allem den Eindruck bekommen sollte, wie unerschrocken sie war. Unerschrocken und wandelbar, jederzeit in der Lage, von einer Haut in die nächste zu schlüpfen, von einer Stadt in die nächste. Wozu ihm von der Wucht einer Bombenexplosion erzählen, die sie in eine vollkommen fremde Welt schleuderte, in ein Nagasaki, das noch unvertrauter war als Delhi? Die ihren Vater so grauenhaft entstellte, dass sie ihn nicht erkannte, als er starb. All dies jedoch hatte sie immer von Raza fernhalten wollen. Deshalb bildete nicht die Bombe das zentrale Geschehen, wenn sie ihm von ihrer Jugend erzählte, sondern die lange Reise danach.

»Aber hattest du denn keine Angst?«, hatte Raza einmal gefragt, als es um ihre Ankunft in Indien ging.

»Nein«, hatte sie lächelnd erwidert und dann gelacht, weil ihr Sohn ein so erstauntes Gesicht machte. Im Großen und Ganzen entsprach das der Wahrheit: Angst hatte sie keine gehabt. Aber auch nur, weil sie stets nur die unmittelbar nächste Etappe ihrer Reise im Auge behalten, nie darüber hinausgedacht hatte.

Und jetzt, wo ihr Sohn unübersehbar in ihre Fußstapfen trat, sah sie nur zu deutlich vor sich, was als Nächstes geschehen würde, und als Nächstes, und als Nächstes.

Sie lag da, beide Arme eng um sein Kissen geschlungen, bis sie irgendwann eindöste. In ihrem Traum sprach Raza mit einem afghanischen Jungen, der aber zugleich ihr ehemaliger Schüler Joseph war, der Kamikazeflieger. »Vielleicht gehe ich doch nicht zur Luftwaffe«, sagte Joseph, der zugleich der afghanische Junge war. Raza verzog höhnisch das Gesicht. »Hast du etwa Angst, Kleiner?« Joseph richtete sich trotzig auf, breitete seine schwarzen Schwingen aus, und als er den Mund öffnete, kamen vertrocknete Kirschblüten herausgeregnet und landeten auf der kargen Erde Afghanistans.

## 24

Von ihrem Treffpunkt im Nirgendwo brauchten sie im Jeep über eine Stunde, bis sie beim Lager ankamen. Es befand sich auf einem Hochplateau und war nur über eine Schotterpiste zu erreichen, die sich von Pakistan nach Afghanistan und wieder zurück schlängelte. Dieser einzige Zufahrtsweg hatte den Vorteil, unliebsamen Überraschungen vorzubeugen, wie sie Abdullahs ältester Bruder während seiner Kampfausbildung in einem Lager erlebt hatte – eine Schar Stammesangehöriger, die eine Abkürzung nahmen, stieß zufällig auf das Lager, das gleich am nächsten Tag an einen anderen Ort verlegt werden musste.

Der Fahrer des Jeeps, dessen Gesicht hauptsächlich aus Vollbart und Nase bestand, deutete auf einen schmalen Pfad, der sich um die Bergflanke herumwand, und sagte, da hinten gehe es zu einem der arabischen Ausbildungslager. Das Wort »arabisch« spie er voller Abscheu aus.

»Aber keine Angst«, sagte er und wandte sich Raza mit verblüffend jungenhaftem Lächeln zu. »Wo wir hinfahren, sind nur Paschtunen. Kann sein, dass man dich anfangs etwas ruppig behandelt – einige Männer dort sehen es nicht gern, wenn ein Hazara in unser Lager kommt. Aber mach dir keine Sorgen – du bist Afghane und Moslem und ein Freund von Abdullah. Du wirst dir ihr Vertrauen schon erwerben.« Er knuffte Abdullah in die Seite, der ihn fröhlich anstrahlte, und erst da wurde Raza klar, dass es sich um Abdullahs Bruder handelte.

Raza hörte das Lager, bevor er es sah. Erst meinte er, das Meer tosen zu hören – ihm fielen Erdkundebücher ein, in denen versteinerte Fische abgebildet waren, die man auf Berggipfeln im ewigen Eis gefunden hatte –, aber der Lärm wurde immer lauter, bis er sich als Gewehrfeuer entpuppte.

»Wie soll denn dieser Standort geheim bleiben?«, schrie er über den Lärm hinweg.

Ismail, Abdullahs Bruder, zuckte die Achseln.

»Das Echo hier sorgt dafür, dass sich die Geräusche nicht orten lassen.« Er hielt den Jeep an und deutete zu einem gewundenen Pfad hinüber. »Da müsst ihr lang. Ich komme später zurück.« Er wandte sich um, nahm zwei Bündel aus graubraunem Tuch von der Rückbank und warf sie Abdullah und Raza zu. »Das ist die Hälfte eurer lebenswichtigen Ausrüstung. Die andere Hälfte – eure Gewehre – bekommt ihr dann im Lager.«

»Wozu ist das gut?«, fragte Raza Abdullah, während der Jeep rasant auf der Schotterpiste zurücksetzte. Er entfaltete das Bündel. Es handelte sich um ein etwa zwei Meter langes Rechteck aus Tuch.

»Für alles«, antwortete Abdullah. »Habt ihr Hazaras keine *patus*?« Er ging auf den Bergpfad zu und gab Raza mit der Hand ungeduldig Zeichen mitzukommen. »Er ist die Decke, unter der du schläfst, der Schal, der dich warm hält, deine Tarnung im Gebirge und in der Wüste, deine Trage, wenn du verwundet bist, das Tuch, mit dem du Verrätern die Augen verbindest, deine Aderpresse, deine Gebetsmatte. Wenn du im Kampf fällst, wirst du in deinem blutigen *patu* beerdigt – die Körper toter Mudschaheddin müssen vor der Beisetzung nicht gewaschen und gereinigt werden. Das Paradies ist uns auch so gewiss.« Er wandte sich lächelnd zu Raza um. »Aber das hat bei uns ja noch Zeit. Kein Grund, die Sache zu überstürzen, Bruder, also geh nicht so dicht am Rand des Weges.«

Raza wich erschrocken zurück und drückte sich an die Felswand. Ihm war gar nicht aufgefallen, wie gefährlich dicht er an den Rand des Pfades geraten war, während er fasziniert auf das Plateau hinabschaute – auf die langen Reihen Zelte, die Pferche mit Nutzvieh, die Männer, von deren Körpern Licht abstrahlte.

Die Bewohner dieses Planeten sind Halb-Engel, dachte er unwillkürlich, bis er bei genauerem Hinsehen erkannte, dass alle Männer Kalaschnikows trugen, die im Sonnenlicht funkelten.

Als sie schließlich auf dem Plateau ankamen – brütend heiß und still wie ein Backofen –, fühlte Raza sich der Ohnmacht nahe. Es lag nicht bloß an dem anstrengenden Fußmarsch durchs Gebirge und an der erbarmungslos glühenden Sonne, dass ihm auf einmal schwindelig wurde und das Blut in den Ohren rauschte. Wie sollte man von so einem Ort entkommen? Selbst wenn es einem gelang, sich unbemerkt den Pfad hinaufzustehlen, wie sollte es dann weitergehen? Wie war er bloß hierher geraten? Aus Übermut, weil er monatelang unbehelligt eine Lüge gelebt hatte, war er dem Irrglauben verfallen, immer alles unter Kontrolle zu haben. Nun wurde ihm mit Entsetzen klar, wie dumm und anmaßend das von ihm gewesen war. Er ließ sich schwer auf einen Felsbrocken sinken, ohne die Männer weiter zu beachten, die herbeieilten, um Abdullah zu begrüßen und ihn fragend zu mustern.

Er sehnte sich nach seinen Eltern. Er sehnte sich nach seinem Bett und nach den vertrauten Straßen seiner Kindheit. Sogar nach einer Mango sehnte er sich, warum auch immer.

Einer der Männer stupste ihn mit dem Fuß an.

»Übst du schon mal, wie man Teil der Landschaft wird, mein Fels?«, fragte er, nicht unfreundlich, eher belustigt.

Raza blickte hoch in die grünen Augen des Mannes, die ihn interessiert musterten, und dabei fielen ihm schlagartig die Geschichten ein, die man sich daheim in seinem Viertel über afghanische Männer und ihre Schwäche für hübsche Jungen erzählte. Er wagte sich vor Unbehagen nicht zu rühren.

»Spricht er kein Paschtu?«, sagte der Mann, zu Abdullah gewandt.

Abdullah gab Raza einen Klaps gegen den Hinterkopf.

»Er spricht nur Paschtu.« Er erzählte die Geschichte von Raza Hazara und seinem Schwur, seine Muttersprache erst wieder nach siegreich bestandenem Kampf zu benutzen. Während er zuhörte, versuchte sich Raza zu erinnern, wie er als Hazara auftreten musste – stellte sich bildlich vor, wie er eine Kalaschnikow an seine Schulter hob, doch inmitten dieser Männer, die so vertraut im Umgang mit dieser Waffe waren, sah er ein, was für ein Hochstapler er im Grunde war.

Abdullah beugte sich zu ihm hinab und packte ihn an der Schulter.

»Wenn du weinst, bringe ich dich um«, flüsterte er.

Raza hob den Blick zu Abdullah, zu dem Mann mit den grünen Augen, zu den Bergen, zum Himmel. Auf einmal geriet alles ins Wanken. Er stützte die Hände auf den Boden und spürte spitze Steinchen, die sich in seine Haut bohrten, als er sich lang auf dem Boden ausstreckte und den Kopf auf den Stein bettete, auf dem er gerade gesessen hatte. Weißes Licht flutete sein Gesichtsfeld, und nur sein stoßweise gehender Atem hielt ihn davon ab, sich zu übergeben. Noch nie hatte er solche Hitze erlebt, solche Todesangst verspürt.

Die Stimmen um ihn herum drangen nur wie in Wellen an sein Ohr. Vielleicht befand er sich gar nicht hier, sondern zu Hause in seinem Zimmer, wo an der Decke der Ventilator surrte und bei jeder Umdrehung vernehmlich ruckelte, so dass der Strom der Geräusche, die aus dem Innenhof hereindrangen, unterbrochen wurde und etwa jede dritte Silbe vom Gespräch seiner Eltern verloren ging.

Warmes Wasser rann ihm übers Gesicht. Als er die Augen aufschlug, sah er, wie der Mann mit den grünen Augen sich aus einer Flasche Wasser in den Handteller kippte, mit dem er Raza behutsam das Gesicht benetzte. Abdullah versetzte ihm einen Tritt, worauf Grünauge etwas sagte, das Raza aber nicht verstehen konnte, weil der Deckenventilator wieder surrte. Zugleich verengte sich sein Gesichtsfeld, bis er vor sich nur noch diese grünen Augen sah.

*Onkel Harry?*, dachte Raza, und dann schlossen sich die grünen Augen, und alles versank in tiefer Finsternis.

Erst nach einigen Minuten kam er wieder zu sich: Man hatte ihn in den Schatten der Berge geschafft, mit seinem *patu* als Kopfkissen. Neben ihm lag eine Flasche Wasser. Er richtete sich auf einen Ellbogen auf und trank gierig, bevor er sich wieder zu Boden sinken ließ und, fast bewusstlos vor Erschöpfung, einschlief; die Strapazen der letzten Tage, der unruhige, immer wieder durch scharfes Bremsen oder rasante Lenkmanöver unterbrochene Schlaf in der beengten Fahrerkabine oder hinten auf der Ladung Kalaschnikows, machten sich erst jetzt körperlich bemerkbar.

Später, viel später stieß ihm eine Sandale gegen die Rippen. Scheinbar hatte Abdullah beschlossen, sich so weit wie möglich von ihm, dem in Ohnmacht fallenden Schwächling, zu distanzieren, indem er ihn wie ein Tier behandelte.

Raza wurde schon vom ersten Tritt wach, öffnete aber nicht die Augen. Beim zweiten Tritt packte er Abdullah am Knöchel und drehte ihn so heftig herum, dass der Junge umkippte und am Boden landete. Abdullah rappelte sich hastig auf, aber es war schon zu spät – drei Mudschaheddin, die ganz in der Nähe im Schatten der Felswand saßen, *naswar* kauten und gerade in einen angenehmen Rauschzustand glitten, lachten ihn bereits fröhlich aus.

»Dein Freund hat dir heute eine Extralektion erteilt«, sagte einer der Männer. »Ein Mann mit geschlossenen Augen muss nicht unbedingt wehrlos sein.«

Abdullah ging davon, ohne etwas zu erwidern. Dass Raza sich umdrehte und sich wieder in tröstlichen Schlaf flüchtete, lag diesmal nicht an seiner Erschöpfung.

Beim nächsten Mal war es der Mann mit den grünen Augen, der ihn an der Schulter wachrüttelte und zur untergehenden Sonne deutete. Raza richtete sich auf und sah ihn verständnislos an.

»Du hast bereits zwei Gebetszeiten verschlafen«, sagte der Mann. »Komm, steh auf. Du magst ja kein Paschtune sein, aber ein Mann bist du trotzdem. Nun reiß dich zusammen.«

Raza kämpfte sich unter Mühen vom Boden hoch. Bleierne Schwere lähmte seine Glieder, aber auch sein Herz. Er sah zu, wie der Mann eine Hand voll trockene Erde aufhob, sich damit Hände und Arme abrieb und zum Schluss noch sein Gesicht damit bearbeitete. Tarnung, mutmaßte Raza.

»Wir sind wie die ersten Muslime in den Wüsten Arabiens«, sagte der Mann, während er sich mit den Händen durchs Haar fuhr, und da begriff Raza, dass er seine rituelle Reinigung durchführte.

Nickend folgte Raza dem Beispiel des Mannes und versuchte nicht daran zu denken, wie seine Mutter ihm, als er in der Seifenfabrik arbeitete, jeden Tag ein Häuflein Asche bereitgelegt hatte. Erst jetzt wurde ihm klar, dass dies ein Liebesbeweis gewesen war. Nein, er durfte nicht an Hiroko denken, auch nicht an Sajjad. Sonst stieg ein Gefühl von Einsamkeit in ihm auf, das noch schlimmer war als die Angst.

Nachdem Raza auch seine Füße gewissenhaft gesäubert hatte, bedeutete ihm der Mann mit den grünen Augen, ihn mit seinem *patu* zum Gebetsbereich zu begleiten – neben einem kahlen Baum, dessen Äste dieselbe graubraune Farbe hatten wie die *patus* der Männer –, wo sich gerade die Bewohner des Lagers in langen, geordneten Reihen versammelten. Von den Ästen des Baumes hingen Gewehre wie Früchte aus Metall. Raza fiel auf, dass die meisten Männer jünger als er waren, manche sogar jünger als Abdullah. Das Abendrot milderte die scharfen Umrisse der Welt, alles erglühte warm oder versank in Schatten. Mittlerweile war es kühler, außerdem war Stille eingekehrt. Es war ein Moment von großer Schönheit, und Raza durchströmte eine tiefe, nie gekannte Ehrfurcht, als er seinen *patu* auf dem Boden ausbreitete und sich daraufstellte. Abdullah drehte sich nach ihm um, und die beiden Jungen nickten sich mit scheuem Lächeln zu, als stünde ihnen beiden die erste Begegnung mit ihrer künftigen Braut bevor und als würden sie in den Augen des anderen die eigenen Empfindungen wiedererkennen, eine Mischung aus Aufgeregtheit und Furcht. Raza Hazara wachte auf, betrachtete die Welt und fand sie außerordentlich.

Der Vorbeter rezitierte die Basmala mit einer Stimme, die weithin durch die Berge hallte. Sogar der Himmel hier sah anders aus als alles, was Raza je gesehen hatte, denn seine Farbe spielte ins Violett hinüber.

Er spürte, wie die Worte des Gebets von einem inneren Ort des reinen Glaubens zu ihm empordrangen. Das hatte er schon früher manchmal empfunden, aber nie so stark. In der Regel war das Gebet für ihn eher eine Abfolge auswendig gelernter Worte, die wenig bedeuteten. In diesem Augenblick aber fand er in jeder halblaut gemurmelten Silbe Arabisch, obschon er die genaue Bedeutung der Wendungen bis heute nicht kannte, einen Sinn: *Herr, Allah, hilf mir, von diesem Ort zu entkommen, erlöse mich, erlöse mich.*

Und diesem Gedanken folgte die Bitte: *Segne und behüte diese Männer.*

Nachdem das Gebet beendet war, kam Abdullah zu ihm und schlang ihm einen Arm um die Schulter.

»Du hast mich wütend gemacht«, sagte er. »Kann sein, dass ich deswegen etwas gesagt habe, was ich besser nicht gesagt hätte.«

»Gesagt hast du doch gar nichts«, sagte Raza. »Du hast mich bloß getreten.« Er stupste mit den Zehen gegen Abdullahs Knöchel, zum Zeichen, dass er ihm verzieh.

»Nein, nicht zu dir. Zu ihm.« Er zeigte auf einen sehr hochgewachsenen Mann, der mit vor der Brust verschränkten Armen zu Raza herüberschaute. »Das ist der Kommandeur. Du musst zu ihm gehen und mit ihm sprechen.«

»Worüber?«

Aber Abdullah ging bereits fort, ohne Raza anzusehen.

»Geh einfach und rede mit ihm.«

Der Kommandeur befahl ihn mit einer ungeduldigen Kopfbewegung zu sich, so dass Raza wohl oder übel zu ihm hinübergehen musste.

Der Kommandeur sagte nichts, packte ihn bloß im Nacken und stieß ihn auf ein Zelt zu. Wieder fiel Raza mit Schrecken ein, welche speziellen Neigungen den Pathanen so nachgesagt wurden, aber dann sah er, dass sich im Zelt noch ein anderer Mann aufhielt, von ganz und gar nicht pathanischem Aussehen. Ein kleiner Mann, auffallend dunkelhäutig, mit penibel gestutztem Bärtchen, der sich gerade sorgfältig die Hände an einem rosaroten Kleenextuch abwischte.

»Das ist er?«, fragte er in stark akzentgefärbtem Paschtu. Der Kommandeur nickte nur und verschwand wieder aus dem Zelt. Der Mann fixierte Raza streng.

»Name?«

»Raza.«

»Name des Vaters?«

Der Name seines Vaters war Raza Hazara seit Jahren nicht über die Lippen gekommen. Er würde ihn erst wieder nennen, wenn der letzte Sowjet aus Afghanistan vertrieben war.

»Sajjad Ali Ashraf«, sagte er.

»Ist er ein Hazara?«

»Nein. Seine Familie stammt aus Delhi. Meine Mutter ist Japanerin.«

Der Mann zog eine Augenbraue hoch und lehnte sich auf dem Stuhl zurück.

»Der Name des Amerikaners, mit dem du am Hafen warst?«, fragte er, jetzt auf Urdu.

»Harry Burton.«

Der Mann schüttelte angewidert den Kopf.

»Wie können wir zusammenarbeiten, wenn du mir so wenig vertraust?«, sagte er.

»Ich vertraue Ihnen ja«, beteuerte Raza hastig, was dem Mann ein unschönes Lachen entlockte.

»Wer bist du schon? Was juckt es mich, ob du mir vertraust oder nicht? Harry Burton, Harry Burton.« Wieder schüttelte er den Kopf. »Ich bin ihm nie begegnet, aber ich kenne die Geschichte. Kennst du sie auch? Als er sich das Haar gefärbt und in ein Tuch gehüllt hat, in der Annahme, so könnte er sich unerkannt in eins unserer Lager einschleichen. Ohne dass wir davon erfuhren, dass die CIA an Orten herumschnüffelt, wo sie auf ausdrückliche Anordnung ihrer Regierung nichts zu suchen hat.«

*Onkel Harry?*

»Richte ihm einen guten Rat von mir aus. Richte ihm aus, die CIA soll ihren Agenten beibringen, anders zu gehen. Amerikaner haben einen ganz typischen Gang. Daran erkenne ich jeden von ihnen, schon von weitem.« Er streckte die Hand mit dem Kleenextuch aus, und Raza trat reflexhaft vor, um ihm das Tuch abzunehmen. Das schien dem Mann zu gefallen. »Warum also haben sie dich hergeschickt? Du machst einen vollkommen unfähigen Eindruck.«

»Mich hat niemand hergeschickt.«

»Mit Lügen machst du alles nur noch schlimmer«, sagte der Mann sanft. »Dass du für die CIA arbeitest, hast du ja schon zugegeben. Welchen Sinn hat also die Behauptung, dich hätte niemand hergeschickt?«

»Ich kann gehen, wenn Sie wollen«, platzte Raza heraus und hätte sich für diese tölpelhafte Bemerkung gleich darauf am liebsten geohrfeigt.

Diesmal klang das Gelächter des Mannes schon echter.

»Ja, das will ich. Geh zurück zu deinem Mr Burton und sag ihm, wir können uns diese ewige gegenseitige Bespitzelung nicht leisten. Schon schlimm genug, dass ich die ganze Zeit zwischen afghanischen Kommandeuren und Politikern vermitteln muss, deren Hass aufeinander größer ist als der Hass auf die Sowjets – und deren gemeinsamer Hass sich auf die arabischen Brüder richtet, die hergekommen sind, um sie in diesem Dschihad zu unterstützen. Das ist zu viel. Seit Monaten habe ich deswegen schon Magenprobleme.«

»Das tut mir aufrichtig leid«, sagte Raza.

Als der Mann diesmal lachte, klang es geradezu herzlich.

»Ich verstehe nicht, was die CIA mit einem Bübchen wie dir will. Hast du Geld?«

Raza griff in die Tasche seines *kamiz* und holte ein Bündel Rupienscheine heraus.

»Bitte sehr, Sir.«

»Also jetzt tust du aber nur so, so dumm kann doch kein Mensch sein«, sagte der Mann lächelnd. »Du kommst jetzt mit. Auf der Stelle. Ich fahre dich zu einem Bahnhof. Für eine Fahrkarte zurück nach Karatschi müsste dein Geld reichen. Und merke dir eins, Raza Ali Ashraf: Sollte so etwas noch einmal vorkommen, bin ich nicht mehr so nachsichtig. Jede Freundschaft hat ihre Grenzen, das kannst du Harry Burton gern ausrichten.«

»Ja, Sir, wird gemacht«, sagte Raza. Er folgte dem Mann aus dem Zelt und stapfte mit ihm den Bergpfad hinauf, zu dem Jeep, der ihn zu einem Zug bringen würde, mit dem er nach Hause fahren konnte, und dabei hob er immer wieder dankbar den Blick zum Himmel, überglücklich darüber, dass sein Gebet so rasch erhört worden war.

Auf halbem Weg jedoch hörte er, wie jemand seinen Namen rief. Es war Abdullah, der hinter ihm hergerannt kam.

»Wo willst du hin?«, keuchte er.

Ehe Raza etwas sagen konnte, wandte sich der Mann zu Abdullah um und hob gebieterisch die Hand.

»Er kommt mit mir mit. Geh wieder runter ins Lager.«

Aber Abdullah rührte sich nicht von der Stelle.

»Ist es wegen dem, was ich gesagt habe?« Er riss bestürzt die Augen auf und fasste Raza am Ärmel. »Nein, das war doch kein Ernst. Er arbeitet nicht für die CIA. Er will mit uns kämpfen. Er ist Afghane, er will Mudschahed werden. Das ist sein größter Wunsch. Ich war wütend, deshalb habe ich Lügen über ihn erzählt.«

»Geh wieder runter«, wiederholte der Mann in einem Tonfall, der Raza frösteln ließ. Aber Abdullah gehorchte nicht.

»Sie dürfen ihn nicht fortschicken. Er ist hergekommen, um mit uns zu kämpfen. Nur aus dem Grund ist er hier. Ich habe gelogen. Glauben Sie mir doch, bloß gelogen.«

Der Mann sah Raza gleichmütig an.

»Vorwärts«, sagte er sanft.

Raza löste behutsam Abdullahs Hand von seinem Ärmel und brachte es nicht über sich, den Jungen anzusehen, dem dicke Tränen übers Gesicht rannen.

»Es tut mir leid«, flüsterte Abdullah. »Raza Hazara, mein Bruder ...«

Raza schüttelte nur den Kopf und ließ ihn stehen. Bei jedem Schritt, mit dem er sich weiter von Abdullah entfernte, vertiefte sich in ihm das schmerzliche Gefühl von Kummer und Einsamkeit.

»Diese Burschen sind wirklich nichts als Walnüsse«, brummte der Mann, während er Raza vor sich herstieß, auf den Jeep zu.

## 25

Es war der vierte Tag seit Razas Verschwinden aus Karatschi. Bei Sonnenuntergang hatte sich Sajjad Ali Ashraf schon fast damit abgefunden, dass er wieder einen Tag mit sinnlosem Hin und Her zwischen Industrie- und Fischereihafen vertan hatte, um Fischer und Fernfahrer anzusprechen und zu fragen, ob ihnen vielleicht ein junger Afghane namens Abdullah bekannt war. Den einzigen Erfolg hatte er am zweiten Tag verbuchen können, als er im Hafen einen Fernfahrer fand, der sich an den Jungen erinnerte und sagte, er arbeite mit einem anderen Pathanen zusammen – Sajjad erinnerte sich dunkel, Raza hatte sich mit einem Jungen und einem älteren Mann unterhalten, als er vor all den Monaten mit Harry zusammen vom Fischereihafen zurückkam –, aber wo Abdullah oder der andere Pathane zu finden war, wusste der Fahrer nicht. »Aber ich sehe sie hin und wieder, entweder hier oder im Frachthafen. Irgendwann werden die beiden schon wieder auftauchen.«

»Er wird nicht auftauchen«, hatte Hiroko an jenem Abend gesagt, als Sajjad schließlich deprimiert nach Hause zurückkehrte. »Sein Ziel war ein Lager an der afghanischen Grenze. Was hoffst du am Hafen zu finden, Sajjad?«

»Vielleicht läuft mir dort sein Freund über den Weg, der andere Pathane. Der könnte Genaueres wissen. Was verlangst du denn von mir, Hiroko? Soll ich zu Hause sitzen und Däumchen drehen, während mein Sohn sich in einem Abenteuerfilm wähnt, in einem Lager, in dem alle mit Kalaschnikows bewaffnet sind und wer weiß was sonst noch vor sich geht? Was wird man mit ihm machen, wenn herauskommt, dass er lügt? Hazara! Was fällt ihm denn nur ein … hat er den Verstand verloren? Steht er unter Drogen? Diese Afghanen und ihr Rauschgift. Bestimmt hat dieser Abdullah ihn dazu verleitet, Drogen zu nehmen.«

Deshalb fuhr Sajjad jeden Morgen in aller Frühe zum Hafen hinunter, um Ausschau nach dem pathanischen Fernfahrer zu halten – obwohl er ihn nur einmal flüchtig gesehen hatte und ansonsten auf die spärlichen Angaben angewiesen war, die andere Fahrer zu seinem Äußeren gemacht hatten. Aber zur Arbeit zu gehen, als wäre nichts geschehen, das kam für ihn nicht in Frage. Den ganzen Tag bis in den Abend pendelte er zwischen Fischereihafen und Frachthafen unermüdlich hin und her; in beiden Häfen hatte er Straßenjungen angeheuert, für ein bisschen Geld Ausschau nach dem Pathanen zu halten, die jedes Mal sein Auto umlagerten, wenn er auftauchte. Dass er für das erfolgreiche Auffinden des Gesuchten zusätzlich eine Belohnung in Aussicht stellte, hatte leider nur eine Reihe von Fehlsichtungen zur Folge, mehr nicht. Viel länger konnte er so nicht weitermachen, das war ihm klar. Der Direktor der Seifenfabrik – ein Verwandter von Kamran Ali, in dessen Auto Hiroko und Sajjad vor einer halben Ewigkeit durch Mussoorie gegondelt waren – hatte zwar verständnisvoll reagiert, als Sajjad ihm telefonisch erklärte, warum er ein paar Tage Urlaub nehmen musste, aber das bedeutete nicht, dass er der Arbeit unbegrenzt fernbleiben konnte.

Spät am vierten Abend jedoch – während Raza gerade im Zug saß und angeekelt sein Spiegelbild in dem verschmierten Fenster betrachtete – versuchte Sajjad noch einmal sein Glück im Frachthafen. Schiffe in allen Größen lagen am Kai vor Anker, es roch intensiv nach Diesel und anderen Kraftstoffen, die Greifarme riesiger Kräne ragten bedrohlich über den Docks auf. Sajjad aber beherrschte einzig der Gedanke, dass er endlich jemanden entdeckt hatte, den er kannte. Und zwar Sher Mohammed, Harrys Rikschafahrer, der mit einem drahtigen Mann zusammenstand und den Kopf schüttelte, während sein Gegenüber erregt mit den Händen fuchtelte.

Vier Tage lang hatte Sajjad unablässig gebetet. Er war nie sonderlich religiös gewesen, doch jetzt suchte und fand er Halt im Ritual des Betens, während er ständig im Auto hin und her fuhr, von den Straßenjungen immer wieder nur ein Kopfschütteln erntete, nein, nicht gesehen, vielleicht doch, aber eher nein, und darauf wartete, sich danach sehnte, endlich von der quälenden Ungewissheit erlöst zu werden. Er wiegte sich vor und zurück, bewegte unablässig die Lippen, während er in einem fort das *ayat-ul-kursi* rezitierte, denn anders als seine Mutter schreckte er davor zurück, mit Gott zu sprechen, als sei Er ein widerspenstiger Geliebter. Den Allmächtigen so ungehemmt anzufahren, das brachte er nicht fertig, deshalb betete er zu Ihm in einer Sprache, die er nicht verstand, was ihm irgendwie nur angemessen schien im Umgang mit einer Macht, die keine Gnade zeigte, als Altamash ermordet wurde, als Iqbals Frau und Kinder abgeschlachtet wurden, als er selbst das Konsulat in Istanbul aufsuchte, und doch so gnädig war, ihm einen Sohn zu schenken, den er sich, was ihm aber eigentlich erst jetzt so richtig klar wurde, geradezu verzweifelt gewünscht hatte. Sajjad hatte Raza geliebt, seit er ihn zum ersten Mal als strampelnden Säugling im Arm gehalten hatte, aber er hatte ihn auch bald als selbstverständlich empfunden, so, wie er im Grunde immer alle Glücksfälle seines Lebens, von Hiroko einmal abgesehen, als selbstverständlich empfunden hatte.

Nun jedoch, als er die vertraute Gestalt Sher Mohammeds erkannte und sich in Erinnerung rief, dass der Rikschafahrer ja vor dem Fischereihafen geparkt hatte, als Raza den jungen Afghanen kennenlernte, überkam ihn solche Dankbarkeit, dass er kurz stehenbleiben musste. Ein paar Sekunden lang starrte er Sher Mohammed reglos an und überlegte, dass wohl selten ein Gebet in so ungewöhnlicher Form erhört worden war wie in Gestalt dieses schmächtigen Männleins, das kaum noch Zähne im Mund und ein zerfetztes Ohrläppchen hatte. Sher Mohammed, davon war Sajjad felsenfest überzeugt, würde ihm helfen, Raza zu finden; dass er jetzt hier war, konnte nur ein Wink der Vorsehung sein.

Vor Dankbarkeit wäre er gern auf die Knie gesunken, aber am Boden direkt vor ihm befand sich eine ölige Pfütze, und Hiroko wäre nicht begeistert, wenn er mit beschmutzter *salwar* nach Hause kam. Stattdessen betrachtete er kurz die feurige Pupille der untergehenden Sonne, die ihm aus der dunklen Ölpfütze entgegenstarrte. Wenn das vorbei ist, gelobte er sich, werde ich ein besserer Vater sein. Ich werde ihm nie mehr vorschreiben, was er mit seinem Leben anfangen soll.

Für ihn stand fest, dass er, ganz allein er schuld war, dass es so weit gekommen war. Hiroko hatte in den letzten Tagen kaum gesprochen – schickte sogar ihre Freundinnen fort, wenn sie vorbeikamen –, fragte nur hin und wieder: »Was haben wir bloß falsch gemacht?« Sie war nicht nur zornig wegen der Dummheit, die Raza angestellt hatte, sondern auch, weil er aus reiner Abenteuerlust einen jungen Afghanen dazu verleitet hatte, in eins dieser Lager zu gehen. Der junge Afghane war für Sajjad eher nebensächlich. Er wollte einfach seinen Sohn zurück. Er wollte zeigen, dass er ein besserer Vater sein konnte – Hiroko war eine mustergültige Mutter gewesen, ihr war kein Vorwurf zu machen. Wenn Raza irgendwelche Macken hatte, dann bloß, weil er als Vater versagt hatte. Ein Jurastudium! Wie unwichtig das jetzt schien. Welche Rolle spielte es schon, ob der Junge eine Prüfung bestand oder nicht, ob er Anwalt wurde oder nicht. Er sollte einfach wohlbehalten zurückkommen, nur darauf kam es an.

Am Rand der Pfütze schillerten kleine Regenbögen. Wie schade, dass er sie nicht mit der Hand herausschöpfen und Hiroko mitbringen konnte. Dann hätte er sie zu Hause über die Äste des Niembaums im Innenhof geworfen und Hiroko gerufen, damit sie sich unter den bunt schillernden Baldachin setzte und von ihm erzählen ließ, wie er ihren Sohn über den Mann mit dem zerfetzten Ohrläppchen ausfindig gemacht hatte.

Damals in ihren ersten Wochen in Karatschi, als sie in einem Zelt im Flüchtlingslager hausten, stellte er sich jeden Morgen beim Aufwachen die bange Frage: Wird sie heute den Entschluss fassen, zu den Burtons und ihrer Bibliothek, ihren Daunenkissen und ihrem Garten zurückzukehren? Deshalb war er jeden Tag bemüht, irgendetwas Hübsches in ihrer seltsamen neuen Heimat zu finden, um sagen zu können, schau, auch hier gibt es Schönheit, wirklich. Mal eine Muschel, in der man das Meer rauschen hörte, wenn man sie sich ans Ohr hielt, mal einen blühenden Kaktus, mal einen Dichter aus Dilli, der seine Verse auf Blätter schrieb, weil er sich kein Papier leisten konnte (Sajjad bekam von ihm einen ganzen Arm voll Blätter, die er innen an die Zeltwand heftete, direkt über ihrer Bettstatt). Bei seinen rastlosen Bemühungen, Hiroko die Stadt so schmackhaft zu machen, dass sie sich ein Leben hier vorstellen konnte, freundete er sich wie nebenher selbst mit Karatschi an. Erst viel später wurde ihm klar, dass Hiroko sein Spiel durchschaute und ihn gewähren ließ, weil sie wusste, dass vor allem er das Bedürfnis hatte, sich irgendwie mit dieser Stadt zu arrangieren, die sich architektonisch, atmosphärisch und vom ganzen Lebensrhythmus her so stark von der Stadt unterschied, in der er eigentlich sein Leben hatte verbringen wollen.

Sajjad tippte sich kurz ans Herz und machte dann einen Schritt über die Pfütze hinweg.

»Sher Mohammed!«, rief er, während er auf ihn zueilte. »Sher Mohammed!«

Der Rikschafahrer führte gerade ein ernstes Gespräch mit dem Kapitän eines der Schiffe, die Waffen zum Weitertransport an die Mudschaheddin nach Karatschi brachten. Der ISI hatte dem Kapitän einen Besuch abgestattet, um Aufschluss darüber zu erlangen, warum seine Ladung nicht mit der Liste der CIA übereinstimmte, und obwohl sie sich mit seiner Erklärung scheinbar zufriedengaben, einfach weil sie so oft zutraf – dass die Unstimmigkeit sich an einer früheren Stelle der Lieferkette eingeschli-

chen haben musste –, hatte ihm diese Begegnung einen Heiden-
schrecken eingejagt, und er war sehr wütend darüber. Deshalb
machte er nun dem Mann Vorhaltungen, der schuld an der Unstimmigkeit war – Sher Mohammed, einem hiesigen Zuträger der
CIA, der den Kapitän einmal zu einem Treffen mit CIA-Leuten
gefahren und bei der Gelegenheit davon überzeugt hatte, dass es
schon nicht auffallen würde, wenn mal ein paar Gewehre fehlten.

»Keine Panik. Wenn der ISI Ihnen nicht glauben würde, würden die Ihnen jetzt gerade die Finger mit einem Hammer zer-
schmettern«, sagte Sher Mohammed, als der Kapitän kurz Luft
holte. »Ist das etwa ein Versuch, mehr Geld aus mir herauszu-
leiern? Ich warne Sie, keine faulen Tricks. Wir hatten eine Ab-
machung, die ist erfüllt. Treten Sie nie wieder an mich heran,
kapiert?«

Und in dem Moment hörte er, wie jemand seinen Namen
rief, hier an diesem Ort, wo niemand je seinen Namen erfahren
hatte.

Er wandte sich zu der Stimme um, sah den Mann, mit dem
Harry Burton so vertraut war, seinen »ersten Lehrer«, wie Harry
ihn einmal genannt hatte – woraus Sher Mohammed geschlossen
hatte, dass dieser unscheinbare Muhadschir aus Nazimabad für
die Ausbildung von CIA-Agenten zuständig war.

Der Mann kam mit festen Schritten auf ihn zu, absolut zielge-
richtet, wie ein Henker.

Sajjad sah, wie Sher Mohammed hinten in seine *salwar* griff
und eine Pistole herauszog.

Was will er denn damit?, fragte er sich.

# 26

Hiroko schüttelte vorwurfsvoll den Kopf über die rissige Hornhaut an Sajjads Ferse. In jede einzelne Rille hatte sich der Schmutz des Hafens eingelagert.

»Geschäftsführer einer Seifenfabrik!«, tadelte sie ihn, der vor ihr auf dem Diwan lag, hob seinen Fuß hoch und rieb ihn energisch mit einem feuchten Waschlappen ab, um sich dann der rissigen Hornhaut zu widmen. »Und ich muss meinem Mann die Füße waschen. Das ist falsch, Sajjad Ali Ashraf. Das ist falsch.« Das letzte Wort verlor sich in einem Flüstern, als könnte ihre Stimme selbst es nicht mehr ertragen, der Szene beizuwohnen.

Behutsam legte sie den Fuß zurück auf den Diwan, der in die Mitte des Zimmers gerückt worden war, damit sie leichter darum herumgehen konnte, während sie den Leichnam ihres Mannes wusch. Und das war jetzt erledigt. Nur eines noch konnte sie für ihn tun – ihn in das weiße Laken einhüllen, auf dem er lag, ehe sie die Trauergäste hereinrief, damit sie ihm ein letztes Mal ins Gesicht schauen konnten, bevor die Männer ihn fortbrachten zum Friedhof.

Aber Sajjad hasste einengende Laken, schlief deswegen oft unruhig; sobald er spürte, dass seine Füße sich irgendwie in der Bettdecke verheddert hatten, fing er an, wild zu strampeln, um sich zu befreien. Wie oft war sie nicht von diesem Gestrampel wach geworden?

Es gab zu viel, zu viel, das so untrennbar zu ihrem Leben mit ihm gehörte, dass es vom Vorgang des Lebens selbst nicht mehr zu unterscheiden war. Nagasaki, hatte sie geglaubt, hätte sie ein für alle Mal gelehrt, was Verlust bedeutete, doch tatsächlich hatte sie dort bloß das Grauen kennengelernt. Mit einundzwanzig vermochte sie noch längst nicht alle Facetten von Verlust zu erfassen. Damals konnte sie noch nicht ahnen, was es bedeutete, den Mann zu verlieren, den man fünfunddreißig Jahre lang geliebt hat.

Sie setzte sich auf den Diwan und legte einen Finger an die Schusswunde in seiner Brust. Wie klein sie schien, wie harmlos. Unvorstellbar, dass daraus all das Blut hatte austreten können, mit dem seine Kleidung und seine Haut getränkt waren, während er im Krankenhaus lag und darauf wartete, dass sie ihn abholte. Der Tod, sagte man ihr, war auf der Stelle eingetreten, als sei das irgendwie ein Trost. Sie verwünschte diesen sofortigen Tod; hätte ihm so gern die Hand gehalten, während er im Sterben lag, und ihm auf andere Weise Lebewohl gesagt als mit den Worten »Warum willst du schon wieder los? Du findest ja doch nichts. Bleib hier. Ach, also gut, dann fahr eben«, mit denen sie sich am Morgen von ihm verabschiedet hatte.

*Bleib hier. Bleib hier. Bleib hier.* Sie hätte es ständig wiederholen sollen wie eine Verrückte, vor Hysterie mit dem Kopf gegen die Wand schlagen, ihn ohrfeigen, hemmungslos weinen sollen. Sie hätte es bloß noch einmal wiederholen sollen, mit etwas mehr Nachdruck. Sie hätte seinen lieben, geliebten Kopf in die Hände nehmen und ihn küssen sollen, auf die Augen, auf die Stirn. *Bleib hier.*

Seine Haut, so kalt, so unnachgiebig nach der Nacht in der Leichenhalle des Krankenhauses. Schweiß rann ihr über den Rücken, obwohl der Deckenventilator über ihr auf höchster Stufe surrte, aber er, der immer so viel heftiger geschwitzt hatte als sie, war absolut trocken. Knochentrocken. Sie schauderte. Was für ein entsetzlicher Ausdruck.

Sie brachte es nicht über sich, seinen Bauch zu berühren, der sich immer so behaglich weich angefühlt hatte. Stattdessen umfasste sie sein Glied, doch hier war die Starre noch unerträglicher als am Rest seines Körpers. Also hob sie die Hand an sein Haar, das sich als Einziges an ihm noch irgendwie lebendig anfühlte. Sie schloss die Augen, fuhr mit den Fingern durch sein Haar, flüsterte japanische Kosewörter – die einzigen japanischen Wörter, die sie ihm je beigebracht hatte, waren Wörter der Liebe.

Weder die geschlossene Tür noch die Rollläden vor den Fenstern, auch nicht ihre betäubende Trauer, vermochten das Lärmen der Welt auszusperren. Ihr Schwager Iqbal, der noch in der Nacht mit dem Flugzeug aus Lahore angereist war, nachdem Hiroko ihm versichert hatte, dass sie die Kosten übernehmen würde, hatte ein Verlängerungskabel aufgestöbert und das Telefon aus diesem Zimmer mit hinausgenommen in den Innenhof, und sie konnte hören, wie er auf Sikandar in Dilli einschrie: »Was soll das heißen, man hat dir kein Visum erteilt? Er ist tot. Du bist jetzt mein einziger noch lebender Bruder. Was soll denn ohne Sajjad jetzt aus mir werden?«

Iqbal würde es übernehmen, zu Sajjad ins Grab hinabzusteigen und ihm die Augen zu schließen, nicht Raza.

Wenn sie an Raza nur dachte, stieg ohnmächtiger Zorn in ihr auf.

Dann drang aus dem Innenhof eine andere Stimme herein, und sie erhob sich von dem Diwan. Harry Burton war hier. Harry, dessen Fahrer Sher Mohammed Sajjad erschossen hatte – der Kranführer, der Sajjad ins Krankenhaus gebracht hatte, schilderte Hiroko die Szene in allen Einzelheiten: Sajjad rief den Namen des Mannes, dann krachte der Schuss, der Mann mit dem zerfetzten Ohrläppchen schrie dem Kapitän zu: »Der ist von der CIA!« und rannte davon. Beide Männer, erklärte die Polizei Hiroko, waren wohl inzwischen auf dem Schiff übers Meer auf und davon.

Sie breitete ein Laken über Sajjads untere Körperhälfte und öffnete die Tür, und dort stand Harry, mit dem hilflosen Gesichtsausdruck eines kleinen Jungen. Bei ihrem Anblick erhoben sich die versammelten Trauergäste – die Männer saßen mitten im Innenhof, die Frauen unter dem überhängenden Dach, wo es schattig war. Hiroko sah nur Harry an, winkte ihn herein und ging dann auf die andere Seite des Zimmers, um das Bild mit den beiden Füchsen zu betrachten, während Harry zu Sajjads Leichnam trat und Worte flüsterte, die sie bewusst zu überhören bemüht war.

»Danke, dass du gekommen bist«, sagte sie, als sie hörte, wie er dicht hinter sie trat.

Harry hätte sie gerne umarmt, sah aber lieber davon ab. Nach Hirokos Anruf, der ihn früh am Morgen aus dem Schlaf geschreckt hatte, hatte er ein Telefonat nach dem anderen geführt, mit seinen Kontaktleuten vom ISI und dem Leiter des CIA-Büros in Karatschi, und so schon lange vor dem Start seines Flugzeugs in Islamabad fast lückenlos rekonstruiert, was sich am Vorabend im Frachthafen abgespielt hatte.

»Inwiefern bist du schuld daran, dass ein leichtsinniger Junge ausgerissen ist und ein gottverdammter Dieb aus Panik eine Kanone gezogen und jemanden umgelegt hat?«, hatte Steve gefragt, als er Harry zum Flughafen fuhr. Seinem Kollegen fehlte offensichtlich jedes Gespür dafür, dass es nicht Schuldgefühle waren, die ihm zu schaffen machten, sondern Trauer, schlichte Trauer.

»Scheint dir das etwa so unvorstellbar, dass mir der Tod dieses Mannes nahegeht?«, brüllte er, worauf Steve nur »Oje« brummte und die restliche Fahrt über den Mund hielt.

Aber Steve hatte nicht völlig unrecht, wie er jetzt merkte. Schuldgefühle waren der Grund dafür, dass er Hiroko nicht zu umarmen wagte, obwohl ihm nicht klar war, warum ihn gerade in dieser Angelegenheit solche Schuldgefühle plagten. Wo er so viel anderes auf dem Gewissen hatte, worüber er nach gängigen, bürgerlichen Moralvorstellungen eigentlich nur hilflos am Tresen einer Bar hätte schluchzen müssen.

»Warum hat dein Fahrer ihn erschossen?«, fragte Hiroko und wandte sich zu ihm um. »Wie könnte jemand darauf kommen, Sajjad zu erschießen?«

»Ich weiß es nicht.« Steve hatte ihn nicht allein aus Freundschaft zum Flughafen gefahren, sondern aus beruflichen Gründen. Um ihm nochmals dringend einzuschärfen, nur ja nichts preiszugeben, das der Geheimhaltung unterlag.

»Er dachte, Sajjad wäre bei der CIA.« Sie berührte den Leberfleck unter ihrem Auge, der den ganzen Tag lang noch nicht berührt worden war. »Deinetwegen, nehme ich an.« Harry wünschte sich spontan, dass sie die Wahrheit erriet, doch sie schweifte ab. »Darüber haben Sajjad und ich gerne mal Witze gemacht. Dass du CIA-Agent wärst. Weil jeder Amerikaner hier automatisch als CIA-Agent gilt.« Sie legte erschrocken eine Hand an den Mund. »Meinst du, Sajjad hat darüber vielleicht mal mit Sher Mohammed herumgealbert? Und dass er vielleicht deswegen ...?« Ihre Stimme erstarb, sie schüttelte den Kopf und blickte zu dem Leichnam hinüber, dem Harry bewusst den Rücken zukehrte.

»Vielleicht«, hörte er sich sagen. »Vielleicht hat das etwas damit zu tun.«

Auf einmal wurde es still im Innenhof, die Gespräche der Männer, die gemurmelten Gebete der Frauen verstummten, und dann waren andere Geräusche zu hören. Hiroko achtete nicht darauf.

Es war Raza. Er stieß die Haustür auf, überglücklich, wieder zu Hause zu sein, und dann sah er die Versammlung und wusste sofort, dass es kein Zuhause mehr gab.

Sein Onkel Iqbal kam auf ihn zu, schloss ihn in die Arme und flüsterte ihm ins Ohr: »Dein Vater ist tot«, und dann drängten sich auch schon alle um ihn herum und redeten wild durcheinander, um etwas zu erklären, das sie alle noch nicht ganz begriffen. Raza aber hörte: »Und dann hat er geschrien: ›Der ist von der CIA!‹«, und wusste, dass es Harry Burtons Schuld sein musste.

Er bahnte sich einen Weg durch die Trauergäste und ging in das Zimmer, in dem sein Vater aufgebahrt war.

Zuerst hätte er fast lachen müssen. Es war ein Scherz. Ein Toter konnte doch unmöglich genau so aussehen, als schliefe er nur. Doch als er an Sajjads Schulter rüttelte, fühlte sich der Körper eiskalt an, und über dem Herzen war ein Einschussloch.

»Raza«, sagte Harry, weil Hiroko es anscheinend nicht über sich brachte, zu ihrem weinenden Sohn zu gehen und ihn in die Arme zu nehmen.

Raza kniete neben dem Diwan und hielt noch immer die kalte Schulter seines Vaters umklammert, doch als er Harrys Stimme hörte, sprang er auf und stürmte mit geballten Fäusten auf ihn los. Harry machte ihn im Nu unschädlich und drückte ihn zu Boden.

»Du bist schuld!«, schrie Raza. »Du hast meinen Vater umgebracht!«

»Raza Konrad Ashraf!« Hiroko stieß Harry beiseite und zerrte ihren Sohn vom Boden hoch. »Was ist denn das für ein Benehmen?«

»Ma, du hast ja keine Ahnung.« Er bekam Harry am Hemd zu fassen. »Im Lager habe ich alles über dich erfahren. Er arbeitet für die CIA, Ma. Er hat uns die ganze Zeit belogen. Nur seinetwegen ist Aba jetzt tot.«

Harry umfasste Razas Faust, die in sein Hemd gekrallt war, und drückte fest zu.

»Er ist tot, du Idiot, weil er am Hafen war, um nach dir zu suchen.«

Raza taumelte zurück. In dem Stimmengewirr im Innenhof, als alles auf ihn einredete, war ihm diese Einzelheit entgangen. Er sah seine Mutter an, und Hiroko begriff, dass ihn das fortan bis ans Ende seines Lebens verfolgen würde. Er war zu jung für so einen Schmerz, war doch noch ein Junge, ihr kleiner Junge. Er konnte nicht, durfte nicht aus ihrem Leben verschwinden wie ihr Vater damals – weil ihn die Trauer auffraß. Sie breitete die Arme aus, und er fiel ihr um den Hals.

Harry sagte: »Hiroko«, doch sie schüttelte den Kopf, wandte sich ab, um nicht einmal mehr seinen Schatten sehen zu müssen.

Er erlaubte sich noch einen letzten Blick auf Sajjad – und sah, dass hier der beste Teil seiner Kindheit und seiner selbst tot aufgebahrt lag. Dann verließ er das Haus.

Während sie Raza sanft über den Rücken und übers Haar strich, blickte Hiroko unverwandt zu Sajjad hinüber. Schon bald würde er fortgebracht. Ihr blieben nur noch diese wenigen Minuten, um sich alles an ihm einzuprägen – den Schwung seiner Schlüsselbeine, die winzige Narbe an seinem Fingerknöchel, die Adern in seinem Handgelenk.

# Die Geschwindigkeit, die erforderlich ist, um Verluste zu ersetzen

New York, Afghanistan, 2001/02

## 27

Während sie die Lücke betrachtete, die in der Skyline von Downtown Manhattan klaffte, schob Kim Burton unwillkürlich die Zungenspitze in die Lücke zwischen ihren Schneidezähnen. Sie fuhr mit der Zunge an der scharfen Kante eines Zahns entlang. Schartige, verbogene Stahltrümmer, acht Stockwerke hoch. Auch drei Monate später war die Katastrophe weiter unmittelbar präsent. Hier in der Wohnung ihrer Großmutter, dreißig Stockwerke über der Mercer Street, konnte man jetzt an diesem dreieinhalb Meter breiten und anderthalb Meter hohen Fenster stehen und hinausschauen, ohne dass irgendein von Menschenhand errichtetes Bauwerk die Aussicht versperrte. Stattdessen war so viel Himmel zu sehen, als wäre man in Montana.

Sie öffnete das schmale Seitenfenster – das Raucherfenster nannte ihr Vater es – und beugte sich hinaus, um hinunter auf die Straße zu schauen, wo nur wenige Menschen unterwegs waren: Nachtschichtarbeiter auf dem Weg nach Hause, um noch ein paar kostbare Minuten im Bett mit ihren Geliebten zu teilen; Studenten der New York University, die sich in den Nächten der Prüfungswoche mit welchen Aufputschmitteln auch immer auf den Beinen hielten; ein Mann, der zwei Eimer voller Blumen trug, bei deren Duft ihm die Tränen kamen, weil er ihn an ein fernes Land erinnerte; zwei Transvestiten, die sich an der Taille umschlungen hielten und mit ihren Stöckelschuhen im absoluten Gleichschritt daherklapperten, ganz wie früher, als sie beide noch Soldaten waren.

Von hier oben konnte man den winzigen Figuren da unten

jede nur denkbare Geschichte andichten. Kim fand immer, dass in ihren Geschichten eine gewisse geistige Aufgeschlossenheit zum Ausdruck kam, obwohl sie den leisen Verdacht hatte, dass sie alle auf irgendetwas zurückgingen, das sie in der Vorwoche im Fernsehen gesehen hatte.

Von der Welt draußen richtete sie den Blick auf die Fensterscheibe und musterte stirnrunzelnd das Bild, das sich darin widerspiegelte. Grüne Augen, die vor Erschöpfung ganz trüb wirkten, pechschwarzes Haar, das sie längst mal wieder hätte nachfärben müssen, weil die kupferroten Ansätze nicht mehr zu übersehen waren, blasse Haut und dunkle Ringe unter den Augen, kurzum, eine fast somnambule Erscheinung. Einer gesunden Gesichtsfarbe waren Nachtflüge, Unmengen Kaffee und Träume von einstürzenden Gebäuden nun einmal nicht gerade zuträglich.

Sie wandte den Blick ab und griff in den Zwischenraum hinter dem Heizkörper, von wo sie eine Schachtel Zigaretten und einen kleinen Schädel aus Silber zum Vorschein brachte, dessen Kiefer aufklappte und eine Flamme ausstieß, wenn man auf den Hinterkopfknochen drückte. Dieses Feuerzeug hatte sie nun seit fast zwanzig Jahren; es war das Abschiedsgeschenk eines Marinesoldaten aus der Wachmannschaft der Botschaft in Islamabad gewesen, mit dem sie einen kleinen Flirt angefangen hatte, um ihren Vater zu ärgern. Da sie nun ein Feuerzeug besaß, musste sie logischerweise auch mit dem Rauchen anfangen. Als Opa James in London sie später in jenem Jahr im Garten hinter seinem Haus beim Rauchen ertappte, sagte er: »Dazu hat dich vermutlich deine Großmutter ermuntert, bloß um mich zu ärgern.« Die Vorstellung, dass er Elizabeth – Ilse nannte er sie nie – noch immer wichtig genug war, um sie zu derlei Verhalten zu animieren, schien ihm eine Art Genugtuung zu bereiten, dabei hatten sie sich seit der Hochzeit von Kims Eltern nicht mehr gesehen.

Sie zog an ihrer Zigarette und fragte sich unwillkürlich, wie Opa James wohl das Weltgeschehen beurteilt hätte, wenn er noch am Leben wäre. Hätte seine herablassende Sicht auf alles, was aus Amerika kam, von Lauren Bacall und seiner Enkelin einmal abgesehen, sich in den letzten Monaten eher verringert oder verstärkt? Würde er Harrys Leben nach wie vor mit Bestürzung betrachten und darüber nachgrübeln, welche Fehlentscheidungen seines Sohnes er hätte verhindern können, welche Fehlschläge dagegen auf Vererbung beruhten? Und was würde er zu Omas Mitbewohnerin sagen? Sobald von ihrem verstorbenen Ehemann die Rede war, pflegte er hastig das Thema zu wechseln, seltsam schuldbewusst, was für ihn ansonsten ganz untypisch war.

»Hast du eine Zigarette für mich übrig?«

Kim zuckte zusammen; ein Funken landete auf ihrem schwarzen T-Shirt, wo er unbemerkt vor sich hin glühte.

»Seit wann rauchst du denn?«

»Seit 1945. Dank einem Amerikaner in einer Bar in Tokio.«

Lachend reichte Kim Hiroko ihre Zigarette.

»Nimm die, ich habe eigentlich aufgehört. Was war das für ein Amerikaner?«

»Bloß ein GI.« Hiroko machte es sich auf dem Sofa bequem und salutierte zackig. »Wann bist du angekommen? Ich dachte, du wolltest erst heute Nachmittag aus Seattle abfliegen.« Sie zog an der Zigarette und stieß sehr bedächtig den Rauch aus, wie jemand, der nur einmal im Jahr raucht.

»Die Besprechung ist auf heute vorverlegt worden, deshalb habe ich den Nachtflug genommen«, sagte Kim, während sie die andere Frau aufmerksam musterte.

Hiroko strahlte eine gewisse Gebrechlichkeit aus, anders als noch vor dreieinhalb Jahren, als sie zum ersten Mal in diese Wohnung spazieren kam, mit einer Miene, als wüsste sie, dass sie spät dran war – um etwa fünfzig Jahre –, aber auch, dass ihr das verziehen würde. Obwohl es natürlich albern war, überlegte Kim, bei jemandem in Hirokos Alter etwas anderes zu erwarten. Und dennoch schien das bei ihr ein fast abwegiger Gedanke – wie sie mit untergeschlagenen Beinen auf dem Sofa saß, den Ellbogen auf die Rückenlehne gestützt, das Kinn auf die Hand gelegt, eine glühende Zigarette zwischen den Fingern, wirkte ungemein jugendlich. Die Schatten in ihrer Ecke des unbeleuchteten Zimmers trugen vollends dazu bei, zu kaschieren, dass diese Frau im Seidenpyjama mit der modischen Kurzhaarfrisur schon siebenundsiebzig Jahre alt war.

Kim schaltete eine Lampe an, und auf Hiroko Ashrafs Gesicht wurde ein Gespinst feiner Fältchen sichtbar. Das Muttermal, das sich immer über ihrem Wangenknochen befunden hatte, war ein klein wenig tiefer gerutscht. Die einzelne knallgrüne Strähne in ihrem weißen Haar aber belegte anschaulich ihre unveränderte Lust auf Neues, ohne sich groß darum zu kümmern, was andere Leute davon halten mochten.

»Worum geht es denn bei der Besprechung? Ich dachte, wegen deinem Wechsel ins New Yorker Büro sei schon alles geklärt?«

»Ach, irgendetwas gibt es doch immer noch zu klären«, sagte Kim und reckte ihren schlanken Körper, der von dem langen Flug immer noch ein wenig verspannt war. »Aber ich bin ganz froh, hier zu sein. In der Vorweihnachtszeit kommen Expartner gerne auf die Idee, einen anzurufen und um eine allerletzte Chance zu betteln, und auf noch so ein Gespräch mit Gary lege ich nun weiß Gott keinen Wert. Dass ich bis nach Weihnachten bleibe, weißt du, oder?«

»Auch wenn du immer schon Verständigungsschwierigkeiten mit den Menschen in deinem Leben hast, heißt das nicht, dass deine Großmutter und ich dasselbe Problem haben.« Hiroko lächelte. »Natürlich weiß ich das. Und es freut mich sehr.« Sie deutete auf die Zeitung, die aufgeschlagen auf dem Beistelltisch neben Kims Kaffeebecher lag. »Was geht so vor sich auf der Welt?«

»Das letzte Feuer ist inzwischen fast erloschen.« Kim zeigte in Richtung der gähnenden Leere vor dem Fenster und setzte sich dann mit aufs Sofa.

»Das ist nicht die Welt, das ist bloß die Nachbarschaft«, sagte Hiroko scharf.

Kim zog die Augenbrauen hoch.

»Klar«, sagte sie in ironischem Tonfall. »Bloß ein Feuer in der Nachbarschaft.«

Hiroko hob abwehrend die Hand.

»Entschuldige, so habe ich das nicht gemeint.«

Kim nahm ihre Hand und drückte sie leicht.

»Was ist denn los, Roko?«

Manchmal konnte Kim Burton schon unfassbar blind sein. Und doch war es unmöglich, einer jungen Frau böse zu sein, die über so viel Charme und Herzlichkeit verfügte, die die besten Eigenschaften von Konrad, Ilse und Harry in sich vereinte – abzulesen am Druck ihrer Fingerspitzen, der Besorgnis in ihrem offenen, arglosen Gesicht, ihrem Wunsch zu erfahren, was genau sie diesmal falsch gemacht hatte. Bei ihrer ersten Begegnung hatte Hiroko sie schon nach wenigen Minuten ins Herz geschlossen. Was womöglich auch damit zu tun hatte, weil sie sofort sah, wie viel Freude dieses Mädchen – diese Frau – ihrer alten Freundin Ilse bereitete. Diese unkomplizierte Liebe zwischen verschiedenen Generationen war ihr auf traurige Art vertraut und fehlte in ihrem Leben schon lange.

»Dämliche, großspurige Männer, das ist los. Wie üblich«, sagte Ilse Weiss, die gerade aus ihrem Schlafzimmer kam. Sie blieb neben dem alten Globus auf der Hausbar aus Rosenholz stehen und drehte ihn ein wenig, bis sich die noch ungeteilte Landmasse Indiens mit der Aufschrift HINDUSTAN unter ihren Fingern befand. Ganz schwach war noch die Grenze zu erkennen, die Harry als Junge mit dem Füller eingezeichnet hatte, weil ihm ein überholter Globus unnütz erschien.

»Gut siehst du aus, Oma.«

Ilse schnaubte, kam herüber und setzte sich zwischen Hiroko und Kim, wobei sie Kim mit einem Klaps aufs Bein dazu brachte, ihren Fuß vom Couchtisch herunterzunehmen.

»Mit einundneunzig kann man höchstens noch darauf hoffen, gut erhalten auszusehen. Wie eingelegtes Gemüse, mit anderen Worten.«

Hiroko musste ihr im Stillen recht geben. Aber obwohl Ilse inzwischen nicht mehr bloß schlank, sondern hager wirkte und die vielen Runzeln in ihrem Gesicht an die topographische Karte einer besonders unebenen Landschaft erinnerten, strahlte noch immer ein solcher Abglanz einstiger Schönheit von ihr aus, dass sich bis heute die Menschen auf der Straße nach ihr umdrehten und sich fragten, was wohl zum Vorschein käme, wenn man bloß die Schichten der Zeit von ihrem Gesicht abtragen könnte.

»Hattest du nicht gesagt, die Nacht überlebst du nicht?«

Ilse wandte Hiroko lächelnd das Gesicht zu.

»Noch ist die Nacht ja nicht ganz vorbei.«

Hiroko griff nach Ilses Handgelenk und drückte die Finger auf ihre Adern.

»Tja, einen Puls kann ich jedenfalls nicht entdecken. Vielleicht sind wir ja beide gestorben, und das hier ist das Jenseits. Und Kim kommt uns besuchen!«

»Unsinn. Da komme ich vor dir hin. Wie schon nach Delhi und hierher.« Sie nahm Hiroko die Zigarette aus den Fingern, zog einmal kurz daran und stieß dann, verschmitzt lächelnd wie ein Schulmädchen, das etwas Verbotenes tut, den Rauch wieder aus. »Aber weißt du, gestern Abend hatte ich wirklich das Gefühl, die Nacht überlebe ich nicht.«

»Das Gefühl hast du mindestens zweimal die Woche«, grummelte Hiroko und nahm ihr die Zigarette wieder ab.

»Na ja. Letzten Endes werde ich ja irgendwann mal recht behalten.« Sie tippte ihrer Enkelin mit einem Finger aufs Knie. »Erzähl ihr nicht von irgendwelchen Bränden, die gerade erlöschen, als gäbe es nichts Wichtigeres auf der Welt. Sie glaubt, dass Pakistan und Indien dicht vor einem Atomkrieg stehen.«

»Verdammt«, sagte Kim. »Entschuldige, Hiroko.«

»Und sag nicht ›verdammt‹, Kim. Wenn du schon fluchen

musst, dann sag ›Scheiße‹. Das strahlt so eine gewisse herbe Eleganz aus.«

Mit dieser Bemerkung wollte sie eigentlich Hiroko ein wenig aufheitern, aber diese stieß bloß den Rauch aus und betrachtete den blauen Dunst, der vor ihr in der Luft hing.

Ilse kannte diesen Blick ihrer Freundin. Schon 1998 bei Hirokos Ankunft in New York war er kurz in Erscheinung getreten. »Das ist nun schon das zweite Mal, dass du wegen einer Atombombe bei mir auftauchst. Einmal ist noch annehmbar; zweimal wirkt wie eine faule Ausrede«, hatte Ilse mit gespielter Strenge gesagt, aber Hirokos Blick – den sie auch jetzt wieder zeigte – hatte ihr deutlich gemacht, dass sie bei diesem Thema ganz und gar keinen Spaß verstand.

Hiroko drückte die halb gerauchte Zigarette aus und zeichnete mit der Spitze Flügel aus Asche in den gläsernen Aschenbecher.

»Irgendwelche Neuigkeiten von Harry? Raza hat sich schon einige Tage nicht mehr gemeldet.«

Die beiden Männer arbeiteten jetzt seit zehn Jahren zusammen, und sie war heilfroh, dass sie auf diese Weise über Ilse und Harry selbst jederzeit über Razas Leben auf dem Laufenden gehalten wurde. Davor, in den ersten Jahren nach Sajjads Tod, hörte sie manchmal monatelang nichts von ihm. Anfangs hatte sie befürchtet, er wäre ihr irgendwie böse oder interessiere sich nicht mehr für sie. Aber wenn sie dann einmal telefonierten oder sich sahen, war er so liebevoll wie immer – er mied sie also nicht aus mangelnder Liebe, sondern wohl eher, weil sie Schuldgefühle in ihm auslöste. Weil er sich schuldig am Tod seines Vaters fühlte. Auch Schuldgefühle im Hinblick auf sein eigenes Leben vielleicht, überlegte sie manchmal, doch warum genau?

Vielleicht empfand er es ja als kränkend, dass sie keine rechte Begeisterung für seinen Beruf aufbrachte. Dabei wollte sie ihn gar nicht kränken – sie konnte bloß nicht verstehen, wie sich zwei so intelligente Männer wie Harry und Raza für eine »Verwaltungstätigkeit im Bereich private Sicherheit« entscheiden konnten – wie befriedigend konnte es schon sein, die Überwachungssysteme von Banken und den Personenschutz hochgestellter Persönlichkeiten zu organisieren? Irgendwann war ihr der Verdacht gekommen, es handle sich bloß um eine weitere Tarnung für eine Arbeit bei der CIA, und vor Zorn bei dem Gedanken, dass Harry Raza in diese Welt hineingezogen haben könnte, hatte sie beide Männer auf Sajjads Grab schwören lassen, dass dem nicht so war. Beide hatten es mit aschfahlem Gesicht beschworen, woraus sie schloss, dass sie ihr nichts vormachten. Dann hatte Ilse bekräftigt, »Harry ist nicht mehr bei der CIA. Ich würde es merken, wenn er mich darüber belügt« – und von Ilse einen Schwur auf wessen Grab auch immer zu verlangen war nicht nötig. Schrankenlose Ehrlichkeit, sagte sie gern, war eins der Privilegien des Alters.

Solange er nur glücklich war. Das war alles, was sie sich je für ihn gewünscht hatte. Womöglich hatte er ja das Gefühl, diesem Wunsch nicht gewachsen zu sein. Sie drückte sich eine Hand ans Herz – manchmal überkam sie allein beim Gedanken an ihn eine tiefe Niedergeschlagenheit, die seinen Lebensumständen eigentlich gar nicht angemessen war.

Kim sagte: »Ich kann mich nicht mal erinnern, wann Papa mich das letzte Mal angerufen hat.« Dabei erinnerte sie sich natürlich sehr gut. Wie jedes Mal. Am 31. Oktober. Er war mal wieder in nostalgischer Stimmung und erinnerte sie an das Halloweenfest, an dem sie sich als Weltfrieden verkleidet hatte – wozu sie Landkarten der Weltregionen, jeweils mit einem Friedenszeichen darüber, an ihre Kleidung geheftet hatte. Bloß hatte sie bei den Friedenszeichen den dritten Strich vergessen, so dass sie stattdessen, wie Harry anmerkte, Welt-Mercedes-Benz war. Darüber lachte er am Telefon, und Kim, die zu gerne mitgelacht hätte und einfach nur froh war, seine Stimme zu hören, sagte spontan: »Darauf hast du mich aber erst Monate später aufmerksam gemacht, als du die Fotos gesehen hast. Weil du gar nicht dabei warst. Wie immer.« Im Umgang mit ihrem Vater schwankte sie bis heute zwischen Trotz und Bewunderung, ganz wie als Teenager. Und so stellte sie sicher, dass er sich lange Zeit nicht mehr melden würde. Doch hatte sein Schweigen diesmal womöglich noch andere Gründe, denn sie hatte mehr als nur eine Vermutung, wo er und Raza sich derzeit aufhielten. Und um ihr dies zu verheimlichen, rief er nicht an, weil er genau wusste, dass sie seine Lügen immer durchschaute, auch am Telefon.

»Ich habe gestern mit Harry gesprochen«, sagte Ilse und sah ihre Enkelin eine Spur missbilligend an. »Man kann ihn jederzeit anrufen, weißt du. Du solltest nicht immer warten, bis er sich die Mühe macht.« Weil Kim darauf nur die Achseln zuckte, wandte sie sich an Hiroko. »Es geht ihnen beiden gut. Wo sie sind, hat er nicht verraten, aber daraus solltest du nicht gleich schließen, dass sie sich in Indien oder Pakistan herumtreiben. Sehr gut möglich, dass sie schon auf der Heimreise nach Miami sind.« Dort befand sich der Sitz ihres Unternehmens. Vor ein paar Wochen allerdings hatten beide angekündigt, sie würden zum Jahresende eine längere Reise zu verschiedenen Kunden rund um die Welt antreten und deshalb bis auf weiteres nur über Satellitentelefon zu erreichen sein. Hiroko hatte diese Geschichte als Einzige geschluckt.

Hiroko nickte, aber ohne rechte Überzeugung.

»Ich versuche schon länger, Sajjad zu erreichen, um ihn zu fragen, was an der Grenze vor sich geht, aber ich komme nicht zu ihm durch.«

»Vielleicht brauchst du ein besseres Medium. Sajjad ist seit neunzehn Jahren tot. Oh, Hiroko, du darfst nicht vor mir senil werden. Du hast es mir versprochen.«

Wenn ich doch auch schon alt wäre, dachte Kim, während sie die beiden beobachtete. Richtig alt. Alt genug, um allen Ärger hinter mir zu haben – Karriere, Liebhaber, Reue über verpasste Chancen. Väter. Mütter. Aber wird man dafür je alt genug?

Hiroko tätschelte Ilse über den Arm.

»Ich meine doch nicht meinen Sajjad. Sondern seinen Neffen –
Iqbals jüngsten Sohn.«

»Iqbal? Ach ja. Der liederliche Bruder. Ich habe ihn mal gesehen – er kam bei uns vorbei, um Sajjad zu sagen, dass ihr Vater gestorben war. Es war im Winter – er hatte einen tollen Um-
hang an. Du hast mir sicher schon Dutzende Male gesagt, wer
sein Sohn ist, aber du wirst es wohl noch öfter wiederholen
müssen.«

Wenn Ilse, die ansonsten immer vergesslicher wurde, sich
wieder einmal verblüffend genau an längst vergangene Zeiten erinnerte, fragte sich Hiroko manchmal, ob ihr eigenes Gedächt-
nis sich wohl irgendwann einmal nach und nach auflösen würde,
ihr also ihr Leben Stück für Stück abhandenkäme, bis sie sich
am Ende an nichts mehr, was nach der Bombe geschah, erinnern
konnte – bis nur noch ihr Körper, so unglaublich unversehrt bis
auf die verkohlten Stellen zwischen Schultern und Taille, als Beweis ihres Überlebens übrig blieb.

Sie wedelte ungeduldig mit den Fingern.

»Das ist der, der Offizier in der Armee ist.«

»Ach ja. In der indischen Armee.«

»In der pakistanischen Armee, Ilse. Der Bruder, der in Indien
geblieben ist, ist Sikandar, nicht Iqbal.«

»Nun, ich bin vor allem froh, dass du jetzt hier bist und nicht
dort.«

Hiroko erwiderte nichts darauf. Heute kam ihr wieder besonders stark zu Bewusstsein, wie unwohl sie sich anfangs in dieser Luxuswohnung gefühlt hatte – so hoch in den Wolken lebte
man schließlich sonst nur in den Bergen. In den Jahren nach Sajjads Tod war Abbottabad, das stark an Mussoorie erinnerte, ihre
neue Heimat geworden. Ein Jahr nach seiner Beerdigung hatte
sie das Haus verkauft, sich als Lehrerin vorzeitig in den Ruhestand versetzen lassen und das Angebot ihrer alten Freundin Rehana – die in Tokio und Karatschi gelebt und nach dem Tod ihres
Mannes wieder in die Stadt ihrer Kindheit heimgekehrt war –

angenommen und war zu ihr in die Berge nach Abbottabad ge- zogen, weit weg vom Chaos einer Stadt, die ohne Sajjad und Raza so freudlos war, dass es nur Kummer machte, dort leben zu bleiben.

In Abbottabad hatte sie wiederentdeckt, wie sehr ihr das Le- ben in den Bergen und in der Natur lag. Stundenlang wanderte sie durch stille Täler, lediglich begleitet und beschützt von einem Deutschen Schäferhund, den sie Kyubi nannte. Aber dann tes- tete Indien erfolgreich seine Atombombe, und fast alle um sie herum sagten, nun würde Pakistan wohl notgedrungen nachzie- hen und ebenfalls atomar aufrüsten müssen (die Einzigen, die da- gegenhielten, waren ein pensionierter General, der auf derselben Straße wohnte wie sie, der Journalist, der sie immer bat, seine Kolumnen zu redigieren, und die Frau, die zweimal die Woche zum Kochen und Putzen ins Haus kam und für Gewaltlosigkeit als einzige Lösung plädierte). Also griff sie zum Telefon und rief Ilse Weiss in New York an, um ihr mitzuteilen, dass sie zu Raza nach Miami übersiedeln wollte – und ob es ihr recht sei, wenn sie auf dem Weg auf einen Sprung bei ihr in New York vorbei- kam. Dieser Sprung dauerte inzwischen drei Jahre, teils, weil Ilse sie nicht ziehen lassen mochte, teils, weil Raza wenig Eifer er- kennen ließ, sie zu sich zu holen.

»Raza hat mir gestern eine E-Mail geschickt«, sagte Hiroko unvermittelt. »Aber ohne ein Wort darüber, wo er sich gerade aufhält. Bloß um seinen Besuch abzusagen. Es passt ihm nicht in den Terminplan.« Kim warf ihr einen mitfühlenden Blick zu, den sie erwiderte. Sie wussten beide, wie es war, ein eher nachge- ordneter Eintrag im dichtgedrängten Terminkalender eines ge- liebten Angehörigen zu sein. Doch wie es zwischen ihr und ih- rem Sohn so weit hatte kommen können, war ihr immer noch ein Rätsel. Irgendwann in der Vergangenheit musste sie fürch- terlich versagt haben.

»Wie schade«, sagte Ilse wenig überzeugend.

»Ich habe es dir schon mal gesagt. Du brauchst nicht so zu

tun, als ob. Ich weiß, dass du meinen Sohn ebenso wenig magst wie früher meinen Mann.«

»Oh, ich war sicherlich ein bisschen verliebt in Sajjad. Meinst du nicht? Er sah ja unverschämt gut aus, und in solchen Belangen war ich immer schon sehr oberflächlich.«

Hiroko nahm lachend Ilses Hand in ihre und drückte sie.

»Ich bin so froh, dass du meine Freundin bist, Ilse Weiss.«

Wenn ich doch endlich schon alt wäre, dachte Kim erneut, während sie die beiden beobachtete.

## 28

K on! Konny! Hey, Mann, Raza!«
Raza Konrad fuhr zu der Stimme herum, latent provoziert durch die saloppe Anrede. Doch er sah bloß einen lächelnden jungen Amerikaner, einen wahren Muskelprotz, der auf einem Strandlaken in der Sonne lag, lediglich bekleidet mit einer knappen schwarzen Badehose, die wie von einem lustlosen Zensor aufgepinselt wirkte. Ein größerer Gegensatz zu Raza, von zierlicher, aber drahtiger Gestalt, sehr korrekt mit Hemd und langer Hose bekleidet und mit auffallend ernstem Gesichtsausdruck, war kaum denkbar.

»Wirf mir mal ein Bier aus der Kühlbox rüber«, sagte der Mann, fuhr sich mit der Hand über das kurzgeschorene Haar und wischte den Schweiß dann am Rand des Badetuchs ab. »Und nimm dir ruhig auch eins.«

Raza überlegte kurz, ob er sich beleidigt fühlen sollte – war das nur ein freundliches Angebot, oder sollte damit etwa angedeutet werden, dass er erst die Erlaubnis dieses Jungen brauchte, um sich etwas aus der Kühlbox zu nehmen? Der Sonnenanbeter lächelte weiter freundlich; mit einem Achselzucken ging Raza zu der nur wenige Schritte entfernten Kühlbox und griff hinein. Die Kälte an seinen Fingern war angenehm, und er klaubte einen Eiswürfel heraus und fuhr sich damit über Hals und Gesicht. Er ging auf den Mann zu, um ihm die Bierdose zuzuwerfen, und als er bei ihm ankam, war das Eis geschmolzen.

»Nächstes Jahr um diese Zeit steht hier eine Fünf-Sterne-Ferienanlage«, sagte der Mann und deutete um sich herum auf das von hohen Lehmmauern und Wachtürmen umgebene Lager.

337

Er tippte sich seitlich an den Kopf. »Ich habe einen Plan. Lust, mitzumachen?«

Raza schüttelte wortlos den Kopf und ging weiter auf das gepanzerte Ungetüm zu, mit dem er das Lager eigentlich nicht ohne Genehmigung verlassen durfte. Tja, nur war hier leider weit und breit niemand, der ihm diese Genehmigung erteilen konnte – alle waren ausgeflogen auf Terroristenjagd, bis auf diesen jungen Sonnenanbeter, der eines verstauchten Knöchels wegen vorübergehend außer Gefecht gesetzt war. Ansonsten befanden sich im Lager nur noch die Köche, Reinigungskräfte und diverse andere Drittstaatenangehörige, kurz DSAs (eine Gruppe, von der Raza allein seiner guten Bezahlung wegen ausgenommen war). Er hätte lieber den ungepanzerten Jeep genommen, der auf Männer mit Waffen weniger provozierend wirkte, wollte aber den DSAs nicht das einzige ihnen zur Verfügung stehende Fahrzeug wegnehmen. Obwohl ihm nicht klar war, wohin genau sie in dieser Gegend fahren sollten. »Fort« war möglicherweise Ziel genug, überlegte er, während er am Steuer des schweren Humvee hinausröhrte in die staubigen Weiten Afghanistans.

Genau das hatte er – wie lange war das her? Fast neunzehn Jahre – nach dem Tod seines Vaters empfunden: Er wollte einfach nur fort aus der Welt, die einst von Sajjad Ali Ashrafs Lachen und seinen Umarmungen erfüllt war. Deshalb zögerte er nicht lange, als sein Cousin Hussein, Iqbals ältester Sohn, aus Dubai anrief, um sein Beileid zu Sajjads Tod auszusprechen. Auf seine beiläufige Bemerkung hin, dass es in dem Hotel, in dem er arbeitete, durchaus Möglichkeiten gab, falls Raza Arbeit suchte, sagte er sofort ja.

Hiroko war außer sich geraten. Kommt nicht in Frage, erklärte sie kategorisch. Du wirst studieren, so wie es sich dein Vater gewünscht hat.

Ich muss doch jetzt für unseren Lebensunterhalt sorgen, widersprach Raza, bemüht, die Rolle des Sohnes zu spielen, der

selbstlos die eigenen Wünsche hintanstellt, um seiner Verantwortung als Oberhaupt der Familie gerecht zu werden.

Hiroko ließ sich davon nicht täuschen, erkannte aber, dass
er nicht bloß der Erinnerung an seinen Vater entfliehen wollte,
sondern auch ihr und ihrer Trauer, die seine Schuldgefühle pausenlos vertiefte. Deshalb konnte sie ihn nicht guten Gewissens
auffordern zu bleiben.

War das der Zeitpunkt, von dem ab er und sein Gewissen ge-
trennte Wege gingen, überlegte Raza, oder war das schon früher geschehen, als er einen Jungen dazu verleitete, in ein Ausbildungslager voll militanter Kämpfer zu gehen?

Er ließ die getönte Fensterscheibe des Humvee hinabsurren –
obwohl das gegen die Unternehmensvorschriften verstieß –,
nahm die Rap-CD aus der Musikanlage und legte stattdessen Nusrat Fateh Ali Khan ein. *Manchmal zittern die Wände,
manchmal beben die Türen …* Raza warf einen Blick auf die vor-
übersausende Landschaft, in der Gebäudetrümmer und natürli-
ches Geröll kaum zu unterscheiden waren. Als es aus der Trüm-
merwüste kurz metallisch aufblinkte, malte er sich eine Uhr aus,
die an einem Handgelenk ohne Puls weiterhin die Zeit anzeigte.

In seinen zehn Jahren in Dubai, bevor Harry wieder in sein
Leben trat, suchte er Kontakt zu so vielen Ausländern wie möglich, um mit dem Eifer eines Sammlers immer neue Sprachen zu
lernen – Bengali und Tamilisch vom Hotelpersonal; Arabisch
von den Mitarbeitern am Empfang; Kisuaheli von der hauseige-
nen Jazzband; Französisch von Claudia – die beständigste seiner zahlreichen Geliebten; Farsi von dem Ehepaar, das das Restaurant bei ihm um die Ecke betrieb; Russisch von den beiden
Prostituierten, die ihr Gewerbe in der Nachbarwohnung aus-
übten und wussten, dass sie mit ihrem Ersatzschlüssel jederzeit
zu ihm herüberkommen durften, wenn ihre Freier fort waren,
um zu ihm ins Bett zu schlüpfen, weil sie Trost brauchten, etwas aufmunterndes Gelächter oder bloß eine keusche Umarmung; und darüber hinaus noch Wörter aus allen Sprachen der

Welt. Je mehr Sprachen man lernte, stellte er fest, desto mehr Ähnlichkeiten fielen einem auf: *qahwa* auf Arabisch, *gehve* auf Farsi, *café* auf Französisch, *Kaffee* auf Deutsch, *kohi* auf Japanisch ...

Von Afghanen aber hielt er sich fern. Von ihnen auch nur ein Wort anzunehmen wäre ihm vorgekommen wie Diebstahl. Den wahren Grund für diese Scheu aber hatte er erst begriffen, seit er hier in Afghanistan war.

Er ließ das Seitenfenster wieder hochsurren, was eine wohltuende Verfremdung zur Folge hatte. So musste er nicht mehr beim Anblick des blitzblauen Himmels daran denken, wie recht Abdullah seinerzeit hatte – dass man sich als Bewohner Karatschis den winterlichen Himmel über Afghanistan schlicht nicht vorstellen konnte.

Stunden später sprang Raza aus dem hohen Humvee und musste blinzeln, um sich nach dem gedämpften Halbdunkel der getönten Scheiben wieder an das helle Tageslicht zu gewöhnen. Er befand sich auf einem breiten Pass quer durch die Berge aus Lehm und Geröll, die in seiner Phantasie einst Bilder von Fabelwesen heraufbeschworen hatten. Statt von Gewehrschüssen aber hallten die Berge hier von geschäftigem Treiben wider: Es gab Teebuden und Taxis, hoch mit Waren unterschiedlichster Art beladene Eselskarren, Jungen, die Mineralwasser in Flaschen und billige Sonnenbrillen verkauften. Raza sah zu, wie aus einem Kleinbus eine Schar Männer ausstieg, die etwa zwanzig Meter zu Fuß zurücklegten, dann in einen anderen Kleinbus einstiegen und davonfuhren. Irgendwo auf diesen zwanzig Metern verlief die Grenze zwischen Afghanistan und Pakistan. Die pakistanischen Soldaten auf der anderen Seite des Geländestreifens zeigten wenig Interesse, die Papiere der Pathanen zu prüfen, die über die Grenze wechselten, doch als Raza auf sie zukam, hob einer von ihnen die Hand in die Höhe, direkt vor Razas Gesicht.

»Afghanen dürfen also unbehelligt nach Pakistan einreisen, aber einem Pakistani verwehren Sie die Heimkehr«, sagte Raza

340

in Urdu. »Das sind schon seltsame Zustände, die auf der Welt inzwischen herrschen. Sagen Sie Hauptmann Ashraf Bescheid, dass sein Bruder hier ist.«

Er kehrte auf die afghanische Seite zurück, um eine Tasse Tee zu trinken. Während er zwischen den anderen Männern hockte, fühlte er sich ein wenig unwohl, da er als einziger Nichtuniformierter statt *salwar* eine westliche Hose trug. Schon nach wenigen Minuten sah er Hauptmann Sajjad Ashraf auf sich zukommen – den jüngsten von Iqbals Söhnen. Während Raza ihn heranstolzieren sah, zackig mit einem Stock in der Luft herumwedelnd, fragte er sich spontan, ob Hussein in Dubai wirklich der Ansicht war, dass sich die jahrelange Schufterei in Hotelküchen gelohnt hatte, um diesem Sajjad die Ausbildung zu ermöglichen, die seinen Brüdern verwehrt geblieben war, und damit Zukunftsaussichten, von denen sie in all den Jahren, als ihr Vater das gesamte Vermögen der Familie bei Huren und am Spieltisch verjubelte, nur träumen konnten.

Raza ging auf seinen Cousin zu, doch als Sajjad stehenblieb, hielt auch er inne. Raza war der Ältere – um fast zehn Jahre –, da gebührte es ihm, dass Sajjad ihm entgegenkam.

Sein Cousin lächelte ihm aus der Entfernung zu.

»Wenn ich weiter auf dich zukomme, ist das ein Einmarsch der pakistanischen Armee nach Afghanistan.«

Raza verdrehte die Augen und ging die letzten Schritte zu ihm herüber.

»Willkommen daheim«, sagte Sajjad und umarmte ihn flüchtig. »Gut siehst du aus. Das amerikanische Militär sorgt offenbar gut für dich.«

»Ich arbeite nicht für …« Er verstummte und begnügte sich mit einem Achselzucken. Zwischen der Arbeit fürs US-Militär und für eine private Militärfirma, die im Auftrag der Amerikaner tätig war, verlief eine so hauchdünne Grenze, dass er lieber erst gar nicht versuchte, sie genauer aufzuzeigen. »Wie läuft es bei dir? Wie geht's Hussein? Allen anderen?«

»Prima, es geht allen prima. Hussein und Altamash haben ihr Unternehmen erweitert – nächsten Monat eröffnen sie ihren dritten Supermarkt.«

Raza lächelte, als er das hörte. Sein Leben in Dubai war sehr anders verlaufen als bei Hussein und ihrem anderen Cousin Altamash aus Delhi, denn dank seiner Sprachkenntnisse und seines eher unpakistanischen Aussehens gelangte er schon bald aus der Küche, in der seine Cousins arbeiteten (so viel zu dem glanzvollen Leben inmitten der Sanddünen, das Hussein in seinen Briefen immer geschildert hatte), hinaus und machte Karriere, bis er schließlich an der »Gold-Star-Rezeption« eines Fünf-Sterne-Hotels arbeitete. Sein schlechtes Gewissen deswegen kam endgültig zur Ruhe, als er den Cousins seine Einstellungsprämie von Arkwright & Glenn zur Verfügung stellte, mit der sie ihr erstes kleines Lebensmittelgeschäft finanzieren konnten.

»Ich habe gerade meine Frau und meine Kinder zu ihnen nach Dubai geschickt«, fuhr Sajjad fort. »Ist am sichersten in der derzeitigen Lage. Diese verfluchten Inder.« Er ließ seinen Stock durch die Luft sausen. »Lassen sich nie eine Gelegenheit entgehen. Nun, sollen sie nur versuchen, sich mit uns anzulegen.«

»Was passiert denn, wenn sie das versuchen?«, spottete Raza. »Willst du ihnen dann mit deinem großen bösen Stock Angst einjagen, bis sie Reißaus nehmen?«

Sajjad zog ein finsteres Gesicht, verwandelte sich im Nu in das Nesthäkchen der Familie, das sein Leben lang von den Älteren schikaniert und gehänselt wird. »Wir haben noch bessere Waffen als Stöcke, Raza-bhai.«

»Die nukleare Option?«, sagte Raza ruhig. »Darüber macht meine Mutter sich große Sorgen. Aber so verrückt ist kein Mensch, habe ich ihr versichert.«

Sajjad runzelte versonnen die Stirn.

»Unser Problem ist Folgendes. Indien ist riesengroß. Wie sollen wir je ihre Raketenabschussanlagen vernichten, die Atomanlagen im Süden, im Osten? Ehe unsere Flugzeuge so weit vordringen, würden sie abgeschossen, und unsere Raketen haben nicht die nötige Reichweite. Indien dagegen kann unsere Abschussanlagen problemlos ausschalten. Und dann haben wir zwar noch Atomwaffen, können sie aber nicht mehr einsetzen.«

Wie harmlos sich das alles bei ihm anhörte.

»Welche Möglichkeit also bleibt uns noch?«

»Nur eine einzige. Sobald der Krieg losgeht, ehe die Schweine dazu kommen, unsere Abschussanlagen auszuschalten, müssen wir unsere Raketen abfeuern. Unsere größten Raketen. Direkt auf den Sitz ihrer Regierung in Dilli. Solche Verwüstungen anrichten, dass sie kehrtmachen und die Flucht ergreifen und es niemals mehr wagen, uns auch nur anzuschauen.«

»Dilli?«

»Ja. Dilli.«

Die Erde unter Razas Füßen erbebte, und kurz glaubte er ernsthaft, nun würde Sajjad Ali Ashraf daraus emporsteigen und den Mann, der denselben Namen trug wie er, mit sich hinabreißen in den Schlund der Erde – aber es war nur das Rumpeln eines Lastwagens, der über den Gebirgspass rollte. Auf einmal erkannte Raza, wie absurd das Ganze war, und fing an zu lachen.

»Und diese geheime strategische Information plauderst du einfach so bei einem Mann aus, der für das US-Militär arbeitet.«

»Du bist mein Cousin«, sagte Sajjad mit verwundetem Blick. »Was ist? Warum grinst du so?«

»Über eure Strategie. Unsere. Wir sind verrückter als ihr. Wir könnten bei der leisesten Provokation auf dieses Knöpfchen drücken, also provoziert uns besser nicht. Die Doktrin der gegenseitigen Vernichtung, auf die Spitze des Wahnsinns getrieben. Hoffst du vielleicht, dass ich das den Indern übers Pentagon übermitteln lasse?«

»Ich verstehe nicht, wovon du redest«, sagte Sajjad. »Und wenn du dich weiter so aufführst, behalte ich die Information, die du haben wolltest, für mich. Die war gar nicht so leicht aufzutreiben, weißt du.«

Raza legte seinem Cousin beschwichtigend eine Hand auf den Unterarm.

»Entschuldige. Bitte sag es mir. Was hast du herausgefunden?«

Der Name und die Telefonnummer eines Mannes aus Kabul; das war alles, was Sajjad für ihn hatte. 1983 war dieser Mann der Kommandeur des Lagers gewesen, in dem Raza einen Nachmittag lang Höllenängste ausgestanden hatte.

»Das Lager habe ich nur herausfinden können, weil der ISI einen Aktenvermerk über Raza Ashraf aus Karatschi angelegt hat, der von den Amerikanern in das Lager geschickt wurde.« Sajjad konnte seine widerwillige Bewunderung für Razas wildes Jugendabenteuer nur schlecht kaschieren.

»Hat der ISI auch Aufzeichnungen darüber, ob irgendwer im Lager mehr über mich erfahren hat? Meinen Namen, was ich dort nach Auffassung des ISI getrieben habe?«

Sajjad schüttelte den Kopf.

»Unwahrscheinlich. Der ISI gibt nur Informationen an andere weiter, wenn es absolut notwendig ist. Bei Afghanen gilt das erst recht. Aber ich würde mir wegen dieses Mannes in Kabul keine zu großen Hoffnungen machen. Selbst wenn er sich an deinen Freund Abdullah erinnert – Raza-bhai, wie hoch stehen die Chancen, dass er noch am Leben ist?«

Und selbst wenn er noch lebt, was dann?, dachte Raza auf der Rückfahrt ins Lager. Was, wenn er inzwischen zu ihnen gehört – zu den Männern mit den schwarzen Turbanen, die jedes Vergnügen verboten und uralte Buddhastatuen aus ihren Felsnischen gesprengt haben. Abdullah, das fiel ihm unwillkürlich wieder ein, hatte die Reliefs an der Straße nach Peschawar als Werk von Ungläubigen bezeichnet. Und was Frauen betraf – mit vierzehn wusste Abdullah schon genau, welche Stellung Frauen auf der Welt zukam, eine Auffassung, die Hirokos Sohn nicht nachvollziehen konnte. Damals war das, ehrlich gesagt, nicht so wichtig gewesen – aber nach gerade zwei Wochen in diesem Land hätte er beim Anblick von Frauen, die verhüllt waren wie wandelnde Tote, am liebsten nur noch geschrien. In Miami ebenso wie schon in Dubai waren es Frauen, die Farbe in sein Leben brachten – wechselnder Sex war seine eigentliche Domäne, ebenso intim wie unverbindlich, was seinem Temperament ideal entgegenkam. Er verliebte sich, kurz, aber heftig, in alle Frauen, die ihn in ihr Bett einluden, ohne je zu erkennen, dass er im Grunde nur die Version seiner selbst liebte, die in ihrer Gesellschaft zur Entfaltung kam – eine Mischung aus der Heiterkeit seines Vaters und der Kühnheit seiner Mutter.

Bei Sonnenuntergang kam er an einer Moschee vorbei, deren türkisblaue Kuppel so schön war, dass er kurz aus dem Humvee ausstieg und sich zum Gebet niederkniete, als der Ruf des Muezzins über die Landschaft hallte. Er wurde bald übertönt vom Geräusch eines Hubschraubers, der näher zur Erde herabgeschwirrt kam, um zu sehen, was es mit dem geparkten Humvee auf sich hatte. Raza sprang vom Boden auf, winkte dem Piloten zu und stieg wieder in sein Fahrzeug ein, und im selben Moment kamen einige ältere Männer aus der Moschee, um zu sehen, was hier draußen los war.

»Entschuldigen Sie die Störung«, sagte Raza auf Paschtu, aus dem Seitenfenster gelehnt, aber die Männer musterten bloß vorwurfsvoll das amerikanische Fahrzeug und den Mann am Steuer, der seinen Gesichtszügen nach einem Stamm angehörte, der den Paschtunen nicht freundlich gesinnt war. Ein Mann griff nach der Kalaschnikow, die er an der Schulter hängen hatte – Raza fiel ein, wie Abdullah damals wie ein Zauberer das Tuch von der schimmernden Waffe gezogen hatte –, und ein anderer sagte: »Verschwinden Sie hier.«

In diesem Ungetüm war ich heute das letzte Mal unterwegs, dachte Raza, als er sich dem Lager näherte, und winkte bloß ab, als ihn der Wachtposten, ein Mann aus Sri Lanka, vor Harry warnte, der einen Wutanfall erlitten hatte, als er feststellte, dass der Humvee nicht da war.

»Wer ist denn da mit dem Hubschrauber gekommen?«, fragte er.

»Amerikaner«, sagte der Mann mit einem Achselzucken, wie um anzudeuten, dass es nur Amerikanern einfallen konnte, auf diesem Wege anzureisen.

# 29

Habe ich dir je erzählt, dass ich so wild entschlossen war, bei meiner Ankunft in New York alle Fesseln und Hemmungen meines Lebens als Mrs Burton abzustreifen, dass ich mir fest geschworen habe, mich von nichts im Leben meines Cousins Willie schocken zu lassen – obwohl er mich in Briefen vorab immer wieder gewarnt hatte, dass seine Freunde vielleicht nicht ganz meinem gewohnten Umgang entsprachen?« Ilse hatte es sich inmitten der Sofakissen gemütlich gemacht und drückte sich mit beiden Armen ein Kissen an den Bauch.

Es war wie früher in Delhi, wo sie auch so manchen Abend verplaudert hatten, Ilse in ebenjener Haltung auf dem Wohnzimmersofa, Hiroko mit einer Tasse Jasmintee auf einem Sessel neben ihr. Damals schon, und noch heute, tat Hiroko immer so, als hörte sie Geschichten, die sie längst kannte, zum ersten Mal, weil es immer wieder ein Vergnügen war, Ilse zuzuhören, wenn sie ihre Lieblingsanekdoten zum Besten gab.

»An meinem zweiten Tag in New York ging ich also mitten in der Nacht in Willies Wohnung in die Küche, weil ich Durst hatte und mir etwas Wasser holen wollte, und was finde ich vor? Ihn und diesen ausnehmend hübschen jungen Mann – beide splitternackt! –, mitten in einem Akt, den ich noch nie im Leben gesehen hatte, nicht mal auf Fotos. Und ich war so wild entschlossen, mich von nichts aus der Ruhe bringen zu lassen, dass ich nur sagte: ›Lasst euch nicht stören‹, und einfach an ihnen vorbei zum Kühlschrank gegangen bin. Der arme Willie wäre vor Verlegenheit fast ohnmächtig geworden, und der junge Mann ist gleich am nächsten Morgen in einen Bus gestie-

gen, um heim nach Iowa zu fahren, und nie wieder zurückgekehrt!«

»Tja, kein Wunder, dass ich deine Briefe vor all den Jahren in
Karatschi irgendwann nicht mehr bekommen habe«, lachte Hiroko. »Wenn du solche Sachen geschrieben hast, haben die Zen-
soren sich die bestimmt eingerahmt und an die Wände ihrer
Amtsstuben gehängt!«

»Oh, ich hatte diese Befreiung so dringend nötig«, sagte Ilse
und schwang übermütig einen Fuß in die Höhe. »New York
nach dem Krieg. Verrückte Zeiten, einfach nur wundervoll. Wie
oft habe ich mir nicht gewünscht, du wärst auch hier.«

»Ich war da, wo ich sein wollte«, sagte Hiroko leise.

Ilse beugte sich vor und fasste Hiroko am Handgelenk.

»Das weiß ich doch. Ich dachte bei diesem Wunsch auch eher
an mich als an dich.« Sie schwieg kurz. »Also gut. Ein bisschen
habe ich vielleicht auch an dich gedacht. Ich lege viel zu großen
Wert auf materiellen Komfort, immer schon. Weil mir deine sto-
ische japanische Haltung fehlt.«

»Du redest so einen unglaublichen Unsinn«, sagte Hiroko, etwas schroff zwar, aber auch liebevoll.

Im nächsten Moment war es mit der behaglichen Stimmung
im Zimmer jäh vorbei. Die Wohnungstür flog auf, Kim kam her-
eingestürmt und schrie aufgeregt nach ihrer Großmutter.

»Oma, Oma, hast du was von Papa gehört? Ich erreiche ihn
nicht.«

»Kim, was ist los?« Ilse wollte sich aufrichten, bekam aber
gerade einmal den Kopf von den Sofakissen hoch und ließ ihn
gleich wieder zurücksinken. Kim stieß vor Ungeduld einen ent-
nervten Schrei aus.

»Habt ihr denn keine Nachrichten gehört? Ein Mann hat versucht, eine Bombe in seinem Schuh zu zünden. Auf einem Flug
nach Miami. Und ich kann Papa einfach nicht erreichen.« Beim
Sprechen zog sie Ilse von den Kissen hoch in aufrechte Haltung
und war erschüttert, als ihre Großmutter ihr bloß nachsichtig

die Wange tätschelte, als wäre sie noch klein und hätte bloß ihre Lieblingspuppe verloren. War sie jetzt doch senil geworden?

»Es gehen täglich Hunderte Flüge nach Miami, und dein Vater ist fast nie an Bord«, sagte sie.

»Und niemandem in dem Flugzeug ist etwas passiert«, fügte Hiroko hinzu. »Bis auf diesen blöden Kerl. Hatte er den Schuh eigentlich noch an, als er ihn anzuzünden versuchte? Das wurde in den Nachrichten nicht so richtig klar.«

Kim blickte zwischen Ilse und Hiroko hin und her. Sie war fassungslos, wie seelenruhig die beiden waren.

»Es war ein Flugzeug«, sagte sie. »Wieder ein versuchter Selbstmordanschlag in einem Flugzeug.«

»Komm her.« Ilse zog sie neben sich aufs Sofa und legte den Arm um sie. »Nun beruhige dich. Versuche nicht länger, dir auszumalen, was genau passieren würde, wenn mitten auf einem Flug in der Maschine eine Bombe gezündet würde.«

Kim schloss die Augen.

»Das versuche ich mir nicht bewusst auszumalen, Oma. Das sehe ich automatisch vor mir.« Sie war Statikerin geworden, weil sie sich immer dafür interessiert hatte, wie man Bauten davor bewahrte, einzustürzen und zusammenzubrechen. Erst in den letzten Monaten hatte sie gesehen, wie viel sie übers Einstürzen und Zusammenbrechen hatte lernen müssen, um ihren Beruf ausüben zu können.

»Versuchen wir mal, deinen Vater anzurufen«, sagte Ilse und wählte die Nummer von Harrys Satellitentelefon. Er meldete sich fast umgehend.

»Warst du heute vielleicht in der Nähe irgendwelcher entzündlicher Schuhe?«, fragte Ilse.

»Was?«, rief Harry über ein Dröhnen hinweg, das sich anhörte wie Hubschrauberlärm. »Meinst du diesen Schuhtypen in dem Flugzeug? Nein, natürlich nicht. Hat Kim deshalb bei mir angerufen? Ich bin jetzt erst an mein Telefon gekommen und habe gesehen, dass sie es dreimal versucht hat.«

Ilse reichte das Telefon an Kim weiter, die hineinrief: »Wenn du siehst, dass man dich dreimal zu erreichen versucht hat, könntest du ja wenigstens mal zurückrufen!«

»Das wollte ich doch gerade machen!«

Immer dasselbe mit den beiden, dachte Ilse und wechselte einen vielsagenden Blick mit Hiroko, die nur sagte: »Liebe Grüße von mir an ihn und Raza« und dann in die Küche ging, um Kim einen Tee mit Honig und Zitrone zu machen.

»Wie ich das hasse«, sagte Kim, nachdem sie aufgelegt hatte. Sie lehnte den Kopf an Ilses Schulter, nahm dabei aber Rücksicht darauf, wie zerbrechlich die Knochen der alten Frau mittlerweile waren. »Dieses Gefühl, als ich versucht habe, ihn zu erreichen. Wie bekannt mir das vorkam. Als ich am 11. September stundenlang nicht zu euch durchgekommen …«

»Es waren nur Minuten, nicht Stunden«, berichtigte Ilse. »Sieh mal, deine Haut ist so jung verglichen mit meiner, dass wir beinahe unterschiedliche Lebewesen sein könnten.« Sie tätschelte Kim beruhigend die Hand.

»Ich wünsche mir nur, dass die Welt wieder so ist, wie sie mal war.« Ilse sagte nichts, streichelte ihr bloß weiter über die Hand. So friedlich und ruhig fühlte Kim sich nur bei ihrer Großmutter. Ihr Vater hätte jetzt – einmal CIA-Mann, immer CIA-Mann – garantiert zu einer langatmigen Analyse jüngster Entwicklungen und Verschiebungen in der Geopolitik ausgeholt. Und – schlimmer noch – ihre Mutter hätte sich wie üblich als Hobbypsychologin betätigt: »Hör zu, Kim, Liebling, was da jetzt wieder in dir hochkommt, sind doch bloß diese verdrängten Gefühle von Ohnmacht und Verlust, die du mit dir herumschleppst, seit dein Vater und ich uns haben scheiden lassen. Ich weiß, warum du dich für deinen Beruf entschieden hast. Um irgendwie wettzumachen, dass es dir, aus deiner Sicht, damals nicht gelungen ist, unsere Ehe zusammenzuhalten. Jedes Mal, wenn irgendetwas einzustürzen oder zusammenzubrechen droht, kommen in dir also wieder dieselben Gefühle von persönlichem Versagen hoch wie damals, als unsere Ehe zerbrochen ist.« Das Wort »zerbrochen« betonte sie immer besonders, als liefere es den schlagenden Beweis für ihre Theorie, dass Kim sich im Grunde nur ihretwegen für den Beruf der Statikerin entschieden hatte.

»Ich habe im Leben schon so vieles kommen und gehen sehen, Hitler, Stalin, den Kalten Krieg, das britische Empire, die Rassentrennung, die Apartheid, weiß der Himmel, was noch alles. Die Welt wird auch das hier überleben, und alle, die du lieb hast, ebenfalls, mit etwas Glück. Aber es könnte durchaus sein, dass du vorher dringend mal Urlaub machen solltest.« Beim letzten Satz klopfte Ilse Kim mit Nachdruck auf den Handrücken. Kim hatte gesagt, sie käme nur nach New York, um bei einer Besprechung letzte Details wegen ihrer Versetzung in die hiesige Niederlassung zu klären, und hätte dann Urlaub bis nach den Weihnachtsfeiertagen – aus unerfindlichen Gründen aber war sie jetzt vom New Yorker Büro aus schon wieder in irgendein Projekt eingebunden.

Kim brummte nur unverbindlich.

»Keine Ahnung, wie ich es geschafft habe, mir all die Jahre nie Sorgen um Papa zu machen, als er noch bei der CIA war. Aber jetzt –« Sie verstummte, weil Ilse sie in die Hand zwickte und mit dem Kopf in Richtung Küche deutete, wo ihre Stimme leicht gehört werden konnte. Sie waren stillschweigend übereingekommen, Hiroko weiter in dem Glauben zu belassen, dass Raza und Harry tatsächlich nur, wie sie behaupteten, vom Schreibtisch aus Sicherheitsprojekte regelten. Kim senkte also ihre Stimme. »Bei der derzeitigen Weltlage bekomme ich einfach Angst, wenn ich mir vorstelle, wo er gerade sein könnte, was er gerade tut. Ich habe ständig Angst, die ganze Zeit. Und das gefällt mir nicht. Weil ich deshalb für andere so unheimlich anstrengend bin.«

»In letzter Zeit ist dein Gesprächsstoff etwas eintönig, stimmt«, sagte Ilse. »Manchmal wollte ich, ich hätte den Krieg in London erlebt, einfach nur, um dich mit Geschichten über den Heldenmut der Einwohner während der deutschen Luftangriffe aufbauen zu können.«

»Ach, mach dir keine Vorwürfe. Das hätte ohnehin nicht gewirkt.« Sie drückte ihrer Großmutter einen herzhaften Kuss auf die Wange.

»Das mit dem Urlaub habe ich ernst gemeint«, sagte Ilse in dem Tonfall, den sie nur anschlug, wenn sie sich ernstlich Sorgen um Kim machte.

»Das weiß ich doch. Aber gerade jetzt habe ich das dringende Bedürfnis, fünf Tage die Woche etwas zu tun, bei dem ich glaube, alles unter Kontrolle zu haben.«

Ilse, die ihre Enkelin wesentlich besser kannte als ihre Eltern, hatte schon vor langer Zeit erkannt, dass Kim sich aus einem Bedürfnis nach Kontrolle für ihren Beruf entschieden hatte und nicht, weil sie mit vier Jahren die Trennung ihrer Eltern nicht hatte verhindern können. Sie erinnerte sich noch gut daran, wie Kim einmal in den Weihnachtsferien von der Universität nach Hause kam und mit stolzem, fast schon trotzigem Gesicht verkündete: »Ich weiß jetzt, wie man ein Gebäude erdbebensicher macht.« Erdbebensicher! Als könnte man sich irgendwie dagegen absichern, wenn sich die Erde unter einem auftat.

Armer Gary! Beim Gedanken an den Mann, der ihr für ihre Enkelin nie gut genug erschienen war, empfand Ilse zu ihrer Verblüffung fast Mitgefühl. Kim hatte sich ohnehin nur für ihn entschieden, weil sie wusste, dass sie ihre Gefühle bei ihm jederzeit unter Kontrolle hatte. Anders als im Verhältnis zu ihrem Vater – sosehr sie sich immer bemüht hatte, es gleichgültig hinzunehmen, dass er ständig fort und kaum je da war, es wollte ihr einfach nicht gelingen, er war ihr alles andere als gleichgültig, und das machte sie zornig. Und von den Garys dieser Welt würde sie sich letzten Endes natürlich immer wieder trennen, einfach deshalb, weil sie im Grunde zu leidenschaftlich war, um sich mit jemandem zu begnügen, der derart laue Gefühle in ihr weckte. Eines Tages, dachte Ilse, eines Tages kommt ein Mann und haut sie um. Das wird entweder das Beste sein, was ihr in ihrem Leben je passiert ist, oder das Schlimmste.

»Worüber habt ihr beiden euch unterhalten, ehe ich wie eine Hiobsbotin hereingewirbelt bin?« Kim hatte ihre Stiefel abgestreift und machte es sich auf dem Sofa gemütlich, jetzt, wo die Anspannung wegen Harry von ihr abgefallen war.

»Ich hatte gerade die Geschichte von Willie in der Küche erzählt.« Ilse lachte.

»Wenn es einen Himmel gibt, dann schaut Onkel Willie jetzt sehr böse auf dich herunter«, sagte Kim mit einem Kopfschütteln, dabei wusste Ilse nur zu gut, wie sehr Kim diese freche, ungezwungene Seite an ihr mochte, sie oft sogar mit einem Lächeln dazu ermunterte, die ungeheuerlichsten Dinge zu erzählen.

»Unfug. Wenn es einen Himmel gibt, dann tut Willie dort genau dasselbe wie damals in der Küche. Sonst wäre es kein Himmel. Für Willie jedenfalls nicht.« Auf einmal fing sie an zu lachen. »Stell dir mal vor, diese Selbstmordattentäter landen in Willies Himmel. Stell dir vor, was die dann für Gesichter machen.«

»Oma, das ist nicht komisch.«

»Das ist zum Schreien komisch! Hiroko, findest du das nicht auch zum Schreien?«

Hiroko, die gerade wieder ins Zimmer zurückkam, reichte Kim eine Tasse mit einem dampfend heißen Getränk.

»Als ich sie kennenlernte, war sie überaus wohlerzogen. Großes Ehrenwort, das war sie.«

Ilse schüttelte sich vor Lachen – es war das Lachen einer Frau, die dankbar für das Glück war, dass sie ein zweites Leben hatte beginnen können.

Einige Tage später, Kim war wieder in Seattle, um ihre Habe für den Umzug nach New York zusammenzupacken, kam Hiroko dieses Lachen in den Sinn, als es still blieb, nachdem sie laut an Ilses Schlafzimmertür geklopft und gefragt hatte, wie lange sie denn noch im Bett zu liegen gedenke. An dieses Lachen dachte sie, ehe sie die Tür öffnete und sich davon überzeugte, dass ihre leise Vorahnung richtig gewesen war.

Sie strich ihrer alten Freundin das Haar aus dem friedlichen

Gesicht und dachte, Auch so kann es geschehen. Ganz friedlich und ruhig kann ein Leben zu Ende gehen, ohne Schuppen und Schatten und Schusswunden.

Sie griff zum Telefon auf Ilses Nachttisch und rief Razas Satellitentelefon an. Als er sich meldete, klang er zunächst abgelenkt, reagierte aber sofort besorgt, als er ihren Tonfall hörte. »Raza-chan«, sagte sie, »du musst Harry heute viel Halt geben. Ilse ist im Schlaf gestorben.« Nachdem sie ihn endlich davon überzeugt hatte, dass sie alleine klarkam und er niemanden in New York anzurufen brauchte, der vorbeikommen und ihr die Hand halten sollte, legte sie auf und blieb noch eine Weile bei Ilse sitzen, um den Tränen freien Lauf zu lassen – traurig, aber nicht verzweifelt.

Dann atmete sie tief durch, bat Ilses Geist, sofern er noch im Zimmer war, um Kraft für die schwere Aufgabe, die ihr jetzt bevorstand, und rief dann Kim an, um ihr zu sagen, dass ihre Großmutter nicht mehr lebte.

## 30

Harry Burton erschien alles in New York ein wenig aus dem Lot geraten, als er übernächtigt von seinem Flug und wie betäubt vor Kummer durch den hellen Wintermorgen wanderte. Er hatte erwartet, die Stadt im selben Zustand vorzufinden wie bei seiner Abreise Ende September, als eine tiefe Stille über Downtown lag und man Uptown bei den Menschen Schuldgefühle spürte, weil sie überlebt hatten, doch stattdessen fand er einen Zusammenprall zwischen der zuversichtlichen Natur der Stadt und den Erfordernissen einer Tragödie vor, die zwingend vorschrieb, dass man sich an die Trauer klammerte wie an eine sterbende Geliebte.

Seine eigene Trauer hätte er gerne überwunden. Es war unerträglich, wie sie alles überschattete. Hier in SoHo schien ihr Geist noch überall gegenwärtig. Spürte Kim das auch? Er sah verstohlen seine Tochter an, die neben ihm ging, mühelos mit ihm Schritt hielt. Ihre Erscheinung war eine einzige Warnung: Militärhosen, Stiefel mit Stahlkappen und eine nur halb geschlossene Bomberjacke, aus der ein schwarzes T-Shirt hervorlugte. Dazu frisch geschnittenes kupferrotes Haar, straff zurückgekämmt und mit Resten der schwarzen Farbe an den Spitzen, die noch nicht ganz herausgewachsen war.

»Wüsste gern, was dir durch den Kopf geht, Panther«, sagte er.

»Oma war einer der beiden Gründe, warum ich nach New York ziehe.« Sie sah zu ihm hoch. »Du wusstest gar nicht, dass ich nach New York ziehe, oder?«

»Nein. Aber das ist toll. Weil ich dich immer hier vor mir

sehe, wenn ich an dich denke. Klar, du wohnst schon eine ganze Weile in Seattle, aber … die Berge, der Grunge, das demonstrative Kaffeeschlürfen! Nein, nein, das ist nichts für meine Tochter. Ich hatte immer das Gefühl, das bleibt nur eine flüchtige Beziehung, weißt du?«

»Mit flüchtigen Beziehungen kenne ich mich aus, Papa. Wenn auch nicht so gut wie du.« Sie grinste und hakte sich bei ihm unter.

Überrascht, aber hocherfreut drückte er ihren Arm und überlegte krampfhaft, was ein Vater zu seiner Tochter in einem solchen Moment sagen sollte, wenn ihre Augen immer noch so rotgeweint waren wie am Vortag, als er gerade noch rechtzeitig angekommen war, um an Ilses Beerdigung teilnehmen zu können.

»Schatz, sie ist genauso gestorben, wie sie es sich gewünscht hätte. Im Schlaf, ganz friedlich, nach einem, wie Hiroko mir geschildert hat, ausgelassen fröhlichen Abendessen mit ihrer besten Freundin. So viel Glück hat nicht jeder.«

»Aber sie fehlt mir trotzdem«, sagte Kim und schmiegte den Kopf an die Schulter ihres Vaters.

So spazierten sie eine Weile ein wenig unbeholfen dahin. In den ruhigen Tagen nach Weihnachten waren in SoHo merklich weniger Menschen unterwegs, und Harry war froh darüber. Zu viele Stunden in tückischen, engen Gebirgspässen in den letzten Wochen, sein Körper war noch immer in Alarmbereitschaft. Die Feuerleitern, die sich im Zickzack über die Fassaden der Backsteinhäuser zogen, sahen aus wie missgestaltete Wirbelsäulen, die absichtlich verbogen worden waren, und in den Fenstern der Häuser links und rechts der Straße spiegelte sich das Sonnenlicht ganz ähnlich wider wie auf dem blinkenden Lauf einer Waffe.

»Was ist der andere Grund«, sagte er, »warum du nach New York ziehst?«

»Das hier.« Kim deutete um sich auf die Flaggen, die von allen Gebäuden flatterten, und dann auf die klaffende Lücke in der Skyline. »Weißt du, Papa, wir Statiker haben es von Anfang an kommen sehen. Haben den Fernseher angeschaltet, die Flammen gesehen und sofort gewusst, der Turm wird einstürzen. Das restliche Land hatte noch ein paar Minuten Aufschub, aber wir waren die Kassandras, die vor den ersten Bildern standen und sagten, Der stürzt ein, komplett, von oben bis unten. Und dann noch der zweite Turm. Von dem Augenblick an hatte ich nur noch den Wunsch, wieder hier zu sein.« Sie schaute sich angriffslustig um. »Wir werden weiterbauen.«

Die Kassandras!, dachte Harry. Weil ihr eine Stunde im Voraus die totale Katastrophe vorausgesagt habt? Bloß eine Stunde.

»Wenn eure Bauarbeiten ins Stocken geraten, haben die Terroristen gewonnen«, sagte Harry und spürte, wie sie ihm ihren Arm entzog.

»Für dich ist das alles vermutlich nichts Besonderes«, sagte sie. »Tod und Zerstörung. Gut fürs Geschäft und alles andere als überraschend.« An einem Laternenpfahl, an den ein Collie festgebunden war, kniete sie nieder und kraulte dem Hund das dichte Fell, voller Wut darüber, wie sehr sie auf Verständnis von ihm gehofft hatte. Sie spürte, wie die Kälte des Pflasters durch ihren Hosenstoff drang.

Harry streckte die Hand aus, und der Collie, der sich Kims Zuwendung mit der Blasiertheit eines Aristokraten gefallen ließ, dem der schuldige Tribut gezollt wurde, schnupperte sogleich vertrauensvoll daran.

*Verräter*, dachte Kim.

»Alles andere als überraschend, richtig«, sagte Harry. Überraschend fand er den 11. September tatsächlich nicht – schon beim Anschlag in Oklahoma City 1995 hatte er auf einen islamistischen Hintergrund getippt –, aber heftig darauf reagiert hatte er trotzdem, mit maßlosem Zorn nämlich und dem Wunsch, dass die ganze Welt stillstehen und mit ihm um die Stadt weinen möge, die ihn als Elfjährigen aufgenommen hatte. Am fraglichen Tag hielt er sich in der Demokratischen Republik Kongo auf, wo er als Vertreter von Arkwright & Glenn den Sicherheitsapparat eines belgischen Unternehmens, das Diamanten exportierte, aufbauen half, und war sich durchaus bewusst, wie unverhältnismäßig seine Reaktion in einem Land erscheinen musste, das über zweieinhalb Millionen Menschen in einem Krieg verloren hatte, der, von Unterbrechungen abgesehen, kein Ende zu nehmen schien. Am 12. September nahm er einen Taschenrechner zur Hand und kam zu dem Ergebnis, dass das auf zweitausend Tote am Tag hinauslief, jeden Tag, seit über drei Jahren – aber diese Zahlen vermochte er in keinen Zusammenhang mit seinen Gefühlen zu bringen. »Und gut fürs Geschäft, auf jeden Fall.«

»Tja, immerhin bist du ehrlich«, sagte Kim, erhob sich vom Boden und klopfte sich energisch die Hosenbeine sauber, an denen jedoch kaum Straßenschmutz haftete.

»Das ist nur ein Teil der Geschichte. Die ganze Geschichte erfahren wir voneinander nie, Panther.«

»Wir?« Sie starrte ihn an und schüttelte den Kopf. »Du bist es doch, der ständig abreist.«

»Jetzt bin ich hier.«

»Wie lange?«

Er wandte den Blick ab.

»Aha. Habe ich mir schon gedacht.« In ihre Enttäuschung mischte sich die Genugtuung darüber, richtig vermutet zu haben.

»Kim, du und ich – wir werden bald viel Zeit miteinander verbringen. Mehr, als dir lieb ist. Das kannst du auffassen, wie du willst, als Drohung oder als Versprechen.«

»Klar«, sagte sie mit leicht erstickter Stimme, weil sie ihm nicht glaubte. »Wenn das abstrakte Hauptwort besiegt ist … oder macht ihr in dem Stil weiter? Krieg gegen den Horror? Krieg gegen das Elend?«

Er musste unwillkürlich lachen.

»Dein Vater ist ein alter Mann. Im Juni werde ich fünfundsechzig. Zeit, in Rente zu gehen, Schatz.«

Kim schnaubte.

»Du gehst niemals in Rente.«

»Na gut, okay«, räumte er ein. »Aber Urlaub werde ich mir auf jeden Fall gönnen. Wollen wir zusammen nach Delhi reisen? Dann zeige ich dir die Stadt meiner Kindheit.«

Mit diesem Versprechen köderte er sie schon lange, ohne dass je etwas daraus geworden war, aber trotzdem verfehlte es auch diesmal nicht seine Wirkung auf sie. Genau deswegen war es so unmöglich, Harry Burtons Lächeln zu widerstehen – wenn er etwas sagte, meinte er es auch. In jenem Moment zumindest.

Als sie ein Stück weiter gegangen waren, war hinter ihnen ein ersticktes Winseln zu hören – Kim drehte sich um und sah, dass der Collie an seiner Leine zerrte, den Blick auf Harry geheftet. *Erbärmlich*, dachte Kim, wehrte sich aber nicht, als Harry ihren Arm wieder in seinen hakte.

»Mama lässt dir ihr Beileid ausrichten«, sagte sie. »Sie hatte angeboten, auch herzukommen, aber ich war mir nicht sicher, ob ich mit euch beiden auf einmal klarkomme.«

Harry lachte und bestätigte damit, wie viel Wahrheit in dieser beiläufigen Bemerkung steckte.

»Wie geht's ihr? Verbirgt sie das Herz, dass ich ihr gebrochen habe, noch immer hinter einer Fassade vollkommenen Glücks mit, wie heißt er noch?«

»Ja, Papa, sie ist weiter sehr glücklich verheiratet. Macht sich aber große Sorgen um mich. Sie hält es für eine Art Fluch, dass ich seit drei Monaten Single bin. Bei unserem letzten Telefonat hat sie mir geraten, nichts über meinen Beruf zu erzählen, wenn ich Männer kennenlerne. Weil Baustatik offenbar zu maskulin ist. Das schreckt die Jungs ab. Sie will mir, glaube ich, zu verstehen geben, dass ich wirke wie eine Lesbe.«

»Du wirkst einfach nur wie du selbst«, sagte Harry. »Und falls die Jungs sich dir deshalb unterlegen fühlen, liegen sie damit vermutlich nicht mal falsch.«

Das war keine leere Schmeichelei, das wusste sie. Bei all seinen Versäumnissen als Vater ließ Harry nie einen Zweifel daran, dass er Kim für das Beste hielt, was ihm in seinem Leben gelungen war. Sie griff nach seiner Hand, ganz wie früher als kleines Mädchen.

Ein Stück die Straße hinunter stand eine Frau in einem eleganten Kamelhaarmantel mit einer Baskenmütze auf dem Kopf vor einem Schaufenster und starrte gebannt hinein.

»Was schaut sie sich denn da an?«, flüsterte Harry ganz entgeistert, und Kim ließ lachend seinen Arm los, um zu Hiroko hinüberzulaufen.

Den Blickfang hinter der Fensterscheibe bildete eine männliche Schaufensterpuppe in enganliegender Ledermontur, die mehr als nur gut bestückt war. Kim legte Hiroko die Arme um die Schultern, und unter Tränen und Gelächter erinnerten sie sich gemeinsam daran, wie Ilse an ihrem neunzigsten Geburtstag vor dieser Schaufensterpuppe stehengeblieben war und sagte: »Wie dieses Jahrzehnt wohl wird? Meine Achtziger entsprachen kein bisschen dem, was ich erwartet hatte – Viagra, wisst ihr. Auf einmal tauchten all diese früheren Liebhaber wieder aus der Versenkung auf.«

Harry räusperte sich ein wenig verlegen hinter den beiden Frauen, und Kim zwinkerte Hiroko zu.

»Das erzählen wir ihm besser später mal irgendwann«, sagte sie.

Hiroko stellte sich in ihren Alte-Damen-Schuhen auf die Zehenspitzen und gab Harry ein Küsschen auf die Wange. Offenbar war er derlei zärtliche Gesten nicht gewohnt, denn er lief prompt rot an.

»Komm mit mir nach China«, sagte sie und hakte sich bei ihm unter.

Kim beobachtete, wie Harry sein Schritttempo unauffällig an die viel kleinere Hiroko anpasste, und da wusste sie auf einmal, dass sie zusammen nach Delhi reisen würden. Harry, Hiroko und sie – und Raza.

Kim war Raza Konrad Ashraf noch nie persönlich begegnet – seine kurzen Stippvisiten bei Hiroko überschnitten sich nie mit ihren Besuchen in New York –, aber sein gerahmtes Foto stand auf dem Kaminsims der Wohnung an der Mercer Street, und bei Hiroko und Harry kam er in ungefähr jedem dritten Satz vor, weshalb es womöglich kein Wunder war, dass er bisweilen in ihren Träumen erschien. Er tauchte in den seltsamsten Situationen auf, merkwürdig selbstverständlich und vertraut.

Wahrscheinlich würden sie einander in den Wahnsinn treiben, wenn sie sich kennenlernten, überlegte sie. Raza war offenbar bloß eine weitere Version von Harry. Da schien ein Zusammenstoß zwischen ihren beiden Persönlichkeiten geradezu unvermeidbar. Sie lächelte still vor sich hin, während sie Harry und Hiroko auf dem Weg nach Chinatown in einiger Entfernung folgte. In Gedanken war sie bereits in Delhi.

Harry war froh, dass seine Tochter nicht in Hörweite war. So blieb ihm ihre Missbilligung erspart, als er auf Hirokos Frage fest erwiderte: »Natürlich ist Raza weder in Indien noch in Pakistan. Ich habe dir doch versprochen, ihn aus gefährlichen Situationen herauszuhalten, oder?« Harry gab viele Versprechen, aber dieses Hiroko gegenüber gehörte zu den wenigen, die er ernsthaft einzuhalten bestrebt war. So weit wie irgend möglich sorgte er dafür, dass Raza in der sterilen Welt der Hauptverwaltung von Arkwright & Glenn in Miami blieb und seine Sprachkenntnisse als Dolmetscher bei Besprechungen mit Kunden sowie bei der Übersetzung von Verträgen, E-Mails und abgehörten Gesprächen einbringen konnte. Afghanistan aber war ein besonderer Fall – das erste Mal, dass A & G einen Auftrag vom US-Militär bekommen hatte, eine Gelegenheit, bei der die Aktionäre, der Geschäftsaussichten wegen, die sich daraus kurz- und langfristig ergaben, schier aus dem Häuschen gerieten. Und auf Raza Konrad Ashraf, das Sprachgenie, das sich einst glaubhaft als Afghane ausgegeben hatte, konnte bei diesem Auftrag einfach nicht verzichtet werden.

Hiroko zauderte ein wenig mit ihrer nächsten Frage. Sie betraf ein Thema, das sie seit dem Tag, an dem sie gemeinsam vor Sajjads Leichnam standen, nicht mehr angesprochen hatten. Um etwas Bedenkzeit zu gewinnen, verlangsamte sie ihren Schritt und betrachtete die ausgeblichene Farbkopie, die an der mit Graffiti beschmierten Wand eines Mietshauses hing. Zu sehen war das Foto eines jungen Mannes, darunter der Text: VERMISST SEIT DEM 11.9. WENN SIE IRGENDETWAS ÜBER DEN VERBLEIB VON LUIS RIVERA WISSEN, RUFEN SIE BITTE AN, TEL. …

Hiroko musste an den Bahnhof in Nagasaki denken, an jenem Tag, als Yoshi mit ihr nach Tokio fuhr. Die Wände waren mit Zetteln übersät, auf denen um Auskunft über vermisste Personen gebeten wurde. Sie trat näher, um sich Luis Rivera genauer anzusehen, sein grenzenlos zuversichtliches Lächeln. In Augenblicken wie diesen schien es grundverkehrt, dass sie immer das Gefühl hatte, eine komplett andere Sicht auf die Geschichte zu besitzen als die Menschen in dieser Stadt.

Endlich fasste sie sich ein Herz. »Du hast doch bestimmt noch Freunde bei der CIA.«

»Alle tun ihr Bestes, um beide Seiten zum Einlenken zu bewegen, Hiroko«, sagte er, weil er genau verstand, warum sie das Thema angeschnitten hatte.

Es war eine Antwort, der sie mehr vertraute als jeder Versicherung, dass es nicht zu einem Atomkrieg kommen würde. Sie tätschelte ihm über den Arm und wandte sich von Luis Rivera ab, während Kim, die inzwischen aufgeschlossen hatte und neben ihr stand, sein Foto weiter anschaute.

Als sie Chinatown betraten, in dessen geschäftigen Straßen ein aggressives, streitlustiges Treiben herrschte, gegen das sich das vermeintlich so ruppige übrige Manhattan geradezu zahm ausnahm, dachte Hiroko daran zurück, wie aufgeregt sie bei ihrem ersten Besuch hier war, als sie bei den Händlern lauter Gemüsesorten entdeckte, die sie seit Nagasaki nicht mehr gesehen hatte. Sogar die chinesischen Namen mancher Gemüse, die ihre Mutter immer im Chinesenviertel eingekauft hatte, wusste sie noch –

und erinnerte sich bei der Gelegenheit auch an die Namen, die Konrad Weiss für all die Gewächse erfunden hatte, die er nicht kannte: Pak Choi hieß bei ihm »windverwehter Kohl«, in Scheiben geschnittene Lotoswurzel »Blumenfossilie«. Und Ingwer, den Sajjad über alles liebte – als Knabberei für zwischendurch, stäbchenweise in Achad getunkt –, hieß »Erdknubbel«.

Harry blieb bei einem Mann stehen, der auf dem Gehweg hockte und drei tote Fische auf dem Pflaster vor sich umherrückte, während andere Männer um ihn herum mit den Händen deuteten und durcheinanderriefen. Ein Zaubertrick, ein Glücksspiel? – er wollte es unbedingt herausfinden. So hatte Hiroko Gelegenheit, die Kartons voll Obst und Gemüse vor einem kleinen, mit Waren vollgestopften Lädchen zu begutachten. Sie zeigte auf die grüngelben Kugeln in einem Karton und sagte unwillkürlich *Hong xao* – ein Wort, das sie seit Nagasaki nicht mehr ausgesprochen hatte. Auf Urdu hieß die Frucht *bair*. Wie der englische Name lautete, wusste sie nicht.

Nagasaki. Sie fasste sich an den Rücken.

»Ist das *bair*?«, sagte Harry und zauberte ihr damit ein Lächeln aufs Gesicht. Ja, er war Konrads Neffe, unverkennbar.

Nach Sajjads Tod war er jahrelang aus ihrem Leben verschwunden, bis er Anfang der neunziger Jahre in Abbottabad vor ihrer Haustür stand und sagte, er hätte seine bisherige Stelle aufgegeben (der Name seines ehemaligen Arbeitgebers kam ihm auch dabei nicht über die Lippen) und sei jetzt im privaten Sicherheitsbereich tätig – ein besserer Bodyguard im Grunde. Aber die Firma hätte Bedarf an Übersetzern, und da sei ihm Raza eingefallen. Ob er nicht vielleicht Lust hätte, mit ihm zusammenzuarbeiten. Die Frage, ob sie ihm dafür verzeihen sollte oder nicht, dass er sie und Sajjad belogen hatte, kam ihr in dem Augenblick gar nicht in den Sinn – er war ein Weiss, und er bot Raza eine Chance, dem seelenlosen Moloch namens Dubai zu entkommen. Und natürlich, sagte er, natürlich würde Raza nie in die Schusslinie irgendwelcher Waffen geraten.

Einige Minuten später saßen Kim, Hiroko und Harry auf einer Bank im Columbia Park. Kim fingerte unentschlossen an der Frucht mit dem wenig appetitlichen Geruch herum, die ihr Vater und Hiroko gerade mit dem sichtlichen Genuss der Nostalgie verzehrten.

»Wenn du nach New York ziehst, solltest du dir eine Wohnung hier in der Gegend suchen«, sagte Harry.

»Hier? Wieso?« Sie sah sich um. Wie kam ihr Vater denn darauf, dass sie in dieses Viertel gehörte? Wegen der alten, verrunzelten Zwillinge mit Baseballmützen auf dem Kopf, die auf der Bank gegenüber chinesisches Schach spielten? Wegen der Frauen, die ihre Mäntel enger um sich zogen, während sie sich über Mah-Jongg-Steine beugten? Wegen des Blinden, der die Luft vor sich mit schwebenden, bedächtigen Handbewegungen liebkoste, während die Frau ihm gegenüber, die ihn direkt ansah, mit hoher Stimme ein trauriges Lied sang, begleitet von Männern mit jaulenden Saiteninstrumenten?

»Nur so«, sagte Harry. Hätte er die Überlegung geäußert, dass künftige Attentäter Amerika wohl kaum in Chinatown angreifen würden, hätte sie bloß entgegnet, sein Beruf mache ihn paranoid. Aber sie wandte sich ihm zu und sah ihn an, und dabei dämmerte in ihrem ratlosen Gesicht langsam das Verstehen. Sie lächelte ein wenig, zum Dank für seine Besorgnis, und nickte dann.

Dieses Nicken behagte ihm nicht. Sie sollte nicht so vertraut mit der Furcht sein, dass sie erriet, was ihm durch den Kopf ging. Er dachte daran zurück, wie sie erstarrt war, als sie auf ihrem Spaziergang einen dunkelhaarigen Mann sahen, der an seinen Schuhen herumnestelte. Er hatte gelacht und gesagt: »Er bindet sich nur die Schnürsenkel zu, Kim. Keine Sorge, er zündet keine Bombe.« Aber jetzt fand er das nicht mehr so amüsant. In den Tälern Afghanistans gehörte die Angst dazu, schützte einen vor fahrlässigem Leichtsinn, wenn man sie, wie er, zu nutzen verstand. Aber was wusste Kim davon, wie es war, im Alltag ständig die Angst im Nacken zu spüren? Waffen in den Händen der Nichteingeweihten, dachte er und begriff plötzlich, warum er sich in diesem neuen New York so unbehaglich fühlte.

»Ich habe mich mit Hiroko geeinigt, vorläufig zu ihr in Omas Wohnung zu ziehen, bis ich mich entschieden habe, wo ich wohnen möchte«, sagte Kim. Dann biss sie in die grüngelbe Frucht und versuchte so zu tun, als könne sie ihrem bitteren Geschmack etwas abgewinnen.

»Wir finden beide, dass wir uns umeinander kümmern sollten«, erklärte Hiroko. Sie warf einen Blick auf die angebissene Frucht in Kims Hand. »Die ist noch nicht reif«, sagte sie. »Schmeckt bestimmt scheußlich. Wieso isst du sie?«

Kim spie die halb gekaute Frucht in die Serviette, die Hiroko ihr reichte.

»Ich hatte Angst, dich zu kränken, wenn ich sage, dass sie widerlich schmeckt«, sagte sie.

»Ach je«, seufzte Hiroko. »Wenn du derart um kulturelle Rücksichtnahme bemüht bist, graut mir jetzt schon davor, mit dir zusammenzuwohnen.«

»Das ist eine widerwärtige kleine Stinkefrucht. So was können nur Geisteskranke freiwillig essen«, legte Kim nach.

»Ausgezeichnet.« Hiroko lächelte. »Danke. Und etwas Abwechslung täte deiner Garderobe übrigens auch gut. Wie viele schwarze T-Shirts besitzt du eigentlich?«

Harry lächelte versonnen. Was immer auf der Welt auch sonst passieren mochte, zumindest die Weiss-Burtons und die Tanaka-Ashrafs hatten endlich Räume gefunden, in denen sie zusammenleben konnten. Und die verwickelte Geschichte, die sie miteinander teilten, war dabei kein Hindernis, sondern verlieh ihrer Freundschaft eher noch mehr Tiefe.

## 31

In der grünen Welt trat Harry Burton auf einen dunklen Klumpen, der aufbrach und ein leuchtendes Inneres offenbarte. Er nahm sein Nachtsichtgerät ab und deutete auf das glimmende Stück Holzkohle, während sich seine Augen an das Halbdunkel in der Höhle gewöhnten.

»Jemand war hier, vor nicht allzu langer Zeit.« Er fuhr mit den Fingern über die rußige Höhlenwand und stieß auf eine Rille im Stein; tastete weiter daran entlang und brachte die Ritzzeichnung eines Falken zum Vorschein.

»Araber?«, fragte sein Exkollege Steve, der inzwischen zum paramilitärischen Arm der CIA gehörte. Was er damit meinte, war »al-Qaida«.

Harry zuckte mit den Schultern.

»Bildliche Darstellungen passen nicht zu ihrer Spielart des Islam.«

»Oh, ja. Aber Massenmord, das geht in Ordnung.« Steve winkte müde ab, als der Mitarbeiter von Harrys Militärfirma aus der angrenzenden Höhle hereinkam. »Sagen Sie den Jungs, wir kehren um. Hier ist nichts. Mal wieder.«

»Ist fast so, als wüssten die jedes Mal, dass wir kommen«, sagte der Mitarbeiter und verschwand wieder in die andere Höhle.

Harry bezweifelte, dass sich hier jemals irgendwer aufgehalten hatte, den zu verfolgen sich lohnte. Er an Stelle eines Afghanen würde auch in sämtlichen Höhlen dieser Berge Feuer anzünden und wieder auslöschen, um darüber dann Meldung zu machen und sich eine Belohnung von den Amerikanern auszahlen zu lassen, die so auftraten, als verfügten sie über einen ganzen Regenwald von Bäumen, auf denen Geld wuchs. Er spuckte sich auf den Ärmel und rieb an dem Falken herum, der mit einigem künstlerischem Geschick dargestellt war – eine Klaue hatte er herrisch erhoben. Er fragte sich, wie lange er wohl schon in die Wand dieser modrigen Höhle eingeritzt war und Zeuge der Kämpfe wurde, die draußen in den Bergen aufflammten und wieder abebbten. Vielleicht hatte ihn ja ein arabischer Freiwilliger in den Achtzigern dort hinterlassen.

Die Einbeziehung »ausländischer Kämpfer« in den Krieg der Afghanen gegen die Sowjets hatte er von jeher mit Skepsis betrachtet. Und zwar nicht, das würde er nie behaupten, weil er etwa schon vorausgeahnt hätte, wie sich die Geschichte über die nächsten zwanzig Jahre entwickeln würde – nein, der Idealist in ihm hatte einfach die Würde bewundert, die dem Freiheitskampf eines Volkes gegen eine Supermacht innewohnte, die sein Land überrollt hatte. Eine ähnliche Würde konnte er bei den Männern, die herbeiströmten, um Ungläubige zu bekämpfen, die in ein muslimisches Land einmarschiert waren, nicht entdecken. Irgendwie schien das sehr mittelalterlich.

Er trat aus der Höhle hinaus auf den Felsvorsprung und holte ein Fernglas aus seinem Rucksack, um das Land jenseits des ausgetrockneten Flussbetts und der staubigen Schluchten zu betrachten. In den Ebenen des Gomal-Distrikts gehörten Himmel und Erde unterschiedlichen Jahrhunderten an – oben zerschnitten die Rotorblätter eines Hubschraubers das Blau, unten waren eine verfallene Festung und die Überreste von Lehmhäusern zu sehen. Nach zwanzig Jahren Krieg lebte hier, abgesehen von Wacholderbüschen und vereinzelten Grüppchen von Dörflern, kaum noch etwas.

»Wir schaffen eine Wüste und nennen das Frieden«, sagte er, nicht zum ersten Mal, legte sein M4-Sturmgewehr auf den Boden und ließ sich schwerfällig daneben nieder, den Rücken an die harte Felswand gelehnt. Die anderen Mitglieder seines Teams –

alle jünger und körperlich fitter als er – befanden sich bereits auf dem Abstieg, wobei sie ein selbstgedichtetes Lied sangen, das die Härte der Kämpfer von Arkwright & Glenn beschwor, während die Afghanen, die sie begleiteten, ihnen schweigend folgten.

»Willst du eine leichte Zielscheibe abgeben?«, sagte Steve, hob das M4 auf und hielt es Harry entgegen. »Na komm, auf geht's.«

»Falls sie auf mich schießen, wissen wir wenigstens, wo sie stecken. So wertvoll bin ich auch nicht.«

»Seit wann bist du so ein Jammerlappen?« Steve warf Harry das Gewehr zu und zündete sich eine Zigarette an. »Ständig fragen mich Leute, was zum Henker eigentlich mit Harry los ist.«

»Ich habe zunehmend mit Idioten zu tun. Das hat mich kauzig werden lassen.«

»Es spricht der Große Seher, Lala Buksh.« Steve verbeugte sich spöttisch.

Harry reagierte nicht darauf. Schon lange hatte er den Verdacht, dass Steve der CIA am Ende des Golfkriegs 1991 den entscheidenden Fingerzeig auf die Identität des »Insiders« gegeben hatte, der in einer einflussreichen Zeitschrift für Verteidigungsfragen einen vernichtenden Artikel über die Entscheidung der CIA veröffentlicht hatte, Afghanistan nach dem Abzug der Sowjets sich selbst zu überlassen. Steve war einer der wenigen Menschen, die wussten, dass »Lala Buksh«, das Pseudonym des Verfassers, auch Harrys pathanischer Deckname war. Harry hatte das nie persönlich genommen; da er den Dienst bei der CIA ohnehin quittieren wollte, machte es ihm im Grunde wenig aus, diesen Schritt ein paar Monate vorziehen zu müssen.

»Du bist doch jetzt sicher ziemlich stolz, oder? Du hattest recht. Alle anderen hatten unrecht. ›Dschihadi-Blowback‹, das war deine Formulierung, nicht wahr?« Steve stieß einen leisen Pfiff zwischen den Zähnen aus. Genauso hatte er früher nach Treffen mit dem ISI immer seinen Abscheu zum Ausdruck gebracht.

»Von ›Blowback‹ habe ich nichts gesagt – und ich hätte auch nie gedacht, dass wir wieder hierher zurückkehren. Ein gewaltsamer Umsturz in Saudi-Arabien, das war meine Prognose. Wieder hier zu sein macht mich nicht stolz. Ich sehe es eher als Beleg unseres Versagens.«

»Wir haben den Eisernen Vorhang in Fetzen gerissen. Mit so einem Versagen kann ich leben.« Steve nahm Harry das Fernglas aus der Hand, bevor das reflektierte Licht der Linsen unnötige Aufmerksamkeit auf sie lenken konnte. Harry verkniff sich die Bemerkung, dass sein unübersehbar blondgefärbtes Haar ein ebenso leichtes Ziel abgab.

»Aber entschuldigen muss ich mich schon bei dir«, sagte Steve und versetzte Harry damit zum ersten Mal in den zwanzig Jahren, die er ihn jetzt kannte, wirklich in Erstaunen. »Nicht, weil ich dich habe auffliegen lassen. Das bereue ich nicht. Aber ich weiß noch, dass ich mal zu dir gesagt habe, private Militärfirmen hätten keine Zukunft. Ich habe mich geirrt. Privates Militär ist die Zukunft der Kriegsführung – beim Kampf ebenso sehr wie beim Wiederaufbau. Und du, Harry Burton, bist ein Pionier.«

»Vielen Dank für die Blumen – und welchen Haken hat die Sache?« Er kannte Steve gut genug, um mit so etwas zu rechnen. Sie waren zwar nicht direkt Freunde, doch nach ihrer jahrelangen Zusammenarbeit waren sie so vertraut miteinander, dass sie den anderen ziemlich gut einschätzen konnten.

»Ich halte es für dämlich, dass du all diese Typen aus Drittstaaten beschäftigst. Klar, aus wirtschaftlicher Sicht, das sehe ich ein, ist das sinnvoll. Aber hör auf, Leute aus Pakistan und Bangladesch anzuheuern. Du tust ja gerade so, als wäre das ein Krieg wie jeder andere und als wären die neutral. Halte dich lieber an Leute aus Sri Lanka, Nepal, von den Philippinen. Inder sind auch okay, solange sie keine Muslime sind.«

»Ich arbeite seit Jahren mit diesen Männern«, sagte Harry, stand vom Boden auf und nahm Steve sein Fernglas aus der Hand. Nur aus Erschöpfung, nicht aus Zurückhaltung, verzichtete er darauf, Steve daran zu erinnern, dass er fünfzehn Jahre zuvor gerne gewitzelt hatte, der Unterschied zwischen Vietnam und Afghanistan bestehe darin, »dass wir dort nur GIs hatten – hier haben wir Dschi-had«.

»Harry, Harry, Harry. Wach endlich auf. Meinst du, nach all der Zeit in Islamabad kenne ich dich nicht in- und auswendig? Du bist ein Nostalgiker, das ist dein Problem. Wenn du diese Männer anschaust, siehst du wieder deine Kindheit vor dir. Den Koch, den Gärtner, den Fahrer. Den Urdu-Lehrer.«

»Falls du damit irgendwie auf Raza hinauswillst, solltest du jetzt besser den Mund halten«, sagte er und ließ beiläufig den Blick von Steve zu dem Abgrund wandern, der vor dem Felsvorsprung gähnte.

»Kein Grund, gleich auf Drohmodus umzuschalten«, sagte Steve und trat etwas vom Rand zurück. »Es beunruhigt dich kein bisschen – zu diesem Zeitpunkt, an diesem Ort –, dass er seinen Glauben wiederentdeckt?« Auf Harrys verblüfften Blick hin setzte er hinzu: »Bei meiner Anreise habe ich gesehen, wie er vor einer Moschee am Boden kniete. Offenbar hat er sich unbeobachtet gefühlt.«

»Vielleicht hat er nur am Boden dem Geruch einer Frau nachgeschnuppert. Weiß der Himmel, zu sehen bekommt man die in diesen Breiten ja wahrlich nicht.«

»Du weißt, was er für ein begnadeter Schauspieler ist. Ich bitte dich, Harry. Ein siebzehnjähriger Junge aus Karatschi macht Afghanen so glaubhaft weis, er sei ein Landsmann, dass sie ihn sogar in ein Lager mitnehmen. Besser noch! Sie lassen einen Hazara in ein rein paschtunisches Lager. Unglaublich! Und sogar heute weiß keiner außer uns Bescheid über ihn, oder? Um ihn herum sind lauter Pakis, und keiner von denen ahnt, dass er ein Landsmann ist.«

Steve hatte recht – Raza Konrad saß jeden Abend beim Essen mit den Drittstaatenangehörigen zusammen und übersetzte für sie, von Urdu zu Bengali zu Tamilisch, ohne aber je durchblicken zu lassen, dass eine dieser Sprachen ihn an seinen Vater und seine Jugendfreunde erinnerte. Die Männer waren untereinander zu dem Schluss gelangt, dass »Raza Konrad« nur ein Deckname sein konnte – die Kombination klang einfach zu unsinnig.

Unten in der Schlucht stand ein einsamer Baum, geformt vom Wind, der zwischen den Bergen hindurchpfiff – mit seinem krummen Stamm und den flammenähnlich zu einer Seite geneigten Ästen wirkte er auf seltsame Weise wie in einer Bewegung erstarrt. Hiroko, Sajjad, Konrad, Ilse, Harry: Die Weltgeschichte hatte sie alle vom Kurs abgebracht, niemand von ihnen war am Ende – oder auch nur zwischendurch – wieder an seinem Ausgangspunkt angelangt. Einzig bei Raza aber hatte Harry das Gefühl, dass die Anpassung an seine Umwelt eher ein Reflex war als eine bewusste Entscheidung.

»Wie kommst du zu der anmaßenden Auffassung, nur du allein wüsstest, wie er wirklich ist? Dieser Typ hat dich vor zwanzig Jahren für den Tod seines Vaters verantwortlich gemacht. Ehrlich, Harry, ich hatte wenig für meinen Alten übrig, aber wenn ich glaubte, dass irgendjemand schuld an seinem Tod …«

Harry hob die Hand.

»Genug.«

Steve winkte ab, zum Zeichen, dass er einlenkte.

»Ich gebe dir nur einen gutgemeinten Rat, bevor ich abhaue.«

»Du verlässt uns?«

»Die Vereinigten Staaten werden bei eurem morgigen *privaten* Abstecher auf pakistanisches Territorium keine Rolle spielen.« Er grinste und drückte seine Zigarette auf einer Stelle an seinem Arm aus, die seit einer Verwundung taub und ohne Gefühl war. »Sieh zu, dass ihr die Dreckskerle kriegt, Burton. Onkel Sam ist die ewigen Misserfolge langsam leid.«

»Jawohl, Sir«, sagte Harry und salutierte spöttisch. »Wäre nett, wenn du Onkel Sam auffordern könntest, sich etwas stärker dafür einzusetzen, dass in der Nachbarschaft wieder Vernunft einkehrt. Ich hatte einen Onkel in Nagasaki – und dieses

Stück Familiengeschichte möchte ich wirklich nicht noch einmal erleben.«

»Ich werde es weiterleiten.« Steve ließ Harry mit einer Handbewegung den Vortritt beim Abstieg die Bergflanke hinab. Hoffentlich, überlegte er im Stillen, hätte er selbst mit fünfundsechzig ein so erfülltes Privatleben, dass er sich beruhigt in Pension verabschieden konnte, statt, wie Harry, in irgendwelchen Kriegsgebieten in den Bergen herumzukraxeln.

Als der Konvoi ins Lager zurückkehrte, war der Himmel mit Sternen übersät, und die Temperatur war empfindlich zurückgegangen. Raza saß, in eine Decke gehüllt, in der Tür des einfachen Flachbaus, den er sich mit Harry teilte.

»Kannst du die Handabdrücke mal wieder nicht ertragen?«, fragte Harry.

Die Innenwände des Hauses waren, ungefähr in Hüfthöhe, mit den fettigen Fingerabdrücken eines Kindes übersät. Mehr als einmal war Harry frühmorgens aufgewacht und hatte gesehen, wie Raza, mit den Fingerspitzen an der Wand entlangstreifend, den Abdrücken durch den Raum gefolgt war. Bei der Ankunft der Amerikaner war das umfriedete Anwesen verlassen, nur noch Vögel störten den Staub auf dem Gelände auf. Von den Einheimischen bekamen sie erzählt, dass einst eine Familie hinter diesen Mauern gewohnt hatte, bis zum Angriff eines verfeindeten Stammes – und als die Stammeskrieger eingedrungen waren, fanden sie bis auf ein totes Kind aber keine Menschenseele mehr vor. Irgendeine schwarze Magie hatte die Familie verschwinden lassen, sagten die Einheimischen – eine sehr mächtige schwarze Magie, die mit dem Blut eines Kindes heraufbeschworen wurde.

Raza schüttelte den Kopf.

»Ich habe da drinnen bloß Platzangst bekommen, Onkel Harry.«

»Onkel Harry« hatte er ihn das letzte Mal zwei Jahre zuvor im Kosovo genannt, als der Jeep, der sie zu einem Treffen mit

Kommandeuren der UÇK brachte, an einem Massengrab vorbeigekommen war.

Harry setzte sich neben Raza und legte ihm eine Hand auf die Schulter. Raza wickelte sich aus der Decke und bot Harry mit stummer Gebärde an, sich ebenfalls darunter zu wärmen, worauf Harry bis an seine Schulter rückte und die Hälfte der Decke eng um sich schlang. Die Unbefangenheit pakistanischer Männer, körperliche Nähe betreffend, bereitete ihm längst keine Probleme mehr. Steve, der gerade auf dem Gelände vorbeikam, dachte säuerlich, dass sie aussahen wie ein Geschöpf mit zwei Köpfen, das die Welt aus der Sicherheit eines gemusterten Kokons betrachtete.

»Einer deiner hiesigen Handlanger hat einen Typen hergebracht, angeblich ein Taliban, hat er behauptet«, sagte Raza. »Zwei der neuen A & G-Typen haben ihn verhört. Ich sollte für sie dolmetschen.«

»Welche beiden Typen genau?«, fragte Harry.

»Keine Sorge. Ich lasse mir von Angestellten keine Befehle erteilen, habe ich ihnen gesagt. Jedenfalls haben sie ihn wieder gehen lassen. Letzten Endes. Er war einfach jemand, mit dem dein Handlanger schon länger im Clinch liegt. Hast du schon mal jemanden verhört, Harry?«

»Ja. Aber nur selten in der Art, auf die du anspielst. Das ist meistens ineffektiv.«

»Gibt es Methoden, vor denen du Halt machen würdest, wenn es dir effektiv erschiene?« Er erinnerte sich an den Tag, als Harry zu ihm nach Dubai gekommen war – Raza hatte ihn gefragt, ob die CIA je versucht hatte, den Mann ausfindig zu machen, der seinen Vater erschossen hatte. »Ich habe ihn gefunden. Und dann habe ich ihn getötet«, hatte Harry erwidert. Und obwohl Raza wusste, wie entsetzt sowohl sein Vater wie auch seine Mutter darüber gewesen wären, war er Onkel Harry doch dankbar dafür, etwas in die Tat umgesetzt zu haben, das er selbst am liebsten getan hätte, ohne je selbst dazu im Stande zu sein.

»Wovor würde ich Halt machen, wenn es zweckmäßig wäre?«, wiederholte Harry versonnen. »Vor fast nichts. Kinder sind tabu, Vergewaltigung ist tabu, aber ansonsten … was funktioniert, funktioniert. Wenn ich tot bin, Raza, und meine Tochter dich fragt, was für ein Mensch ihr Vater wirklich war, dann verrate ihr nicht, dass ich das gesagt habe.«

Kim Burton. Jene Burton, die er sich schon oft ausgemalt hatte und die er jedes Mal zu sehen meinte, wenn eine Frau mit roten Haaren seinen Weg kreuzte. Weit weg, in einer Welt, die das Gegenteil von Afghanistan war, wohnte sie mit Hiroko zusammen. Raza legte den Kopf auf seine Arme, die er auf den Knien verschränkt hatte. Der Himmel liegt zu den Füßen der Mütter, hatte sein Lehrer in Islamkunde einmal gesagt, und als Raza nach Hause kam, suchte er lachend mit einer Lupe den Boden vor den Zehen seiner Mutter ab. »Dieser Teppich ist der Himmel? Diese Ameise?«, hatte er geprustet, bis seine Mutter ihn am Kragen hochzog, ihm die Lupe abnahm und sagte, Nein, hier, genau hier, während sie sein lächelndes Gesicht durch die Lupe betrachtete. Hier ist der Himmel.

Aus Razas Schweigen schloss Harry, dass er gerade an Hiroko dachte. Die über alles geliebte, aber vernachlässigte Mutter. Er legte Raza die Hand auf den Arm. Dass Ilse tot war, konnte er immer noch kaum fassen. Auch im hohen Alter noch war sie ihm lebendiger vorgekommen als sonst jemand auf der Welt. Er hätte Raza gerne gewarnt, wie sehr er es eines Tages bereuen könnte, dass er so wenig Zeit mit seiner Mutter verbrachte, bloß weil er nicht wollte, dass sie erkannte, zu was für einem prinzipienlosen Menschen er geworden war. Doch Raza, befürchtete er, würde aus diesen Worten nur seine eigene Reue heraushören und nicht verstehen, was er ihm damit für einen weisen Ratschlag geben wollte. Und vielleicht war dieser Rat ja auch gar nicht so weise.

»Ich habe Abdullah nicht ausfindig machen können«, sagte Raza unvermittelt.

»Wen?«

»Abdullah. Den Jungen, mit dem ich '83 in dem Ausbildungslager war. Mein Cousin hat mir einen Kontakt zu seinem alten Kommandeur vermittelt.«

Harry runzelte die Stirn und schüttelte den Kopf.

»Wie kommst du ... Auf welcher Seite steht dieser alte Kommandeur heute?«

»Könntest du bitte kurz aufhören, für A & G zu arbeiten. Ich weiß nicht, auf welcher Seite er steht. Ich habe nicht gefragt. Aber ich habe ihm auch nicht verraten, was ich hier mache. Er glaubt, ich sei für eine Hilfsorganisation mit Sitz am Golf tätig.«

»Moment, Raza. Moment. Hältst du es wirklich für klug, Afghanen anzurufen, über deren politische Zugehörigkeit du nichts weißt, und ihnen zu verkünden, dass du im Land bist?«

»Das Land ist groß, und ich habe nicht gesagt, in welchem Teil ich mich aufhalte.« Der Kommandeur, hatte er im Stillen befürchtet, könnte sich an ihn als den Jungen erinnern, der für die CIA arbeitete, aber als er mit dem Mann sprach, stellte er fest, dass er ganz anders in Erinnerung geblieben war: *Du bist der in Ohnmacht fallende Hazara. Du hattest einem jungen Paschtunen weisgemacht, du würdest eine wichtige Rolle für die CIA spielen, weil ein Mann, der wie ein Amerikaner aussah, dir mal ein Paar Schuhe hingehalten hat.*

»Was hat er noch gesagt?«, fragte Harry.

Raza hielt den Blick gen Himmel gerichtet, während er mit den Fingern Sternbilder in den Sand zeichnete.

»Dass Abdullah damals in einem Lager in Afghanistan war, das von den Russen in Grund und Boden bombardiert wurde. Das sei das Letzte, was er von ihm wüsste.«

Harry versuchte nicht daran zu denken, wie enttäuscht er war, dass Raza diesen Jungen aufzuspüren versucht hatte, ohne ihn vorher einzuweihen.

»Das tut mir leid. Du hast ihn damals als Freund betrachtet, ich weiß. Aber das ist sehr lange her.«

»Ja. Unheimlich lange. Nach dem Tod meines Vaters habe ich

meine Mutter angefleht, mir zu verzeihen. Es sei nicht meine Schuld, hat sie gesagt. Weil ich ja unmöglich ahnen konnte, dass so etwas passieren würde, und daher in keiner Weise dafür verantwortlich war. Aber, hat sie dann gesagt, wenn es dir irgendwie möglich ist, diesen Jungen Abdullah aus diesen Lagern zu holen, musst du das tun. Was dort mit ihm geschieht, dafür bist du verantwortlich. Du hast ihn zu der Sache angestiftet, statt ihn davon abzuhalten.«

»Aber du bist doch nicht der Grund, warum er Mudschahed geworden ist«, sagte Harry.

»Doch, bin ich. Ohne mich wäre er weiter im Lastwagen durch die Gegend gefahren, statt russischen Bomben in die Quere zu kommen. Und mein Vater könnte noch leben, egal, was meine Mutter sagt.« Im Sand verband er die Sterne des Orion – Gürtel, Bogen, Knie. Die schräge Linie, welche die Schulter des Jägers darstellte, bildete die Basis eines Dreiecks, an dessen Spitze sich eine Zusammenballung von Sternen befand. Raza berührte erschrocken seinen Adamsapfel. Bisher war ihm nie aufgefallen, dass Orion keinen Kopf hatte.

Harry lehnte sich behutsam an Razas Schulter. Warum bloß hatte gerade er Raza aufklären müssen, dass Sajjad nur deshalb im Hafen gewesen war, weil er ihn suchte. Er hätte bereitwillig die Schuld auf sich genommen, die Raza ihm an dem Tag zuschrieb, als sie vor Sajjads Leichnam standen, wenn das den jungen Mann irgendwie entlastet hätte. Aber Raza hatte vor Jahren entschieden, dass er ganz allein die Schuld am Tod seines Vaters trug.

»Abdullahs Brüder waren doch auch alle Mudschaheddin – für ihn war das der logische nächste Schritt, ganz wie für dich auf die neunte die zehnte Klasse folgte.«

»Ja, ja.« Razas Stimme klang schroff vor Zorn. »Das habe ich mir auch lange eingeredet. Und ich habe nichts für Abdullah getan. Bin nicht einmal auf die Idee gekommen, ob ich etwas für ihn tun könnte. Zwanzig Jahre lang habe ich kaum je an ihn gedacht.«

»Und es war auch richtig, dass du das verdrängt hast. So gerne ich deine Mutter habe, weiß Gott, von den Realitäten in einem Krieg versteht sie nichts.« Er verstummte erschrocken und lief vor Scham über seine unbedachte Äußerung rot an.

»Wenn man die Realitäten des Krieges nicht vor Augen hat, kann man so etwas verdrängen. Aber wenn man hierher in dieses Land kommt, all die jungen Männer sieht, die aussehen, als wären sie schon ihr Leben lang Greise. Das geht nicht spurlos an einem vorüber. An dir doch auch nicht, Harry. Fühlst du dich denn gar nicht verantwortlich?«

»Weißt du, wenn ich den Linken in Amerika so zuhöre, staune ich manchmal über ihre Fähigkeit, alle Missstände auf dieser Welt auf Dinge zurückzuführen, die Amerika getan oder unterlassen hat. Du leidest an derselben Krankheit, wenn auch auf persönlicher Ebene. Du bist für Abdullah nicht verantwortlich. Und was deinen Vater betrifft –«

»Was meinen Vater betrifft, der hätte geweint, wenn er wüsste, was du und ich für Männer geworden sind.« Raza strich mit der flachen Hand über die Erde und löschte den Jäger aus. »Wie lange rechtfertigst du dein Leben schon damit, dass du Verantwortungsgefühl als Krankheit abtust?« Er erhob sich in einer geschmeidigen Bewegung, ließ die Decke hinter sich wie eine abgestreifte Raupenhülle und ging davon in Richtung des Radios, aus dem Musik eines pakistanischen Senders drang.

Gut, dachte Harry, nahm die Decke und verzog sich in den Flachbau. Raza beruhigte sein eigenes Gewissen gern damit, dass er sich Harry überlegen fühlte. Jetzt würde er aufhören, Handabdrücke an Wänden anzustarren und einer Vergangenheit nachzuspüren, die er zwanzig Jahre lang verdrängt hatte, und sich wieder ganz den aktuellen Aufgaben zuwenden.

# 32

Als Hiroko Ashraf drei Sommer zuvor in New York ankam, zog der Einwanderungsbeamte – der ein Friedenszeichen auf den Unterarm tätowiert hatte – verwundert die Augenbrauen hoch, als sie ihm ihren pakistanischen Pass vorlegte.
Dann schlug er den Pass auf und stieß einen tiefen Seufzer aus,
als er sah, welcher Geburtsort unter ihrem angeheirateten Nachnamen vermerkt war.

»Alles in Ordnung«, sagte er und stempelte ihren Pass ab,
ohne weitere Fragen zu stellen. »Hier sind Sie sicher.«

Dann drückte er ihr zu ihrer Verblüffung fest die Hand. Im
Gegensatz zu ihr schien ihm die bittere Ironie seiner Worte
gar nicht aufzufallen. Eine Woche nachdem Indien erfolgreich
Atomtests durchgeführt und damit Pakistan direkt zum Gleich-
ziehen herausgefordert hatte, fasste sie ihre Rückenschmerzen
weniger als Folge der langen Flugreise auf denn als Zeichen, dass
ihre Vögel nicht damit einverstanden waren, dass sie ausgerechnet in diesem Land Zuflucht vor einer atomar hochgerüsteten
Welt suchte.

In der Warteschlange am Taxistand, wo ihr alles aus Filmen
her bekannt vorkam, bis auf die laue Frühsommerluft und den
Umstand, dass alles in der Umgebung, das Terminal, die Taxis,
die Reisenden, einen leicht schäbigen Eindruck machte, kam
ihr der Gedanke, dass Pakistan möglicherweise seinen Atom-
test durchgeführt hatte, während sie gerade von Kontinent zu
Kontinent reiste. Als also das Taxi bei ihr anhielt und ein junger
Mann, der ebenso gut Inder wie Pakistani hätte sein können,
ausstieg, um ihr beim Einladen ihres Gepäcks behilflich zu sein,

fragte sie spontan in Urdu: »Hat Pakistan seine Bombe schon getestet?«

Der Mann wich verblüfft zurück und fing dann an zu lachen.

»Sie sprechen Urdu!«, sagte er. »Nein, nein. Wir haben noch nicht getestet. Noch nicht. Wieso können Sie Urdu?«

»Ich lebe seit '47 in Pakistan«, antwortete sie, ein wenig kokett. »Ich bin Pakistani.«

»Unglaublich!« Er öffnete ihr die Autotür. »Sie sind Pakistani, und ich bin Amerikaner. Bin erst letzte Woche eingebürgert worden.« Dann setzte er auf Englisch hinzu: »Willkommen in meinem Land, Tante.«

Sein Name war Omar. Er stammte aus Gujranwala, hatte aber einmal entfernte Verwandte in Karatschi, in Nazimabad, besucht.

»Es ist gut, dass Sie nicht gestern angekommen sind«, sagte er zu Hiroko, als sie gerade an einer Gruppe Jungen vorbeifuhren, die neben einem großen silbernen Globus Cricket spielten – ein Anblick, der Hiroko enorm aufbaute. »Großer Taxifahrerstreik. Achtundneunzig Prozent der Taxifahrer haben sich daran beteiligt. Achtundneunzig Prozent!«

Sie musste über seinen begeisterten Tonfall lächeln – den kannte sie noch von vielen ihrer früheren Schüler, die einst ganz hinten in der Klasse gesessen hatten und 1988 auf den Straßen ausgelassen Lieder sangen und Fahnen schwenkten, um den Wahlsieg ihrer Partei zu feiern. Worum es bei dem Taxifahrerstreik im Einzelnen ging, begriff sie nicht ganz, während sie, übermüdet vom langen Flug, Omars Redeschwall zu folgen versuchte, doch eine Frage beschäftigte sie.

»Viele der Taxifahrer sind doch Inder, nicht wahr?« Omar nickte ihr im Rückspiegel zu. »Und viele sind auch Pakistanis?«

»Nein, nein, bitte«, sagte Omar. »Fragen Sie jetzt nicht, wie wir gemeinsam streiken können, während unsere Heimatländer gerade Vorbereitungen für den Tag des Jüngsten Gerichts treffen. Das fragen alle Journalisten. Tante, wir sind Taxifahrer, und wir protestieren gegen ungerechte neue Vorschriften. Warum sollten wir uns von den Regierungen, die uns schon vor langer Zeit enttäuscht haben, davon abhalten lassen, diesen Protest erfolgreich durchzuführen?«

Hiroko kurbelte das Fenster herunter und ließ die New Yorker Luft herein, und dabei lachte sie, als hätte auch sie Anteil an diesem Sieg. Im selben Augenblick hielt neben ihnen ein anderes Taxi an, und der Fahrer, der einen Turban trug, streckte den Arm herüber und drückte Omar die Hand.

Omar aus Gujranwala war der erste New Yorker, dessen Telefonnummer sie sich in ihr Adressbuch notierte. »Ich fahre immer tagsüber«, erklärte er. »Falls Sie mal im Voraus wissen, dass Sie zwischen sechs Uhr morgens und sechs Uhr abends ein Taxi brauchen, rufen Sie mich einfach an.« Und mit seinem lächelnden »Willkommen in meinem Land, Tante« nahm ihre Liebesgeschichte mit New York ihren Anfang.

Eine Stadt, in der sie im Abstand von wenigen Minuten Urdu, Englisch, Japanisch, Deutsch hören konnte. Was für ein Wunder! Manchmal fuhr sie nur deshalb U-Bahn, um heimlich fremden Gesprächen zu lauschen. Am meisten beeindruckten sie die jungen Japanerinnen – mit ihrem hemmungslosen Gelächter und ihrem Wortschatz, der mit lauter ihr unbekannten Wörtern durchsetzt war und sie zu der Einsicht nötigte, dass ihr eigenes Japanisch der »Großelterngeneration« angehörte. In dieser Stadt war Fremdheit nichts Fremdes. »Wie Mary Poppins' Handtasche« hatte Ilse gesagt, um ihr zu verdeutlichen, wie viel Unterschiedliches auf der kleinen Insel Manhattan Platz fand. Ihr war, als hätte sie ihr ganzes Leben nur darauf gewartet, hierherzukommen.

Und nach dem Einsturz der Türme ließ auch sie sich von der ganz unerwarteten, überwältigenden Welle der Solidarität mitreißen, die die Stadt erfasste. Frühmorgens stand sie neben Kim – die im Auto von Seattle herübergekommen war – und verteilte Lebensmittel an Rettungskräfte; später wollte sie unbedingt auch Blut spenden – was spielte ihr Alter für eine Rolle? Sie konnte gut etwas Blut entbehren – und ließ sich erst abwimmeln, als man ihr mit Entschiedenheit erklärte, ihr Blut komme schon deshalb nicht in Frage, weil sie aus einer Malariaregion stamme, unabhängig vom Alter. Sie nahm es nicht persönlich – war gerührt, als sie trotzdem ein Abzeichen bekam, das sie als Blutspenderin kennzeichnete, »weil es auf die gute Absicht ankommt«, wie ihr die erschöpfte Rotkreuz-Mitarbeiterin erklärte. Als Hiroko erwiderte, dass der Prophet Mohammed genau denselben Gedanken vertrat – irgendwie war es ihr ein Bedürfnis, das gerade jetzt zu betonen –, lächelte die Frau und sagte: »Da bin ich mir ganz sicher.«

Aber dann trat eine Veränderung ein. Die Insel schien zu schrumpfen, die Ansichten der Menschen wurden engstirniger. Wie konnte ein Ort, an dem so viele Einwanderer lebten, den Gedanken des »Patriotismus« so ernst nehmen? Ilse hatte gelacht und gesagt: »Der Eifer der Neubekehrten.« Und immer wieder gingen ihr jene Worte durch den Kopf, die ein lächelnder junger Mann einst in Tokio geäußert hatte: »Amerikanische Leben.« Die Floskel war wie ein Talisman, dessen zweiter Teil erst Gewicht durch den ersten Teil bekam.

All dies hatte sie seit Wochen mit leisem Unbehagen gedacht und gespürt, aber heute endlich, an einem Tag Mitte Januar in New York, fühlte sich die Welt wieder anders an. Hiroko saß mit einer Tasse Jasmintee und dem Kreuzworträtsel der Morgenzeitung in einem Bistro im West Village, in der ruhigen Zeit zwischen Frühstück und Mittagessen, wenn wenig Betrieb herrschte und man ruhig etwas länger an einem Tisch sitzen bleiben konnte. Sie blickte auf, als der einzige weitere Gast die Tür öffnete, um das Bistro zu verlassen; kalte Luft und Stimmen drangen herein – ein Mann, der hörbar erregt auf sein Handy einredete, Hundegebell, ein Lastwagen, der auf dem Kopfsteinpflaster vorüberrumpelte –, dann schloss sich die Tür, und sie war wieder von Stille umgeben, die nur von der Kellnerin gestört wurde, die mit ihrem Bleistift auf dem Tresen herumklopfte.

Von einem Gefühl des Friedens zu sprechen wäre wohl übertrieben gewesen; doch zumindest war es ein Ort, an dem man in Ruhe durchatmen konnte. Erstmals seit über einem Monat schien sich die schwelende Gefahr eines Atomkriegs spürbar zu verringern, und Hiroko war erfüllt von neuem Wohlwollen für alles und jeden auf der Welt – von New York und seinen Einwohnern bis hin zu einem Diktator am anderen Ende der Welt. Nicht, dass sie in Staatenlenker je großes Vertrauen gehabt hätte – in Pakistan ebenso wenig wie in Japan. Sie erinnerte sich gut, wie sie in einem Krankenhaus in Nagasaki bäuchlings auf dem Fußboden lag und dabei zusah, wie ein kleiner Junge mit Essstäbchen Maden aus der pulsierenden roten Masse fischte, die einmal die Brust seiner Mutter gewesen war – er war der Einzige, der nicht völlig gebannt dem Kaiser lauschte (dessen Stimme sein Volk bei diesem Anlass zum ersten Mal überhaupt zu hören bekam), während jener im Rundfunk Japans Kapitulation bekanntgab. Trotz der skeptischen Haltung, die ihr Vater sie gelehrt hatte, war sie doch bestürzt darüber, wie hoch und dünn die Stimme des Kaisers klang. Diese klägliche Stimme allein bereitete ihr eine schlimmere Enttäuschung als das, was sie zu verkünden hatte.

»Sieben waagerecht?« Die Kellnerin hielt ihr Kreuzworträtsel in die Höhe.

»Das Wort ›Upfel‹ gibt es wohl nicht, oder?«

»Sollte es aber geben, Herzchen.« Die Kellnerin zeigte zur Tür. »Ich gehe kurz raus, eine rauchen. Sie kommen hier drin klar.« Es war weniger eine Frage als eine Feststellung.

Abermals ging die Tür auf, Winterluft und Geräusche drangen herein – und dann herrschte wieder Stille.

Hiroko nahm ihr Handy aus der Handtasche. Sie wusste, wen sie anrufen müsste, um diesen Schritt weg vom atomaren Abgrund zu feiern. Kurz überlegte sie, ob sie nicht lieber warten und von zu Hause aus ein günstigeres Telefonat übers Festnetz führen sollte – denn sparsam lebte sie im Großen und Ganzen auch heute noch, trotz der Riesensummen, die Raza ihr regelmäßig aufs Konto überwies –, aber dann überwog ihre unbändige Freude, und sie tippte die Nummer ein.

Zuerst erkannte sie Yoshi Watanabes Stimme kaum wieder. Er klang kein bisschen mehr wie der Mann, der drei Jahre zuvor mit einer Gruppe Hibakusha nach Pakistan gekommen war, um öffentlich seine Stimme gegen die atomare Aufrüstung des Landes zu erheben. Hiroko hatte auf der Pressekonferenz der Hibakusha gedolmetscht, danach einen Nachmittag lang mit Yoshi geredet, geweint und gelacht und war später dann in ihr Flugzeug nach New York gestiegen.

»Ich bin es«, sagte er. »Meine Stimme ... dass die so klingt, kommt vom Krebs.«

»Yoshi-san!«

»Er ist überall. Man kann nichts mehr dagegen unternehmen.«

Zu ihrer Verblüffung brannten ihr Tränen in den Augen. In Nagasaki war er nur ein entfernter Bekannter gewesen, der Freund Konrads, der ihn verraten hatte. Und dann hatte sie ihm Gelegenheit zur Sühne geboten. In all den Jahren seither, in denen sie sich Briefe schrieben, war er ihre letzte Verbindung zu Nagasaki.

»Sie rufen wohl an, um zu feiern, nehme ich an«, sagte er seltsam mürrisch. »Wegen Ihrem verrückten Land. Sicht ja ganz so aus, als würde es nun doch nicht eingeäschert.«

»Finden Sie nicht, dass das ein Grund zum Feiern ist?«

Er senkte die Stimme.

»Hören Sie mein Geständnis, Hiroko-san. Letzten Monat, als ich meine Krebsdiagnose bekam, nistete sich eine fixe Idee in meinem Kopf ein: Falls es auf dem Subkontinent zu einem Atomkrieg kommt, bleibe ich am Leben. Die oder ich. Die oder ich. Und in den letzten Wochen habe ich mir jeden Tag, wenn ich den Fernseher anschaltete, sehnlich gewünscht, endlich Atompilze in den Nachrichten zu sehen.« Auf ihren entsetzten Aufschrei hin hob er bloß die Stimme. »Zwischen den toten Zellen, die in meinem Körper wuchern, und einem atomaren Schlagabtausch, der eine Region der Erde auslöscht, gibt es keine Wahl. Es gibt nicht einmal den Gedanken an eine Wahl.«

Als Nächstes hörte es sich an, als würde um den Telefonhörer gerangelt, und dann meldete sich eine Frau.

»Der Krebs hat auf sein Gehirn übergegriffen«, sagte sie. »Nehmen Sie dieses Gerede nicht ernst.«

Im Hintergrund schrie Yoshi: »Es ist aber mein voller Ernst!«

Hiroko beendete das Telefonat mit zittrigen Händen. Sie legte Geld auf den Tisch und verließ hastig das Bistro. Der Wind auf der Straße war schneidend kalt. Sie hatte ihre Mütze und ihre Handschuhe im Lokal vergessen. Einerlei. Vor der Stille dort graute ihr so sehr, dass sie nicht zurückkonnte.

Halb blind vor Tränen hastete sie auf den West Side Highway zu, während ihr eine Schreckensvision des dichtbevölkerten Karatschi nach einem Atombombenabwurf vor Augen stand, eine Ansammlung von Schatten, die sich endlos überlagerten. Es verlangte sie danach, am Rande der Insel zu stehen, aufs Wasser zu schauen, frei durchatmen zu können. *Sajjad, Sajjad*, murmelte sie unablässig vor sich hin, wie um etwas von seiner Gegenwart heraufzubeschwören, von seiner Fähigkeit, ihr das Gefühl zu vermitteln, dass man alles ertragen konnte. Von seinem Optimismus.

Als ihr Handy klingelte, wäre sie beinahe nicht drangegangen, aber weil es Kim war, meldete sie sich. Schon zehn Minuten darauf schlug Kim, beunruhigt von ihrem Tonfall, die Tür eines Taxis hinter sich zu und hastete auf Hiroko zu – die einsame Gestalt am Ende einer Pier, der die weißen Haare ums Gesicht herumwehten. Sie hatte die rotgefrorenen Hände aufs Geländer gelegt, und Kim zog wortlos ihre eigenen Handschuhe aus und streifte sie Hiroko behutsam über die kalten Finger.

Dann sagte sie: »Niemand sollte beim Blick nach New Jersey eine Lungenentzündung bekommen«, und wickelte Hiroko ihren Schal um den Kopf.

»Ich will, dass die Welt aufhört, ein so schrecklicher Ort zu sein«, sagte Hiroko.

Kim wusste nicht, was sie darauf sagen sollte. Sie litt ja selbst darunter, unter der Schrecklichkeit der Welt. Jeden Morgen las sie die neuesten Meldungen aus Afghanistan, wo es auf amerikanischer Seite offenbar erste Tote gab, und dachte an Harry. Dann fuhr sie zur Arbeit, die ihr bisher immer eine Zuflucht geboten hatte. Die Psychologie des Statikers! Wie oft hatte sie nicht an der Uni mit Freunden darüber gelacht. Wir nehmen Katastrophen vorweg, berechnen Belastungen mit mathematischer Präzision. Je chaotischer unser Privatleben ist, desto besser vermögen wir Gebäude zu konstruieren, die den Belastungen standhalten, denen sie unvermeidlich – oder nur theoretisch – ausgesetzt sein werden. Sollen die Stürme oder Erdbeben ruhig kommen. Wir haben alles berechnet. Und Liebhaber, aufgepasst – hier erreichte der Witz, der keiner war, seine Pointe –, wenn wir mit euch Schluss machen, dann, weil wir ein Modell der Beziehung konstruiert und die verschiedensten Szenarien simuliert haben, weil wir also jetzt schon wissen, wohin die Reise geht.

Inzwischen aber griff das Weltgeschehen auch auf ihre Arbeit über. Erdbeben und Überschwemmungen waren das eine – aber auf einmal die Auswirkungen einer Bombe oder eines Flugzeugs berechnen zu müssen war etwas ganz anderes. Ein Flugzeug von welcher Größe? Eine Bombe von welchem Gewicht? Was geschah, wenn ein Mann, der eine mit Sprengstoff gefüllte Weste am Leib trug, in eine Lobby kam? Wenn Giftgas in ein Belüftungssystem eingeleitet wurde?

»Es gehört nicht zu meiner Aufgabe, mir solche Szenarien vorzustellen!«, hatte sie am Vortag den Architekten angeschrien, mit dem sie zusammenarbeitete.

»Auf die Schrecklichkeit der Welt hat es wohl keinen Einfluss, wenn wir uns in irgendein Café setzen und einen Becher heiße Schokolade trinken«, sagte Kim. »Obwohl sie durchaus etwas weniger schrecklich wirken könnte, wenn in der Schokolade noch Marshmallows schwimmen.«

»Ich gehe bald nach Hause«, sagte Hiroko und tätschelte ihr die Hand. »Es tut mir leid – ich wusste nicht, dass du extra von der Arbeit herkommen würdest. Jetzt komme ich mir ziemlich töricht vor.«

»Erzähl mir, was dir durch den Kopf geht«, sagte Kim und vergrub ihre kalten Hände in den Taschen ihres Mantels.

»Märchen«, erwiderte Hiroko, den Blick auf den dahinströmenden Fluss gerichtet. Wenn es noch ein paar Grade kälter wurde, würde er zufrieren. Ob es hier auch Liebende oder Künstler gab, die den Namen einer geliebten Person unter das Eis malen würden? Hana. Ihre verlorene Tochter. Sie warf der Frau neben ihr einen Blick zu. »Als Raza noch klein war, wollte ich nicht, dass er erfuhr, was ich durchgemacht hatte, aber er sollte zumindest verstehen, wie grauenvoll es war. Verstehst du, was ich meine? Also habe ich mir all diese Geschichten ausgedacht, grausige Geschichten. Zu grausig, um sie meinem Sohn letzten Endes zu erzählen. Derzeit muss ich wieder viel an sie denken.«

Kim nickte.

»Mein Vater hat mir mal davon erzählt. Es stört dich hoffentlich nicht, oder?«

»Nein. Heute bereue ich es, sie Raza nicht erzählt zu haben. Ich hätte sie allen erzählen sollen. Sie zu Papier bringen und Ausgaben davon an alle Schulen, Bibliotheken, öffentlichen Einrichtungen verteilen sollen.« Sie runzelte die Stirn, als müsste sie eine kleinere Verwirrung ihrer Gedanken lösen. »Aber dann, verstehst du, habe ich die Geschichtsbücher gelesen. Truman, Churchill, Stalin, der Kaiser. Im Gesamtbild wirkten meine Geschichten so klein, waren bloß ein winziges Fragment. Sogar Nagasaki – fünfundsiebzigtausend Tote; das ist nur ein Bruchteil der zweiundsiebzig Millionen Menschenleben, die dieser Krieg gefordert hat. Ein winziger Bruchteil. Gerade einmal etwas mehr als 0,1 Prozent. Warum so viel Aufhebens um mickrige 0,1 Prozent machen?«

»Weil du dabei warst«, sagte Kim. »Dein Vater ist dabei umgekommen. Dein Verlobter. Es ist doch keine Schande, wenn du diesem Ereignis alle Bedeutung der Welt beimisst.«

Es war die falsche Antwort.

Hiroko fuhr mit zornigem Gesicht zu ihr herum.

»So siehst du das also? War Nagasaki bloß deshalb ein so monströses Verbrechen? Weil es mir zugestoßen ist?« Sie riss sich die Handschuhe von den Händen und schleuderte sie Kim entgegen. »Ich will deine heiße Schokolade nicht«, fauchte sie und stürmte davon.

Kim hob einen Handschuh vom Boden auf und schlug sich damit auf die Wange. Fest.

## 33

Raza Hazara?«

Raza trat ein Stück von der Schar afghanischer Männer beiseite, deren Worte er gerade übersetzte, und drückte sich das Satellitentelefon ans Ohr.

»Raza Hazara?«, fragte die Stimme am anderen Ende noch einmal.

Steve schnipste mit den Fingern in Razas Richtung.

»Sagen Sie, Sie rufen zurück.«

»Wer ist da?«, fragte Raza auf Paschtu.

»Bist du Raza Hazara?«

»Ja, ja. Wer ist denn da?«

Steve packte Raza am Arm.

»Sie sind hier im Dienst.« Er deutete auf die Abordnung von Afghanen, die ins Lager gekommen war, um den Amerikanern ihre Gefolgschaft zu schwören. »Jetzt erklären Sie denen, dass ich einen Nachweis ihrer Loyalität benötige.«

»Spricht einer von Ihnen Urdu?«, schaltete sich Harry ein. Einer der Männer hob eilfertig die Hand, wie ein Schüler, der um einen guten Eindruck bemüht ist. »Telefoniere ruhig weiter, Raza. Ich übernehme das hier.«

»Sieh bloß zu, dass du einen Anteil von seinem Honorar bekommst«, brummte Steve.

»Wer spricht da?«, fragte Raza erneut, während er sich rasch von den Amerikanern und Afghanen entfernte.

»Hier ist Ismail. Abdullahs Bruder. Hast du noch den *patu*, den ich dir vor zwanzig Jahren im Ausbildungslager gegeben habe?«

Raza lehnte sich schwer an den Baum mit den breiten Blättern, der einsam auf dem Gelände wuchs.

»Lebt Abdullah noch?«

»Ja.«

Raza schlang einen Arm um den Baumstamm und lehnte sich mit dem Kopf an.

»Als Erstes soll ich dir von ihm ausrichten, es tut ihm leid.«

Zwanzig Jahre lang hatte Raza gedacht, Abdullah würde sich von ihm verraten fühlen – weil er nie wieder nach Sohrab Goth zurückgekehrt war, nie versucht hatte, über Afridi oder einen der anderen Afghanen, die er dort kannte, mit Abdullah in Kontakt zu treten. Und wie verraten musste er sich erst gefühlt haben, als er die Realität des Krieges kennenlernte und sich vor Augen hielt, dass es Raza gewesen war, der ihn förmlich in das Lager gedrängt hatte, statt ihn darin zu bestärken, in Karatschi zu bleiben. Doch jetzt hörte er, wie Abdullahs Bruder sagte: »Er weiß, ob du nun eine Verbindung zur CIA hattest oder nicht, dass du mit ihm als Bruder in das Lager gekommen bist; und seit zwanzig Jahren schämt er sich dafür, dass er dem Kommandeur in einem Anfall von Zorn erzählt hat, du wärst ein amerikanischer Spion, und dich hat fortschicken lassen.«

Raza schüttelte fassungslos den Kopf.

»Warum rufst du mich an? Warum ruft mich Abdullah nicht selbst an?«

»Der Kommandeur hat mir erzählt, du hättest angerufen, weil du Abdullah suchst. Er hatte deine Nummer. Raza Hazara, stimmt das? Hast du für die CIA gearbeitet?«

»Warum sollte ein Afghane heute zugeben, dass er für die CIA gearbeitet hat?« Irgendetwas stimmte nicht, das spürte er, aber er wusste nicht, was er sonst antworten, wie viel von der Wahrheit er preisgeben sollte.

»Das war noch eine andere Zeit«, sagte Ismail. »Damals dachten wir, sie würden uns helfen.« Raza gab einen Laut von sich, der als Zustimmung gedeutet werden konnte. »Bitte, ich habe eine Frage. Hast du Freunde in Amerika?«

»Warum rufst du mich an? Wo ist Abdullah?«

Länger blieb es still. Beide Männer wollten nicht zu viel preisgeben, bevor nicht der andere sein Blatt aufdeckte – aber Raza wusste, dass er im Vorteil war.

»Also gut, ich sage es dir«, sagte Ismail. »Weil mein Bruder gesagt hat, ich soll dich anrufen. Er hat gesagt, du würdest helfen.«

Ein paar Minuten später saß Raza an den Baum gelehnt da, das Satellitentelefon neben sich. *Dieses Land, dieses Land.* Er ließ den Blick zu den Bergen in der Ferne schweifen – die in der winterlich früh heraufziehenden Abenddämmerung bereits als dunkle Silhouetten erschienen –, und dabei sah er vor seinem inneren Auge bunte Stoffstreifen vor sich, die an die Enden langer Holzstangen gebunden waren. Manche fast bis zur Farblosigkeit ausgebleicht, manche so frisch wie Blut. Sie markierten die Grabstellen all der Männer, die in irgendeiner Phase des Krieges umgekommen waren, der seit über zwanzig Jahren in Afghanistan herrschte. Raza hatte gedacht, er sei einer von den Hunderttausenden Menschen auf der Welt, deren Gewissen in Afghanistan zu Grabe getragen worden war – worauf er entschieden hatte, dass er sich, wenn er schon zu den Verdammten gehörte, ebenso gut dafür bezahlen lassen konnte. Jetzt aber tippte ihm sein Gewissen auf die Schulter und bot ihm eine weitere Chance.

Von einem plötzlichen Entschluss gepackt, sprang er auf und hastete in den Flachbau, den er sich mit Harry teilte, schnappte sich Harrys Satellitentelefon von seinem Bett und wählte eine Nummer, die darin eingespeichert war.

»Papa!«, meldete sich Kim Burton.

Vielleicht lag es daran, dass er ihre Stimme schon so oft auf dem Anrufbeantworter in Harrys Wohnung gehört hatte; vielleicht gab es auch noch andere Gründe. Jedenfalls kam ihm ihre Stimme so vertraut vor, dass er spontan auf jede Förmlichkeit verzichtete.

»Hey, Kim. Ich bin's, Raza.«

»Ist meinem Vater irgendetwas passiert?«

»Nein, nein, Harry geht's gut«, sagte Raza, trat aus dem Flachbau und blickte hinüber zu Harry, der gerade den Urdu sprechenden Afghanen und das Stammesoberhaupt umarmte und dann Amerikas neue Verbündete zum Eingangstor des Lagers geleitete.

Er hörte, wie sie erleichtert die Luft ausstieß.

»Ihr Jungs solltet euch wirklich ein anderes Betätigungsfeld suchen.« Er lächelte über die Bezeichnung »ihr Jungs«.

»Wie geht's meiner Mutter?«

»Ruf sie lieber an und frag sie selbst.« Sie entfernte sich von der Baustelle und nahm den Helm ab, um ihn besser verstehen zu können. In seinem Akzent, der sich unmöglich einordnen ließ, hörte sie sowohl Spuren von Harry wie von Hiroko. Sie hatte immer vermutet, er würde sich arrogant anhören – stattdessen schwang in seiner Stimme ein Unterton mit, der um Zuneigung warb.

»Mache ich. Und, wie kommt ihr beide miteinander klar?«

»Hin und wieder haben wir unsere Reibereien. Aber das klärt sich immer schnell.« Über den Satz »Ich will deine Schokolade nicht!« hatte sie mit Hiroko zusammen schon wenige Stunden nachdem Hiroko ihr wutentbrannt ihre Handschuhe entgegengeschleudert hatte, hysterisch gelacht. *Als wollte ich dich zu einem Duell herausfordern!*, sagte Hiroko an jenem Abend bei dem Essen, das Kim als Versöhnungsgeste gekocht hatte. »Ich ziehe nächsten Monat in meine eigene Wohnung, aber das ist bei ihr in der Nähe. Richte es meinem Vater aus. Ist zwar nicht direkt Chinatown, aber gleich um die Ecke.«

»M-hm.« Sein Interesse hielt sich in Grenzen, das merkte sie.

»Ich muss dich um einen Gefallen bitten«, sagte er. »Es geht um einen Afghanen, den ich von früher kenne. Einen Jungen namens Abdullah.«

»Abdullah?«, wiederholte Kim. »Dieser Junge, mit dem du

ins Ausbildungslager gefahren bist? Wo genau in Afghanistan seid ihr?« Sie blickte um sich auf die hohen Gebäude, auf die Frau im Minirock mit den oberschenkelhohen Stiefeln, die gerade vorbeiging, auf die Kippa tragenden Männer, die vor einer Hotdog-Bude mit einem Schild, auf dem HALAL stand, stehengeblieben waren, und überlegte, dass er ebenso gut von einem anderen Stern aus hätte anrufen können.

»Das kann ich dir nicht sagen, das weißt du. Hör mal, Kim. Du musst Abdullah helfen. Er ist in Amerika. In New York.«

»Was macht er denn in New York?« Kim sah sich spontan erschrocken um.

»Er fährt Taxi.«

»Natürlich.«

»Er hält sich illegal dort auf.«

»Und noch einmal, natürlich.«

»Einige Typen vom FBI sind vor ein paar Tagen in dem Mietshaus aufgetaucht, in dem er wohnt. Er ist aus dem Fenster gesprungen, als sie an seine Wohnungstür geklopft haben.« Gegenüber auf dem Gelände wurden gerade Vorbereitungen für eine abendliche Partie Cricket getroffen, auf einem improvisierten Spielfeld, das von den Scheinwerfern der Humvees in helles Licht getaucht wurde. Harry nahm als einziger Amerikaner daran teil. Einige seiner Mitarbeiter standen dabei und sahen verwundert zu, wie er den Holzstuhl herüberschleifte, der als Wicket diente, und dabei den anderen Spielern auf Urdu etwas zurief.

»Woher weißt du das alles?« Sie duckte sich leicht, um in das Seitenfenster des Taxis zu spähen, das auf der anderen Straßenseite Halt gemacht hatte, als bestünde tatsächlich die Möglichkeit, dass sie Abdullah, den Afghanen, erkennen könnte.

Von Harry hatte Raza schon vor langer Zeit gelernt, so wenig wie möglich von einem Einsatz preiszugeben. Ganz wie Harry beherzigte er dieses Prinzip inzwischen auch in seinem Privatleben.

»Das ist unwichtig. Wichtig ist nur, dass er Todesängste aussteht. Er ist Afghane, und er ist vor dem FBI geflüchtet. Und so ein Verhalten gilt doch in eurer paranoiden Nation mittlerweile als Beleg für Terrorismus.«

Sie richtete sich auf, hielt sich das Handy vom Ohr weg und musterte es, entrüstet und angeekelt. Paranoid? Das ganze Land zitterte vor Furcht, und für einen Raza Ashraf war das bloß ein Grund zur Häme. Und wieso sprach er auf einmal von »eurer Nation«, nachdem er über zehn Jahre in Miami gelebt hatte, Inhaber einer Greencard war und gerade einen Antrag auf Einbürgerung gestellt hatte?

»Warum ist der Idiot denn abgehauen? Das FBI hat mit der Einwanderungsbehörde nichts zu tun. Denen ist es egal, ob er legal oder illegal im Land ist. Richte ihm aus, er soll sich einfach stellen und sagen, es tut ihm leid, dass er in Panik geraten ist.«

»Sagen, es tut ihm leid?« Beunruhigend, wie genau er ihren Tonfall und Akzent nachäffte. »Hast du das gerade wirklich gesagt? Hast du mal einen Blick in den Patriot Act geworfen? Natürlich ist es denen nicht egal, ob er legal oder illegal im Land ist. Schon bei geringfügigen Visaverstößen kann jemand unbegrenzt in Haft genommen werden, wenn auch nur der leiseste Verdacht gegen ihn vorliegt.« Weil Kim darauf stumm blieb, sagte er ruhig: »Okay, du kennst den Patriot Act also nicht.«

»Wieso führen wir jetzt überhaupt dieses Gespräch?«

»Er kann nicht länger in Amerika bleiben. Und es gibt für ihn eine Möglichkeit, von Kanada aus nach Afghanistan zurückzukehren. Du musst ihn also über die Grenze schaffen. Ein Auto, das von jemandem gefahren wird, der aussieht wie du, wird nicht durchsucht. Keiner seiner Freunde in New York sieht aus wie du.«

»Jetzt lege ich aber endgültig auf.« Sie beendete das Telefonat, schaltete das Handy aus, um vor weiteren Anrufen dieser Art sicher zu sein, und kehrte eilig zur Baustelle zurück. Die Vorstellung eines Afghanen, der vor dem FBI flüchtete, behagte ihr nicht, und noch weniger behagte es ihr, dass sie so etwas verdächtig fand. Dieser verdammte Raza Ashraf. Mit welchem Recht rief er sie an und sorgte dafür, dass sie sich ... ertappt fühlte. Ja, er war genau wie Harry. Wälzte die Verantwortung auf andere ab, und wenn man sich dagegen wehrte, bekam man Schuldgefühle eingeredet.

Raza, auf der anderen Seite der Welt, war zwar enttäuscht, aber nicht überrascht. Dann also Plan B, dachte er, während er Harry beobachtete, der gerade gemächlich anlief, um dann zum Wurf auszuholen. Wie Harry reagieren würde, wenn er ihm erklärte, dass er nach New York musste – umgehend –, um Abdullah zur Flucht zu verhelfen, konnte er sich jetzt schon ausmalen. Er würde ihn einen sentimentalen Idioten nennen. Würde außerdem auf die Unfähigkeit des FBI schimpfen, die Dummheit der Politiker, die Dämlichkeit dämlicher Gesetze – aber dann sofort darauf hinweisen, dass Abdullahs Unschuld Raza kein bisschen helfen würde, falls er bei dem Versuch erwischt wurde, einem Terrorverdächtigen zur Flucht zu verhelfen. Doch wenn Raza lange genug stur blieb, würde er sagen, gut, in Ordnung, ich komme mit – weil Raza wirklich nicht typisch amerikanisch genug aussah, um an der Grenze nicht angehalten zu werden. Raza lächelte und räkelte sich zufrieden. Nach Amerika zurückzukehren, und sei es nur für kurze Zeit, war eine verlockende Aussicht. Endlich mal wieder richtig duschen. Er überlegte, ob er Kim Burton wohl irgendeine Entschuldigung schuldig war.

Harry warf einen Off-Break, nicht ganz eine Länge weit, gefolgt von einem übertriebenen Schmerzensschrei, als der Schlagmann den Ball so retournierte, dass er getroffen wurde. Steve trat aus seiner Unterkunft, um dem Lärm auf den Grund zu gehen. Der Ball landete neben Raza, der den Feldspielern mit erhobener Hand anzeigte, dass er ihn zurückwerfen würde.

Er bückte sich gerade nach dem Ball, als er die Bewegung oben im Wachturm bemerkte.

Harry stand zu Raza umgewandt da und wartete mit einem

Lächeln auf den Ball, das jeder, der je von Konrad Weiss geliebt worden war, sofort erkannt hätte, als der Fremde auf dem
Wachturm seine Kalaschnikow einmal von links nach rechts
schwenkte wie eine Tanzpartnerin. Synchron zu dieser Bewegung stürzte Harry zu Boden. Sein Hemd leuchtete blutrot im
hellen Licht des Humvee.

# 34

Raza beobachtete, wie der Staub in konzentrischen Kreisen von der Erde aufstieg, die ringsherum plattgedrückt wurde. Er hockte zusammengekauert am Boden und hob nicht den Blick von den Staubwänden, die sich einige Zentimeter vom Boden erhoben und dann wieder zurücksanken, als sich der Hubschrauber mit zwei verwundeten A & G-Mitarbeitern und Harry Burtons Leichnam an Bord in die Lüfte erhob.

Während das Hubschraubergeräusch sich langsam in der Ferne verlor, hörte Raza, wie ein Motor angelassen wurde. Es war der Jeep mit den Leichen dreier Pakistanis, die zum Personal gehört hatten, der jetzt ohne Begleitung das Lager in Richtung Grenze verlassen würde; der andere Jeep, an dessen hintere Stoßstange der nicht gewaschene Leichnam des afghanischen Todesschützen festgebunden war, würde erst bei Sonnenaufgang losfahren, um als Warnung eine Runde durch die Umgebung des Lagers zu drehen. Die beiden toten Mitarbeiter aus Bangladesch lagen vorläufig in einem Lagerraum, solange man noch nicht wusste, was mit ihnen geschehen sollte, denn eine Botschaft ihres Heimatlandes, an die man sie hätte überstellen können, gab es in Kabul nicht. Und irgendwo außer Sichtweite hoben zwei Männer ein Grab aus – Raza hörte das Geräusch der Schaufeln, die die Erde umwendeten –, bestimmt für den Mann aus Sri Lanka, über dessen Familie keine Angaben vorlagen und die deshalb nicht verständigt werden konnte.

Raza stand auf. Seine Kleidung knackte leise, als er sich aufrichtete, so steif war sie von getrocknetem Blut. Er ging langsam zu dem Jeep mit dem toten Afghanen hinüber und hob den Fuß, um ihm mit seinem schweren Stiefel einen solchen Tritt zu versetzen, dass die Knochen brachen. Stattdessen aber taumelte er zurück und übergab sich.

Niemand konnte sich erinnern, den Afghanen je zuvor gesehen zu haben. Es war anzunehmen, dass er zu der Gruppe Männer gehört hatte, die das Lager betreten hatten, um den Amerikanern ihre Gefolgschaft zu schwören. Wahrscheinlich hatte er sich unauffällig entfernt, war auf den Wachturm geklettert und hatte dort den Wachtposten aus Sri Lanka erdrosselt. Das Stammesoberhaupt, unter dessen Führung die Afghanen ins Lager gekommen waren, beteuerte, er habe den Mann noch nie gesehen – aber eine andere Antwort, hatte Steve angemerkt, war von ihm ja auch kaum zu erwarten.

Raza öffnete den Reißverschluss seiner blutverkrusteten Jacke und ließ sie zu Boden fallen, während er auf den Flachbau zuging, den er sich mit Harry teilte. Geteilt hatte. Dem Schützen kam es offenbar vor allem darauf an, Amerikaner zu töten; die Drittstaatenangehörigen, die es erwischt hatte, gerieten ihm schlicht in die Quere, als die Kugeln in einem Bogen von Harry zu den beiden anderen Amerikanern im Hof flogen. Diese beiden aber hatten dank ihrer kugelsicheren Westen überlebt. Harry hätte seine ebenfalls tragen sollen – A & G schrieb ausdrücklich vor, dass die Mitarbeiter, die kugelsichere Ausrüstung erhielten, diese auch jederzeit tragen mussten. Das Personal aus Drittstaaten ebenfalls damit auszustatten galt jedoch als »nicht kosteneffektiv«, deshalb blieben sie ungeschützt – und Raza weigerte sich, seine Schutzweste zu tragen, wenn er sich mit ihnen rings um die Feuerstelle zum Abendessen zusammensetzte, weil er sich ihnen gegenüber zu sehr geniert hätte. Und Harry schloss sich an und sagte, wenn Raza keine Schutzweste trägt, trage ich auch keine.

Im Zimmer setzte sich Raza auf Harrys Feldbett und griff nach dessen Bettlektüre. *Kinderreime von Mutter Gans.* Das einzige Mittel, hatte er erklärt, um hier halbwegs bei Verstand zu bleiben. Raza schloss die Augen und lehnte sich zurück in den Geruch von Harry Burton. Er hatte Sehnsucht nach zu Hause. Nicht nach Miami – nach dem Karatschi von vor zwanzig Jahren, das es längst nicht mehr gab, seit Nazimabad sich in einen Schauplatz von Unruhen verwandelt hatte und Razas Jugendfreunde alle in andere Stadtviertel umgezogen oder sogar ausgewandert waren, in die Golfstaaten, nach Kanada oder Amerika. Das Haus, das Sajjad und Hiroko dank Ilse Weiss' Schmuck erworben hatten, gab es nicht mehr; es hatte einem »moderneren« Gebäude weichen müssen.

»Sie sollten sich mal umziehen. Diese Klamotten stinken.«

Raza hob den Blick zu Steve, der hereingekommen war und Razas Jacke aufs Bett warf.

»Wie komme ich auf schnellstem Wege nach New York?«, fragte Raza. »Kim hat gesagt, sie würden mit der Beerdigung warten, bis ich ankomme.« Kim hatte nichts dergleichen gesagt – er hatte stattdessen seine Mutter angerufen und ihr erzählt, was geschehen war.

– *Aber warum bist du in Afghanistan? – Ma, tut mir leid. Das erkläre ich dir alles, wenn wir uns sehen. – Raza, bist du in diesen Krieg verwickelt? – Es tut mir leid, es tut mir leid. – Sch..., weine nicht. Nein, weine ruhig. Weine, wenn es dir dann besser geht. Und komm rasch. Wir warten natürlich auf dich. Das wäre auch in Harrys Sinn. O Raza, wie kann es sein, dass er tot ist? Wie soll ich Kim das bloß beibringen?*

»Reden Sie keinen Quatsch. Sie werden schön hierbleiben. Wir werden jeden einzelnen Afghanen verhören, der in den letzten vierundzwanzig Stunden hier auf dem Gelände war, um festzustellen, wer Harry Burtons Mörder geholfen hat – und Sie werden dabeisitzen und jedes Wort übersetzen, das aus ihren dreckigen Mäulern kommt.«

»Ich bin Angestellter von A & G«, sagte Raza und legte die *Kinderreime* behutsam auf den Nachttisch zurück, neben Harrys Lesebrille. »Sie können mir nicht vorschreiben, was ich zu tun und zu lassen habe. Im Übrigen dürfte mir jetzt sogar die Einsatzleitung obliegen. Ich bin nun der ranghöchste Mitarbeiter hier.«

»Ihre Einstellung sollten Sie vielleicht lieber noch mal überdenken.« Steve setzte sich auf Razas Bett. »Ich bin der Arbeitgeber Ihrer Arbeitgeber. Tatsächlich habe ich gerade erst mit Ihrer Zentrale telefoniert. Man hat mir die Einsatzleitung übertragen, bis ein Ersatz eingeflogen wird. Für Ihre Bosse und mich ist das sozusagen ein Probelauf – wenn alles glattläuft, werde ich bald Harry Burtons Büro übernehmen. Direkt neben Ihrem Büro, wie ich höre?«

»Dann setze ich jetzt sofort mein Kündigungsschreiben auf.«

»Das ist nett. Aber vergessen Sie nicht die drei Monate Kündigungsfrist. Wenn Kim Burton Harry bis zu Ihrer Ankunft in New York auf Eis legen will, sorgen Sie besser dafür, dass sie genug Eis auftreibt, um bis April warten zu können.«

Raza schloss die Augen und lehnte sich an die Wand.

»Bitte. Sie haben noch andere Leute hier, die übersetzen können. Lassen Sie mich wenigstens zur Beerdigung fahren. Harry war …« Dann versagte ihm die Stimme.

Steve streckte sich lang auf Razas Bett aus und stellte die Flamme der Lampe zwischen ihnen so ein, dass über Wände und Decke lange Schatten flackerten.

»Harry war der Mann, den ich am meisten bewundert habe«, sagte er. »Das hat er nie gewusst. Er war ein Visionär. Und was ist er jetzt? Ein lebloses Stück Fleisch.«

»Bitte lassen Sie mich zu Harrys Beerdigung reisen.«

»Die Drittstaatenangehörigen allerdings, da haben ihn seine visionären Fähigkeiten im Stich gelassen. Das habe ich ihm mal klarzumachen versucht. Sicher, die sind billig. Und in ihren Heimatländern interessiert es niemanden, was mit ihnen angestellt wird. Aber wie löst man das Loyalitätsproblem?« Er spielte am Rädchen der Lampe herum, ließ die Schatten im Raum mal einschrumpfen, mal anwachsen. Raza spürte, wie ihm aus den Achselhöhlen der Schweiß in das blutverkrustete Hemd sickerte, von dem bald ein stechender Geruch ausging. Steve wandte Raza das Gesicht zu. »Das ist keine rhetorische Frage. Mich interessieren Ihre Ansichten dazu.«

»Diese Männer sind auf das Geld angewiesen«, sagte Raza und zog die Beine hoch an die Brust. Worauf wollte Steve hinaus? Dass einer der Drittstaatenangehörigen einen Afghanen eingeschmuggelt hatte? »Sie sind loyal, weil sie weiter ihr Gehalt bekommen wollen. Und weil sie sich durch ein Gefühl der Brüderlichkeit verbunden fühlen.« Er schloss die Augen. Malte sich aus, wie er in einem von Husseins und Altamashs Supermärkten an der Kasse saß – den Barcode einer Tüte Milch einscannte, die Kasse aufspringen ließ, Kunden Auskunft gab, die wissen wollten, wo das Mehl zu finden war. Es war ein Bild des Friedens. In dem Augenblick wusste er, dass er nicht bloß bei A & G kündigen, sondern sein ganzes bisheriges Leben aufgeben würde. Ohne Harry war es ohne jede Bedeutung.

»Aber Sie sind nicht auf das Gehalt angewiesen, Raza Konrad Ashraf aus Karatschi, Hazara ehrenhalber. Sie gehören nicht zu den einfachen Fußsoldaten, die wissen, dass es Millionen anderer armer Hunde gibt, die jederzeit an ihre Stelle treten können, sobald sie auch nur einen Schritt aus der Reihe tanzen. Sie sind der alternde Wunderknabe – das Sprach- und Übersetzergenie. Sie können Firmen auf der ganzen Welt ihre Gehaltsvorstellungen diktieren. Und brüderlich verbunden fühlen Sie sich mit Sicherheit niemandem.«

»Meine Loyalität hat immer Harry gegolten. Seine Familie und meine –« Wieder versagte ihm die Stimme. Als er Hiroko darum bat, Harrys Tochter die Nachricht von seinem Tod beizubringen, war ihm die Amerikanerin, der er noch nie begegnet war, vorgekommen wie eine Familienangehörige, die ihm in mancher Hinsicht sogar näher stand als Hussein und Altamash, die Inhaber der Ashraf Stores in Dubai.

»Ich war dort, Raza. In Pakistan, vor fast zwanzig Jahren. Als

Sie Harry Burton mit dem Vorwurf, den Tod Ihres Vaters verschuldet zu haben, aus Ihrem Haus geworfen haben.«

»Ich habe Harry geliebt.« Er sagte es leise, ohne Pathos. Wie wahr dieser Satz war, erkannte er erst jetzt, als er ihn aussprach.

»Haben Sie dem Schützen deshalb Zeichen gegeben zu feuern?«

»Ich … wie bitte?«

Steve griff in seine Jackentasche und holte Razas Satellitentelefon heraus.

»Und haben Sie deshalb vor ein paar Tagen bei einem nachgewiesenen Unterstützer der Taliban in Kabul angerufen?«

Blut und Schatten überall. Der Kommandeur?

»Ich wusste nicht …«

»Und muss ich wirklich erst herausfinden, wer genau Sie aus diesem öffentlichen Telefoncenter in Kandahar angerufen hat, der Hochburg der Taliban, nur wenige Minuten vor Harrys Tod, oder wollen Sie so freundlich sein, uns viel Zeit zu ersparen und es mir einfach sagen, Raza Hazara.«

»Diesen Namen habe ich seit zwanzig Jahren nicht mehr benutzt. Ich war noch ein Junge damals.«

»Ich stand doch direkt neben Ihnen, Sie dreckiger Lügner. Vor ein paar Stunden, als der Anruf kam. Ich konnte den Mann am anderen Ende der Leitung klar verstehen. Raza Hazara. Das hat er gesagt.« Steve erhob sich und nahm dabei das Buch mit den Kinderreimen an sich, zusammen mit Harrys Satellitentelefon und der Schusswaffe, die in der Schublade des Nachttischchens lag. »Dumm gelaufen«, sagte er beiläufig und ging mit dem Buch in der Hand auf die Tür zu. Als er sie öffnete, zeigte er auf die beiden Bewaffneten, die draußen Wache standen – genau jene Männer, die Raza einige Tage zuvor als »Angestellte« abgekanzelt hatte.

»Könnten Sie mir mein Telefon geben.« Raza streckte die Hand aus und zog sie rasch zurück, als ihm auffiel, wie sehr sie zitterte. »Ich muss bei A & G anrufen – deren Anwälte sollten wohl besser erfahren, dass Sie hier anscheinend Beschuldigungen gegen mich erheben.«

Steve schloss die Tür und kehrte sichtlich amüsiert zu Raza zurück.

»Glauben Sie ernsthaft, A & G wird sich auf einen Rechtsstreit mit der CIA einlassen, jetzt, wo sie endlich erreicht haben, worauf sie seit zehn Jahren hinarbeiten – Aufträge von der Regierung? Und dann noch Ihretwegen?«

»Sie haben keinerlei Beweise. Die Telefonate kann ich erklären.«

»Oh, Sie können alles erklären, da bin ich mir sicher. Aber ich habe schlechte Neuigkeiten für Sie: Ich habe gesehen, wie Sie dem Schützen Zeichen gegeben haben, und auch, wie Sie sich geduckt haben, kurz bevor er das Feuer eröffnete. Das ist Beweis genug nach meinen Begriffen.« Er legte Raza eine Hand auf die Schulter. »Ich habe Sie längst durchschaut. Und ich zähle auf Ihre Feigheit – rücken Sie lieber freiwillig damit heraus, wer noch alles beteiligt war, sonst wird es nämlich sehr unangenehm.« Er trat zurück. »Ich lasse Ihnen etwas Bedenkzeit. Dann kommen Sie schon zur Vernunft.«

Er ging hinaus und schloss leise die Tür hinter sich.

In Razas Gehirn gab es einen Bereich, wo es nur um die praktische Anwendung ausgewählter Fakten ging – diesen Teil seines Gehirns nutzte er, wenn er Berichte las oder an Besprechungen bei A & G teilnahm, bei denen deutlich wurde, dass sein Unternehmen Geschäfte mit Mördern und Verbrechern machte. Dank diesem Teil seines Gehirns hatte er es einmal geschafft, eine Besprechung zu überstehen, bei der ein neuer Kunde von A & G davon schwärmte, wie effektiv Vergewaltigung als Mittel der Kriegsführung war. Raza übersetzte unbeteiligt alles, was er sagte. Hinterher war Harry zu ihm ins hauseigene Schwimmbad von A & G gekommen, wo er eine Bahn nach der anderen schwamm, um sich abzureagieren, und sagte: »Ich habe deutlich gemacht, dass ich mit diesem Auftrag nichts zu schaffen haben will.« Raza erwiderte: »Trotzdem, diesmal kündige ich endgültig. Davon bringt mich nichts ab, auch keine Gehaltserhöhung.« Harry ging neben dem Schwimmbecken in die Hocke und legte Raza die Hand auf das nasse Haar. »Ich wüsste nicht, was ich ohne dich tun sollte, mein Sohn«, sagte er, und Raza war geblieben.

Als Raza sich einen *salwar kamiz* überzog, nachdem er sich zunächst mit einem Waschlappen und dem Wasser aus Harrys Feldflasche methodisch das Blut vom Körper abgerieben hatte, zog er sich in jenen rein praktischen Bereich seines Hirns zurück. Harry hatte diesen Flachbau aus einem bestimmten Grund für sich und Raza als Unterkunft ausgewählt, obwohl es auch größere Gebäude gab – Raza rückte sein Feldbett von der Wand fort und klopfte auf den Boden, bis er den hohlen Klang vernahm, der Harrys Theorie bezüglich der verschwundenen Familie bestätigte, die einst hier gewohnt hatte. (»Und was war mit dem toten Jungen?«, hatte Raza gefragt. »Das war eben einfach ein toter Junge«, erwiderte Harry.)

Raza sammelte in dem Raum alles ein, was ihm irgendwie von Nutzen sein konnte – einen großen Rucksack, eine Flasche Mineralwasser, eine Taschenlampe, Müsliriegel, einen Schlüssel, seinen pakistanischen Pass und seine Greencard. Den verbleibenden Platz im Rucksack füllte er mit den Bündeln Geldscheinen, eine nicht unerhebliche Summe, die Harry stets griffbereit hielt, um die Loyalität von Afghanen zu erkaufen. Bei dem Foto von Hiroko, Ilse und Kim in New York zögerte er kurz und entschied sich dann dagegen. Er wollte nichts bei sich tragen, das ihn mit irgendjemand anderem in Beziehung brachte. Harrys Bomberjacke aber nahm er an sich – seine eigene war zu sehr mit Blut besudelt, und von dem Geruch hätten wilde Tiere angelockt werden können.

Der Tunnel war eng und stickig, außerdem zu niedrig, um sich aufrecht hindurchzubewegen. Raza dachte daran zurück, wie Harry sich hier erst wenige Wochen zuvor vornübergebeugt und in seitlicher Haltung hindurchgezwängt hatte. »Ich komme mir vor wie Alice im Wunderland, als sie in diesem Haus feststeckt«, hatte er gestöhnt, und Raza, der zierlich genug war, um sich nur leicht bücken zu müssen, hatte gelacht und gesagt, falls sie diesen Tunnel tatsächlich je als Fluchtweg benutzen müssten, würde er vorangehen, weil vorauszusehen war, dass Harry steckenbleiben würde. »Und dann? Würdest du mich einfach so zurücklassen?«, fragte Harry, wobei er sich lächelnd zu Raza umdrehte und über einen Stein stolperte – hier, genau hier, im Licht der Taschenlampe sah Raza an der Tunnelwand den eingetrockneten Blutfleck von Harrys Schläfe. Raza wischte sich die Tränen vom Gesicht ab und drückte sie gegen Harrys Blut. Dann reckte er den Hals zur Seite und presste auch seine Lippen gegen den feuchten Fleck. Aber trotzdem kam es ihm nicht ganz wirklich vor.

Erst fast eine Stunde später langte er endlich am anderen Ende des Tunnels an, der in eine Scheune ohne Dach mündete, fernab aller Besiedlung, in der es schwach nach Ziege roch. Der Geruch stammte von einer braunen Plane, die Harry in einem Stall voller Ziegenmist aufgetrieben hatte. Unter dieser Plane befand sich ein Jeep.

Raza zog die Abdeckung herunter, schloss den Jeep mit dem Schlüssel aus Harrys Nachttisch auf und steuerte ihn aus der halb verfallenen Scheune. In der Dunkelheit konnte er schwach die Umrisse eines Gebirges erkennen – die Grenze, dahinter Pakistan. Er hielt den Jeep an, um sein Navigationsgerät zu konsultieren. Pakistan war das naheliegende Ziel. Nicht nur für ihn, für Steve auch. Es könnte ihm durchaus gelingen, die Grenzsoldaten zu einem Anruf bei Hauptmann Sajjad Ashraf zu bewegen, um sich versichern zu lassen, dass Raza bloß ein weiterer Pakistani war, den die Amerikaner erst restlos ausgequetscht und dann fallengelassen hatten. Das größere Problem aber waren die Kopfgeldjäger, die in der Grenzregion unterwegs waren und nach »feindlichen Kämpfern« Ausschau hielten.

Raza stieg aus dem Jeep aus und knöpfte das Verdeck ab. Die Sterne funkelten unheilvoll. Ein Telefonat von Steve – womöglich war dieser Anruf schon getätigt worden –, und er würde in Datenbanken rund um die Welt als Terrorverdächtiger aufgenommen. Seine Bankkonten würden eingefroren, das Telefon seiner Mutter abgehört. Sein E-Mail- und Telefonverkehr, sein Internetverhalten, seine Kreditkartenabrechnungen: All dies wären nicht länger private Aufzeichnungen, die ihm erlaubten, sich im Dickicht seiner Liebesbeziehungen einen Weg zurück zu jenem Anruf morgens um 3.13 Uhr bei Margo zu bahnen, zu dem Gedicht, das er Aliya gemailt, zu der Schachtel mit Sand aus Miami, die er Natalie per Kurierpost geschickt hatte, sondern Beweismaterial ganz anderer Art. Dass die Anschuldigung, er stecke hinter dem Mord an Harry Burton, absurd und durch nichts auf der Welt zu belegen war, schien kaum ins Gewicht zu fallen angesichts der Folgen, die das für sein Leben haben konnte, ehe man zu diesem Schluss kam. Falls sich überhaupt jemand die Mühe machte, so genau hinzuschauen. Selten zuvor hatte er sich so ohnmächtig und ausgeliefert gefühlt, weil er »bloß« Pakistani war.

Vielleicht sollte er umkehren, durch den Tunnel zu Steve zurückkehren. Um die Sache mit dem Cricketball und Abdullahs Bruder zu erklären, und mit dem Kommandeur – Kim Burton konnte ja schließlich bestätigen, dass er sie wegen Abdullah angerufen hatte. Und was würde dadurch bewiesen? Nur, dass er einem Mann helfen wollte, den er seit zwanzig Jahren nicht mehr gesehen hatte und der vor dem FBI geflüchtet war. Wenn Steve auf eine Bestätigung aus war, dass Raza in Wahrheit mit einer Bruderschaft von Dschihadis unter einer Decke steckte, würde er sie hier erhalten, direkt aus Kim Burtons Mund. Er stöhnte verzweifelt auf und ließ den Kopf an den Türrahmen sinken.

Nein, eine Umkehr kam nicht in Frage – weder in das Lager noch in sein altes Leben. Er öffnete den Rucksack, nahm seinen Pass und die Greencard heraus und warf sie fort, sah zu, wie der

Wind feinen Sand auf die Dokumente wehte, die ihm Legalität verliehen. Während er noch ein paarmal tief die Luft der Wüste einatmete, die sich endlos und gleichgültig um ihn herum erstreckte, empfand er das Grauen der Selbstauslöschung.

Dann kehrte er zu dem Jeep zurück und plante seine Route mit dem Navigationssystem.

## 35

Wenn sie in New York Taxi fuhr, setzte Hiroko sich immer auf den Platz hinter dem Beifahrersitz, damit die Fahrer sich zu ihr umdrehen und sie ansehen konnten, wenn sie mit ihnen über ihr Leben redete – etwa darüber, wie stark sich ihr Leben mit ihren Familien in der Heimat von ihrem Leben hier in New York unterschied, das ausschließlich unter Männern stattfand, aber auch über alle Komponenten, die bei Streiks eine Rolle spielten: Pachtgebühren und Taxilizenzen, die städtische Taxibehörde und der Taxifahrerverband, die Vermittler und Taxiunternehmer. Durch diese Gespräche gewann sie immer umfassendere Einblicke in die Welt dieser bunt gemischten Gruppe von Arbeitsmigranten, auch in das Netzwerk, über das sie miteinander Kontakt hielten – über CB-Funk, Handy, Gespräche an Taxiständen, Sozialeinrichtungen für Fahrer, die Taxifahrergewerkschaft.

Der Effizienz dieses Netzwerks – und der Bereitschaft ihres alten Freundes Omar aus Gujranwala, es für sie in Bewegung zu setzen – war es zu verdanken, dass sie vier Tage nach Harry Burtons Tod in den Lesesaal der New York Public Library trat. Sie war zum ersten Mal hier – sie fand die steinernen Löwen am Eingang so einschüchternd, dass sie bei den seltenen Gelegenheiten, wenn sie daran vorbeikam, das Gesicht immer der Straße zuwandte, als fände sie den Verkehr weitaus interessanter (»Sag mal, wie alt bist du eigentlich? Acht?«, hatte Ilse das Verhalten ihrer Freundin einmal kommentiert).

Doch als sie jetzt in den gewaltigen Lesesaal trat, in dem die vielen Tischlämpchen für eine behagliche Atmosphäre sorgten, kam Hiroko Ashraf als frühere Lehrerin nicht umhin, beim Anblick all dieser über Bücher gebeugten Köpfe beglückt zu lächeln. Es war ruhig, aber nicht still in dem Saal, in dem eine Art unsichtbare Energie pulsierte und immer wieder das Rascheln von Buchseiten zu hören war, die umgeblättert wurden. Sie ging zwischen den Tischreihen entlang, unter dem Schein der Kronleuchter, der den Fliesenboden in einen Fluss aus Bronze verwandelte.

Etwa in der Mitte des Saals saß ein breitschultriger, dunkelhaariger Mann in einem dicken grünen Pullover sehr aufrecht auf seinem Stuhl und hatte die Finger behutsam auf die Seite eines Buches gelegt. Das knallblaue Klebeband, von dem sein Brillengestell zusammengehalten wurde, kennzeichnete ihn als den Mann, den Hiroko hier treffen wollte.

Sie setzte sich auf den freien Platz neben ihm. Er sah sie kurz erwartungsvoll an, wandte dann unbehaglich den Blick ab, stand auf und setzte sich mit seinem Buch an einen anderen Platz am selben Tisch, zwischen zwei freie Stühle.

Der alte Mann mit den zerknautschten Gesichtszügen, der Hiroko gegenübersaß, sah sie mit hochgezogenen Brauen an.

»Ein Afghane. Die mögen keine Frauen«, sagte er.

Hiroko lächelte höflich, stand auf und setzte sich auf den freien Stuhl neben den Afghanen mit den haselnussbraunen Augen und dem glattrasierten Kinn, das einige Nuancen heller war als sein übriges Gesicht. Er beachtete sie nicht und hielt weiter den Blick auf das Foto in seinem großformatigen Bildband gesenkt, das üppige Obstgärten vor einer imposanten Kulisse von Bergen zeigte.

»Abdullah. Ich bin Razas Mutter.«

Er schrak zusammen und rückte seinen Stuhl mit einem lauten Scharren zurück. Sie legte ihm die Hand auf den Arm, und er hielt inne. Dann erkannte er beim Blick in ihr Gesicht die Ähnlichkeit mit Raza.

»Raza ist kein Hazara. Ich bin Japanerin. Und sein Vater war

Pakistani. Ursprünglich aus Delhi. Er und ich, wir sind 1947 nach Karatschi gezogen.«

Ihr Akzent – Karatschi, vermischt mit anderen Einflüssen – schien ihre unglaubhaft klingende Geschichte zu bestätigen. Außerdem hatte Abdullah mitbekommen, was der alte Mann über Afghanen und Frauen gesagt hatte, und er wertete die Hand auf seinem Arm als Weigerung, diese Analyse zu akzeptieren.

Er rückte seinen Stuhl wieder an den Tisch.

»Aber Raza ist in Afghanistan.«

»Ja.«

»Warum?«

Sie schüttelte den Kopf und machte eine Handbewegung, die ebenso sehr Unverständnis wie Resignation ausdrückte. Sie hätte nie gedacht, dass ihr Sohn je an einem Krieg teilnehmen würde.

Da Abdullah sie weiter mit unverhohlenem Misstrauen in den Augen ansah, zeigte sie auf die doppelseitige Fotografie, die er sich angeschaut hatte.

»Sehr schön«, sagte sie.

»Kandahar. Vor den Kriegen.« Er fuhr mit der Hand über das Foto, als könnte er so die heranreifenden Granatäpfel auf dem Bild tatsächlich spüren. »Erst haben sie die Bäume gefällt. Dann haben sie überall Minen gelegt. Und heute –« Er legte die Fingerspitzen zusammen und ließ sie dann in alle Richtungen aufspringen. »Streubomben.«

Er blätterte um. Das nächste Foto zeigte ein sehr altes Ehepaar, das gemeinsam zwischen Sanddünen dahinwanderte, wobei der Mann der Frau, die mit einer farbenfrohen Tracht bekleidet war, die Hand auf die Schulter gelegt hatte, so als wüsste er, dass er in seiner Unscheinbarkeit Gefahr lief, mit der öden Wüste zu verschmelzen, wenn er sich nicht an der vor Farbe leuchtenden Frau festhielt. Der Himmel über ihnen war unwahrscheinlich blau.

»Licht«, sagte Abdullah. »Das Licht in Afghanistan. So ein Licht gibt es nirgendwo sonst auf der Welt.«

Hiroko nickte und berührte das Foto ebenso andächtig wie Abdullah gerade. Fotos von Nagasaki vor der Atombombe waren schwer aufzutreiben, aber Kim hatte ihr die alten Fotos von George Burton überlassen, die sich noch im Familienbesitz befanden – Haus Azalee, die Uferstraße, Megane-Bashi bei Hochwasser –, und wenn sie diese Bilder betrachtete, war sie jedes Mal überrascht, wie intensiv sie sich im Alter an ihre Kindheit erinnerte.

Abdullah blätterte das Buch weiter durch. Manche Fotos streifte er nur mit einem Blick, bei anderen verweilte er länger. Hin und wieder machte er Hiroko auf Einzelheiten aufmerksam – eine Ziege, die sich in der Ecke eines Fotos mit der Anmut einer Tänzerin auf die Hinterbeine aufrichtete, einen grünen Drachen, der hoch über einer Kuppel im selben Farbton schwebte, so dass es wirkte, als habe sich hier ein Dachziegel selbständig gemacht. Manchmal zeigte er auf Dinge und nannte ihre Namen in Paschtu – sie wiederholte das Wort dann, freute sich, wenn es Überschneidungen mit Urdu gab, und war entzückt, wenn sie Ähnlichkeiten zu den Hindko-Wörtern feststellte, die sie in ihrer Zeit in Abbottabad gelernt hatte.

Als sie am Ende angelangt waren, klappte Abdullah das Buch zu und sagte: »Dort möchte ich gerne leben.«

»In Afghanistan?«

»In Afghanistan, wie es damals war.«

Danach sagte er nicht mehr viel, bis er und Hiroko aus der Bibliothek in das trübe Licht des Spätnachmittags hinaustraten. Es war längst nicht so bitterkalt, wie es um diese Jahreszeit mitunter vorkam, aber Abdullah zog sich trotzdem eine Mütze bis fast über die Augen und wickelte sich einen dicken Schal um den Hals.

»Er war nicht mal Afghane und wollte trotzdem mit uns kämpfen. Kein Paschtune, und kannte trotzdem unsere Sprache. Und ich habe ihn fortschicken lassen.« Hiroko verstand nicht, wovon er da redete. »Aber statt mich zu hassen, versucht er immer noch, mir zu helfen.«

410

Jetzt verstand Hiroko. Sie wandte das Gesicht ab und wünschte sich, sie hätte tatsächlich einen Sohn großgezogen, der diesem verklärten Bild entsprach. Sie wusste nicht recht, ob sie Abdullah die Wahrheit erzählen sollte – ihr Sohn war ein Söldner, und seine Hilfe für Abdullah hatte in einem Anruf bei einer Frau bestanden, der er nie begegnet war, um alle Verantwortung auf sie abzuwälzen. Hinzu kam, dass er trotz seiner Versprechungen nicht zu Harrys Beerdigung angereist war und es nicht einmal für nötig befunden hatte, zu erklären, warum. Diese letzte Enttäuschung überzeugte sie endgültig davon, dass ihre Beziehung zu ihrem Sohn einzig und allein auf Lügen beruhte – voll Bitterkeit dachte sie an ihr letztes Gespräch mit ihm zurück, wenige Stunden nach Harrys Tod, als er beteuerte: »Ma, ich muss bei seiner Beerdigung dabei sein. Ich muss dich sehen. Ich muss dich sehen«, und sie ihm geglaubt hatte. Doch als Kim sein Satellitentelefon anrief, um zu fragen, wann er genau ankam und ob er bereit sei, bei der Trauerfeier einen Text vorzulesen, hatte sich ein Mann namens Steve gemeldet und gesagt, dass Raza nicht zur Beerdigung, oder auch nur in absehbarer Zukunft, nach New York kommen würde. Nähere Auskünfte könne er nicht geben, aus Sicherheitsgründen.

Kim hatte das Telefonat kopfschüttelnd beendet.

»Papa hat schon dafür gesorgt, dass Raza in seine Fußstapfen tritt, oder?« Als Hiroko einwenden wollte, es müsse irgendeine andere Erklärung geben, Raza habe ihr hoch und heilig versprochen, zur Beerdigung zu kommen, setzte sich Kim mit Hiroko an den Computer und erklärte ihr mit Hilfe des Internets, worin das wirkliche Geschäft von A & G bestand. Während Hiroko noch mühsam versuchte, die Welt privater Militärfirmen mit ihrer Vorstellung vom Leben ihres Sohnes in Einklang zu bringen, fügte Kim beiläufig hinzu, als sei es bloß eine Lappalie: »Und obendrein hat er noch von mir verlangt, einen Afghanen über die Grenze zu schmuggeln.«

»Als ich meinen Bruder bat herauszufinden, ob Raza – er

heißt doch wirklich Raza? – jemanden kennt, der mich über die Grenze bringen kann, habe ich damit nicht gemeint, dass er seine Mutter ansprechen soll.« Im Vorbeigehen streichelte Abdullah einem der steinernen Löwen beiläufig über die Pfote, als wäre das für ihn ein vertrautes Ritual. »Ich möchte Sie nicht in Schwierigkeiten bringen.«

»Keine Sorge, werden Sie nicht«, sagte Hiroko und sehnte sich zurück in den stillen Büchertempel. Da sich ihr Leben vorwiegend im eher beschaulichen Village abspielte, fühlte sie sich auf den geordneten, aber trotzdem hektischen Kreuzungen in Midtown immer wie im Gitter eines verrückten Kreuzworträtsels. »Wissen Sie, ob Ihr Bruder mit Raza gesprochen hat, seit –« Sie hätte um ein Haar gesagt: »seit Harrys Tod«. »Nach dem ersten Telefonat, meine ich. Ob er seither noch mal mit ihm gesprochen hat.«

»Keine Ahnung. In drei Tagen rufe ich ihn wieder an.« Fast entschuldigend fügte er hinzu, »Er hat kein Telefon. Einmal die Woche geht er ins Telefoncenter.« Er zog ein Handy aus der Hosentasche und betrachtete es seufzend. »Es gibt so vieles, an das man sich auf gar keinen Fall gewöhnen will, und dann gewöhnt man sich doch daran.«

»Wie lange sind Sie schon in New York?« Sie war zu diesem Treffen gekommen, ohne zu wissen, was sie erwartete, wollte nur diesen geheimnisvollen Menschen kennenlernen, der Teil von Razas Leben gewesen war. Jetzt aber sah sie in Abdullah nicht den Jungen, der Raza in eine Welt voll Gewalt hineingezogen hatte, sondern bloß einen Mann, der wusste, was es bedeutete, seine Heimat unwiederbringlich zu verlieren. Die Fotos von den Obstgärten Kandahars hatte er mit ähnlicher Wehmut betrachtet wie Sajjad früher, wenn er sich Fotos von seiner alten *moholla* in Dilli anschaute.

»Ich war bis zum Abzug der Sowjets bei den Mudschaheddin. Aber danach kehrte immer noch kein Frieden ein. Und ein Bürgerkrieg von Afghanen gegen Afghanen, Paschtunen gegen

Hazara ... nein. Also bin ich wieder zurück nach Karatschi. Ja, für vier Jahre.« Er redete auf Urdu weiter. »Ich bin Lastwagen gefahren. Jedes Mal, wenn ich im Fischereihafen war, habe ich Ausschau nach Raza Hazara gehalten. Aber meine Brüder haben gesagt, einer von uns müsste nach Amerika, wo man richtig Geld verdienen kann. Ich war der Jüngste, der Gesündeste – hatte also die besten Aussichten, die Reise zu überstehen. Und ich hatte gerade erst geheiratet, ließ also nur eine Frau zurück und keine Kinder.«

»Sie haben eine Frau?«

»Ja«, sagte er und machte einen großen Schritt nach vorn auf einen Betrunkenen zu, der auf Hiroko zugetorkelt kam. Er hob ihn hoch und setzte ihn dann, in sicherer Entfernung von ihr, wieder ab, wobei er ihm einmal rasch auf die Schulter klopfte. In dieser Geste offenbarte sich ihr, ohne dass er sich dessen bewusst war, sein gesamter Charakter. »Es war nicht leicht, sie zurückzulassen, aber meine Brüder kämpften entweder oder versuchten das Land zu bestellen, trotz der Minen überall, und das Geld, das ich in Karatschi verdiente, reichte nicht für alle. Also bin ich '93 hergekommen. Und seither habe ich sie alle nicht mehr gesehen. Meine Brüder, meine Frau. Ein halbes Jahr nachdem ich von ihr Abschied genommen habe, hat sie einen Sohn bekommen. Sie wusste es schon vor meiner Abreise, aber sie wollte mir den Abschied nicht unnötig schwermachen. Ist also gar nicht so schlimm, dass ich von hier fortmuss. Dann sehe ich meinen Sohn, meine Frau. Das Licht von Afghanistan. Ist das so schlimm?«

Er sah Hiroko unsicher an, die nur mit Mühe die Tränen zurückhalten konnte.

# 36

Drei Tage zuvor stiegen zwei Pathanen in der Umgebung von Kandahar aus einem Jeep und holten ihre Waffen unter den Sitzen hervor, ehe sie auch nur einen Schritt machten. Dem Fahrgast auf der Rückbank erschienen die Männer, als er den Kopf von links nach rechts bewegte, in viele Stückchen zerteilt, was ihm ebenso verwirrend wie beklemmend vorkam.

Einer der Männer sah sich auf dem Anwesen um, auf dem sie Halt gemacht hatten. Still lag es im Schein der Nachmittagssonne da.

»Alles in Ordnung«, rief er der Gestalt auf der Rückbank zu.

Der verhüllte Fahrgast versuchte sich beim Aussteigen aus dem Jeep gleichzeitig aus dem hellblauen Ganzkörpergewand zu befreien. Dabei verheddderte er sich und landete vornüber auf dem staubigen Boden. Er schrie auf vor Schmerz.

»Mal sachte«, rief einer der Männer lachend. »Du hast die doch jetzt schon seit fast zehn Stunden an. Eine halbe Minute mehr oder weniger wird dich nicht umbringen.«

Noch immer im Staub kauernd, streifte Raza sich die Burka ab, zerrte sich hektisch die einengende Kappe vom Kopf und schleuderte sie beiseite. Dann lehnte er sich auf den Ellbogen zurück und atmete gierig die Luft ein, geriet dabei ins Japsen und Keuchen, lächelte aber trotzdem, während er den Blick umherschweifen ließ und der leise Wind ihm angenehm über die Haut strich.

»Komm. Trink einen Tee mit uns«, sagte der größere der beiden Männer, während er auf eins der aus Lehm errichteten Gebäude zuging.

»Nein, nein. Dazu habe ich keine Zeit.« Er stand auf und hielt dem kleineren Mann die Burka hin. »Danke für die Verkleidung.«

»Danke fürs Mitnehmen«, sagte der Mann. Dann deutete er auf die Burka. »Behalte sie. Vielleicht brauchst du sie noch mal.«

»Vielen Dank.« Raza warf sich das jetzt so harmlose Gewand über die Schulter. »Obwohl ich mir nicht sicher bin, ob mir die Gefangennahme durch die Amerikaner nicht lieber wäre.«

Eine Frau in derselben Montur, wie Raza sie gerade noch getragen hatte, kam aus einem der Häuser und wandte Raza den Kopf zu. Er sah sie an, stellte sich vor, wie zerstückelt er auf sie hinter dem Augengitter wirken musste, fragte sich, ob sie wohl vom Fenster aus zugesehen hatte, als er sich die Burka vom Leib riss und sie beiseiteschleuderte – hatte sie kurz gedacht, da befreie sich eine Frau aus ihrer Umhüllung? Er wandte hastig den Blick ab, ehe er falsch aufgefasst werden konnte. Oder auch richtig, in gewisser Weise. Er hatte das Gefühl durchzudrehen, wenn er nicht bald wieder einmal das Gesicht einer Frau sah oder zumindest eine weibliche Stimme hörte.

»Wenn du etwas Tee getrunken hast, kann ich mit dir zu dem Schrein fahren«, sagte der Mann neben ihm. »Hazaras sind hier in der Gegend nicht beliebt, nicht mal jene, die so wunderbar Paschtu sprechen wie du.«

Es war das erste Mal, dass das Wort »Hazara« zwischen ihnen erwähnt wurde. Ziemlich zu Beginn seiner Reise war er auf die beiden Männer gestoßen, die von ihrem Auto weggingen, das mit einem Achsbruch im Graben liegengeblieben war, und hatte ihnen angeboten, sie bis zu ihren Häusern am Rande von Kandahar mitzunehmen. Schon nach wenigen Minuten in ihrer Gesellschaft war klar, dass er bloß zu erwähnen brauchte, dass er auf der Flucht vor den Amerikanern war, um sie sich zu Verbündeten zu machen.

»Ihr wart jetzt lange genug unterwegs«, sagte Raza. »Aber

später komme ich gerne auf das Angebot mit dem Abendessen zurück.«

Ein paar Minuten später – nachdem er hastig eine Tasse grünen Tee heruntergekippt hatte, was einfacher war, als die Gastfreundschaft eines Pathanen auszuschlagen – fuhr er mit einem Brennen auf der Zunge und in der Kehle davon, fort von Kandahar. Zwanzig Jahre zuvor hatte Raza in Sohrab Goth, in Straßenlokalen, in der Fahrerkabine des mit dem toten Sowjet geschmückten Lastwagen zugehört, während Abdullah von den Schönheiten seiner Heimatstadt schwärmte – der Smaragd in der Wüste, an dessen Obstbäumen Gedichte sprossen, deren Sprache so süß war wie reife Feigen. Bei seinem kurzen Blick auf Kandahar aber hatte Raza nur Staub, grimmige Männer und – einen Monat nach der Niederlage der Taliban – keine einzige unverschleierte Frau wahrgenommen.

Die Fahrt zum Baba-Wali-Schrein war eine einzige Qual, denn die Straße war in einem erbärmlichen Zustand. Hätte er die Wahl gehabt zwischen dem Anblick einer schönen Frau und einem amerikanischen Highway, wäre ihm die Entscheidung sicher nicht leichtgefallen. Überall waren Spuren der amerikanischen Bombardierungen zu sehen – eine Tür, die einsam aus einem Haufen Ziegelsteinen aufragte wie eine seltsame Pflanze; Krater in der Straße, wahllos verteilt wie ein Meteoritenschauer; ein kopfstehender Jeep, zu schwarzem Metall verkohlt. Er grübelte, ob sich einer Frau in einer Burka, wenn sie direkt neben dem brennenden Jeep gestanden hätte, wohl ein Gitternetz ins Gesicht eingebrannt hätte. Auf die Weise hatte er auf der Fahrt nach Kandahar ständig an seine Mutter gedacht. Aus irgendeinem Grund war sie Teil des Schmerzes darüber geworden, Harry verloren zu haben, obwohl er wirklich nicht begriff, was das eine mit dem anderen zu tun hatte.

Als er schließlich bei dem Schrein ankam, warf er sich, nachdem er aus dem Jeep ausgestiegen war, als Erstes zu Boden und wälzte sich übermütig herum. Gras! Richtiges, grünes, kitzelndes Gras. Er riss ein Büschel aus und rieb sich damit über Gesicht, Arme und Nacken, ehe er auf die rings um den luftigen Schrein mit den türkisblauen Kuppeln angelegte Marmorterrasse trat. Hier endlich zeigte sich ein flüchtiger Eindruck der Welt, an die Abdullah sich festklammerte, die verlorene Schönheit, die ihn dazu befähigte, gnadenlose Gewalt zu rechtfertigen. Doch Razas Aufmerksamkeit richtete sich nicht auf den mit vielfarbigen Kacheln geschmückten Schrein, den Abdullah jeden Freitag mit seiner Familie besuchte, ehe der Einmarsch der Sowjets sie von den Gebeinen des Heiligen trennte, den sie seit Generationen verehrten. Bei seinen Erzählungen hatte Abdullah vor allem immer von den Obstgärten ringsherum geschwärmt, von dem Fluss ganz in der Nähe und den Bergen dahinter, die, wie ihm seine Brüder immer erzählten, eigentlich die gezackten Rücken schlafender Ungeheuer waren.

Raza zog seine Schuhe und Socken aus und ging quer über die marmorgefliste Terrasse, den Schrein hinter sich und den dahinströmenden Arghandab vor sich. Die Granatapfelbäume, die hier einst dicht an dicht gestanden hatten, waren nirgends mehr zu entdecken; für Abdullah und seine Brüder waren ihre dunkelroten Früchte Gradmesser in einem Übergangsritus (»Wenn deine Handfläche groß genug ist, um den größten Granatapfel umfassen und vom Ast pflücken zu können, hörst du auf, ein Kind zu sein. So war es bei meinen Brüdern. Aber als wir fortmussten, war meine Handfläche noch zu klein«, hatte er erklärt, während er eine Patrone in eine AK-47 schob). Doch im Gegensatz zu Kandahar deutete hier noch vieles darauf hin, wie die Gegend einst ausgesehen hatte. Ein Schachbrett von braunen und saftig grün leuchtenden Feldern, dahinter der sonnenbeschienene Fluss und im Nachmittagsdunst in der Ferne die Berge, die sich vor dem wolkenlosen Himmel abzeichneten.

Ein Polizist war der Erste, der auf Raza zukam, um ihn zu fragen, wer er war und was er hier wollte.

»Der Mudschahed, der mir beigebracht hat, wie man eine Waffe abfeuert, war ein Verehrer von Baba Wali«, sagte Raza.

Der Polizist nickte und ließ ihn in Ruhe.

Ein paar Minuten später näherte sich ein weiterer Mann, dessen eine Gesichtshälfte eingedrückt war.

»Sie kennen einen Mudschahed, der hierherkam?«

»Ja. Können Sie mir helfen, seine Familie zu finden? Ich bin ihm etwas schuldig, was ich begleichen möchte.«

Der Mann kratzte sich an der noch heilen Wange.

»Schon möglich. Sind Sie Hazara?«

»Nein. Ich bin kein Afghane.«

Der Mann sah ihn abwartend an. Raza wandte sich von ihm ab und betrachtete wieder die Aussicht.

»Seine Familie hat früher hier in der Gegend gelebt, sie waren Bauern. Sie sind jeden Freitag zum Schrein gekommen. Er heißt Abdullah Durrani, Sohn des Haji Mohammed Durrani. Sie waren insgesamt fünf Brüder, alle Mudschaheddin. Der älteste wurde im ersten Jahr der sowjetischen Besatzung zum Märtyrer, als eine MiG den Waffenkonvoi unter Beschuss nahm, mit dem er unterwegs war.« So unhöflich es war, dass er nichts von sich preisgab, er war es einfach müde, noch abzuwägen, was er ohne Risiko erzählen konnte und was nicht.

Der Mann ging fort, und Raza setzte sich nieder auf die kühlen Fliesen im Schatten des Schreins und dachte an Harry.

Der Polizist kam zurück, um ihm einen Becher Wasser zu bringen.

Er beobachtete gerade eine Spinne, die über den Boden krabbelte, und erinnerte sich, wie Harry ihn auf die Geschichte über die Spinne im Islam angesprochen hatte, die Sajjad Konrad erzählt hatte, Konrad wiederum Hiroko und Hiroko später dann Ilse, die Harry davon erzählte –, als jemand seinen Namen rief. Es war ein Mann mit stark gebogener Nase, stahlgrauem Haar und einem Bart, der ihm bis an die Brust reichte.

»Raza Hazara«, sagte der Mann abermals, und da erkannte

Raza ihn, dachte an sein unvermutet jungenhaftes Lächeln, damals an jenem Tag, als er Abdullah und ihn zu dem Ausbildungslager gefahren hatte. Inzwischen wirkte alles an ihm alt. »Warum hast du dem Mann erzählt, du seist kein Afghane?«

»Weil die Amerikaner nach dir suchen dürften«, sagte Raza und stand auf, um sich weniger eingeschüchtert zu fühlen. Zu seiner Verblüffung stellte er fest, dass er größer war als Abdullahs Bruder. Wie war noch mal sein Name? »Das heißt, sie suchen nach dem Mann, der mich angerufen hat … gestern.« Es fühlte sich an, als wäre das schon viel länger her. »Sie glauben, er – du, sie glauben, du hättest etwas mit dem Mord an einem Amerikaner zu tun.«

Der Mann lachte.

»Die Amerikaner suchen so manchen hier in Afghanistan, ohne viel Erfolg. Wie kommen die darauf? Hattest du etwas mit dem Mord an einem Amerikaner zu tun?«

Raza dachte daran, wie er sich mit Harry immer über die anderen Mitarbeiter in ihren kugelsicheren Westen lustig gemacht hatte, die sie nur ablegten, wenn sie sich sonnen wollten – und dann mussten die Wachtposten auf den Türmen verdoppelt werden.

»Ja«, sagte er.

»Gut gemacht. Bist du hergekommen, um mir das zu sagen? Dass die nach mir suchen? Kein Problem. Ich habe von einem öffentlichen Telefoncenter aus angerufen – der Inhaber ist ein alter Freund von mir. Wir tragen Narben aus demselben Kampf. Außerdem reden wir hier von Kandahar. Da hilft den Amerikanern kein Mensch. Wir sind nicht wie die Hazara.«

»Gehörst du zu den Taliban?«, fragte Raza ihn auf den Kopf zu, fast vorwurfsvoll.

Der Mann zuckte die Achseln, auf eine Art, die stark an Abdullah erinnerte.

»Für die bin ich zwanzig Jahre zu alt. Ich bin Bauer. Warte kurz –« Er trat in den Schrein, und Raza sah zu, wie er am Grab des Sufi betete – ein Anblick, bei dem er selbst den Kopf senkte und die *sura fatiha* murmelte, wenn auch nicht für jemanden, der schon Hunderte von Jahren tot war.

»Weißt du, wer sehr gerne hierherkommt?«, sagte Abdullahs Bruder – richtig, Ismail hieß er! »Abdullahs Sohn.«

»Er hat einen Sohn?«

»Ja. Er heißt Raza.« Ismail nickte, als Raza ihn verwirrt ansah. »Ja, benannt nach dem Freund, den Abdullah als Junge einst verraten hat. Raza – unser Raza – hat seinen Vater noch nie gesehen, aber sie telefonieren einmal im Monat miteinander, und Abdullah sagt jedes Mal, gib mir Bescheid, wenn deine Hand groß genug ist, um den größten Granatapfel vom Baba-Wali-Schrein zu umfassen. Ein paar Granatapfelbäume gibt es hier noch, wenn auch längst nicht mehr so viele wie früher. Deshalb kommt unser Raza jede Woche hierher, stiehlt sich manchmal sogar alleine fort – aber jetzt, wo die Verbrecher wieder an der Macht sind, darf er das Haus nicht mehr ohne Begleitung verlassen. Er ist ein sehr hübscher Junge, Allah sei gepriesen, obwohl das heutzutage vielleicht eher ein Fluch ist.«

»Wieso ein Fluch?«

»Unser neuer Gouverneur und seine Männer. Es sind dieselben, die an der Macht waren, bis die Taliban kamen und uns vor ihnen gerettet haben. Weder Frauen noch Knaben waren damals vor ihnen sicher – dann kamen die Taliban, befreiten die verschleppten Frauen, vertrieben die Warlords, die sich im Basar um einen Jungen gestritten haben.«

»Du hast sie also doch unterstützt? Die Taliban?« Raza versuchte von diesem einst vergötterten Bruder darauf zu schließen, zu was für einem Mann Abdullah inzwischen geworden sein mochte.

»Ich habe es doch schon gesagt. Ich bin Bauer. Ich will das Land bestellen und seine Früchte ernten. Verstehst du? Dafür brauche ich Frieden. Sicherheit. Im Austausch dafür bin ich bereit, auf vieles zu verzichten.« Er legte die Hand an die Außenmauer des Schreins. »Dafür habe ich gekämpft. Für das Recht, mit meiner Familie hierher zurückkehren zu können, im Schatten von Baba Wali das Feld zu bestellen und jeden Freitag seinen Schrein aufzusuchen, wie es meine Familie schon seit Generationen tut. Um zu sehen, wie meine Söhne ihre Männlichkeit an einem Granatapfel messen, nicht an Granaten. Aber die Taliban – sie wissen nichts von Sufis oder Obstgärten. Sie sind in Flüchtlingslagern aufgewachsen, ohne Erinnerung an dieses Land, ohne Verwurzelung, einzig von dem Gedanken erfüllt, Ungläubige und Ketzer zu bekämpfen. Als sie herkamen, haben sie also andere Gesetze mitgebracht als die, mit denen ich aufgewachsen bin. Na und? Fußball ist verboten! Ich kann gut ohne Fußball leben. Musik ist verboten! Das ist schmerzlich, o ja, aber wenn ich sehe, wie die Ernte auf den Feldern heranreift und meine Söhne ohne Angst über die Straße gehen können, dann spielt zumindest Musik in meinem Herzen.«

»Und was ist mit deinen Töchtern?«

»Hazara, meine Töchter gehen dich nichts an.«

Raza sah Ismail kurz gelassen an, dann wandte er sich um und ging davon. Die Taliban – Retter der Frauenehre! Nun, er hatte seine selbstgesteckte Mission erfüllt – er hatte Ismail gewarnt, und falls Steve ihn hier aufspürte, war das nicht mehr sein Problem. Jetzt konnte er reinen Gewissens zu seinen beiden neuen pathanischen Freunden zurückkehren, die zugesagt hatten, ihn unbehelligt über die Grenze zu bringen, über eine geheime Route, die von vielen Talibankämpfern benutzt wurde. Wie es weitergehen sollte, wenn er in Pakistan war, wusste er allerdings noch nicht.

Er würde das Grab seines Vaters aufsuchen. Zumindest das könnte er tun.

»Raza Hazara!« Ismail hielt Raza an der Hand fest. »Bitte geh nicht. Erzähl mir von meinem Bruder. Hast du eine Möglichkeit gefunden, ihn nach Kanada zu schaffen?« Als Raza keine Antwort gab, trat Ismail zurück, in sehr aufrechter Haltung, so als schrecke er noch vor der Erniedrigung zurück, um eine Auskunft zu betteln.

»Du hast gesagt, er müsste bis zum 10. Februar in Kanada sein. Weshalb?«

»Weil an dem Tag das Schiff ausläuft.«

»Das Schiff?«

»Ja. Nach Europa. Von dort kann er über Land in den Iran reisen, durchquert die Wüste, und dann ist er zu Hause. Sonst reist meine Schlafmohnernte immer in die andere Richtung, nach Westen; diesmal kehrt mein Bruder in entgegengesetzter Richtung zurück.«

»Könntest du …?« Raza hielt inne. *Überleg dir das gut*, hörte er Harry im Geiste sagen. Die Versicherung der beiden Pathanen, sie könnten ihn problemlos über die Grenze nach Pakistan bringen, hatte so verlockend geklungen, dass er seine vorherigen Bedenken umgehend über Bord warf. Doch seine früheren Überlegungen waren weiterhin richtig. Steve würde damit rechnen, dass er sich nach Pakistan absetzte, konnte sich ausrechnen, dass er das Grab seines Vaters in Karatschi aufsuchte, das Haus seines Onkels in Lahore. Man würde den ISI auffordern, ihn ausfindig zu machen, als Beweis ihrer erneuerten Freundschaft mit den Amerikanern, und für den ISI besaß er keinerlei strategischen Wert – es gab keinen Grund, warum sie ihn nicht ausfindig machen sollten. Und sie würden ihn finden. Natürlich, der ISI fand jeden (in seiner ganzen Zeit bei A & G war er nie wieder jemandem begegnet, der ihm so viel Angst einjagte wie der Mann mit dem rosa Kleenex).

Er drückte den Kopf gegen eine Säule aus grauen und weißen Spiralen und sehnte sich nach Harry, der ihm geholfen hätte, zwischen dem Praktischen und dem Paranoiden zu unterscheiden, zwischen dem genialen Schachzug und dem, der ihn mattsetzte.

Ismail legte ihm die Hand an den Rücken.

»Ist dir nicht gut?«

Raza hielt wortlos eine Hand hoch, um kurz nachdenken zu können. Sein Schulfreund Bilal lebte in Kanada. In Toronto, wo er als Ingenieur tätig war. Seine Eltern waren ebenfalls dort, lebten mit Bilal, seiner Frau und den Kindern unter einem Dach – und wenn Hiroko einen neuen Stempel auf ihrem Visum benötigte, um ihren legalen Status in Amerika zu erneuern, fuhr sie über die Grenze, um Bilals Mutter zu besuchen, ihre alte Freundin und einstige Nachbarin. Alle sechs Monate unternahm sie diese Reise über die Grenze. Es würde also keinerlei Verdacht erregen, wenn sie das wieder tat. Und Bilal, das wusste er, würde ihn willkommen heißen. Sie hatten sich vor einigen Jahren in Miami getroffen, und ihre alte Freundschaft wurde neu besiegelt, als Bilal ihm einen Arm um die Schulter warf und sagte: »Meine Schwester hat mir erzählt, wie schlecht sie dich vor all den Jahren behandelt hat. Hätte sie doch bloß dich geheiratet statt dieses Schlagzeugers in Prag mit seinen Tattoos.« Es fiel Raza schwer, nicht am Wahrheitsgehalt dieses Satzes zu zweifeln.

Raza drehte sich zu Ismail um.

»Kannst du mir helfen, nach Kanada zu kommen?«

»Wieso?«

Wieso? Wie sollte er dieses schmerzliche Verlangen nach einem Wiedersehen mit seiner Mutter in Worte fassen? Es war, als wäre alles in seiner Welt in einem grellen Lichtblitz verschwunden, und nur sie war noch übrig – ein Leuchtturm, ein Talisman, ein Ziel, dem er entgegenflüchten konnte, statt bloß planlos vor etwas zu flüchten.

»Ich habe noch einen Menschen auf der Welt, den ich liebe. Wenn ich in Kanada bin, kann sie mich dort besuchen.« Danach, wenn er sie gesehen hatte, könnte er entscheiden, wie es weitergehen sollte. Vorher aber musste er sie sehen. Das war wichtiger als alles andere.

Ismail legte unvermutet die Arme um ihn und drückte ihn an sich.

»Alle tot, bis auf einen? Allah, was haben wir Afghanen bloß verbrochen, um so viel Unglück zu verdienen?«

Raza lehnte den Kopf an Ismails Schulter, in dem klaren Bewusstsein, nie zuvor im Leben eine solche Umarmung weniger verdient zu haben.

# 37

Kim Burton saß in einer Ecke des Penthouse an der Brickell Avenue, den Kopf an die Wand gelehnt, umgeben von Bergen von Kartons, und balancierte ein Glas Scotch auf dem Knie. Sie trank sonst nie Scotch, schon gar nicht vormittags, aber wenn ihr Vater sie von hier aus anrief, was selten genug vorkam, begann er fast immer mit den Worten »Leistest du mir Gesellschaft, während ich mir einen genehmige?«, deshalb schien es bei ihrem allerersten Besuch in der Wohnung, in der ihr Vater zehn Jahre gewohnt hatte, ein notwendiger Schmerz, sich an dem Glas festzuhalten.

Zwischen den aufgestapelten Kartons verlief ein schmales Tal, das ihr einen Blick auf den ringsherum verlaufenden Balkon und das Meer dahinter gestattete. Jetzt, inmitten der Türme aus Pappe, fühlte sie sich sicher; keine Spur mehr von der Panik, die sie befallen hatte, als sie erstmals in diese Wohnung kam und von all der Leere in Empfang genommen wurde.

Bald würden die Leute vom Umzugsunternehmen hier sein und Harrys gesamte Habe zur Auslagerung in ein Depot abtransportieren. Eines Tages würde sie vielleicht die Kraft aufbringen, die Sachen durchzusehen und zu entscheiden, was sie aus dem Besitz ihres Vaters behalten wollte und was entsorgt werden konnte. Nicht heute. Heute nahm sie nur seinen Laptop mit. Der bei weitem umfangreichste Ordner, der auf der Festplatte gespeichert war, enthielt Fotos von Kim, eingescannte Briefe von ihr, ihre Highschool-Zeugnisse, ihre Diplomarbeit. Das jüngste Foto, das Kim und Harry zusammen zeigte, war fast acht Jahre alt und nur auf Ilses Drängen hin aufgenommen worden.

Die Wohnung entsprach nicht ihren Erwartungen. Sie dachte immer, ihr Vater lege wenig Wert auf Behaglichkeit, rechnete mit einer zwar hochwertigen, aber völlig sterilen Einrichtung, Regalen voller Sachbücher, schmucklosen Wänden, einem leeren Kühlschrank. Stattdessen fand sie Bodenkissen mit Paisleybezügen vor, dicke Orientteppiche, ein prächtiges altes Schwert, das die Wand zierte, einen Kühlschrank voller exotischer Soßen, Würzmittel, Kapern und Peperoni, nicht zu vergessen die Buchregale voller Gedichtbände, Erzählungen und Romane in Englisch, Deutsch, Urdu. Dazu fand sie mindestens acht Ausgaben der *Kinderreime von Mutter Gans*.

So hatte die Wohnung jedenfalls ausgesehen, als sie sie betreten hatte. Jetzt standen nur noch überall Kartons herum.

Kim grübelte, welcher Teil von ihr mit dem Tod ihres Vaters nun wohl verloren ging. Bei Ilse lag das auf der Hand; diese Version ihrer selbst – freimütig, ein wenig bockig, voller Beschützerinstinkte –, die so nur im Umgang mit Ilse existierte, kannte sie genau, wusste, welche Art Gespräche sie nur mit Ilse und niemandem sonst führen konnte. Alles an ihrer Trauer um Harry aber war unklar, verschwommen – und niederschmetternd. Sie trat gegen den Laptop, der auf dem Boden vor ihr lag. Das sah ihm so ähnlich: Belege dafür zu sammeln, dass er Anteil an ihrem Leben nahm, statt einfach nur Anteil zu nehmen.

Zwischen den Schluchten aus Kartons näherten sich die Schritte eines Mannes, bedächtig und gemessen. Sie spannte sich unwillkürlich an, während vor ihrem inneren Auge das Bild eines Bärtigen mit Kalaschnikow auftauchte.

»Miss Burton?« Es war Tom – der Portier. »Ich habe versucht anzurufen.« Er sah hinüber zur Gegensprechanlage, deren Hörer wenige Zentimeter über dem Boden baumelte, und wandte sich dann wieder ihr zu, wobei er so tat, als würde er das Glas voll Scotch nicht bemerken. »Die Umzugsleute sind da. Soll ich sie hochschicken?«

»Klar.« Sie stand auf, klopfte sich den Staub von ihrem Muskelshirt und der Cargohose. »Entschuldigung, Tom.«

»Keine Ursache. Miss Burton, mein Bruder arbeitet bei A & G – Mister Burton hat ihm die Stelle verschafft. Er hat gesagt, Ihr Vater ist in Afghanistan ums Leben gekommen, auf der Suche nach Osama. Sie sollten stolz sein.«

Er sagte es, als wüsste er, dass es ihr keine Sekunde lang in den Sinn gekommen war, stolz zu sein. Wozu auch? Sollte man sich mit Stolz über die Trauer hinwegtrösten? Sie wollte, dass er noch lebte. Wieso stand dieser Kerl hier und redete daher, als wüsste er irgendwie besser als sie, welche Arten des Sterbens den Tod erträglich machten.

»Wenn Ihr Bruder bei A & G arbeitet, kann er ja vielleicht einen der Anzugträger dazu bringen, mich endlich mal zurückzurufen.« In den fünf Tagen seit Harrys Tod hatte Raza nichts mehr von sich hören lassen – so hat er auch auf Sajjads Tod reagiert, hatte Hiroko gesagt. Er ist geflüchtet. Das tut er schon sein Leben lang. Das hat er von mir gelernt. Doch seit Kim die Wohnung ihres Vaters in Miami betreten hatte, empfand sie ein übermächtiges Bedürfnis, mit Raza zu sprechen. Er war der Einzige, der ihr von den letzten Minuten in Harrys Leben erzählen konnte. Möglicherweise war er der Einzige, der ihr von Harrys Leben überhaupt erzählen konnte. Am Vortag und auch heute hatte sie es laufend auf seinem Satellitentelefon probiert, und dass er sich nie meldete, machte sie langsam nervös. Wer war Steve, und warum war er an Razas Telefon gegangen? Hiroko erzählte sie vorläufig nichts davon, aber sie hatte mehrfach bei A & G angerufen und drei Nachrichten wegen Raza hinterlassen, um Auskunft von den Männern zu bekommen, die ihr bei Harrys Beerdigung die Hand gedrückt und so mitfühlende Worte über ihn gesprochen hatten.

Tom machte ein Gesicht, als hätte sie ihn geohrfeigt.

»Er ist bloß Fahrer. So viel Einfluss hat er nicht.«

»Tut mir leid. Wirklich, Tom. Ich bin bloß … verstehen Sie? Wütend.«

»Wütend sind wir alle, Miss Burton.«

Während die Möbelpacker Harrys Hinterlassenschaften aus der Wohnung räumten, stand Kim draußen auf dem Balkon, von dem aus die nur wenige Straßen entfernte Zentrale von A & G zu erkennen war. Er wohnte sehr ungern hier, hatte Harry ihr einmal anvertraut, auf dieser »Millionärsmeile«, die ihm, dem versnobten Sohn von James Burton, viel zu protzig war. Aber der Geschäftsführer hatte darauf gedrängt, dass er sich eine Wohnung in der Nähe nahm, um zu Stoßzeiten, wenn im Büro fast rund um die Uhr zu tun war, unnötige Anfahrtswege zu vermeiden. Und dann war Raza in die Wohnung im ersten Stock gezogen und schwärmte in den höchsten Tönen von der Wohnlage – danach zog auch Harry einen Umzug nie wieder in Betracht.

Kim hatte sich mit Harrys Schlüssel Zutritt zu Razas Wohnung verschafft. Einfach so, ohne sich lange zu überlegen, warum. Dort fand sie die Atmosphäre vor, die sie im Penthouse ihres Vaters erwartet hatte – nüchtern, unterkühlt, viel Hightech –, obwohl sie beim Gedanken an Hirokos Zimmer, das bis auf die ausgebleichte Zeichnung zweier Füchse ebenfalls völlig schmucklos war, ins Grübeln kam, ob Raza vielleicht bloß einer japanischen Ästhetik huldigte. War dieser Gedanke nicht rassistisch? Sie war zu müde, um sich darüber den Kopf zu zerbrechen. Als sie die Tür seines Kleiderschranks aufschob, fiel ihr als Erstes ein wunderschönes Kaschmirsakko ins Auge, das darin hing. Sie fuhr mit den Fingern über den weichen Stoff und zog es dann probehalber über. Es passte ihr wie angegossen, nur die Ärmel waren ein wenig zu lang. Sie schob die Hände in die Taschen und zog sie sofort erschrocken wieder heraus, weil sie etwas Trockenes, Schrumpeliges ertastete. Zaghaft griff sie wieder hinein und brachte eine Hand voll vertrockneter Rosenblütenblätter zum Vorschein. Sie konnte sich gut vorstellen, dass Raza sich die Taschen vor Wochen oder Monaten, als die Rosen blühten, mit den Blütenblättern gefüllt hatte, um das samtig-sinnliche Gefühl zu genießen, wenn er die Hände in die Taschen steckte.

Auf einmal kam ihr eigenes Benehmen ihr so verschroben vor, dass sie das Sakko rasch in den Schrank zurückhängte und hastig die Wohnung verließ.

Jetzt ließ sie den Blick über das Wasser bis nach Miami Beach hinüberschweifen, das von hier aus über den MacArthur Causeway, eine Brückenkonstruktion aus Stahl und Beton, zu erreichen war. Die Schächte, in denen ihre Pfeiler verankert waren, waren unter Wasser vierundachtzig Zoll tief, an Land achtundvierzig Zoll. Und falls ein Flugzeug mitten in die Brücke hineinflog? Falls Männer mit Sprengstoffwesten am Leib und Wahnsinn in ihren Herzen …? Falls ein Afghane mit einer AK-47 hinaufkletterte und die Pfeiler mit Kugeln durchsiebte? Nein, damit konnte er keinen Schaden anrichten. Damit konnte er die Welt nicht zum Einsturz bringen.

Einer der Möbelpacker kam auf den Balkon hinaus, um zu sagen, dass sie fertig waren.

»Trinken Sie Whisky? Unter der Spüle stehen ein paar Flaschen davon. Die können Sie ruhig haben.«

Der Mann wich zwei Schritte zurück und winkte mit beiden Händen ab.

»Nein, nein. Nein.«

Sie musterte ihn genauer. Auf den ersten Blick hatte sie ihn für einen Südeuropäer gehalten, aber jetzt schien es ihr, als könnte er Araber sein.

»Sind Sie Moslem?« Ihr Tonfall sollte andeuten, dass sie nichts dagegen hätte, dass es ihr leidtat, falls er deswegen in den letzten Monaten schief angesehen worden war.

Der Mann lachte kurz bellend auf.

»Nein, da liegen Sie falsch. Ganz falsch. Es ist nur so, wir dürfen nichts aus den Häusern mitnehmen, in denen wir zu tun haben, nicht mal, wenn es uns angeboten wird. Deshalb darf ich das nicht annehmen. Sehe ich aus wie ein Araber? Ich bin Italiener.«

»Mein Fehler, Entschuldigung«, sagte sie.

»Will bloß hoffen, dass dieser Fehler nicht noch anderen unterläuft.«

»Die meisten Araber sind anständige Menschen«, sagte sie fast reflexhaft. Wie hatte sich dieses »die meisten« in ihrem Satz eingeschlichen, fragte sie sich im Stillen.

»Also, das war jetzt nicht rassistisch gemeint. Schlimm genug, ständig für einen Kubaner gehalten zu werden, aber für einen Araber! Der Herrgott steh mir bei. Wo Guantánamo doch direkt hier in der Nähe ist.«

Der Gedanke war ihr noch gar nicht gekommen, seit sie in Miami war.

Was sie jetzt dringend brauchte, entschied sie auf dem Rückflug nach New York, war eine Auszeit. Und sie wusste auch schon, wo – im Ferienhaus ihrer Mutter in den Adirondacks, wo rein gar nichts an Harry erinnerte und ein Streit darüber, wem ein toter Elch rechtmäßig gehörte, tagelang alle anderen Schlagzeilen von der ersten Seite der Lokalzeitung verdrängen konnte. In ihrer Jugend hatte sie jedes Jahr einen Teil ihrer Sommerferien dort verbracht; es war der Ort, an dem sie zum ersten Mal mit einem Jungen tanzte, zum ersten Mal die Welt vom Gipfel eines Berges aus betrachtete, ihren ersten Joint rauchte, ihren ersten Halbmarathon lief, zum ersten Mal dachte, sie sei entjungfert worden. Ihre Mutter war derzeit nicht dort – sie verließ Paris nur im Sommer oder im Herbst, um einige Wochen in den Bergen von Upstate New York zu verbringen –, aber das erhöhte den Reiz nur noch. Alleine in den Bergen zu leben, zuzuschauen, wie es draußen in den stillen Tälern schneite, während im Kamin ein Feuer prasselte, lauter vertraute Gesichter im lokalen Fernsehsender … Mit sechzig, hatte ihre Mutter ihr oft prophezeit, könnte sie so einem Leben mit Sicherheit etwas abgewinnen, aber darüber hatte sie immer nur gelacht. Und jetzt, mit fünfunddreißig, sehnte sie sich danach, sich in diese Welt fallen zu lassen und sich darin zu verlieren wie eine Träne in einem See.

Hiroko könnte sie ja besuchen kommen, überlegte sie, während sie im Aufzug zur Wohnung an der Mercer Street hochfuhr. Hiroko war so ziemlich der einzige Mensch auf der Welt, dessen Gesellschaft sie dort ertragen könnte.

Ihre Stimmung war fast fröhlich, als sie die Wohnungstür aufschloss. Sie konnte es kaum erwarten, Hiroko von ihrem neuesten Plan zu erzählen.

Ein Mann – breitschultrig, mit haselnussbraunen Augen – sprang vom Sofa auf, als Kim ins Zimmer trat.

»Alles in Ordnung«, sagte Hiroko. »Das ist bloß Kim. Kim, das ist Abdullah.«

Kim blickte verwirrt zwischen dem Mann und Hiroko hin und her. Als sie sich von ihrem ersten Schreck erholt hatte, streckte sie dem Afghanen aus Gewohnheit die Hand entgegen, zog sie jedoch pikiert wieder zurück, als sie seinen zögerlichen Blick bemerkte.

»Was hat er hier zu suchen?«, fragte sie Hiroko.

»Das mit Ihrem Vater tut mir aufrichtig leid«, sagte der Afghane. »Aber er ist jetzt bei Allah.«

»Nimmt Allah auch Ungläubige bei sich auf?«, sagte sie, und der Mann schlug die Augen nieder.

»Du bist früher zurück, als ich gedacht habe«, sagte Hiroko leise. Dann sagte sie etwas auf Urdu, der Afghane nickte, antwortete irgendetwas und stand auf. Ohne Kim noch einmal anzusehen, verließ er die Wohnung.

»Was hat das zu bedeuten?«, sagte Kim. »Was führst du im Schilde? Was hast du zu ihm gesagt?«

»Schon gut. Du brauchst dich hier nicht einzumischen«, erwiderte Hiroko und griff nach dem Buch, in dem sie gerade gelesen hatte.

»Du hast jemanden gefunden, der ihn nach Kanada fährt, stimmt's?«

Hiroko hob nicht einmal den Blick von ihrem Buch. Kim warf entnervt die Hände in die Höhe. Falls irgendwer aus Hirokos Freundes- und Bekanntenkreis bereit war, sich an einem solchen Irrsinn zu beteiligen, ging sie das nichts an. Was sie jetzt brauchte, war ein ausgiebiges Bad und ein Glas Wein.

Nur Augenblicke später kam sie ins Zimmer zurück, nahm Hiroko unsanft das Buch aus der Hand und hielt ihr einen Autoschlüssel entgegen.

»Was ist das hier?«

»Ich habe keine Ahnung.«

Kim reckte ihr vorwurfsvoll die Unterlagen der Autovermietung entgegen, die sie in der anderen Hand hielt.

»Hier ist deine Unterschrift drauf. Wer vermietet denn einer Siebenundsiebzigjährigen mit einem pakistanischen Führerschein ein Auto?«

»Tja, das ist eben New York«, antwortete Hiroko mit süffisantem Lächeln. »Für Geld bekommt man hier alles.«

»Mein Gott, Hiroko. Du willst ihn doch nicht wirklich selbst fahren.«

»Halte dich da raus, Kim.«

»Du hast einen pakistanischen Pass. Man wird dich an der Grenze nicht einfach so durchwinken.« Ein Unterton von Panik schlich sich in ihre Stimme. »Du bist noch nie auf der rechten Straßenseite gefahren, und schon gar nicht auf einem Highway. Sag mal, zu was für Verrücktheiten bist du eigentlich im Stande?«

»Ihr Amerikaner habt sehr ängstliche Vorstellungen von Verrücktheit.«

»Ängstlich!« Kim steckte sich die Autoschlüssel in die Jackentasche. »Bei jedem anderen als dir würde ich auf einen Manipulationsversuch tippen.«

»Manipulation? Wovon redest du? Gib mir diese Schlüssel, Kim Burton.«

»Nein. Ich fahre ihn. Du bleibst hier. Und fang nicht an – fang ja nicht an, mit mir zu streiten, Hiroko Ashraf. Raza hatte recht. Ein Auto, das von jemandem gefahren wird, der aussieht wie ich, wird an der Grenze nicht durchsucht.«

Hiroko sah Kim skeptisch an.

»Meinst du denn, er muss über die Grenze geschmuggelt werden?« Kim war seit jeher felsenfest davon überzeugt, in einer Welt zu leben, in der im Rahmen des gesetzlich Zulässigen alle Arten von Protest, alle Unmutsäußerungen erlaubt waren. Diesen Rahmen zu verlassen war schlicht Großtuerei.

»Wenn ich dir verspreche, ihn zu fahren, fahre ich ihn auch, Ende. Was spielen andere Fragen da noch für eine Rolle?«

»Ich will nicht den Grund dafür liefern, dass du gegen deine Überzeugungen handelst.« Auf Menschen, die von der moralischen Tugendhaftigkeit ihrer Nation überzeugt waren, reagierte sie genauso wie auf jene, die vom Glauben an eine Religion durchdrungen waren: Es verblüffte sie, es schien aller Vernunft hohnzusprechen, und dennoch hätte sie sich nie angemaßt, jemand anderem diesen tröstlichen Glauben an eine vermeintliche Ordnung auszureden.

»Das tust du nicht«, log Kim. »Also, willst du nun, dass er eine reelle Chance bekommt, in Sicherheit zu gelangen, oder nicht?« Obwohl sie noch eine Weile hin- und herdebattierten, wusste sie in dem Moment, dass sie gewonnen hatte – wenn sie auch natürlich nicht ahnen konnte, dass Hiroko am Morgen darauf mit einem mulmigen Gefühl aufwachen sollte, weil ihr einfiel, dass James Burton seinerzeit fast dieselben Worte gebraucht hatte, um Sajjad Ali Ashraf dazu zu überreden, Delhi zu verlassen und nach Istanbul zu reisen.

# 38

Bei seiner Ankunft in Maskat entschied Raza, dass der Mann mit dem Blutfleck im Auge recht gehabt hatte: Er war den Strapazen dieser Reise mental nicht gewachsen; sein Verstand kapitulierte davor.

»Und zwar so«, sagte der Mann mit dem Blutfleck im Auge und zermalmte einen Granatapfel auf der Tischplatte. Er zupfte einen tiefrot ummantelten Samen aus der aufgeplatzten Frucht und hielt ihn Raza mit einem Augenzwinkern entgegen – die rote Träne in seiner Iris verschwand im selben Moment aus Razas Gesichtsfeld, als der rote Samen hineintrat.

»Er wird Abdullah dabei helfen, nach Kanada zu kommen«, sagte Ismail, der sich sichtlich unbehaglich fühlte, seit er Raza in diesen spartanischen Raum in der Nähe des zentralen Basars von Kandahar gebracht hatte.

Der rubinäugige Mann winkte ungeduldig ab.

»Das interessiert mich nicht. Abdullah hat die Reise schon einmal überstanden; wenn er Glück hat, übersteht er sie ein weiteres Mal. Der hier, das ist ein anderer Fall. Lass mich mit ihm allein.«

Als Ismail hinausgegangen war, forderte Rubinauge Raza mit einer Handbewegung auf, sich zu setzen.

»So wie du deinen Rucksack an dich drückst, sind da entweder Liebesbriefe drin oder Geld. In deinem Interesse hoffe ich, dass es Letzteres ist. Denn um die Reise der Ärmsten der Armen zu überstehen, bist du nicht annähernd verzweifelt genug.«

Razas Anspannung ließ nach. Nun war er wieder in einer Welt, in der er sich auskannte – wo nichts unmöglich war, solange der Preis stimmte.

»Vom Iran nach Maskat wirst du allerdings reisen müssen wie sie –« Etliche Tassen Tee später deutete Rubinauge auf den Mann, der in gebückter Haltung im Zimmer umherkroch, um die Granatapfelsamen einzeln vom Boden aufzulesen, die Rubinauge gegen die Wände geschnipst hatte, während er mit Raza den Preis aushandelte. »Die Erster-Klasse-Reise aus dem Iran hast du gerade verpasst. Aber wenn du ein paar Wochen wartest –«

»Nein«, sagte Raza und stand auf. Sein Rucksack war erheblich leichter als bei seiner Ankunft, aber trotzdem immer noch so gut gefüllt, dass Rubinauge, wie ihm nicht entging, konsterniert die Augen aufriss. »Ich reise jetzt. Vom Iran nach Maskat ist es ja nicht so weit.«

Rubinauge lächelte.

»Allein die Überfahrt wird dir vorkommen wie die weiteste Reise, die einem Menschen je zugemutet wurde.«

Raza verließ Kandahar im Morgengrauen in einem Pick-up, eingezwängt zwischen dem Fahrer und einem bewaffneten Begleiter. Seinen eigenen Jeep ließ er bei Ismail zurück, zusammen mit dem Versprechen – an dem er ebenso leise Zweifel hatte wie Ismail –, einen Weg zu finden, Abdullah nach Kanada zu schaffen. Ismail hatte ihm angeboten, bei ihm zu Hause zu übernachten, aber er war lieber zu den beiden Pathanen zurückgekehrt; Rubinauge hatte ihn lachend gewarnt, dass Ismail ihm nicht mal mehr eine Decke anbieten konnte, nachdem er alles verkauft hatte, um das Geld für Abdullahs Rückreise nach Afghanistan aufzutreiben. Raza legte eintausend Dollar ins Handschuhfach des Jeeps, wo Ismail sie finden würde. Es fühlte sich großzügig an, fiel aber angesichts der Summen, die sich noch in seinem Rucksack befanden, nicht ins Gewicht.

Der Fahrer des Pick-ups und der Bewaffnete reagierten wortkarg auf Razas Versuche, ein Gespräch anzufangen. Auch die Kolonnen gepanzerter NATO-Fahrzeuge, die ihnen auf der Fahrt aus Kandahar entgegenkamen, entlockten ihnen keine sichtbare Reaktion. Raza döste ein, und als er aufwachte, gab es keine Straße mehr, nur noch Sand und mindestens ein Dutzend weiterer Pick-ups, alle im selben leuchtenden Blau und mit getönten Scheiben. Von irgendwoher waren weitere Bewaffnete aufgetaucht, die jetzt auf der Ladefläche des Pick-ups Posten bezogen hatten. Die Fahrzeuge rasten in irrwitzigem Tempo durch die Wüste – eine Herde Tiere, die sich einer Welt angepasst hatten, in der es nur Verfolgung und Flucht gab.

»All das nur wegen mir?«, fragte Raza den Bewaffneten neben sich.

Der Mann deutete stumm nach hinten auf die Ladefläche, wo die anderen Bewaffneten auf aufeinandergestapelten Jutesäcken saßen. Raza dachte spontan an die vergleichsweise lachhaften Mengen Heroin, die er früher in Dubai besonders geschätzten Hotelgästen persönlich überbrachte, im Rahmen seiner Aufgabe, durch bestmöglichen Service dafür zu sorgen, dass sie dem Hotel als treue Gäste erhalten blieben.

An einem Punkt, an dem es Raza schon vorkam, als würde der Sand draußen vor dem Fenster nie mehr ein Ende nehmen, geschah etwas Außerordentliches. Der Konvoi kam an einer Gruppe Nomaden vorbei, die zu Fuß die Wüste durchquerten. Und da waren sie – endlich, wie durch ein Wunder: Frauen.

Mit unverschleierten Gesichtern, in bunter Kleidung, die Arme mit Armreifen geschmückt. Er hatte immer gedacht, sie müssten schön sein – jene Frauen, die in Märchen Prinzen auf ihrer mythischen Suche mit einem einzigen Lächeln zu betören vermochten. Jetzt sah er, dass ihre bloße Existenz schon betörend genug war.

»Anhalten«, sagte er aufgeregt zu dem Fahrer, der ihn natürlich nicht beachtete. Gleich darauf zog draußen wieder dieselbe öde Sandwüste vorüber wie zuvor.

Doch schon dieser einzige Blick hatte Raza in tiefe Schwermut gestürzt – nein, nicht Schwermut. Was er fühlte, war *uljhan*. Seine Gefühle waren jetzt in Urdu, Schwermut und Unruhe gingen ineinander über wie die beiden Silben eines einzigen Wortes. Er dachte an den Mann, dessen Namen er zwar trug, aber bis heute irgendwie als Fremdkörper empfand: den deutschen Verlobten seiner Mutter, der in ein fremdes Land mit ihm fremder Sprache kam und planvoll daranging, es kennenzulernen. Dieser Konrad, das wusste er, hätte es irgendwie geschafft, den Konvoi anzuhalten. Er hätte in der Wüste mehr gesehen als bloß einen endlosen Strand ohne Meer. Er hätte nicht über einen Monat in Afghanistan verbracht, ohne irgendetwas von Land und Leuten in Erfahrung zu bringen.

Raza war nicht bewusst, dass er sich, während ihm diese Gedanken durch den Kopf gingen, gerade dem Rande Afghanistans näherte. Der Pick-up fuhr eine Sanddüne hinauf, und auf der anderen Seite befand sich eine Ansammlung sandfarbener Gebäude.

»Hier steigst du aus«, sagte der Bewaffnete. Er zeigte auf die Männer, die den Konvoi draußen schon erwarteten. »Ab jetzt kümmern die sich um dich.« Der bislang so wortkarge Mann, der Razas Fragen immer nur einsilbig oder mit einem Achselzucken beantwortet hatte, sah ihn jetzt voll Mitgefühl an. »Denk immer daran, es geht vorüber. Und auch die nächste Phase geht vorüber.«

Am frühen Morgen des nächsten Tages wiederholte Raza diese Worte im Geist immer wieder, wie ein Gebet, um nicht den Verstand zu verlieren.

Er befand sich auf einem weiteren Pick-up, diesmal mit geschlossener Ladefläche, der allerdings einige Jahrzehnte älter und technisch weit primitiver war als die schimmernden blauen Wüstenflitzer; auf beruhigende Weise ähnelte er dem Pick-up, in dem der pathanische Fahrer seinerzeit Raza und die anderen Jungen der Nachbarschaft täglich zur Schule gebracht und wieder abgeholt hatte. Damals lachte er immer über die anderen Jungen, die einander zusammengedrängt auf den beiden Bänken auf der Ladefläche gegenübersaßen, während er vorne beim Fahrer saß und Paschtu lernte. Durch ein kleines Fenster in der Trennwand hinter der Fahrerkabine konnte er zu den anderen Jungen hinüberschauen, die zum Spaß obszöne Gesten in seine Richtung machten. Wäre er doch bloß hinten bei ihnen geblieben, dachte er jetzt, dann hätte er nie Paschtu gelernt, nie mit Abdullah geredet, nie jene Kette von Geschehnissen in Gang gesetzt, die dazu geführt hatte, dass er jetzt in einem großen Karton auf der Ladefläche eines Pick-ups hockte, während pathanische Jungen Kohlköpfe auf ihn zurollten.

»Gemüse darf die Grenze ohne Ausweispapiere überqueren, deshalb musst du jetzt zu Gemüse werden«, hatte einer der Männer in der sandfarbenen Siedlung Raza erklärt. Aus dem Grund hockte er jetzt hier und bemühte sich, seine Panik zu unterdrücken, während sich die Kohlköpfe im Laderaum ansammelten, ihm erst bis an die Knie reichten, dann bis an die Brust, schließlich bis an die Augen …

»Ich ersticke hier drinnen«, rief er nach draußen.

»Da wärst du der Erste«, erwiderte eine beinahe amüsiert klingende Stimme.

Den größten Teil der Fahrt verbrachte Raza, leicht gebückt unter der Plane, im Stehen, inmitten von Kohl, der ihm bis an die Brust reichte. Doch als sie sich der Grenze näherten, klopfte der Fahrer laut an die Trennwand zwischen ihnen. Tief durchatmend hockte Raza sich in dem Karton nieder. In kürzester Zeit waren die Kohlköpfe in dem rüttelnden Pick-up über ihn hinweggerollt, schnitten ihn von Luft und Licht vollständig ab. Und auf diese Weise, verborgen unter einem Berg aus Kohlköpfen – nach Kohl riechende Luft einatmend, eingezwängt unter der Last von Kohl –, kam Raza in den Iran.

Noch nie hatte sich die Zeit so endlos gedehnt wie in dem kühlen, dunklen Versteck aus Kohl. Der Wagen schien ewig lange zu halten, ehe die Grenzsoldaten herankamen. Die Kohlköpfe dämpften jedes Außengeräusch, alles, was er hörte, war sein lautes Herzklopfen.

Als der Pick-up wieder losfuhr, wäre Raza am liebsten sofort wieder aufgestanden. Aber man hatte ihm eingeschärft zu warten, bis der Fahrer mit einem Klopfzeichen Entwarnung gab. Doch der Luftmangel war extrem.

Schließlich machte der Fahrer Halt und klopfte wieder an die Trennwand. Raza schoss so ungestüm in die Höhe, dass die Kohlköpfe, die über ihn hinweggerollt waren, in hohem Bogen gegen die Plane flogen, und atmete gierig die Luft ein. Von dem lachenden Fahrer beobachtet, kletterte er auf die Ladung Kohl hinauf und robbte sich unter der Plane vorwärts, bis er am hinteren Ende angelangt war.

»Hat's Spaß gemacht?«, fragte der Fahrer, reichte Raza die Hand und war ihm beim Aussteigen behilflich. »Und heute Abend gibt es Kohlsuppe!«

Nach Rubinauges wortkargen Leuten war es ein Vergnügen, neben dem Fahrer, der Ahmed hieß, zu sitzen. Er stammte aus einer Familie von Nomaden, erzählte er, während er Raza nach Süden zur Küste brachte. Die anhaltende Dürre und der Krieg jedoch hatten seine Familie gezwungen, ihre Lebensweise nach Jahrhunderten aufzugeben. Jetzt hatten sie sich widerstrebend in der Nähe der Grenze niedergelassen und verdienten sich ihren Lebensunterhalt, wenn sie Glück hatten, als Fahrer, und mit dem Sammeln von Steinen, wenn nicht.

»Die Landminen sind am schlimmsten«, sagte er, während Raza noch überlegte, was genau es mit diesem Steinesammeln auf sich haben mochte. »Früher sind wir zur Sicherheit immer in größeren Gruppen unterwegs gewesen. Dann sind wir dazu übergegangen, nur noch zu dritt oder viert loszuziehen, damit es nicht ganz so verheerende Folgen hat, wenn einer auf eine Mine tritt und die anderen, wenn sie vorbeikommen, schon von weitem die Leichen sehen – oder auch die herumschwärmenden Vögel – und wissen, dass sie diese Stelle meiden müssen.« Bei diesen Worten lächelte er so fröhlich, dass Raza nicht recht wusste, ob er ihm tatsächlich glauben sollte. Auf jeden Fall war er froh über die Kameradschaft.

Er hätte Ahmed, den Fahrer, gerne gefragt, Wo genau ist die Heimat deiner Familie? Doch während er problemlos fragen konnte, wo jemand herkam oder wo er ansässig war, wollte ihm das Paschtuwort für »Heimat« nicht einfallen. Je länger er darüber nachdachte, wie er den Begriff umschreiben sollte, desto unklarer wurde seine Bedeutung.

Er unterhielt sich so angeregt mit Ahmed, dass er gar nicht lange darüber nachdachte, warum es sich so anders anfühlte, im Iran unterwegs zu sein, obwohl die Landschaft sehr ähnlich aussah wie in Afghanistan.

»Kein Krieg«, sagte er bei Sonnenuntergang zu Ahmed, als ihm endlich klar wurde, worin der Unterschied bestand.

Der sonst so fröhliche Ahmed nickte mit ernster Miene. Er brauchte nicht zu fragen, was es mit dieser Feststellung mitten in einem Gespräch über Giftschlangen in der Dasht-e-Margo – der Todeswüste – auf sich hatte, die Raza soeben in dem Pick-up durchquert hatte, ohne ihren Namen zu kennen.

Sie übernachteten in einem Hotel, wo Raza Ahmed mit seinen Farsi-Kenntnissen in Erstaunen versetzte, und fuhren am nächsten Morgen weiter. Schon nach kurzer Zeit setzte sich auf der Straße ein Wagen neben sie, in dem junge Frauen mit Kopftüchern und dunklen Sonnenbrillen saßen, die Raza an die Hollywoodschauspielerinnen der fünfziger Jahre erinnerten, für die Harry so geschwärmt hatte. Eine kurze Weile fuhren sie nebeneinander her, und Ahmed rief den Frauen Fragen zu, die Raza mit entwaffnendem Lächeln übersetzte: »Welche von euch will mich heiraten, welche meinen Freund?« »Warum seid ihr im Auto unterwegs, fliegen Engel denn sonst nicht?« Die Frauen riefen lachend zurück: »Wir wollen keine Männer, die nach Kohl riechen. Frauen stehen höher als Engel, warum beleidigt ihr uns?«, und dabei sahen sie Raza unverwandt an. Viel zu bald schon bogen sie winkend und Kusshände werfend von der Straße ab. Ahmed legte sich theatralisch die Hand ans Herz, während Raza murmelte: »Ich glaube, hier im Iran gefällt es mir.«

Im Stillen dachte er schon, der schlimmste Abschnitt der Reise sei überstanden, dass er mit den Kohlköpfen seine Feuertaufe hinter sich hatte, und merkte, wie ihm erstmals seit Harrys Tod ein wenig leichter ums Herz wurde. Sie hatten die Wüste inzwischen hinter sich gelassen, und als er in der Ferne das Meer aufglänzen sah, stieß Raza einen Freudenschrei aus. Karatschi, Dubai, Miami – lauter Küstenstädte. Wie viel ihm das im Grunde bedeutete, wurde ihm erst jetzt klar, als er die iranische Küste erblickte.

Doch je näher sie der Küste kamen, desto schweigsamer wurde Ahmed.

»Warum bleibst du nicht einfach hier«, sagte er, als sie auf den Hafen zufuhren und schon die Seeluft riechen konnten. »Wenn du vor den Amerikanern auf der Flucht bist, bist du im Iran gut aufgehoben. Du kannst doch sogar die Sprache. Und die Frauen hier sind wunderschön – und Schiitinnen, wie ihr Hazara.«

Erst fast eine Stunde nachdem er Ahmed zum Abschied umarmt und ihm versprochen hatte, in glücklicheren Zeiten zurückzukehren, um dann mit ihm zusammen in einem Pick-up ohne Kohl Asien zu durchqueren, begriff er, warum der Nomade am Ende so besorgt klang. Der Kapitän, in dessen Obhut ihn Ahmed übergeben hatte, führte ihn zu einem Kutter aus Holz mit einem kleinen Außenbordmotor, und als Raza fragte, wo er genau sitzen sollte, zeigte der Kapitän auf die Holzplanken des Decks und sagte: »Hier drunter.«

Raza lachte, aber der Kapitän verzog keine Miene.

»Hast du gepinkelt?«, fragte er.

»Bitte?«

»Dann mach das jetzt. Über die Reling. Du kommst erst in Maskat wieder ins Freie. Und für deine Tasche ist da unten kein Platz.«

Raza drückte schützend seinen Rucksack an sich.

»Es befinden sich heilige Kunstgegenstände darin. Ich habe meiner Mutter versprochen –«

Der Kapitän winkte ungeduldig ab.

»Nun mach schon, Beeilung.«

Während Raza seine Blase ins Meer entleerte, klappte der Kapitän eine Luke im Schiffsdeck auf. Raza hörte Stimmen darunter. Wie viele Menschen waren denn da unten?

Viele. Zu viele. Raza blickte hinab in den Schiffsbauch und sah eine Masse dicht an dicht nebeneinanderliegender Männer, die zu ihm hochschauten. Einige riefen, in Farsi und in Paschtu: »Nicht noch einer. Hier ist kein Platz.«

»Los.« Der Kapitän gab ihm einen Stoß gegen den Rücken. »Steig rein. Wegen dir sind wir ohnehin schon spät dran.«

Raza spähte hinab. Zwischen den einzelnen Körpern war kein Platz, die Männer lagen aufgereiht da wie etwas, das ihm bekannt vorkam, aber was noch mal? Woran erinnerten sie ihn bloß? Jedenfalls wich er entsetzt zurück, rempelte gegen den Kapitän, der ihn fluchend in den Laderaum hinabstieß, auf die Masse von Leibern, die vor Schmerz aufstöhnten, ihn hierhin und dorthin stießen, bis er irgendwie, wie genau, wusste er nicht, zwischen zwei Körper gezwängt wurde und seine Stimme Teil des Stöhnens wurde – ein Stöhnen der Hoffnungslosigkeit, der Resignation –, das durch den Schiffsraum ging. Erst als der Kapitän die Luke mit einem Krachen zufallen ließ und es stockfinster wurde, fiel ihm ein, woran ihn die aufgereihten Körper erinnerten – an das Massengrab im Kosovo.

In der Finsternis griff der Mann links neben Raza nach seiner Hand.

»Wie lange dauert es noch?«, fragte er, und seine Stimme verriet, dass er noch ein Kind war.

Raza antwortete nicht. Er hatte Angst, dass ihm von dem Gestank übel wurde, wenn er den Mund öffnete – es stank nach der Ölschmiere im Hafen, nach feuchtem Holz, nach Männern, für die Baden ein Luxus war, den sie schon lange nicht mehr genossen hatten. Die Bretter, auf denen er lag, fühlten sich glitschig an, und er wollte nicht wissen, ob diese Nässe von etwas anderem herrührte als Meerwasser.

Als das Schiff ablegte, verschlimmerte sich die Lage noch. Zunächst war das Wogen des Wassers unter den Köpfen der Männer gut auszuhalten – doch als sie den Hafen hinter sich ließen und aufs offene Meer hinausfuhren, rüttelten die Wellen ihre Köpfe so heftig hin und her, dass alle sich auf die Ellbogen aufrichteten. Schon bald wurden viele seekrank, und ein beißender Gestank nach Erbrochenem breitete sich aus. Der junge Afghane neben Raza litt am schlimmsten, weinte und rief nach seiner Mutter.

Raza schloss die Augen. Jahrelang hatte er mit den Mitarbeitern aus Drittstaaten um Lagerfeuer herumgesessen und zugehört, wie sie von abenteuerlichen Fluchten von einem Ort zum anderen erzählten, in Schiffsladeräumen, unter den Böden von Lastwagen, und dabei war ihm nie in den Sinn gekommen, wie viel Elend sie alle durchgemacht hatten. Und Abdullah. Abdullah hatte diese Reise bereits hinter sich und würde sie noch einmal auf sich nehmen. Auf diese Art über den Atlantik – das war unmöglich. Das konnte niemand aushalten. Was war das für eine Welt, die Menschen so etwas zumutete?

Er schob sich den Rucksack unter den Kopf, streckte sich aus und hob sich den Jungen, der weinend und sich erbrechend neben ihm lag, auf den eigenen Körper, damit ihm das Rollen und Schaukeln der Wellen nicht mehr gar so sehr zusetzte.

Der Junge seufzte und schmiegte seinen Kopf an Razas Brust.

Die Stunden vergingen quälend langsam. Niemand sagte etwas – Gespräche waren etwas, das in eine andere Welt gehörte. Bis zum Nachmittag hatte sich der Laderaum aufgeheizt wie ein Ofen. Etliche Männer waren bewusstlos geworden, auch der Junge, der Raza nun bleischwer auf der Brust lastete. Aber Raza versuchte nicht, ihn von sich herunterzuschieben. Er dachte, Harry hätte für mich jederzeit dasselbe getan, was ich jetzt für den Jungen tue. Dann dachte er, Harry hätte mich davor bewahrt, überhaupt an einen solchen Ort zu geraten.

Ab einem bestimmten Punkt fand er sich damit ab, dass er in dem Laderaum sterben würde. Von da an dachte er nur noch an seine Mutter. Sie würde niemals erfahren, dass er nicht mehr am Leben war. Niemand würde sich die Mühe machen, dem toten Stück Menschenfracht einen Namen zu geben. Sie würde also weiter auf Nachricht von ihm warten. Wie lange? Wie lange würde es dauern, bis sie begriff, dass sie einen weiteren geliebten Menschen verloren hatte? Er wimmerte leise, ohne sich darum zu kümmern, was die anderen von ihm denken mochten.

Als die Luke aufklappte und Mondlicht hereinströmte, begriff er nicht, was das zu bedeuten hatte, bis der Kopf des Kapitäns in der Öffnung auftauchte.

»Ruhe!«, mahnte er, weil sich im Laderaum ein heiserer Jubel erhob. »Raza Hazara, wo steckst du? Komm raus. Ihr anderen bleibt, wo ihr seid. Wir sind noch nicht da.«

Raza hatte sich nie zuvor im Leben so geschämt, sich so als Verräter gefühlt wie in dem Moment, als er sich als der Gesuchte zu erkennen gab. Der Junge auf ihm, der inzwischen wieder bei Bewusstsein war, klammerte sich an sein Hemd und flehte: »Nimm mich mit«, worauf Raza nur mit erstickter Stimme »Tut mir leid« flüstern konnte. Er griff in seinen Rucksack, klaubte einige Bündel Hundert-Dollar-Scheine heraus und drückte sie dem Jungen in die Hand. »Versteck sie gut«, sagte er noch, kroch dann über die anderen Männer hinweg und streckte dem Kapitän die Hand entgegen, um sich von ihm hochziehen zu lassen. Kurz kam ihm der Gedanke, den Rucksack in den Laderaum fallen zu lassen, aber er wusste, dass er das Geld noch brauchen würde, deshalb wandte er den Blick von den Männern unter Deck ab, die gierig so viel frische Luft und Mondlicht einatmeten wie möglich, ehe die Luke sich wieder über ihnen schloss.

Neben dem Schiff schaukelte ein kleines Ruderboot, aus dem eine Stimme herüberdrang. »Raza Hazara? Beeil dich. Das Flugzeug hat wegen dir schon Verspätung.«

Raza kletterte in das Boot, doch noch ehe er sich hinsetzen konnte, schwang der Mann auf der Ruderbank ein Ruder und stieß ihn ins Wasser. Im Fallen ware er gerade noch geistesgegenwärtig genug, den Rucksack ins Boot zu werfen.

Keuchend und spuckend tauchte er aus den eisigen Fluten auf. Der Mann im Boot hielt eine Tüte in die Höhe.

»Frische Kleidung. Zieh deine alten Klamotten aus. Und wasch dich hiermit –« Er warf Raza ein Stück Seife zu.

Trotz seiner Eile aufzubrechen gewährte der Mann Raza ein paar Augenblicke, in denen er sich nackt im kalten Wasser treiben lassen konnte, den Blick hinauf zum Himmel gerichtet.

*Ich werde nie wieder derselbe sein*, dachte Raza. Während er Harrys Jacke an sich drückte und zusah, wie seine übrige, mit Erbrochenem besudelte Kleidung davontrieb, verbesserte er sich: *Ich* will *nie wieder derselbe sein.*

Im Ruderboot gab es Wasser und etwas zu essen und einen *salwar kamiz*, der ihm nur ein wenig zu groß war. Er beklagte sich nicht – noch mehr Luxus hätte er als zutiefst beschämend empfunden.

Bei Morgengrauen landete das Boot an der Küste. Dort wartete schon ein weiterer glänzender blauer Pick-up. Diesmal verzichtete Raza darauf, das Wort an den Fahrer und den bewaffneten Begleiter zu richten. Er musste pausenlos an den Jungen denken, der seinen Kopf an ihn geschmiegt hatte, und bereute es, ihm nicht Husseins und Altamashs Telefonnummer gegeben zu haben. Dubai war von Maskat nicht allzu weit weg.

Tadellos asphaltierte, von Palmen gesäumte Straßen führten zu einem privaten Flugplatz. Ein Flugzeug wartete auf der Startbahn.

Der Bewaffnete aus dem Pick-up begleitete Raza die Treppe hinauf und öffnete ihm grinsend die Flugzeugtür.

»Willkommen im Zoo«, sagte er. Aus dem Flugzeuginneren waren ungewöhnliche Geräusche zu vernehmen.

Raza trat vorsichtig hinein.

Ein blauer Reiher breitete seine Flügel aus, ein weißer Pfau klappte seine Schwanzfedern zusammen, Aras krächzten, ein

Ameisenbärenbaby rutschte vom Rücken seiner Mutter und erhob gellend Protest, afrikanische Wildhunde fletschten die Zähne, geflügelte Geschöpfe flatterten unter einer schwarzen Abdeckung umher, Erdmännchen hockten aufgerichtet auf den Hinterpfoten und blickten neugierig umher. Und in einem Käfig an der Seite schlief ein Gorillababy.

Der Bewaffnete deutete auf den Käfig.

»Du wirst in dem Affen reisen«, sagte er.

Und in dem Augenblick merkte Raza, wie recht Rubinauge gehabt hatte. Nun kapitulierte sein Verstand endgültig.

# 39

Während sich der gemietete Geländewagen dem Grenzübergang näherte, malte Kim Burton sich kurz aus, was für Folgen es haben könnte, falls der Afghane entdeckt wurde, der unter Decken im Kofferraum verborgen lag. Die Frage, was ihm oder ihr blühen könnte, übersprang sie kurzerhand und stellte sich stattdessen eine Welt vor, in der an der Grenze eine neue Art von »politischem Profiling« eingeführt wurde, mit speziell ausgebildeten Beamten, die amerikanische Gutmenschen mit schlechtem Gewissen auf Anhieb identifizieren konnten.

Sie kurbelte das Seitenfenster herunter und reichte dem kanadischen Grenzbeamten lächelnd ihren Führerschein.

»In natura sehen Sie aber viel netter aus als auf dem Foto«, sagte er. »Bleiben Sie länger?«

»Nur ein paar Stunden.«

»Ich bitte Sie«, sagte er. »Etwas mehr Zeit sollten wir Ihnen schon wert sein.«

»Nein, nicht im Januar. Im Frühjahr komme ich wieder.«

»Ich werde nach Ihnen Ausschau halten«, sagte er, gab ihr ihren Führerschein zurück und winkte sie mit einem Augenzwinkern weiter.

Aber sie war kein Gutmensch und machte das hier auch nicht aus schlechtem Gewissen, ermahnte sie sich, obwohl sie auf der Reise tatsächlich viel darüber nachgedacht hatte, wie selbstverständlich es ihr immer vorgekommen war, problemlos in andere Staaten einreisen zu können – jene Staaten, für die man als Amerikaner ein Visum benötigte, hatte sie einfach nie besucht. Im Vorjahr hatte sie Hiroko und Ilse eine gemeinsame Reise nach

Paris vorgeschlagen und war ziemlich erschrocken, als sie erfuhr, wie schwierig es für Hiroko würde, ein Visum zu bekommen. »Das lohnt den Aufwand nicht«, hatte Hiroko traurig resümiert, nachdem sie sich die Liste mit den Anforderungen durchgelesen hatte.

»Sie können jetzt rauskommen«, sagte sie, als sie die Grenze hinter sich gelassen hatten und durch eine Landschaft aus schneebedeckten Feldern fuhren.

Abdullah kletterte auf die Rückbank.

»Soll ich hier bleiben oder mich nach vorne setzen?«, fragte er mit der ihm eigenen Höflichkeit, die etwas seltsam Entwaffnendes hatte.

Sie hielt auf dem Standstreifen an, damit er vorne neben ihr einsteigen konnte wie ein zivilisierter Mensch. Er stieg aus, ging ein paar Schritte zu dem Feld hinüber und bückte sich, um seine Faust in den Schnee zu stoßen. Kim klammerte sich am Lenkrad fest und erwog kurz, ob sie einfach Gas geben und wegfahren sollte.

Abdullah stieg zu ihr auf den Beifahrersitz und hielt den Arm hoch, an dem bis zum Ellbogen Schnee haftete.

»Ist ganz schön hoch«, sagte er. »Letztes Jahr habe ich mit meinen Freunden im Central Park Schneeengel gemacht.« Er sah sie beim Sprechen nicht an.

»Sind Sie aus New York auch mal herausgekommen?«, fragte sie. Bis zu dem Schnellrestaurant in der Nähe von Montreal, wo er den Mann treffen würde, der ihn weiterbringen sollte, würden sie eine halbe Stunde brauchen. Eine halbe Stunde allein mit einem Afghanen in einem Auto. Sie warf ihm einen verstohlenen Blick zu, während er sorgfältig den Schnee von seinem schwarzen Handschuh klopfte, und schärfte sich ein, dass es keinen Grund gab, sich bedroht zu fühlen.

»Ein Mal«, sagte er. Er sprach langsam, wählte seine Worte mit Bedacht – war sich vielleicht auch bloß bewusst, dass er mit seinem Akzent nicht leicht zu verstehen war. »Mein Freund Kemal hat einen Kleinbus gemietet und ist mit einigen von uns nach Massachusetts gefahren, in eine Moschee dort, im Ramadan. Wir waren zu siebt: zwei Türken, ein Afghane, ein Pakistani, zwei Ägypter und ein Marokkaner. Alle zusammen unterwegs in Amerika.«

»Bloß ein Mal? In fast zehn Jahren!« Sie ärgerte sich sofort über ihren borniert en Tonfall, der verriet, dass sie sich ein Leben ohne Urlaub, ohne Reisen gar nicht vorstellen konnte.

»Ja. Es war großartig. Wie Amerika Auto fährt, wenn man nicht in New York ist.« Er lächelte. »Die Verkehrszeichen! Wir haben so viel über die Verkehrszeichen gelacht.«

»Was ist so lustig an Verkehrszeichen?« Sie spürte, wie sich ihr Mund zu einem Lächeln verzog. Ein wenig Humor war ihr hochwillkommen, obwohl ihr nicht klar war, inwiefern »Verkehrszeichen« Anlass zu Heiterkeit bieten könnten.

»Für alles, alles, was es gibt, alles, was passieren könnte, gibt es ein Verkehrsschild. ACHTUNG HIRSCHE. ACHTUNG ELCHE. ACHTUNG ALTE LEUTE. ACHTUNG KINDER. STEINSCHLAG. Nur ein Stein? Dieses letzte verstehe ich nicht.«

Darüber musste sie herzlich lachen, und auch ihr Griff am Lenkrad lockerte sich ein wenig. Zugleich kam ihr erstmals zu Bewusstsein, wie steif ihr Hals vor Anspannung war. Ein Scherz über Sisyphus lag ihr auf der Zunge.

Abdullah lächelte und sah beinahe zu ihr herüber. Dann fuhr er fort: »BRÜCKE VORAUS. ÜBERDACHTE BRÜCKE VORAUS. UNBEFESTIGER STRASSENRAND VORAUS. STRASSE VERBREITERT SICH. STRASSE VERENGT SICH. Mein Freund Kemal – ein Türke, sehr gebildet – hat gesagt, was für ein Gefühl, in einem Land zu leben, wo jede nur denkbare Kleinigkeit im Voraus in leuchtenden Neonbuchstaben angekündigt wird. Wir haben uns überlegt, was wohl passieren würde, falls sich in einem solchen Land mal etwas Unvorhergesehenes ereignen sollte, ohne Vorwarnung.«

Kim warf ihm einen scharfen Blick zu, aber er beugte sich gerade vor und bewegte langsam seinen Arm vor dem Gebläse der Heizung, um den Ärmel seines grauen Wintermantels zu trocknen, den Blick immer noch von ihr abgewandt. Auf der Fahrt über die I-87 waren ihr die Verkehrzeichen gar nicht aufgefallen. Dafür aber die Flaggen. Obwohl in der Stadt seit Monaten überall geflaggt war, staunte sie trotzdem darüber, wie allgegenwärtig das Sternenbanner war. Autorückfenster waren damit geschmückt; es klebte auf Stoßstangen; flatterte an Antennen; an kleinen Fahnenmasten, die an Außenspiegeln befestigt waren; hing aus Seitenfenstern heraus; flatterte zur Begrüßung vor Raststätten; prangte auf Werbetafeln (mit einem kleinen, aber gut erkennbaren Firmenlogo unten in der Ecke, Kapitalismus und Patriotismus traut vereint). Sie musste daran denken, wie Ilse einmal unter Gelächter gesagt hatte, die Formel »Gott segne Amerika« erinnere sie fatal an einen Werbeslogan (SCHÜLER – KAUFT EURE SCHREIBWAREN HIER. MÜTTER – VERWÖHNT EURE KLEINEN MIT LIEBE UND MIT HEARTY™-SUPPE. GOTT – SEGNE AMERIKA). Und obwohl Harry und Ilse über so viel demonstrativ zur Schau getragene Vaterlandsliebe sicherlich die Augen verdreht hätten, fand sie das irgendwie bewegend. Zugleich fragte sie sich aber, wie der Afghane im Kofferraum wohl darauf reagiert hätte.

»Dann haben wir eine Antwort erhalten«, sagte er. »Auf die Frage, wie Amerika reagieren würde, wenn etwas Unvorhergesehenes passiert.«

»Ja, das haben Sie allerdings«, knirschte sie hervor, denn all ihre körperliche Anspannung schien sich inzwischen auf ihren Kiefer verlagert zu haben.

Diesmal sah er sie direkt an.

»Nein, das habe ich nicht gemeint.« Er schüttelte den Kopf, schien tief beleidigt. Sie geriet in Verlegenheit und ärgerte sich gleichzeitig darüber, dass sie sich von ihm in Verlegenheit bringen ließ. »An jenem Abend, auf der Rückfahrt nach New York, war ich halb eingedöst. Dann merkte ich, dass die Autos vor uns alle langsamer wurden und um etwas herumfuhren. Ich wachte richtig auf und dachte, es läge vielleicht ein Toter auf der Straße. Dann hörte ich Kemal lachen. Auf der Straße vor uns, im Licht der Scheinwerfer, lag ein großer Haufen blauer und rosaroter Stofftiere – Häschen und Teddybären.«

Kim sah es vor sich, während er es mit sanfter Stimme schilderte, malte sich eine fast andächtige Stimmung aus, während alle Autos langsamer wurden und vorsichtig auswichen, um nur ja nicht über ein blaues Stummelschwänzchen oder ein weiches rosa Öhrchen zu fahren. Ein Moment der Stille und des Staunens vermutlich, der alle Fahrer auf dem dunklen Highway kurzzeitig vereinte.

»Und Kemal ist ebenfalls ausgewichen«, sagte sie.

Es war eigentlich keine Frage, bis Abdullah nichts darauf erwiderte und stattdessen aus dem Fenster auf das unberührte Weiß der Landschaft starrte.

Er war mitten über die Stofftiere hinweggerollt. Kim fand das Bild abartig, hielt aber lieber den Mund, um nicht den Eindruck zu erwecken, unter fehlgeleitetem amerikanischem Mitgefühl zu leiden – Afghanen können ruhig mit Streubomben belegt werden, aber fahrt um Himmels willen nicht über die rosa Plüschhäschen!

Abdullah überlegte, ob er ihr das erzählen konnte. Konnte er ihr erzählen, dass er Kemal gebeten hatte, so dicht wie möglich an den Stofftieren vorbeizufahren, und dass er und seine Freunde sich mit ganzen Armladungen von Häschen und Bären eingedeckt hatten – ihr Fell war weicher als alles, was die Männer seit Jahren berührt hatten. Sie alle hatten ein Kind, einen Neffen oder eine Nichte, jüngere Geschwister, denen sie die Stofftiere als Geschenk schicken würden, wenn das nächste Mal einer der Glücklichen, die über legale Papiere verfügten, New York verließ und wieder in den Teil der Welt zurückkehrte, den er verlassen hatte. Abdullahs Sohn drückte jetzt nachts im Bett den weichen blauen Stoffhasen an sich, den der Vater, den er noch nie gesehen hatte, ihm über einen Taxifahrer aus Peschawar hatte zukommen lassen.

Aber wenn er das Kim Burton erzählte, würde sie ihn vielleicht für einen Dieb halten – nicht nur ihn, auch seine Freunde, weil sie von einem LKW herabgefallene Waren gestohlen hatten.

»Ihr Englisch«, sagte Kim nach kurzem Schweigen. »Es ist sehr gut. Wo haben Sie es gelernt?«

»Als ich in Amerika ankam, konnte ich nur das, was Raza mir damals beigebracht hat. Aber in meiner ersten Woche in Jersey City bin ich zur dortigen Moschee gegangen und habe den Imam gefragt, wo ich Englisch lernen könnte. Und der hat einen pensionierten Lehrer aus Afghanistan gefunden, der gesagt hat, er würde es als *fard* betrachten – kennen Sie das Wort? Nein? Es bedeutet religiöse Pflicht. Für uns ein sehr wichtiges Wort – er hat gesagt, es wäre für ihn ein *fard*, einem Mudschahed Unterricht zu geben. Es haben nicht alle vergessen, was wir für Afghanistan getan haben, für die Welt. Das haben nicht alle vergessen.«

»Ich kann mir gar nicht richtig vorstellen, wie das war«, sagte Kim, ängstlicher denn je darum bemüht, ihn nicht noch einmal mit irgendeiner Bemerkung vor den Kopf zu stoßen. »Dieser jahrelange Kampf gegen die Sowjets.«

»Nein. Das kann niemand. Krieg ist wie eine Krankheit. Man muss ihn durchgemacht haben, um zu wissen, wie das ist. Aber nein. Das ist ein schlechter Vergleich. Bei Krankheiten denken zumindest alle, dass es sie eines Tages auch erwischen könnte. Man spürt da einen Schmerz, hat dort eine Schwellung, dazu eine Erkältung, die einfach nicht abklingen will. Man denkt langsam, das könnte etwas Schlimmes sein. Aber Krieg – Länder wie Ihres führen ständig Krieg, aber immer irgendwo anders. Die Krankheit findet immer anderswo statt. Deshalb führen Sie mehr Kriege als alle anderen Länder der Erde; weil Sie am wenigsten verstehen, was Krieg bedeutet. Das müssen Sie besser verstehen.«

In der Stille des eine Spur überheizten Geländewagens spürte sie besonders deutlich, welches Unbehagen er ihr einflößte. Widerstrebend entgegnete sie: »Und was wollen Sie damit sagen … dass dem Krieg nur ein Ende gesetzt werden kann, wenn sich alle daran beteiligen?«

Aber warum sollte sie sich unbehaglich fühlen? Sie gab sich doch wirklich alle Mühe, ihm entgegenzukommen. Abdullah hingegen schien nicht das Gefühl zu haben, ihr irgendetwas schuldig zu sein. Am Morgen, als sie sich mit ihm an der Straßenecke traf, die er mit Hiroko am Vorabend vereinbart hatte, hatte er ihr sehr höflich gedankt; bestand darauf, sich unter Decken im Kofferraum zu verbergen, solange sie sich auf US-Territorium befanden, und wollte, falls der Wagen an der Grenze gefilzt wurde, behaupten, er wäre an einer Raststätte an der I-87 heimlich in den Kofferraum geklettert, als er den Geländewagen unverschlossen vorfand; davon abgesehen aber hielt er sich bedeckt, war noch mit keiner Silbe darauf eingegangen, dass sie einem Mann zuliebe, dessen Unschuld für sie keineswegs feststand, gegen die Gesetze ihres Landes verstieß.

Der Schnee an seinem Mantel war geschmolzen und hatte einen wässrigen Fleck hinterlassen, den er jetzt mit einem Taschentuch sehr sorgfältig trockentupfte. Aus welchem Grund sollte man der Geschichte Glauben schenken, die sein Bruder Raza erzählt hatte? Woher sollten sie wissen, ob das FBI tatsächlich nur deswegen an seine Tür geklopft hatte, weil er Afghane war? Ob er wirklich nur aus Angst davor getürmt war, Schwierigkeiten zu bekommen, weil er sich illegal im Land aufhielt? Dass er Afghane war, bedeutete nicht zwangsläufig, dass er ein Lügner oder Terrorist war, natürlich nicht; aber war es nicht ebenso widersinnig – gönnerhaft geradezu – anzunehmen, dass er als Afghane *kein* Lügner oder Terrorist sein konnte? Falls seine Geschichte stimmte, hätte er sich einfach dem FBI stellen sollen. Trotz aller verschärften Sicherheitsmaßnahmen wurde mit Sicherheit niemand – *niemand* – nur deswegen unbefristet in Haft genommen, weil er sich als illegaler Arbeitsmigrant im Land aufhielt. Also wirklich! New York würde doch völlig lahmgelegt, wenn das ernsthaft verfolgt würde. Und wenn er vom FBI an die Einwanderungsbehörde übergeben wurde, na wenn schon? Dann würde er eben deportiert. Nach Afghanistan. Ganz komfortabel, in einem Flugzeug!

Sie öffnete das Fenster und ließ den kalten Fahrtwind hereinrauschen, obwohl Abdullah sich tiefer in seinen Mantel duckte und sich die Hände über die Ohren legte – ob wegen der Kälte oder wegen des Lärms, wusste sie nicht.

Es war alles so schnell gegangen. Gerade einmal zehn Stunden nachdem sie ihm zum ersten Mal begegnet war, hatten sie zusammen die Stadt verlassen.

»Wozu noch länger warten?«, hatte Hiroko entgegnet, als Kim zu wissen verlangte, was der Grund der Eile war. »Das FBI war schon bei dem Taxiunternehmen, für das er arbeitet, und sogar bei dem Mann, der das Taxi abends und nachts fährt, um nachzufragen, ob sie wüssten, wo er steckt. Heute Nachmittag ruft er bei dem Menschen in Kanada an, der alles Weitere arrangiert, um Bescheid zu geben, dass er sich morgen mit ihm trifft, deshalb fährt er morgen. Ich fahre ihn, das habe ich dir doch schon gesagt.«

Hiroko stellte das alles als unumgänglich hin – diese Reise, den Zeitpunkt dafür, seine Unschuld. Und so hatte Kim ihre berufsmäßige Sorgfalt und Vorsicht über Bord geworfen, über alle Punkte hinweggesehen, an denen Abdullahs Geschichte zumindest brüchig erschien, und sich so früh wie möglich schlafen gelegt, nachdem Hiroko endlich eingewilligt hatte, sie fahren zu lassen. Jetzt wurde ihr klar, dass sie über ihren Bemühungen, Hiroko von dem Vorhaben abzuhalten, einen Afghanen über die Grenze zu schmuggeln, alle anderen Gefahren schlicht aus den Augen verloren hatte.

»Hiroko ist eine tolle Frau, nicht wahr?«, sagte Kim, während sie das Fenster wieder hochkurbelte, um ein letztes Mal so etwas wie eine Gesprächsbasis herzustellen.

»Wegen ihr ist Raza ein Platz im Himmel gewiss«, gab Abdullah zurück. »Stellen Sie sich das mal vor. Sein Leben lang zu wissen, dass man in den Himmel kommt.«

»Ich verstehe nicht.«

»Sie ist zum Islam übergetreten. Wer einen anderen zum Islam bekehrt, sichert damit sich und seinen Kindern und Enkeln und so weiter, bis ins siebte Glied, einen Platz im Himmel. Ich finde es falsch, nur Razas Vater zu ehren – den Mann, der sie bekehrt hat. Auch der Bekehrte sollte geehrt werden. Raza kommt also nicht nur wegen seines Vaters, sondern auch wegen seiner Mutter in den Himmel. Und seine Kinder und Enkel nach ihm. Nicht einmal die Märtyrer, die im Dschihad ihr Leben lassen, können für ihre Familien so viel bewirken. Es steht im Koran geschrieben.«

»Haben Sie den Koran gelesen?«

»Selbstverständlich.«

»Auch in einer Sprache, die Sie verstehen?« Es gab ihr Auftrieb, dass auf der bislang so einsamen Straße auf einmal erheblich mehr Verkehr herrschte und sie nicht mehr so allein dahinfuhren. Wie Hiroko im wahnwitzigen Glaubenssystem dieses Afghanen zu einer Art Startrampe herabgestuft wurde, von der aus ihr Mann und ihr Sohn in einen Himmel katapultiert wurden, in dem für sie offenbar kein Platz vorgesehen war, fand sie so empörend, dass sie jede Rücksichtnahme fahrenließ. Ob Abdullah sich gekränkt fühlte oder nicht, war ihr jetzt egal.

»Ich verstehe den Islam«, sagte er, hörbar angespannt.

»Also nein, mit anderen Worten. Ich habe ihn gelesen – auf Englisch. Glauben Sie mir, im Koran steht nichts dergleichen. Und mal ehrlich, was ist das für ein Himmel, in den man auch über Abkürzungen gelangen kann? Bis ins siebte Glied!«

»Bitte reden Sie nicht so.«

»Verraten Sie mir eines. Nur eines.« Wie aus dem Nichts brodelte ein blinder, ohnmächtiger Zorn in ihr auf. »Wenn ein Afghane Ungläubige in seinem Land tötet und dabei selbst ums Leben kommt, kommt er dann auch direkt in den Himmel?«

»Wenn die, die er tötet, als Eindringlinge oder Besatzer im Land sind, ja. Dann ist er ein Schahid. Ein Märtyrer.«

Wie unendlich schwer es ihr gefallen war, die erste Hand voll Erde auf Harrys Sarg zu werfen. In jenem Augenblick verstand ihr Herz erst so richtig, dass die Zukunft, die sie sich mit ihrem Vater ausgemalt hatte – Delhi, Gespräche ohne gegenseitige Schuldzuweisungen, die Möglichkeit, sich endlich einmal ausgiebig miteinander auszusprechen –, nun niemals Wirklichkeit würde. Nur wegen eines Mannes mit einem Gewehr. Irgendwie hatte sie immer gedacht, dass mehr vonnöten war, um Harry umzubringen. Aber es war bloß ein Afghane mit einem Gewehr, der in Harry Burton nicht mehr sah als einen ungläubigen Eindringling, dessen Tod ihm den Weg ins Paradies bahnte.

»Er ist ein Mörder, mehr nicht. Und euer Himmel ist ein Gräuel.«

»Wir sollten besser nicht weiterreden.«

»Nein, besser nicht.«

Die restliche Fahrt verlief in angespanntem Schweigen, bis sie auf den Parkplatz des Schnellrestaurants fuhr, zu dem er sie hindirigierte. Doch als er die Autotür öffnete, um auszusteigen, sagte er etwas auf Arabisch, wobei sie nur das Wort »Allah« heraushörte, und fügte dann noch hinzu, »Ich werde nicht vergessen, was Sie getan haben.«

Was hatte sie denn getan? Sie beobachtete, wie er über den Parkplatz ging, mit weiten Schritten, ein Mann auf dem Weg in die Freiheit. Dann verschwand er im Restaurant, gefolgt von einer Familie mit zwei Kindern.

# 40

Der schlafende Gorilla war eine kunstvolle Attrappe; unter seinem Fell befand sich ein Knopf, mit dem eine Apparatur in Gang gesetzt wurde, die täuschend echte Atemzüge simulierte, und mit einem unter der Achselhöhle verborgenen Hebel konnte das Tier aufgeklappt und als Versteck genutzt werden. Raza musste sich nur während der Zwischenlandungen und bei der Landung in der Nähe von Montreal in dem Tier verstecken; den restlichen Flug über saß er bei den kuwaitischen Piloten im Cockpit und hörte ungläubig zu, während sie davon erzählten, wie sie wegen der Marotten ihres saudischen Brotherrn ständig von einer Ecke der Welt zur anderen unterwegs waren.

Als das Flugzeug auf dem kleinen Flugplatz bei Montreal landete, stand dort bereits ein Gabelstapler bereit, der den Gorillakäfig auf einen weiteren Pick-up verlud. Raza hörte das Schnattern und Kreischen und Krächzen der übrigen Tiere und Vögel, als der Käfig herausbugsiert wurde; menschlicher Protest aber erhob sich nicht.

Ein Dreizehnjähriger, der sich in einer Scheune vor seinem tobsüchtigen, betrunkenen Vater versteckte, wurde als einziger Zeuge, wie der Pick-up in die Scheune gefahren kam. Dort stieg der Fahrer aus und öffnete den Käfig auf der Ladefläche, legte eine Hand auf die sich stetig hebende und senkende Brust des schlafenden Gorillas, griff ihm dann unter den Arm und riss das Tier mitten entzwei. Der Junge duckte den Kopf ins Stroh, mehr aus Angst vor dem Anblick blutiger Eingeweide als davor, von dem Mann mit den übermenschlichen Kräften unten entdeckt zu werden; als er den Kopf kurz darauf hob, war der Gorilla wieder heil, aber leblos, und ein zweiter Mann stand neben dem ersten und schüttelte ihm die Hand. Es war ein Erlebnis, von dem der Dreizehnjährige nie einer Menschenseele erzählen sollte.

»Sie sind mir die restlichen zehn Prozent schuldig«, sagte John, der Fahrer des Pick-ups, zu Raza, der jetzt auf dem Platz neben ihm saß, als sie von der Scheune wegfuhren.

»Ich kann Ihnen nur die zehn Prozent geben«, sagte Raza und griff in den Rucksack, der inzwischen ungleich ramponierter aussah als noch sechs Tage zuvor. Er nahm die entsprechende Geldsumme heraus und kippte den Rucksack dann ein wenig, um John die Bündel von Geldscheinen zu zeigen, die sich noch darin befanden. »Oder ich kann Ihnen alles geben, was hier noch drin ist.«

»Guter Witz.«

»Mein Freund Abdullah soll Kanada nächsten Monat auf einem Schiff verlassen. Rubinauge hat das arrangiert.«

»Rubinauge hat nur das Geld von seiner Familie in Afghanistan kassiert«, berichtigte ihn John. »Die Reise habe ich arrangiert.«

»Gut«, sagte Raza ruhig. »Dann können Sie es ja auch arrangieren, dass er auf dem Luftweg zurückreist, in dem Gorilla.«

John warf einen weiteren Blick auf den Rucksack.

»Das ist durchaus drin. Ich sag's ihm morgen, wenn ich ihn treffe. Oder Sie gehen an meiner Stelle hin und sagen es ihm selbst.« Er schaute Raza an und lächelte. »Ja, jetzt habe ich Sie überrascht, nicht wahr, Taliban?«

So kam es, dass ihn Raza auf dem orangeroten Stuhl an einem der Resopaltische erwartete, als Abdullah in das Fastfoodrestaurant in der Nähe von Montreal trat. Raza erkannte den Pathanen nicht sofort – Jahre zuvor hatte er mal das Foto eines halbwüchsigen Afghanen mit einem Raketenwerfer auf der Schulter gesehen, und seine Erinnerung an Abdullah war von dem Gesicht dieses Jungen überlagert worden –, aber Abdullah erkannte ihn auf Anhieb wieder.

»Raza Hazara!« Er redete leise, um unnötiges Aufsehen im Lokal zu vermeiden, aber voll Wärme in der Stimme, als er Raza vom Stuhl hochzog und fest umarmte. Nach einer kleinen Weile lösten sie sich voneinander und sahen sich lächelnd an, kniffen die Augen zusammen und legten den Kopf mal auf diese, mal auf jene Seite, um im Gesicht des Fremden gegenüber altvertraute Züge zu entdecken. Dann fasste Abdullah Raza am Ohr und zog leicht daran.

»Ich hatte ja keine Ahnung, dass du herkommen würdest. Davon hat keiner von ihnen was gesagt.«

»Keiner von wem?« Sein Gesicht, überlegte Raza, hätte er nicht wiedererkannt, aber die Kandahari-Paschtu (mit einem leichten Einschlag von Peschawar – was Abdullah sicherlich abgestritten hätte) sprechende Stimme war, obwohl sie heute tiefer war, einfach unverkennbar.

»Deine Mutter. Die Amerikanerin – Kim Burton. Wusstest du nichts davon? Sie hat mich gerade hier abgesetzt.« Er trat einen Schritt aufs Fenster zu und schüttelte den Kopf. »Sie ist schon weg. Davon hast du wirklich nichts gewusst?«

Kim Burton? Raza schüttelte den Kopf. Die letzten sechs Tage hatte er viel darüber nachgedacht, was man ihr wohl gesagt hatte, was sie davon glaubte.

»Sie hat ein Telefon dabei. Du könntest sie anrufen.« Er hielt ihm sein Handy entgegen.

»Hast du ihre Nummer?«, fragte Raza.

Kim Burton! Egal, was man ihr erzählt hatte, sie würde niemals glauben, dass Raza etwas mit Harrys Tod zu tun hatte. Davon war er überzeugt. Einmal mehr kam ihm die Geschichte von der Spinne in den Sinn. Auf der Flucht von Mekka nach Medina rastete der Prophet eines Nachts in einer Höhle, weil sein Freund und Reisegefährte Abu Bakr von einer Schlange gebissen worden war und ausruhen musste. Während er in der Höhle saß und wusste, dass seine Häscher in der mondhellen Nacht mühelos seinen Spuren im Wüstensand folgen konnten, die geradewegs zu dem Felshang unter der Höhle führten, bemerkte er eine Spinne, die wie von Sinnen vor dem Höhleneingang hin und her huschte. Dann hörte er draußen die Schritte seiner Verfolger und eine Stimme, die sagte: »Nein, hier ist er nicht. Hier ist schon lange niemand mehr gewesen. Seht nur …«, und als der Mond hinter einer Wolke hervortrat, sah der Prophet, dass der Höhleneingang ganz mit dem schimmernden Netz einer Spinne bedeckt war.

Seit drei Generationen war diese Geschichte nun zwischen ihren beiden Familien hin- und hergewandert. Darauf hatte Harry in Afghanistan hingewiesen und gesagt: »Du musst sie jetzt Kim erzählen. Die Weiss-Burtons und die Tanaka-Ashrafs – wir sind die Spinnen füreinander.«

Dann verglichen er und Harry die Geschichten, die sie von ihren Familien kannten. Geschichten von wahrgenommenen Gelegenheiten (dank Konrad eröffnete sich Sajjad ein Weg aus der beengten Welt seines Familienbetriebs), erwiesener Treue (Hiroko brach ihre Beziehung zu Konrad nicht ab, als ihre Welt ihn zum Feind erklärte); gewährtem Obdach (dreimal gab Ilse Hiroko ein Heim: in Delhi, Karatschi und New York); übertragener Kraft (ohne Hiroko hätte Ilse dem Leben, das ihr verhasst war, nie Lebewohl gesagt); vermiedenen Katastrophen (James und Ilse sorgten dafür, dass Sajjad und Hiroko nicht in das Blutvergießen bei der Teilung Indiens gerieten). Und – diesen Teil brauchten Raza und Harry nicht laut auszusprechen – zweiten Chancen (dazu, ein besserer Vater zu sein, ein besserer Sohn). Jetzt war auch Kim ein Teil der Geschichten. Egal, was aus ihm würde, Raza wusste, dass Kim sich um seine betagte Mutter kümmern würde, während der Tanz der Spinne weiterging.

Aber Abdullah sagte: »Ihre Nummer? Nein, die habe ich nicht.«

Raza war enttäuscht, das zu hören, ließ sich aber nichts anmerken und zog Abdullah am Ärmel auf einen Stuhl herunter.

»Du hast meine Mutter kennengelernt?«

»Ja, Raza Ashraf. Sie hat mich gefunden. Du hast die gleichen Augen wie sie. Jetzt, wo ich sie kenne, verstehe ich nicht mehr, wie ich dich je für einen Hazara halten konnte.«

»Tut mir leid, dass ich dich belogen habe. Tut mir leid, dass ich so getan habe, als wäre ich Afghane. Mir ist erst vor kurzem klargeworden, wie unrecht es war, das zu behaupten.«

Abdullah machte eine Handbewegung. Weniger, um das Thema abzutun, als es zunächst aufzuschieben.

»Bevor wir über etwas anderes reden, musst du mir erst erklären, wieso wir beide jetzt hier sind. Das kann doch kein Zufall sein.«

Raza erzählte ihm die Geschichte so gerafft wie möglich, ohne dass es zu verwirrend wurde. Als er fertig war, lachte Abdullah.

»Deine Mutter hat mir etwas von deinem Leben erzählt – deinem wirklichen Leben. Also. Deine Mutter hat ihre Familie und ihre Heimat im Krieg verloren; dein Vater wurde gewaltsam aus der Stadt gerissen, deren Dichtung und Geschichte seine Familie seit Jahrhunderten genährt hatten; dein zweiter Vater wurde in Afghanistan erschossen; die CIA hält dich für einen Terroristen; du bist in einem Schiffsladeraum übers Meer gereist, in dem Bewusstsein, dass niemand je von deinem Tod erfahren würde, falls du das nicht überstehst; Heimat ist etwas, woran du dich erinnerst, kein Ort, an dem du wohnst; und kaum bist du in Sicherheit, denkst du als Erstes daran, wie du einem Freund helfen kannst, den du seit zwanzig Jahren nicht mehr gesehen hast, und über genau diesen Teil deiner Geschichte hast du am wenigsten zu sagen. Raza, mein Bruder, jetzt bist du wahrlich ein Afghane.«

Raza berührte Abdullah leicht an der Hand.

»Der Abdullah, den ich vor zwanzig Jahren kannte, wäre nicht so versöhnlich gewesen.«

»Der Abdullah damals war noch sehr jung und sehr dumm. Er dachte, Tote, aus denen Blutfontänen spritzen, wären ein guter Schmuck für Lastwagenwände.« Er richtete den Blick wie-

461

der hinaus auf den Parkplatz. »Ich habe ein schlechtes Gewissen, Raza. Deine Freundin, Kim – sie hat so viel für mich getan, um mir zu helfen, und ich war … unhöflich.«

»Meine Freundin Kim.« Raza schüttelte den Kopf. »Wir sind uns noch nie begegnet. Sind nur schon seit sehr langer Zeit im Leben des anderen präsent. Was hast du zu ihr gesagt? Wie ist sie so?«

»Sie hat kurze Haare. Wie ein Junge«, sagte Abdullah und tippte sich mit den Zeigefingern in Höhe seiner Ohrläppchen an den Unterkiefer.

»Und dass ihr Pathanen für hübsche Jungen eine Schwäche habt, wissen wir doch alle, Walnuss«, lachte Raza.

Abdullah knuffte ihn leicht.

»Immer noch derselbe alte Raza. Ich weiß nicht mehr, was ich zu ihr gesagt habe. Ihr Gesicht hat – lach jetzt nicht – ihr Gesicht hat etwas Offenes. Das haben manche Amerikaner, diese Offenheit. So dass man das Gefühl hat, man könnte mit ihnen über alles reden. Und wir saßen beide vorne im Auto. Zehn Jahre lang bin ich Taxi gefahren, zwölf Stunden am Tag, und das war etwas Neues für mich.«

»Hast du sie angemacht?«, fragte Raza auf Englisch.

Abdullah wich entrüstet zurück.

»Für was für eine Sorte Mann hältst du mich?«

»Für dieselbe Sorte Mann wie mich. Sprich weiter, was hast du getan?«

»Ich habe mit ihr gesprochen. Wie ich noch nie vorher mit einer Amerikanerin gesprochen habe. Ich wollte ihr irgendwie begreiflich machen, was es bedeutet, als Afghane hier zu sein. Was Krieg bedeutet. Krieg und immer wieder Krieg, Raza. Und dann, keine Ahnung. Sie hat angefangen, über den Islam zu schimpfen. Das machen derzeit alle, überall – im Fernsehen, im Radio, Fahrgäste im Taxi, egal, wo man hinkommt –, alle wollen einem nur noch erzählen, was sie alles über den Islam wissen, weil sie ja so viel besser Bescheid wissen als man selber, was weiß man denn schon, man ist doch bloß sein Leben lang Moslem, was kann man da schon wissen?«

Raza legte Abdullah die Hand an den Arm.

»Nicht so laut, Abdullah, es schauen schon Leute her. Kim ist nicht so, hörst du. Das weiß ich. So kann sie gar nicht sein.«

»Sie hat gesagt, der Himmel wäre abscheulich, weil mein Bruder dort ist.« Er schlug die Hände vors Gesicht. »Dieses Gerede hört man jetzt pausenlos. Wie sie den Kalten Krieg gewonnen hätten und jetzt auch diesen Krieg gewinnen werden. Mein Bruder hat sein Leben geopfert, damit ihr Kalter Krieg gewonnen wurde. Und jetzt heißt es, durch seine Gegenwart wird der Himmel zu einem Gräuel.«

»Du bist müde.« Raza fasste nach Abdullahs Händen und drückte sie. »Komm mit. Der Wagen steht draußen. Im Flugzeug kannst du schlafen. Heute reist du nach Hause zu deiner Familie, Abdullah.«

»New York ist mein Zuhause«, sagte er mit kläglicher Stimme. »Ich lebe dort. Die Taxifahrer sind meine Familie.«

In Razas Mitleid mischte sich ein sonderbares Gefühl von Neid.

»Ich weiß, die Sache sieht übel aus, aber vielleicht hättest du gar nicht weglaufen müssen. Möglicherweise ist es ja noch nicht zu spät. Kim und meine Mutter helfen dir. Sie suchen dir einen Anwalt. Es herrschen doch immer noch Recht und Ordnung.«

»Du lebst in einer anderen Welt. Mein Freund Kemal – er ist vor zehn Tagen verhaftet worden. Seitdem hat niemand mehr etwas von ihm gehört. New York ist heute voller Netze, die nur darauf warten, dass sich Moslems in ihnen verheddern.«

Bei seinen Worten warf Raza reflexhaft einen Blick aus dem Fenster. Von Netzen keine Spur, aber dafür stand auf dem Parkplatz jetzt ein Polizeifahrzeug, das vor einigen Sekunden noch nicht dort gewesen war. Zwei Polizeibeamte sprachen gerade mit einer Frau mit rotem, kinnlangem Haar. Die Frau wandte sich zum Fenster um und deutete mit dem Finger –

Raza duckte sich blitzschnell und packte Abdullah am Hemd, um ihn ebenfalls nach unten zu ziehen, damit sie von draußen nicht zu sehen waren. Er drückte Abdullah seinen Autoschlüssel in die Hand.

»Nimm den Hinterausgang. Der silberne Mazda. Fahr damit weg. Bring dich in Sicherheit. Vertrau mir.« Er drängte Abdullah von seinem Stuhl herunter.

»Raza, was ist –?«

»Deinem Sohn zuliebe. Mach schon, beeil dich. Bitte.« Er nahm die Baseballmütze, die neben ihm auf dem Tisch lag, drückte sie Abdullah fest auf den Kopf und reichte ihm gleichzeitig seine Jacke – Harrys Jacke. Dann griff er über den Tisch nach dem Mantel, den Abdullah über seine Stuhllehne gehängt hatte.

»Allah beschütze dich«, sagte Abdullah, drückte ihm noch einmal die Hand und hastete dann eilig zum Hinterausgang.

Aber er war nicht schnell genug. Die Polizisten waren inzwischen ins Lokal gekommen; einer zeigte auf Abdullah, der andere zuckte die Achseln und rief ihm nach: »Sir?«

Raza, der jetzt Abdullahs grauen Mantel anhatte, stand auf und sagte gut hörbar »*Allah o akbar*«. Die Gäste an den anderen Tischen zogen ängstlich die Köpfe ein; ein Mann, der beim Tresen stand, hob seine kleine Tochter vom Boden hoch und drückte sie schützend an sich; jemand rief den Polizisten etwas zu.

Kim Burton kauerte neben einem Auto auf dem Parkplatz, wo sie im Außenspiegel den Restauranteingang im Auge behalten konnte, ohne selbst gesehen zu werden. Sie wollte nicht, dass er festgenommen wurde, sie wollte nicht, dass er entkam, sie wollte für beides keine Verantwortung übernehmen. Als sie die Polizisten herauskommen sah, den mit Handschellen gefesselten Abdullah in seinem grauen Wintermantel zwischen sich, überkam sie ein Gefühl zwischen Übelkeit und Erleichterung.

Und dann fiel ihr auf, dass seine Schultern für den großen Wintermantel viel zu schmal waren.

# 41

Der Griff der Polizisten, die ihn links und rechts am Oberarm festhielten, fühlte sich auf beiden Seiten genau gleich stark an. Der eine war Linkshänder, der andere Rechtshänder. Raza fragte sich, ob diese Überlegung wohl eine Rolle gespielt hatte, als man die beiden zu einem Team zusammenstellte. War es im Polizeidienst ähnlich wie im Cricket, wo sich eine Linksrechts-Kombination bei Schlagleuten ebenfalls bewährte?

Der Himmel war grau, es graupelte leicht. Raza war froh, im Freien zu sein, nichts mehr von der Atmosphäre von Angst, die nun in Aufregung umschlug, mitzubekommen – die Gäste des Restaurants hatten etwas miterlebt, die Abendnachrichten würden davon berichten, sie würden ihre Freunde auffordern, den Fernseher anzuschalten.

Ein Auto auf dem Parkplatz war komplett eingeschneit; es stand wohl schon seit dem Vorabend hier. Er überlegte, ob der Besitzer wohl die Nacht in dem Restaurant zugebracht hatte, sich erst auf der Toilette verborgen hielt, bis der letzte Angestellte abgesperrt hatte, und dann in finsterer Nacht die Küche durchstöberte, wo er alles, bis auf die Gewürzschränke, verschlossen vorfand. Oder vielleicht saß ja auch jemand in dem Auto – saß schon seit Tagen dort, würde weiter dort sitzen, bis bei der Schneeschmelze im Frühjahr der Leichnam eines Menschen zum Vorschein kam, der so durch Abwesenheit definiert war, dass ihn niemand vermisst hatte.

Er hielt den Kopf gesenkt, damit sie sein Gesicht nicht sah. Tatsächlich schaute er den Wagen gar nicht an, erinnerte sich nur, dass er ihn auf dem Weg ins Restaurant gesehen und nicht weiter

beachtet hatte. Das Einzige, was er jetzt anschaute, waren Eis-
bröckchen, die schmolzen, sobald sie auf etwas auftrafen – auf
dem Pflaster, auf Schuhen, auf der Erde in den jetzt unbepflanz-
ten Blumenbeeten neben dem Eingang des Restaurants. Vernich-
tet durch Kontakt, egal welcher Art.

»Moment!«, hörte er sie rufen. Die Polizisten blieben stehen,
wandten sich ihr zu.

Dort war die Spinne, und dort war ihr Schatten. Sie bewegten
sich in entgegengesetzte Richtungen. Zwei Familien, zwei Ver-
sionen des Spinnentanzes. Die Ashraf-Tanakas, die Weiss-Burtons – ihre Geschichte vereint in der Geschichte einer Bombe,
der Geschichte einer verlorenen Heimat, der Geschichte eines
Mannes, der im Hafen erschossen wurde. Der Geschichte von
nicht angelegter Schutzkleidung. Von einer Flucht, allein, vor
der größten Macht der Welt.

Er hob noch immer nicht den Blick, hörte aber am Geräusch
ihrer Schritte, dass sie eilig auf ihn zuhastete. Sonst war es still
auf dem Parkplatz; vom Highway drang das Rauschen des Ver-
kehrs herüber – und bot Hoffnung. Abdullah dürfte durch den
Hinterausgang entwischt sein und sich jetzt schon auf dem
Highway befinden, würde über Handy mit John einen anderen
Treffpunkt vereinbaren. Aber es genügte nicht, gerade erst vom
Parkplatz weggefahren zu sein, er brauchte Zeit, um zu entkommen, Zeit, in der niemand wusste, dass der Flüchtige ein breitschultriger Afghane mit haselnussbraunen Augen war.

»Ich will sichergehen, dass er es wirklich ist«, hörte er Kim
sagen.

Raza hob den Kopf und brüllte: »*CHUP!*« Das Wort mündete in ein schmerzersticktes Stöhnen, weil die Polizisten ihm
den Kopf nach vorne drückten, ihn auf die Knie hinabzwangen.

Er sah, wie Kim Burton fassungslos die Augen aufriss. Blut
schoss ihr ins Gesicht, das kurz von heftigem Zorn verzerrt
wurde – offenbar hatte sie Harrys cholerisches Temperament ge-
erbt –, als hätte sie den Eindruck, die Welt spiele ihr einen üblen

Streich, den sie kein bisschen lustig fand. Dann streckte sie die Hand zu ihm aus, und Raza zuckte heftig vor ihrer Berührung zurück.

»Bleiben Sie zurück«, hörte er einen der Polizisten sagen.

Raza war unsicher, ob sie es gehört hatte. Sie starrte ihn an, wie ein Kind ein Einhorn oder irgendein anderes Fabelwesen anstarren mochte, an dessen Existenz es immer geglaubt hatte, ohne ernsthaft damit zu rechnen, ihm jemals leibhaftig zu begegnen.

Unter anderen Umständen hätte er sie wohl genauso angestarrt. In den zwanzig Jahren, seit Harry ihm am Strand eine Tüte Marshmallows überreicht und erwähnt hatte, dass Kim wissen wollte, ob er eine Freundin hatte, hatte er sich immer und immer wieder vorgestellt, wie ihre erste Begegnung ablaufen würde. Nun verzog er schmerzlich den Mund darüber, wie seine Phantasien an der Wirklichkeit zerschellten.

Sein verzerrtes Gesicht holte sie ins Hier und Jetzt zurück. Er sah, wie sie zum Restaurantfenster hochschaute, dann auf den Wintermantel … sie trat einen Schritt zurück. Woraus er – zutreffenderweise – schloss, dass sie gerade überlegte, ob er sie von Anfang an hinters Licht geführt hatte, von seinem ersten Anruf aus Afghanistan an. Warum war er vor ihrer Hand zurückgezuckt, und warum hatte er »*Chup!*« gerufen? Es war eines der Urdu-Worte, die Harry mit Vorliebe in seine Sprache eingeflochten hatte – es bedeutete »sei still«. An was für einer Aussage wollte er sie hindern? In ihrer Miene erkannte er dieselbe Intelligenz wie bei Harry – sie wog sorgsam alles ab, um das Gesamtbild zu verstehen.

Eiskristalle landeten auf ihrem kupferroten Haar, wo sie mit einem Funkeln zergingen. Einen Augenblick lang geriet sein Entschluss ins Wanken. Er bräuchte sie bloß ausreden zu lassen. Sie nicht daran zu hindern, dass sie aussprach, was ihr gerade auf der Zunge gelegen hatten. Sie bräuchte bloß zu sagen: »Das ist er nicht«, dann würde man ihn gehen lassen. Und dann – ein Tropfen geschmolzenes Eis rann ihr übers Gesicht, wie eine Träne beinahe – könnten er und Kim Burton sich endlich zusammensetzen, um über Harry zu reden, über Hiroko, über alles.

Aber das würde er Abdullah nicht antun. Nicht dieser Raza Konrad Ashraf – der mit einem afghanischen Jungen auf seiner Brust in einem Schiffsladeraum gelegen und sich, im eiskalten Meerwasser treibend, den Blick nach oben zum Orion gerichtet, geschworen hatte, mit seinem alten Leben Schluss zu machen. Er würde Abdullah jeden nur denkbaren Aufschub verschaffen, damit er entkommen konnte.

Er sah noch einmal zu dem eingeschneiten Auto hinüber, das einen so trostlosen Anblick bot, und dachte belustigt über diese heldenhafte neue Figur nach, die er zu verkörpern versuchte. Tatsächlich war er für ein solches Leben auf der Flucht völlig ungeeignet; man würde ihn bald genug erwischen. Vielleicht Bilal verhaften oder seine Mutter – oder sonst wen, der als Komplize verdächtigt wurde. Kim Burton auch, falls sie mit ihm diesen Parkplatz verließ. Was für ein Geschenk also, was für ein überraschendes Geschenk, sagen zu können, dass der Augenblick, in dem die Freiheit endete, zu etwas gut gewesen war. Endlich war er zu etwas gut.

»Ist er das?«, fragte einer der Polizisten.

Er sah Kim direkt an.

»*Hanh*«, sagte er ganz leise. *Hanh*. Ja. Sag ja.

Er konnte sehen, wie sie ihre Entscheidung traf, wenn ihm auch ihre Beweggründe dazu verborgen blieben.

»Ja«, sagte sie.

Die Männer nickten und zogen Raza wieder vom Boden hoch. Beim Klirren seiner Handschellen riss sie in heller Bestürzung die Augen auf.

»Ich weiß nicht, ob er irgendetwas verbrochen hat. Er wirkte bloß verdächtig auf mich. Mein Vater ist vor kurzem in Afghanistan ums Leben gekommen, ich bin immer noch ziemlich durcheinander deswegen. Er hat nichts verbrochen. Bitte, lassen Sie ihn gehen.«

»Keine Sorge«, sagte der eine Polizist in dem Tonfall, den Männer in der Regel bei Frauen anschlagen, die sie für hysterisch halten. »Wir werden ihm bloß ein paar Fragen stellen. Mein Beileid übrigens. Tut mir leid wegen Ihrem Vater.«

Dann führten sie Raza ab, zum Streifenwagen, an Kim vorbei. Den Ausdruck auf ihrem Gesicht, das wusste er, würde er nie vergessen. Egal, was nun mit ihm geschah, was man mit ihm anstellte oder zu ihm sagte, egal, wie man versuchen würde, ihn zu brechen, an Kim Burtons Gesichtsausdruck würde er sich erinnern wie an eine Verheißung der Welt, die ihn erwartete, wenn er überlebte; die Bitte, die aus ihrem Gesicht sprach, lautete: »Verzeih mir«.

Er hätte es sofort getan. Hätte es in seiner Macht gestanden, er hätte ihr ihren Irrtum mit all seiner Schwere abgenommen und ihn gen Himmel geschleudert, wo er sich in glänzende Sterne aufgelöst hätte. Aber das war leider unmöglich, das wusste er nur zu gut. In jenem letzten Augenblick, bevor sie ihn fortzerrten, konnte er nur versuchen, ihr durch die leichte Neigung seines Kopfs und sein trauriges Lächeln zu verstehen zu geben, dass er nach wie vor die Spinne sah und auch ihren Schatten.

42

Als Kim Burton den West Side Highway hinabraste – alle Ampeln sprangen vor ihr auf Grün, während auf dem Fluss die Lichter Manhattans schimmerten und der Himmel jenes orangebraune Glühen zeigte wie immer, wenn es abends bewölkt war –, war sie sich noch genauso unschlüssig wie sechs Stunden zuvor auf dem Parkplatz, was sich an jenem Nachmittag genau ereignet hatte, sowohl in dem Restaurant als auch in ihrem Kopf.

Sie war hin- und hergerissen. Mal sah sie Abdullah als Unschuldigen. Welche seiner Aussagen war denn so schlimm gewesen, dass sie ausreichend Grund bot, einem illegalen Afghanen die Polizei auf den Hals zu hetzen? Dass er in einem Auto gesessen hatte, das womöglich einen Haufen Stofftiere überfahren hatte? Dass Hiroko es verdiente, geehrt zu werden, weil sie ihrem Sohn einen Platz im Himmel gesichert hatte? Dass jene, die ihr Heimatland vor einem Angriff von außen verteidigten, Helden waren? Dann wieder war er gefährlich, eine potenzielle Bedrohung, weil er Tugend nur durch das enge Prisma seiner religiösen Anschauungen betrachtete, all jene zu Märtyrern erklärte, die Amerikaner angriffen. Folglich war es notwendig, ihn den Fachleuten zu überlassen – jenen, die auf die Einschätzung von Gefahren spezialisiert waren, von denen sie nichts verstand –, damit sie sich mit ihm unterhielten und die Entscheidung trafen, zu der sie nicht befähigt war.

Im ersten Moment war sie Raza grenzenlos dankbar; wie ein Deus ex Machina, der schattenhaft ihr Leben lang auf seinen Einsatz gewartet hatte, tauchte er plötzlich auf und verhinderte, dass ihre fehlgeleitete Entscheidung womöglich schlimme Folgen hatte. Passieren würde ihm nichts, so viel war klar. Zu diesem Schluss war sie schon gelangt, ehe sie die Grenze überquerte, sobald sie erst einmal die grässliche Anspannung vom Parkplatz abgeschüttelt hatte und über die schlichten Fakten nachdenken konnte. Natürlich würde ihm nichts passieren. Das stand außer Frage. Sein Verhalten mochte befremdlich anmuten, aber es verstieß nicht gegen das Gesetz, ebenso wenig wie sein Aufenthalt in Kanada. Die Polizisten bräuchten nie etwas davon zu erfahren, dass er Abdullah zur Flucht verholfen hatte; sie würden einfach zu dem Schluss kommen, dass diese Amerikanerin überreizt war und in jedem Moslem eine Bedrohung sah.

Gleich darauf aber wurde sie so zornig, dass sie – mehr als einmal – auf dem Standstreifen Halt machen musste, um sich zu beruhigen. Er hatte Abdullah entkommen lassen. Und jetzt konnte sie nichts unternehmen, ohne Raza als Komplizen bloßzustellen. Und wie war es möglich, dass genau das für sie auf keinen Fall in Frage kam? Genau dieser Teil verwirrte sie am meisten, sie hätte Raza dafür am liebsten mit bloßer Hand die Luftröhre aus der Kehle gerissen. Er hatte einen so überwältigenden Ernst ausgestrahlt, seine Augen hatten sie so drängend und wissend angesehen, dass sie etwas für sie ganz Außergewöhnliches tat – sie stellte ihr eigenes Urteil hintan und gehorchte einfach.

Sie hatte Sehnsucht nach Harry. Sehnsucht nach Ilse. Sehnsucht nach der Welt, wie sie einmal war. In ihrem Kopf hörte sie Abdullah sagen, dass es diese Welt nie gegeben hatte.

Als sie in die Wohnung an der Mercer Street kam, war es dort stockfinster. Hiroko war also schon schlafen gegangen. Kim hatte auf ihren geplanten Abstecher in die Adirondacks verzichtet und war in die Stadt zurückgekehrt, um Hiroko umgehend zu erzählen, was passiert war. Jetzt aber war sie froh darüber, dass sie darum heute Abend noch einmal herumkam.

Sie schaltete die Bodenlampe an, und dort auf dem Sofa saß Hiroko, hellwach, und sah sie an.

»Wo ist mein Sohn, Kim?«

»Mein Gott, Hiroko. Hast du mich erschreckt.«

»Ich habe dich angerufen. Sehr oft.«

»Mein Akku war leer.« Aus irgendeinem Grund schien es nötig, ihr Handy aus der Tasche zu kramen und es Hiroko zum Beweis entgegenzustrecken.

»Heute Nachmittag ist so etwas Seltsames passiert.« Hiroko stand vom Sofa auf und ging ans Fenster hinüber. »Omar hat angerufen und mich gebeten, nach unten zu kommen.«

»Welcher Omar?«

»Omar!«, fauchte Hiroko und funkelte Kim aufgebracht an. »Du hast schon mindestens ein Dutzend Mal in seinem Taxi gesessen.«

»Entschuldigung. Natürlich.«

Hiroko musterte sie noch einen Moment, dann wandte sie sich wieder zum Fenster um und schaute hinab auf die Lichter, die über die Williamsburg-Brücke gespannt waren wie Sterne, die es vor Neugier auf das Leben in New York nicht länger am Himmel aushielten. Mit ihrer normalen Stimme fuhr sie fort.

»Als ich nach unten kam, reichte er mir sein Handy und sagte, Abdullah sei am anderen Ende. Ich dachte, vielleicht hat er meine Nummer verloren. Warum sollte er sonst Omar anrufen? Aber nein, es war, weil er dachte, dass mein Telefon möglicherweise abgehört wird. Von der CIA. Im Rahmen ihrer Ermittlungen zum Tod deines Vaters.«

»Was weiß Abdullah über den Tod meines Vaters?« Es fiel ihr schwer, die Worte nur auszusprechen.

»Nur das, was Raza ihm erzählt hat.« Sie öffnete das Seitenfenster, ließ den kalten Wind herein, atmete tief durch. »Er ist auf der Flucht, Kim. Genau, wie ich vermutet hatte. Seit Harrys Tod ist er auf der Flucht. Aber nicht aus dem Grund, den ich vermutet hatte. Er ist auf der Flucht vor der CIA. Sie glauben, er sei irgendwie darin verwickelt, dass er das geplant hat.«

»Was geplant hat?«

»Harrys Tod.« Der Wind rüttelte an der Fensterscheibe, wehte ein paar Schneeflocken herein.

»Soll das ein Scherz sein?« Weil Hiroko schwieg, fuhr sie mit erhobener Stimme fort. »Hält dein Freund Abdullah es für angebracht, sich schlechte Scherze über den Tod meines Vaters zu erlauben?«

»Er hat angerufen, um zu fragen, ob es Raza eher nützen oder schaden würde, wenn er sich stellt. Er hat gesagt, er hätte gesehen, wie du mit den Polizisten gesprochen hast, ehe sie Raza fortbrachten. Was hat es damit auf sich, Kim Burton?« Sie schloss das Fenster, schottete sie beide wieder in dem nur schwach beleuchteten Zimmer ab. »Könntest du mir das erklären?«

Vor einigen Stunden war es Kim vorgekommen, als sei die Welt verrückt und aus den Fugen geraten. Jetzt begriff sie, dass sie den wahren Abgrund noch gar nicht erreicht hatte.

»Ich wusste nicht, dass Raza dort sein würde. Ich habe die Polizei gerufen – ja, das ist richtig; ich hatte meine Gründe dafür – ich habe sie wegen Abdullah gerufen.«

»Was für Gründe?« Sie kehrte Kim weiter den Rücken zu, aber die beiden Frauen konnten sich, nur wenige Zentimeter entfernt, in der spiegelnden Fensterscheibe sehen.

Er hat in einem Kleinbus gesessen, der einen Haufen Teddybären überfahren hat. Sie fand keine Worte für das Grauen, das ihr das Schweigen des Afghanen einflößte, als sie sich diese Szene bildlich vorstellte. Kim streckte bittend die Hand aus, die im Fenster Hirokos Spiegelbild überschnitt.

»Ich habe auf mein berufsmäßiges Gespür vertraut. Verstehst du das nicht? Wenn man eine Bedrohung wittert, kann man die nicht einfach ignorieren, weil man sich wünscht – und ich wünsche mir das aus tiefstem Herzen –, in einer Welt zu leben, in der alle Verdächtigungen gegen Muslime bloß auf Vorurteilen beruhen, weiter nichts.«

»Und da haben wir's«, sagte Hiroko und drehte sich endlich zu ihr um.

»Nein, da haben wir's nicht. Wie kannst du so etwas sagen? Seit fast vier Jahren haben wir jetzt ständig Umgang miteinander, und du hältst mich für voreingenommen? Tut mir leid, aber es waren keine Buddhisten, die diese Flugzeuge gesteuert haben, es gibt keine Videos von Juden, die den Tod von dreitausend Amerikanern feiern, es war kein Katholik, der meinen Vater erschossen hat. Findest du es voreingenommen, dass ich davor nicht die Augen verschließe?«

»Ich finde, du bist so blind vor Angst und Zorn, dass du keine Urteile fällen solltest. Worüber hast du mit ihm gesprochen? Die Obstgärten von Kandahar? Das Hochgefühl, an einem erfolgreichen Taxistreik teilgenommen zu haben und zu erkennen, dass man Kämpfe auch so gewinnen kann, dass sie nur so gewonnen werden sollten? Die Furcht davor, seine Frau und seinen Sohn zu enttäuschen?«

Kim ließ sich auf ihrer Seite des Zimmers auf den Boden sinken, lehnte sich mit dem Rücken an die Wand. Das Licht der einzigen Lampe fiel auf Hiroko, die direkt vor dem leeren orangebraunen Himmel stand.

»Ich habe dich schon wütend erlebt, aber noch nie so«, sagte sie mit leiser Stimme.

»Ich kann mich nicht erinnern, jemals so wütend gewesen zu sein. Es gefällt mir nicht. Es gefällt mir ganz und gar nicht.« Sie ballte die Fäuste und schüttelte sie vor ihrer Brust, zornig und voller Erbitterung. »Ilse hat Sajjad einmal beschuldigt, ein Vergewaltiger zu sein. Zwei volle Minuten lang hielt sie ihn ernsthaft für einen Vergewaltiger. In diesen beiden Minuten, hat sie mir später erzählt, ist sie völlig in die Irre gelaufen. Und nun schau dich an, Ilses Enkelin. Du weißt nicht mal, wie sehr du dich verirrt hast.«

»Das kann man nicht vergleichen! Sie kannte ihn doch schon seit Jahren.«

»Du hast ihn genau fünf Minuten gekannt. So lange, hat er mir erzählt, habt ihr euch unterhalten. Hat er da gelogen? Nein, hat er nicht, stimmt's? Du verurteilst einen Mann, nachdem du fünf Minuten mit ihm gesprochen hast. Auf seine Weise ist das genauso schlimm wie das, was Ilse unterlaufen ist. Fünf Minuten! Ich habe mich einen Abend lang und fast den ganzen Tag darauf mit ihm unterhalten. Meinst du, ich hätte dich mit ihm in ein Auto steigen lassen, wenn ich auch nur den leisesten …« Sie verstummte jäh. Vor Zorn erkannte sie ihre eigene Stimme nicht.

Kim stand auf und ging ein paar Schritte auf Hiroko zu.

»Ist es nicht verständlich, dass ich bei seinem Anblick den Mörder meines Vaters vor mir gesehen habe? Ich sage nicht, dass das in Ordnung ist, aber gib zu, dass du das verstehen kannst.«

»Soll ich bei deinem Anblick an Harry Truman denken?«

Kim riss erst die Augen auf und verengte sie dann zu Schlitzen. Sollte das eine Art Trumpfkarte sein? Lächerlich und beleidigend. Ihre eigene Familie hatte ein Mitglied in Nagasaki verloren; Konrads Tod war die schlimmste Horrorgeschichte, mit der sie aufgewachsen war.

»Raza passiert schon nichts«, sagte sie und wandte sich von Hiroko ab. »Die Anwälte von A & G werden sich der Sache annehmen; es gibt nichts, wofür man ihn belangen könnte.«

»Nicht einmal für den Mord an Harry?«

»Hiroko, für so ein Gespräch bin ich einfach zu müde«, sagte sie über die Schulter hinweg, während sie sich ein Glas Scotch einschenkte. Ein Bad, einen Drink, dann ins Bett. Genau das, wonach sie sich vierundzwanzig Stunden zuvor gesehnt hatte, bevor Hiroko sie in diesen wahnwitzigen Plan verwickelte. Ein Bad, einen Drink, dann ins Bett – und morgen würde sie beim Immobilienmakler anrufen und nachhorchen, ob sie ihre neue Wohnung schon früher beziehen konnte. »Niemand könnte auf die Idee kommen, dass Raza irgendetwas mit dem Mord an Harry zu tun hat. Dein Afghane ist ein Lügner, und wer weiß, was sonst noch alles.«

»Komm hierher und setz dich.«

»Ich bin nicht Ihre zehnjährige Schülerin, Mrs Ashraf.«

Sie war schon fast bei ihrem Zimmer angelangt, als sie wieder Hirokos Stimme hörte.

»Als Konrad damals von den Konzentrationslagern erfuhr, hat er gesagt, man muss Menschen erst ihr Menschsein absprechen, um sie vernichten zu können. Das tut ihr nicht.«

Geh weiter, ermahnte sich Kim. Geh in dein Zimmer und mach die Tür hinter dir zu. Doch stattdessen blieb sie stehen, mit dem Glas Scotch in der Hand, das sie so sehr an Harry erinnerte.

»Ihr behelft euch damit, sie einfach in eine kleine Ecke des großen Ganzen zu stecken. Was waren schon fünfundsiebzigtausend tote Japaner mehr, gemessen am großen Ganzen des Zweiten Weltkriegs? Vertretbar, das waren sie. Was ist schon ein Afghane vor dem Hintergrund all der Gefahren, die Amerika drohen? Entbehrlich. Vielleicht ist er schuldig, vielleicht nicht. Warum es darauf ankommen lassen? Kim, du bist die liebste, großzügigste Frau, die ich kenne. Aber jetzt gerade verstehe ich dank dir zum ersten Mal, wie es möglich ist, dass ein ganzes Land applaudiert, wenn seine Regierung eine zweite Atombombe abwirft.«

Die Stille, die danach eintrat, war die Stille zwischen Vertrauten, die sich auf einmal wie Fremde fühlen. Die dunklen Vögel standen zwischen ihnen, ihre verkohlten Federn waren überall.

Kim war die Erste, die ihre Sprache wiederfand. Nicht, um mit Hiroko zu reden allerdings. Sie stöpselte ihr Handy in die Wandbuchse ein und wählte eine Nummer in Kanada. Sie sprach mit jemandem, dann mit jemand anderem, insistierte, bettelte, hörte längere Zeit zu. Schließlich forderte man sie auf, ihre Nummer zu hinterlassen und am Telefon zu warten.

Sie und Hiroko saßen schweigend nebeneinander auf dem Sofa.

Schon nach wenigen Sekunden rief einer der Polizisten von dem Parkplatz an. Kim schaltete den Lautsprecher an ihrem Handy an.

»Freut mich, dass Sie anrufen«, sagte er. »Ich wollte Ihnen nämlich ohnehin mitteilen, dass Sie heute genau richtig gehandelt haben.«

»Nein«, sagte sie. »Nein, er hat nichts verbrochen. Ich bin diejenige, die gegen das Gesetz verstoßen hat.« Sie würde sich freiwillig stellen. Sie würde sagen, dass der Mann, den sie bei der Polizei gemeldet hatte, ein Mann war, den sie über die Grenze geschmuggelt hatte. Würde sagen, dass sie nach dem Anruf bei der Polizei Angst bekam, dass er sie im Fall einer Festnahme als Komplizin belasten würde, und deswegen auf dem Parkplatz den falschen Mann identifiziert hatte. Würde darum bitten, selbst mit dem Verhafteten sprechen zu dürfen, um ihn um Entschuldigung zu bitten.

»Es verstößt gegen kein Gesetz, jemanden zu melden, weil man ein ungutes Gefühl hat. Und der Kerl hier hat eine ganze Menge auf dem Kerbholz«, sagte der Polizist. »Wahrscheinlich sollte ich Ihnen das gar nicht erzählen. Aber ich finde, Sie haben es verdient, das zu erfahren. Ihre Regierung hat diesen Mann nämlich zur Fahndung ausgeschrieben. Man ist sehr froh, ihn jetzt endlich in Gewahrsam zu haben. Miss, Ihr Vater wäre stolz auf Sie.«

Hiroko stand auf und wankte langsam zum Fenster hinüber. Zumindest da draußen ging das Leben weiter wie gewohnt.

# Danksagung

Danke an: Omar Rahim, Samina Mishra, Jaya Bhattacharji, Ruchir Joshi, die mich »vor Ort« in Karatschi und Delhi begleitet haben; Aamer Hussein, Mohammed Hanif, Elizabeth Porto für ihre Anmerkungen zu diversen Entwürfen; Nadeem Aslam für sein unerschöpfliches Wissen über Fakten wie auch über Ästhetik; David Mitchell für seine Großzügigkeit, einer Fremden neue Recherchewege aufzuzeigen; Beatrice Monti della Corte für den sicheren Hafen namens Santa Maddalena; Victoria Hobbs und Alexandra Pringle, die nach wie vor mein Dream-Team sind; Gillian Stern für den scharfen Blick der Lektorin; Ali Mir, für Sahir Ludhianvi und Spaziergänge durch New York City; Bobby Banerjee dafür, dass er mich in die Welt der privaten Militärfirmen eingeführt hat; Karin Gosselink und Rachel Holmes für ihre intellektuelle und politische Unbestechlichkeit; Biju Mathew, weil er sich von mir so geduldig hat ausfragen lassen; die Dinnerrunde von Galle für den Titel; meine Eltern und meine Schwester für ihre nicht nachlassende Unterstützung; zahlreiche Freunde – vor allem Maha Khan-Phillips und Janelle Schwartz –, weil sie mir zugehört haben, wenn ich über dieses Buch redete oder mich von meinem Schreibtisch wegzerrten, wenn es angebracht war; alle bei Bloomsbury und A. M. Heath; Frances Coady; Mark Pringle; und ein ganz besonderer Dank schließlich an die Schriftsteller, Journalisten, Filmemacher und Fotografen, deren Arbeiten mir geholfen haben, mir ein Bild von den Welten zu machen, über die ich in diesem Buch geschrieben habe.

Der Titel des letzten Romanabschnitts ist Michael Ondaatjes *Der englische Patient* entlehnt.

# Literaturhinweise

Eqbal Ahmed, *The Selected Writings*
Steve Coll, *Ghost Wars*
John Hersey, *Hiroshima. 6. August 1945 – 8 Uhr 15*
Biju Mathew, *TAXI!*
Paul Takashi Nagai, *Die Glocken von Nagasaki*
Keiji Nakazawa, *Barfuß durch Hiroshima*
B. K. Zahrah Nasir, *The Gun Tree*
P. W. Singer, *Corporate Warriors*
Mohammed Yousaf und Mark Adkin, *Die Bärenfalle*
Robert Pelton Young, *Licensed to Kill*